你好消防员

HELLO FIREFIGHTERS

上

舞清影521 著

浙江出版联合集团
浙江文艺出版社

Contents 目录

Chapter 1
001/
米果的烦恼

Chapter 2
015/
全新的开始

Chapter 3
031/
恩人再救命

Chapter 4
047/
米果有心事

Chapter 5
062/
幸福而失落

Chapter 6
077/
恩人大聚会

Chapter 7
094/
好心办坏事

Chapter 8
111/
英雄的荣耀

Chapter 9
130/
我们的心事

Chapter 10
150/
认知的困惑

目录 Contents

172/ Chapter 11 残酷的真相

194/ Chapter 12 爱情的味道

213/ Chapter 13 摧毁性转折

234/ Chapter 14 我们的秘密

255/ Chapter 15 真相暴露了

276/ Chapter 16 做喜欢的事

297/ Chapter 17 重新开始吧

315/ Chapter 18 相亲会表白

Chapter 1

米果的烦恼

2014年初春,一个阴沉沉的雨天。

下午五点多,在A城南站广场,一场名为"春暖花开"的省市联动大型专场招聘会正接近尾声。由于天气原因,招聘会现场只剩下零星的工作人员在寒风冷雨中看守现场,偶尔有几个年轻人步履沉重地从用人单位的摊位前走过,他们大多沮丧着脸,神情疲惫而又惘然……

"求求您了,麻烦您再看一个吧!再看看我的资料!"一家大公司摊位前,两个正在收拾杂物准备离开的工作人员被一个圆脸女生缠住。

摊位上面虽然都搭有雨棚,可是过道仍能淋到雨。圆脸女生站的位置靠外,所以不一会儿,她身上的衣服就湿了。在料峭的寒风里,她就穿了一套样式老气的藏蓝色西装裙,裸露的小腿冻得瑟瑟发抖,嘴唇也乌青发紫。

"招聘会结束了,你没看见,别家都走完了!"工作人员推托,抱起桌上的杂物箱就要走。

"求求您了,我都在这儿找了三天工作了,这是最后一个机会,要是抓不住,我……"圆脸女生眨眨眼,一双黑亮亮的眼睛里溢满哀求。

对方还是摇头,绕开她,大步离开。其中一个三十岁左右的男子,走了几步忽然停下来,回头看着那个女生:"拿过来吧,我看看。"

同伴愕然,扯了下男子的袖子,提醒:"小刘催我们了!"

"就耽搁一会儿,你看她,也挺可怜的。"男子不为所动,蹙着眉头朝那个长相呆萌的女生望过去。

他也说不好,为什么会停下来。或许是这似曾相识的阴雨天,抑或是女生那双充满了灵气的眼睛,触动了他内心深处的某个记忆。

同伴抄着手,面露不耐之色,靠着一旁的桌子等他。男子指着女生,轻轻一点:"还不快点!"

女生这才如大梦初醒一般回过神来,只见她眼中溢出狂喜,三两步跑过来,双手递过资料:"谢谢!谢谢您!"

男子接过那个薄薄的透明袋,一边熟练地开封,一边问她:"你叫什么名字?"

女生愣了一下,小声回答:"米果。"

男子看到资料上的名字,竟和他脑海中闪现的一种充斥着童年记忆的食物,分毫不差。

米果,对他而言,代表的就是家乡的味道。以前回家,特别是在冬天,吃上几个热气腾腾的炸米果,整个人都会变得暖暖的。

男子低头看去,果然,籍贯那一栏,和他的家乡神奇般地重合。他的心里升起一股莫名的亲切感,犹豫了一下,正要问问她是不是因为爱吃米果,才会取了这么个香甜软糯的名字时,眼神却在游动的瞬间,僵滞停顿。随即,他指着资料上的"学历"一栏,深深地蹙起眉头,问她:"你的专业?"

女生登时变得局促不安起来,她涨红了脸,先是低头看了会儿脚尖,然后,才鼓起勇气抬头看着他,小声说:"我的专业,就是……就是……"

还是没能讲出来,倒是等得不耐烦的那个同伴一把夺过资料,一边快速浏览,一边念:"米果,女,二十三岁,×市民政学院2013届……届……"

同伴的声音戛然而止,没等男子抬头,被抢走的资料袋已经回到了他的手里,确切地讲,是"扔回"他的手里:"殡仪!是个什么鬼?"同伴的声调瞬间高了八度。

米果又一次应聘失败。

没机会再试了,至少半年之内,A市不会再举办这一类的大型招聘会了。米果有些沮丧,立在广场上待拆除的"春暖花开"四个主题字下面,她觉得,自己的人生就和这凄风苦雨一样,总是和这四个烁金大字对着干!

没错。她就是这世界上最奇葩专业的毕业生。殡仪专科,三年,学的还是防腐,主攻遗体修复和美容。为啥一个好好的姑娘要学殡仪,和死人打交道呢?

这得从几年前说起。当年,米爸爸和米妈妈因为她平庸无奇的分数操碎了心,原想着她能秉承米家"能者多劳,多吃多占"的家风奋力一搏,搏它个高大上的大学,搏它个光辉前程,谁知……唉!

米果的性格和小她两岁的妹妹米拉完全不同。漂亮外向的米拉是众人眼中的小公主,天之骄女,从小到大,影集里、光荣榜上最耀眼夺目的人一定是她。而性格内向、不擅长人际交往的米果就像是公主身边默默无闻的小丫鬟,而且,还属于珠圆玉润的那一类。当然,圆润指的是身材,和交际处事能力无关。

所以,那些靠嘴吃饭的专业根本不在米家父母的考虑范围之内,而大众专业会计,就更别提了,米果的数学成绩从来就没有及格过,让她去做账,米爸和米妈还不得把心拴在裤腰带上。

为了大女儿米果的前途,米家父母失眠了好几个晚上。终于,有天晚上,当电视迷米妈妈看完一部获过大奖的日本电影之后,冲进米果房间,兴奋地揪起熟睡中的女儿:"果果,妈妈知道你该报什么学校了!"

米果揉着眼,靠在米妈妈飘着葱花味的怀里,嘟哝着问:"是什么?"

米妈妈神神秘秘地趴在她耳边说:"果果,你听说过有一种职业叫入殓师吗?"

米果一惊,五官里长得最好看的眼睛,一下子瞪得滚圆。她看着米妈妈,米妈妈看着她。就那样对视了几秒,诡异的寂静,突然,她们同时指着对方笑了起来。

奇葩妈妈看了部日本电影后脑洞大开,为女儿选定了未来几十年的谋生行当,而原本该努力抗争的女儿居然奇葩似的欣然接受了。

究其原因,只有两个字,了解。是的。这个世界上最了解米果的人,只有米妈妈。她知道大女儿米果自小怕天怕地,怕老师怕数学,却唯独不怕鬼。米果和她一样,是个不折不扣的重口味爱好者。各类型恐怖影视剧、鬼故事、恐怖小说,但凡能叫上名的,就没有她们母女不知道的。不仅知道,而且连里面最恐怖最危险的细微情节,她们都能做到如数家珍,倒背如流。所以米妈妈才这么笃定自家女儿不会反对。另一方面,是因为殡仪专业的高就业率。米妈妈说,这也是个事业编制啊,吃公粮的,一辈子饿不死。而且就算全世界的博士研究生都找不到工作,你也会被人抢着要!

就这样,米果被米妈妈蛊惑着上了"贼船",就此一发不可收拾。

没想到,当初热情怂恿女儿踏入殡葬行业的米妈妈,没等女儿吃到皇粮就后悔了。

米果上学晚,加上初中因病休学一年,所以到了专科毕业那一年,已经过了二十三周岁的生日。二十三岁,在时下年轻人的眼里还是个小孩,可米妈妈不那么认为,因为她在二十三岁的时候,已经是米果的娘亲了,所以未雨绸缪的米妈妈便有意无意地替大女儿操心起婚姻大事来。

米妈妈是社区活动积极分子,同龄的妈妈辈朋友一抓一大把。米妈妈早就选好了一二三号人选，只等着米果回家相亲。当然，精明的米妈妈始终对外宣称，她家米果是民政局的工作人员。

米果当时正处于大三后半学期，刚被分到 A 市殡仪馆实习，从事遗体美容的工作。之前她一直待在学校的圈子里，接触的都是学院的同学，大家彼此彼此，心照不宣的，所以，谁也没觉得自己所学的专业有何不妥。

米果工作热情很高，因为实习期结束后，表现好的实习生会被民政局的人相中留名，日后毕业就可以直接招进殡仪馆工作了。

她也没有同伴见到逝者遗体之后的夸张反应，哪怕是那些肢体不全、死于非命的遗体，她也能在师傅的指导下，尽可能完美地恢复死者生前的面貌。如果不是那一天，她在告别厅遇见一号相亲男的妈妈，引发了一场震动整个社区的"恐怖事件"，说不定，她就可以作为优秀生留在殡仪馆工作了。

其实殡仪馆的整容师郭台庄师傅蛮喜欢她的，这位从业几十年的老师傅曾私下里对她说，想好好带带她，等他过两年退休了，整容室的钥匙就可以放心地交给她了。

她当时特激动，因为她做梦都梦到过自己独当一面的威风模样，可是……世界上有那么多的"可是"，不是吗？

当她在告别厅卸下口罩，回眸看看那个几乎惊掉下巴的阿姨，口中喃喃地叫着"果果……果果"的时候，她还浑然不觉对方的恐惧和抗拒，竟走前几步，想拥抱那位自小看着她和米拉长大的阿姨。没想到，扑了个空，紧接着，就是一声穿透苍穹般的尖叫："啊——别碰我！离我远点！"

米果呆立在原地。看着那个熟悉而又陌生的老人，因为过度惊恐和抗拒变得扭曲狰狞的面孔，米果的心骤然缩成一团，那一瞬间，米果忽然意识到，自己和正常人，好像是不一样的。

这件事带来的后果很严重。因为米果身份暴露，整个米家的人都被社区的住户列入了黑名单，见了面躲着走，就算是避无可避，也会尴尬地笑笑，连手都不敢碰。米妈妈被老姐妹疏远，社区活动也不去参加了，整日里在家生闷气。米爸爸在单位上班还好，就是脾气火暴的米拉，经常会和那些长舌妇们吵架。

米妈妈经过一段时间的痛定思痛之后，做出了一个自认为艰难却明智的决定。她不要米果当什么心灵高尚的入殓师了，就连渴盼已久的事业编制也不要了。她要让米果过上正常人的生活，让米家恢复往日的甜美和睦。

转专业，来不及；弃学，太可惜。

米家经过近两个月的震荡、煎熬，最终，迎来了米果的毕业典礼。

米家有女初长成。可惜的是，除了餐桌上加了两个菜之外，没有人前来庆贺，就连米爸爸最亲爱的妹妹，那位远近闻名、巧舌灿若莲花、能把死人说活、活人说死的大能人，米果、米拉的小姑姑，也像是人间蒸发了一样，在米家消失得无影无踪。

一家人相顾无言，气氛沉闷地吃完饭，米果正准备开溜，却听到对面传来一声哀叹。米果头皮发麻，自动收住脚，并拢。

米妈妈放下筷子："果果，事已至此，你也不要灰心，等着参加下个月的招聘会吧。"

"啊？"米果抬头。

招聘会？啥意思？

米妈妈和长相厚道的米爸爸交换了一个眼神，语重心长地解释说："妈妈打听过了，你的专业虽然特殊，但也不是找不到其他的工作，只要能离开殡仪行业，你就有希望了。"

米果似懂非懂地点点头，心里却感到空落落的。说实话，她挺喜欢殡仪馆的工作的，可是，她又是一个听话的好孩子，她不想让米妈妈再因为她的事后悔伤心了。

回到房间，米拉跟了进来。小丫头还真是她肚子里的蛔虫，知道她晚饭没有吃饱，竟从厨房偷了一盘黄灿灿的炸米果，安慰老姐受伤的心灵。

米拉和她挤在一张小床上。盘子就放在米果平坦的肚子上，姐妹二人，你拈一个，我抢一个，吃得不亦乐乎。

米果偏过脸，看着靠在自己肩头，长相精致漂亮的米拉，不禁歉疚地说："拉拉，都是我不好，害得你和爸爸妈妈在外人面前抬不起头来。"

米拉噘嘴，像牛一样用头顶了米果一下，说："关你屁事啊！要怪也要先怪老妈，好不好！要不是她当年头脑发热怂恿你去学什么劳什子殡仪，我们老米家何至于此！哼，还有那个米丛珊，我倒要看看，她这次是不是要改名换姓，彻底和我们家划清界限！"

米丛珊——米家姐妹的小姑姑，远近闻名的快嘴媒婆。据说，经她的嘴说成的夫妻，已经能住满一座世纪大厦了。以前，米果的事没闹出来的时候，她带着儿子几乎天天到米家蹭饭吃，就连和米果相亲的一二三号人选，也是她一手选定的。

说到底，还是怪米妈妈的虚荣心，要不是她一直瞒着小姑子米果专业的事情，想等着米果工作了之后再说出实情，也不会把米丛珊吓得人间蒸发了。

米果对小姑姑也心存愧疚，她叹了口气，用额头碰碰米拉毛茸茸的头发，说："也不能怪她。换成任何一个人，知道和自己一起吃住生活的人，居然整天和死人打交道，回家后还摸她的手，亲她的脸，就算她是小姑姑，也受不了这个刺激的。"

米拉撇嘴，一把抓住米果伸向盘子的小胖手，就势还亲了一下："果果，我就不怕，也不嫌你脏！"

米果愣住，眼眶里竟有潮热濡湿的感觉涌了上来。就在那一瞬间，米果做出了一个艰难的决定，为了爱她的米拉，为了米爸爸、米妈妈，她愿意舍弃一切，只做让他们开心的事情。

参加招聘会，老米家的人都开心了，只有米果不开心。不是她舍弃了心中的理想，多么不甘和失落，而是她参加招聘会的经历，简直可以写成一部血泪史了。

毕业至今，她参加了 A 市大大小小不下十场招聘会。米妈妈曾经给予她无限希望的换个工作的可能一次次地破灭。她的招聘经历，就是现实版的《死神来了》，所有的人，几乎所有的人，都会用那种异样的、恐惧的眼神看她。看得她头皮发麻，看得她好不容易积攒起来的勇气，一点点地被损毁殆尽。当然，也有例外。

米果低头，看着手里那张似乎还带着一丝暖意的精致名片，轻轻地念出上面的名字："李成勋。"

李成勋，就是给了她最后一个机会的面试官。虽然结果和以前没什么分别，但他是这些日子以来，唯一一个令她感到温暖的"外人"。

他的同伴把她的资料袋扔下就走了。逃避嫌弃的姿态，让一贯宽容淡泊的米果也感觉到一丝耻辱和愤怒。原以为他也会跟着离开，像过去的那些人一样，除了冷漠，什么都不会留下。

他也真的走了，不过，却又半道折了回来，把这张名片塞进她的手里："你回头照上面的电话打过来，有机会我会通知你。"他就像是邻家的大哥哥，语气平和而又亲切。

来不及道谢，他就急匆匆地走了。努力地记住他的模样，那一抹高瘦的背影，清秀的样貌，一个给了她希望的好人。

手机在衣兜里欢唱。凝神，米果小口吸气，接起："妈妈！"

"果果！怎么样了？有单位接收你吗？"电话那端是米妈妈充满了渴盼的声音。

米果很难过，她不知道该如何回答妈妈。

"还……没，不过，妈妈，今天有人给我留了名片！"米果举起手，似乎想让米妈妈看到这一丝微薄的希望。

"真的吗？那太好了！果果，妈妈真替你高兴！"米妈妈兴奋的叫声引来厨房里的米爸爸，他抢过电话："果果，我是爸爸，完事了早点回家，爸爸给你炖排骨呢，你最爱吃的！"

米果眼眶一热,还没等说话,一阵冷风刮了过来。她哆嗦了一下,轻微的一声,引来米爸爸的注意:"是不是很冷啊,果果,快回家吧!就算找不到工作,我和你妈妈也能养活你,别怕啊,孩子,有爸爸在呢!"

米果哽咽了,身上的那一点寒意都化作了浓浓的愧疚,她什么都做不好,总是让爸爸、妈妈跟着操心。最后,还是没能回家。一事无成的米果,无法面对爱她的家人。

她漫无目的地走在街头,雨渐渐小了,可天也黑了。她的生物钟素来很准,到了饭点,肚子自动会报时提醒。米果是个吃货。在任何情况下,她都可以沦为食物的奴隶。此刻,也不例外。

仿佛有意识一样,她胡乱走走,就走到了平常最熟悉的海鲜大排档。这里是A市远近驰名的小吃一条街,海鲜大排档就在小街的中央,四面有个小广场,夏天的时候,食客们都喜欢坐在外面胡吃海聊;到了冬天,桌子就搬进屋里了,只剩下广场周围的广告展板。

今天的展板红彤彤的,不用灯光烘托气氛,就令人眼前一亮:安全连着千万家,消防系着你我他。原来竟是消防宣传展板。

米果走进海鲜大排档之前,还瞅了一眼右侧的广告牌,那是一张极具震撼力的摄影图片,一个身着橙黄色消防服的军人正逆行冲进火场,四周是惊恐奔逃的人民群众。而他,留下的,只是一个伟岸的背影和硕大的三个阿拉伯数字:119。

"呜哇——呜哇——呜哇!"凄厉尖锐的警报声穿破初春的冷雨,打破了这座历史文化名城的宁静,熙熙攘攘的街头,人们均驻足观望,看到一辆火红的消防车顶着一轮轮飞旋的光影,破阵而出,疾驰而去。

消防车里,A市消防特勤中队三班战士王福祥,正向前排副驾驶位上一个眉目冷峻严肃的男人汇报警情:"求救者是春熙路上一家海鲜大排档的服务员,她说一个女孩喝水时舌头被卡在了瓶盖里,无法取出来,120急救车已经到了,医生尝试了几次,没能成功,所以向我们求救。"王福祥不敢多说一句废话,因为,在他面前闭目聆听的男人,正是他们A市特勤中队的终极BOSS,岳淳川。

岳淳川注定是个传奇。他是全国消防战线上响当当的特勤英雄,也是摄影大奖《向着烈火前进》中最帅的背影原型。岳淳川曾率队参加地震、泥石流以及居民火灾等一千多次重大灭火抢险救援行动。他以擅打恶战、险战、无法战胜之战而扬名全国消防圈。许多年轻人就是看了他的英雄事迹才选择了消防事业,选择成为一名默默奉献的消防兵。

王福祥就是其中的一个。他崇拜岳淳川，越是接近，越是了解，便越发为岳淳川的个人魅力所折服。在战友眼中，二十八岁的岳淳川不仅仅是个英雄，还是一个极富魅力的男人。他眉眼浓郁、深邃，充满厚重的故事感，而挺拔的鼻梁和削薄的嘴唇，却又为他的五官增添了另类的完美。他一米八五的标准身高，或站或坐，总是神情冷峻，眼神犀利，动静之间，尽显其霸气酷帅的风姿。但最令王福祥敬佩的，是岳淳川的英勇。

入伍前，王福祥曾在电视上看过关于岳淳川的新闻纪录片。许多镜头来自消防救援现场的录像，真实而又震撼。给他留下最深印象的，是岳淳川孤身潜入火海救出四十八名被困群众的英雄壮举。电视画面真实还原了当时的情景，在一个爆炸声不断的火灾现场，岳淳川在一众默默流泪的战士们的注视下，毅然冲入火场。岳淳川的背影在镜头前是那么高大，那么英勇。他义无反顾地投身于巨大的危险之中，凭借实力救出了一个又一个被困的人民群众，可是当他最后被战友背出火场时，却因为烈火灼伤，差点……

王福祥就是看了纪录片才决心投身军营的。当他如愿以偿，成为岳淳川的一个兵时，他才意识到，他做了一件多么疯狂的事情。还记得他第一次跟着岳队长出任务，就是震惊全国的"6·27"广门油库重大火灾。在滚滚浓烟笼罩下的现场，岳淳川创下了五天六夜不眠不休奋战在一线的纪录。王福祥当时问岳队长怎么做到的，岳淳川深邃的眼睛里满是疲惫的血丝，抹了一把额头上分不清是汗水还是泥水的东西，语气淡淡地回答道："忘了自己是个人。"

后来，南方发生七级地震，岳淳川率队前去救援。在断壁残垣的震区一线，岳淳川主动请缨，和突击队十五名消防尖兵一起向上级立下生死状。王福祥有幸参与其中，人生第一次写下和家人的诀别书。王福祥永远也忘不了那次舍生忘死的救援，他们是如何跟随着那抹英雄的背影，顶着可怕的余震，每人负重二十五公斤，连夜急行军，从暴雨泥泞中急行五十多公里突入道路、通信全中断的边远县城，最终不可思议地完成使命……

忽然，车喇叭响了。王福祥从回忆中惊醒，他瞄了一眼前排，半天没等到回音，不禁有些忐忑。

"队长——"前面橙黄色的身影动了动，然后王福祥看到一双布满血丝的深邃黑眸朝他看了过来。不仅是王福祥，就连他身边全副武装的战友，也被那道冷峻严肃的目光，刺得浑身僵硬。

岳淳川的心情不太好。熬了两夜，不曾合眼的人，心情怎么能好呢？今晚他值班，原以为天公作美，能够小憩片刻解解乏，可靠在椅子上刚睡着，就被电铃声惊醒了。

　　作为中队主官,他是可以不用出警的,可老习惯使然,他抓起装备就跟着特勤兵上了车。他虽然疲惫到了极点,可还是听到了王福祥的汇报。什么鬼?喝水被瓶盖卡住舌头,这个女孩,该说她顽皮呢还是笨呢?

　　急速行驶的消防车还没停稳,岳淳川就从车里跳了下来。

　　A市最难走的一段路,消防死敌——春熙路。消防车无法进入,看来只能跑步前进,才能快速到达现场。

　　时间不等人。岳淳川浓眉一蹙,大手一挥,随行的特勤班战士立刻排成一排,拿着各色救援工具,随着他跑步进场。

　　海鲜大排档。

　　看热闹的人把急救的人围了个水泄不通,生意没法做,老板气得直跳脚,言语间不免有些激烈。

　　"扯一下呀!不就是个瓶盖嘛,舌头是圆的,你就不会动啊!"老板恨不能亲自上阵,把那个可恶的白色瓶盖从姑娘的舌头上拔下来!

　　姑娘也够倒霉的,刚上桌的海鲜大餐还没吃到嘴里,却先吃了个瓶盖。只见她半靠在临时拉来的躺椅上,一脸痛苦地张着嘴,大约有一半的舌头卡在白色的瓶盖里,颜色红紫,可见卡的时间不短了。

　　老板着急,伸手想去拔拔试试,可急救医生却严令制止:"不要动!小心卡得更紧,病人会更痛苦!"

　　躺椅上的姑娘艰难地点头,喉咙里呜呜呜地发出赞同的声音。

　　老板抚额,仰天长叹:"早知道就不卖你了!"

　　要不是看她挑海鲜时的行家姿态,以为能大赚一笔,他也不至于把另一桌食客赶跑,给她腾出位子来。

　　都市频道的记者闻风而来,他们端着摄像设备挤进来,进来就把镜头对准了躺椅上的姑娘:"观众朋友们,这里是春熙路海鲜大排档,大家看到的,就是发生意外的现场。哦,这就是被瓶盖卡住舌头的姑娘!你好,你好……能告诉我们,你叫什么名字吗?"

　　镜头里,一张潮红痛苦的圆脸,被无限放大。

　　"呜呜——呜呜——"

　　急救医生看不下去了,直接把主持人推到一边:"她都这样了,能说话吗?你们采访能不能先等等,等病人脱离了危险再说。"

摄像师见缝插针,将镜头滑向餐桌上无人问津的透明资料袋。记者身经百战,人精一个,接到暗示,立刻就转移了目标,拿起桌上的资料袋,对准镜头:"这应该就是姑娘的东西,让我们看看,能不能找到有价值的线索,看能不能帮到她。"

话音刚落,躺椅上的姑娘突然挣脱束缚坐了起来,"呜呜——呜呜呜——",她拼命伸手,想够到那个能够决定她未来生死的资料袋,可是……

"米果!哦,原来她的名字叫米果啊。观众朋友们,有谁认识这个叫米果的姑娘,请速速通知她的家人,好吗?"记者的目光下移,镜头也跟着下拉。

米果只觉得脑子一热,眼前顿时闪过一片白光。完了,完了。这下,她把老米家的人丢到宇宙去了!想到米爸爸、米妈妈,还有漂亮的米拉以后要被千人所指、万人嘲笑,她一着急,竟什么都看不到了。

岳淙川和一众消防特勤战士就是这个时候走进海鲜大排档的。岳淙川看到空气混浊、混乱逼仄的现场,心里的火就往外冒。他先是一把夺过女记者手里的资料袋,然后直接提溜着摄像师的领子来了个向后转,接着向王福祥使了个眼色,很快,恼人的媒体和围观群众就全被清理出了大排档。

急救医生看到岳淙川,眼中露出惊喜:"岳队长!"

岳淙川微微颔首,大步上前,探查被困者的情况。还真是……真是……有够笨的。

原以为是个少不更事的黄毛小丫头顽皮捣蛋引发事故,可眼前这位,很明显不是个顽皮的小女孩了。躺椅上的姑娘,体形圆润,大冷天居然还穿着裙子。看样子是疼晕了,双眼紧闭,面目狰狞地吐着舌头,身子一动不动。

医生简单说了一下情况:"耗时太长了,再耽搁下去,恐怕会有危险。"他指了指姑娘已经变色的舌尖。

岳淙川蹲下去,看了看瓶盖的构造,可能身上的救援服太过沉重臃肿,他再起身时,便拉开了前襟:"王福祥!"

"到!"

"拿钳子试一下!"岳淙川退后两步,让出处置空间。

以前也处理过类似的警情,一般情况下,技术好点的特勤战士用钳子就可以灵活搞定。可王福祥一钳子下去,疼晕过去的姑娘却痛叫一声,醒了!

"不行啊,队长,她的舌头吸太紧了,已经肿了!"王福祥报告。

岳淙川走过去,接过钳子,单膝跪地,右手握钳,找准角度,小心翼翼地下手。

"呜——"姑娘一下子瞪大眼睛,朝他投来极其恐惧的一瞥。

岳淙川正想安慰她,却感到腰部一紧,他身子一僵,低头一看,自己的腰竟被一双雪白的小胖手抱住了。

四周忽然变得安静。

王福祥的嘴角抽搐了两下,心想,这倒霉姑娘,今天死定了。

岳淳川低着头,不知在想些什么,短短几秒过后,他像是没有感觉一样重新握紧了手里的钳子,一次、两次、三次……第四次下钳的时候,他中途放弃,并且迅速起身,姑娘的手被他巧妙地甩掉,软软地垂在身侧。已能看到舌际边缘的血丝,再拖延下去,这个姑娘的舌头就保不住了。辗转到医院也已来不及,丰富的救援经验告诉岳淳川,或许,不走寻常路,才是解决之法。

他立在原地,单手托肘,凝神思索。旁边的小护士一边收拾着凌乱的急救器材,一边偷偷看他。搁往常,岳淳川肯定会回人家一个冷脸,把人家姑娘吓跑,可今天,他却出人意料地指着护士姑娘手里的器材包,说:"能让我用一下吗?"

护士姑娘受宠若惊,就差没把手都塞给他了。

岳淳川从急救器材里挑出一个类似电笔一样的东西,问急救医生:"这个东西在牙科那边叫什么?"

"磨牙钻。"医生不假思索地回答。

"弄一个过来,要快!"岳淳川说。

几分钟后,从路口大众牙科诊所借来的磨牙钻到了岳淳川的手上。他重新单膝跪地,俯下身,拍了拍受困姑娘的肩膀:"我要把瓶盖一点点磨开,可能会有些疼,你忍忍。"

米果觉得自己快要死了。她的眼前甚至出现了幻觉,仿佛看到哀伤欲绝的米爸爸、米妈妈和米拉正抱着她的尸体痛哭,她看到自己那张圆润的包子脸,血肉模糊的舌头少了半截。这要怎么缝补呢?找块合适的碎肉一点点缝合吗?针路怎么走才能看不到缝合线?耳边传来钻头嗡嗡嗡的响声,她努力睁大眼睛,想看清眼前的人。

"呜——"一阵无法言喻的剧痛朝她袭来,忍不住痛叫,肌肉痉挛抽搐,疼到极点,她下意识地抱紧了前面硬邦邦的东西。

岳淳川已经很小心了,可是钻头摩擦瓶盖时的高温还是灼痛了姑娘的舌头,他一点一点细致耐心地切割、分离。渐渐地,他看到了卡在姑娘舌头里的最后一层瓶盖,白色锋利的边缘,已经深深地嵌顿在肉里。

最难的一关。凝神屏气,钻头碰到瓶盖的一刹那,他听到姑娘发出一声惨叫,然后,他的腰就又被这个考拉似的姑娘紧紧抱住了。虽然穿着厚厚的救援服,可姑娘的力量,还是让岳淳川感到一丝压力。看不出来,她,还挺有劲儿。男女授受不亲。虽然姑娘只是无意识的自救行为,可众目睽睽之下,他一个大男人被一个女人这么抱着,也着实不太合适。没时间顾虑那么多了,他摒弃杂念,低下头,靠近灯光集中的部位,再次工作起来。时间一分一秒地过去。不愿走的食客,有的心软,竟为了姑娘的遭遇抹起了眼泪:"三个小时了,看得人心疼啊。"

终于,经过岳淳川一点一点的努力,最后一点牵连在一起的部分被成功钻开,当钻头的啸叫声戛然而止,现场响起了无比热烈的掌声。

"好!"

"太棒了!消防兵!"

岳淳川松了口气,把罪魁祸首扔到一旁的桌上,那是个瓶口尖尖的瓶盖,现在已经变得面目全非。

他把钻头还给牙科诊所的人:"谢谢帮忙。"他正要把位置让给专业的急救医生处理,可动了动,却发现姑娘还牢牢地抱着他。再低头,就看到一双黑得格外通透、清澈的眼睛,正一眨不眨地,呆呆地望着他。

岳淳川心中一动,被那样的目光看得微微一怔。从小到大,美丽的异性,他见得多了,比这个笨姑娘长得漂亮、气质好的,随便一抓就是一把,可不知为什么,和姑娘对视的短暂几秒,却让他产生了一种奇怪的感觉。

米果同样也是震撼的。她觉得她的梦还没醒,不然的话,她怎么会和一个这么帅的男人如此接近。近到她能清楚地看到他眼底的血丝,看到那扇子一样、柔软纤长的睫毛,看到那挺拔如山峰一般的鼻梁,还有……还有那淡粉色……粉色的……嘴唇。她肯定还在梦里。是啊。一个穿着橙黄色救援服的消防帅哥,正被她的胖猪手,牢牢地抱着,抱着……抱着……啊——

岳淳川只感觉腰际猛地一松,紧接着,胸前一股大力袭来,他身子一晃,竟直直地坐了下去。

岳淳川真够糗的。活了二十八年,他第一次尝到了牙根痒痒的滋味。瓶盖姑娘脱困后,第一件事不是谢他,也不是谢人家急救医生,而是抓起一条螃蟹腿就啃上了,吃就吃吧,吃了一半却又停下,满手红油汤地来抢他衣兜里的资料袋。

他躲了一下,她扑了个空,以为她会就此打住,却不想她情急之下,直接把红爪子印在他的胸前。多么触目惊心的血手印啊,还是加肥版的。

舌头解放了,话也能说利索了。

"那是我的东西,还给我!"再次对上那张惊心动魄的俊脸,米果心跳如擂,梆梆梆的,只差没咬断受了伤的舌头。

看着那张圆润的包子脸,岳淳川心里感到莫名的愉悦。他咳了一声,从衣兜里掏出资料袋。只来得及看清第一行印着的两个字,一道黑影已经爆发力十足地扑了上来,他没防备,被她唰一下抢走了袋子。

她涨红了脸,当宝似的,把袋子牢牢抱在怀里:"我的……"

他耸耸肩,不置可否,没打算跟她抢。他挥挥手,示意王福祥他们收队。走了两步,忽然转过头,看着那个长相呆萌的姑娘,别有深意地说:"米果,是吃的吗?"

米果傻眼了。他看到了……

再回神的时候,只来得及看到那抹橙黄色的背影,快速消失在门口。

急救医生收拾东西也准备回医院了,他好心地提醒米果:"我建议你还是去医院做个详细检查,舌头上神经末梢丰富,小心留下后遗症。"

米果神情恍惚地点点头,医生带着护士离开,刚走到门外,忽然听到姑娘喊他。医生停步,回过头。

米果走上前,不好意思地问:"大夫,你认识刚才救我的消防兵吗?他是谁?"

刚才,她隐约听到他们交谈的声音。

医生笑了笑,说:"他可不是普普通通的消防兵啊!"

米果眼里有着疑问。

医生偏头指着饭店外的消防广告展板,说:"喏,那个背影就是他!岳淳川,咱们A市响当当的消防英雄!"

医生走了。雨停了,小广场多了一丝静谧平和的气氛。米果再一次把目光投向展板。一个在烈火中逆行的英雄,背影挺阔,侧脸坚毅英俊,可不就是刚才那个帅帅的消防军人!她仔细地看了一会儿,忽然,把双手贴在脸上,跺了跺脚。

"米果!不要脸!他是你的恩人……你的恩人!不许瞎想!"

门口有掀帘子的响声。老板的大脸探出来:"姑娘,你还吃不吃了?不吃我收摊了!"

米果打了个激灵,立刻举手:"吃……我吃!"

花了两百大洋,不吃饱怎么能行!

米果后来从老板口中得知,她的资料没被多事的记者泄露给全国人民,全是那个救她的消防兵的功劳。哦,也就是岳淳川从记者手里抢了资料袋,然后又被她抢了回去。米果在心里祈祷,祈祷岳淳川千万不要看到她的专业。虽然他们今后碰面的概率微乎其微,可她还是单纯地想给他留下一个好的印象。

米果没给老米家丢人。但是招聘会之后,她还是没能找到工作。

米爸爸这次态度坚决,坚决不让他闺女出去受人白眼了,他对米妈妈下了命令,不许再打听什么招聘会,不许再为米果找什么劳什子体面的工作了。他的闺女他来养,养一辈子都没问题。

　　米妈妈从未见过性情温和的丈夫如此有主见。米妈妈也不想逼米果,每次看着女儿对着他们强颜欢笑,她的心里也不好受。怪只怪自己,当初鬼迷心窍,耽误了女儿的前途。其实前途还是次要的,就像米爸爸说的,大不了他们养米果一辈子就好了,她最担心的是米果的终身大事,如果不能彻底脱离那个倒霉行业,她真要嫁不出去了。

　　米果在家待得都快发霉了。终于,有天,米家来了位客人。这个客人,不是别人,正是米果、米拉的小姑姑,米丛珊。不知是不是心中有愧,她到哥嫂家第一次没空手,不仅买了新鲜的鸡肉、鸭肉、鹅肉,还给米果和米拉各买了一套衣服。

　　趁米果姐妹回房间换衣服的空当,米丛珊把嫂子拉进小厨房:"嫂子,你也太不信任我了,我米丛珊是那种忘恩负义的人吗?"米丛珊的嘴功厉害,脸皮也厚,她上来就把前些日子疏远哥嫂家的行为给遮过去了。

　　米妈妈的嘴角抽搐了一下,哼了一声算是回应。

　　米丛珊靠过来,抱着米妈妈的胳膊,蹭了两下:"哎呀,我错了还不行吗?瞧你,一副得理不饶人的架势!再说了,你就没错了,要是当初给果果选专业的时候,你肯和我商量一下,说啥也到不了现在这一步啊。"

　　提起米果,米妈妈的心扑腾一下就软了。她重重地叹了口气:"是我把果果给害了。"

　　"也不能这么说,世上哪个当妈的不是为了孩子好好活着呢?我是真心疼果果和拉拉,果果过得不好,我心里比你更难受。"米丛珊这话说得没错,虽然她这个人嘴损了点,做事喜欢占点小便宜,可她是真喜欢米家这两个小侄女。米果纯真可爱,心地善良,对她有时候比对她亲妈还要好;小侄女米拉漂亮泼辣,直率真诚,尤其是一张厉害的巧嘴,完全就是又一个米丛珊。她喜欢两个侄女胜过自家不成器的儿子,虽然之前被米果的奇葩专业刺激得神经崩溃,可清醒之后,她还是放不下自己的亲侄女。她的宝贝圆果果哦,不该是这样的命运,不是吗?

　　米丛珊拉着米妈妈,朝外看了看正专注于报纸的米爸爸,把门虚掩上:"嫂子,我帮果果找了个工作。"米丛珊压低声音说。

　　米妈妈眼睛唰地一亮:"真的假的!什么工作?"

　　米丛珊立刻用食指按住嘴:"嘘!别让我哥听见!"

　　米爸爸对她也下了通牒,不许她插手米果工作的事。

　　米妈妈谨慎地点点头,朝外望了望,拉住小姑子:"是啥工作?果果能胜任吗?"

Chapter 2
全新的开始

眼睛一睁,忙到熄灯!眼睛一闭,还要警惕!消防有多忙,看看特勤中队就知道。

A市特勤中队位于市区黄金地段,四层高的老式建筑,新中国成立前曾是一家外资银行的办公楼。建筑一层是整排的车库,里面停放着各色消防车,天气好的时候,市民经常可以看到擦洗车辆的消防官兵。

进入特勤中队核心区要穿过一条狭长通道,这里只能步行,禁止车辆通行。到了里面,只觉得眼前一亮,因为这里不像军营,更像是个公园,要不是四周显眼的标语和一个占地颇广的训练场,谁也无法把这个风景宜人的地方和一群热烈阳刚的消防军人联系在一起。

中队办公区和宿舍都在这座四层高的楼里,食堂和活动中心在院子的西南角,每逢饭点,附近小区的住户,总能听到整齐嘹亮的军歌声。

这是一支现代化高科技消防铁军,它就像是一面坚不可摧的盾牌,守卫着A市的一片晴空。

二楼,中队长办公室。"梆梆——"响起了敲门声。

岳淳川衣服正脱到一半,他的手指停留在裤扣上,回头:"谁?"

直接敲门不喊报告的,全中队算下来,也只有一个。中队指导员侯伟业径自推开门,走了进来:"我!"

岳淳川看到侯伟业,又转过身继续手里的动作,几乎是一眨眼,他的身上只剩下一条藏蓝色的军用裤头。

侯伟业看到上身赤裸的岳淳川,愣了一下,随即,嘴里发出啧啧的响声:"你说我要是把这一幕拍下来放到网上去卖,估计能给咱们中队买辆云梯吧!"侯伟业看着那具阳刚健美的男性躯体,语气不无赞美。

岳淳川掀起眼皮撩了侯指导员一眼:"一辆太少了,怎么着,也得再配辆OS!"

"噗——"侯伟业喷了。一辆高精尖的云梯消防车就是整个特勤中队的梦想了,再加上一辆最先进的OS系统消防车,那……他岳淳川还不得裸奔!

岳淳川找到要换的军装,利索地往身上套,他看到侯伟业明显跑偏的眼神,瞪了过去:"看什么看,没见过!"

侯伟业朝那个人的重要部位瞥了一眼,又低头瞅瞅自己,嘿嘿笑了两声:"也没祥子说得那么夸张嘛!"

"滚蛋!"岳淳川提上裤子,去扣扣子。

侯伟业拱手:"别生气啊,开个玩笑还不允许了,军营也讲求个严肃活泼不是!哎,岳队长,我来可是向你报喜的,想不想听啊?"

岳淳川穿上军装,甩出四个字:"有屁快放!"

侯伟业摸摸鼻子,不慌不忙也不恼地从兜里掏出一个烟盒,抽出一支,又把烟盒冲着岳淳川晃了晃。岳淳川的眼睛微微眯了一下,侯伟业心领神会,手指一弹,一支香烟便划出一道优美的圆弧,最后落在岳淳川的手里。

两人一个坐在床上,一个靠在窗前,你一口我一口,不一会儿,房间里就堆满了烟雾。

侯伟业隔着袅袅腾腾的烟雾打量着这间中队最寒酸的宿舍,一张行军床,一个铁皮衣柜,就是全部家当,衣柜后面,就是A市赫赫有名的消防特勤中队中队长的办公室。当然,也是相当简洁,甚至可以说是寒酸。明明可以更好,明明拥有让全世界的姑娘都为之尖叫倾慕的好条件,可他,岳淳川,却偏偏选择了苦行僧一般的行当。

只是,这一次……侯伟业轻轻咳嗽了一声,看着烟雾中岳淳川英俊的侧影,缓缓说:"易真要来了。"

孔易真,女,二十六岁,国家消防工程专业的硕士毕业生,也是国内唯一一个获得国际消防技术大奖的女在校生。据说,容貌姣好的孔易真,本科毕业已被特招入公安部消防局工作,可是孔易真却选择了继续深造。研究生毕业后,成绩优异的她更是出人意料地舍弃了留京工作的机会,坚决回到A市,她的家乡——一个历史悠久的文化名城,一展其傲人才华。

只是,没想到,天之骄女的她最终会选择到A市消防最前沿的特勤中队工作。其实,也不是毫无预兆的。从孔易真回到A市的那一天开始,侯伟业就知道那个高傲骄矜的姑娘,是放下身段打算跟岳淳川死磕了。没错,孔易真喜欢岳淳川。

孔易真从很小的时候就喜欢住在同一所大院的岳淳川,她为了岳淳川考取了警院,为了岳淳川选择了消防工程专业,为了岳淳川光荣入伍,为了岳淳川舍弃了优渥的工作,她甚至为了岳淳川,不惜搭上女人的清誉,和一群血气方刚的消防兵整日混在一起。

岳淳川冷峻无波的俊脸上终于有了一丝表情,他看着对面的侯伟业,半晌,才骂出声来:"瞎胡闹!"

侯伟业哈哈一笑,上前拍了拍岳淳川的肩膀:"岳队长,您一定要挺住啊。"

岳淳川瞪了他一眼,有些烦躁地用手指耙了耙头发,说:"调令下来了?"

侯伟业点点头。铁板钉钉,无法更改。

岳淳川蹙紧浓眉,默默地看了一会儿窗外枝繁叶茂的榕树,忽然问侯伟业:"你认识易真多久了?"

侯伟业一愣,原本已经举到嘴边的手指,就那样卡在半空,停了几秒,他吸了口烟,才徐徐说道:"七年了。"

七年。七年前的孔易真,漂亮得如同一朵迎风招展的迎春花。当年在军校,清一色的童子军,孔易真不远千里独自坐火车到昆明来看望当时大学里的风云人物岳淳川。侯伟业是岳淳川的下铺,更是铁哥们,所以岳淳川招待孔易真的那段日子里,自然少不了他的身影。

傻子也能看得出来,孔易真对岳淳川情根深种,难以自拔。可惜的是,岳淳川却对谈恋爱那档子事全无兴趣,虽然他对孔易真挺好,也挺照顾,可是小姑娘一有那方面的意思,他就自动回避,躲得远远的。岳淳川对好哥们侯伟业说,他不想恋爱,只想脚踏实地地干一番事业。

侯伟业对孔易真动心,说起来有点卑鄙。那年,送孔易真回A市,在火车站,为了安慰哭成泪人一般的孔易真,侯伟业竟舍了脸面,当众唱了首情歌。虽然音质音准都不怎么样,可是止住了孔易真的眼泪,这让他很有点成就感。

他对漂亮骄傲的小公主孔易真,可以说是一见钟情,不然的话,他也不会在旁人异样的眼光下,整日里当电灯泡,更不会那么痛快地答应岳淳川的请求,独自赶到火车站送孔易真。不过,这一切都是个秘密,就连好哥们岳淳川,也是在很久以后,才知道一次意外相逢,竟让他这个八竿子打不着的下铺兄弟坠入情网。

陷入情网的人大多是盲目冲动、不计后果的。就像孔易真当年孤身赴昆明探望岳淳川一样,半年后,一直和孔易真保持着朋友关系的侯伟业竟赶在毕业分配前夕进京向孔易真表白。他永远也忘不了孔易真当时震惊愕然的反应,那张让他朝思暮想、魂牵梦萦的漂亮脸庞,有一瞬间,竟令他感觉到一丝陌生。

"不可能,侯伟业!你知道你在做什么蠢事吗?你这是对他的背叛和对你们友情的亵渎,你知道吗!"

侯伟业当时痛苦地闭上眼睛,内心有着浓浓的失落和释放后的轻松。他总算是解脱了。

近半年时光的煎熬和折磨,侯伟业变得不再是当初的自己了,每天都戴着虚伪的面具生活,内心深处的枷锁几乎要把他的呼吸都扼杀掉了。作为好战友,好哥们,他背叛了珍贵的友情。他爱上了不该爱的人,却连站在阳光下大声表白的勇气都不敢有。尽管结果不是自己期待的,可脱离了痛苦的单恋深渊,对他来讲,也未尝不是一件好事。

从北京回来,依旧是孑然一身,除了心境的转变,侯伟业并无任何收获。没想到,站台上会有人喊他的名字,回头一看,却是一身戎装、英俊笔挺的岳淳川。有一刹那,他竟想扭头落荒而逃。相较于君子坦荡荡的岳淳川,他的行径无异于一个令人不齿的宵小,他所做的一切,都是那么龌龊,见不得光。

岳淳川一个拳头砸过来,他认命地闭上眼睛,准备承受这迟来的惩罚。

可等了好久,预料之中的疼痛也没有发生。等肩膀上感觉到沉重的压力,他才愕然睁眼,却看到岳淳川了然豁达的深邃黑眸正牢牢地盯着他:"我都知道了,易真不懂事,你不要和她计较。"

他再一次愣住,随即苦笑:"我还有资格去计较吗?"

"当然有资格。你掌控不了爱情,但你可以掌控自己的未来!你可以把自己变强,变得坚不可摧,等若干年后,你就会对今天的事一笑置之,会说,哦,原来,我也年轻过。"岳淳川话有深意。

侯伟业觉得身体里的血一下子就热烫沸腾了,他的眼睛闪烁着别样的光彩,看着岳淳川:"淳川——"

岳淳川压在他肩膀上的手越发地有力量,他看着侯伟业的眼神,也变得格外明亮而热烈:"伟业,和我去A市吧!"

侯伟业愣住。A市?岳淳川的家乡?

再次忆起往事,感觉竟像是上辈子的经历。

"伟业,你说我当时要是极力促成你和易真,是不是也并非毫无可能呢?"岳淳川忽然蹦出一句。

侯伟业不小心被烟雾呛了眼睛,他一边揉,一边掐灭香烟:"别扯上我了,行不行!小祖宗,你忘了我已经有小梅了,倒是易真,一心一意地等了你这么多年,你也该考虑考虑了!"

岳淳川淡淡地撇撇嘴,没有回答。

侯伟业叹了口气,一副恨铁不成钢的语气数落道:"你小梅嫂子可说了,要是今年再给你找不着对象,她就从婚介所辞职了。"

米果上班了。在A市一家新开的婚介公司工作。

这家婚介公司的名字颇有寓意——"喜福来",媳妇来。开门大吉,目的是讨个好彩头。婚介公司的副总和米果的姑姑米丛珊是患难之交。半个月前,两人在植物园相亲大会上遇见,聊得投机,米丛珊便起了帮米果找工作的心思。于是,她对副总刻意隐瞒了米果的学历,只说是小侄女,高中毕业几年了没找到工作,想从他这里走走后门,看能不能安排个人。副总倒也是个够义气的朋友,直接便答应了。他让米丛珊带侄女到公司面试,只要没啥问题,就能录用。

米果的高中学历自然没有任何问题,她顺利通过面试,被安排在实习岗位做一些杂七麻八的工作,说白了,也就是打下手。

"喜福来"虽然是婚介公司,实际上规模和普通的婚介所无甚差别。公司办公地点位于闹市区的临街铺面,铺面共分两层,一层是通间,四五十平方米,按照各部门划分区域,独立隔断式装修。二楼是总经理和副总的办公室,另外还有一间大的会客室,用来开会或是招待那些身份特殊的VIP。

"喜福来"的员工加上正、副总,一共十五个人,米果来了,就成了十六个人。

米果起初认为婚介所就是米丛珊职场的升级专业版,可来了之后,才发现做个红娘也没那么简单。首先,作为一名工作人员,你应该了解客户的需求,然后对应客户的需求从资料库中寻找相应的匹配的人选,然后约人,在双方都有主观意愿的情况下,才可以约地方见面,至于剩下的,成不成就看他们自己的缘分了。之后,还有客户回访,公司要时刻了解客户的意向,听取客户的诉求,以便更好地提高工作效率。

这周,米果跟着活动组实习。活动组,也就是安排各种相亲活动的小组。活动组因为接触面广,工作时间灵活,压力还算适中,所以一直是公司员工争相抢夺的目标。

活动组的组长姓叶,单名梅,是一个短发干练、眉眼英气的女人。叶梅讲话快,做事利索,气场强大,她走路带风,无论到哪儿,就会刮起一阵叶氏旋风,能量十足。

米果听同事私下里议论过,说叶组长是老总从别家婚介所重金挖角挖过来的人才。老总有次喝多了,曾说过,有了叶梅,就等于坐拥A市婚介市场的半壁江山,可见，这个年纪轻轻的叶组长，是个多么不简单的人。

米果就特别佩服叶梅这样的女强人，因为就算把她塞回米妈妈的肚子里回炉改造一下，她还是无法变成另一个叶组长。

"喜福来"本周末要召开一次名为"送春到"的婚恋讲座，叶梅这几天为了讲座的事忙得脚不沾地，授课教授已经约好，现在，就差场地了。奔波了大半天，叶梅的脚后跟疼得钻心，她有筋腱炎，不能长时间走路、久站，可这几天下来，感觉老毛病又复发了。

公司里静悄悄的，只有后勤部和财务部的几个人还在坚守岗位，其他人都不知道哪里去了。叶梅一步一瘸地挨到桌边，一屁股就坐了下去，她脱了高跟鞋，把右脚跷上左腿，想揉揉脚后跟酸疼肿胀的部位。

刚一碰着，她就哗了一声。好痛！她紧蹙眉头，暗自烦心。说好了五点和锦江之星的人见面敲定场地，可她这样……

"叶组长，你喝点水吧！"一个圆圆脸的女生，端着一杯冒着热气的水，出现在叶梅面前。

米果觉得自己像是在做梦。

一切都是那么不真实，她到"喜福来"工作有一段时间了，可每天除了倒水扫地之外，从未接触过实质性的业务。一个高中学历，长相普通的圆润女生，又有哪个人愿意带她呢？

有限的工作知识，是她偷偷学来记住的。米果知道自己笨，所以早早地准备了一个本子，只要觉得重要，她就偷偷地在本子上记下来，回家再自己琢磨。

米妈妈最近重新挺直腰板做人了，她逢人便说米果的新工作，还把印有米果名字的名片发到小区每一家住户的手里。虽然婚介公司的名片是为了宣传免费领用的，可是米果领用的频率着实频繁了一些。

效果自然是杠杠的。现在，米果在小区也成了名人了，不仅那些说风凉话的大妈、大婶们少了，见到米果也有笑容了，有些为了子女婚事头疼不已的住户，竟还主动到米家登门拜访米果，问询她有关婚介服务的事情。

米丛珊为此骄傲得不得了，一方面为米果脱离苦海、重获新生而高兴，另一方面，她觉得自己的衣钵后继有人，一番心血总算没有白费。

只有米果自己心里清楚，她其实和旁人眼中的现代红娘差得有多远，她顶多算是个给红娘端茶送水的丫鬟，连大门都没迈出去，又谈何积德、做善事。

可这次不同了。她真的出去了！而且，还是在同事们惊羡的目光下，陪着叶梅一起去办公事。

锦江之星。

叶梅解开安全带,瞥了一眼副驾驶位上正襟危坐了一路的小姑娘,不禁眉眼一润:"下车了。"

姑娘眨眨眼,缓缓转过头:"哦,好。"

一路上叶组长一言不发,吓得她也不敢说话,连看一眼都不敢,就那么直盯盯地盯着前方的汽车屁股,走了一路。

叶梅也不是有心为之,实在是事务繁杂且多,脑子里一刻也不得闲,加之筋腱炎的折磨,她竟忘了身边的小职员。

叶梅下车的时候还是晃了晃。逞强的结果,就是忍着针扎般的疼痛,还得一步步朝前挪。

这时,一只胖乎乎的小手出现了,它好像迟疑了一下,最后还是坚定地扶住了她的肘弯:"叶组长,你的脚?"

叶梅痛苦地眯了下眼睛,小心翼翼地走了一步,停下说:"筋腱炎,老毛病了。"

"哦。我妹妹得过这个病,她上高中的时候锻炼太猛,伤到了脚,不过,后来去中医院治好了。"姑娘的声音挺好听的,和她的人一样,初时没什么感觉,但越处就越觉得舒服。

叶梅惊讶,挑眉问:"治好了?这病能治好吗?"

为了这个病,她可没少受罪,老公也陪着她去北京、上海看过了,可就是去不了根。

姑娘扶着她绕过高高的台阶,走弯道平路:"真好了。我妹妹现在活蹦乱跳的,去年还考上了A市体院。"

叶梅一阵兴奋:"是中医院吗?哪个科?哪个大夫治的?"

姑娘怔住,样子有点呆,她努力地转了转眼珠,用力想了一会儿,还是摇摇头:"想不起来了,我得问问我妈妈。"

叶梅攥住姑娘的手,热乎乎的,透着温暖:"你一定帮忙问问啊,要是能治好,我就让你跟着我!"叶梅郑重许下承诺。

跟着叶梅!这诱惑力太大了吧!

姑娘激动得两眼放光,立刻就去兜里摸手机,叶梅按住她:"不急,先办正事。"

走了两步,叶梅忽然回头问:"你叫什么?"

姑娘还站在原地发呆,听到她的声音,黑黝黝的眼仁儿僵了几秒,才回答说:

"米果。"

"米果？这名字挺有趣的。"叶梅破天荒地笑了一下，顿时，周遭的空气都变得暖了。

约好了五点见面，可是锦江之星负责租用场地的主管却迟迟未到，在接待室等了近半个小时之后，叶梅忍不住站了起来："我去看看。"

米果看她步履蹒跚的艰难模样，很想说：我去吧，叶组长。可是话到嘴边又咽了回去，她凭什么去啊，话都说不利索的笨女孩，见了人家酒店主管，难道要表演默片吗？

叶梅出去后很快就回来了，脸色特别不好，她的身后跟着一个酒店的工作人员："对不起啊，叶组长，实在是抱歉啊，张主管的父亲下午突然病重，他回去探望，看来今天是赶不回来了。"

叶梅蹙眉："没有其他能签字做主的人吗？"

工作人员摊手："事发突然，暂时没有人接替张主管。"

"必须要他的签字才行吗？"叶梅问。

"是的，必须要张主管的签字，我们才可以向下面派单！"对方解释。

叶梅用手支着额头，思忖了几秒，忽然转头对那个工作人员说："麻烦你帮个忙，把签字单给我准备一份！"说完，她又叫米果："走！我们去张主管家。"

对方和米果都愣住了，叶组长，是要杀到人家家里去吗？！这合适吗？人家家里一团乱，她们这个时候去打扰⋯⋯

在叶梅眼中，没什么事是可以不可以的，只有能做和不能做的区别。只要没有触犯国家法律，只要是道德范围允许的事，她叶梅就敢勇往直前。

就像她当年见了两次面就搞定自己的终身大事一样，她也要为新的工作，努力地搏一把！

只是没想到张主管的家不在市区，而在一百多公里外的乡下。等她忍着脚伤带着米果把车开进偏远的乡村时，时钟已经指向晚上八点了。整个村子都笼罩在一片黑暗之中，星星点点的灯光，根本照不亮乡村的夜路。

无奈之下，她们只好弃车而行。

村里的水泥路修了一半，走了没多久，叶梅就支撑不住了，她咬牙忍着，恨不能把不争气的脚割下来背着走。

"叶组长，我扶着你。"黑暗中传来米果暖暖的声音。

叶梅这次没有逞强，她接过米果的手，步履艰难地前行。

"叶组长，你做事都是这么拼吗？"这一路看过来，米果算是见识到了什么才是真正的女强人。要是她,这会儿恐怕已经抱着米爸爸诉说委屈了。

叶梅苦笑,她看了米果一眼,语声低低地说:"不是我想拼,只是不想输而已。"

这句话有点拗口,米果理解了半天也没明白叶梅想要表达的意思。她嘴里小声嘟哝:"不想拼,却怕输,所以,不还是拼吗?甚至比过去更加拼命。"

叶梅腾出一只手摸了摸米果的脑袋,当她的手指触碰到米果毛茸茸的头发时,她却愣住了。有多久了,她没有再这样亲近地对待一个人了?

满脑子除了客户,就是活动计划,就连曾经爱到成疯成魔的老公,也被她晾到一边,成了言语哀怨的透明人。难道,是自己做错了吗?神思恍惚间,斜刺里突然冲出一道黑影。

"啊!"米果吓了一大跳,指着前方,"谁……是谁?"

"啊——爹啊——"一阵阵凄厉的哭号声打破了山村的寂静,不一会儿,那些黑洞洞的院子都亮起了灯光。

又过了一会儿,三五成群的人就越过叶梅和米果,匆匆走向村东头的一所宅院。

叶梅和米果已经知道出事哭号的是谁家了,刚才黑暗中蹿出的影子,正是张主管的弟弟,他着急忙慌地跑出来,就是去给刚刚咽气的爹买寿衣,没想到抄了近路,却撞上一对城里来的女人,问了情况,竟是找他哥的。

农村的宅院,朱门大户,围墙高耸。一盏挂在电线上的灯泡在寒风中摇摇荡荡,更添一丝诡异恐怖的气息。

院门大敞,不时有穿着朴素的村民进进出出,穿梭不停。院子里哭号声尖锐刺耳,叶梅习惯性蹙眉,走到门口便想往里进。

"叶组长。"袖子被人拉住。

叶梅愕然回头,却看到一双格外黝黑的眼睛,目光正落在她的身上。

"怎么了,米果?"她不明白,这丫头拦住她想干什么。

米果冲她轻轻摇头,脸上的表情难得一见的认真:"叶组长,我们等一会儿吧。张主管家里新丧,现在探望还不合规矩。"

叶梅一脸惊诧,她指着进进出出的村民,压低声音说:"他们不都进去了?"

米果还是摇头:"他们不一样的,村民是近邻,本家居多,他们进出丧家自由,不受限制。"

叶梅深深地看了米果一眼:"你是怎么知道这些的?"

她有些奇怪,这些当地人的忌讳,米果一个小丫头片子怎么知道得那么清楚?

米果啊了一声,表情又变得呆萌呆萌的:"我……我……"她的包子脸在灯光下变得通红,最后,还是叶梅扯了她一下,两人退后,在阴影处立着。

"是不是你见过?"叶梅猜。

米果赶紧点头:"见过,见过的。"

可不是见过吗?不仅见过,还实习模拟了很多次呢。他们在民政学院学习的时候,教丧节礼仪的老师,就是Ａ市本地人。所以,Ａ市附近郊县的葬礼风俗,她都是很了解的。

当然,这些秘密不能对叶梅讲。

叶梅相信了米果的话,两人在外面等了一会儿,夜色渐渐深浓,叶梅抱歉地提醒米果:"你给家里打个电话吧,打通了,我来和你爸爸妈妈说。"看来,今晚想早点回市区的愿望要泡汤了。

米果这才想起米爸爸、米妈妈。

她赶紧拨通电话,刚叫了一声"妈妈",手机就被叶梅抢了过去:"喂,阿姨,我叫叶梅,是米果公司的组长。您好,您好,我想跟您说个事啊……"

米果立在一旁剥手指,好像没她什么事了呢。

叶梅挂了手机,递给米果才想起自己竟越俎代庖,替米果做了主。

"呀,对不起啊,米果,你还没跟阿姨说上话,我就给挂了。"叶梅是有些承受不住米妈妈的过度热情才迫不及待地挂了电话的。这丫头,不知道和米妈妈怎么说的,她,电话里一说她是叶梅,米妈妈的态度立刻就来了个360度的大转变。不仅放心地把米果交给她,甚至,言语间还透露出多多关照的意思。

米果赶紧摆手:"没事,没事,我和我妈没话说。"

"……"叶梅瞪着米果。

米果黑亮的眼睛圆圆的,僵了几秒:"啊,不是……我是说,我和我妈好得没话说,不在乎一会儿半会儿的。"

一等就是一个多小时。

院子里哭声渐弱,进出的人也少了。门前大树下,叶梅撑不住坐在砖垛上,米果则守在一边,身子斜靠在树干上,有意无意地替叶梅挡住夜晚的寒风。

叶梅是个直脾气、粗线条的女人,她坐在那里,望着周遭陌生的环境,回想起一天的经历,只觉得像是做梦一样,虚幻得可怕。

终于,前方出现一抹行色匆匆的黑影。来人正是张主管的弟弟,他的手里拎着一个黑布包袱,想必里面是为父亲买的寿衣和铺盖。

叶梅再也忍不住,立身叫道:"嗨!兄弟!"

黑影在道边停下,片刻后,传来惊诧的乡音:"你们还在啊!"

十分钟后。叶梅终于拿到了张主管的签字。

刚才眼泡肿得一塌糊涂的张主管看到她们很是惊讶,连声问叶梅是怎么找到这里的,叶梅先是态度诚恳地道歉,之后解释了着急找来的原因。

张主管得知叶梅和米果在门外等了近两个小时却没打扰他之后,感动得不行。他说:"老家的风俗习惯比较古旧死板,父亲刚刚去世,要满十二个小时生人才能进场祭奠。"

他没想到叶梅也懂老家的风俗,正要夸上两句,叶梅却把旁边立着、始终沉默倾听的年轻姑娘扯到身前:"这都是米果的建议,要不是她劝阻我,只怕我啊,早就进去找你了!"

张主管把目光转向那个衣着休闲大方、表情却惊慌愕然的圆脸姑娘身上。

"啊,不是……叶组长,我没说什么……没说……"米果还想解释,却被一道焦急悲伤的男声打断:"哥!不好了!咱爹的寿衣穿不上!"

众人一听全都愕然了,尤其是张主管,低眉沉默了几秒,再抬起头的时候,眼角已有控制不住的泪水流了出来。

"咱爹得的病不好,临走前关节肌肉就僵硬了,咱叔说趁热乎的时候赶紧穿上,没想到……没想到还是晚了。"张主管神情哀戚地说。

"那怎么办啊,哥,咱爹不能光着身子入殓啊。他老人家辛苦一辈子,总不能这样就走了。"张主管的弟弟也是一脸哀伤。

"咱叔也试了?穿不上?"张主管抹了一把脸,问他弟弟。

"都试过了,连咱村的神汉都请来了,念了咒也不行,还是穿不上!"张主管的弟弟一脸焦虑。

此情此景,叶梅看的是心有戚戚焉。她正思忖着带着米果先撤,不给人家添乱了,可没等开口,身旁却忽然传来一道温和的征询声:"我可以试试。"

在场的几个人都愣住了。三月初的深夜,冷风飕飕地从身上刮过,带起阵阵寒意。

叶梅愣了几秒,才结结巴巴地制止:"米……米果,你怎么了?"

张主管也惊诧莫名地看着米果:"姑娘。"

只有张主管的弟弟,疑惑惊讶地问到重点:"你……会吗?"

叶梅登堂入室,以一个客人的身份坐在张家的院子里,等待着那间阴恻恻的屋子里的某个圆润女生。她到现在都还没从巨大的震撼中清醒过来。米果竟然给去世的人穿寿衣,而且还是主动要求的。这个认知,让叶梅始终难以接受。她不怕吗?那么柔柔弱弱的一个小女生,竟然因为曾经给去世的爷爷穿过寿衣,就自告奋勇,替一个素未谋面的陌生逝者穿衣入殓，这现实……确实让见多识广的叶梅，也无法消化。

"嗡——嗡——"手机在口袋里振动嗡鸣，那动静吓了叶梅一跳。处在这样的环境和氛围中，她觉得浑身上下都冷飕飕的。屏幕上大大的"老公"二字，让她长长地呼出一口气。她闭了闭眼睛，低声接起："喂。"

听到妻子的声音，侯伟业在电话那端暗暗松了口气，打了好几个电话了，妻子叶梅一直没有接，打家里也没人，害他值个班也心不在焉的。语气中难免有些怨气："去哪儿了？这个时间还不回家？"

叶梅怕丈夫担心，胡诌了一个地方："我和同事刚唱完K，一会儿就回去。"

侯伟业习惯性蹙眉："真能折腾。"

妻子叶梅什么都好，就是太外向，也太强势。凡事不落人后，不管是工作还是业余活动，都喜欢和年轻人一样，拼个胜负。只是叶梅比他还大一岁，年近三十，身子到底和二十出头的小姑娘们无法相比。

"脚怎么样了？还疼不疼？"侯伟业没忘叶梅的脚伤，最近几天，她都叫唤着不舒服。

寂静的小山村里，四周又是令人不寒而栗的环境，这个时候，听到丈夫关心的言语，强悍如叶梅也不由得内心酸软一片。她吸了吸鼻子，小声、委屈地说："疼……"

侯伟业的喉咙咔的一下哽住了，心也像是被一双无形的小手紧紧攥住，令他半天出不得声。

过了几秒，话筒里传来他磨牙的声音："叶梅同志，限你半小时之内回家躺到被窝里，不许反抗，不许找理由，不许不泡脚就睡觉，听到了没！"

叶梅哼了一声："你又不回家陪我。"

丈夫职业特殊，作为消防特勤中队的指导员，加班不回家已是常态。算上今天，她已经近十天没有见到丈夫侯伟业了。

侯伟业想叶梅也是想得抓心挠肝的，可职责在身，岳淳川又去了邻省做报告，所以，这些天，特勤中队就成了他的家。

察觉到丈夫的沉默，叶梅后悔不迭，她不该那么讲的，毕竟从一开始，她就知道自己嫁了一个没有时间的男人，他不只是一个男人，还是一个神圣的军人。

侯伟业的心中充满了对妻子的愧疚，作为丈夫，作为一个家庭的中坚，他一点都不称职。

叶梅的父亲去年病重，医院几次下达病危通知，他都因为中队的事情脱不开身，叶梅一边忙着照顾老人，一边忙着工作，却从来没向他吐过一个字的辛苦。

后来，岳父还是没能撑到年底，在十二月份，A市最冷的季节里，走完了他平凡的一生。

丧假条写好，就要递给上级的时候，不想却遇上环海化工厂特大火灾。他是特勤中队指导员，是救援抢险先锋队的一员，这个时候，就算是叶梅出了事，他也无法卸下肩上的责任，置身事外。

那场火灾，是新中国成立后排得上号的特大灾难性事故。他和岳淳川带着整个消防特勤中队和近千名消防官兵在火场奋战了五个昼夜，才算是控制住了局面。

等第二批支援的消防兵到了，侯伟业这才瞪着血红的眼睛对岳淳川说，他岳父几天前去世了，他必须、立刻、马上回家去看看。

岳淳川当时的反应太过骇人，那动静，把附近休息的队员都惊醒了。

他们不明白发生了什么变故，怎么一眨眼的工夫，他们的中队长和指导员就翻脸了。他们居然在打架！不对，不是寻常意义上的打架，而是指导员一个人挨打。

现场气氛诡异，队员们不敢妄动，因为中队长的脾气，他们都是领教过的。

浑身都是尘屑的指导员被气势汹汹的中队长打了一拳又一拳，眼看着就快站不住了，突然，中队长揪住指导员的领子，把他向后一推，大声吼道："走啊！"

指导员眼眶红通通的，不知是累的还是被队长打的，他微垂着头，脸上并无一丝愤怒，而是充满了痛苦的愧意。队员们看到，愕然不已，心想指导员是怎么了，难道被中队长打傻了？！

侯伟业实实在在地挨了几拳，堵得快要崩溃的心情才好受一点，他走的时候重重地握了握岳淳川同样辨不出颜色的肩膀，低声说了三个字："拜托了。"

相较于岳淳川的暴力和凶悍，妻子叶梅见到他时却是完全不同的一种表现。他以为妻子一定不会原谅他，一定会像以前受委屈发怒的时候一样跟他大吵大闹，或是干脆把他晾在一边，几天不理不睬。

他的行为也不值得任何人原谅，妻子至亲至爱的人走了，最需要他，最脆弱、最渴望安慰的时候，他却为了陌生的人，留在火灾事故现场。这种行为，无论是谁，都无法做到宽容和谅解吧。

没想到踏进冷清的叶家，戴着孝牌正擦拭父亲骨灰盒的叶梅，一看到他，竟呆呆地愣了几秒，之后，她喊了一声"伟业"，像个委屈的孩子似的，一下子扑进他的怀里，痛哭起来。一边哭，一边用手摩挲着他的脸，他的身体："太好了！你没事……没事……"

一时间心潮澎湃，鼻眼酸涩的他除了把妻子紧紧地抱在怀里，用数不清的亲吻和拥抱表达深深的歉意之外，他什么都做不了，挽回不了。

隔着电波，侯伟业轻轻叹了一口气，低低地说："对不起，小梅。"

叶梅愣了一下，随即，眼里也漾出浅浅的潮水，她吸了吸鼻子，仰头望着小山村的一角夜空，语气幽幽地说："侯伟业，觉得对不起，就给我一个孩子吧。"

侯伟业摇摇头，纳闷不已，妻子受刺激了吗？怎么好端端的就提起了要孩子的事？要知道，之前可是事业心重的叶梅一直抗拒做妈妈的。

叶梅突然问他："人死了尸体多久僵硬？"

他纳闷："你问这个干吗！"

"没什么，就问问。"

侯伟业从脑子里搜索出过去积攒的知识："大概一到三个小时，老人和小孩会僵硬得更快。"

叶梅哦了一声，似是在小声嘟哝："哦，怪不得呢，衣服都穿不上。"

"什么穿衣服？"侯伟业讶然问道。

叶梅赶紧圆谎："啊。就是刚才听同事讲了个鬼故事，说一个老人死后身体僵硬，寿衣都穿不上，最后是一个小姑娘，哦，不是，是一个胆大的姑娘，亲自给老人穿寿衣。"

"小姑娘？给死人穿衣服？你可别逗了，纯属瞎编！"侯伟业心想这编故事的人也忒能编了吧，小姑娘见到死人，还不吓得哇哇大哭啊，还能给死人穿衣？

叶梅翻了个白眼，朝对面那间亮着灯的民房瞅了一眼，心想，侯伟业，我也不想相信啊，可事实就摆在眼前，由不得我不信啊。

农村的老人病重，家里都会腾出一间房专门伺候老人。老人辞世后，这间房就会布置成灵堂，停放尸体和棺椁。米果随张主管进的这间屋子，就是家里的老房，屋子面积不大，一张单人床就占去近半数的空间。去世的老人躺在床上，衣衫不整，床边堆着一些簇新的寿衣和被褥。

屋子里还有几个人，看他们泪水涟涟的悲恸模样，就知道是老人的直系亲属。他们中有男有女，见到张主管领着个陌生的年轻姑娘进门来，都诧异地盯着米果。

其中一位年长的老者，用当地方言问张主管："她是谁？来做什么？"

张主管示意亲人们不要紧张，他用方言向亲人们解释一番，之后，又回头看着米果，眼神和刚才一样，有着一丝疑虑："你，真的可以吗？"

米果看看他身后陌生的人们，以及静静躺卧在床上的逝者，觉得之前那点勇气，快要被逐渐回来的理智磨没了。可事已至此，她也不能打退堂鼓，于是咬着牙，点点头："我试试看吧。"

张主管想要清场，留一两个人在屋里就好，可是亲人们哪里肯走，他们都不相信米果,觉得一个城里来的黄毛丫头,怎么会给死人穿衣?

米果忐忑地走向死者,快到床边的时候,脚下突然一软:"啊!"她惊叫起来。

"小心!"张主管及时扶住她。

等她站稳,朝后面一看,才知道自己被凳子绊的这一下,有多丢人了。他们看她的眼神已经从质疑和不解变成了不屑和鄙视。

就算她笨,也知道他们在想些什么。他们一定在嘲笑她的笨拙和胆小,认为她讲大话,这不,没等开始,就被死人吓怕了。

米果不害怕。虽然死者被病痛折磨得不成人形,可他的面容算是比较安详的,身体完整,没有残缺,所以,从专业的角度看来,没有太大的难度。

她弯下腰,去触碰死者的身体,想要看看遗体的僵硬程度。可才刚伸手,背后就响起一片惊呼声,她又被那些人吓了一跳,手指哆嗦了一下,没能继续。没有回头看,可是脊背却像是被无数的利箭穿破,直刺到她的心里。

米果先是感到迷惘,紧接着就是生气,她没做坏事啊,就是想帮逝去的老人穿上衣服,让老人走得体面、自然一些,这也有错吗?她鼓起腮帮子,吐出一口气:"张主管,能打一盆温水过来吗?"

张主管愣了一下:"好,好。"

他的弟弟正要去办,又听到米果的声音:"有剪刀和梳子的话,就更好了。"

她要的东西很快就来了,包括剪刀和梳子。

当张主管的弟弟问她要不要戴手套的时候,米果赶紧摆摆手,拒绝了。

按照之前学校和殡仪馆的规定,她需要带齐全套的防护用具才能接触死者,可这里是乡村,又是深夜,让他们如何找到那些专业的护具呢?老者的病情她很清楚,不是传染疾病,也不是有危害性的疾病,又是刚刚去世,所以,她没必要刻意讲究那么多。

米果先净了手,然后弯腰,用沾了温水的手指轻轻搓揉起死者的四肢关节来,尤其是僵硬程度比较重的肘部和腿弯,她重复揉搓了多次。渐渐地,死者僵硬的面孔和四肢恢复了柔韧的力度,之前死者脸上出现的尸斑也淡去了不少。不知从什么时候起,那些质疑的声音听不到了,那些戳脊梁骨的利箭霜刀也感受不到了。

等米果在张主管的协助下,一件一件为死者穿齐"五上三下"(五件上衣,三件下衣)之后,她又指着死者凌乱的头发说:"修剪一下比较好看。"

其实到了这会儿,已经没有人质疑米果了。他们像看仙女一样,看着这个城里来的圆脸小姑娘,一点一点化腐朽为神奇,把不可能变为可能。

张主管感激地递过剪刀:"随你,米果,你随便剪。"

"……"米果有点窘,什么叫随便剪啊,虽然她不是专业理发师,可在学校的时候也学过很长时间的理发技术。米爸爸的脑袋,就是她这几年的试验田。她接过剪刀,半蹲在地上,熟练地为死者剪好了头发,她用梳子为死者梳理整齐,然后起身,端详着神态安详、穿着规整的逝者,满意地吐出一口长气。

"好了,张主管,您看满意不?"

张主管何止是满意呢。他和一众亲人,就差没给米果下跪拜谢了。

所以,等米果和叶梅离开村子的时候,张家大大小小,足足有三十来口人,一直把她们送到村口,等她们车子都开远了,米果回头,还能看到那些黑压压的人影。

叶梅算是彻底服气了。对米果,这个临时拉来帮忙,却无意中帮了个大忙的平凡的实习生,有了全新的认识。

Chapter 3

恩人再救命

第二天上班,米果被叫到当初领她进门的副总办公室。几分钟后,表情梦幻的她抚着胸口从里面出来。

简直不可置信!她仅仅实习了一个月就被破格录用为正式员工了。而且,还被分到目前实习的小组,也就是叶梅领导的活动组工作。

米果揉揉脸,眼睛放光,一路跑到叶梅面前,才收脚站住。

"叶组长。"她脸泛喜色地叫了声低头工作的叶梅。

叶梅正在看婚恋讲座的流程表,听到喊声,看向米果:"怎么,找我有事?"

米果笑吟吟地说:"我转正了,还有,叶组长,我以后都可以跟着你工作了。"

叶梅的表情无甚变化:"哦,那恭喜你了。"

米果啊了一声,黑亮的眼睛蒙上一层迷惘的雾气:"叶组长,不是你帮我转正的吗?还有进你的组,不是你找副总说的?"

叶梅放下手里的表格,看了看四周竖起来的人影,低声却坚决地予以否定:"不是我,是领导安排。"

领导安排?米果眨眨眼,更加困惑了。她一个小小实习生,什么工作业绩都没有,怎么就转正了呢?公司里和她一样身份的实习生有五六个,他们比她来得早,可她,却先转正了。她还以为是叶梅帮的忙呢。

叶梅看她纠结成一团的圆圆脸,笑了笑,说:"可能领导欣赏你吧,工作踏踏实实的,不像有些人总是嫌这嫌那的,其实一件事都做不好。"

叶梅是故意说给那些长耳朵的员工听的。在她看来,米果虽然不是什么大智慧的女孩,外表也不算漂亮,可她就是欣赏米果的单纯和可爱,在如今功利浮躁的社会大环境下，米果就像是一张朴实纯洁的白纸，心思透明，与人为善，处处为旁人着想。

其实米果破格转正有她的部分功劳，但她不让副总邹明告诉米果，她不想让这个心思单纯的姑娘有负担，想让她就这样保持着本真，在未来的人生道路上，走得更远一点。

叶梅都这样说了，米果自然是报恩无主了。

那些原本有意见的员工看叶梅这么维护米果，也不敢再轻易使唤她了。但是，态度上却差了好多，以前午餐时他们还会叫叫米果，或者干脆让米果跑腿买饭，可自从米果转正以后，他们再也不肯和米果一起吃饭了。

叶梅这几天忙着讲座的事，也不在公司，一连三天，米果都是一个人在空荡荡的办公室里吃盒饭。米果很伤心。她是笨，但是不傻。她知道，除了叶组长，其他的同事都在排挤疏远她。她以为自己哪里做错了，所以更加小心翼翼地工作，每天抢着加班，抢着扫地，抢着为同事们端茶送水。她以为这样就能挽回一些同事间的情谊，可谁知，她被孤立得更惨，最近两天，都没人肯跟她说话了。米果生性纯良，不会隐藏情绪，所以，内心的难过都挂在了脸上。可是，她没有工夫去伤心，因为，周末的讲座，就要到了。

A市特勤中队。

"报告！"一道清越的女声响彻走廊，引来无数双窥伺的眼睛。

房间里的岳湻川正在睡觉。

他昨天刚从邻省回来，就值了一个晚班。幸运的是一晚上除了去了趟高速，把卡在厢式货车里的司机救出来之外，没大的警情。

清晨，他和回家一趟、神清气爽的侯伟业交接之后，便回办公室补觉了。

他的睡眠质量一向很差，经常性失眠，头疼，所以，眼睛时常充血肿痛，再配上他那张不苟言笑、冷峻淡漠的俊脸，中队的兵们对他是敬而远之，又爱又怕。

侯伟业就不同，和他同一所军校毕业，走的却是亲民路线。外表文质彬彬的侯指导员，学识渊博，待人和善，做起下属思想工作，那是头头是道，让人心服口服。

岳湻川和侯伟业，一文一武，一张一弛，被誉为A市消防战线上的"哼哈二将"。

如今，"哼哈二将"的平衡被突如其来的女声给打破了。

岳湻川吃了镇定安眠的药刚刚睡着。不想，睡了不到十分钟，就被门外的"报告"声惊醒。那声音太过熟悉，曾经有一段时期，它就像是寺庙里的清尘梵音一样，绕梁不去，久久不散。

"报告——"孔易真拔高声调，再次喊了一声。

知道他去邻省做报告,她故意迟来了几天,就是想把最好的孔易真亮给他看。可这算什么?给她来个下马威,还是像以前一样,变相拒绝她?心里的一点点喜悦和激动在等待的时间里,都发酵成了怒气,尤其是听到附近此起彼伏的议论声后,她腾地涨红脸,伸手就向门上拍去。

"易真!"忽然,一声熟悉的呼唤从身后传了过来。

孔易真的手僵在半空,慢慢转头。几米开外的地方,立着一个高大清瘦的军人,背着光,面容有些模糊,可肩上的一杠三星,却闪烁着别样的光彩。

孔易真动了动嘴唇,秀丽的脸庞上渐渐漾出惊喜:"侯伟业!"

侯伟业也很激动,他和岳淳川交接后一直在前头检查消防车的车况,后来,听到特勤队员悄悄议论,才知道孔易真来中队报到了。走前几步,这才看清面前飒爽英姿的消防参谋。

孔易真依旧是那么漂亮。齐耳短发,利落干练,五官细致,肤如凝脂,不愧是素来有美女之乡之称的A市姑娘。

只见她一杠两星的武警中尉军衔挂在肩头,眉宇之间,却多了一丝成熟稳重的气质。她已不是当年那朵含羞待放的迎春花了,如今的孔易真,就像一朵盛放的玫瑰,远远望着,就能感受到那股子动人心魄的美丽。

孔易真冲着侯伟业微微一笑,忽然,抬起手臂,向他敬了个军礼:"特勤中队防火参谋孔易真,向指导员报到!"

侯伟业愣住,被这丫头一惊一乍的表现骇到。

可透过微光,看到孔易真格外认真的表情和坦荡荡的眼神,他随即又释然了。

他也很正式地回敬了一个军礼:"欢迎孔参谋!"

孔易真笑了。

侯伟业的心怦地一跳,胸口处传来一阵热烫烧灼的感觉。他暗自心惊,赶紧压下这股子似曾相识的渴望。他别开脸,轻轻咳了一下,又转回头,看着孔易真说:"走吧,我带你去办公室。"

孔易真这次来特勤中队任职,不是单纯地只为了工作。

她摇了摇头:"淳川……哦,不是,岳队长不是在里面吗?我想见见他。"

侯伟业瞥了一眼紧闭的房门,说:"他昨晚值班,这会儿肯定睡下了。"

"值夜班?你们这里中队长要值夜班吗?"孔易真瞪大眼睛。

侯伟业笑了笑:"当然要值了。这值班制度还是他亲自定的,如今你来了,也会上轮值表的。"

中队每一名军官干部都要轮值夜班,不过,别人都是每周一次,他和岳淳川,却是隔日换。遇到重大警情，他们基本上就是连轴转，根本没有休息时间。

孔易真瞅着那扇门低低地叹了口气，像是自问，又像是问侯伟业："他还是那么拼吗？"

侯伟业笑了笑，没接话。

孔易真的办公室也在二楼，205，门口贴着一张名牌，上写：防火参谋，孔易真。

一路行来，不时有中队的人出来打招呼，孔易真一一见过，也礼貌地做出回应。侯伟业不仅感慨，孔易真是真的变了，或许，只有当她面对岳淳川的时候，才会露出小女儿的本真，才会不顾形象地想要当众砸门。

孔易真对办公室非常满意。她指着一尘不染的房间，归放整齐的蓝色图纸和比例尺，向侯伟业道谢："是你让人整的吧。"

侯伟业微笑默认。

孔易真撇撇嘴："我就知道是你！大忙人岳队长绝对不会为了这等琐事屈身亲为的！"

"淳川太忙了，每天能睡上几个小时，就阿弥陀佛了！"侯伟业拿起喷壶，一边为桌上的绿萝浇水，一边替好哥们解释。

孔易真一愣："他的失眠症还没好吗？"

"怎么可能好啊。这病需要长期调养，作息规律才有希望好转。可你也看到了，在特勤中队，想要睡个囫囵觉，几乎是不可能的事。"侯伟业说。

孔易真站在原地，好半天没有说话，侯伟业朝她看过去，她却目光怅然地望着窗外，半晌，她才说了一句："我来了，他会好的。"

侯伟业放下喷壶："你先熟悉熟悉环境，我去中队看看。"

刚准备走，孔易真却叫住了他："伟业。"

他回头。

"听说你结婚了，一切都还好吗？"脱了军帽的孔易真，多了一丝成熟温婉的韵味。

侯伟业笑了笑："挺好的。"他和妻子叶梅结婚快两年了，感情很好。

"你的妻子做什么工作？你们住在队里吗？"孔易真知道大多数的消防警官都住在支队大院里。

"哦，她叫叶梅，梅花的梅，在市里一间婚介公司工作。我们住在队里，三号楼，二单元，二楼。"提起妻子，侯伟业的眼神和语气自动温和了下来。

"那祝福你。哦，对了，明天晚上我在附近的春熙酒楼订了一桌菜，到时带着叶梅一起来吧，我们也见见面，交个朋友。"孔易真目光一闪，向侯伟业发出邀请。

侯伟业愣了一下："怎么能让你破费呢！这应该算在中队的支出里，毕竟，你这样的高才生肯到我们特勤中队来，是我们的荣幸和光荣啊！"

侯伟业没想到孔易真竟然提前预订了酒席，他正准备和岳淳川商量一下，要不要为孔易真开个欢迎会呢。

孔易真摆摆手："不用客气了。这些年我不在A市，也有很多朋友要见的。"说完，她的目光便转向斜对面那间紧闭的房门。

名为"送春到"的大型婚恋讲座，是"喜福来"婚介公司开业以来的头等大事，也是树立企业口碑和形象的最佳宣传方式。

电视和媒体铺天盖地的广告，让"喜福来"的正、副总大呼肉疼，要知道，那短短的一分一秒，都是用钱买下来的。

叶梅不仅是活动组组长，同时也负责公司的宣传。这次大型婚恋讲座就是她一手策划并发起实施的，她向两位领导立下军令状，保证在半年内收回所有的广告宣传投资。

经理们也是看中了叶梅的工作能力，以及那份见解独到的计划书，才冒险组织这次婚恋讲座的。

做这行的人都知道，一场野外的相亲会，也比一场毫无实质内容的讲座来得实在，且有成果得多。可已算是婚媒行业元老的叶梅却不走寻常路，执意用一次高端、高尚、高雅，以"三高"为主题内容的讲座，把A市高端单身人士聚集一堂，共同领悟感受婚恋文化的独特魅力。

叶梅追求的不仅仅是一时的辉煌和胜利，她志在长远，想借助这次机会，把"喜福来"缔造成A市乃至整个华南区第一高端婚恋平台。公司客户定位于高端优秀单身人士，为这些高端客户提供婚恋指导，用丰富的婚恋服务经验，为他们打造专业高效的婚恋交友平台，并且最终帮他们实现婚姻幸福的目标。

所以说，"送春到"的成败与否，直接关系到"喜福来"未来的定位和生存发展。

"只许成功，不许失败！"这是叶梅在活动动员会上，给全体员工下达的死命令。

除了一两个留守的员工之外，其他的人，包括她在内，这几天都在外面跑着送请柬，根本无暇休息。

场地是米果和行动组的几个同事熬了几个通宵才布置完成的，淡紫色的神秘背景，把整个大厅衬托得格外迷人高雅，新鲜悦目的花束点缀其间，更加增添了会场的温馨气氛。

叶梅很满意，尤其对负责会场布置的米果，越发欣赏和喜爱起来。她发现米果对色彩的搭配很有一套,她没有完全按照设计师给出的方案来配色布置,而是添加了很多自己的想法。叶梅随手拿起座椅后面绑着的郁金香花球,凑近鼻子闻了闻,脸上露出淡淡的笑容。

"米果,开会了!"同事喊在台上调试话筒的米果。

米果忙得两眼昏花,听到喊声,她忘了还开着麦,就大大地应了一声:"来了!"

顿时,整个会场都回响着她嘶哑的喊声。米果呆住了。台下的同事们和酒店的工作人员都捂着耳朵,表情扭曲地朝台上瞪过来。米果伸伸舌头,双手拍了拍蒙蒙的脑袋,一路小跑下台,跑向队伍。

"米果,你吃错药了,瞎喊啥!"这几天朝夕相处,同事们对她的敌意似乎没那么强烈了,但是,嘴皮子最厉害的薇薇对她还是不依不饶的。

米果把手伸到脸边,皱起鼻子:"Sorry,我忘了关麦。"

薇薇翻了白眼,哼了一声。

米果赶紧站在队伍末尾,刚站好,就看到穿着笔挺套裙的叶梅脚步如风地走了过来。

叶梅目光如刀,从每个员工的脸上滑过,最后掠过米果的时候,她的眼神微顿,似乎想用忽然和缓下来的目光传达某种特殊的意思。

米果被叶梅看得有点发毛,她的表情僵着,心想:叶组长,你怎么了,为什么总是看我啊。我做错什么了?是不是我弄的那些花球和丝带,您不满意啊。

叶梅一眼就看穿了米果的小心思,她想笑,却不好当着属下的面失态,只好转开视线,轻轻地咳了一声,朗声说:"大家辛苦了!我代表张总和邹副总,以及我本人,向大家的辛苦付出表示感谢!"

她顿了一下,目光停留在队尾:"尤其要提出表扬的,是活动组的米果。她不仅出色地完成了领导布置的任务,还做了很多额外的工作,让我们以热烈的掌声,对米果这种乐于奉献、敢于创新的精神表示鼓励!"

叶梅带头鼓掌,队伍也跟着热情鼓起掌来。只有薇薇神情不屑地撇撇嘴,象征性地拍了两下。

薇薇因为没能进活动组跟着叶梅,把一肚子的怨气都撒在了米果身上,她认为是米果抢了她的饭碗,有意给她难堪。于是,她私下里讲了米果很多坏话,很多同事都是受她的煽动和影响,才疏远米果的。令她没想到的是,不过是几次加班,这些平常对她唯命是从的同事,却纷纷倒戈,都偏向那个普普通通的小高中生了。看他们那高兴的样子,好像立功受奖的人是他们一样……一群傻帽!薇薇在鼻子里哼了一声。

米果被掌声夸得不好意思了,她用手揉了揉发烫的脸颊,扬着黑眼圈,向叶梅和各位同事说:"就别夸我了,大家都很辛苦,我没做什么。"

没做什么吗?单凭你收服这些同事的心,你就成功了,米果!叶梅笑着挥手,掌声渐渐停了下来。她掏出工作用的 iPad:"下面,我们最后一次核对一下准备的细节。薇薇,你那边最终收回多少请柬回函?"

"203 份,有 195 人确定能来。"

"小颖,你那里呢,来授课的心理咨询专家,确定几点能到?"

"三点。四点讲座开始,他们保证不会迟到。"

"刘文艺!你……"

米果用崇拜的眼神望着工作起来就变得光彩照人的叶梅,她羡慕极了,憧憬着某一天,她也能变成叶梅那样的女强人。

思绪正慢慢跑远,突然,啪的一声,大厅里陷入一片黑暗。叶梅的心咯噔一下,听到员工们的嘈杂声,她喊了句:"不要慌!"

很快,酒店的人就打着应急灯跑了过来。

"哎呀!实在是对不起啊,叶组长,这个大厅的电路出问题了!需要抢修!"

叶梅抬腕看了看表,还好,距离讲座开始还有一个半小时。

不过受邀客人提前半小时就要入场,也就是说,一个小时之内,电路必须修好,恢复供电才行。

叶梅对员工说:"大家在这里原地休息,一来电,立刻进入工作状态!听到没有!"

"听到了!"黑暗中,传来员工整齐划一的回声。

此时,一场无法预测的灾难,正悄悄地向他们袭来。

周末。

特勤中队比平常更忙,紧急出动的电铃声此起彼伏,常常是一辆又一辆的消防车呼啸而出,却久久不得返回。

今天岳渟川休息,可中队轮值的军官因病请假,所以,他便主动承担起值班任务。另外,还有一个原因,是他想躲过欢迎孔易真的宴会。这丫头此番来中队任职,绝非外人看到的那么单纯。自从他们见面后,她毫不掩饰的眼神和过于亲昵的态度,比那些年来得更加直白和强势。岳渟川为此徒生烦恼,他一直把孔易真当妹妹看,从无非分之想,可性格固执的丫头这些年却是一点没变,虽然人长大了,可是那份偏执的念头却是随着年龄的增长,越发强烈和迫切起来。就连曾经追求过孔易真的侯伟业，也背叛了他站到孔易真那边，帮她降服特勤中队里最难啃的一块硬骨头。

时钟指向三点一刻，岳淳川望了望窗外阴沉沉的天色，立起身来。他用专线拨电话给一班班长，询问救援现场情况。周末假期，出行车流激增，各种交通事故频发。从上午到现在，中队仅高速公路就出警三次，市区交通事故救援出警达五次之多。

一班长汇报了有关情况，岳淳川听到伤亡数字，心脏不由得一阵一阵揪着痛，三条人命，就因为违章驾驶，瞬间便消失了。

一班长语气沉重地自责，说一个六岁的小女孩被卡在车里，去的时候还会说话，不停地叫叔叔，救救她，救救她。可等破拆后把人抬出来，小女孩已经停止了呼吸。一班长很难过，觉得是他没组织好这次救援，耽误了时间才使小女孩意志崩溃，最终放弃了自己的生命。

岳淳川听后内心沉重，他安抚了一班长几句，叮嘱他早点回来，才挂断电话。

消防救援往往就是这样，去的时候见到的还是个活人，可救出来就成死人了。这种眼睁睁地看着生命从指缝中流逝的无力感，常常会损毁一个人的意志。不过，灾难的残酷性却时时提醒着每一个人，生命是那样可贵，同时，它又是那么脆弱，那么不堪一击。

正暗自思索，"零——"刺耳的电铃声响彻中队大院。岳淳川微微蹙眉，又来了！代表着警情的电铃声一响，就说明这城市的某一处，某一众人群正在遭受着危险。而他们，就是力挽狂澜的卫士，就是把灾难挡在身体前方的消防军人。

岳淳川迅速下楼，刚跑到一楼，就看到一抹黑影直直地奔了过来。是王福祥。他穿着救援服，神色凝重地一路狂奔而来，看到楼道里熟悉的身影，他紧急刹车，叫了声："队长！"

岳淳川不用问也知道出大事了。

这些队员们，别看平时怕他，恨他，可骨子里对他极为尊敬。他们知道残酷的魔鬼式训练和工作中近乎变态的严苛要求，是为了他们的安全。他们心里都清楚，他们的队长不是一个整天把华丽辞藻挂在嘴边卖弄的人，他们的队长是一个英雄，一个胸怀磊落，一个把他们的生命永远排在第一位的特勤队长。

所以，只要轮到岳淳川值班，那些不大的警情，队员们能处理的，绝不会来打扰他。可一旦发生大的事故，谁要是敢瞒着他，那后果，就会很严重。

岳淳川摆了下手，几个箭步冲到院子里，王福祥紧随其后，边走边报告："凌河区，锦江之星大酒店发生火灾事故，目前情况不明。"

人流如潮的A市街头，火红的消防车警报声骤起，红色的警灯，飞旋耀目，转瞬之间，便消失在人们的视线当中。

米果最先闻到胶皮的煳味，站了起来："你们闻到什么味了吗？"

"是有点味道，米果，你去看看呗。"薇薇坐在一边，跷着二郎腿，满不在乎地发号施令。

米果说"行"，大厅里光线昏暗，她打开手机的照明灯，朝入口方向走去。越向前走，闻到的味道越浓，等她拉开门，被眼前可怕的一幕惊呆了。

着火了！整个楼道里浓烟滚滚，同一楼层，另一间大型宴会厅里正向外冒着通红的火光。

"咳……咳咳……"米果被迫吸入浓烟，呛得直不起腰来，她捂着鼻子，踉踉跄跄转身，向同事们报警："着火！着火啦！咳咳……咳咳……"她拼尽全力把房门关上。

会议厅的人一下子炸了窝。

"啊！快走！快逃啊！"

"别挤我！"

"这边！这边！"

"不对，是那边，你跑错方向了！"

米果的头被浓烟熏得晕乎乎的，嗓子火辣辣地疼，她趴在最近的桌上，喘了几口气，用最大的音量朝那群慌不择路的身影喊："出不去了！走廊里全是烟！咳咳！"

"快找找，看还有没有别的出口！"宴会厅在酒店六层，如果没有别的通道和出口，他们今天就死定了。

不知谁喊了一声："119！119！"

一语惊醒梦中人。

几乎所有的人都在拨打着那个看似平常、关键时刻却能救命的数字。

只有米果，一边用袖子掩着口鼻，一边摸黑拨打着叶梅的电话。

叶梅刚才下楼等供电局的维修工人去了，而这层只有两个会议厅，因为停电，酒店的工作人员都下楼去了，也就是说，整个六层，只有"喜福来"的十几名员工，被困在里面。

手指头不听话，按了几次，才听到熟悉的彩铃音乐。米果急得快哭了，借着光线，她清楚地看到门边缝隙里的浓烟和火光，正一步步朝她迫近。

叶梅也急，急得脚不沾地，一个劲儿地在原地转圈。她不知道该去怪谁。

酒店的电线什么时候短路不好，偏偏选在这个节骨眼上出意外，偏偏还是六楼，偏偏是公司举办讲座的楼层。

酒店的电工看了说修不了，需要请电力人员来处理，打了24小时电力故障报修电话，可过去二十多分钟了，连人家的车影都没看到。叶梅急得团团转，她想再等五分钟，五分钟若还不来的话，她就要向公司的两位领导汇报了。

手机在兜里欢唱，叶梅一喜，以为是电业局的人来了，可是拿起一看，却是楼上的米果。

刚接通，就听到米果满含着哭腔的求救声："叶组长，六楼着火了，我们被困在里面，出不来了！"

叶梅吓得头皮发麻，下意识地朝六楼望去。

和她一样仰头望楼的人不在少数，就连对街的路人，也看到了锦江之星大楼冒出的浓烟。

叶梅拔腿就往酒店里跑，上台阶的时候太急，右脚一扭，她痛苦地啊了一声。顾不得旧伤复发的痛苦，她一边瘸着腿飞奔，一边给在家休息的丈夫侯伟业打电话。

侯伟业正卷起裤腿在家里大扫除，好不容易才休假，他这个不称职的丈夫可得好好表现一下。他打算清扫完后，就去锦江之星接上妻子叶梅，去参加孔易真的欢迎宴。

"红星闪闪放光彩，红星灿灿暖胸怀……"哼着歌的侯伟业表情闲适惬意。

手机在茶几上嗡鸣振动，侯伟业浑然不觉，自顾自地沉浸在休假的欢快气氛里。

叶梅打不通侯伟业的电话，便直接打给岳淳川。她快急疯了，楼上有她的员工，如果不是停电，如果不是她严令他们待在会场，也不会发生如此危险的状况。

岳淳川。哦，对，还有岳淳川。

因为车上有内线电话，岳淳川平常出警时不会带手机，带了他也不会接，因为一旦进入救援状态，他就是六亲不认的铁面队长。

车行半途，兜里的手机不停地蜂鸣振动，他都置之不理。可对方似乎不打算善罢甘休，他的手机到最后，就差在兜里跳舞了。

一旁的队员们正襟危坐，都不敢提醒他接电话。

岳淳川揉揉眉心，右手塞进兜里，把已经变得发烫发热的手机拿出来。

原本打算直接掐断的，可当他看到屏幕上显示的人名时，怔了一下，接起："叶梅，找我有事？"

电话那端一片嘈杂，时不时地传出叫喊声，岳淳川蹙眉，又叫了一声："叶梅？"

耳边突然响起叶梅的哭声："淳川……淳川，我这里着火了！我的员工被困在里面了，一共十二个人……十二个人！"

岳淳川深吸一口气，他不敢相信，女强人，叶梅，竟然会哭。他顿时意识到问题的严重性:"叶梅,不要慌,报一下你的方位和现场情况,越详细越好。"

岳㳟川已经示意王福祥把内线电话接到队里,他正在出警,只能暂时先派一队救援力量过去。

叶梅啜泣了两声,紧接着在那边深呼吸,她迅速使自己冷静下来:"我在锦江之星大酒店,六层着火,东向的会议厅里有我们公司的十二名员工,我不在上面,但是,我现在打算上去。"

岳㳟川的心咯噔一下:"叶梅!"

竟然就是锦江之星。这下,省得他再跑去那边了。可是,叶梅,说她要去火场?

"你别上去,我们正在路上。"岳㳟川看看腕表,拍了一下驾驶员的后背:"五分钟内,五分钟内我必须赶到。"

驾驶员立刻打起十二分精神,开足马力,向锦江之星奔去。

挂断电话,岳㳟川正要安排附近出警的消防车增援,手机一颤,接到叶梅的短信:"我上去了,火场情况你和这个手机号联系,她在里面!"

倔强的叶梅,还是不肯听他的劝阻,执意要和员工们在一起。岳㳟川揉了揉发疼的眉心,这个叶梅,上辈子和他是兄妹吗?没有时间再去劝阻叶梅,岳㳟川按照叶梅短信上留的手机号拨了过去。很快,耳边响起他完全不感冒的卡哇伊音乐,可是,却久久无人接听。岳㳟川挂断,又重新拨出。

米果的身上就剩下了秋衣秋裤,她的外套和裤子都被浇上水堵门缝了。

会场里满是烟雾,辛辣刺鼻的气味,熏得人眼泪直流。米果快不能呼吸了,她的头又疼又晕,耳边,隐隐约约地传来手机的音乐声,她下意识手指一滑,接通。

"喂……咳咳……咳咳咳咳……救命!"

下午两点四十一分,岳㳟川带领十名特勤队员赶到锦江之星大酒店。车刚一停稳,魂不守舍的叶梅就扑了上来。

"六楼!㳟川!六楼!"

岳㳟川看到她安然无恙,顿时松了口气,他拍了拍叶梅的肩膀,安慰她不要慌。

不愧是消防员的家属,叶梅赶在消防车到达前,已经找到酒店方要求他们立刻断电,并向消防员提供着火楼层的建筑结构图以及消防栓的确切位置。

这可帮了他的大忙。要知道,在火场争取到的每一分每一秒都意义重大。叶梅还告诉他,这是一起电路火灾,因为六楼之前停电,她正在楼下等待电业局的人来修。

岳㳟川看到酒店六层冒出滚滚黑烟,他立刻派出两名战士组成侦查组登楼勘察火情,他一边快速浏览房屋结构图,一边用呼叫器联系指挥中心,询问云梯车几时能到。

由于队里最后一辆云梯车一小时前出动救援,岳淳川这次出警只带了两辆水罐车和一辆抢险救援车。不过出发前,他已经向指挥中心申请最近的云梯车增援现场。

但是现在看来,什么有都不如自己有,他下定决心,此次火灾后,他一定会向总队打报告,申请增加高空作业车的数量。

很快,先一步登上六楼侦查火情的王福祥向他报告,说他发现火场浓烟夹着火舌经六楼通风窗向上蔓延,西南方向的室内有人员被困,楼梯被烟火封锁,情况万分危急。

紧接着,侦查组另一名战士向他报告,已找到消防栓的位置,水压正常。

岳淳川仅仅思考了几秒,就向列队集合的战士们下达战斗命令:"高铁林,你带内部战斗小组立刻控制火势蔓延,压制有毒高温烟气排放!"

"是!"高铁林带领一小队全副武装的战士冲上楼梯。

岳淳川坚毅镇定的目光扫过在场为数不多的消防战士:"其余人跟我进火场,搜救被困人员!"

"是!"

随着短促有力的回答声,岳淳川带着几名身经百战的消防战士仅用了短短十几秒就到达了火场。

内部战斗小组正在用四支水枪灭火,发散喷射的水雾浇在起火区域,暂时压制住了火势。

"戴面具!预备——"岳淳川一声令下,只见战斗员动作迅捷,将面罩的防尘袋解下,眼窗涂好防雾剂,打开气瓶,并迅速戴上氧气呼吸器。

岳淳川仔细检查过战斗员的气瓶气压后,下达了深入火场搜救的命令。

内部战斗小组和救人小组默契配合,岳淳川身先士卒,带着几名战斗员冲进烟火弥漫的走廊。

几分钟后,增援中队和登高平台救援车相继抵达现场,他们在酒店六楼架起高喷车炮阵地,大量水流从登高车顶端的水炮中喷射而出,击向着火区域,内外夹攻之下,火势得到有效控制。

两点五十三分,岳淳川抱着一个脸部被熏黑的姑娘从被困的会议厅里冲出,紧接着,其余十一名被困群众被战斗员顺利救出。

三点零五分,大火被全部扑灭,特勤中队圆满完成出警任务。

岳渟川一路下楼,到了底层,正撞上从家里赶过来、神色焦灼的侯伟业。估计情况紧急,侯伟业居然穿着家居服,脚上蹬着拖鞋就跑来现场了。

侯伟业看到岳渟川和他怀里的姑娘,先是一愣,紧接着就上前攥住岳渟川,大声吼问:"小梅呢?她人呢!"

侯伟业的嗓音早已变调,手上的力道也没了轻重,岳渟川微微蹙了一下眉头:"小梅没事。"

侯伟业似乎不相信,他盯着岳渟川的眼睛,足足看了五秒,才蓦地双肩一软,长长地呼出口气:"幸好……幸好。"

看多了灾难现场天人永隔的悲恸和无助,轮到自己,才知道这种痛苦不是寻常人能承受的。

侯伟业看到岳渟川怀里的姑娘,不禁愕然问道:"有人员伤亡?"

岳渟川摇摇头,低头瞥了一眼怀中只穿着秋衣秋裤的黑脸姑娘:"只有她一个人昏过去了。也多亏了她,知道用湿衣服堵门缝。其他人……"岳渟川再次摇了摇头。

侯伟业不禁多看了那姑娘两眼。虽然被烟雾熏黑的脸庞已经分辨不出之前的相貌,可依稀可以看出她圆圆的脸形和嘟起来显得有些可爱的嘴唇。她的身上穿着辨不出颜色的秋衣秋裤,干净的地方印有小熊图案,可能是室外的温度太低,她本能地蜷缩在岳渟川的怀里,黑乎乎的胖手紧紧地攥着岳渟川的救援服。

考拉抱大树?侯伟业忽然想笑,因为这样古怪却又和谐的一幕,发生在岳渟川身上。多么不可思议啊。侯伟业拼命忍笑,因为今天的功臣不是他。

"你……她没事吧?"侯伟业指了指那姑娘,目光闪烁间颇有深意。

岳渟川知道侯伟业在瞎想什么,可他一向磊落惯了,对于此类暗示,他已能做到完全免疫。不过,他对自己今天的表现,也感到很是诧异。因为,怀里这个昏过去的姑娘就是之前打电话喊救命的女孩儿。他确认过了,这姑娘抓着的手机上,显示的,是他的电话号码。神奇的是,居然还在通话状态。

不知是不是她之前那声满含着期待的"救命"声打动了他,还是冲进火场,在浓烟之下看到的那双似曾相识的黑亮眼睛,触动了心底某一根弦,他说不清楚原因,总之,在确认其他人都无恙的情况下,他第一时间抱起这个浑身上下黑乎乎的姑娘,奔出火场。

他低下头,视线扫过胸前的"黑手",语气淡漠地回答:"我救的人,能有事吗?"

侯伟业哂然一笑,捶了一下岳渟川,便去酒店里找叶梅了。

岳渟川正要去找急救车:"不要……不要烧我!不要!啊!"怀中温热沉重的物体忽然传来一阵颤动,紧接着,岳渟川的表情就僵住了。

米果觉得自己掉入火海,被热浪和浓烟反复炙烤熏蒸,差一步她就要被可怕的火苗吞噬。可转瞬间,她却从火海滑进冰窖,极寒的冷风,顺着肌肤吹进骨头缝里,冻得她好想哭。

妈妈,救我!就在她的意志和精神都快要崩溃之际,忽然,有一股温暖靠近她包围了她。那股子暖意就像是冰天雪地的炭火,就像是春光融融的三月和风,源源不断地为她输送着温暖的动力。

情不自禁想要更多,米果恨不能一头钻进阳光般绵软美妙的世界里,再也不要出来。

"姑娘!姑娘!醒醒!"耳边忽然传来扰人的喊声,虽然是个很好听的声音,可米果依旧牢牢地攥着温暖的源泉,不愿意醒来。

然后,她觉得自己的脸被人捏住并揪了起来。扰人的声音继续,米果动了动眼睫毛,有些不高兴了。

从小到大,若说性格温和的她有什么最讨厌的事,无非就两件。一件是讨厌别人捏她的包子脸,虽然捏的时候,那些大人都笑得很开心,可她不喜欢被人捏扁揉圆的感觉。另一件讨厌的事,就是睡得好好的,被人揪起来。米家的人都知道,她有很大的起床气,如果睡不醒被叫起来,那米家的早餐桌上,必定会掀起一场风暴。

米果不会骂人,也不会打人,可她会吃!她一生气,就会化气量为食量,米家一大家子的早饭,就会吃进她一个人的肚子里。

所以,老米家的人,都不会叫她起床。上班以后,怕她迟到,米爸爸曾满含深意地送给她一个卡通闹钟,交给她的时候语重心长地说:"果果啊,以后它就是爸爸,你有什么怨言,就冲着它来,记住了吗?"

米果又不能吃了闹钟,于是,在和那个铁疙瘩斗争了几个星期之后,她妥协了。不就是早起吗?不就是睡不饱吗?不就是生气的时候只能冲着它干瞪眼吗?不要紧,她能忍。可现在,她却不能忍了。生平最讨厌的两件事,竟然被叫她醒的那个人占全了,你说,怎不令她火大?

所以,当那人再一次揪起她的脸蛋,在她的耳边喊着"姑娘,姑娘"的时候,她终于,被刺激得两眼一睁,醒了!可……可……可她看到了什么?映入眼帘的,是一张眉头紧蹙的俊脸,那双充斥着血丝的深邃黑眸,为什么……为什么和她记忆深处的那个男人,哦,不对,是那个英雄,竟然神奇般地重合了!

你瞪着我,我瞪着你。足足愕然对视了十秒的光景,米果突然意识到眼前发生的一切都是真的,这个穿着黑色衣服的男人,不是她的梦境,更不是她的凭空想象,而是,真的!真的是那位救她的英雄,而且,他还抱着她……抱着她……

"呀——"大脑突然间变得一片空白,米果腾一下跃起身来,可她没防备对方也试图凑近一些,想看看这个目光呆滞的姑娘是不是又昏过去了。饶是岳淳川察觉到危险,本能地躲了一下,可不能避免的,两个人的额头还是撞在了一起。他蓦地蹙眉,额头处传来的疼痛倒是次要的,关键的是,要命的是,他觉得自己的嘴唇似乎被什么湿漉漉的东西粘上了。

岳淳川也愣住了。意识恢复的刹那,他蓦地仰脖,给失去知觉的嘴唇留出一丝自由的空间。

米果也吓傻了。额头碰住的那一刻,她都忘了疼了,紧接着就是心慌,她想躲远一点的,可阴差阳错地,怎么……怎么……就亲上了。

他的嘴唇,有点凉。似乎还有点甜。她刚才做了什么!意识回到身体里,寒冷的感觉也跟着回来了,还有那些赶不走骂不跑的自惭形秽的羞耻感,几乎使她当场崩溃。一低头,却看到身上的小熊图案一圈一圈的黑印,触目惊心。昏迷之前的记忆一下子涌入脑海,她无力地张了张嘴,喃喃地叫:"英雄!"

岳淳川哭笑不得,正准备找个队员把她送到急救车上,可谁知刚一动作,却听到怀里的姑娘又喊他:"岳……淳川。"

他愕然停步。蹙起眉头,深邃的目光扫过姑娘黑黝黝的脸,与她默然对视。

我和你很熟?没等他询问,他的胸口蓦然一紧,再一看,她竟然胆大包天地把那双黑乎乎的胖手又放在他胸前了。岳淳川不知道自己的脾气何时变得这么好了。

岳淳川闭了下眼睛,又睁开,正想问她如何知道自己名字的,却听到姑娘的嘴里传来一阵急促的呼吸声,再然后,她居然哭了!不是寻常意义上的啜泣,更不是撒泼打滚似的痛号,她是真的在哭,哭声不大不小,泪水哗哗地流,一边哭一边吸气,口齿不清地问他:"岳……岳淳……川……我……我的同事呢?他们……他们是不是,是不是死了?啊啊……"

米果害怕极了,她忘了对方是谁,竟趴在他的胸前,哭了起来。岳淳川哭笑不得,他不知是该夸她仗义,还是骂她不知羞。

虽说这丫头看起来年纪不大吧,可抱起来的感觉也是个大姑娘了,她的脑袋里,怎么就没有男女有别的观念呢?

他先慢慢放下她,然后把她从自己身上快速剥离开。虽然对自己胸口那片可疑水渍可以忽略不计,可视线对上那张圆脸的时候,他差点没忍住,笑出声来。因为经过泪水的洗涤,姑娘的脸现在成了他最热爱的意甲球队尤文图斯的队服,黑白条纹,低调经典。姑娘浑然不觉,仍是抽泣着盯着他,他忍得好辛苦,俊脸都扭曲了,才克制住喷笑的冲动。

他别开脸,不去看她:"你的同事都很好,只有你,刚才昏倒了。"

神奇般地,米果瞬间收声。她愣了几秒,忽然冲着转回脸望着她的岳淳川,张大嘴:"阿嚏——"

Chapter 4
米果有心事

王福祥扶着被救姑娘去找救护车,刚走了几步,听到队长喊他,他转头,却看到中队长大跨步走了过来,一边走,一边脱掉身上的灭火战斗服。

王福祥愕然愣住,刚想问:队长你热吗?那件带着浓郁味道的战斗服已经到了眼前:"给她穿上。"

王福祥下意识接过去,可看到队长身上单薄的衬衣,忍不住提醒:"会感冒的,队长!"

岳渟川瞪了他一眼:"不然,你脱?"

王福祥还没说话,他扶着的姑娘却把队长的衣服朝前一推:"岳渟川,我不冷,你快穿上!"

王福祥双目一圆,不可思议地瞪着那花脸姑娘,正要说话,却听到一声惊天动地的喷嚏伴随着一阵磅礴的气流朝他席卷而来。一秒,两秒,五秒……足足静默了有五秒,王福祥才转了一下眼珠,用手抹了一把湿漉漉的脸,表情扭曲地说:"还是你穿吧。"

米果糗大了,同时也被寒风彻底给冻醒了,脸红得发烫,她还想推辞一下:"我……我没事。"刚说了三个字,鼻子一痒,仰头又是一发炮弹!

这次王福祥提前把头扭过去了,可躲得过正面,躲不过侧面,这次连耳朵、脖子都湿了。

岳渟川再站下去,估计要被这俩活宝给笑死了,他拧了拧眉,抢过王福祥手里的衣服,直接拉过米果,兜头罩了下去。

米果像个小粽子似的,被黑色的宽大战斗服裹得严严实实,她努力地把头从衣服里钻出来,可抬眼一看,却只看到一抹淡绿的背影,迅速消失在前方。

她还在瞠目结舌,身边的消防兵却捅了捅她的胳膊:"姑娘,你真够幸运的,遇到我们队长!"

她扭过头,刚要发表一下对英雄的感慨,"等等!"那年轻的消防兵别过脸去,"好了,你可以说话了。"

"……"

米果没去医院。

原本就不是什么严重的病,吸了几口毒烟,加上缺氧,昏过去了一会儿,醒来喝了几口水,吹吹冷风,自然又是活蹦乱跳的一只小米果。米果有点开心,甚至是有点幸福的。

120的护士们,居然特别羡慕她身上沉重拖沓的黑衣服。因为,她无意中说漏了嘴,说这是岳淳川的衣服。话音刚落,她就被包围了,再一眨眼,她就变成动物园里的国宝欢欢了。最后,连袖子也被人翻弄到露出里子,那护士姑娘还特意趴在她湿答答的身上闻了闻,一脸陶醉地感慨说:"这才是真正的男人味!"

从急救车上下来,米果特意找了个角落闻了闻自己身上的味儿,衣服外面闻闻,里面再闻闻,最后,她吸吸鼻子,一脸不解地总结:"这不就是臭汗味!"男人味就是汗味?她摇摇头,扑哧笑了。

不管是什么味道,都令她感觉到温暖,在经历过灾难之后,她还能被一个陌生人这样呵护和关心,无论对方是英雄还是普通人,她都觉得,自己是这个世界上最幸运的人。可没等幸福上一会儿,身后忽然传来一道嗓音尖细的呼唤:"米果!"

米果一个转身。是薇薇。薇薇站在几米外的台阶上,手里抱着一个大纸箱,当她看到米果的正面时,神情渐渐变得古怪异样起来。

"薇薇!小李他们呢,怎么就你一个人?"米果笑嘻嘻地奔了过去,可刚跑了两步,却看到薇薇忽然弯下腰去。

"哈哈哈!米果,你的脸!哈哈哈哈!"薇薇笑得花枝乱颤,怀里的纸箱倾斜晃动,露出了里面的鲜花装饰。

米果纳闷,摸摸脸,神情茫然地问:"我的脸怎么了?"

薇薇被米果刺激得快流泪了,她一步一晃走近,直接把纸箱丢给米果:"送到一楼餐厅去,哈哈……哈哈哈哈,米果,你……你的脸!哎哟,我的肚子。"

薇薇只是无意中看到那抹立在墙角的背影有点像米果而已,下意识地喊了声,谁知道米果竟给她制造出这么大的笑点。

米果悻悻然走向酒店餐厅,餐厅在一楼,必经之路上竖着一面供人端正仪表的镜子,她大踏步走了过去。没过几秒,她又挪着小碎步退了回来。片刻后,空旷的大堂一角忽然传来一声尖叫,有个可疑的影子抱着重重的箱子跌跌撞撞地跑了。

此刻,叶梅无法表达内心的激动和感激之情。就在十分钟前,她还处在一种濒临崩溃的状态之下。就连得到下属员工无恙的好消息,她也没有感到丝毫的喜悦,就好像勒在脖子上的绳索突然间松了一下,没等她缓过劲来,又再一次卡紧。

距离讲座开始只有不到四十分钟了,刚从火场逃生的小颖急匆匆找到她,说授课讲师已经到了,问讲座是不是取消了。

向来遇事沉稳的叶梅急得直想捶头,她真没办法了,总不能在火灾现场开讲座吧?可近两百位贵宾怎么办?他们都已在来的路上,难道现在再一个个地通知他们,讲座改期?真要那样的话,"喜福来"的声誉和信用就完了。她在老总面前立下的军令状,恐怕也要变成辞职信了。

神情焦灼的小颖还在等着回话,叶梅却是脑中一片空白,只觉口干舌燥,头疼欲裂,却不知道怎么回答。她心烦就会敲头,可她的手才刚抬起,手腕却是一暖,紧接着,她的手就被人握住了。

她愕然抬眸。映入眼帘的,是丈夫侯伟业那张盈满关切之色的国字脸,他上上下下地把她打量一番,又摸了摸她的脸,担忧地问:"小梅,你没事吧?"

叶梅有那么几秒,很想就趴在这个男人的怀里痛哭一场算了,再也不想这些烦心事,再也不想这么累了。可短暂的惊讶和震动过后,她的理智最终打败了眼眶里的软弱。作为整个活动的策划者和实施者,她不能后退,也无法逃避,她的肩上不仅仅扛着责任,还担着公司引以为傲的声誉,还有公司十几名员工的未来,也和这次活动的成败息息相关。

她只允许自己发呆那么一会儿,便反手握住侯伟业的手:"你怎么来了?"视线下移,她看到侯伟业单薄的上衣以及脚上的拖鞋,她眨了眨眼睛,压住里面迅速泛起的潮气。这个男人,看样子是真心爱她的。

侯伟业却顾不得小颖在场,焦急地伸手探问:"先别管我。你的脸色这么差,是不是伤到了?"

叶梅无奈地推开他的手:"我没受伤,我是为讲座的事着急上火呢!"

她快急疯了!要是谁能在这个时候帮帮她,她这辈子都会记着他的恩情。

"叶组长!"蓦地,身后传来一道似曾相识的呼唤。

叶梅猛地回头,看到来人,不由得愣住了:"张主管……"

场地的事就这么轻易地解决了。

之后，从烟气呛鼻的六楼到喜气洋洋的一楼婚宴厅，叶梅他们无须过多布置，便有了现成的场地，而及时赶到的侯伟业则带着几名留在现场的特勤中队的战士和"喜福来"的员工，正把六楼没被损坏的设施搬下来，做最后的调试。

就连张主管也跟着跑前跑后，最忙的时候，他还卷起袖管，和公司的员工们一起搬东西。

对张主管，叶梅有说不尽道不完的感激。可张主管却说："你和米果在我最难的时候帮了我，我这是结草衔环，替我过世的老父亲报恩哪！"

叶梅惭愧不已，这都是米果的功劳，和她有什么关系呢？

想到那丫头受伤送医，至今情况未明，她的心又揪了起来。突然，她似乎听到了什么，猛地抬头朝右后方的入口处望了过去。没一会儿，一个穿着扎眼的黑色灭火战斗服的人影摇摇晃晃地走了进来。

叶梅对这绿白间条的黑色衣服敏感得很，而且，对那抹不堪重负的身影也熟悉得很。可……

可她一直心心念念的小米果怎么变成这副鬼样子了！侯伟业不是说没事吗？她大踏步走过去，一把抢走那个令米果摇摇欲坠的大纸箱，扔到一边，然后拉着米果站在光源处上上下下看了一通，又摸了一通，确定以及肯定她无恙之后，这才长舒一口气，用力擦了擦米果的花猫脸："你不说话，我还以为见鬼了呢！"

米果呵呵傻笑，用手背蹭了蹭脏兮兮的脸蛋："刚才照镜子，也吓到我了。"

"刚才那一嗓子是你喊的？"叶梅问。

米果不好意思地伸伸舌头："叶组长你也听见了？"

叶梅笑了："这里没人听不到吧。"那威力巨大的一嗓儿，估计"聋子"也被治好了。

她摸了摸米果的脸，又拉了拉她身上不伦不类的衣服，好奇地问："哪个好心的兵哥哥这么照顾我们米果啊，可惜啊，号太大了。"

米果捏着衣摆，低头看了看，脸热热地说："救我的是个英雄。"

叶梅一怔："英雄？哪个？"特勤中队的英雄人物多了，她的脑子里迅速浮现出七八张男性面孔。

米果正要说出名字，小颖急匆匆地跑了过来："叶组长！讲师来了！"

叶梅打住话题，跟着小颖走了两步，却又转了回来："米果，你回家休息吧，明天也不用来上班了，公司放你一天假！"

米果啊了一声，脑子里还有些转不过弯来，放假？她一个人放假？

这时，一旁加班的公司员工都羡慕地看过来，薇薇撇撇嘴，正要发表意见，却听到叶梅不容置喙地向她下达命令:"薇薇,你把这纸箱交给刘工,完事了和秀秀去酒店大堂迎宾!"

"叶组长——"薇薇刚想说"这不公平,凭什么米果放假,我们却要干活",可她刚一张嘴,叶梅就狠狠地瞪了她一眼,带着小颖走了。

薇薇跺跺脚,暗骂了一声"晦气",她抱纸箱的时候故意撞了下米果,哼了一鼻子,还说起了风凉话:"哟!看不出来啊,长得傻乎乎的,居然是个有心计的!唉,我们这些苦命人啊,还是乖乖干活吧!"

米果张张嘴,想为自己辩护,可是说什么好呢?薇薇和同事们会理解吗?

她不是故意出风头,也从来没想借助叶梅一步登天,她只想踏踏实实地工作,让身边的人都喜欢她而已。难道这样微薄的愿望,在薇薇他们眼中,也是过分的吗?米果迷惘了。

晚上八点四十分,特勤中队,灯火闪亮。

随着道边一道刺耳的刹车声,一辆白色的车里,跳下一个身着浅紫色羊毛套裙、体形窈窕纤细的姑娘。姑娘脚上的黑色高跟鞋和水泥地面碰触,发出铿锵脆响。听声音,就知道主人的心情不怎么愉悦。哨兵举旗拦挡,却在看到来人的样貌之后,愣愣地叫道:"孔参谋!"

孔易真拨开哨兵的旗子,心不在焉地点点头:"我找队长有点事。"说完,不等哨兵放行,便径自走了进去。

岳淳川从锦江之星回来,短短的两个小时内又连续出警三次,这才刚刚回到队里,就听到有人喊他:"淳川!"

敢当着中队的兵这么喊他的人,用手指头数也能数得过来。岳淳川蹙了下眉,他关上车门,拍了拍手上的灰土,才转过身,望向来人。

中队大院灯火灿亮,孔易真逆光而来,行走间林下风致,身姿曼妙,只是眉目之间,却夹杂着一丝冷锐冰寒之气。走近了,却又分明看得到她杏眼里暗藏的火苗。

"易真。"他点点头,算是招呼。

孔易真心中有气脚步疾,转眼间就到了岳淳川面前。她比岳淳川低半个头,却不肯示弱,挺胸瞪着面前这个让她又爱又恨的男人,委屈地质问道:"你为什么不来?瞧不起我孔易真,还是你眼里,根本没我这个人?"

岳淳川习惯性蹙眉,他的头又开始疼了,这丫头,是要吆喝到全中队的官兵都知道她那点花花心思,是吗?他深深地看了孔易真一眼,扭头就往办公楼走,可刚一抬步,眼前一花,鼻子里冲入一股子淡雅的香气。他下意识后退,隔了几步站定,拧眉低声呵斥："孔易真,你发什么疯!没看到我在工作吗?"

"工作?今天根本不是你的班!我问过孙干事了,是你主动找他替班的!"孔易真情绪激动。

岳淳川目光转冷,她竟然不顾影响,贸然求证。

"那你知不知道孙干事高烧不退,一直坚守岗位?"他说。

孔易真愕然愣住,孙干事病了?电话里他可什么都没提啊,只说是中队长主动替他的班。她以为岳淳川故意打发孙干事回家休息,借口工作忙不去参加她的欢迎宴呢。提起今晚的宴席就是一肚子的火。该来的人一个都没有来,不该来的,却害她足足应酬了半个晚上。就连之前信誓旦旦,保证带着老婆准时赴宴的侯伟业也放了她的鸽子。你说,怎能不令她火冒三丈!她的人生向来顺风顺水,哪里受过这样的怠慢。

宴席匆匆结束,她顾不得回家卸妆,便直接杀到了中队。她满心怨气和难堪,只想第一时间找岳淳川算账,不过,来了之后才发现,事情并非她想的那样。

岳淳川的脾气性格,整个A市消防系统的同行和战友无人不知,无人不晓。他工作起来不要命,六亲不认,所以才被封了"冷血魔王"的外号。她这一通无名火,发得毫无意义。可又不甘心就这样算了,毕竟,她也是个自尊心很强的人。而对方,又是她喜欢了很久的人。

"就算你有工作走不开,也能给我打个电话吧?还有侯伟业,他怎么回事?难道也和你一起加班了?"孔易真扬眉问道。

岳淳川摸摸鼻子,回答:"还真让你说中了,不过,侯指导员不是在中队加班,而是陪老婆加班?!"

加班加点的何止侯伟业一人,老米家同样也是兵荒马乱。

先是米家大女儿米果穿着一身不伦不类的衣服回家引来一阵骚乱,接着,是在体院上大学的小女儿米拉因为失恋醉酒被同学送回家来。

米爸爸、米妈妈忙得脑袋流油,脚不沾地,一边照顾涕泪交流的米果,一边又要照顾抱着马桶圈直呼"亲爱的"的米拉。往往是这个屋里的刚量完温度,那个屋的又光脚跑出来,傻笑着要上学。

最后,米爸爸灵机一动,把两个女儿集中到他和米妈妈的卧室大床上,同时看护起来。

米果受凉感冒发高烧,伸出胖手,泪眼蒙眬地叫爸爸:"我想吃葱花酸汤面。"

米拉的胃早吐空了,头晕目眩,意识不清的她抱着米妈妈的腰,可怜兮兮地哼唧:"我要吃……吃他最喜欢的西红柿火腿比萨……呜呜呜……"

米爸爸、米妈妈面面相觑。

最后,在家中权威米妈妈的号令之下,全能米爸爸冲进厨房,左手切葱,右手切西红柿,一边打蛋下面,一边用电饼铛翻动着他独家发明的西红柿火腿大饼……

翌日清晨。叶梅一通饱睡,睁眼却撞上丈夫的笑脸。她揉揉眼,惊讶地问:"几点了?你怎么还没走?"

她以为侯伟业早就回中队了。过去她休假,他总是天不亮就上班,她也习惯了晨起时一个人打理一切。可现在,颜色素雅的窗帘缝隙里透着几缕阳光,空气里也弥漫着米粥的清香味道。

侯伟业穿戴整齐,侧卧在床上,想必早早起来做好饭,又等着她睡醒。

"今天可以晚点去。"侯伟业把叶梅按到枕头上,"再睡会儿,时间还早。"

叶梅看着穿着整齐军装的丈夫,心里不禁一暖。她拉起侯伟业的手压在脸下,目光灼灼地望着他:"既然时间还早,那侯指导员要不要做一做晨间运动呀?"

侯伟业黑眸蓦地一亮,他哇地吼了一声,便朝叶梅压了过去:"亲爱的,你说的是叫醒宝宝的晨间运动吗?"

叶梅骂了句"臭不要脸",之后就脸红心跳地躲着他的魔爪:"啊!不是……不是……呀!侯伟业!流氓!"

上午,神清气爽的叶梅走进公司大门,却看到一抹熟悉的身影,正拎着拖把从盥洗室出来。

"米果!"她诧异叫道。这丫头,难道忘了她今天休息?

穿着宽大卫衣和紧腿牛仔裤的米果兴冲冲地跑过来:"叶组长!"

叶梅面色一怔:"不是让你好好在家休息吗?跑来做什么?身体能受得了吗?"

米果嗯了一声,圆脸上露出笑容:"我没事,叶组长,昨天晚上吃了我爸做的葱花酸汤面,什么病都跑光光了!"

叶梅无奈地瞪了她一眼:"感冒了还说没事,你听听,你的声音都快赶上老牛了。"

米果嘿嘿一笑,晃晃拖把:"那我去拖地了,叶组长,有事您说话!"

叶梅抬步要走,米果却又转身跑了回来:"哦,对了,叶组长,你是不是认识昨天救火的消防军人啊?"

米果涮拖把的时候听同事们提起昨天的火灾,他们说叶梅是个神人,关系通天。说她不仅认识消防队的领导,能够以最快的速度灭火并救出被困人员,而且她和酒店方亦是关系匪浅,关键时刻更换场地,把不可能的事变为可能。讲座最终获得巨大成功,公司也避免遭受重大损失,说到底,都是叶梅的功劳。

叶梅一愣:"嗯,认识。你找他们?"

米果赶紧摆手,晃了几下,解释说:"我就是想还衣服,昨天的,那个……"

叶梅看米果纠结成那样,不禁笑了:"得了,你把衣服给我吧,我帮你还了。"

米果吸吸鼻子,显得五官紧凑,可爱得紧:"今天拿不来,我妈给洗了,还没干。"

其实她想亲自去还。

"叶组长,他们是哪个消防中队的啊?"米果装作不在意地问。

叶梅看了米果一眼,心中一动。她拉了一把椅子坐下,看着米果问:"你跟我说实话,你问那么清楚做什么?"

米果包打听的反常表现,让叶梅察觉到一丝异样。她昨天问了个半截,还不知道是谁救了米果,让她如此牵肠挂肚的,她今天得问清楚。

米果的脸转瞬间就红了,吞吞吐吐,哼唧了半天,憋出一句:"我……我想去谢谢他。"

谢就谢呗,脸红什么?叶梅越发肯定了心里的猜测。她试探着问:"是不是那人救起火来不要命?"

米果不假思索地点点头。没有人比他更勇敢了。

"他是不是还很帅啊?个子高高的,眼睛有些凹,猛一看跟外国人似的?"

米果呆了呆,把总是浮现在脑海中的影子和叶梅口中描述的人重合。最后,她不好意思地点头:"嗯。"

啪!叶梅双手一拍,站起身来:"行了,我知道他是谁了。"

米果眨眨眼:"组长,你知道了?"她好像没说漏嘴呀。

叶梅看那丫头眸光流转、脸红羞涩的模样,一猜就知道小姑娘动了春心。不过也难怪,岳淳川那样的妖孽,哪里是寻常女孩能抵挡得了的。她笑了笑,默认。然后告诉米果:"是 A 市消防特勤中队,锦湖路 19 号。"

锦湖路 19 号?一个城东,一个城西,和老米家离得好远啊。米果在心里低叹一声,可脸上却露出欣喜的神色:"离我家好近啊,我自己去还吧。"

叶梅看看她:"那好吧。你去的时候,如果哨兵不让进,你就找一个叫侯伟业的人,让他带你进去。"

米果用心记下人名,高高兴兴地走了。

叶梅走进办公隔断,脱下外套,挂好。她想起什么,从办公桌上抽出一个文件夹,翻到米果的资料页,开始浏览起来。没过几秒,叶组长的办公区内突然爆发出一阵笑声。

公司员工都诧异地望过去,就连远处拖地的米果也神情不解地看向叶组长。

叶梅捂着嘴,从隔断内向周遭好奇的员工摆手,示意他们不要大惊小怪,可当她的视线无意中转到表情无辜的米果身上时,好不容易才压下去的爆笑冲动,再次破功。

于是,大家都看着一向沉稳持重的叶组长像个二傻子似的疯笑了半天,就连她最偏爱的员工米果上前表示关心,也没能止住她的笑声,似乎,比之前还更大声了一些。

叶梅不能回想。她一想起刚才米果故意露出欣喜的表情,说谎迷惑她的可爱模样,她就止不住地想笑。尤其说谎时连眼皮都不眨,连她都被糊弄了呢。要知道,从米果家到特勤中队,全程地铁还要半个多小时呢!地铁3号线还没完工,只怕花在路上的时间,要更多些。可见,老实人不老实起来,有多可怕。

大笑一通,体内浊气尽除,叶梅的心情越发明朗。张总和邹副总踩着轻快的步伐,兴高采烈地走进公司大门。叶梅赶紧起身,和其他员工一起向领导问好。

想必两位领导对昨天讲座取得的成效极为满意,邹明一直在现场,他一定向张总汇报了火灾后更换场地等一系列变故。张总是个赏罚分明的男人,看他脸上的笑容就知道,今天,肯定有人要走大运了。

这个人,毋庸置疑,肯定就是大功臣,叶梅。果不其然,上班后不久,叶梅就被张总叫走了。

过了半小时,小颖接到叶梅的电话,通知全体员工到二楼会议室开会,她着重强调,米果必须参加。

米果成了"喜福来"的英雄。

虽然她这个英雄和岳淳川式的英雄人物在性质上有着天壤之别,可并不妨碍她从一个默默无闻的小职员一下子跃升为拯救"喜福来"的 Superman。

叶梅行事坦荡,公司会议上向全体员工和领导澄清了整个事件的始末。当然,她不会提及米果那晚在乡村的"英雄壮举",她怕吓到这群没见过世面的娇小姐和少爷们,她简单带过,把功劳统统给了米果。

公司张总确实是个大方的人,他不仅在会议上对米果的行为进行了精神褒奖,还拿出实际行动,用五千元奖金的现金奖励,让一众员工嫉妒得眼睛发红。

米果从开始到最后,一直处于梦幻状态,接到烫手的红包,她竟像古人验金子那样,咬了一口,证明它是真的。

张总被蠢萌可爱的米果逗得哈哈大笑,心情愉悦的他大手一挥,于是,每个员工都得到了五百元的奖金和一天带薪休假的机会。

皆大欢喜。只有薇薇妒忌得不行,会后告假回家,错过了米果请的咖啡大餐。

"叶组长,咖啡!"米果拎着热腾腾的卡布奇诺盒子走了过来。

午餐是公司领导犒劳全体员工的五十元标准的盒饭,饭后,米果特意从附近的咖啡厅订了外卖和甜品,向同事和领导表示感谢。

没想到叶梅和她一样,都喜欢咖啡族里甜到发腻的奶泡达人,卡布奇诺。

按照米果的思维,她觉得女强人叶梅一定钟情于 Espresso,一款不加糖奶的纯意式特浓咖啡,她听说一小杯的量就可以让人精神一整天。

叶梅拿了一杯咖啡,指指楼上:"跟我去上面坐一会儿吧。"

公司二楼。除了正、副总的办公室和一个大型会议室外,居然还有一个露天的小阳台。几平方米的阳台上居然装修精致,还配备了白色的石桌石凳。米果大为惊讶,她摸摸白色的大理石桌面,望着绿植环绕的阳台,感叹道:"好漂亮啊!"

"可惜啊,楼层太低,欣赏不到什么。"叶梅趴在阳台边缘,低头闻了闻咖啡的香气。

她轻轻蹙眉,转头:"来块方糖,米……"

叶梅愣住,因为她看到米果正把一块方糖丢进杯子。

米果表情呆萌地看看她,又看看叶梅手里的咖啡,突然间,两人指了对方一下,同时大笑出声:"你也要加糖啊!"

"叶组长,原来你的习惯和我一样啊,我还以为你喜欢喝超级苦的 Espresso。"

"也讨厌世间一切苦涩的食物。"

"呵呵,我也是。我最喜欢吃甜和辣,最讨厌吃苦瓜。"

"加糖,一块?"叶梅举起一根手指。

"是啊,只加一块,因为我怕胖。"米果揉揉脸。

"我也是,只加一块。"叶梅走过去,手指夹起一块方糖丢进她的杯子,晃匀后,朝米果伸过去,"来,碰一下吧!祝贺我们的小米果,成了大英雄!"

米果激动得两眼发亮,漆黑的瞳仁,就像是两颗黑宝石似的,熠熠闪光。她小心翼翼地和叶梅撞了一下杯,脸红红地说:"我才不是英雄呢,真正的英雄是岳——"米果突地卡顿,她张着嘴空了有几秒,急中生智:"是岳飞!"

叶梅今天笑抽了。等她好不容易抹干眼角的泪水,在石凳上坐下来,好好的一杯卡布奇诺已经凉了。

米果的圆脸上还挂着可爱的笑容,嘴角上翘,露出白白的虎牙:"叶组长。"

她太笨了,是不是?原本想说岳淳川的,可是又不好意思,只好胡蒙了一个岳飞。不过,她也没说错啊,岳飞就是个大英雄啊,虽然,这个英雄和她们口中的英雄时间跨度上有点大。

叶梅的嘴都笑僵了,她心情很好,不计较咖啡是凉的,一口气喝下大半,才舒服地喘了口气,说:"米果,你不当喜剧演员,真是浪费人才。"

米果眨眨眼,努力消化叶梅话里的意思。

叶梅一瞅她,又想笑了,她轻咳一声,别开脸,带着笑意问:"你愿意做婚介这行吗?"

米果愣了愣,她愿意吗?脑海中浮现出米爸爸、米妈妈慈祥的脸庞,她点点头,不再犹豫:"叶组长,我愿意的。"

叶梅看看她:"以后没人的时候,叫我叶梅,或是叶姐,随你心意。"

米果一愣,随即反应过来:"那不合适,叶组长。"

"还叫?"叶梅拧眉瞪着米果。

米果嗫嚅两声,小心翼翼地叫:"小梅姐!"

一番交涉,"小"字去掉,从此,叶梅成了米果心目中的大好人,梅姐。

"其实做婚介这行,主要看的是口才和人缘。说句实话,米果,你的资质其实并不太适合婚介这行。可你既然出于自愿,又想做好,那你记住了:首先,第一条,你需要的是足够的耐心和恒心。你需要比别人付出更多的努力,你要时刻学习,把基层的业务学扎实,每一场相亲会和活动,都是锻炼你的绝佳机会。第二,你要有勇气走出去,多接触方方面面的客户,和他们交谈、沟通,这样,你才能了解到客户真正的需求,提高配对成功率,获得成功。"叶梅是真心喜欢米果,她想在工作上尽其所能地帮助米果。

叶梅讲话语速快,米果其实只记住了一半不到的内容,她下意识去掏身上的本子和笔,可是一摸,却是空的。

"叶……梅姐,你能不能再说一遍,慢点说,我用心记。"米果恳求道。

叶梅莞尔一笑,摸了摸米果的马尾辫:"没事的,米果,放轻松,以后有不懂的地方,随时可以来问我。"

米果感激不尽,她用力点头:"谢谢梅姐!"

于是,从那天起,米果就被叶梅安排到公司的各个组内轮换学习,就连前台接待,她也尝试做过了。学习初期的米果木讷笨拙,往往接待客户时连水都忘了倒,她太在意客户的要求,反而因为过度紧张漏掉许多重要的内容。俗话说得好,笨鸟先飞,勤能补拙。吃的亏多了,受的教训多了,慢慢地,米果也找到一些工作的窍门。她开始有事没事地联系客户,宣传灌输公司的活动和政策,偶尔还会提供点情感咨询支持什么的。当然,替客户解答的都是行业专家叶梅。渐渐地,客户也开始信任米果,而米果的业务也越来越熟练起来,她感觉自己应该算是入门了。

在职场上渐渐摸到门道的米果,有件心事未了。未了的心事和岳湻川借给她的黑衣服有关。

不都和叶梅说好了衣服干了,她亲自送到消防特勤中队吗?可衣服是干了,汗味也没了,但是……但是却被米爸爸拿到单位当雨衣用了!

用了就用了,拿回来就是了。可偏偏,米爸爸单位的看门大爷相中了这件厚实的衣服,找到米爸爸要了去,并且带回老家了。

米果知道这一切时已经晚了,看门大爷是临时工,辞职回乡养老,一走便是真正的后会无期,让米果去哪儿找他呢?

米爸爸听女儿说了衣服的前前后后,才明白他无意中做下错事,竟把恩人的衣服送人了,可惜的是,再也拿不回来了。他要去消防队找救自家女儿的恩人解释,可是米果却拦住米爸爸,说算了,她亲自去道歉,才显得比较有诚意。

可她怎么解释呢?说他的衣服被她爸爸不小心送人了,还是告诉他拿走衣服的人已经回不来了?好像怎么说,都难以启齿。

一想到岳湻川布满红丝的眼睛到时候会恶狠狠地瞪着她,她就脊背发凉,浑身发怵。算了……算了……就当一回小人吧。只当他没救过她,只当披着衣服像只小浣熊似的米果,是她做的一个梦。

米果平生最怕做亏心事,可这件事连日来压着她,有愈演愈烈的趋势。连着三天了,每晚都梦到岳湻川追着她要衣服,她心虚,抱头前面跑,他红着眼睛,跟动画片里的大灰狼一样,在后面狂追。

梦做得多了,就像是真的,她现在但凡看到穿黑风衣的人,都会条件反射地躲到一边,尤其是上下班途中,如果遇到呜哇呜哇的消防车,第一反应就是抱头鼠窜,可无论她怎么躲,好像耳边都回旋着岳湻川的喊声:"还我衣服!还我衣服!"

没有衣服,要她怎么还啊?再买一套还给他?恐怕不行,他们是部队,听说部队的服装都是军工厂特制的。

米果这天下班,躲了三辆消防车和八个穿黑风衣的人,才艰难到家。刚推开门就听到小姑姑米丛珊的大嗓门:"果果如今有出息了,嫂子你要怎么谢我啊。"

米妈妈的笑声瘆人得很,她笑了几声,随即,厨房里传来米丛珊惊喜不禁的喊声:"栗子炖鸡!哇!曹秀云,你知道我今天要来你家啊!"

曹秀云就是米妈妈的闺名。啪的一声响,紧跟着就是米丛珊的痛叫:"曹秀云——"

"鸡还没炖好,你伸什么爪子!去去去,外面等着去,我听见门响,看看是不是你哥和果果回来了!"米妈妈行事利落,三下五除二把小姑子米丛珊从厨房撵了出去。

米丛珊一边揉着被锅盖夹疼的手背,一边低声嘟囔着走了出来,刚走到客厅拐弯处,突地,脊背一麻,肩头探出一只手来。

米丛珊僵住不动,身后传来一声鬼魅样的叱问:"你是谁……"

米丛珊吓得满面霜白,浑身发颤,膝盖一软,眼看着就要倒下。可就在肩上的"黑手"即将功成身退的瞬间,米丛珊神色一变,蓦地,抓起那只白胖的爪子,头一歪,嘴一低,着着实实咬了上去。

"啊——"熟悉的惨叫声从背后传来。

只见米丛珊圆滚滚的身子灵巧一转,手臂一拉,躲在暗处的"黑手"便现出原形。

"小姑姑饶命!疼……"米果团着白嫩的小圆脸,单手举在额头上,向米丛珊求饶。

"知道疼了?那你刚才欺负小姑姑的时候,是不是心里特爽啊!"米丛珊得理不饶人,作势又要对着那只胖胖的白爪子咬下去。

"不敢了!小姑姑,不敢了!果果不敢了!啊!妈——"米果向后撤着身子,她怕死了米丛珊那口能咬透核桃皮的钢牙。

关键时刻,米丛珊改咬为亲,重重地亲了两口亲侄女带着奶香味的胖手,抬起头,斜眼看着米果:"还跟不跟那小妖精学了?"

米拉就是米丛珊口中的小妖精。从小到大,古灵精怪的米拉就没少让老米家的人费心。

"不学了,我不认识那个……那个小妖精。"米果违心认错。

米丛珊满意地攥住米果的小胖手捏了捏:"这才是我的好果果。"

米果就往前蹭,顺势抽出手,搂住米丛珊隐约可见的脖子,谄媚巴结地叫:"小姑姑。"

米妈妈端着砂锅从厨房出来,恰好看到这母慈子孝的一幕,顿时心里一酸,吃味得不得了。米妈妈把砂锅朝餐桌上一蹾,叉腰吼道:"米果!谁才是你亲老子!"

米果表情一僵,正要答话,却听见门厅那边传来一道熟悉的声音:"我是她亲老子!"原来,是米爸爸回来了。

几分钟后,一家人其乐融融地围着餐桌吃饭。

"小姑姑,你怎么猜出背后的人是我的呀?"米果一边啃着姜黄色的鸡肉,一边问同样腮帮鼓鼓的米丛珊。

米丛珊朝天哼了一声,她加速咀嚼的动作,为嘴里腾出一点空隙,然后指着米果的手,口齿不清地说:"你……你的……嗯……蹄!"

物体?

米果不明所以,举起手,看了看。

米妈妈瞪了眼米丛珊,又恨铁不成钢地瞪着米果:"你小姑姑笑话你的手像猪蹄,就算是戴着手套,她也能认出是你!"

米果蹙着鼻子,用力一吸,歪着脑袋想了几秒,恍然大悟。

"原来是这样啊,怪不得呢。呵呵呵,哈哈哈哈!"她捂着嘴,闷声笑了起来。

米妈妈懒得看她的傻闺女,一句话定性:"笨!"

米丛珊只顾着低头吃鸡,随声附和:"就是,笨死了!"

只有米爸爸放下筷子,伸出宽大的手掌摸了摸女儿的脑袋,目光慈爱地说:"我家果果才不笨呢,这叫可爱,懂不懂啊,你们!"

可今天,小可爱缠上米丛珊了。

以前是米拉喜欢缠着米丛珊讲故事,因为媒婆出身的米丛珊会讲各种各样的爱情故事。古今中外,无所不知,无所不晓。从张生与崔莺莺,到唐明皇和杨贵妃,从司马相如与卓文君,到梁山伯与祝英台。从悲情的罗密欧与朱丽叶,到吉卜赛女与敲钟人,甚至,只有初中文化水平的米丛珊,为了给那些高知和文艺青年介绍对象,竟博览群书,自学成才,最后连维纳斯和阿都奈斯,爱德华八世和辛普森夫人,罗伊和马拉等等爱情经典故事的主角们也熟悉得跟自家人似的。

米拉从小就比米果开窍得早,她喜欢一切浪漫和唯美的事物,脑袋里冒出的想法常常令米家人招架不住,她问的问题,让老江湖米丛珊也脸热心跳,所以,她才成了米丛珊口中的"小妖精"。

相较于米拉的古灵精怪和早熟,姐姐米果则显得过分迟钝了。米果对恐怖电影和小说的痴迷程度,和米拉对爱情电影和小说的迷恋程度不相上下。每逢周末,家里都会上演抢电视大战,然后,米家就会变成某个浪漫的海滩,或是某个血案的案发现场,往往是男女主人公刚刚开始深情表白,下一秒,就会传出惊悚恐怖的尖叫声。

米拉最喜欢的节日是情人节,米果则最喜欢重口味的万圣节。米拉很早就谈恋爱了,可米果,却认为那是在浪费青春。

爱好特殊的米果从不会缠着米丛珊讲故事,在她看来,那些莺莺燕燕、你侬我侬的爱情,和她隔着整个宇宙的距离。可今天,米果却像是忽然开了窍,不仅缠着米丛珊讲那些酸掉牙的爱情故事,还用电脑录下来,说晚上睡觉听。

起初,米丛珊很得意,觉得被小侄女这样追捧着,特别有面子。可是后来,她渐渐招架不住了。为什么呢?因为她的故事再多,也架不住米果的"再来一个"啊。不知不觉间,她讲了半个晚上,讲得口干舌燥,面目狰狞,两眼冒绿光,可小侄女米果呢,却还是一副兴致勃勃的样子,手里拿着个破本子,不停地记啊记,根本没停下来的意思。

"果果!"米丛珊受不了了。

"小姑姑,我要听红叶,红叶!就是你给拉拉讲过的,那个红叶定情的故事!你忘了吗?拉拉就是因为听了你的故事,才摔断腿的!"米果兴奋地回忆道。

米丛珊眉毛一抽,为自己正名:"那是她鬼迷心窍,非要上树摘什么红叶,才摔断腿。"提起那个古灵精怪的小侄女米拉,米丛珊的脑仁都是疼的。

米果嘿嘿一笑,拉住米丛珊的衣角:"不管拉拉了。小姑姑,再讲一个嘛!再讲一个红叶嘛!"

米丛珊招架不住:"好,好!红叶定情,最后一个!"

"最后一个。"米果两眼放光。

米丛珊提起精神:"话说啊,唐僖宗时有一名很有才华的宫女,叫韩翠屏。秋天的时候,宫中的小河中漂浮着许多红叶,韩翠屏捞起一张随即在上面作了首诗,第二天放回了河中。红叶被流水带到了宫外的护城河,被大学士于佑捡到了,于佑一看,哎哟,这上面的诗不得了啊。"

"姑姑,红叶上还有字吗?不会被水冲掉吗?"米果歪着头,忽然插话道。

几秒钟后,词穷墨尽的米丛珊从米家落荒而逃,她的身后,紧追着一道影子:"小姑姑,再来一个,再来一个……"

· Chapter 5 ·

幸福而失落

之后某天,米果如愿以偿地坐在 A 市著名的相亲茶座里,给一对性格浪漫的年轻男女讲述经典的红叶定情故事。

米果难得穿得正式,可就是呢子裙太紧,勒得她腰疼脖子酸。

她轻叩桌面,接着讲:"于佑倾慕对方的才华,于是也在红叶上题诗一首,又放回护城河中,不知怎么回事,红叶漂啊漂地又漂回了宫中。你们猜,后来发生了什么?"

"韩翠屏捡到红叶了?"大龄女青年刘某神情向往,完全被米果的故事吸引了。

"他们,见面了?"大龄男青年张某两眼放光。

"No,no!"米果故弄玄虚,摇头,"那会儿宫女不许私自出宫。"

"那……那定是大学士于佑买通关系,悄悄去宫里见到韩翠屏了,两人暗生情愫,于是……"身为男人,张某的想象力着实令人佩服。

刘某激动地附和:"一定是这样的,要不然,就是于佑化装成了宫女,男扮女装入宫找到韩翠屏了。"

米果傻眼了,不愧是米丛珊慧眼识珠凑成的一对儿啊,连思维的跳跃点都在一条线上,这脑回路。

见米果神情僵硬不语,女青年刘某大急:"结果怎么了,你快说啊,我心都痒死了。"

四只眼睛齐刷刷地瞪着她,米果心虚,嘿嘿傻笑:"呵呵……猜对一半,韩翠屏真的捡到这张红叶了。不过,他们没有见面哦,只是用红叶来传情。后来,宫中大赦放出了三千宫女,韩翠屏获得自由,于佑和韩翠屏才结为了夫妻。"

"啊,是这样啊。红叶传情,好浪漫啊。"刘某捧着心口,神情恍然感慨。

男青年张某此时眼里只有女青年刘某了,他觉得,自己就是幸运的于佑,而刘某,就是才华出众的韩翠屏。

米果临走的时候,送了刘某和张某各一片树叶,她撒谎说是她事先特意准备的礼物,其实是她从卫生间的平安树上揪下来的。

相亲过去好几天了,米果都快忘了红叶传情的故事内容,米丛珊却忽然打来电话报喜,说那对儿浪漫的主儿竟然谈成了。

米丛珊诧异地问米果,人家追着她要树叶,是怎么回事?米果愣了愣,才想起那两片从厕所的绿植上揪下来的树叶,她在电话这边哈哈大笑,笑完了才跟米丛珊讲了生平第一次说媒成功的经历。米丛珊听后乐得不行,同时也欣慰得不行,她的事业,看来真的是后继有人了。

此后,米丛珊但凡接了说媒的活儿,必定会拉上米果去观摩学习,她用心教,米果用心学。不出两个月,米果就在"喜福来"组织的相亲会上,为一对年轻的客户配对成功。

职场如战场。里面的人绞尽脑汁,费尽心智,就想压过竞争者,有朝一日出人头地,光宗耀祖。但是职场之术,高深莫测,非米果此类心思单纯的女孩所能驾驭得了,近段时间,她在公司风头太劲,不可避免地引来一众同事的嫉妒。其中,尤以薇薇为最。她每次见到米果,都跟见到阶级敌人似的,恨不能扑上来踩上几脚,踢出门去才解恨。

"喜福来"成立不久,很多新入会员的档案需要整理和完善,这是一项工程浩大的任务,每个员工都分到了不少的档案,月底前必须整理完成。

可是正常业务也得开展,所以整理档案的工作只能放在八小时以后。最近,一到晚上,"喜福来"便是灯火通明,每个办公隔断里,都趴着一个苦瓜脸的员工,对着电脑屏幕不停地敲啊敲。

米果最辛苦,一边加班干她自己的活儿,一边还要保障后勤。

"米果!饮水机没水了!"

"米果!复印机坏了,通知维修!"

"米果!张总要的报表!"

"米果!打印一份相亲会的流程表,叶组长要!"

十几分钟后,累得趴在复印机上,快要和机器一起报废的米果又听到薇薇的召唤:"米果!到饭点儿了!咦?人呢?跑哪儿去了,不会又偷懒了吧!"

米果举手,无力地应道:"我……在这儿。"

不一会儿，头发凌乱的米果捧着记事本，一一记下公司同事们要的饭菜。

今晚一共八个员工加班，记了五个，还有薇薇和叶组长没有报饭。咦，薇薇呢？米果一路找到茶水间，看到薇薇正捧着头靠在墙上，面容惨白，神情很是痛楚。

"薇薇！你怎么了？病了吗？"米果赶紧跑过去。

薇薇紧蹙眉头："我头疼……哎呀！"她刚挪了一步，身子就晃了起来，要不是米果眼疾手快扶住她，她恐怕就摔在地上了。

米果搀扶薇薇坐下："是不是太累了？要不，我叫刘文艺送你去医院。"刘文艺是目前加班人员中唯一的男性。

"不用了！"薇薇拉住米果，摇摇头，"可能是太累了，回家休息休息就好了。"

"那你赶紧回家吧，我帮你请假。"米果和叶梅关系好，这是众所周知的事，别人请假或许不准，但是米果的面子，想必叶梅不会不卖的。

薇薇等的就是她这句话。

"那麻烦你了，米果。"

"不用客气啊，都是同事。"

薇薇抑制住眉眼间的喜色，偏头咳嗽了两声，用手推米果："你快去忙吧，大家都饿着肚子呢。"

"那好吧，有需要的，你就找刘文艺啊。"米果不放心，把公司单恋薇薇的刘文艺搬了出来。

"好啊，好啊。你快走吧。"薇薇表面上堆着笑，其实心里烦死米果了，那个刘文艺，是她第二不待见的人，一个啥背景都没有的穷小子，竟敢打她的主意，真是癞蛤蟆想吃天鹅肉，自不量力。

看米果消失在门后，薇薇立刻便换了一副面孔。她嫌恶至极地冲着门口吐了口口水："傻帽！"然后掏出手机，纤长的指尖灵巧地敲打着屏幕，不一会儿，茶水间就传出她哆哆的嗓音："李经理，您稍等一会儿啊，我马上就到……"

等米果总算坐下来的时候，时钟已经指向晚上九点了。同事们做完工作陆陆续续走了，只有她的隔断还亮着灯。哦，不，还有荣升到二楼办公的叶梅，也还在楼上加班。

米果伸了个大大的懒腰，她噙着一汪困泪，瞅了瞅四周，忽然想起什么，从抽屉里拿出一个小镜子，对着自己的脸照啊照。左看看，右看看，最后指着镜子里的那个圆脸女孩儿，蹙眉怒道："这么跑都不瘦，你是猪吗，米果！"

背后忽然传来一阵笑声，吓得米果浑身一激灵，差点没把镜子扔了。

"我看你啊，就是猪！还是只特别可爱的小猪！"手臂上搭着咖啡色羊毛大衣的叶梅,笑意盈盈地立在灯下。

米果啊了一声,脸就红了:"叶……梅姐,你又逗我。"

叶梅笑了一阵,走过去,探头看了看米果桌上堆成山的档案夹,不由得敛起笑容,蹙眉问:"谁又把工作塞给你了?是薇薇?"

看米果沉默,叶梅一下就明白了,她瞟了米果一眼,笑哼了一声:"那些人,没一个是省油的灯。我倒要看看,你还能撑多久。"

她早就跟米果说过,不要再做那些杂事了,可米果不听,她有她的一番道理,说什么新兵就是要磨炼吃苦才能出成绩。是,叶梅不否认,新人向来就是打杂跑腿的代名词,就连她做到如今的职位,当初也是和米果一样经历过艰难。可此一时彼一时。现在的人心不知比过去的人复杂了多少倍,那些尔虞我诈、钩心斗角的伎俩,常常让她这个老江湖也觉心寒。公司的人对米果的苛刻行为,她都默默地看在眼里,有几次做得实在过分,她几乎忍不住想站出来主持公道,可想了想,还是忍住了。毕竟这是米果自己选择的职场,如果她连这点苦都吃不了,那以后的狂风骤雨还不把她打折了。

叶梅就是心疼米果,这丫头太过善良,她连最起码的职场之术都还没整明白就蹚了这趟浑水,想必没少受那些削尖脑袋的机灵主们的欺负。

米果豪气万丈地拍拍桌上的资料:"Small case,我能撑得住。"

叶梅摇摇头,摆手说:"我先走了,你也别太拼命,做不完还有明天。"

米果应了一声,猛地想起什么,冲着叶梅的背影叫道:"梅姐,这么晚你怎么回去啊,我给你叫出租车吧!"

她早晨在公交车上遇见叶梅,问她怎么没开车,叶梅说车子被人开走了。

叶梅回头,冲米果招招手,示意她过去。米果不明所以,颠颠地跑过去,然后顺着叶梅手指的方向朝外看。公司路边,停靠着叶梅的车,车前立着一道修长的身影。仔细一看,哇!居然是个长相帅气斯文的武警军官。他拿着手机似乎想给谁打电话,无意中看到公司玻璃门里的叶梅,眼睛蓦地一亮,手臂一抬,朝叶梅她们挥了挥手。

米果傻眼了……

"他叫侯伟业,是消防特勤中队的指导员,也是……也是我的爱人。"叶梅向米果介绍她家的户主。

叶梅做事一向低调,不喜欢把私人生活带入工作,所以公司除了正、副总之外,没人知道她结婚了,而且,丈夫还是个人人称羡的年轻军官。米果兀自还在震惊,她的脑子里除了消防特勤中队,就是消防特勤中队。侯伟业……梅姐的爱人……岳淳川……

"梅姐！"

等米果从迷糊的状态中清醒过来，叶梅已经走出了公司大门，听到米果的喊声，她回身竖起食指压住嘴唇，低声警告说："替我保密哦，米果！"

米果只好点点头，眼睁睁地看着那双璧人相携离开。

关好门，米果垂头丧气地回到办公桌前。

世界好小啊。转了一圈，没想到又和消防特勤中队扯上关系了。怪不得上次叶组长要主动帮她还衣服，还说，如果她去了，就找一个叫侯伟业的人，一准能让她进去。

可衣服没了，怎么还啊。她就连当面向恩人道一声谢的机会都失去了。米果叹了口气，捧着脸，无聊地拨弄着黑色的鼠标。然后，她的目光无意中扫过倏然变亮的电脑屏幕，紧接着，她的呼吸一窒，黑亮的大眼睛蓦地瞪圆。

侯伟业熟练地转动方向盘，车头一转，汇入夜晚的车流。

"刚才的女孩是谁？你们公司的？"侯伟业问道。

叶梅仰靠在椅背上，动了动僵硬的脖子，横了侯伟业一眼："不然呢？你以为是谁？"

"我还以为是谁家的孩子呢，长得跟中学生似的。"侯伟业摇摇头。

叶梅扑哧一笑："拉倒吧，她可是咱们的大恩人。"

"是吗？说说看。"侯伟业偏头看了叶梅一眼。

叶梅跷起脚，让侯伟业看她灵活转动的脚踝和脚后跟："还记得折磨我的筋腱炎吗？"

侯伟业一愣，随即点头，他每次休息都会拉着叶梅，亲自为她泡脚，做药物熏蒸，可惜的是，效果一直不太好。后来，他工作太忙忽略了此事，叶梅今天提起，才猛地想起来。

"对不起啊，小梅，我给忘了，脚还疼吗？"侯伟业对自己的粗心大意愧疚不已。

叶梅哼了一声，瞪着他说："我就知道，你的心里只有特勤中队。"

侯伟业挂挡，腾出右手，想摸摸妻子的脸，可是被叶梅一把拍掉，他嘿嘿一笑，强拉住叶梅的手，小心问道："怎么治好的？"

"幸亏有米果，我才找到中医院的郭大夫，做了小针刀手术，把病给治好了。"叶梅说。

"米果？是那姑娘的名字？"侯伟业重复了一句，咧嘴笑了，"这名字听起来像吃的,她是个吃货吧。"

叶梅抓起他的手咬了一口,松开:"不许笑话米果,她可是我们的大恩人。"提起恩人,叶梅忽然想起重要的事情,嘴角露出一抹笑容,说:"她可是你们岳大队长拼了性命救过的人呢。"

侯伟业眼睛一亮,来了兴趣:"哦?什么时候?在哪儿?"

叶梅戳戳侯伟业的肩膀,不满地指责道:"就是你来锦江找我的那次啊,岳淳川冒险救了我们公司的一名员工,那个幸运的人,就是米果!"

侯伟业的嘴角抽搐了几下,最终,还是没能吐出一个字来。他知道米果是谁了。

米果此刻也处于极度兴奋之中。电脑屏幕上,一名公司金牌会员的资料,成了她激动的根源。

李成勋,男,二十九岁,A市著名上市企业安平化工的人力资源部副经理。资料里的照片,米果已经看过无数次了。这个条件绝佳的钻石王老五,就是当初在南站广场给了她招聘机会的李经理。世界,真的好小啊。

几天前,一场史无前例的强大寒流席卷A市,狂风暴雪过后,气温降至历史冰点。

寒冬腊月,夜晚酷寒,街头的残雪,在街灯下发出耀目的白光。

锦湖路19号。A市消防特勤中队,照旧是灯火通明。和以往不同的是,中队操场上,一辆八吨柴油消防水罐车前,齐刷刷地立着两队消防官兵。

岳淳川望着火红的消防车,眉目冷峻,神情间略有愠色:"说说吧,下午的事故,是什么原因?是谁造成的?"

队伍里没人动,也没人敢应声。

岳淳川眉头一蹙,黑沉沉的眸子扫过一班长宋大强。宋大强腿肚子一抖,后脑勺泛起的凉意就像是腊月里的寒风入骨入髓地钻了进来。张了张被冻僵的嘴唇,宋大强低声说:"是我们工作疏忽,昨天晚上忘了给车放水了。"

北方严冬,消防车怕管路或消防炮结冰,一般夜里都要把水放掉,可A市地处中南,极少遇到此类恶劣酷寒天气,宋大强他们看雪停了,以为晚上不放水也没事,不承想今天却遇上出警现场打不出水的责任事故。

岳淳川表情不变,只是让人觉得更冷。

"我听不到!大声点!"

宋大强一哆嗦,眉毛、鼻子都缩成一团,停了几秒,他仰起头,一副视死如归的架势,大声吼道:"是我的错!我忘了给消防车放水,致使管枪结冰,才发生今天的事故!"

"为什么忘了放水!"岳渟川紧追不放。

宋大强涨红了脸:"我……我以为冻不住。"

"你以为?你以为这是春暖花开的三月?既然你们都觉得挺热,好办,全体都有!立正——"岳渟川突然向列队官兵发号施令。

十几分钟后,站在操场边缘看着一群光着膀子的消防兵跑大圈的岳渟川,肩膀被人轻轻拍了一下。

"渟川。"

岳渟川轻轻蹙眉,转头,看着不该出现在这里的人,孔易真。出乎意料的,孔易真居然穿着军装,和严肃的军装格格不入的,是她手里的大号保温袋。

"你怎么来了?"岳渟川问了一句,又把视线转向热气腾腾的操场。

孔易真受了冷落,也没觉得不快,她笑了笑,向前一步,立在岳渟川的身侧,低声说:"我就知道,你又忘了今天晚上的聚会了。"

岳渟川眉头一蹙,暗自一想,不禁赧然抱歉:"还真忘了,刘姝那丫头还好吧?"

刘姝是他们大院里的邻居,也是孔易真的闺蜜,不过,上高中时刘姝的父母离了婚,她跟着母亲去了英国。最近,刘姝和丈夫孩子一起回来。今晚,在海莲国际酒店补办婚宴和孩子的满月酒。他确实给忘了,今天的事故,说大不大,说小不小,他还有一份深刻检查没写呢。

"她挺好的,找了个英国人,生的混血儿子超级可爱,她儿子眼睫毛特别长,大家都说,Kimi要打败你这个睫毛之神了。不过,刘姝知道你没来挺失望的,可是,怎么办呢,我们的岳大队长,何时才能不忙呢?"孔易真眨眨眼,模样娇俏地蹬了蹬脚上的黑色短靴。

岳渟川咧了一下嘴角,算是对她评价的默认。

孔易真看到他笑了,眉眼一亮,嘴角也有笑意漾开,她心想,刘姝果然是枚老姜,她劝自己不要太强势,要用柔情攻势拿下岳渟川,看来,这招数还蛮管用的。

她心情大好,提起手里的袋子,朝岳渟川那边靠了靠。

岳渟川下意识回避,袖子却被孔易真攥住:"我又不是老虎,你总躲我干吗!"

"别闹!"被孔易真这样贴着,岳渟川浑身不自在。

孔易真嗔怪地哼了一声,放开他:"唉,我打包了莲素的消夜,先去办公室等你了啊!"说完,不等岳渟川回话,扭身就朝办公楼那边走,走了几步,又转身,笑盈盈地朝他喊:"礼金我帮你给过了,下次见了刘姝,可别给双份啊。"

岳湻川拧眉，作势欲喊，可是孔易真却摆摆手，快步走了。

周末，米果发工资，下班又早，回家的路上她特意去九溪路的莲素小馆买了米妈妈和米拉最爱吃的蟹粉小笼，以资庆祝。米果高举着外卖袋，拼死挤上一趟晚高峰的公交。一辆小小的公交车里，严重超员，为了保住手里的蟹粉包子，米果几乎双脚悬空被挤在人缝里，挣扎了一路。

终于，到站了。被人用力一推，米果跟跄了一下，向前跑了几步，才狼狈不堪地刹住车。表情扭曲到狰狞的米果，第一件事不是去关心她被某个美女的高跟鞋踩烂的脚指头，而是捧着香喷喷的外卖，凑近闻了闻。嘴里发出类似满足的嘤咛声。紧接着，一道天真无邪的童音就在旁边响起："妈妈，大姐姐饿了。"

回到家，米果仰头就看到自家阳台上迎风伫立的几排竹竿。她眼睛一亮，冲上楼梯的时候，受伤的脚指头都在颤抖，进门就喊："爸爸，我要灌肠，我要灌肠！"

米拉正趴在客厅沙发上看韩剧，听到突兀刺激的喊声，蹙眉，慢慢仰起头："向后转，齐步走，出门直行五十米，就是肛肠专科。"

米果啊了一声，反应了几秒，才气哼哼地甩落身上厚重的羽绒服。她伸手，在米拉面前故意晃了晃手里的袋子，然后，转身就走。

米果翘起嘴角，在心里默数，没等数到三，手指一轻，袋子已被某个闻到味儿的小妖精抢走了。

"姐，你真好！放心吧，我吃好了就陪你一起灌肠啊！到时候，是灌咖啡，还是灌米醋，随便你来！"米拉信誓旦旦。

米果翘起嘴角，向上弯起一个大大的弧度："给我留一笼。"

"好。只要某人不出现，我保证把它给你留……"米拉话音未落，耳边就有魔音灌脑："拉拉！"

米拉吓得浑身一颤，刚刚送到嘴边的蟹粉包，竟囫囵个吞了进去。

米妈妈横眉怒目叉腰现身，米果抱头鼠窜，米拉被包子噎着，跑不动，只能抻脖子瞪眼，无奈地被米妈妈横刀夺爱。

米果跑进厨房，看到已是半成品的红通通、胖乎乎的肉肠，嘴里的口水不由自主地就溢了出来。

米爸爸祖籍江西，有"火腊腊"迎新年的风俗。腊月里，家家户户腌咸肉，做风鸡风鱼，灌香肠，主要是为即将到来的农历新年做准备。冬季酷寒，天气干冷，腌的东西不仅放得长，还不容易坏。

米家还延续着老家的传统，手工制作腊肉和香肠。真的是纯手工，那些图省事的绞肉机、灌肠机、摇肉机等等现代化机械设备,米爸爸统统不要。

他对米果姐妹说,灌香肠讲究的是一个乐趣,如果都用机器替代了,那香肠也就失去了本来的味道。

"爸爸,你把一头猪搬回家了?"米果对着那样一大盆红红白白的东西,叹为观止。

"哎哟,我的小祖宗,袖子,袖子!"米爸爸双手不得闲,急中生智,竟用脚勾起米果伸向肉盆的魔爪。

"洗手去!"米爸爸摆出家长架子。

米果洗手的时候两眼不离大盆,光速洗完手,挽住袖口,再次向目标下手。当凉冰冰、黏糊糊,外加冒着诱人调料味的肉糜滑过她的手指时,米果忍不住发出满足的叹息声:"好舒服啊。"

米爸爸快被女儿的无厘头举动给气哭了,他掂起手里的白铁皮漏斗,朝米果脑门一按,一个圆圆的小丸子就留在米果额头上了。

"谁家孩子像你!把生肉当成艺术品来享受的!"

米果眯着眼睛,舔了舔嘴边不小心沾到的肉馅,品了品味道,说:"咸了。"

米爸爸气得又要给她盖章,米果嬉笑着闪躲,父女俩闹得正欢,米果兜里的手机响了。

赶到二中对面的星星屋,米果远远地,就看到靠窗位子里的曹娜一脸兴奋地朝她挥胳膊。

曹娜,是米果的死党。死到何种程度,看她俩的成长轨迹便一目了然。同年同月不同日生的两个人,家里只隔了一条大马路,直线距离也就五十米,曹娜常常说,米果你放个屁,我在家也能听到。彼时,米果留着短发,波波头,圆脸,圆眼睛,特可爱。曹娜,则是长发飘飘,沿袭了曹妈妈精致的五官和傲娇的性格,不合群。

她们在幼儿园为了一个后来长成大胖子的男生打架。据旁观者回忆,那场架打得是天昏地暗,日月无光。到了最后,当裙子破洞、露出花边内裤的曹娜抱着可怜的小男生又蹦又跳庆贺胜利的时候,那个被曹娜揪成爆炸头的小小米果,却含着热泪,两眼放光地抢走了男生手里的江米条。

一个傲娇女,一个萌吃货。两个个性相貌南辕北辙的小女孩却一战结缘,成了最好的朋友。她们同一天上小学,被分在同一个班,同一个小组,同一张桌子。这同桌一坐就是十二年。

曹娜出自单亲家庭,父母早年离异,她跟着在剧团唱戏的曹妈妈和后爸一起生活。说是一起,其实从曹娜高中住校以后,基本上就不在家住了。休息日,她更多的是和开通善良的米家人待在一起,享受着从未有过的亲情。

曹娜曾对米果说过,你去哪儿上大学,我就去哪儿。于是,她就跟着米果报了民政学院。为此,从未关心过她的亲妈,还有一年见不到一次的亲爸齐齐上阵,就连叫了很久的"叔叔"都来劝她,劝她不要误入歧途。

曹娜铁了心学殡仪。最后,也如愿以偿上了民政学院,不过,报到那天,原以为能和米果继续坐同桌,继续睡上下铺的曹娜却发现,她被分到殡仪系服务班了。

服务班,是搞殡葬礼仪这一块的,譬如主持仪式做司仪啊什么的,相对其他班来说,未来的工作既干净又轻松。

米果是防腐班,两人自然坐不了同桌,也睡不了上下铺了。于是曹娜大闹学院领导办公室,要求彻查她被篡改班级的事情,查来查去,最后查到了她亲妈头上。原来,曹妈妈放不下亲闺女,走后门托关系把她的班级改了。

在学院会议室,曹娜第一次看到骄傲美丽的亲妈为了她的事掉眼泪,无奈之下,曹娜长叹一声,卷起铺盖卷去了服务班。

幸好,女生宿舍还在一个楼;幸好,她和米果还在一个学校。本来,她们毕业后也可以一起工作,并且相约到老的,可是米果中途"叛变",去了"喜福来"。

最近,分到A市殡仪馆工作的曹娜进京学习殡仪礼仪,一去就是三个月,这不,刚刚回来,就叫米果出来聚了。

"啧啧,你爸又做香肠了!"曹娜张开双臂刚抱住圆滚滚的米果,又嫌弃地推开,"哎哟,这一身的味儿!"

米果才不介意呢,她耍赖抱住曹娜,朝她怀里拱:"娜娜,我最亲爱的娜娜,你可回来了,我想死你了。"

"想个屁啊,想我才打两个电话!"曹娜推她,深深鄙夷之。

米果抱紧,不肯松手:"人家没时间嘛。真的!你去我们公司看看就知道了。"

曹娜拧住米果嫩嫩的苹果脸:"真的吗?真的没时间吗?那你的脸蛋为啥又圆润了不少?"

"啊?有吗?"米果立刻松开手,抓起曹娜的包就翻镜子。

曹娜等米果照了半天,才不紧不慢地提醒说:"那是你离开殡仪馆的时候,送给我的化妆镜。"

米果浑身一震,朝曹娜望了过去。曹娜拨开米果脸上还沾着肉粒的头发,叹了口气,问:"果果,这是你想要的生活吗?"

星星屋的火腿比萨是米果和曹娜的最爱,她们在二中上学时曾创下一顿连吃八个比萨的辉煌战绩,据说,该纪录至今无人能打破。

星星屋的老板从二十多岁的大姑娘变成了如今的孩子她娘,她指着手机里一张圆滚滚的女孩照片对米果说:"我女儿长得可像你了!"

"……"米果泪目。

料足味香的火腿比萨端上桌,米果难得没了食欲,她一边用叉子插着比萨上的火腿,一边神情恹恹地瞅着窗外的马路。

早年二中的校门正对着星星屋,一到上学放学的时候,各式各样的小吃摊点就挤满了这条不算宽敞的马路。米果和曹娜"臭味相投",除了星星屋,她们还极其钟爱一家陕西夫妇卖的手工凉皮,薄薄的、透明的白色面皮,顶在脸上能当印纸(小时候描东西的透明纸)用,夫妇俩一个管切,一个管调味儿,管切的那个在案板上咚咚咚,另一个就在小盆里锵锵锵,眨眼的工夫,一盘酸辣可口的凉皮就端到了客人面前。

无论刮风下雨,夫妇俩每天准点到学校门口出摊。简易的可折叠式桌椅板凳,排成两行,吃的人面对面坐着,人多的时候,就得等,有心急的学生和吃货,就直接端着盘子,站着吃。

米果和曹娜多数时间站着吃,她们比汉子更汉子,寒冬腊月,滴水成冰,她们就立在道牙边,端着一盘混合着冰碴子的红油凉皮,一边吸溜着鼻涕,一边跺着脚,却仍旧吃得是热火朝天。

除了凉皮,她们还喜欢吃新新冷饮家的雪花酪。新新家有个流动冰柜,常年撑着一把破旧的大伞。米果记得很清楚,老板娘是个四十多岁的中年妇女,有个得了白血病的女儿,老板娘提起女儿就会两眼通红,和她手里红豆沙的颜色一样。雪白透明的刨冰,浇上软糯香甜的红豆沙和葡萄干,再盖上一层山楂酱,用勺子挖一大块放进嘴里,哇!简直就是考试季节里的能量剂。

青春一去不复返,美好的记忆稍纵即逝。如今,凉皮摊变成了一家寿衣店,新新冷饮家成了一个五星级厕所,就连二中的校门也在早年间换了方向,直冲着主干道了。过去密密麻麻的小吃摊变成了改装后高大上的电驴车,小商小贩有板有眼地招呼生意,可只要远处传来城管的吆喝声,立马,一辆辆电驴车就突突突地消失了踪影。

一切都仿佛还停留在昨天,可一切又变得那样不同。

米果叹了口气,叉起一块沾满芝士的火腿送进嘴里。

曹娜跟着叹了口气,说:"果果,你变了。"

米果翻翻眼睛:"我哪里变了?倒是你出门学习一趟,变了不少,说,是不是你家胡海滨偷偷地找小三了?"

曹娜被噎住，在桌下踢了米果一脚，瞪着米果："你个乌鸦嘴！不会盼我点好啊。"

胡海滨是曹娜的男朋友，也是民政学院的同学。米果撩了她一眼，没吭声。

"难道我说错了？"曹娜恨恨地吞了一口比萨，指着米果，质问，"过去我说你胖了，丑了，你都一笑置之，根本不在意。可是现在呢，我一句玩笑话，你又是照镜子，又是胃痛，不是紧张过度是什么？再看看你的嘴，你的眉毛，你……你还敢说你没变！"

米果赶紧捂嘴，听到眉毛又去捂眉毛。最后，顾得了东，顾不了西，她气哼哼地摊开手，放弃了。好吧，她承认，她是变了。过去的米果，素面朝天，唯一的护肤品就是米妈妈淘汰下来的大宝。

曹娜特喜欢大宝味儿，每天抱着她，不停地闻啊闻。可如今呢，她的桌子上有了同事们推荐的雅诗兰黛，衣柜里也有了上千元一件的羊绒大衣，甚至，连她的内衣抽屉里，也有了米拉极力推崇的无痕无钢圈束身美体内衣。

最关键的，是她开始化妆了。她本来就会化妆，想当初，专科毕业时，她的美容化妆课得了全班最高分。

可她那是给遗体美容，给没有生命的人化妆，她从未在自己的脸上浪费过时间，在米果看来，有那闲工夫，还不如啃只鸡爪来得有滋有味呢。现在，才离开殡仪馆不长时间，她竟习惯了出门的时候，抹点唇彩，用眉刷修饰一下眉形了。

其实，米果一直在逃避现实，她不愿承认自己变了，好像不认同，她就还是从前那个无忧无虑的小米果，还在从事着她喜欢的工作。

曹娜不是别人，是亲人一样的朋友，曹娜在她面前，从不说假话，所以，米果想要赖都找不到理由。

曹娜就是她肚子里的蛔虫，她动一动心思，曹娜就能嗅到味儿。卸下伪装的米果很是忧伤，更加没有食欲了。

"其实，我还想回殡仪馆和你们在一起，但是，我妈……"想起米妈妈，米果低下头。

曹娜眼睛里迅速掠过一道受伤的眼神，她抿了一下唇，隔着桌子推了米果一把："哎！别说傻话！好不容易跳出火坑，你还回来干吗！准备抢我们饭碗啊！"

米果抬起头，表情沉重地看着曹娜："我喜欢什么，娜娜你最清楚。要不是为了我妈，我不会舍弃遗体美容师的工作。还有你，娜娜，要不是因为我，你不会和阿姨闹掰，如今，我丢下你走了，你也不再去我家，说到底，都是我的错。"

"果果……"曹娜愣住了。

自从米果离开殡仪馆之后，她以工作忙为借口很久没去米家了，她以为心思单纯的米果相信了她的那一套说辞，可是看来，是她错估了米果的智商。

两人之间,第一次出现了大段的沉默。这是她们相识之后,从未出现过的一幕。米果很难过,她偏过脸,假装看着街边的风景。

过了一会儿。

"果果——"

"娜娜——"

她们同时开口。

凝视了对方几秒,两人突然笑了。

米果隔着桌子伸出手:"娜娜,原谅我,好吗?"

曹娜无奈地摇摇头,握住米果的小胖手:"谁怪你啦,自作多情,自找没趣,自找苦吃!"

米果亲了亲曹娜的手背,语声腻腻地哀求:"那你今天跟我回家。"

曹娜瞪她:"不去。"

"我妈把被子都拿出来了,你敢忤逆她老人家吗!"米果来之前,米妈妈特意交代她一定要把曹娜带回家。

米妈妈是真心疼曹娜,过去那些年,但凡学校开家长会,米妈妈总是一人占两个位,而且,特骄傲地为两个孩子答"到"。

曹娜心软,经不住劝,最后,还是点头同意了。不过,她洗了好长时间的手,还借米果的口红抹了抹嘴,才跟着米果走出星星屋。

米家看似其乐融融的团圆饭,实则暗藏苦涩。

夜里,曹娜睡不着起来上厕所,在客厅里遇上了同样睡不着起来看电视的米妈妈。米妈妈指指黑乎乎的阳台,曹娜点点头。关上阳台门,才知道腊月里的A市冷得彻骨。

米妈妈把晾衣竿上一件米果的外套拿下来披在曹娜身上:"小心冻着了。"

"谢谢阿姨。"曹娜拉紧衣领,朝米妈妈望过去。

"你怪阿姨了吧,这么久没和你联系。"

"没有,我也挺忙的,出去学习了几个月,刚回来。"

米妈妈瞅着外形漂亮的曹娜,低低地叹了口气:"娜娜,阿姨终归是对不住你。要是你当初报志愿的时候,我能挡一挡,或许,你和果果的人生都能少走些弯路。"

"我现在挺好的,果果不是也挺好的吗?我听米拉说,她现在是婚介公司的大红人了,多好啊,这不正是阿姨您希望的吗?"曹娜说。

米妈妈看看曹娜,欲言又止,最后,下定决心,说:"娜娜,正是因为果果找对了路,所以阿姨接下来的请求,才难以启口。可作为一个母亲,为了孩子,我却不得不讲。"

曹娜垂眸,嘴角轻轻向上,扯起一个自嘲的弧度,她截住米妈妈的话头:"阿姨,您想让我今后和果果保持距离,对吗?"

米妈妈愕然顿住。过了片刻,她伸手拍了拍曹娜的肩:"阿姨对不起你。"

曹娜摇摇头,一半脸隐藏在黑暗中:"这不怪您,您是果果的妈妈,女儿的心思,自然,做妈妈的最懂。"

别看米妈妈平常没心没肺的,好像万事不操心,其实,她的心里跟明镜似的,米果强颜欢笑,私下里还在为殡仪那档子事牵肠挂肚的小秘密,早就被米妈妈看透了。米妈妈好不容易把米果从殡仪馆捞出来,又熬到如今米果事业上有了点成绩,她可不想曹娜的出现,又勾起米果的记忆。

米妈妈再次叹息:"要是果果有你一半聪明和懂事,就好了。"

曹娜笑了笑,没说话。其实米果哪里笨呢,她只是看待问题的角度比较特别罢了,她就是太善良,太喜欢顾及旁人的感受,所以,才落了个笨的名声。

"娜娜,你听阿姨一句劝,尽早离开殡仪行业吧,只要你脱离那个环境,以后的前途一定和果果一样光明。需要帮忙就跟阿姨说,只要阿姨和叔叔能帮到的,我们绝不会推辞。你也清楚,我们一直把你当成自家女儿一样看待。"

米妈妈这番话发自肺腑,曹娜也听得动情,她低头思忖了片刻,语气坚定地说:"谢谢阿姨的关心。不过,我不打算换工作了。毕竟,当初的路是我自己选的,没人逼我,而我在这两年的实习和工作中,也找到了自身存在的价值,我觉得,这就是我今后要走的路。"

"娜娜。"米妈妈还想劝,客厅的灯却忽然亮了。

紧接着,一张睡意蒙眬的圆脸就贴上了阳台的玻璃门:"你们在干什么?看星星吗?"

曹娜哗啦一下拉开门,食指点在米果圆圆的脑门上,轻轻一戳:"是啊,看你这头大猩猩。"

"……"米果泪目加怒目,紧跟着曹娜钻进了卫生间。

米妈妈在她们离开之后,又在阳台上站了一会儿,才回到卧室,她躺在床上辗转反侧,总觉得心里不踏实,好像刚才做了一件多么亏心的事情一样,心口堵得慌。

腊月过了二十,人心基本上就散了。"喜福来"也不例外,送走灶王爷后,紧跟着送走了一多半的员工。在公司留守的,基本上是A市本地人,不用受春运奔波之苦。

叶梅也提前休息了,她原打算好好表现一番,弥补平常对丈夫对家庭的亏欠,谁知,回家三天,连丈夫的人影儿都没见着。第三天傍晚,叶梅在家待得心焦,干脆做了几个菜,蒸了米饭打包之后,开车去锦湖路探亲了。

车行半路,却接到米果的电话。

"叶组长,有个计划书需要您签字。"米果电话里的声音中规中矩的,想必身边有同事在场。

"邹副总呢?"叶梅轻轻蹙眉,她请假前,所有的工作都转给了副总邹明。

"邹副总今天出差,张总明天就要计划书,没办法,只好找您,叶组长……"米果解释的声音越来越小。

叶梅正行驶在单行道上,晚高峰,车流如蝗,她的车跟在一辆黑色奥迪车后面,几乎是一步一挪。

"我现在堵在路上,一时半会儿过不去。"叶梅放下车窗,朝前面的长龙张望了一下。

"啊,您不在家啊。我还想着,要是您不方便出来,我给您送过去签。"米果说。

叶梅被她一口一个"叶组长",一口一个"您"的,叫得浑身别扭,她瞟了一眼副驾驶位上的饭盒,忽然想到什么,眼睛一亮:"米果。"

"啊。"

"你现在打车到锦湖路19号,我晚会儿就过去!"叶梅说。

米果在这头抱着话筒,还在蒙圈。锦湖路19号。19号。咋这么熟悉呢?在哪儿听说过啊。

四十分钟后,不舍得打车选择了公交车到达锦湖路19号的米果,一下车就听到了呜哇呜哇的尖啸声。她对这声音过敏,本能地,头颈一缩,躲一老大妈背后了。

等呜哇声过去好远,几乎听不到了,她才抚着紧张到痉挛的胃,慢慢地站了起来。

"姑娘,你病了?"大妈是个热心肠,主动关心起这个长相可爱的圆脸姑娘。

米果瞪圆眼睛,眨了眨,把手重新放回肚子上揉着:"哎哟!我肚子疼。"看大妈探询的眼神,她赶紧惨叫了一声:"呀!好疼!哎哟……疼死我了!"

大妈这下紧张了,扶着她的胳膊,指着公交站前方的一处建筑物:"忍着点,姑娘。我带你去找消防员,他们可好了,会送你去医院的。"

米果听到"消防员"三个字,头皮霎时一麻,胃真疼起来了。

"消……消防员?"

大妈用力点头:"对对,就是消防员。上次我家大孙子的头夹在铁栏杆里,就是他们的岳队长救出来的!提起小岳啊,咱们这片居民没有不竖大拇指的,他可是个大英雄啊,前阵子……"

"啊,哈哈,哈,哈哈哈。"只剩下傻笑的米果知道锦湖路19号是哪儿了。

叶梅。噢,不,是梅姐,竟然要她到特勤中队来签字!

Chapter 6

恩人大聚会

卫兵神圣,不可侵犯。戴着帽子、口罩,全副武装到只剩两个眼睛的米果,立在A市消防特勤中队的大门外,时不时地朝站岗的哨兵,瞄上一眼。她自以为掩饰得够好,简直可以通过FBI的检查了,可是,下一秒,她的眼珠子就从眼眶里弹了出来。若不是她及时按住口罩,阻住了喉咙里那声大大的惊叫,恐怕,她现在已经露馅了。

岳淳川。岳淳川居然出来了!寒风凛冽的黄昏,他穿着一身似曾相识的灭火战斗服走了出来。他的手里拎着黄色的救援帽,背对着米果,和站岗的哨兵说着什么。夜风吹起他的头发,侧面的剪影,看起来挺拔而又美好。突地,哨兵的手一指,岳淳川半侧的身子霍然转了过来。

米果就觉得心咣地一下,被什么重物击中了。然后,一阵红潮从心口直直向上蔓延,顷刻间,就涌到了头顶。她口干舌燥,意识混沌,耳边不停重复回旋着两个字的喊声:"完了!完了!"

岳淳川似是在蹙眉,他朝米果的方向盯视了几秒,忽然,迈开步子,朝她走了过来。

米果的心咚咚狂跳,就连逃跑的基本生存本能都忘了。她无比混乱的脑子里,有一刹那甚至出现了她和岳淳川打招呼的一幕。她因为还不了衣服才得了消防恐惧症,可是现在,他穿着灭火战斗服啊,他没有像梦里一样,光着身子追她啊。思及此,瞬间便有了一丝底气,米果想,大不了赔你衣服钱就是了,至于两次救命之恩,暂且,暂且容她想想,再想想。

岳淳川才朝哨兵刚刚汇报的奇怪姑娘走了几步,就听有人喊:"中队长,有警情!"他刹住脚步,转身,朝王福祥摆摆手。

等他再转过身,视线所及的那个圆滚滚的姑娘已经不见了。十几米外的人潮中,有个戴着卡通帽子的人影走得飞快,不过眨眼的工夫,就消失得无影无踪。

叶梅在锦湖路前面的路口见到了米果。乍一见面,她没认出路边那个拼命朝她招手的蒙面人就是她要找的人。只是觉得身形熟悉,眼神熟悉,最后,看到米果那招牌式的夸张动作,她才忍住笑,把车停在路边。她放下副驾驶位的车窗,招招手,示意米果上车。米果趴到车窗上,费力地拉下遮脸的口罩,一边喘气,一边掏出背包里的计划书,递给叶梅:"签……签字,梅姐。"

"上车啊,看你累的,刚跑了八百米?"叶梅看到米果的额头亮晶晶的,好像是汗。

米果皱眉,黑黝黝的眼珠转了转:"没有八百也有五百。"

叶梅呆了一下,这丫头,还真跑步了?怪不得临时改了见面地点呢。只是,只是这跑步的装束和路线,也太诡异了吧,到处都是下班的人潮,她是怎么锻炼到满脸汗的。

叶梅大笔一挥,在情人节相亲活动的计划书上签下名字,还给米果。

米果整理好背包,朝叶梅挥手:"梅姐,再见,我回家了。"

"不跟我去参观特勤中队?"叶梅问她。

米果表情僵了一下,摇头,肯定地说:"不去了,我不去当电灯泡了。"

叶梅忍不住笑出声,她用手点点米果,心想,给你制造机会,你也不会利用,以后可别怪我不给你搭桥引线啊。叶梅哪里知道米果刚才经历过的惊心动魄。

有岳渟川出马,侯伟业乐得清闲。腊月是别人的腊月,春节也是别人家的春节,他们这些消防兵,自从鞭炮大批量上市之后,就没消停过一天。

"当当!"

侯伟业闭着眼睛,低低地应了声:"进来!"

门被推开,发出几声摩擦的响动,鼻子里隐约闻到若有似无的淡淡香气,他霍然睁开眼。

"易真!"

可不就是吗?立在门口俏生生的女军官,不正是外出开会的孔易真。

侯伟业赶紧起身,起来才发现自己没穿鞋,鞋子被他踢得有点远,他表情尴尬地伸脚够到,穿上,又尴尬地耙了耙头发:"什么时候回来的,也不提前说一声,好让中队派车接你。"

孔易真脱下军帽,正式走了进来:"我又不是娇娇女,用不着你们特殊照顾。"

"首长会说我们照顾不周。"侯伟业接过孔易真的军帽,放在桌上。

孔易真淡淡一笑:"你说的是我爸吗?据说A市消防一把手刚正不阿、百毒不侵,平生最恨家属徇私,走捷径,占公家便宜。我要是惹了他,你说,我还有好果子吃吗?"

侯伟业哈哈大笑。

孔易真在侯伟业刚才假寐的椅子上坐下,她揉了揉发疼的眉心,忽然转了话锋,问:"伟业,你对A市的消防现状了解多少?"

侯伟业一愣,敛了唇角的笑意,挑眉回问:"什么意思?"

孔易真作为中队的防火参谋,参加了此次A市政府组织的消防工作大会。参加大会的都是市里的消防重点单位。她和父亲孔舒明一样,对此次走过场的大会没有任何好感,开会中途,她就借口中队有事回来了。

"没什么,我就是想知道我们整个消防支队最需要防护的重点单位是哪一家?"

侯伟业想也没想,给出答案:"安平化工。"

"安平化工?上市企业,安平化工?"孔易真问道。

"是的。安平化工是A市的龙头企业,是利税大户,同时也是消防重点防护单位。安平化工下属五个化工厂,其中中南地区最大的化工厂——凌河化工厂就在咱们中队的辖区内。"侯伟业说道。

"凌河化工厂,我知道。"孔易真在辖区消防概况中,看到过凌河化工厂的介绍。只是她初来乍到,加上最近任务繁重,所以去辖区内企业检查的工作,还没有具体开展实施。

"我应该先去凌河看看的。"孔易真拿起侯伟业的英雄牌钢笔,在纸上写下了"凌河"两个字。

"不急,过了节,支队会组织一次全市企业排查消防隐患的专项行动,到时候,你再去凌河看看。"

孔易真点点头,起身,拿起桌上的军帽:"我走了,伟业,等淳川一会儿回来,你跟他说,我给他买的夜宵,放他办公室里了。"

侯伟业笑了笑:"不够意思啊,只请他一个人?"

孔易真也跟着笑:"哪儿能少得了你,莲素的蟹粉小笼,外加招牌菜东坡肉,没亏待你吧!"

侯伟业满足地笑着说:"还是你了解我。"

话音刚落,就听到门外值班员的声音。

"指导员,你爱人来了。"

侯伟业愣住,孔易真推了他一把:"走啊,还不带我去见见嫂子!"

叶梅习惯了中队的规矩,安心拎着饭盒在办公楼前等侯伟业。值班员说了,指导员一天都在中队,哪儿也没去。

要说吧,特勤中队还真占了块风水宝地,寸土寸金的锦湖路,可以媲美上海的南京路。鳞次栉比的高楼大厦,各色卖场和超市把路两边的空间都占满了,可是特勤中队却保持着原貌,古色古香的老式建筑,葳蕤茂盛的常青景观,每次走进军营,她都像是走进了风景怡人的园林。

听到脚步声,叶梅倏然转身。四开门的楼道口,一前一后,走出一对军装威武的男女。男的,是她要找的人。女的?

"小梅,你怎么来了!"侯伟业见到叶梅,脚步变得轻飘飘的,眼里也带着笑。

叶梅向前迎了几步:"给你送饭啊。"她抬起手,晃了晃饭盒。

侯伟业咧嘴大笑,开心得不得了,碍于孔易真在场,他才没做什么出格的举动。

看到叶梅探询的眼神,他赶紧介绍:"易真,这是我妻子,叶梅,在市里一家婚介公司工作。小梅,这是孔易真,中队新来的防火参谋,也是国内最年轻的防火技术专家。"

叶梅听侯伟业提起过孔易真,孔易真自然也知道叶梅,不过这是她们第一次见面。

叶梅主动伸手:"你好,易真,我是叶梅。上次宴会的事不好意思,公司出了点状况,没能参加。这样吧,改天我和伟业补请你,算是赔罪了。"

孔易真打量着短发干练的叶梅,目光澄澈,态度大方,举手投足间风华隐隐显露,绝非一般寻常女子。她伸手,握住叶梅:"那天指导员也是爱妻心切,怎么敢当赔罪这一说呢。如果嫂子不嫌弃,容易真改日做东,请二位再聚,如何?"

叶梅也在暗赞孔易真的大气作风。不愧是高知,长得漂亮,还如此平和近人,在同龄女子里面,也是少见的了。两人热络地聊了几句,俨然已是朋友。

孔易真没有过多打扰,她离开时,故意指了指买给岳淳川的夜宵,侯伟业摆手,表示他一定完成任务。

侯伟业带叶梅上楼,却看到妻子比刚才明艳许多的笑容。他迷惑不解,问她傻笑什么。叶梅摇头不语。她没法对丈夫说,初见孔易真时心中莫名涌起的醋意。

春节,无非"吃、喝、玩、乐"四个字。

今年的春节过得格外没意思,米果从东家吃到西家,又从西家一路吃回来,除了上健康秤的时候刺激得她哇哇大叫了一番之外,从秤台上下来后,她又神情恢恢地缩在家里当起了蛀虫。

往年的春节,是米果和曹娜的欢乐季。从腊月二十三开始,到正月十五结束,家里基本上见不到她们的影子,而那些隐藏在深街小巷里的美食铺子和 A 市各大游乐场里,却常常能找到她们蹦蹦跳跳的身影。

米拉有个外号叫"跟屁虫"。

有一次,米果和曹娜约好了休息日去公园玩。等到了那一天,米果揉着眼睛从房间出来,却看到门口杵着一抹小小的影子。当时只有六岁的米拉穿戴整齐,背着米妈妈给她买的小花书包,模样乖乖地等在门口。

"拉拉?"米果呆住。

"果果,我去帮你们拿东西。"米拉拍了拍她的小花包,振振有词地说。

公园门口,曹娜看到米果身后的小尾巴,忍不住想发牢骚,可刚一张嘴,一颗她最爱的大脸棒棒糖就蹦了出来。

"娜娜姐姐,你要不要吃!"米拉个子矮,只能踮起脚尖,艰难地"勾引"曹娜。

曹娜顿时哑巴了,她受宠若惊地张嘴咬住糖,顺手摸了摸米拉的小辫子:"乖,姐姐一会儿教你滑冰。"

米果在一旁愤愤地说:"你说好了教我的,怎么教拉拉了!"

"你有糖吗?"曹娜很用力地嘬了一口甜到心的棒棒糖,嫌弃地一甩头,牵着米拉的手,走了。

米果兀自还在原地忧伤,可咚咚咚一阵脚步声传来,紧接着,手一暖,身子一轻,她被赶回来的米拉带走了。

"果果,我学会了就教你一个人!"米拉信誓旦旦。

那天,米果如愿以偿,在米拉的悉心教导下,学会了对她来说,堪比游泳一样的高难度运动——滑冰。

从那以后,米拉就加入了她们的小圈子,铁杆二人组扩大为三人组。三个臭皮匠,赛过诸葛亮。那些逝去的年少时光里,A 市的角角落落洒下了她们无数的欢笑声。

可是,今年。米拉过了初一,就回校参加全运会集训了,米家因此冷清了一大截。曹娜呢,更是见不到人影。米果隐约记得,好像大年二十八的上午,曹娜到公司来给她送年货,说是礼物,送给米家的,两人匆匆聊了几句,曹娜说殡仪馆还有工作,没停几分钟就走了。

三十晚上收到曹娜的拜年短信,她特别用心地回复了一条自己写的矫情短信,可是,曹娜却反常地沉默。

过年期间,每次她想去找曹娜,似乎都被家里的琐事缠住了,不是家里来客人准备饭菜,就是米丛珊叫她过去吃饭。总之,她忙啊忙的,吃啊吃的,直到年初五的晚上,米果才赫然清醒,好像有什么事情,不大对劲。

初八上班,米果一到公司就给曹娜打了电话,幸运地,一直打不通的电话竟有人接了!

"果果,找我有事?"电话那端曹娜的声音明显有点沙哑。

米果愣了愣,有几秒,不知道该如何回答。我没事,就是很担心你。似乎太矫情了,曹娜向来不喜欢她矫情,常常骂她肉麻。

米果嗯了一声,眼睛无意中瞄到办公桌上关于情人节相亲活动的宣传 Logo,急中生智,说:"哦,我们公司情人节有场大型相亲会,你们……你们单位有参加的,可以来我这里报名。"

曹娜的反应出奇的沉默,过了一会儿,米果以为电话断了的时候,耳边传来曹娜低哑消沉的回答声:"果果你糊涂了吗?你见过哪场相亲会上有殡葬工参加的?"

米果愣住了,她真想扇自己一巴掌,她刚才都胡说了些什么啊。

"行了,别自责了,我知道你是好心。没关系,我们都习惯了社会上的杂音和有色眼镜了。果果,还有其他事吗?没事的话,我挂了,这边还有工作。"

从清晨到中午,是殡仪馆最繁忙的时间段。

"哦,没事了。啊,等等,娜娜,你晚上有空吗?我想请你吃饭。"米果想起重要的。

曹娜顿了一下:"今晚我有事,改天吧,我约你。"

米果哦了一声,听到耳边传来挂断的提示音,她才闷闷不乐地坐下。

节后综合征在公司蔓延。患病的同事里,症状最严重的,就数深陷香江购物之旅兴奋中无法自拔的大美女薇薇。一上班她就晃着纤纤玉手,炫耀着她在香港名店做的钻石指甲,讲述着她的扫货经验。说得兴起,薇薇竟忘了这里是公司,不是令她流连忘返的香江,她正打算把自己买名牌包的传奇经历再重温一遍,忽然听到一旁的桌子发出笃笃的响声。响声不大,却令一众同事霍然变色。看到对面的人悉数低下头去假装忙碌,八面玲珑的薇薇一下子就明白怎么回事了。她的眼珠转了转,紧接着,化着精致彩妆的脸上露出娇媚的笑容,转身就向来人拱手:"叶组长,给您拜个晚年啊。"

抬手不打笑脸人。叶梅纵使有心让浮夸势利的薇薇吃点苦头,碍于众人之面,再加上节日的气氛还没散,她也不好再说什么。点点头,算是应了。

薇薇松了口气。

叶梅转身,叫了声专心打扫的米果,又叫停准备溜回座位的薇薇。她指着米果桌上厚厚的资料夹:"米果,你把金牌会员的资料都转给薇薇,一会儿,你跟我去签场地。薇薇,你呢,下班之前,把所有金牌会员的资料归类整理好,放我桌上。"

薇薇呆住:"好多,组长,我哪里能做完。"

"米果能做完,你也可以。我相信你的工作能力,肯定比你扫货的能力更强,是不是啊,薇薇?"叶梅经过薇薇的时候,按了一下她的肩膀,薇薇晃了晃,竭力保持着脸上的笑容不散:"我,我试试看。"

叶梅回身,嘴角上翘:"走了,米果。"

米果啊了一声,看了看表情僵硬的薇薇,快步跟着叶梅走了。

薇薇待那两道身影消失在门口,脸上的笑容立刻为一腔怨气所替代,她那高傲的头颅一下子低了下来,口中愤愤低吼:"米果,米果,米果!谁和她扯上关系都得倒霉!"

"看看看!有什么好看的!"她踩着高跟鞋,腾腾腾地走向米果的办公桌,可能怨气太重,脚下虚浮,竟不小心绊到椅子腿,整个人都向前扑去。

"啊——"薇薇绝望地闭上眼睛,臆想中的狼狈一幕没能上演。等她再次睁开眼睛,却看到面前一张无限放大的四方脸——刘文艺!可,可这距离,是不是太近了,近到她能看清刘文艺额头上新冒出来的三颗青春痘,还有他厚实的嘴唇上方一层青黑色的绒毛。还有,刘文艺的眼神变得既熟悉又陌生。

薇薇一阵心慌,噔一下推开刘文艺,一跳老远。

"多亏你了,谢了啊!"她俯身就去抱米果桌上的资料夹,可是怎么抱都抱不起来。那蠢丫头上次是怎么抱回来的?

薇薇正在纠结这个问题,手上一轻,身子也被温柔地推到一边。

"我来吧。"

薇薇心思玲珑,隐约猜到刘文艺对她起了念头。可她是谁?她不仅是"喜福来"的一枝花,更是剧团小区人人艳羡的"金凤凰"。曾经的她,被泼妇后妈满院子追着打,骂她是贱人生的扫把星;隆冬雪夜,只穿着一套破旧秋衣裤蜷缩在楼道里,看着醉酒的父亲被派出所的民警带走。

曾经的她,是那样的可怜潦倒,为了能够和其他孩子一样上学,她从幼年时就开始捡废品攒学费,她在周边的小区四处流浪,小小的不堪重负的身影,常常引来一片唏嘘感叹之声。

受再多的苦,忍再多的痛,她也不会哭一声,因为她很小就知道,只有好好学习,考上大学,才能摆脱那可悲的宿命。

不知是不是物极必反,还是老天真的眷顾她。后来,她真的考上了重点大学。家门口求学的四年,她一次也没有回过家。四年里,她靠打工和奖学金维持到大学毕业,当同龄人还在为找工作发愁的时候,她已经凭借高学历和姣好的容貌,轻松应聘到市里一家大型婚介公司工作。

婚介公司提成高,而且奖金福利都很优厚,不久,她就攒了不少钱。

第一次回家。她一身名牌,脸上精致的彩妆,楚楚动人。她左手拎着名烟名酒,右手掂着价格不菲的名牌护肤品,走进杂乱破旧的剧团小区,她故意放慢脚步,主动和每一个遇到的邻居打招呼。

楼道口,后妈佝偻着腰,正坐在树底下挑拣生了虫的绿豆,她的口中念念有词,唠叨的内容,大多是对现实生活的怨恨和不满,距离她身子不到一米远的地方,歪着一个看不出年代的木质轮椅,上面躺着个中风偏瘫的老男人,是她的丈夫,同时,也是薇薇的父亲。

邻居们都过来看热闹,薇薇却始终面带微笑。她先是叫了一声"爸",半跪下来,把名烟名酒孝敬给了轮椅上早忘了她是谁的亲生父亲,接着,又把香喷喷的护肤品袋子塞给目瞪口呆的后妈。

第二天,她请的钟点护工就准时到家伺候她爸了。再然后,她就成了飞出剧团小区的"金凤凰"。现在,已无人能记得幼年时那个穷困羸弱的细伢子了,他们只看得见她如今的风光和体面。所以,她要活得更加尊贵和高傲,才能抹去过去那些不光彩的记忆,才能对得起这些年她吃的苦。

至于,刘文艺,一个无钱、无权、无背景的"三无"人员,还是尽早靠边吧。

薇薇翻开第一个金牌会员的资料夹,看到名字和照片,她不禁愣了愣。

李成勋!居然,是他!李成勋就是米果帮她加班那天,她偷跑出去见的客户,为什么独独选李成勋见面了解情况,说白了,她是怀了私心。李成勋年轻有为,长相英俊,各方面条件都让她颇为动心,好不容易约到他见面,又岂能白白放过机会。

可是李成勋不知是条件太好,还是个性就是那般冷清孤傲,在回答了她的几个问题后,竟借口单位有事,要先行离开。可惜了她的几番言语刺探和眼神攻势,他简直就是现实版的柳下惠,坐怀不乱。他待她始终客气疏离,既不会冷场,但也表明了,对她不感兴趣。

那次见面,平淡收场。心高气傲的薇薇对此一直耿耿于怀,她怀疑李成勋是不是因为她穿戴不够上档次才轻视她,于是,春节一放假,她就咬牙跺脚报了赴港旅游的消费团,一通割肝揪心的shopping之后,她的心理才多少平衡一点。

不承想,又看到他。李成勋,这次的相亲会,看你还会瞧不起我吗?薇薇哼了一声,啪的一下合上夹子。

情人节,转瞬即至。

A市植物园,彩旗飘扬,横幅醒目。一次名为"情暖人间"的大型相亲会在冬日的阳光下,热热闹闹地拉开了帷幕。

植物园的大草坪上人流熙攘,参加相亲会的嘉宾们,一边欣赏公园的景致,一边寻找着心仪的对象。

米果忙得脚不沾地,像个陀螺似的,从东转到西,又从西转到东。这不,喉咙冒烟的她,好不容易逮个空倒了杯水,刚准备来个一口闷。"米果!小颖叫你过去!"娟子探头叫她。

米果张望了一下,看到小颖立在会员入口处和一个陌生的男人说话。她怕耽误正事,端着水杯就跑了过去。

刚到入口,忽然涌来一波人潮,米果没防备,只觉眼前一花,手指不受控制地一扬,啊地惊叫了一声,然后,抬起湿漉漉皱巴巴的脸,看着闯祸之人。米果的睫毛上沾着水珠,眨巴了两下,口中发出咦的一声。

对方起初有些无措,可等他和姑娘对上视线,一种莫名熟悉的感觉,迅速占了上风。他看着姑娘湿漉漉的圆脸和沾水后显得特别黑亮的眼睛,发了一会儿愣。他张了张嘴,刚想发出个单音节,表示歉意,却见姑娘抬起手,在他眼前一指:"李成勋!"

李成勋吓了一跳,他蹙起浓眉,看着姑娘:"你是……"

下一秒,他的手就被一只突如其来的温暖小手握住了。温暖来得太快,又太短暂,没等他回味一下,她就撤回手,兴奋地说:"我是米果呀,去年,A市南站'春暖花开'招聘会,下大雨,去你们公司的摊位应聘被拒的那个……"

李成勋的瞳孔蓦地一缩,又霍然放大,发出一道耀目的光亮:"原来是你!"

"是我,是我!"米果特别高兴,因为李成勋居然还记得她。

李成勋哪儿能忘呢,那么凄惨的雨天,那么凄惨的应聘经历,还有那么奇葩的专业。他低下头来,看了看米果身上的工作服和胸前挂着的工作牌,不禁略感惊讶地问:"你到'喜福来'工作了?"

"是啊,是不是很奇怪,你是我们公司的金牌会员,却没有见过我。"米果说。

李成勋看看她:"我没去过'喜福来',一直都是你们公司的职员和我单线联系。"

"单线联系!哇!你好大牌哦!"米果伸出大拇指,夸张地挤挤眼。

李成勋牵起嘴角,笑了一下,没有接腔。

这时,小颖在那边喊米果,米果便朝李成勋挥挥手:"你先去转转,有合适的对象,记下号码,我帮你联系!"

她刚想转身。"米果!"

米果回头,却看到李成勋从衣兜里掏出一块手帕,递了过来:"擦擦吧,一脸的水,小心着凉。"

米果愣了一下,表情变得有点扭捏,不大好意思接。

李成勋这时,走近一步:"要我给你擦吗?"

"啊?不不!不用了。"她抢过手帕胡乱在脸上抹了抹,便塞回李成勋的手上,"谢谢你,李成勋。"

李成勋摆摆手,转身走了。

"米果,他是谁啊,长得这么帅!"小颖感兴趣地瞅着李成勋的背影。

米果噘起嘴,闻了闻嘴上的味儿:"李成勋。"

"他就是李成勋?咱公司金牌会员里的NO.1?"小颖惊叫道。

最近,经过薇薇的洗脑,"喜福来"的人没一个不知道李成勋的。据说这个年轻有为的英俊青年,眼光奇高,不知道最后谁家的姑娘能有幸抱得美男归。

米果点头肯定:"就是他。"

小颖激动不已,望着远处俊秀修长的深色背影,无限向往地说:"要是他能留到最后就好了。"

"为什么要留到最后啊,他那么帅,一定早早地就被众美女包围了!哪里能留到最后。"

"你不懂了吧,我告诉你……"小颖想说什么,却被薇薇拍了下:"赶紧去,赶紧去,叶梅大组长找不到你们,发飙了!"

小颖和米果赶紧朝活动台那边走,走了一半,小颖忽然回头,停步,她拉着米果,朝刚才嘉宾聚集的地方张望。

米果看到人群里的李成勋和薇薇,他们正在谈话,对面而立,距离很近,远远望去,就像是一对儿般配的情侣。

米果收回视线,拉了拉小颖:"咱们还是去找叶组长吧。"

小颖啊了一声才想起正事,她们一路小跑,越过相亲人潮,找到台子后面忙得直薅头发的叶梅。

叶梅看到她们,眼睛一亮:"你们去外围接一下植物园的人,他们今天要配合消防部门检查防火设施,我这会儿走不开!"

小颖为难:"组长,我下面有活动啊。"

叶梅看也没看,手指一挥,指向米果:"你去!"

李成勋对薇薇并无好感,出于礼貌,他还是和薇薇聊了几句。聊天的内容和上次茶座一样,无非是如今的经济形势,还有年轻人的婚恋爱情观。很显然,薇薇对后者更感兴趣些。李成勋应对了几句,便想离开,薇薇不愿错过机会,突然,压低声音问李成勋:"李经理,上次跟你说的事……"

李成勋面色一肃,朝旁边看了一眼:"回头再说。"

薇薇看出他是个好面子的男人,心知自己莽撞了,她不大自然地笑了笑,拢了拢肩头的波浪长发:"好,我明天再联系你。"

李成勋不愿多谈,点点头,转身走了。刚走了几步,却听到有人喊他的名字:"李成勋!"

叫他的当然不是刚刚分开的薇薇,而是促使他成为"喜福来"金牌会员的老同学——叶梅。

"嗨!我还以为你没来呢,够意思啊,不愧是我叶梅的铁杆!"叶梅走过来,态度熟稔地拍了李成勋一下。

李成勋笑了笑:"你叶大小姐吩咐的事,谁敢不从,除非是他不想在圈里混了。"

叶梅哈哈大笑,她冲着李成勋挤了挤眼睛,朝四周明显增多的女嘉宾瞄了一眼,打趣说:"有没有李大经理相中的姑娘啊,要是有,我今天就破例成全你了!"

李成勋对那些大胆热烈的目光没什么感觉,只是莫名的厌倦,他转过脸,朝右侧花圃的方向望了过去:"别开玩笑了,我的底细你还不清楚吗,现在谈这些,未免太早。"

叶梅一愣,随即就敛了笑容,她和李成勋并排站着,望着郁郁葱葱的花圃,轻声说:"对不起啊,我口无遮拦,又伤到你的自尊心了吧。"

李成勋摇摇头,没有说话。

叶梅和李成勋是高中同学,也是前后桌。李成勋是从闭塞落后的大山里考过来的学生,除了长相英俊之外,其他的条件,用叶梅的话说,就是惨不忍睹。

重点高中实行全住宿封闭式教学,每月分大周和小周,大周周五中午放假,周日下午返校,小周则只有周日下午的几个小时。A市本地的学生,诸如叶梅这样的城市生,大小周都会被爸爸妈妈接回家享受天伦。那些近郊和属县的学生,也会选择大周的两天坐学校的校车回家。

叶梅一直以为成绩优异到人神共愤的李成勋也和县里的学生一样,隔周回家看看。可是有一次中秋放大假,她回学校取落下的书本,却遇上在空荡荡教室里埋头苦读的李成勋。

叶梅是个热心肠,她问李成勋怎么不回家啊。李成勋说家人有事情,不回去了。

叶梅主动邀请李成勋到她家里过中秋,李成勋拒绝了,说学校食堂有饭。叶梅信以为真,就走了。

后来,叶梅在餐厅吃饭的时候,听李成勋县里的同学说起他的事才知道,那个人前冷傲清高的学霸竟是他们县里有名的贫困户。叶梅不知道李成勋的家境困苦到何种程度,单看他一学期一次家没回,餐厅里也从未见到过他的身影,就不难猜出他的家庭状况。

当时的高中,还没有现在的贫困助学金,叶梅无法想象,一个完全靠乡亲资助的学生,是怎样俭省节约,才度过一个个寒冷孤清的夜晚的。

从知道真相的那一天起,叶梅就开始留心李成勋的一举一动,当她看到他一次买十个冷馒头和一包榨菜充当一周的口粮时,叶梅的同情心瞬间爆棚了。她把自己的压岁钱从银行取了出来,装在信封里,偷偷塞进李成勋宿舍的枕头下。

原以为,李成勋会靠着它熬过一个学期,可谁知,第二天课间操下课,班里的同学还没反应过来,一个褐色的信封就啪的一下,摔向了一脸惊愕的生活委员叶梅。

叶梅永远也忘不了那一天,忘不了李成勋受伤屈辱的眼神。

他指着她的鼻子,手抖了半天,吼道:"不用你可怜我!"

叶梅咬牙忍着泪,盯着桌上的信封,看了足足有五秒,抬起头,对李成勋说:"如果我冒犯了你,我向你道歉,但是我只想告诉你一句话,有时候,自尊心太强反而会害了你。"

李成勋瞪着眼睛,鼻子里喘着粗气,看了她好久,才霍然转身跑走。

叶梅的钱最终未能送出,两人的关系也降至冰点。

再后来,同学们都在传李成勋利用寒暑假给初中生做家教,赚了大钱,再也不用为学费和生活费发愁了。叶梅听了,眉眼润润地微笑。只有她一个人知道,李成勋的学生叫叶子涵,是她小叔叔的宝贝儿子。

她以为自己不说,就可以保守一辈子的秘密,同时,也保住李成勋的自尊。可是高考结束,苦尽甘来的 A 市理科状元李成勋,在某企业赞助的助学仪式后,第一时间把三万块钱的奖励递给叶梅。

"谢谢你,叶梅,没有你,没有涵涵,就没有今天的李成勋。"

叶梅惊呆了。原来李成勋什么都知道。

三万块钱叶梅没收,她不能要,因为李成勋比她更需要这笔钱。

李成勋已不是过往那个孤傲自负的男生,生活的磨砺,使他深深懂得,一个人最糟糕的境遇,往往不是贫困,不是疾病,而是精神和意志被封闭之后如同地狱一般永恒绝望的黑暗。

其实,生活的本质除了残酷和磨难,还有数之不尽的美好。在困难的环境中寻找到人生的阳光,黑暗的世界豁然开朗,拨开乌云,他才赫然发现,之前的少年是多么的狭隘和偏执。

从此,李成勋和叶梅成了朋友,真正意义上的朋友。事实证明,这种建立在信任基础上根植于心的友谊,才是牢不可破的。

叶梅顺着李成勋的目光,望向远处的风景。在回忆的旋涡里打了会儿转,叶梅想到了什么,问李成勋:"你父亲的病怎么样了?"

李成勋的母亲在他大一的时候病故,为了安葬母亲,他花光了所有的积蓄。去年,他的父亲被查出食道癌,已经到了中晚期。

李成勋眉头蹙起,叹了口气,说:"熬日子。我想接他来Ａ市治病,可他说什么也不愿意离开老家,他怕我最后把他烧了。"

中国式农民的传统观念,入土为安,他们对火葬,有着一种天生的抵触情绪。

叶梅看看李成勋,咬了下嘴唇:"你要是经济上有困难,一定跟我说啊。别跟学校那会儿似的,别扭得要死。"

李成勋淡淡一笑:"我目前的收入还可以负担。"

"那年后春天城就要开盘了,房子你还买吗?"春天城是国内著名房产集团开发的高档宜居小区,李成勋曾跟她提过,想买那里的房子。

李成勋沉默了几秒:"到时候再说吧。如果你这边收入好,凑一凑,大约也能交个首付。"

叶梅歉疚地看着他:"对不起啊,李成勋,硬把你拉进来蹚这趟浑水。"

"我自愿的。"李成勋语气淡淡地为叶梅开脱。

说实话,做这种违心的事,他不甘心。可他根本无力去改变现状,尽管今天的他已足够优秀,收入也算可观,可繁重的债务、身患绝症的父亲、即将到来的房贷,就像是三座大山,重重地压在他的肩上。

叶梅为他提供的赚钱平台,他也犹豫过,甚至想过放弃心仪的房子,可最后,内心的欲望还是占了上风。孤独了太久的他,对家的渴望,远远超过了对权势地位的向往。

人要知恩图报。正因为是叶梅,所以他才那么痛快地就答应了。

"叶梅,谢谢你。要不是你,我怎么敢想房子的事。"李成勋是真心感谢叶梅,若不是她给自己提供了这么容易的赚钱机会,春天城的房子,他连想都不敢想。

"你跟我就别客气了,我还是那句话,有困难找我,缺钱,找我!"叶梅很认真地说。

李成勋的心里涌上一阵暖意,他正要开口道谢,目光一顿,卡在那里,转不过来了。

叶梅半天听不到他的声音,奇怪地看向李成勋。然后,她就更奇怪了,还外加好奇。她鲜少在李成勋的脸上看到如此丰富的表情,似乎憋着一种情绪,快要爆发,又像是忍耐到某种极限,下一秒就会崩溃。

顺着李成勋的视线望过去,叶梅的表情也变得跟李成勋一样,甚至更加夸张。

叶梅狠狠闭了下眼睛,跺脚,朝藏在花圃里那抹滑稽游动的人影,大声吼道:"米果!你给我出来!"

米果只顾着躲避前方的军绿色身影,完全忽略了屁股后面的危机。听到叶梅的喊声,她吓得一哆嗦,回头一看,她的脸腾一下红了。怎么,李成勋也在?

她倒着走,刚拨开一束冬青准备跳出来向叶梅解释。可脚下却蓦地一滑,没等明白怎么回事,她就脸朝下,向枝丫纠结的冬青树扑了上去。

"小心!"

"米果!"

叶梅和李成勋同时向那个圆滚滚的影子伸出手。距离米果五六米远的地方,正弯腰检查消防栓的岳淳川,忽然眉心一蹙,抬起头来。

叶梅和岳淳川立在鲜红的横幅下面说话。

看惯了一身黑或是一身橙黄的消防队长,乍一见到穿着武警常服出来检查的岳淳川,叶梅颇不习惯。尤其是,这个消防警官,还这么招人待见。

刚才是金牌会员李成勋的出现引来一众花痴女嘉宾的围观,现在呢,她和岳淳川四周各个角度,包括视觉死角,都被一双双觊觎期冀的目光占据。

只是可惜啊,人家大帅哥根本不屑于相亲这种俗不可耐的交际手段。不过也是,岳淳川的条件哪里用得着别人给他介绍对象呢?

"你烦不烦啊,怎么我一搞活动就能见到你!"叶梅和岳淳川太熟,语气不免抱怨。

岳淳川耸耸肩:"我还想问你呢。"

叶梅翻翻眼睛,心想,你出来吸粉没关系,可别把我们小米果吓着了。

叶梅眼珠一转,上下瞅了瞅岳淳川:"最近听说你红鸾星动啊。有美女嘘寒问暖,还送夜宵陪吃陪喝,不知,岳队长方不方便透露一下呢?"

岳淳川眉头微蹙:"别听人胡说。"

"我还听说,你把战斗服送人了?对方还是个姑娘。"叶梅终于说到重点。

岳淳川军帽下深邃的眼睛光芒一闪，随即，被一丝疑惑替代："你怎么知道？哦，侯指导员打小报告了。"

其实，叶梅不提起那件事，他几乎都要忘记了。战斗服送给那个搞笑滑稽的姑娘后，他回到中队又申领了一套，后来工作忙，他早把衣服的事抛在脑后了。

"说来也巧，她就是你们公司的员工，不过，现在让我再认出她，可难了。"莫说当时姑娘乌七麻黑的烟熏脸，就是齐齐整整的一大姑娘，杵在他面前，他也未必能认得出来。

叶梅惊讶地问："她没去还衣服？"

看到岳淳川迷惑不解的眼神，叶梅一顿，错愕中赶紧打圆场道："啊，我是说，她拿了你的衣服也没用，又没法穿。"

"衣服不重要，只要她平安就好。"岳淳川说到最后，脊背上突然起了一阵异样的感觉，他蓦地回头，朝刚才那道盯着他的视线回望过去。

米果吓死了！若不是她及时跳到李成勋的背后，恐怕又被岳淳川捉个正着。

李成勋看着米果那张表情丰富的圆脸，问道："你在躲他？那个军官？"

据他观察，米果十有八九跟那位长相帅气的军人有过节。

"啊，啊？"米果猛地回神，"不，不是躲，我欠他一样东西，啊，不对，是一个人情。"好像不是一个人情了，加上海鲜大排档那一次，她已经欠岳淳川两个大人情了。

李成勋莞尔："要不要我帮你？"

米果一呆："怎么帮？"

"简单。我带你过去向他解释，如果他不肯原谅你，我再帮你说情。"李成勋说。

"不行，不行！"米果把头摇得跟拨浪鼓似的，马尾辫在脑后甩啊甩，看得李成勋的心跟着荡了几个来回。

"方便告诉我吗？我可以帮你出出主意。"

米果想了想，指着一边的角落："我们去那边说吧。"离岳淳川太近，她没有安全感。

李成勋跟着她走到一棵鹊桥树下，米果站定，又目光忐忑地朝那边望了望，才说："他叫岳淳川，是我的救命恩人。"

李成勋微微一愣："他？"

米果从初见岳淳川时的惊心动魄，一直讲到前阵子去特勤中队时的落荒而逃，她苦着脸，对李成勋说："他一定觉得我是个虚伪的人，不仅贪污了他的衣服，还隐瞒了和他的第一次。"

第一次！李成勋的嘴角抽了抽。

"啊,是隐瞒了第一次的被救经历,你别误会。"米果的脸红如远处的红叶。

"我没误会。"李成勋忽然发现忍笑也是个技术活。

"我现在没借口去感谢他了,我不想给他留下不好的印象。"米果难过地说。

李成勋觉得米果很好。她的纯真,是从骨子里透出来的干净,不掺半丝虚假。与她相处交谈,是一件快乐的事,因为米果,就是一枚名副其实的开心果,只要看到她的笑脸,好像再难再苦的事,也会变得微不足道。不知不觉中,李成勋抬起手,伸在半空,想去安慰那个满腹心事的姑娘。

叶梅和岳淳川同时看到了这样美好的一幕。

初春清新的背景下,绿丝绒一般怡人的草地上,一个身姿挺秀的英俊男子正神情专注地凝视着面前的姑娘。男子目光温柔,一只手扬起,搁在姑娘头顶上方,似是要落下,却又迟迟没有动作。

姑娘低着头,像是陷入某种情绪,对男子的动作完全没有感觉。微风轻拂,吹起姑娘黑亮的发丝,有一片绿色的树叶落在她的肩头,调皮地弹了弹,最后,随着微风慢慢飘落。

一种说不出的感觉从岳淳川心头滑过。他盯着那美好的画面看了几秒,转过脸,收回视线,准备向叶梅告辞。

可叶梅,那是什么鬼表情!好像看得太入迷了,以至于嘴巴张得透圆,露出了舌根部的雪白牙齿。

岳淳川抬手,在叶梅脸前晃了晃:"小梅!"

叶梅倏然回神,她下意识地应了一声,可是脸上震愕的表情还未曾褪去。

"怎么,看人家谈恋爱你嫉妒了?要不我通知侯伟业,让他来植物园接你。你们也可以当众表现一番,给你的员工和嘉宾们做个榜样。"岳淳川打趣道。

叶梅这会儿可顾不上开玩笑,她太震惊了,没想到从不近女色的苦行僧李成勋,对待女孩子也会有如此温暖柔和的一面。

"算了吧,你就是把刀架在侯伟业脖子上,他也做不来这种事。"叶梅撇嘴说。

岳淳川淡淡一笑:"你可别小看了你家侯指导员。"当年侯伟业为了追求孔易真,做尽天下浪漫之事的疯狂举动,至今,他还记忆犹新。侯伟业曾拜托他,千万别把那些不堪回首的往事告诉叶梅,因为叶梅是个重度情感洁癖症患者,如果让她知道自己并非丈夫的初恋,那侯家的天,也就要塌了。

岳淳川刚走,叶梅就被一众女嘉宾围住了。

"叶组长,他是谁啊,男嘉宾吗?为什么胸前没戴咱们的标志!"

"叶组长,他是金牌会员,还是银牌会员?"

叶梅差点没被汹涌而来的口水淹死,她一边费力解释,一边朝李成勋和米果的方向望去。

一看之下,差点没昏厥过去。好你个小米果!居然领了五六个容貌姣好的女嘉宾把李成勋给成功包围了!

李成勋强撑笑脸,竭力维持着绅士风度和几位谈吐不俗的女嘉宾周旋。始作俑者达到目的后便躲到一边,捂嘴偷笑,她完全没有意识到,她的好心,李成勋根本不想要。

这边,岳淳川刚走出搞活动的园区,兜里的手机就响了。看到来电显示,他的眼皮一跳,嘴角也微微抿了起来。右手轻轻滑动屏幕,他语气平缓地叫道:"妈,是我,淳川。"

· Chapter 7 ·

好心办坏事

　　杜宝璋是 A 大人文学院的哲学系教授，国内知名学者。她教学严谨，行事低调，从不与人交恶，哪怕三十多岁就守寡独自抚养儿子成人，大院的邻居和学院的师生也从未听到过杜教授的一声抱怨。

　　可是这位众人眼中涵养极佳的高级知识分子，此刻听到儿子不带一丝起伏的声音，气却不打一处来："哼，我不是你妈！你看有哪个当妈的，过年连儿子的电话都打不通，更别说见到他人了！"

　　岳淳川自知过分，语气软了下来："最近两天有空，要不，我回去住两天？"

　　前一秒还在为铁面无情的儿子生气操心的杜宝璋，下一秒就转换态度，迫不及待地下命令："今天晚上就回来！"

　　岳淳川笑了笑，无奈地望着天："好！今天晚上。"

　　刚把手机放回口袋，身旁传来一道柔声询问："杜姨找你？"

　　岳淳川转身，看着从兰园检查回来的孔易真，点头："让我回家。"

　　孔易真黑眸一亮："你今晚回家？那我们一起！我想杜姨的溜笋尖了！还有……还有我妈早就念叨你了，吃完饭，你去我家玩会儿。"

　　岳淳川看看她，最终，没忍心拂她的意："好吧，不过，你要吃什么菜自己跟我妈说，她老人家我可指挥不动。"

　　孔易真笑着说"好"，向岳淳川借了手机，主动给杜宝璋拨了过去。

　　"杜姨，我是易真啊。"

　　岳淳川再次望天，无奈摇头。

周末的下午,安平大厦人力资源部的办公室,李成勋刚刚送走一个前来应聘的博士生。他的头有点疼。两个小时的应聘环节,A大毕业的博士生高谈阔论,洋洋洒洒讲了一通和他应聘的职位毫无关系的废话,若不是他及时中断,很可能拖到现在还结束不了。

为了扩充市场版图,最近集团的纳新步伐明显加快,负责招聘培训事宜的人力资源部首当其冲。部门的人本周全在加班,就连他这个副经理,也负责起了中层职位的招聘工作。他揉着眉心,试图缓解一下头疼的状况,可是效果并不明显。

"零零——"电话来了。他一边蹙眉揉按,一边拿起桌上的手机,轻轻一滑:"你好,我是李成勋。"

原以为是熟悉的人或是集团的同事,谁知对方沉默了几秒,才传出几声紧促的呼吸。他有些纳闷,松手,瞄了一眼手机屏幕上的来电显示。一个陌生的号码。

"喂!你是哪位?"李成勋问道。

"你好,你好,我是米果,'喜福来'的米果,你还记得我吗?"李成勋微微一怔。米果?

"当然记得你。"那个圆润纯真的小姑娘,善良可爱。

"你怎么知道我的手机号?"李成勋问。

"啊,我从你的资料里查到的。"米果老实回答。

李成勋嘴角一扬:"找我有事?是公司又要搞什么活动需要我去配合?"

米果连忙说"不",她顿了顿,才鼓起勇气说:"我……我给你找了个合适的女会员,你要是愿意,我可以安排你们见面。"

米果说这话的时候心是虚的。李成勋是薇薇的专属大客户,她这样做,严重违反公司规定。不过,米果从相亲会结束就想为曾经帮过她的李成勋做些什么,思来想去,她能帮的,好像只有牵线搭桥,帮李成勋早日找到另一半。于是,她利用工作便利,从她负责的金牌会员里选中了一位高中的英语女教师。这位女会员不仅人长得漂亮,而且个性温和,谈吐不俗,米果觉得她和李成勋非常般配。

她先接触了一下女会员,了解到她有见面需求之后,便从资料库里找到李成勋的联系方式,主动当起了红娘。

李成勋没想到米果找他是这档子事。他下意识想拒绝,可不知怎么,话到了嘴边,却又咽了回去。他不想挫伤某个社会新鲜人的工作积极性,也不想看到那双水晶般透明的眼睛里涌满了失望和难过。

"最近,我挺忙的。"他挑了一句最温和的措辞,表明了他的立场。

米果呆了一下,随即激动地说:"没关系,没关系,只要你同意见面,时间和地点我来安排。"

李成勋说了声"好",就要挂断电话,米果却小声地叫他:"李成勋,你能不能替我保守秘密?"

"嗯?"李成勋有些糊涂。

"你是薇薇的客户,我这样做违反公司制度。你能不能替我保守秘密,等你找到良缘了再跟大家说,好吗?"米果恳求他。

李成勋哭笑不得。他何时拜托她给自己找对象了?

又过了几天风平浪静的日子,李成勋以为相亲见面的事黄了,却又一次接到米果的电话。她征询了一下他的意见,然后把相亲时间定在周六晚上六点,地点是国贸大厦二楼的艺鸥咖啡厅。

"艺鸥是中档咖啡厅,环境好,价格合理。咖啡厅是玻璃幕墙设计,可以看到商场的景象,我想……我想就算你们聊不来,也不至于太尴尬。"米果想得很周到,连细节都考虑到了,这让李成勋感到很意外。

他更加没有拒绝的理由了。李成勋不甘心,他对米果提了一个条件,他说:"米果,你能不能也过来?"

米果习惯性地啊了一声,呆住。让她陪他相亲?这怎么可以啊?别说之前没有先例,就是她想去,难道他就不嫌她这个超极圆润的电灯泡碍眼吗?

她以为李成勋是因为害羞或是拘束,才想让她作陪,可劝解安慰的话还没说出口,那边李成勋已经擅自拍板钉钉:"说好了,周六晚六点,我们在艺鸥门口,不见不散!"

米果颓了。她不想去,不想去啊。她好不容易才约到曹娜周六晚上一起看电影,据说那电影口碑极好,刚刚上映几天,就刷爆了观影纪录,她想看电影,不想做电灯泡。关键是,她要怎么跟曹娜解释啊。

到了周末上午,在家坐立不安的米果终于下定决心,联系曹娜。毕竟天大地大友情大,却都大不过吃饭的饭碗。电影她们以后可以看个十场八场,看到吐血都没关系,可是打碎了饭碗和信用,她米果就完蛋了。熟记于心的数字才拨到一半,嘀嘀两声,有短信进来。是曹娜。

"果果,我晚上加班,不能看电影了,抱歉。"

米果把曹娜的短信念了几遍,才心绪复杂地坐下。按理说,她该轻松才是,因为不用绞尽脑汁想什么破理由了,可是曹娜临时爽约,还是令米果感到很失落。她不笨,只是不太聪明罢了,她能感觉到曹娜最近一段时期的变化,曹娜变得不愿意和她过多接触了，总是以工作忙为借口，不愿和她见面。

其实，曾经在殡仪馆工作过的米果，对曹娜的上班时间和工作强度了解得非常清楚。曹娜从事的殡仪主持人的工作确实有加班的情况，但是，晚上六点，谁还去殡仪馆开追悼会呢？

曹娜明显是在躲她，可为什么要躲她呢？米果朝房门正对的阳台望了过去。半响，她默默地垂下头，在手机上敲下两个字："好的。"

周末，转瞬即至。岳淳川被侯伟业强行休假赶回了家。

强迫他休假的原因，主要是岳淳川的母亲杜宝璋体检时发现患上了高血压，得知病情后，杜宝璋并没有给工作任务繁重的儿子添乱，而是拿了些药，打算吃段时间看看。

谁知，前段时间岳淳川带孔易真回家，孔易真在岳淳川家的书房参观时无意中发现了杜宝璋的体检报告。她没告诉岳淳川，采用迂回策略，把岳淳川母亲的病情告诉了自己的父亲，A市消防支队的支队长，孔舒明。

孔家和岳家是故交。孔舒明和岳淳川故去的父亲岳春霆曾是最好的战友，他们二人性格相近，感情亲如兄弟，他们在部队一起进步，一起成长，就连结婚，两人也选在同一天。

后来，杜宝璋先生下了儿子岳淳川，岳春霆当时就和孔舒明约定，如果孔家回头生了女儿，那他们今后就做儿女亲家，亲上加亲。

过了几年，孔舒明的妻子还真生了个女儿，两家人高兴得不得了，都觉得这是上天赐予的缘分。

谁知，天有不测风雨。在一次特大救援任务中，岳春霆为了救护战友，不幸壮烈牺牲。他英年早逝，不仅给家庭带来了巨大创伤，而且，在老战友孔舒明的心中，也留下了一道无法愈合的伤痕。岳春霆是为了救他才冒险冲进火场的，他当时吸入有毒气体，昏迷不醒，身子被一根着火的木质横梁压着，对周遭的险境，完全不觉。有毒气体蔓延，在场的消防官兵都被强制撤离，只有岳春霆，他的好兄弟，顶着被处分的巨大压力，冲进火场。那是一次异常惨烈的重特大火灾事故，最终，他失去了一个好战友，而一个幸福美满的家庭，则永远地失去了笑声。

岳春霆牺牲之后，负罪感深重的孔舒明一直尽心尽力地照顾岳家母子。他把岳淳川当成自己的亲生儿子看待，从小到大，他把所能给予的最多的父爱，都给了岳淳川。而岳淳川，这个骨子里流淌着烈士热血的战士，也从没让他失望。他子承父业，投身于无比崇高的消防大军，并且在最短的时间内，创造了他这个年龄段不可能实现的巨大成就，这才是令他无比骄傲和自豪的真正原因。

从基层起步,一步步脚踏实地干过来的孔舒明比谁都懂得基层消防官兵的辛苦和危险,即使他上任之后,重点加大了对辖区消防队基础设施和生活设施的投入和建设,但是,这还远远不够弥补那些可亲可敬的消防官兵的辛勤付出。

女儿孔易真说得很有道理,她说,爸爸,人毕竟是人,不是机器,机器用久了出问题了可以上油维护,使它重新运转,可人却不行。或许,消防官兵受一两次伤不算什么,病好了,照样可以冲锋陷阵,但是长时间的高负荷运转,给身体造成的伤害是不可逆的。它带来的后果,往往比机器零件坏掉要严重得多!爸爸,谁家的老人也不希望儿子为国效力、为民舍身之后,却要拖着一身的伤病回家。

孔舒明承认,他在关爱消防官兵的健康和心理这方面做得太不够了,他应该像女儿建议的那样,切实保障每个消防官兵的休假权利,让他们有足够的时间调整状态,发挥自身最大的动能。所以当孔易真告诉他岳淳川母亲患病岳淳川却抽不出时间照顾后,孔舒明沉思片刻,给负责整个支队规章制度制定和实施的科室负责人打了个电话。

于是,制度里就有了"强制休假"这一新名词。

最先受益的,当然就是岳淳川。彼时,他从孔易真那里已经知道了母亲杜宝璋的病情,回家的路上,他去了一趟医院,向他一个从医的同学详细咨询了一下关于高血压病的治疗和日常保健方法。他的同学说这病可大可小,除了药物治疗,平常要注意劳逸结合,健康饮食,尤其重要的是病人要有一个和谐宽松的家庭环境,不要生气,不要情绪起伏过大。

傍晚时分,岳淳川拎着去莲素小馆买的莲蓉点心,敲响家门。

没想到,门开之后,不是母亲那声满足却又夹带着一丝怨气的招呼,门里立着的,竟是不该出现在家里的人——孔易真。

"淳川,你回来了!"孔易真拉开门,把他迎了进去。

他的棉拖鞋已经从鞋柜里拿出,放在门边:"快换鞋,杜姨刚才还念叨你呢。"

孔易真穿着一件烟灰色的高领毛衣,下身是一条黑色百褶中裙,她个子高,身材好,普通素净的颜色,却硬是被她穿出了一种与众不同的韵味。此刻,她眉目清秀地望着他,岳淳川原本想质问她怎么来家不跟他打招呼的话,只好咽了回去。

三下两下换好鞋,他抬步向客厅走去,走了两步,又回头,一脸不可思议地看着弯腰帮他收拾军皮鞋的孔易真:"你干什么,易真!"

孔易真迅速把他的鞋放进鞋柜,然后关上门,搓了搓手:"没……没干什么呀。"

岳淳川深深蹙眉,一种强烈的无力感从他的心口向四肢蔓延开来,他盯着表情不大自然的孔易真,看了几秒,然后转头,语气淡淡地说:"下次别这样了。"

孔易真的黑眸里迅速掠过一道受伤的微光，她望着那抹魁岸的背影，悄悄地咬了咬唇："我偏要喜欢你，看你还能躲几时？"

岳淳川拉开厨房门，冲着里面炒菜忙碌的杜宝璋喊了声："妈。"

杜宝璋回眸，看到门口身形高大的儿子，不禁喜上眉梢，她放下铲子，冲着儿子招招手："快出去陪易真，最后一个菜，马上开饭啊。"

说完，她又双手忙碌地翻炒起来。她不知道岳淳川并未离开，她的儿子正用一种柔软却又复杂的目光望着她的背影。

岳淳川心里不好受。他的母亲是个骄傲到极点的女人，生来就带着文人的清高孤傲，对人对事尤其固执。所以，父亲身故之后，原本能趁年轻找一个好归宿的她，却硬是迫于舆论的压力，守着他，熬过无数个寒暑，直到今日。现在，曾经美丽优雅的母亲不再年轻，即使渊博的学识和谈吐，仍能让后来的万千学子们钦佩和景仰，可是五尺讲台之下，她的脚步开始变得迟缓，额头和双鬓也闪现了霜华。

岳淳川拉好厨房门，步履沉重地走向卫生间。

孔易真从卫生间探头出来，笑吟吟地说："淳川，快来洗手。"

孔易真接过他手里的莲蓉点心放在餐桌上，然后去了厨房帮忙。面盆里已经接了半盆热水，袅袅的热气蒸腾，让人感觉温暖。岳淳川脱下军装，挽起衬衣袖子，弯腰，捧了一捧热水撩在脸上。

水温刚刚好，紧绷的毛孔遇到热气瞬间张开，他合上眼睛，静静地待了一会儿，然后快速洗干净。毛巾挂在固定的位置，他习惯性伸手去摸，却摸到一个柔软温热的东西。蓦地睁开眼，偏头一看，却看到孔易真娇羞的眼神和被他捏着的那抹洁白的皓腕。他立刻放手，抢过孔易真手里的毛巾："你出去吧。"

孔易真特听话地点点头："饭好了。"

她刚走出卫生间，就听到身后砰的一声响。她回头瞪了紧闭的房门一眼，然后，捂着小鹿乱撞的心口，低低地喘了口气。她喜欢他，是因为他的身上有一种别的男人不曾有的磊落光明的气质。像父亲说的一样，岳淳川天生就是当军人的料。她钦佩他对待工作的态度，一丝不苟，身先士卒，置自身安危于不顾，处处为救援大局着想，在他的身上，时时刻刻闪烁着军人独特的魅力。她喜欢他，为他着迷，着迷到不能自拔。所以，她抛下自尊，抛下前途，抛下所有，等着他爱上她。

刚才那一刹那的对视和碰触，使她更加坚定了内心的想法。岳淳川，就是她要寻觅的另一半圆满。

杜宝璋对孔易真做她的儿媳妇是一百二十分的满意，不论两家的关系，单凭孔易真的学识和长相，配她那个一心只有救援的工作狂儿子也是绰绰有余。她无论如何也要撮合这一对儿,同龄的朋友很多都做了爷爷奶奶,只有她,还靠着教学生来打发无聊的老年时光。

终于凑齐了人,开饭。

岳淳川拿起筷子,扫了一眼桌上色彩丰富的菜式,由衷夸道:"妈,看来您宝刀未老啊。"

杜宝璋横了他一眼,抱怨道:"再锋利的宝刀没有用武之地,也会是烂铁一块!"

岳淳川锁眉垂眸,装作不懂,夹了一块红烧肉放进杜宝璋的碟子里:"妈,您先来!"

杜宝璋看到红光发亮的五花肉,愣了愣,朝儿子望去:"淳川……"

也怪不得她激动,这可是多年来,沉默内敛的儿子第一次在饭桌上主动给她夹菜。

岳淳川又给自己夹了一块红烧肉,直接放进嘴里:"味道不错,还是小时候的味儿。"

杜宝璋感动得笑了笑,她把儿子夹的红烧肉转给孔易真:"易真,你尝一尝,杜姨做的红烧肉,好不好吃。"

孔易真把肉放进嘴里,秀气地咀嚼了一会儿,咽下之后,冲着杜宝璋竖起大拇指,不吝夸奖:"好吃,杜姨!不过啊,您今后就要少吃了,这含油多的食物对您的身体不好。"

"来,喝点藕汤。"杜宝璋面色如常,盛汤的动作还如平常吃饭时那般优雅,她把瓷白的汤碗递给孔易真,又朝儿子岳淳川看了一眼,语气平静地说:"高血压是常见病,按时吃药没大问题,你们不要担心。"

孔易真接汤碗的时候,杜宝璋刻意按了按她的手,话却是说给一旁的儿子听:"淳川,你和易真早早把关系定下来,我的病自然就不治而愈了。"

岳淳川顿住筷子,孔易真朝他大胆地瞟了一眼,低下头,轻轻叫了声:"杜姨。"

杜宝璋给儿子使眼色,让他赶紧表个态把恋爱的窗户纸捅破,可是坐在对面的儿子仿佛没有看到,自顾自地吃起饭来。

杜宝璋恨铁不成钢,狠狠地剜了儿子一眼,刚想说几句气话,桌下的袖子一紧,却是孔易真冲她懂事地摇摇头。

一餐饭沉默吃完,孔易真抢着去洗涮,杜宝璋没有阻拦,而是趁空把儿子拽到方便谈话的阳台。

"你怎么一回事啊,故意跟我作对,是不是?妈妈知道你不喜欢相亲,其他人也就算了,可她是易真!是你孔伯伯的宝贝女儿啊!易真对你的心思整个消防大院的人都知道,她又为你做了那么大的牺牲,你怎么就铁石心肠不动心呢?啊,你倒说说看,你的理由是什么?"儿子个头太高,杜宝璋只能仰着脸质问他,气势上先弱了一截。

岳淳川的脸上没什么表情,他越过母亲的头顶看向夜色中的万家灯火:"没感觉。"

没感觉!杜宝璋的头顿时疼得跟针扎似的,她神色狐疑地看向岳淳川:"你……不会是喜欢男人吧?"

要不是性取向有问题,她这么帅这么优秀的儿子,怎么快三十了还在打光棍!易真够漂亮的吧,可每天一个大美女在他面前晃,他却说他没感觉!

岳淳川蹙眉,摇摇头:"您整天瞎想什么呢。"

"不是?"

"不是!"岳淳川肯定他的生理和心理都没问题。

杜宝璋暗暗松了口气,看着眉目英俊的儿子,缓了缓,说:"算妈妈求你了,行不行?你和易真试一试,要是到最后你还是不喜欢她,那妈妈也不逼你了。"

岳淳川刚想说出拒绝的话,可是侧脸时,却微微一愣。灯光透过窗玻璃照亮阳台,也照亮了杜宝璋鬓边的银丝。他在心中一叹,张了张嘴,最后说:"好。"

妥协的结果,就是被心情大好的杜宝璋"赶"出家门,陪孔易真去看电影。

小区邻着国贸大厦,大厦的二楼就有一家设备一流的影院。

"你喜欢看什么片子?"岳淳川指指面前的展示屏。

孔易真上下浏览一番,指着其中一个海报:"这个!听说口碑不错,喜剧片。"

岳淳川扫了一眼屏幕,抬腕看看表,只能看八点场。岳淳川去售票区买票,孔易真拎着包,立在一旁充满幸福感地望着他。

因为是休假,岳淳川换掉了四季常青的绿军装,换上了一身阿迪达斯的运动装。蓝色的休闲运动上衣,黑色的棉质长裤,勾勒出他完美的身材,一双大长腿,媲美T台上行走如风的男模。人群中,他永远是异性目光的焦点,很多周末来观影消遣的中学生,偷偷地举起手机,拍下岳淳川不同角度的影像,然后表情兴奋地埋头在QQ群和微信朋友圈里献宝。

不一会儿,岳淳川拿着两张票走了回来,孔易真迎上去,接过票看了看:"2排5号、7号,离屏幕太近了!票卖完了?"他们的位置好像在边区了。

岳淳川不在意坐在哪儿,他对看电影根本没兴趣:"据说要满场,这是余票里最好的位置。"

看孔易真似乎不太满意,他又说:"要是不好我拿去退了,换别的电影。"

"不用不用,我就是说说,这个片子不错的。"孔易真刚才看过,其余的片子不是警匪片就是战争片,看起来太过沉重刺激,她怕影响初次约会的心情。

岳渟川指着影院附近的咖啡厅:"时间还早,我们去喝杯咖啡。"

孔易真心中一喜,果然,杜姨出马,效果立竿见影。

咖啡厅闹中取静,装修别致,门口的雕塑,俨然是一只展翅高飞的海鸥,孔易真进门的时候,特意看了看店名:艺鸥咖啡厅。

米果的屁股底下如同长了疮,动了疼,不动了痒,总之,如坐针毡的她快被面前的一对男女折磨疯了。整整一个小时,李成勋和女会员统共说了不到五句话。

很明显,是女会员的问题。她似乎有异性交际方面的障碍,见面后总是低着头,不敢看李成勋,每每李成勋主动找她说话,她就紧张得发抖。米果这一个小时,喝了五杯免费咖啡,喝得小腹胀痛,直想上厕所。

她不能离开,只能憋着尿,在桌下拼命抖擞腿,她无数次祈祷:赶紧结束,赶紧结束,可是对方却丝毫没有结束的迹象。她也不大敢看李成勋,因为太没脸了。是她积极主动地为人家介绍对象,可是没想到她精挑细选的金牌女会员竟是这样的人。

心里一乱,表情就挂不住了,再加上憋尿憋得辛苦,她的脸已成狰狞之态。

艺鸥的服务不是盖的,看到米果的杯子空了,立刻过来给她续杯。看着服务生手里的咖啡壶,她的眼角痛苦地抽了抽,行动迅速地按住杯口,连声拒绝:"不要了,不要了,谢谢!"

李成勋看了一眼脸红脖子粗的米果,感觉到桌布下面轻微的震动,他似乎明白了什么。

忍住唇边快要抑制不住的笑意,转过视线,李成勋对初次见面的女会员说:"胡老师,今天就到这儿吧,我那边还有工作需要回去处理,实在是不好意思。"

李成勋的提议如同一道全民欢庆的大赦令,瞬间就解放了姓胡的女老师和米果。

胡老师连"再见"都没说,红着脸落荒而逃。另一个红脸姑娘,在椅子上难受得蹭了几下屁股:"李成勋……"她是要憋着尿跟他道歉吗?

李成勋指指西北角亮灯的地方:"你先去解决一下,回来再说,我不走。"

"啊?"米果黑亮的眼睛湿漉漉的,里面尽是迷茫和困惑,等她顺着李成勋手指的方向望过去,原本红通通的苹果脸,腾一下变成了熟透的紫茄子色儿。

给她一块豆腐撞死吧!要不,扯一根头发丝勒死她吧!她蓦地立起,朝西北角狂奔,跑了几步,又转过头,冲着背后嘴角高高扬起的李成勋低喊道:"别走哦……

别走!"

岳淳川和孔易真走进咖啡厅。

"您好,请这边坐。"服务生热情有礼,把他们引领到一处靠窗的座位,然后把餐品单子递给孔易真。

孔易真却指了指岳淳川:"淳川,你先选吧。"

岳淳川摆摆手:"我要一杯白开水,你呢?还是老习惯,蓝山?"

孔易真眼睛一亮,神情很是愉悦:"你还没忘了我的喜好。"

岳淳川淡淡一笑:"一杯白水,一杯蓝山,谢谢。"他把餐单还给服务生。

孔易真站起来,把黑色的菱格包递给岳淳川:"我去一下洗手间。"

"你去吧。"岳淳川把包接过去,放在身侧,然后向后一靠,打算趁这个工夫眯上一小觉。

米果异常痛快地解决掉人生大事,顿时觉得世界都明亮了,她哼着流行歌曲在水台边洗手,手还没洗完,她的歌声却戛然而止。她猛地拍了下额头,脑门上滴滴答答的水渍,顺着鼻子往下流。她指着镜子里的影子:"事情办砸了,你不自杀谢罪,还在这里唱歌,我算是服了你了,米果!"想到外面的人,她的脸马上垮下来,皱成一团:"该怎么向他道歉呢?请吃饭,还是请……"

"妈,我们在外面看电影。嗯,对不起啊,让你和爸白等一场。嗯,好,看完就回去,好,再见,妈。"孔易真一手拿着电话,一手拉开小隔间的门。

她走去水台洗手,一旁刚才就在的女孩,却忽然问她:"你好,麻烦问一下,这边有电影院吗?"

孔易真满怀期待地回到座位,却看到岳淳川仰靠在椅子上,睡着了。孔易真放轻脚步,悄悄坐下,然后冲着端着托盘送饮品的服务生,比了个嘘声的手势。她主动接过托盘,把杯子放下,用极轻的声音对服务生说:"麻烦你拿个毯子过来。"

服务生送完毯子,离开的时候,脸上满是羡慕的表情。孔易真特别享受这种关注,她尤其喜欢和岳淳川在一起时,被身边的人羡慕嫉妒的感觉。她走过去,轻轻地给岳淳川盖上毯子。

她没有立刻回到座位,而是低着头,距离极近地和熟睡中的岳淳川,做了一次亲密的接触。

静态的岳淳川少了平日里的锐利和冷峻,就连棱角分明的脸庞,也呈现出一种难得的柔和的弧度。他的睫毛很长,黑黑的,遮盖住那双寒潭似的眼眸。他的鼻子很挺、很直,像喜马拉雅的雪峰一样,令人仰望,而他薄薄的嘴唇,在灯光的映衬下,发出淡粉色的光泽,引人遐想。

孔易真很想伸手去触摸这个完美如同雕塑一般的男人,想感受他的温度,他的肌肤,他身体上每一寸的美好。谁知刚扬起手,对面的黑眸却蓦地睁开了。

她差点就失声惊叫,心虚使她反应迟缓。两人对视了几秒,她才后撤身子,指指岳淳川身上的毯子:"我怕你着凉。"

岳淳川收回狭小的空间里无处安放的长腿,顺便收回视线,他当刚才什么都没有发生,揉了揉涨痛的眉心,说:"哦,谢谢。"岳淳川把毯子收了放在一边,然后把包递给孔易真。

孔易真接过包,看了看岳淳川的脸色,语气关心地问:"很累吗?看你黑眼圈都出来了。"

其实,晚上吃饭的时候,她已经发现岳淳川眼底的血丝比平常更重了些,现在更是明显,整个眼睑下方都泛着一层青灰色,整个人看起来很是疲惫。

"没事。"岳淳川端起水杯,一口气喝了半杯,然后抬腕看表,"再待十分钟,我们进去。"

孔易真搅了搅咖啡:"你再睡会儿,我保证不吵你。"

"不睡了,眯一会儿就管用。"岳淳川说完,把视线转向落地窗外的一对男女。

莫名地熟悉。所以,他才没有立刻把视线转回来。他们好像在哪里见过,男的低头,神情专注却又愉悦地听矮他半头的女的说些什么。女孩长着一张略圆的苹果脸,她说话时表情生动,一会儿噘嘴,一会儿皱眉,一会儿又露出洁白的牙齿微笑。她笑起来,整个人便变得不同,像是洒满阳光的青青绿草,格外令人身心舒畅。

岳淳川看到那个气质很好的男人扬起了手,放在女孩的头顶,似乎想揉一揉她的头顶,可是,却在顾忌着什么,久久未曾落下。熟悉的一幕重现,岳淳川脑子里灵光一闪,他想起来了。外面的人不就是叶梅公司搞活动时被他无意中看到的那对男女吗?难道,他们竟因为一场相亲会结缘,谈上恋爱了?

岳淳川觉得神奇,正瞅得入神。

"淳川,你在看什么呢?"孔易真顺着他的目光望过去,却看到熙熙攘攘的逛街人潮,不免有些失望。她之前还以为岳淳川带她来咖啡厅找浪漫,谁知,他进来后不是睡觉,就是瞅着外面发呆。

岳淳川看到那对男女达成一致,向东边,也就是电影院的方向走了过去。

他收回视线,语气淡淡地回答孔易真:"随便看看。"

孔易真瞪他一眼,灌了一口凉掉的咖啡,抬手叫服务生:"结账!"

电影满场。偌大的放映厅里,密密麻麻的尽是观影的人们。

果真如孔易真所说,他们的位置靠前还靠边,不过不算是最差的,他们右手边,还空着两个位置。

米果抓着票,满头大汗地挤出排队购票的队伍。

"我们真幸运!还有两张票!"米果高兴得不得了,没白费她挤了半天的工夫。

李成勋把随身带的手帕递给米果:"擦擦汗,辛苦你了。"

米果接过去,一边擦汗,一边颇有成就感地说:"这点苦算什么!想当年,我和曹……哦,和我好朋友为了看场电影,还翻过电影院的铁丝网呢。"

李成勋的手帕大大的、素色的方格图案,擦过鼻子的时候,还散发着一股淡淡的清香。她多闻了两下才还给他。

"是吗?我一直以为你是个淑女。"李成勋刻意加重了最后两个字的音调。

米果蹙起翘翘的鼻尖,笑得可爱:"哈哈……哈哈哈……李成勋你可真逗。"

李成勋笑:"承蒙夸奖。"

米果笑了几声,突然指着大厅里的钟表,叫道:"哎呀!过点了!"

她一手拿票,一手拉起李成勋就朝放映厅跑。李成勋看看她胖乎乎的小手,感觉那股子温暖从手腕一直暖到了心底。跑到门口,检票员检票时,李成勋让米果等他一下。

不一会儿,李成勋拿着一桶爆米花和两瓶可乐快步走了回来。

米果一看,傻眼了,随即不好意思地叫道:"我去买就好了,怎么能让你破费呢?说好了,今晚我请客的!"

李成勋把票递给检票员,回头看着自责不已的米果:"小事一桩,何足挂齿。快进来,不想看电影了?"

米果顿了顿脚,跟着李成勋走进黑乎乎的放映厅。进去了才知道晚点的人多不受人待见了,好像一冒个头,就会被后面的观众埋怨到死。

米果亲眼看到一对小情侣猫着腰一路"对不起"地找到座位,她心有戚戚焉,扯了扯李成勋的衣袖,低声问道:"李成勋,我们在几号?"

"2排1号、3号。"李成勋镇定地回答。

2排好找,可是1号、3号在什么鬼地方?

走到第二排靠墙的位置,李成勋让她站在原地等候,他猫着腰走过去,问了问第四排边角的观众,然后回来叫米果:"跟我走。"

米果说"好",可刚一抬腿,整个人就跟跄了一下,不小心撞到了李成勋的脊背,李成勋也是一晃,差点打翻了手里的爆米花桶。

"小心台阶。"李成勋压低声音,回头提醒米果。

转过头,他把吃的移到另一只手上,然后,又回身对米果低声说:"把手给我。"

"啊?"米果愣了愣,看到黑暗中李成勋那双亮亮的眼睛,她老老实实地伸出手去。

只觉得手掌一暖,她就被李成勋的大手包住了,一股温柔却坚定的力量引领着她向前走,米果觉得自己仿佛是在做梦,短短的一段距离,却像是走了一个轮回。脸还在发烧,烫得她意识不清的时候,身子被李成勋向前一带,轻轻一个用力,旋转,她便落在了一个柔软的座位上。

李成勋也很快坐了下来。他坐在第二排的最边角,米果张了张嘴,想说"我坐边上吧",可是话到了嘴边,吞吐了几个来回,还是咽了下去。

李成勋松开米果的手,把爆米花桶卡放在他们座位间的置物筒内,眼睛专注于视角并不好的白色大银幕。

过了一会儿,李成勋打开可乐瓶,递给早就融入剧情,跟着周遭的观众一起笑得前仰后合的米果:"喝点吧。"

米果一边抽抽着笑,一边没心没肺地享受着李成勋的照顾,她喝了一口冰凉的可乐,指着银幕对李成勋说:"王宝强太搞笑了,你看他的头,哈哈,哈哈哈哈。哎哟,不行了,不行了,我要被他笑死了!"

李成勋觉得,剧情再精彩搞笑,也没有纯真的米果来得令人身心愉悦,似乎只要看到她的笑,再多的烦恼也能立刻消失。

岳淳川是被一阵超大的笑声和咀嚼声给吵醒的。

进了电影院他就犯困,孔易真甩下一句"你愿意睡就睡吧",便再也不肯和他说话,他乐得清闲,竟真的睡了过去。

还别说,在影院里睡觉的效果比在宿舍强多了,他被身边的声音吵醒的时候,下意识地看了看表,表针上指示的时间令他感到惊讶,没想到,竟不知不觉地睡了近一个小时。

在他糟糕透顶的睡眠史上,这是绝无仅有的一次。

"咔嚓!哈哈哈……咔嚓……哈哈哈哈哈。"耳边再次传来梦魇般的声音。岳淳川轻轻蹙眉,转过头,去查看声源。淡淡的一瞥,岳淳川的嘴角不知不觉扬了起来。

四周光线昏暗,看不清女孩的面部轮廓,隐隐约约中,只看到一双神采奕奕的眼睛和几颗洁白的门牙在黑暗中熠熠闪光。她似是在吃着什么东西,小小的,圆圆的,白色颗粒状物体在她的手和嘴唇间匀速运动,咔嚓咔嚓的声响就是从她的嘴里发出来的。不知道为什么,刚才还觉得扰人清静的杂音,此刻听来,却没那么讨厌了。

随着身侧不断传出的愉悦的笑声,岳淳川体内最后一丝困意也被成功赶跑了,破天荒地,他竟专注于无厘头的夸张剧情,甚至有一次,他和身边的女孩同时笑出声来。

"淳川。"看到岳淳川黑暗中频频闪现的白牙,孔易真惊讶极了,她以为岳淳川还在睡大觉。

岳淳川看看她,做了个噤声的手势,低声提醒她:"看电影。"

孔易真摇摇头,转开了视线。

李成勋觉得米果突然间变得不对劲了,她的手不再伸向爆米花桶,而是把可乐瓶攥得死紧,看她一脸憋胀的样子,以为她又想去卫生间,没等出声询问,却看到那丫头蓦地朝向他,举高可乐瓶挡住左侧的半边脸,低声快速地叫他:"李成勋,李成勋!"

李成勋应了一声:"怎么了,米果?"

米果太紧张了,她的手又颤又凉,紧握着李成勋的手腕,用更低的声音,颤抖地说:"他在我这边。"

李成勋越过米果的头顶,朝她邻座的人影望了过去。

几秒钟后,他哭笑不得地按了按米果的手:"真挺巧。"

这会儿银幕上光线很强,他打眼一看,认出那个侧脸轮廓完美的男人,竟是和米果颇有渊源的消防警官。

米果哭丧着脸:"是啊,是啊,太巧了。"

李成勋的手还盖在米果的手背上,米果因为心情紧张丝毫没有察觉,她生怕岳淳川已经认出她了。

"我们换位子吧,偷偷地。"米果提议。

李成勋低头看着近在咫尺的女孩,眉眼温和得不可思议:"要不要趁此机会和他解释……"

"啊!不!不要。"主要是她不敢。

李成勋笑了笑,轻轻一拉她的手:"那你动作小一点,尽量贴着我,这样才不会引人注意。"

"好。"米果感觉身子一轻,就离开了座位。

可是下一秒,她差点惊叫出来,她在做什么?

面对面贴着李成勋,他们的鼻子都快碰到一起了,她闻到了一丝淡淡的清香。米果的眼睛瞪得不能再大,她屏住气,像个僵尸木偶一样,完全借助于李成勋的力量,从2排3号,转移到了1号。坐下的那一刹那,她立刻捧起爆米花桶,灌了满嘴的爆米花,顺便放开李成勋的手,嘿嘿傻笑了两声。

她的视线转得太快,没能看到李成勋脸上还未褪去的红晕,李成勋握拳,放在嘴边轻咳了两声,以缓解内心的尴尬。他这是怎么了,清心寡欲了近三十年,没想到被一个无厘头的可爱姑娘破了功。

察觉到身侧关注的目光,李成勋稳了稳心神,转头,礼貌地冲着对方颔首。岳浔川也点点头,他的视线越过这位外表英俊斯文的男士,朝隐藏在黑暗中的小小身影瞄了一眼。

电影的结尾字幕还没打出来,米果已经拽着李成勋冲出了电影院。

立在寒风瑟瑟的街头,她一边喘气,一边向李成勋道歉:"对不起啊,是我连累了你。"

李成勋拿过她手里空空的爆米花桶,扔进垃圾桶,然后,目光含笑地说:"既然觉得对不起我,那你再请我一次?"

"啊?"米果呆住了,愣愣地看着夜色中显得格外英俊的男人。

李成勋看了她几秒,蓦地,喷笑出声。他极少在人前笑得如此肆意张扬,一来是没有什么值得他开怀大笑的事情;二来,家庭和职业的双重压,让他快忘了笑起来是什么滋味。

米果蹭了蹭穿着流苏短靴的脚丫,跟着李成勋傻笑了两声:"没问题呀!请你看电影是太没有诚意了。下次吧,下次我请你吃大餐,时间你定,好不好?"

李成勋习惯性地握拳在唇上压了压,他收住笑声,但是脸上却依旧笑意盈盈地说:"那就下周末吧,我等你请我吃大餐。"

米果的脸红扑扑的,灯光下特别可爱,她想也没想就答应道:"好!下周末!"

正好,有一辆等客的出租车开了过来,米果眼疾手快,扑上去就抢,李成勋紧跟上去,叫了声"米果,小心",然后,就不无意外地接住了差点滑倒的米果。

米果羞得抬不起头来,她拉开车门:"李成勋,你先回家吧!"

李成勋看看她:"你呢?"

米果指指不远处的站台:"我坐公交车啊,我带着公交卡呢,就七八站路,特方便!"

李成勋眸光一闪,他低头冲着出租车司机说了声"抱歉,车不要了",然后按住米果从钱包掏钱的手:"我也坐公交车。"

啊?米果紧追了两步,叫道:"我请你坐出租车啊,李成勋!"

李成勋看也不看她,继续在前边走:"我想坐公交车。"

米果在后面顿顿步,不解地挠挠头:"坐公交车很好玩吗?"

实践证明,李成勋的观念是错误的。大都会 A 市的晚高峰一直持续到深夜,尤其是繁华路段,各大商场超市下班的时间晚,大批员工都选择挤公交车回家。

米果挤公交车很有经验,她告诉李成勋挤车时不能当淑女绅士,没有敢抢、敢拼甚至是不要脸的劲儿,你就别想上去。

李成勋照她说的做了,可是上车时,却看到米果为了拉一个腿脚不便的残疾人,自己似乎受了点小伤。他挤过去帮了一把,这才把米果拽上车。

闷罐似的车厢里,大家胸贴胸、面贴面,平常那些男女授受不亲的规矩早就抛到了九霄云外。米果本来背对着李成勋,可她对面的大哥估计上车前吃了韭菜,那呵出来的味儿啊,简直要了米果的小命。她只好艰难地转过身,尴尬地贴住李成勋的胸膛:"抱歉,借用一下。"

车上乘客越来越多,米果从夹心饼干变成了薄饼,又从薄饼被压成"照片"。

米果个子小,整个人被挤得腾空,她坚强地在夹缝里求生存,随着人流的摆动,左右起伏。当然,司机大哥可不是每次都那么稳,一遇到急刹车,车厢里就是一片排山倒海般的惊呼,不过,每次在她摇摇欲坠的时候,都有一双坚实有力的手臂把她给捞回来。

"你抱着我的腰,这样就不怕摔了。"李成勋看米果挤得太辛苦,才主动提出建议。

米果眨眨眼,脸又发烫起来。"啊!"随着新一波的刹车浪潮到来,她再也管不了其他,紧紧抱着李成勋的腰,脸也贴上了他的胸膛。鼻子里涌入清淡好闻的气息,她暗自陶醉,手下的力道不由得紧了紧。

李成勋黑眸一暗,他低头看了看怀里黑乎乎的小脑袋,嘴角不由自主地扬了起来。

相较于米果和李成勋堪称恐怖的挤车经历,岳淳川和孔易真之间则乏善可陈。

他们坐着出租车回到消防大院。岳淳川先把孔易真送回家,然后自己再跑步回家。

推开家门,作息很有规律的母亲杜宝璋居然还在等他。淡黄的台灯下,穿着米色开衫的母亲看起来格外秀雅。

"淳川,你回来了!"杜宝璋放下书,摘下眼镜,起身去迎接儿子。

岳淳川一边换鞋,一边问她:"您怎么还没睡?不是不让您等门了吗?"

杜宝璋笑了笑,接过儿子脱下的外套挂在衣架上:"我怎么放心去睡,我怕你这块冰把易真冻着了,可怎么办!"

"您别操心了,我又不是三岁小孩。"岳淳川趿拉着拖鞋去厨房倒水。

"哀哀父母心。你就算是到了花甲之龄,仍是我的孩子。"杜宝璋望着儿子的背影,眼里溢出满满的慈爱。

孩子。岳漳川笑了笑。提起这个词,他的脑海里不由得闪现出一抹孩子般的纯洁笑容。好像,只有她,才适合这个天真无邪的称谓吧。

他喝了口水,看到盘子里的油炸花生米,拈了一粒放进嘴里。

"咔嚓……咔嚓……"居然和骚扰了他许久的魔音,是一个声儿。

他一个没忍住,扑哧一声笑喷了。

杜宝璋恰好看到这一幕,她惊讶地看着儿子:"漳川,你不是对花生过敏吗?"

"噗——"

Chapter 8

英雄的荣耀

春天，万物躁动，繁忙的工作季来了。不只是锦湖路19号的起床号比平时提前了半小时，就连远在八条街外的"喜福来"，也呈现出一派欣欣向荣的景象。

米果照旧是第一个推开公司大门的人。公司迎面墙上，一块印有公司烫金Logo的光荣榜上出现了她的名字和照片，是"喜福来"新晋出炉的金牌红娘。

她咧着嘴，笑得跟一朵喇叭花儿似的，走到光荣榜前，摸了摸上面那个红扑扑的苹果脸。她拿出手机，打开照相功能，把镜头对准自己和照片，然后嘟起嘴，大叫了一声"茄子"，按下快门。

几分钟后，路口等红灯的叶梅打开手机，在朋友圈里看到了这样一条信息："米果，Fighting（加油）！奖励，一只肉包子！"

配图是一张PS过的米果，她戴着搞笑的狗耳朵，手拿一个包子，喂给墙上的米果吃。

叶梅忍不住笑了。

她也替米果感到骄傲和自豪。一个月为三对会员配对成功，这在"喜福来"的历史上也是绝无仅有的。

刚刚走进安平大厦电梯间的李成勋，也同样看到了米果刚刚更新的朋友圈。他清秀的眉目倏然间变得柔软，嘴角微微上扬起好看的弧度。他夹着皮包，在手机上敲下几个字，然后按了发送键。

电梯徐徐上升，他也在心里默数，1，2，3，4……5还没数到，如他预料的那样，手机叮的一声，有了回音。

他打开，才看了一半，就忍不住笑出声来。整个电梯的人都朝他望过来，有些熟悉的同事,脸上竟然流露出不可思议的表情。这是那个平常冷冷清清、面无表情的人力资源部副经理吗?

米果冲进盥洗室,打开手机,看了又看,脸慢慢红透了。就在她发的那条微信下面,收到了李成勋的评论:"我喜欢吃包子,也喜欢狗狗。"

她嘤咛一声,跺跺脚,双手捂住脸,自言自语:"疯了疯了!米果,你一定是疯了!"

同样地,看到这条微信的公司同事薇薇,反应却和之前的人截然不同,尤其是当她看到李成勋的留言评论之后,薇薇更是把脚下的细高跟拧得嘎嘎响。

"什么嘛,不就是当回破先进,多拿点奖金,至于蹦跶成这样吗!没见过世面的土包子!"薇薇指着微信里评论留言的李成勋,愤愤怒道,"还有你!冲着一傻妞发什么神经!我喜欢包子,我喜欢狗狗!哎呀妈呀,鸡皮疙瘩都起来了!"

"你冷吗,薇薇?"叶梅走上前,拍了拍立在公司门口不动的薇薇。

薇薇一愣:"啊,没有啊。"

"那你说什么鸡皮疙瘩都起来了?不过,你今天穿得也太少了吧。"叶梅拎起薇薇的黑色纱裙,看了看她只穿着一条肉色丝袜的大白腿,啧啧叹了两声。

薇薇皮笑肉不笑地扯回裙子:"不冷,今天气温挺高的,我看天气预报了。"薇薇眼珠一转,紧跟上去:"叶组长,我能不能跟您说个事。"

叶梅嗯了一声,指指楼上:"你打扫完卫生,上楼找我吧。"

薇薇面色一僵,跺跺脚,站住。她就是不想出苦力才胡找个理由逃避干活,可是,叶梅根本不吃她那一套。

"薇薇,早啊!"拎着拖把从盥洗室出来的米果见到薇薇,主动打招呼。

薇薇看看她,哼了一声算是回应。她拧着高跟鞋走到自己的座位,一边掏出化妆包检查妆容,一边指着脚下,抬起腿:"米果,先拖这里,我昨天洒上香水了。"

米果弯腰拖地,薇薇嫌碍了她的事,起身走到米果的桌前坐下:"拖干净点啊。"

"好!"米果头也不回,埋头干活。

这时,楼梯口忽然传来脚步声,薇薇看到叶梅的衣角,突地一下扔下化妆包,拿起一块灰不溜秋的布条擦拭起米果的桌子来。

叶梅探头看了看,问了句"小颖还没来吗",得到米果的回答,又转身回办公室了。

薇薇松了口气,扔下弄脏的布条,拍了拍手。

"这是我的围巾。"

薇薇吓了一跳,她看到米果有些难过地捧起快掉到地上的布条,抖了抖上面的灰尘。

"啊，这不是抹布啊。米果，你的审美眼光也太差了吧，这灰扑扑的玩意，能往脖子上勒吗？"薇薇不屑一顾。

米果把围巾叠好，收在包里，小声争辩道："这是我爸爸送给我的。"

"你说啥？"薇薇没听清。

"没什么，我去涮拖把了。"米果拎起拖把去了盥洗室，偌大的一层，只留下骄矜傲慢的薇薇。

拖把冲洗了一半，米果突然想到什么，神色慌张地跑了出来。看到薇薇已经回到她自己的位置，同事们也陆续来了，她才松了口气。

又是繁忙的一天。午饭时和李成勋约好了下班去锦湖公园游玩，外带解决晚餐问题。所以，一下午，米果就像是上了发条的机器一般，干劲十足。

自从阴差阳错地和李成勋有了交集之后，他们已经见了好几次面，记得第二次见面，她是要请吃大餐赔罪的，可是提前预订好的西餐厅，最后取消了。不是她心疼荷包里的银子，不舍得请客，而是李成勋又和赶跑出租车司机一样，取消了昂贵的华而不实的晚餐。他说吃牛排过敏。于是，他们去了大排档。

米果领路，米果请客，地点有点玄妙，正是当初岳淳川救她的那间海鲜大排档。价格公道，质地上乘，还有分量够足，味道超赞的海鲜，大饱口福。

这餐晚饭，他们连吃带聊，气氛异常愉快轻松。吃完饭，米果去结账，却发现中途出去的李成勋已经把账结过了。她要给李成勋钱，可是被他拒绝了，他说："米果，你还欠我一次，下次再还吧。"

米果当时脑子不转弯嘛，她以为李成勋嫌她小气，不肯请好的。李成勋当时就看着她，指着路边摊一对吃着最廉价面条的父子说："我曾经比他们更惨，一个星期，只吃了十个馒头、一包榨菜。"

米果惊呆了。她不敢相信，如此成功的李成勋竟会有那样困苦潦倒的时候。

"你若不信，问问你们叶组长就知道了，她是我高中同学，也是我的恩人。"李成勋目光坦然地说。

那天晚上，米果和李成勋坐在风景如画的锦湖公园里，听李成勋讲述了他艰难的过去。当米果问李成勋，他的成功秘诀是什么时，李成勋对米果说："世界上没有一蹴而就的成功，在寻求成功的路途上，总会遇到各种艰难困苦。有的人意志力坚定，认准一条路，决不放弃，那他走向成功的机会便大一些；反之，则不然。米果，你是个很好的女孩，如果你也想成功，那你就不要为目前的困境所阻挡，你要相信，你可以做到，你可以像个强者一样坚持到最后！"

"那如果选择的路是错误的呢?"米果忽然问道。

李成勋愣了愣,他不知道米果为什么会这么问,但他沉吟片刻,道:"如果是错误的路,就要纠正,如果是错误偏执的思想,更要纠正过来才能走入坦途。"

米果若有所思地点点头。

李成勋讲了高中时期,他和叶梅之间的那一段误会。

"如果我能早点意识到自身性格上的缺陷,放下自尊,接受一份善意的援助,我可以少走很多弯路。不过,幸好,我遇到的人是叶梅。她是个了不起的人,是她改变了我的人生。"

米果托着腮,听到李成勋对叶梅的肯定,她竖起大拇指,赞道:"我超崇拜叶组长!看她工作,和她说话都是一种享受,她教会了我很多东西,像我的姐姐,又像是我的老师!"

李成勋深有共鸣,他极自然地摸了摸米果的小脑袋,语气宠溺地说:"你也很好。米果,你是我见过的最努力、最善良的姑娘。"

米果愣住,随即,就红了脸。她没谈过恋爱,唯一动心的对象,就是和她隔在两个世界的岳淳川。可她二十三岁了,就算是情窦还没开,也能感觉到李成勋对她淡淡的情意。

她也挺喜欢李成勋的,尤其是感受到李成勋与众不同的沉稳和智慧之后,她更加喜欢这个朴实优秀的男人了。可是,那天,满怀憧憬的米果,却在下班前,接到了李成勋充满歉意的电话。他说:"米果,我今晚有事,去不了了。"

米果一下子打蔫了,如同天上被戳破的气球,瞬间跌落尘埃。她盯着亮晃晃的电脑屏幕,慢慢趴到桌上:"不许气馁哦,米果,人家有事,特意打了电话来道歉,证明他还是很在乎你的。"

她的桌上摆着一个胖乎乎的泰迪熊玩偶,她伸出手指,戳了戳熊的肚子:"笑一个嘛,哈哈,笑一个,哈哈哈。"

强撑出来的笑声还是无法抑制内心淡淡的失落,她给熊拍了一张照片,发了一条微信:"一个人的周末,幸好有熊。"

下班时间到了,周围的同事一片欢腾。米果起身去卫生间,她打算早点回家。之前因为和李成勋的约会,她以为见不到晚上来家的小姑姑了。她积攒了很多问题想向她请教,这样一来,不就有机会了?想到小姑姑,她原本晦暗的心房打开了一扇窗,逝去的笑容又挂回嘴角。

她哼着歌走进卫生间,和刚刚方便完的薇薇打了个照面。

等她整理好衣物走出来,却看到薇薇居然还待在外面。

她以为薇薇又要化妆,于是帮她打开灯:"光线有点暗,这下好了。"

薇薇的动作和表情很奇怪,她双手抱臂,环在胸前,像是对待仇人一样,神色冷冷地睨着米果,目光充满敌意。

米果没去抽纸巾,而是动作很轻地甩甩手,她转过身,面向薇薇:"你找我有事?"

"没事就不能和你聊聊了?"声音有点大,米果瞪大眼,轻轻地啊了一声。

她指了指外面:"同事们应该都走了,我们可以出去说话,这里空气不好。"

薇薇一拧身,率先走出卫生间,米果看看她的背影,在衣服上蹭了蹭水渍,跟了上去。果然,大厅一片空旷,刚才还伸胳膊蹬腿的同事们走了个精光,连大门也被带上了。

薇薇走到她的办公桌前坐下,颐指气使地冲着对面的椅子摆摆手,米果顺从地坐下,表情无辜。

薇薇扫了她一眼,暗自冷笑。

"米果,你别紧张,我找你没什么大事,就是想以前辈的身份和你聊聊工作体会。"薇薇说。

米果扑闪着睫毛,神情不解地看着她。

"今天午饭的时候,你和小宋说了些什么?"薇薇忽然发问。

"小宋?中午……"米果努力回想中午吃饭时的情景。

小宋是婚介公司新来的员工,可能是初来乍到不习惯,她平常只和言语亲切的米果走得近。公司每个月给员工发有餐费,大家一般是在附近的快餐厅或是路边小饭店解决午餐问题。今天中午,她是和小宋一起吃的饭,不过,当时公司一大半的员工都在快餐店里就餐,吃饭的时候,你一言我一语,聊的内容乱七八糟,她忘了自己都说了些什么。

看米果迷惘混沌的样子,薇薇翻了个白眼,提醒道:"小宋说她哥当初到不靠谱的婚介所找媳妇被坑的那件事。"

"啊,那件事啊。"米果想起来了,午饭时小宋和她说起了她哥哥当初被骗的一段经历。

宋哥哥是大龄青年,家里人急着让他找对象结婚,催得紧了,他就找了一家据说不错的婚介所,想走捷径快点找到对象。原以为配对成功才付钱,谁知介绍对象之前就要交入会费。他想,只要能帮他找到对象,交钱就交吧,他把一千块钱交给婚介所入了人家的门,然后人家告诉他,可以见十次面,说白了,就是一次一百块钱。

宋哥哥心想,十次,十个姑娘还能找不到可心的吗?可结果却出乎意料,十个姑娘,没一个靠谱的,不是条件不搭,就是长相太次,最终,十次机会都白白浪费掉了。

他去找婚介所,人家说已经按照约定履行义务了,他要是不满意,可以继续交钱,继续见面。红娘偷偷告诉他,如果付费一次二百元的那种,他们会挑选条件好的女士安排见面。

宋哥哥想,那就试试呗。于是,他又交了一千元钱,见了五个姑娘。

交钱多和交钱少的见面结果都是一样的,他都没能找到心仪的对象。后来,一个朋友告诉他,他上当了,婚介所就是想让你不停地交钱,根本不会安排合适的对象让你见面。

宋哥哥上了一次当,不甘心,又找了一家婚介所。这家婚介所是先介绍,后交钱,宋哥哥想,这次该挨不了坑了吧。这家婚介所也挺负责,陆续给他安排了几次见面,前几次和头一个婚介所一样,没一个合适的。宋哥哥失望了,不过他想,反正都是免费的,他又亏不了啥。于是,婚介所后来安排的见面,他又去了一次。没想到,这一次见面的姑娘,却让他一见倾心。姑娘的条件太好了,年轻漂亮,家境优渥,见面后,她对宋哥哥的印象也不错。姑娘通过婚介所联络宋哥哥想第二次见面深入了解一下,宋哥哥高兴极了,兴冲冲地问见面地点,可是婚介所却说见面可以,但你必须交一千元入会费。宋哥哥想也没想,直接把省吃俭用攒下的一千元交了,可是一见面,他傻眼了。这次姑娘的态度和上一次判若两人,对他极为冷淡不说,甚至还当面嫌弃他的工作和家庭。

过程充满希望,但是结果却总是一样:人财两空。

小宋为哥哥鸣不平,她问米果和在场的同事前辈,是不是所有的婚介公司都是骗钱的呢?还有后来那个女的,是不是个骗子?小宋是新人,讲话口无遮拦,她不知道这两句义愤填膺的疑问句把现场的气氛搞得有多僵,她忘了被质问的对象都是婚介公司的员工,他们做的工作其实和那些婚介所,并无太大的差别。

米果记得自己当时说了一句:"咱们'喜福来'绝对不会的,不然的话,我这么笨的人怎么也能做成红娘!"

小宋听了她的话,这才恍然一笑:"就是,我怎么糊涂了。"

好像就是这些吧,关于宋哥哥的事,她们好像只谈到这里。话就这么多,她仔细回想了一下,没什么问题啊。她看着薇薇,不解地问:"是不是我哪句话说错了?"

薇薇掀起唇角,冷淡地一笑:"哪句?哪句都不对,知道吗?"

米果愣住了。都不对?什么意思?她不懂啊。

薇薇动了动屁股,调整了一下坐姿,正要说话,搁在边上的手机却响了。她翻了翻眼睛,朝手机屏幕一瞄,顿住。她姿态优雅地拿起手机,手指轻轻一滑,放在耳边:"喂,李经理啊,你下班了吗?"

薇薇说话的时候,目光却紧盯着对面的米果,米果咬着嘴唇垂头玩手指,看不见脸上的表情。

"嗯,好的,我联系女会员,让她稍微晚一点到。嗯,好,那拜拜。"薇薇收线,故意向米果晃了晃手机屏幕:"是咱们公司的金牌会员,今晚安排他们见面,不过,安平公司的李经理好像要晚一点才能到。"

米果唰一下抬起头,圆脸蓦地转白:"李经理?是李成勋吗!"

薇薇挑起黑黑的黛眉,勾着眼,别有深意地一笑:"怎么,你也认识他?"

米果说不出话来。

她静默了几秒,忽然起身:"我回家了,有什么事,我们改天再谈。"她快步走到自己桌前,拿起背包,胡乱地把桌上的物品扫进包内,然后双手抱着朝外走。

"米果——"薇薇叫她。

她脚步顿了顿,回头。

"我没别的意思,只想提醒你,不要把别人想得太笨,也不要自以为是,觉得看到的都是真相!"薇薇的语气冷冷的,暗含深意。米果愣了一下,心思杂乱,实在顾不上追问,转身走了。

李成勋去见面了?他不是加班?他竟然去和女会员见面了。

米果魂不守舍地走在人潮熙攘的街头,走着走着,肩膀忽然被人拍了一下:"姑娘,你手机响了!"

手机屏幕上显示的数字,是一个陌生来电。她迟疑了一下,挂断。然后一条微信的提示音叮的一下在手心里响起。

她滑开屏幕,看到熟悉的头像,心蓦地一紧,正要打开这条消息,却被忽然流动起来的人潮裹挟着挤向附近的广场。她听到此起彼伏的惊呼声。

"展览馆爆炸了!"

"天哪!消防官兵死了!"

"可惜啊,好像还是个军官!"

米果的脑子本来就蒙,加上这一声声吵嚷,她不只是蒙,脑仁儿也跟着疼了起来。她随着路人的视线向广场上的超大屏幕望去。这一望,便再也挪不开眼。

"姑娘,你手机!!响好久了!"

"啊,啊,谢谢。"米果低头一看,竟还是那个陌生的号码。

她这下没再拒接,而是一边朝人少的地方挤,一边按下接听。

"喂,我是米果。您哪位?"

"啊,谁?您是谁?"

广场的人越聚越多,都在驻足看着大屏幕上的 A 市新闻,米果使出吃奶的劲儿,总算挤出了包围圈,走到一间药店里面:"喂,您到底是谁啊。"

"米果,我是郭台庄。"

米果愣住了。师傅!殡仪馆的特级遗体整容师。

A 市殡仪馆。

夕阳西下,暮色四合,老树枯藤昏鸦,青山遮不住悲秋。

虽还没到萧瑟凄凉的秋天,可是此刻的 A 市殡仪馆大院里,却比隆冬更加酷寒冷冽。

"吴磊——"随着一声撕破苍穹的哭喊,一队戎装肃静的消防官兵齐齐脱下了军帽。

岳淳川原本立在排头的位置,看到磊子的爱人李玥在几名家属的搀扶下跌跌撞撞走了进来,他紧闭了一下通红发烫的黑眸,睁开,朝前一步,挡住了李玥的去路。

"嫂子!"

李玥的眼睛一片混沌,除了流泪,她已经失去了注视的功能。听到熟悉的叫声,她慢慢抬起头,盯着岳淳川。

岳淳川被那样的目光看得浑身一颤,他没动,即使他的心已经疼得痉挛,几乎无法跳动,可他还是像一堵墙似的,挡住了李玥。

李玥愣了几秒,目光的焦点渐渐对准面前的人影,看到那熟悉的领章和代表着神圣使命的军绿色,她身体里刚刚褪去的一波悲恸和绝望,又再度翻涌,朝她狠狠袭来。

"淳川!淳川!磊子呢!磊子呢!"李玥挣开搀扶的人,扑上来,死命抓住岳淳川的胳膊,摇晃。

岳淳川没动,任由李玥发泄。一旁的首长战友们纷纷别开脸,他们实在不忍心看到这悲惨的一幕。

"带我去看他,去看他,我要磊子!我要他啊,妞妞要爸爸……要爸爸。啊——"不知哪里来的力气,李玥猛地推开岳淳川,便向那幢灰色的二层楼房的方向跑去。

那是殡仪馆的停尸间,也是安放吴磊遗体的场所。

岳淳川一个箭步冲上去,从后面拉住李玥的胳膊,向后微微一个用力,李玥便被他牢牢地控制在怀里。

"磊子他还没准备好。"岳淳川对李玥说。

李玥心碎如绞,她用力撕咬着岳淳川,用力踢他的腿:"让我去看他!让我去看他！哪怕只剩下一块肉，一根骨头，我也要见他！"

岳浔川紧抿着嘴唇，刚毅的脸上，一片痛色。

待怀里的李玥终于没了力气，哭号声也小了，他才低头对李玥说："你忘了，磊子是我们当中最臭美的一个人。"

李玥一怔，随即哭倒在他的臂弯。岳浔川把她无比郑重地交给一旁的家属，然后大步走到一处无人的角落，把拳头重重地砸向树干。

吴磊，三十三岁。A市消防特勤中队排爆专家，排爆班班长。他和岳浔川、侯伟业是同一所军校的学员，也是A市消防战线上赫赫有名的功臣。从军十多年来，吴磊累计拆除爆炸装置四十余个，处置废旧炮弹一千八百余枚，先后荣立一等功一次、二等功一次、三等功三次，获得过"全国特级优秀人民警察""A市平安卫士"等光荣称号。

吴磊性格开朗，爱好广泛，不过，他最喜欢的业余爱好，就是摄影，一台尼康相机跟随了他多年，家里的照片墙上，记录了他多姿多彩、不平凡的军旅生涯。

今天，和往常一样，吴磊在中队吃过中饭后午休。可是一阵急促的警报声打断了他的好梦，市展览馆发现疑似炸弹，向公安和119求援。

午后的展览馆，气氛凝肃。在二楼楼梯的一侧角落，吴磊看到了那个即将和他短兵相接的"家伙"。只消一眼，他就判定，这是一枚货真价实的炸弹，那个黑乎乎的家伙就躺在角落里。比家用的保鲜盒稍大一点的包裹外面，绑着一只看不清标识的圆形小钟表，现场太静了，钟表走动的咔嚓声，被无限放大。

定时炸弹！吴磊猜测起爆时间不会这么快，因为还有半小时，一场规模盛大的展览会才会在这里开幕。猜得出大致的起爆时间，却猜不出它的爆炸当量。吴磊深知，秒针的每一次跳跃，都在把死神向前推进一步。

"班长，我上！"排爆班年龄最小的战士胡永强自告奋勇。

吴磊摇摇头，他是班长，在复杂情况下，他打头阵，这是排爆班的规矩。

"磊子，我陪你！"岳浔川忽然站了出来，和吴磊一样，拿起头盔、防弹背心迅速穿戴起来。

吴磊知道岳浔川所学广泛，他对爆炸物的专业知识不比自己这个排爆班长少。但这是极度危险的排爆现场，他不想让好战友、好兄弟也随他一起赴险。

"你凑什么热闹！"吴磊手下动作一点没停，他呵斥阻止岳浔川。

岳浔川目光坚定地看着他："我给你观察。"

排爆是个细致如发的技术活，稍微出点差错，就会有生命危险。吴磊没再说什么。

因为他信任岳淳川,也不仅仅是信任,还有无数次并肩战斗、经历生死后牢不可破的情谊。他敬佩岳淳川,他觉得,从未有这样一个队长能让他时刻保持着一股热血澎湃的工作激情。

时间不等人,他们很快便穿戴好护具,排爆班的战士把两套厚重的排爆服拿出来,提醒他们穿上,可岳淳川和吴磊却同时交换了一个眼神,然后,同时拒绝。

厚重的排爆服不利于奔跑,而且处理起爆炸物来也会有很多阻碍。他们步履坚定地走向爆炸物。

转移爆炸物由岳淳川来做。吴磊原本不想妥协,可是岳淳川怕他的体力和精力撑不住接下来的排爆作业,所以,吴磊把防爆毯交给岳淳川。

打开防爆毯,岳淳川小心翼翼地双手捧起爆炸物,放进毯子里,一层层裹紧。他似乎低低地吸了口气,然后向在场的战士们打了个闪躲的手势,看到战友们安全撤离,他凝了一口气,提起毯子转身就向楼下狂奔。

他健步如飞,吴磊紧随其后,他们留给在场官兵的,是一如既往、完美傲岸的背影。

爆炸物被搁入防爆筒,迅速转移到展览馆大厅临时隔离出的空地。时间紧迫,来不及从容分解,吴磊开始进行排爆作业。其他人员全部退到警戒线之外,现场只留吴磊和岳淳川两人。

这类没有章法的土炸弹,对排爆技术人员的考验是最大的。吴磊没有按照惯常的作业流程来处理,因为几年前他排除过的一枚定时炸弹,和这一次的炸弹爆炸原理是一样的,只要把闹钟弄坏,或是让表针停止走动,便不会起爆了。

他操起长柄铁锤,远远地瞄准那只钟表,扔了过去。在场的人紧张到心脏凝固,他们只听到一声闷响,那个小闹钟已被铁锤砸了个粉碎。

"呼!"所有的人,都同时呼出一口气。

吴磊也是一样,当他向爆炸物走了不到两米的时候,突然,被吴磊强制站在五米外的岳淳川狂喊出声:"撤——磊子!"

几乎是同时,吴磊看到黑色的包裹上冒出了一丝火光。在生命的最后一刻,在火光燃起的瞬间,吴磊向战友预警:"快跑——"

在人们还没有欢庆胜利的时候,一抹冲天的火光夹杂着巨大的爆炸声,笼罩在寂静的展览馆里。幸运,没能再次眷顾英雄。

爆炸物内填满黑火药,这种摩擦即可引爆的高敏感度炸药,夺去了吴磊年轻的生命。

最后一刻,中队战士高铁军把岳淳川从死神手里夺了回来,若不是他把岳淳川撞向安全区域,恐怕岳渟川也和吴磊一样,成了烈士碑上鲜红的一撇。

　　爆炸现场无比惨烈,吴磊的遗体被炸成无数碎块,最大的一块,也不过是相对完整的胸部。岳渟川和中队战士,抑制着巨大的悲痛,在现场找了三个多小时,才勉强拼凑起一具破碎的吴磊。

　　岳渟川捂脸流泪,他的心痛到极点,他不忍心看到这样的吴磊,害怕面对李玥和妞妞期盼的笑脸。

　　消防支队的领导联系了市区各大医院,请求医生帮忙缝合牺牲英雄的遗体,可是吴磊的遗体因为破损严重,被所有的医院拒绝接收。

　　无奈之下,支队又联系到了殡仪馆。殡仪馆的特级遗体整容师郭台庄到现场看过之后,也摇了摇头,太难了,这已经不是一般意义上的修复了。

　　岳渟川红着眼眶把郭台庄师傅请到一边,和他谈了很久,郭师傅被吴磊的事迹打动,终于点头同意接收。于是,吴磊被送到了 A 市殡仪馆,他需要经过难度极高的遗体修复之后,才能和家属见面。

　　这不是岳渟川第一次送走至亲至爱的战友了。可是没有哪一次,像这一次一样令他悲痛到不能自已。他后悔,后悔没有拦住吴磊,命令他、强制他穿上那身行动不便的排爆服。

　　可他知道,吴磊鲜少去碰那套排爆服,他总是把生的机会,最大限度地让给身边缺乏经验的小战士。吴磊最喜欢笑着摆 pose,让自己多拍些照片,说要回家给他的小萌宝妞妞看。吴磊最喜欢吃排骨饭,每次食堂做排骨,他都会不遵守纪律,偷跑去为排爆班占个好位子。吴磊喜欢唱歌,他最喜欢唱的歌是《月亮代表我的心》,他说,老婆就是月亮,他要陪她到老。

　　到老吗？吴磊！说好的誓言,你忘了吗？你这个说话不算话的人！

　　下了公交车,米果看到了熟悉的灰色建筑物。

　　A 市殡仪馆。

　　进去之前,米果清了清嗓子,拨通了米妈妈的电话:"妈妈,娜娜男朋友今晚过生日,我们要通宵,晚了我就不回去了,睡娜娜宿舍。"

　　可能是对曹娜心怀歉疚的缘故,米妈妈没有干涉米果有些过分的请求。

　　米果按下挂断,犹豫了一下,还是打开了微信。在她下班前发出的那条微信下面,出现了一条评论。熟悉的风景头像,居然换成了一只熊的图片,胖乎乎的小熊,憨态可掬,而评论也只有五个字:"我也喜欢熊。"

　　米果咬着嘴唇,静默了一会儿,走进了暮色沉沉的殡仪馆大院。

A市殡仪馆历史悠久，建于二十世纪五十年代初，后经政府重新规划建成了A市一处结合了人文景观和自然景观的建筑群。殡仪馆的建筑风格古朴大气，历史文化底蕴深厚，建筑群布局合理，结构紧凑，园林和建筑小品点缀其中，使其成为具有独特人文关怀的环境优雅的社会服务场所。

米果无心欣赏美景，她脚步匆匆地穿过小路，从后门进入停尸楼。

为了方便亲友吊唁和火化遗体，停尸楼一般设在气势恢宏的告别厅的后方。因为位置偏僻，所以楼内的走道常年不见阳光，虽然白天也有灯光照明，可是一踏进这里，不由自主地就会令人产生一种敬畏的心理。

停尸间一排排整齐的铁皮格子里透出令人压抑的气息，米果无心他想，快走几步，拐过一道弯，看到了廊道尽头的遗体整容室。平常这个时间段，郭师傅和整容师们早就下班了，可是此刻，黑乎乎的走道尽头，整容室里还亮着灯。

米果在这里工作过几个月，很熟悉，她一路走过去，一路打开廊道灯。这是她夜晚加班的习惯，不是因为害怕，而是她想给那些逝去的人，带去最后一丝温暖的光亮。

米果探头，敲了敲半开的房门。里面传来一声低哑的回音："进来吧。"

米果走进整容室。

"师傅，我来了！"

空荡荡的长方形整容室分为内外两间，外间是接待室，里间才是整容师工作的地方。

郭师傅在里间忙碌，顾不得出来迎她，但是听到她的喊声，郭师傅的语调明显抬高："米果，是你吗？"

"是我！"

"你换了工作服再进来！"

"好的！"

米果走到更衣柜前，习惯性拉开之前她在这里实习时的柜门，打开的那一刹那，她愣住了。

戴着她名牌的雪白工作服，整整齐齐地挂在里面，还有工作时穿过的鞋子，也好端端地放置在柜子底部。一切都是那么熟悉，那么亲切，仿佛她从未离开过一样，这些物品的主人，仍然属于她。米果说不出心里是什么样的滋味。

她的手指轻轻拂过柜子里再普通不过的衣服，美丽清澈的眼睛里渐渐沾染了一层水汽。她愣了一会儿，想起自己来的目的，赶紧换上工作服，走进了操作间。操作间还是老样子，洁白的墙壁，洁白的地板，一尘不染。

房间居中位置放着一张可移动的工作床,平常不用的时候会挪移到靠墙的位置。电吹风还是挂在墙壁上,显得有点突兀。米果站的地方,旁边有两节并列的柜台,一节柜台里放置着叠好的寿衣,如果丧属需要,可以在整容时换上。另一节柜台分上、中、下三层,分门别类摆满了毛笔、油彩、针、镊子等器械和材料。这些都是给死者整容和化妆用的。

郭台庄背身立在工作床前,头也不抬地忙碌着。

米果轻手轻脚朝前走,低声叫:"师傅。"

郭台庄嗯了一声,停下动作,回头看她。灯影下的老人,原本灰白的头发显得更白了,他穿着工作服,戴着口罩和手套,朝米果点了点头,语气充满歉意地说:"麻烦你了,米果。"

米果一边戴上口罩和医用手套,一边冲着郭台庄笑着说:"您跟我还客气什么啊!师傅,今天要整的是谁?这么大的面子!"

能劳师傅大驾,还把她揪来加班的逝者,想必是哪级领导的家属吧。

米果刚想朝前走,却听到郭台庄说:"等等,米果,遗体不完整,你先有个思想准备。"

米果呆住了,遗体不完整?领导家属遇车祸了?她暗暗吸了口气,像过往工作时那样,给自己加了把劲儿。

继续朝前走,师傅低头的同时,语气变得低回深沉:"是一个消防军人,下午在排爆的时候牺牲了。"

米果顿住脚步,心怦怦狂跳,她猛地想起下班时在广场上看到的新闻。声音有点哆嗦,脚也有点发虚:"很惨吗?师傅,他叫什么名字?"

"没有完整的肢体,你说惨不惨。哦,他叫……"郭台庄弯腰看了一眼粘在床边的名牌,惋惜地说:"吴磊,他叫吴磊。"

米果表情一松,暗自吐了一口气。不过,她立马就觉得不合适,赶紧又绷起脸严肃起来。

等她走进工作间,看到躺卧在工作床上的遗体时,先是眉心一蹙,紧接着,她的手就落在一块辨不出颜色的消防标志上,红了眼眶。

郭台庄察觉到异样,抬头看她:"这么久不做,吓着你了吧?"

米果回神,摇摇头,悲伤地说:"我不怕,我就是一想到他的家人,就很难过。"

这样残破不堪的一具遗体,她一个外人看了都受不了,他的家人见到了,该是怎样一种毁灭性的打击。

郭台庄停下动作,叹了口气:"我起初没把握为他做遗体整容,可是听了他的战友给我讲述的他的生前事迹,我还是下了决心。"

"哦,那他生前一定是个英雄。"米果说。

郭台庄点点头:"所以,米果啊,我们才要更加精心,争取让他的家属,多一点安慰,少一点悲伤。"

米果表情肃然地嗯了一声,低头配合郭台庄开始工作。

郭台庄不愧是 A 市乃至全国殡仪系统遗体整容方面的专家。在明亮的灯光下,他一边用他独创的缝合法和充垫法为破损遗体缝合修复,一边手把手地教米果离体肢体的修复方法。

一老一少,默契配合,认真忘我,不知不觉间,时针走过了寂静的午夜,走过了困顿的黑暗,迎来了天际的一道火红曙光。

东方破晓,初露晨曦。

当这个城市的人都还未从睡梦中苏醒时,A 市殡仪馆一幢灰色的楼房里,却传来了一声长长的满足的叹息。

"终于完成了……"

望着工作床上基本恢复原貌的消防英雄吴磊,米果大大地伸了个懒腰,一种巨大的成就感在四肢百骸中蔓延。

不承想她的感叹声却惹来师父的惊呼:"哎呀,米果,我忘了问你,和你父母说了吗?"看到挂钟上显示的时间,郭台庄才惊觉问题的严重性。

米果晃了晃晕乎乎的脑袋,又紧跟着点了点头:"放心吧,我早说过了。我骗他们昨晚和曹娜在一起呢。"

郭台庄松了口气,目光歉然地看着神色疲惫的米果:"你看你走都走了,我还给你添麻烦。"

"说什么呢,您叫我来,需要我,那是我米果的荣幸!咱们馆里四五个整容师呢,您怎么不叫他们啊!"

郭台庄指了指她,笑了起来,语气中不乏对她的喜爱和欣赏:"你个臭丫头,总是自我感觉良好。"

"嘿嘿,那当然,也不看是谁的徒弟!"米果推过化妆车,把准备照着吴磊的照片为遗体化妆的郭台庄挤到一边,"下面就看我的。"

她挥舞着照片,气势足足地说:"我保证把吴磊还给他的家人。"

郭台庄摇摇头,按揉着酸痛不堪的腰部向外间走:"米果,你想吃什么,我给你买去。"

米果听到吃的,眼睛一亮,她一边在手上揉搓粉底,一边朝外间喊:"要食堂的肉馅包子和玉米糁汤,噢,对了!我还要两个煮鸡蛋!"

"……"郭台庄的嘴角抽了抽。连他这个老整容师现在想到肉都会有一种排斥感,可是里间那个没心没肺的活宝,却依然故我,拥有令人惊叹和感动的快乐能量。这孩子!天生做这一行的料。只是,可惜……

郭台庄回头看了看那抹认真工作的背影,惋惜地叹了口气。

"师傅,我走了,以后用得着我,您千万别客气啊!"米果朝立在台阶上的郭台庄挥手,郭台庄摆摆手,示意她赶紧回家。

岳淳川带着一班战士王福祥,一大早就来到A市殡仪馆。王福祥走在他后面,渐渐地,沉重的脚步声,没了。岳淳川回头,却看到王福祥正踮脚望着一侧的绿化带,探头探脑的,不知在看些什么。

"王福祥!"他叫了一声。

"啊?"王福祥回神,赶紧跟上来。

"干什么呢?"

王福祥挠挠后脑:"好像……好像看到一个人。"

岳淳川的头皮一跳一跳地疼。这个王福祥,一惊一乍的,是嫌他不够忙吗?

岳淳川扫了一眼树叶唰唰响的清晨小径,懒得理他,继续朝前走。

王福祥一边挠头,一边朝出现人影的方向张望,当他再次看到那个似曾相识的背影在林间跳跃时,他捂住嘴,眼睛瞪大,"哦,哦"低叫了两声。

岳淳川再次停步,回头。王福祥捂着嘴,朝远处指。

岳淳川看了看,还是什么都没有,他瞪了王福祥一眼:"毛病!"

王福祥有苦说不出,也不敢说。

他紧跟着岳淳川,老老实实地来到停尸楼前。

"吴班长在里面吗?"王福祥看中队长立在台阶下不动,他揉了揉发红发烫的眼睛,轻声问他的队长。

好久,他才听到一声变了调的回音:"哦。"

就在眼前的这一幢灰楼里,一个不起眼的角落里,静静地躺卧着他的好战友,好兄弟,吴磊。

从昨天出事到现在的十几个小时里,他不知道自己是怎么熬过来的。记忆中的每一分每一秒对他来讲都是折磨,每一次合上双眼,眼前都会出现吴磊的音容笑貌,每一个熟悉的背影,也都变成了战斗救援中的吴磊。

无边无尽的疼痛蔓延全身,无休无止,仿佛他也变成了一具残破不全的尸体,躺在冰冷的地上,被亲人的泪水浇灌。能解救他的,只有工作。

岳淳川强忍着脑子里炸痛般的痉挛,他深深地吸了口气,向台阶上迈去。

"祥子,你在外面等我。"

殡仪馆关于遗体冷藏有着严格的制度规定,不是每个人都有见到英雄遗体的权利。

他叩响紧闭的铁门。不一会儿,同样也是顶着一双通红眼睛的郭师傅打开门。晨光中,他叫了一声"郭师傅",郭台庄和他对视几秒,默默地把他让了进去。

在去停尸间的路上,他们之间有了一段简短的对话。

"他还好吧。"

"挺好。"

"谢谢您。"

"不客气。"

四句话,余音未散,已经到了一扇门前。岳淳川抬头,看到"遗体整容室"五个大字。

他把装有新军装和一面鲜红党旗的袋子交给郭台庄,然后,退到一边。

郭台庄看看他,指着接待室的椅子:"你坐吧,我换好了,叫你。"

岳淳川说了声"谢谢",走过去,端端正正地坐下。

郭台庄取出一套新的口罩和手套,戴上,然后指指角落里的饮水机:"喝水自己倒。"

不等岳淳川回答,他就拿着东西走进了操作间,并且关上了房门。

岳淳川盯着门上有着四方玻璃的窗口,体内有一种压制不住的躁动和急切,想冲上去,看看郭师傅口中说的,挺好的吴磊。可他还是强忍住了。

每一种职业都有它约定俗成的规矩,他不能逾越,这是对对方以及对方职业的一种尊重,一种礼貌。

似乎闻到了什么,他微微蹙眉,望向味道的来源,一个没盖盖子的垃圾桶。打眼一看,他就迅速判断出了几种食物的名称,根据味道的持久度猜测分析,郭师傅之前在这儿刚刚吃过早饭。

对于这个认知,岳淳川惊讶之余又有了几许感动,如果吴磊泉下有知,他一定会和自己一样,感激这位令人尊敬的老者,那份面对亡者的悲悯和从容。

吴磊,这一夜,不寂寞。岳淳川等了一会儿,起身参观这间接待室。

当他走到衣柜前,无意中看到白褂的一角从柜门的缝隙里露出来时,他犹豫了一下,打开门,准备把露出的衣物放回去。柜门一开,一股淡淡的橘子的清香味道便倾泻而出。他愣了一下,弯腰,拿起从衣服撑子上掉落在半空的白色工作服,抖了抖,挂回撑子。

　　手指移动之间,他的手不小心碰到一个质地坚硬的东西,他好奇,透过灯光,低头一看,口中喃喃,跟着念道:"米果。"

　　米果。是这件工作服的主人吗?

　　他直觉她是个女的,而且,名字还很熟悉。他摇摇头,觉得不太可能,接下来,他看到衣柜中放置杂物的隔板上,竟靠着一个和周遭环境格格不入的泰迪熊玩偶。憨态可掬的泰迪熊,笑意盈盈地望着他,不知为什么,岳淳川的脑海里,又浮现出那一抹娇憨可爱的人影。

　　他甩甩头,刚想关上柜门,听到里间的郭台庄喊他:"小岳,你进来吧。"

　　岳淳川浑身一震,他后退一步,啪的一下关上柜门,朝里间大步走了进去。

　　米果在公交车上和曹娜串好了口供,她怕回头米妈妈问起曹娜来,曹娜给她来个"不知道",就完了。

　　不过,电话里曹娜的语气有点怪。

　　她得知米果在殡仪馆加了一晚上的班修补遗体之后,不是像往常一样心疼得要死,而是用一种不可理喻的口吻骂她是个疯子,骂她神经病,好马还知道不吃回头草呢,离开殡仪馆就不能活了?

　　米果被曹娜骂得狗血淋头,挂了手机好久,她都深陷在情绪里,拔不出来。连带着回到家,也是神情怏怏的,米妈妈问她怎么了,她支支吾吾了一句"太困了",就钻进房里睡了个昏天黑地。

　　翌日,睡饱觉的米果,又恢复了元气,她蹦跳着从房间里跑出来:"我爱你,爱着你,就像老鼠爱……啊!"她蓦地惊叫,扑上去,紧紧抱住客厅沙发里哭得稀里哗啦的米妈妈:"妈妈!你怎么了!谁欺负你了?是爸爸吗?"

　　在厨房里辛苦做饭的米爸爸一脸怨气地探头出来:"胡说!这个家,只有你妈妈欺负我的份儿!"

　　米妈妈指着墙上的60英寸电视大屏,抽噎着说:"太感人了……太可怜了……"

　　米果重重地吐了口气,瘫倒在沙发里,原来,她家太后是看电视剧看的。

　　"唉!您能再幼稚些吗?"

　　正打算起来去洗漱,却被米妈妈强制摁住,坐倒。

　　"跟我一起看,接受教育!"

　　米果挣扎了两下,没力量,也没胆量,只好乖乖顺从。可当她的视线转到屏幕上的时候,她竟如同看到了针眼,硬生生地从米妈妈的钳制下脱离,蹦了起来。

她指着屏幕："岳……岳……"没错，电视里正在播昨天展览馆爆炸案牺牲的消防英雄吴磊的事迹。

而此刻记者采访的，正是夜幕中在一处倒塌民房前抢险救援的特勤中队中队长，岳淳川。

屏幕上的俊脸被无限放大，就连他眼底的血丝，也看得分外清楚。

米妈妈被她这一搅和，刚刚堆砌的伤感顿时消失无踪，她扯了米果一下："坐下，果果！"

米果呼吸一窒，坐下，抱住米妈妈的胳膊："我饿。"

米妈妈恨铁不成钢地剜她一眼，冲着厨房喊了一嗓子："老米，粥煮好了，再摊两个鸡蛋煎饼，你闺女要吃！"

米果眼睛一亮，顿时精神百倍，她用力睁大眼睛，对着屏幕："妈妈，我最爱看电视了。"

厨房里的米爸爸一边唠叨着"心善被人欺"，一边拿出一根油汪汪、红嫩嫩的自制香肠放进蒸屉里，他家果果最爱吃他做的香肠了。

过了半晌，米爸爸端着香喷喷的早饭从厨房走出来："吃饭了！"

等了一会儿，没人动，米爸爸一边盛饭，一边朝那边张望。

这一看，傻了眼。客厅沙发里，一对母女正依偎着痛哭呢，尤其是果果，她一手捧着纸巾盒，一手抱着米妈妈的胳膊："我要……我要去参加……吴磊的……追悼会，一定要去送……送他。"

米妈妈擦了一把眼泪，拍拍女儿圆圆的脸蛋："妈妈支持你！"

对每个人都意义不同的休息日，终于过去了。米果又投身于伟大的红娘事业当中。不过忙碌之余，她又有点失落，因为李成勋几天没和她联系了，她有想过主动给李成勋发个短信问候一下，可她最后还是放弃了。

她和李成勋目前的关系，只能算是朋友，虽然他们在最近一段的接触中产生了一点小火花、小共鸣，可是谁也没勇气向前迈出那一步。所以，她不能擅越界限，对李成勋的私生活横加干涉。而李成勋有他择偶的标准和理想，不然，他也不会报名入会，更不会对她表示好感之后，去和女会员见面。

失落在所难免，可是米果却从未曾颓唐自哀。她想，最差的结果，也就是从朋友变成朋友，李成勋是个值得深交的君子，她不想因为恋爱这点小事，就失去他这样的好朋友。一切顺其自然吧。

最近，米果有点忙。她赶着加班，就是想在周五的时候，跟着叶梅去殡仪馆参加吴磊烈士的追悼大会。

那天的节目,并非她迎合米妈妈的喜好坚持看到了最后,而是因为岳淳川的一席话,让她对"英雄"这个字眼,有了全新的认识。

岳淳川在采访结束时,对称呼他为英雄的女记者说:"我从来不认为我是一个英雄,吴磊也从未把自己当作英雄,但是我们面临危险和死亡,都有一个共同的信念,那就是——笑着离开。"

Chapter 9

我们的心事

周四,叶梅请假,全公司只有米果知道她请假的原因。叶梅和吴磊烈士的妻子李玥是好朋友,她想提前赶回去,陪陪好友。

叶梅问米果周五怎么去殡仪馆,要不要她来接她,米果赶紧摆手拒绝,叶梅问她知不知道路,米果赶紧点头,说"知道,知道"。

通向殡仪馆的公交线路就那么一条,路上几站,沿途都有什么风景,米果倒背如流。尤其令她佩服自己的是,这一路上的美食小店,她也如数家珍,譬如上海的蟹粉小笼、杭州的东坡肉、陕西的肉夹馍、凉皮、江西的三杯仔鸡、金线吊葫芦、黄元米果、广西的牛肉米粉,尤其值得一提的是,隐藏在民主路小巷的那家广西米粉店,他家的牛肉米粉,味道鲜香,牛肉软烂,米粉爽滑,最主要的是,分量足。她每次吃完米粉都会问老板同样的问题:"老板,你房租快到期了吗?"

米果顾不得去看老板被戳中痛点抽搐扭曲的脸,她只是心塞害怕,这么好吃的东西,以后我吃不到了怎么办呢?

周四下班前,她终于把周五一天的工作做完了。有假期应该开心,可是米果的心情和叶梅一样,沉重得要命。

没人知道她为吴磊烈士做了些什么,米果也不愿意让任何人知道那一晚发生在她身上的故事。她不是忌讳人言,而是电视节目里岳淳川的一席话深深地走进了她的心底,让她懂得了"英雄"二字的真正意义。真正的英雄,绝不会把他们曾经做过的轰轰烈烈的事挂在口边,他们眼里,是整个世界。可是这个和平安宁的世界里,却唯独没有他们自己。

米果想去送送吴磊,送送这位默默无闻的英雄。正望着桌上的某一处发呆,叮咚一声,她的手机微信来了新消息:"今晚有空吗,米果,你还欠我一顿饭。"

米果的心咚地一跳,呼吸频率瞬间加快,李成勋!消失了几天的李成勋忽然发来微信,要求她补上欠他的饭局。

她凝眉想了一会儿,一字一句地在屏幕上敲:"好的,我们六点在锦湖公园门口见,我请你吃大餐!"

她习惯性地点出一个泰迪熊的卡通图片就要发,忽然看到李成勋的头像,她犹豫了一下,按了撤销键,只发了那一行字。几乎是刚刚发送过去,指尖一抖,新消息来了:"好的。"

锦湖公园,是锦湖区最大的公众游园地点。这里毗邻繁华商圈,附近高楼大厦林立,著名的金融街和购物天堂锦湖路就在公园的围墙外。风景优美的锦湖公园闹中取静,成了居民和上班族消闲的最佳去处。

米果把见面地点选在锦湖公园,有两个原因,一个是吃饭方便,二来是李成勋工作的安平大厦就在锦湖公园附近。

米果打算请李成勋去"豪享来"吃饭。

"豪享来"位于锦湖公园西侧的锦湖路,是一家口碑极好的西餐厅。因为公交车上有人打架,她晚了十几分钟才到站,虽然已经和李成勋通过电话,可是下车后,她还是一路狂奔,生怕李成勋等着急了。

锦湖公园的门前是 A 市著名景观——锦湖广场。远远望去,黑色地砖把广场的路面圈成了一个个大的方格,搭配上四周红色的华表立柱,气势恢宏,大气磅礴。广场的最大看点是晚上定时开启的五彩音乐喷泉,据说是亚洲最大的音乐喷泉。米果和家人过年的时候去观看过一次,确实不同凡响。十几米甚至几十米高的喷泉水柱伴随着广场四周的音乐声富有节奏地变换花样,有时激烈高亢,犹如万马奔腾;有时小桥流水,落下时犹如晶莹的水珠洒落玉盘,琳琅悦耳。再搭配上效果奇幻的灯光秀,远处的高大建筑,仿佛就是一座座仙山琼宇,美轮美奂。

米果顾不得欣赏美景,她气喘吁吁地跑到公园正门前,四顾环视,却没看到李成勋的影子。

她打算去附近找找,可是刚一转身,却看到天上飞来一个黑乎乎的东西,朝她势大力沉地压了下来。

"啊!"她根本来不及反应就被那个天外来客砸中了脑袋。

她大叫一声,捂着头缓缓蹲下身去。一片刺目的金星在眼前绕来绕去,头皮发麻,有些痛,还有点晕。

"哎呀,对不起!对不起!我家小孩踢球,不小心砸到你了!"

啊,是足球。米果暗自松了口气,幸好,不是铅球。

"姑娘,你很难受吗?能不能起来?我带你去看医生。"道歉的人伸手,把她从地上拉了起来。

米果揉揉眼睛,努力睁大,才看清是一对母子。那个妈妈神情紧张,一脸歉意,年纪不大的儿子被吓得不知所措,噙着一泡眼泪,可怜兮兮地瞅着她。她按了按被砸中的头顶:"哎哟!"叫了一声。米果扑哧一笑,蹲了下来。她握住那个男孩子的手臂,笑着说:"姐姐跟你开玩笑呢,把你吓着了吧?"

男孩顿时停止抽泣,瞪大眼睛看着她。

米果揉揉自己的头顶,又把手放在男孩的头顶用力按了按:"就是这样的感觉,不疼吧?"

男孩点点头:"真的吗?"

"真的,姐姐从来不骗人!"米果刮了一下男孩的鼻子,又帮他擦擦泪,"不过,姐姐告诉你,锻炼身体是好事,但一定要注意自己和别人的安全。哦,还有,男子汉是不哭鼻子的,做了错事要勇敢地承担。"

男孩眨眨眼,用力地点点头:"记住了,姐姐!你真勇敢!"

米果笑得眼睛眯在一起,男孩的妈妈连声向她道谢,她摆摆手,和一对可爱的母子告别。

等转过身来,她却捂着明显鼓起一个包的头顶,五官皱缩成一团,低低地叫了声:"好痛!"

"米果!"米果倏地放下手,抬眸,朝熟悉的声音望了过去。

李成勋!一身休闲的烟灰色运动套装,把他的身高优势衬托得格外明显。低调自然的灰色,一扫他平日里严谨刻板的形象,变得更加亲民和蔼。她只瞄了一眼,脸就红了。

李成勋也在看着面前的米果,卫衣仔裤、背包、运动鞋,朴素清淡的装扮,乍一看,还以为她是附近高中的在校生。可能在大多数人眼中,这个圆脸、马尾辫,喜欢脸红、喜欢无厘头的姑娘太过普通,但是在他眼中,这个姑娘却是一块未经雕琢的瑰宝。

都说人和人的缘分,是上天注定的。他和米果从相逢到相知,从陌生到熟悉,也是上天注定的一种缘分。他喜欢她。

就在刚才看到那样温馨的一幕之后,他确信,他喜欢的人,就是这个喜欢把泰迪熊当成头像的可爱姑娘。

米果扭捏了一下,红着脸看他:"你刚才去哪儿了?"

李成勋没说话,黑眸很深地盯了她一会儿,忽然,上前,按住了她的肩膀。米果浑身一颤,犹如被点兵点将点到的木偶,立在原地,一动也不敢动了。鼻子里飘进来淡淡的清香,眼前的俊脸无限放大。

　　天啊,她快要不能呼吸了。

　　李成勋一边压着米果的肩膀,让她不要乱动,一边拨开她额头上的刘海,去查看她被足球砸到的地方。当他微凉的手指轻轻压上那块红肿的皮肤时,一股电流从他们肢体触碰的地方,嗡一下传遍全身。米果也跟着哆嗦了一下,颤声叫:"李成勋。"

　　十几分钟后,米果坐在小药店的白色椅子上,笑得如同一个喝了蜜的小傻瓜。她忍不住啊,即使把不听话的嘴角拨拉下来好几次,可它如同绷紧的弹簧,一松手,就又回归原位。

　　李成勋背对着她站在柜台前和店员交谈,他刚刚为她劳苦功高的脑袋上过药,现在去感谢肯把样品免费让他使用的女店员。这种牌子的药油米家也有,米妈妈脚踝不大好,经常会让米爸爸帮她擦药油。

　　米果对这种怪味道深恶痛绝,她固执地认为小时候调皮捣蛋用来祸害人的黏稠物质都比这玩意好闻百倍。可是,此刻……米果摸了摸头顶潮湿的地方,扇了扇,凑鼻一闻,顿时满足地合上眼睛:"好清香的味道啊。"

　　爬上窗台的野猫,鄙视地瞪了她一记猫眼。米果来了兴趣,隔着窗玻璃和小家伙默声交流。

　　李成勋还了药油和棉签,谢过店员,回来叫米果。可他走了几步,却又停下。

　　李成勋望着眼前的一幕,深邃的眼睛里,除了促狭,还闪过一丝难以察觉的惊艳之光。

　　夕阳西下,火红的霞光穿破城市的云层,笼在这片静谧的角落。一个梳着简单马尾辫的女孩,表情生动无比地和落地窗外的小野猫说着什么。她一会儿挥舞着拳头,横眉怒目地要穿破玻璃去揍猫,一会儿又笑如春风地隔空梳理着猫咪的脊背。

　　直到小野猫待烦了,待够了,不想再和这个傻乎乎的大妞谝闲话了,身子一跃,消失得毫无预兆。瞬间,无影又无踪。

　　年轻的女孩蹙眉,拧鼻,噘嘴,最后还是扬起手,向外面挥了挥:"拜拜,要吃饱哦。"

　　看着那抹被霞光映红的影子,李成勋心中一悸,觉得身体里空落落的地方,倏然间被填满,变得温暖而又充实起来。

　　米果回头,看到身后的李成勋,一下子从椅子上蹦下来:"李成勋,我们走吧。"

　　李成勋低头看她,明知道不合适,可他还是控制不住,伸出手,摸了摸米果的头发:"还疼吗?"

米果像一只被挠舒服的小猫,在他手心里蹭了蹭:"不疼了。"

她打算给米妈妈买一箱药油搬回去,她现在觉得,这是世界上最好闻的味道。

李成勋笑了笑,顺势拉起她的手:"走吧,我们去吃饭。"

最后,他们还是去了"豪享来"西餐厅。

米果对牛排情有独钟,可是一份实在不够塞满她的大胃,正纠结着要不要再点一份炒意粉,对面的李成勋却把切好块的菲力牛排递给了她:"我喜欢吃中餐。"

米果一怔:"那我帮你叫中餐。"

西餐厅一般也有中式套餐,正要扬手叫服务生,李成勋却在空中握了握她的手:"我来,你快吃吧。"

她硬要陪着李成勋一起等餐,然后李成勋就问她:"你之前不是喜欢狗,怎么现在又喜欢熊了?"

她哦了一声,脑子高速运转,瞬间死了一片脑细胞。

"嗯嗯,我挺喜欢狗的,狗忠诚嘛,是吧,不过,我也挺喜欢熊的,小熊胖乎乎的,多可爱啊,是不是。"绞尽脑汁,终于灵光乍现,她啪地一拍桌子:"狗熊!"

李成勋看着她,有一种不好的预感。

"对啦!狗和熊!狗、熊,它们原本就一家的,密不可分,所以我喜欢它们!"米果大大地松了口气,"一定是这个原因,这个原因。"

李成勋的嘴角抽了抽,眼睛里蕴含的笑意却愈来愈浓,他试图按住额头,控制一下情绪,可是,忍到最后还是破了功,欢快地笑了起来。

米果赔笑,笑了几声觉得不是滋味,她好像被李成勋鄙视了。于是不甘示弱,揪出重点,指着李成勋,质问:"那你呢?为什么喜欢狗,又喜欢熊?"

话音落下,犹如重锤落地,再也无法收回。两人之间突然有了几秒钟的静寂。

看到李成勋的脸上渐渐敛去笑容,黑眸也变得深沉,米果之前那点小得意倏然间消失无踪。

搁在桌上的手有点抖,她一点一点往回挪,想表现得镇定一些,可是手指刚一动,却被李成勋的大手紧紧握住。力道刚刚好,不会让她觉得疼,也不会让她轻易挣脱。

李成勋望着对面垂眸忐忑的米果,感觉到从未有过的紧张,似乎用尽全身的力气,也无法说出一个字。

米果也是一样,甚至比握着她手的李成勋更加紧张。她连抬头问李成勋的勇气都没有,因为她怕自己一开口,就会把现有的关系破坏殆尽。

李成勋深深地看着她,忽然,加重力道握了一下米果的手,在她猝不及防抬眸看向他的时候,又倏然把力道放轻,放得很轻很轻。

"只要你喜欢的,我都愿意陪你去喜欢。"

米果愣住,呆呆地看着他。

李成勋微微一笑,捏了捏她的手:"还要我解释得更明白一些吗?"

"我……"李成勋刚说了"我"字,送中式套餐的服务生却走了过来:"先生,您点的排骨套餐好了。请问是您还是这位女士用?"

李成勋轻蹙了一下眉头:"放这儿吧。"他松开米果的手,指了指面前的空位子。

米果赶紧埋头苦吃,好像怕他再说什么,一直没抬头继续之前的话题。气氛有些沉闷。

李成勋低头吃了一块排骨,感觉了一下味道,然后挑出几块卖相好的小排夹给米果:"味道不错,你尝尝。"

米果塞了满嘴的牛排,不好抬头让李成勋看笑话,不便拒绝,只好继续朝嘴里塞排骨。

"嗝儿……"从她嘴里传出的声音不太和谐。

看到对面的小脑袋越来越低,李成勋笑了笑,抽了一张纸巾,柔声叫:"米果。"

"嗝儿……"米果捂着嘴,恨不能找一条地缝钻进去。

李成勋又有大笑的冲动,但他还是忍住了,倾身过去,用纸巾擦了擦米果沾着新鲜肉汁的嘴角:"好吃吗?"

米果脸烫得能烤熟鸡蛋,她不敢看李成勋,涨红着脸,眼神乱飘了一阵,支支吾吾地应了一声:"好……好吃。"

李成勋笑了笑,退回座位。

他扬手,叫服务生送来一杯温开水,他让米果闭气一口喝下去,说对打嗝有奇效。米果照办,果然喝下整杯水后,打嗝的状况消失了,米果紧绷的情绪顿时轻松了不少,她似乎忘了之前的事,又和李成勋聊了起来。

后来,她去洗手间,李成勋在座位上等。

一整晚,李成勋其实没吃什么,可他并不觉得饥饿。他把视线凝在米果吃得乱七八糟的餐盘上看了一会儿,微抬嘴角,把目光转向A市的繁华夜景。对待爱情,他一向冷静自持,刚才表白时的冲动,多少令他感到意外。其实,仔细想来,目前却不是向米果表明心迹的最佳时机。虽然他百分百肯定,他喜欢的女孩,就是心无城府的米果,可是目前压力深重的他还没有去拥有爱情的权利,或者说,目前的他,根本没有在A市立足的资本。他给不了米果任何物质上的享受,甚至,无法向心爱的女孩承诺未来。无法向前更进一步,难免会感觉遗憾,但他仍无比庆幸他的迟疑,没把两人的关系推向悬崖峭壁。因为他深深地懂得,没有哪一种爱情是纯粹的精神恋爱,不求对方的任何回报。即使米果是这样无私的女孩,她的家庭也不会允许他们的女儿和一个负债累累的男人在一起。不知是不是年纪越长胆子就会越小,当初接纳叶梅援助时的勇敢,如今消失殆尽,面对善良单纯的米果,他连说出真相的勇气都不曾积聚过。他是个懦夫,或者说,是一个骗子。

李成勋垂下眼眸,内心涌上浓重的厌弃情绪。摆在他面前的,只有一条违心之路,但只有这一条隐藏在黑暗中的捷径,能够让他获得一切想要的东西。包括,爱情。

"李成勋,你什么时候又跑去结账了!说好的我请你!你忘了吗?"

李成勋眼前一花,米果气哼哼地回来了。

虽是夜晚,A市的街头仍旧是人潮汹涌,灯火如炽。

李成勋和米果并排走着,时不时,李成勋拉米果一把,帮她躲开对面的行人。

"下次不可以这样了,说好的我请你,就是我请你,你总抢着付账算怎么回事啊!"走离西餐厅好远了,可米果还在"教训"他。

李成勋温柔地看着她,低低地说了声:"好。"

米果被他的目光震住,愣了一下,才红着脸低头:"你每次都这么说。"

李成勋笑了笑,手指一动,又想去抚摸那个始终温暖的小脑袋,他忍了忍,没有再做逾越的动作。他没对米果说,他抢着付账的原因,是他舍不得用掉这个能够无限循环的可见面的机会。他很喜欢她,想每天都能够这样和她身心愉悦地相处。

不知不觉,来到公交站。

面前宽阔的马路上车流如龙,蔚为壮观。李成勋双手插兜,不知在想些什么,过了一会儿,他忽然向米果说了声:"对不起。"

米果啊了一声,讶然望向他。

"我没有车,不能做合格的绅士,感觉很对不起你。"李成勋转头迎向米果探询的目光。

米果愣了愣,在脑子里迅速消化了他这段话背后的意思之后,却笑了起来,她拍了李成勋一下,不赞成地说:"没车怎么了?我也没车啊,很多人都没车啊,你看,大家不是都在等公交车吗?现在啊,很多有车一族市区出行都不开车的,他们嫌道路太堵,又嫌停车位难找,所以啊,你千万不要有这种想法。我告诉你啊,我坐不了小型车的,上去就晕,还是坐大公交车舒服,想开窗开窗,想下车下车,多方便啊。"

李成勋眸光一动,眼底似乎漾出了一种特别的情绪,过了一会儿,他才语声浅浅地说:"总之,对不起你,以后,我会弥补的。"

她打算绕开这个话题,于是,指着李成勋身上的运动套装,道:"第一次见你穿运动衣,还挺好看的。"

李成勋个子高,身材清秀挺拔,他穿上运动衣后给人的感觉就像是林间的修竹一样,散发着一种卓然不群的气质。

"哦,今天部门有活动,要求穿运动衣。"李成勋回答。

安平化工的企业文化值得称道,总部每隔一段时间都会举行一些形式活泼多样的体育活动,来增强企业员工的凝聚力。

李成勋指指她的休闲学生装,笑着问:"那你呢?我记得你们上班要求穿工装的。"

米果黑漆漆的眼珠滴溜溜一转,压低声音说:"你可千万别向叶组长揭发我啊,那种捆着腿绑着腰的西装套裙,能要了我的命,我是能不穿就不穿。"

李成勋被她的语气和神态逗笑了。他心潮涌动,情不自禁地靠近面前可爱的姑娘。

米果却突然蹦起,指着前方兴奋地高叫:"车来了!李成勋,come on!"

李成勋无奈地笑了笑,跟了上去。

周五,阴雨绵绵。

米果起了个大早,想早点赶去殡仪馆。可是等她揉着眼睛走出房间,却看到米爸爸已在厨房忙碌。

"爸爸,现在才六点,您也起太早了吧。"米果打了个哈欠,揉着乱糟糟的头发,倚在厨房的门框上,和米爸爸打招呼。

"你不是要早点出门吗?我给你做好饭,吃了再走。"米爸爸一边刀法熟练地切着笋丝,一边回头看了米果一眼。

看到女儿睡眼惺忪的模样,他扑哧一声笑了:"瞧你那邋遢样,以后谁敢娶你!"

米果嗯了一声,走前几步,抱着米爸爸的胳膊,贴上脸去:"那我就不嫁了,吃你一辈子,好不好?"

米爸爸一边费力切菜,一边把下巴朝米果的额头蹭过去:"不好!我养你,不是便宜了你未来的老公!"

"啊——爸爸!痒!"米果被米爸爸的胡子扎到,跳到一边。

米爸爸笑呵呵地看着女儿:"说真的,果果,你是不是也该谈个男朋友了?"

米果噘嘴,瞪大眼睛看着米爸爸,心塞地说:"您想赶我走。"

米爸爸赶紧摆手:"不是啊!果果,爸爸舍不得你,只是你到了年龄,也该谈恋爱了,你看娜娜都找男朋友了,你是不是……"

米果捂着耳朵:"没听见,没听见,我去洗脸了。"看到米爸爸的嘴还在动,"没听见!没听见!"她立刻加大声音,逃出厨房。

不想转头却撞到米妈妈。米妈妈瞪着她,她规规矩矩放下手,叫了声:"妈妈。"

"洗脸去!大清早的,你们也不让人安静。"米妈妈是被吵醒的,出来却撞到冒冒失失的女儿。

米果立正:"遵命,妈妈大人!"

看到米果跑走,米妈妈一边伸着懒腰,一边走进厨房:"你跟你女儿吵吵什么呢,扰人清梦。"

米爸爸把拌好的笋丝倒进盘子,回头看着妻子曹秀云,挑眉问道:"果果今年多大了?"

米妈妈一愣,翻着眼珠想了一会儿:"二十二,还是二十三?"

米爸爸用手点点米妈妈:"亏你还是个当妈的,连女儿具体的岁数都不知道。"

米妈妈打开冰箱门,查看里面的菜蔬,听到这话,噌一下转身,怒了:"哎,你吃错药了啊,大清早的冲我发什么邪火呢。你查户口啊,女儿多大岁数我不知道,你知道啊……啊,那你说说,果果多大?"

米爸爸哼了一声,比了个手势:"二十四!二十四周岁了!"

米妈妈愕然,眨眨眼睛:"二十四了?"

可不是嘛,米爸爸提起这茬儿,她才蓦然想起春节前才给果果过了生日。因为果果一直在他们身边,所以她总觉得女儿还是绕膝撒娇的年纪,可是一转眼,怎么都成大姑娘了?

米爸爸把菜端出去,又回来盛粥,看到米妈妈神情怅然地立在原地,不由得一叹,上前推了妻子一把:"行了,别内疚了,赶紧给果果找个男朋友是正事。"

米妈妈身子一震,不可思议地瞪着丈夫:"男朋友?!"

"怎么?不该找啊!当年你二十四的时候,果果都会叫爸爸了!"米爸爸横了妻子一眼。

米妈妈低头一寻思,大女儿确实到了谈恋爱的年龄了,不过,一想到有个素不相识的男人要把她的宝贝女儿带走,米妈妈的心就空落落的,不仅没着没落,还时不时地朝外冒凉气。

带着情绪吃早饭,自然不会有好的用餐气氛,饭桌上米爸爸旧事重提,让米果考虑终身大事,米果一边默默地啃花卷,一边在心里想着李成勋。

昨晚,他的话太露骨了,害得从不失眠的她到后半夜才睡着,她没谈过恋爱,但是恋爱的感觉还是有的,她有点搞不懂李成勋的想法,明明有话要对她说,却总是在关键时候刹车。

吃过早饭,她拿起背包就要出门,米爸爸追上来,把一把花格伞塞进她的手里:"下雨了,记得打伞,别着凉了。"

"谢谢爸爸。"

米爸爸摸了摸日渐稀疏的发顶,摆摆手:"快去吧,晚了就赶不上烈士的追悼会了。"

米妈妈追过来,提醒她:"追悼会完了就赶紧回家,不许在那个晦气的地方多待!"

"妈妈——"米果想为老东家殡仪馆说句公道话,刚一开口,却看到米妈妈举起一块层次分明的五花肉,晃了晃:"我中午做粉蒸肉啊,你敢晚一秒我就把肉送体院去!"

米拉在体院上大学,和米果一样,是个纯粹的吃货。米果的口水霎时泛滥成灾,不能怪她没骨气,因为米妈妈做的粉蒸肉,简直可以甩地道的四川师傅几条街。

"我保证!按时按点回来!粉蒸……哦,不,妈妈,再见!"米果挥挥手,走出家门。

去公交车站的路上接到叶梅的电话,叶梅问她在哪儿,她说刚出家门,叶梅让她在小区大门外等着,说她爱人开车一会儿就到。

米果刚想拒绝,叶梅那边传出哭声,她匆匆把电话挂了。米果无奈,只好去小区门口的岗亭等着叶梅的爱人。

侯伟业开着白色凯美瑞刚走到河源路,就接到了妻子的电话:"伟业,你去优胜南路的平安小区接一下米果,她在小区门口等你。"

"米果?她也去殡仪馆?"侯伟业惊讶不已。

叶梅嗯了一声:"小姑娘挺正直的,她想送送吴磊。"

侯伟业撇了一下嘴,算是接受了这个理由。

收了线,侯伟业才猛地想起一件重要的事,那就是,他根本没见过米果!虽然他常听妻子提起这位米果姑娘是如何如何可爱,如何如何敬业努力,可是米果本人,他却从未见过。

电话再打过去已是无法接通,不知道叶梅错按了什么键,竟再也打不进去了。

侯伟业无奈,只好打了一把方向,把车转入优胜南路的道口。到了平安小区,他更是蹙眉,正是居民出行的高峰期,小区门前行人和车辆挤作一团,各色花样的雨伞铺天盖地,他根本分不清哪个人才是他要找的米果。

白色凯美瑞在雨中缓慢滑行,就快要驶出小区大门的范围时,忽然,侯伟业从后视镜里看到一个穿着黑色运动衣、蓝色牛仔裤的圆脸姑娘朝他的车追了过来。一边跑，一边挥舞着雨伞，口中大喊着什么。

他犹豫了一下，踩了一脚刹车。刚落下车窗，就看到一张沾满了雨珠的圆脸探了进来："梅姐夫，你是梅姐夫吗?!"

侯伟业噎了一下，才反应过来，她叫的是他！

梅姐夫。这称谓，还真够奇葩的。

米果看到驾驶位上穿着武警制服的英武军官，就猜到他一定是叶梅的丈夫。

"你是……米果?"侯伟业问。

"是我，是我，我能不能先上去。"米爸爸好心办坏事，给她的雨伞是个坏的，中看不中用。

"啊，快上来！上来吧！"侯伟业打开中控锁，让米果坐到前面来。

后面的车按喇叭催促，侯伟业一脚油门，把车开入主干道。

看米果着实有点狼狈，他指了指车后座上的纸巾盒："擦擦吧，小心着凉。"

"谢谢梅姐夫。"米果捋了一把刘海上的雨水，侧身拿过纸巾盒，抽出几张纸擦拭起来。

她从不化妆，但是皮肤的颜色却看起来白皙晶莹，用纸巾擦干脸上的水，又连带着把衣服上的水珠沾了沾，然后她掏出背包里的一个空塑料袋，把弄脏的纸巾放进去，又塞回包里。

侯伟业一直用眼角的余光打量着米果的一举一动，当他看到她收纸巾的动作时，不由得眼睛微眯，轻轻咳了一声。

米果朝他看了一眼，不好意思地说："梅姐夫，麻烦你了，下着雨还过来接我。"

侯伟业笑了笑："没关系。"

"我听你梅姐说，你也想去送别吴磊？是看了新闻节目，受感动了?"有不少市民被英雄事迹感染，自发到殡仪馆吊唁，不过，一般来的，都是年纪偏长的市民，像米果这般年轻的，倒是很少见。

米果看着窗玻璃上不断滑下的水珠，沉默了一会儿，语气哀伤地说："我挺尊敬吴磊烈士的，他做了那么多惊天动地的大事，却从不把自己当作英雄，这样的人离开了，我想去送一送。"

侯伟业也跟着沉默下来。不大的车厢里，被一股悲恸的气氛笼罩着。

车子顺利拐入通往殡仪馆的龙江大道，这时，侯伟业感觉按着挡位的胳膊被人轻轻戳了一下，他蓦地转头，看向米果。

"别太难过了。"米果把纸巾递过去，一双黑黝黝的眼睛里，像是盛满了清水，亮闪闪的,全是理解和同情。

侯伟业啊了一声,手朝脸上一摸,才惊觉已是泪痕满面。

他长长地呼了口气,接过米果递来的纸巾,一边擦拭,一边苦笑:"我和老岳说好了,今天高高兴兴地送他走,呵呵,我倒是……"他把纸巾紧紧压在眼睛上面,按了几秒,又霍然松开。

他把注意力转向别的方面,一语不发,专心开车,没过一会儿,却听到旁边传出嘤嘤的声响。

一转头,可把侯伟业吓坏了。刚才还好好地劝他不要难过的米果,竟然哭成了一个泪人。

他赶紧把车停靠在路边:"米果,你怎么了?说话啊,你到底怎么了,哭成这样!"

米果一边抽泣,一边伸手,指指侯伟业:"你……你……"

侯伟业满脑门黑线,他?他好好开车呢,没招她也没惹她啊。

"我的错,我的错!别哭了啊,这让别人看到了,还以为我把你怎么着了呢。"

米果也不想哭,可是眼泪不由她。

"你……你……"她用力抽泣了几声,然后抽出纸巾按在眼睛上,狠狠按了按,又猛地拿开,呛着声音,对侯伟业说:"你……你的这个动作,把……把我弄哭了!呜呜……呜呜呜……"

侯伟业目瞪口呆地看着米果。这下,他算知道米果的厉害了,一个能把女强人叶梅都征服的小姑娘,她的本事确实非同凡响!

到了殡仪馆,气氛又变得凝重起来。

吊唁厅门前,被雨水浸湿的小广场上,穿着绿军装的消防官兵整齐列队,等待进场。

侯伟业把车一路开到停车场,下车后,他正要带着米果去找妻子叶梅,米果却向他挥手。

看着那抹小小的圆润的影子消失在雨幕中,侯伟业轻轻抿了一下嘴唇:"有这么可爱的姑娘为你送行,吴磊,你就笑着走吧。"

米果熟门熟路地来到停尸楼,没想到,给她开门的,却是久未见面的好朋友,曹娜。

曹娜看到她,愣住:"果果?"

她嗷了一嗓,疾步扑上前,紧紧抱住穿着黑色西装的曹娜。

曹娜被她的力道撞得一趔趄,差点没撞到背后的铁门,后退两步,伸在半空中的右手犹豫了一下,还是落在了米果的肩上。

"果果,你压死我了。"她轻声说。

吊唁厅。

侯伟业找到陪在消防支队支队长孔舒明身边的岳淳川,冲他摆摆手。

岳淳川看到侯伟业,神情一怔,随即,布满血丝的眼睛里被一层乌云笼罩。他走过去,把侯伟业拉到放置花圈的角落,沉声责问:"你怎么跑来了!不是让你守在中队吗?"

侯伟业瞪了岳淳川一眼,甩开他的手,反驳道:"凭什么要我留在中队!我也想送兄弟最后一程!"

岳淳川抚着额头,闭上眼睛,忍住火气:"万一这个时间段……"

话没说完就被侯伟业打断:"呸呸!万一什么万一,外面下着雨呢,没有万一,再说了,我是把中队交给武强才走的,你以为我玩忽职守啊!"

交给武强?岳淳川愣了一下,表情稍霁,他不确定地问:"真交给武强了?"

武强是特勤中队的骨干排长,也是中队的"三把手",从军多年的武强行事严谨,头脑灵活,有极其丰富的现场救援经验,中队交到他的手上,岳淳川倒真没什么可担心的。

侯伟业推了岳淳川一把:"你连我都不相信了?伤心,我还不如跟着磊子一起……哒!岳淳川,你打我!"

捂着被岳淳川的铁拳砸得快要碎成八块的胸膛,侯伟业痛得直抽抽,他一边倒吸着气,一边瞪着面无表情的岳淳川:"你谋杀兄弟啊你,下这么重的狠手!"

"我让你长长记性,以后再也不许讲这种话!"岳淳川也瞪着他。

侯伟业愣了愣,随即怆然一笑:"我就是开个玩笑,活跃一下气氛。磊子走了,我怕你……"

自从吴磊牺牲之后,岳淳川就没给他自己留一点休息时间,连着五天了,他没睡过一个完整觉,每天除了吃饭上厕所,其余的时间都跟着中队的各个班满城区地跑。

侯伟业太了解岳淳川了,他把兄弟、战友间的情谊看得比天高,比海深,比地广,他不愿意失去任何一个战友、兄弟,可是一次次的离别,却变本加厉地折磨着这个重情重义的军人。

果然,岳淳川听了之后,只回了他一个淡淡的哀伤的笑容:"我没事。"

"我没事",是岳淳川的口头禅。侯伟业清楚地知道,哪怕下一秒,面对岳淳川的是灾难甚至是死亡,他也会毫不犹豫地说出这句话。

两人对着吊唁厅中央吴磊的巨幅遗像默立了一会儿,岳渟川转头,问侯伟业:"你怎么来的,开车?"

侯伟业点点头:"嗯,我家的车,没用你的公车啊。"

岳渟川气笑了:"滚!"

侯伟业做了个滚的姿势,然后又滚回来,想起什么,他轻抬嘴角:"啊,我忘了告诉你了,刚才啊,我遇到一个特别可爱的女孩。"

岳渟川深深地鄙视他:"我看你老毛病又犯了,叶梅可在这儿呢。"

侯伟业赶紧摆手,澄清:"渟川,我跟你说,这姑娘真心不错,特逗,哦,对了,她还是叶梅公司的员工呢。"

岳渟川抬一抬眉毛:"哦?"

"她叫米果,今天也来送磊子了。"侯伟业说。

米果?这名字除了念出来有点拗口之外,还给了岳渟川一种特别奇怪的感觉。

米果。怎么这么熟悉。未及深想,支队长身边的人过来叫他,岳渟川匆忙离开。

孔舒明和A市政法委书记邱金明同志握手寒暄,邱金明问及烈士的有关情况,孔舒明便把岳渟川叫来了。

"邱书记,他就是岳渟川,关于吴磊烈士的具体情况,你问他就可以了。"孔舒明向邱金明介绍跑步过来的岳渟川。

英武挺拔的岳渟川面向邱金明,敬一个帅气的军礼,朗声说道:"市消防特勤中队中队长岳渟川向首长报到!"

身着正装的邱金明个头不高,四方脸,皮肤稍显黧黑,乍一看,长相平平的他和普通民众没什么区别,可是岳渟川却从这位长者的眼睛里,看到了一股凛然的正气。

邱金明上下打量了一番岳渟川,眸中流露出一丝欣赏,接下来,他竟也抬起手腕,向岳渟川回了一个标准的军礼。

岳渟川愣了愣,维持着敬礼的姿势,一动不动。

邱金明放下手臂,冲着岳渟川微笑:"怎么,不接受我这个退役老兵的军礼?"

岳渟川顺势放下手,垂在裤缝的位置,贴好:"不是的,首长!"

其实政法委书记邱金明向他回敬军礼,他既惊讶又感动,尤其当邱金明说出他老兵的身份时,更是让岳渟川感到一丝亲切。

邱金明指指他,又对一旁的孔舒明说:"你的兵,还是你说了算!老孔,你跟小岳讲,不要让他太紧张,我想和他聊几句。"

孔舒明笑了,他拍了拍岳渟川厚实挺拔的肩背:"渟川,听你邱伯伯的,现在,他才是你的首长。"

"是!"岳湻川下意识想要立正,却被孔舒明用眼神制止:"你们谈吧,我去看看追悼会准备得怎么样了。"孔舒明摆摆手,走了。

岳湻川看到角落的椅子,想请邱金明过去谈,却被邱金明摇头拒绝了,他望着大厅中央鲜花环绕的烈士遗像,语气沉重地说:"我今天不是什么书记,也不是什么领导,就是以一个普通老兵的身份为英雄送行。"

岳湻川呼吸一窒,胸腔里涌上一片热潮,烫得他眼眶微湿。

"首长。"他轻轻叫了一声。

邱金明转过脸,看着岳湻川:"我听老孔说,你和吴磊不只是好战友,还是最好的兄弟。"

"是,我们是同一所军校毕业的学员,吴磊比我大两级。"岳湻川说。

"好!好,好啊!"邱金明连说了三声好,忽然伸手,在岳湻川的肩膀,拍了拍,"好样的,你们!没有愧对民众,没有愧对你们头上的国徽。"

"我一直都认识你,小岳。"邱金明说。

岳湻川一愣。

邱金明笑了笑说:"我是在新闻上认识你的。最帅背影,逆光前行。你就是那个背影,对不对?"

岳湻川默认。

"我听过你的很多事迹。你曾孤身潜入火海,救出四十八名被困群众;去年的邻省大地震,又是你,冒着生命危险救出被埋七十三个小时的学生;还有最近,你去塌方工地,为了救出被砸的民工,你差点就出不来了,对不对?"

"首长,我……"

邱金明摆摆手,制止他:"国家正因为有了你们这些无私忘我的军人,才有了向前大步走的希望和保障。英雄为什么一定要默默无闻,在我看来,你们的事迹要大大地宣扬,向民众宣扬,这样才能起到模范带头作用,改善社会上的不良风气。"

岳湻川看了一眼大厅正中含笑的吴磊,语气淡然地说:"首长,我从来没把我自己当成一个英雄。您所说的每件事,换作任何一名消防兵,都会勇往直前。这就是我们的工作,是我们的职责所在。我觉得,值得民众敬佩和纪念的,是吴磊,是他身后千千万万的消防烈士,他们的事迹才应该被宣扬,为民众所铭记。"

邱金明沉默良久,忽然朝岳湻川望过来:"那你不会觉得亏了吗?付出的一点都不比吴磊他们少,可是受到的关注却不多。"

岳湻川摇摇头,深邃的眼眸里逸出一丝痛苦,声音低沉而缓慢地说:"至少,我们还活着。"

对于亲人、战友来说,没有什么比活着更好的事情了。

邱金明喟然长叹,再次拍了拍岳淳川的肩膀:"小岳,你们这些年轻人,常常让我觉得自惭形秽。"

可能是离开部队太久的缘故,邱金明觉得自己身上的军人气息越来越淡,与之相反,却多了一种世俗功利的味道。尤其在吴磊和岳淳川这样的军人面前,他越发觉得自己渺小惭愧得很。

想起要问的事,邱金明转开话题,问岳淳川:"我听老孔说吴磊烈士的遗体损毁严重,今天的追悼大会会不会受到影响?"

省市重要领导及社会民众都要参加追悼大会,遗体告别的环节,邱金明怕出乱子。

"不会的,首长,吴磊的遗体我见过了,殡仪馆的整容师修复得很好,看不出来。"岳淳川说。

"哦?这么神奇,那我们得好好感谢感谢这位整容师傅了!他今天在吗?我想见见他。"邱金明说。

岳淳川刚说了一个"在",脑子里突然灵光一闪,他愣了愣,终于想起侯伟业说的那个怪怪的名字,他在哪里见过了。遗体整容室。

米果最后一次检查吴磊烈士的遗体。郭台庄在一旁看着她认真专业的动作和表情,嘴角浮起一抹欣慰的笑容。

他在殡仪馆工作了大半生,和遗体打了半辈子的交道,没想到,临老了却得了这么个优秀的女弟子。只是,可惜,她的专业和悟性,很可能就此埋没了。

一番细致的检查后,米果为吴磊系上领扣,把鲜红的党旗展开,覆盖在遗容安详的遗体上面。

她卸下口罩,长长地舒了一口气:"师傅,好了。"

郭台庄指了指停尸房:"推过去吧,这里温度高。"

"哦,您别动了,我来吧。"米果看郭台庄撑着桌子艰难起身,赶紧摆手,重新戴上口罩。

她推着移动床,一边走,一边想,是不是该给师傅买个护腰垫了。常年无规律的生活,郭台庄患上了腰肌劳损,现在稍一久站,他的腰就会疼得直不起来。

米果背对着5号停尸房的大门,屁股一撅,撞开虚掩的大门,紧接着把移动床往里面拉。

走了两步,突然,屁股撞到一根柱子似的物体,她愕然顿住,还没说话,就听到耳边响起一声颤抖的惊呼:"啊——"

米果也跟着啊了一声，双脚本能地离地，倏地一蹦，转过身来。她目光惊惧地盯着声源，看到对方露在走廊灯光下年轻的脸庞，她咦了一声，叫道："是你？"

王福祥的魂都要被米果吓掉了。

他和另外三名战士接到命令来停尸楼接吴磊烈士的遗体，可是殡仪馆的工作人员带他们到这里后，忽然接到电话走了，工作人员让他们在这间阴森森的停尸房里等着，说烈士遗体马上就回来了。

除了他，其他几名战士都是去年冬天刚入伍的新兵，虽然吴磊班长牺牲之前，也有几名特勤队员在救援行动中献出了宝贵的生命，但王福祥他们还从未真正接触过烈士的遗体，更别提被关在冷冰冰的停尸房了。

面对那一个个铁皮空格，原本就忐忑恐惧，谁知道离门最近的他会被一个白乎乎的女的撞上！

王福祥第一反应想逃跑，可是白乎乎的影子，忽然指着他开口说话，说的话还挺诡异，他的脚挪不动了，其他几名战士也露出了惊恐的表情。

米果认出眼前这个穿着武警军礼服的消防兵，就是锦江之星火灾中扶着她去找救护车的小战士。她刚想再亲切地打声招呼，忽然想到了什么，她立刻捂住嘴。

手套隔着口罩堵住她的声音，可是无法遮挡的两只忽闪忽闪的大眼睛，却让渐渐找到神志的王福祥起了疑心。

"你……"

脚心离地运动之后，他借助走廊上的灯光看清楚白乎乎的影子根本不是什么鬼，而是一个拉着停尸车的年轻姑娘。

就在他快要认出米果的关键时候，心虚的米果采取了自救行动，她别开脸，呛着声，叫王福祥："你们是来接吴磊烈士的吧？喏，他就在这里。"

王福祥听到吴磊的名字，身躯猛地一震，目光霎时间凝固了。

吴磊班长牺牲时，他就在现场。那一块块残破的肢体，是他一边痛哭，一边和战友捡拾回来的。多少天了，他不敢回想那惨绝人寰的一幕，他的耳边，也总是回旋着吴磊班长爽朗的笑声，他和岳队长一样，喜欢揪着他的耳朵，叫他祥子。

A市殡仪馆内哀乐低回，庄严肃穆，省市政府在这里隆重举行在"4·3"排爆行动中英勇牺牲的吴磊烈士的追悼会。

这是吴磊牺牲后，第一次和家属和战友见面，也是最后一次。

遗体告别大厅，响彻云霄的哭喊声，震碎了每个人的心房。岳潭川用力攥了一下拳头，后退，走出了黑压压的吊唁厅。

雨一直下，像是亲人的泪水，再也没有了干涸的希望。

他在雨中站了一会儿，听到吊唁厅里哭声渐稀，才顺着殡仪馆古意十足的石头路，走到一处隐蔽的凉亭。他掏出兜里的香烟，却摸不到打火机，神情懊丧地骂了一句脏话，竟扯过一根未被淋过雨的木棍，在石头上用力钻了起来。

是啊，没有火他可以钻木取火，但是生命逝去，他有什么办法可以挽回？

靠在冰冷的廊柱上，岳淳川低头，狠狠地吸了一口烟。刺鼻的烟雾顺着喉咙一直落到胃里，他猛地蹙了一下眉头，嘴唇一张，剧烈地呛咳起来。

他竟忘了，他已经几天没好好吃过饭，空虚的胃，根本承受不住尼古丁的刺激。他扶着廊柱，佝偻着腰，咳出了眼泪，咳出了血丝，竟也不能使喉间的痒痛减轻些许。

就在他难受得几乎要呕吐出来时，一只白白胖胖的手冒了出来，上面还杵着一个圆圆的大大的红苹果。

他愕然愣住，偏头看向苹果的主人。一看之下，他的眉头再次蹙了起来。

立在他面前的，竟是个穿着白大褂的年轻姑娘，她似乎有点紧张，圆圆的脸和苹果一样红，她的视线一直躲着他，但在成功引起他的注意之后，鼓起勇气对他说："吃吧，我洗了三遍呢。"

岳淳川看到她的胸牌，等他看清胸牌上的名字后，更加惊讶了，他握着拳压在嘴唇上，一边低声咳嗽，一边指着她的胸牌问："你就是……咳咳咳……米果？"

米果的头嗡一下响了，她急速地眨眨眼，低头又看了一眼胸牌，忽然，眉眼一翘，笑了。

岳淳川不明所以，看着莫名其妙的女孩。

"瞒不过你了！没错，我就是米果。我认识你，岳淳川！你救了我两次，是我的救命恩人。"米果终于推倒障碍，勇敢地向他讲出了心中的秘密。

"嗯？"岳淳川拧着线条凌厉的浓眉，似是在记忆中搜寻着这样一张面孔。

他救过的人太多了，实在是记不得了。

"咳咳！咳咳咳！"嗓子不给力，他弯腰，吸气，竭力压制着不适。

"你先把苹果吃了吧，这会儿没有水。"米果再次把苹果递过去。

岳淳川习惯性地想要拒绝，可是不知为什么，当那双明亮的眼睛充满了期待望着他的时候，拒绝的话，一个字都吐不出来了。

他接过苹果，放在嘴边，咬了一口。他抬眸，却对上一双笑意盈盈的眼睛。他那该死的熟悉感又来了。

"我真的，救过你？"他不确定。

米果点点头："救过！还不止一次。在海鲜馆里，你给我拔下舌头上的盖子，还从锦江之星的火场里把我抱出来,你把战斗服给了我,可是我却把你的衣服弄丢了。"

岳淳川脑子里模糊的图像渐渐清晰起来,他记起来了,那个被瓶盖夹住舌头、面孔扭曲的吃货,还有锦江之星里,那个被黑烟熏得面目全非的姑娘,他想起了每一个细节,甚至,连他们的嘴唇不小心亲密接触的画面,也蹦了出来。

"咔嚓!"他用力咬了一口苹果,正犹豫要怎么搭腔,却听到米果接着说:"我因为无法还衣服,所以一直不敢向你当面道谢,我去过特勤中队,见你出来和卫兵说话,可是你走过来的时候,我却逃跑了……"

啊,原来她就是那个行动可疑的姑娘。

"咔嚓!"岳淳川又咬了一口苹果。

"我和叶组长……哦,叶组长是你们特勤中队指导员的妻子,你一定知道吧。我和叶组长在一个婚介公司上班,她是我的上司,也是我的良师益友,她知道我欠了你的人情,想带我认识你,可是,我害怕你误会我,所以每次都逃得远远的。"米果不好意思地说。

啊,岳淳川又知道了,那个在植物园里行踪诡秘的小职员,也是她吧?怪不得听到她的名字觉得那么熟悉呢。

"咔——"这次再咬下去,却没了之前的爽脆口感,岳淳川低头一看,不禁愣住,他竟在不知不觉中吃完了一个大苹果。一抬手,把灭掉的半截香烟连同苹果核准确无误地扔进垃圾桶,再偏过头看米果,却看到那丫头正用一种崇拜的眼神盯着他和他的手。

他的嘴角不可控地抽了抽:"那你今天又为什么要承认?还有你的这身衣服,是怎么回事?难道……郭师傅口中帮了他大忙的遗体整容师,也是你吗,米果?"岳淳川蹙着眉。

她眨眨眼,看着面前比她高出一个头的武警军官,一时间不知道该怎么回答。

岳淳川觉得他的语气有些过于严厉了,他暗自吸了口气,和缓面色,声音也尽量放柔:"我不是责怪你,只是好奇,你为什么会身兼两职。"

殡仪馆是事业单位,管理严格。通常情况下,不允许下属员工接私活。再说了,殡仪馆和婚介所完全是两个概念,一个悲,一个喜,米果年纪轻轻的,如何迅速做到情绪的转换呢?

米果低头想了想:"我是民政学院殡仪专业的毕业生,曾在殡仪馆实习过一段时间,后来我离开殡仪馆到婚介公司上班。这次是师傅找我帮忙,我才赶回来的。"

原来如此。

"对不起啊,岳淳川,我还不了衣服,还欺骗了你。"那么多的机会都被她的懦弱和自卑浪费掉了,面对岳淳川,她实在是抬不起头来。

岳淳川都快忘了那件浸透他汗水的灭火战斗服了,看米果自责愧疚的样子,他唇角微抬,摆手:"算了,又不是什么大事。"

"那我算钱给你吧,那件衣服多少钱,我给你!"米果作势去掏兜,可是摸到身上的白大褂,她不争气的脸又红透了半边天。

"我……我没带钱。"钱包在衣柜里。刚才她受不了吊唁厅的气氛,抢了曹娜的苹果跑出来松口气,没想到却撞见身体和情绪都处在低谷的岳淳川。

"我领了新的,不用你赔了。"岳淳川说。

"那怎么行,我看网上的价格挺贵的,你是队长,没人敢管你要钱,可是备不住人家说闲话啊。"米果咸吃萝卜淡操心。

岳淳川也是这个感觉。自从见到米果之后,他那好看的嘴角已经抽搐过度了,听到这一番话,他抽不动嘴角,便开始抽眼角。

"真的不用。"

"用的,用的,要不我按网上的价钱给你送去,这样的话,就不会有人……"话还没说完,就被一道倏然抬高的威严男声给卡断了:"说了不用,就不用,这是命令!"

米果被吓了一跳,抬头看到岳淳川虎着的一张俊脸,她喏喏了两声,低低地回了句:"好吧,这可是你说的。"

"什么?"岳淳川没听清。

"我说,遵命,队长大人!"米果挺直脊背,找回了大学时军训的感觉。

岳淳川看着面前故意板着脸装严肃的大眼姑娘,想起之前自己的那声命令,忍了忍,还是没能忍住,翕动嘴角,笑了。

米果看到岳淳川的笑容,心脏猛地一颤,她呆呆地望着他,看着他扫除阴霾之后晴朗的俊颜,有很长一段时间都不能正常呼吸。引用曹娜的一句经典名言:这个男人,不是人,是个妖孽。

不能再看了,不能再看。米果闪回视线:"岳淳川,我要走了。"

岳淳川点点头:"再见,米果。"

米果冲他摆摆手,转身走了两步,又转回头,看着他,甜甜一笑:"岳淳川,快点好起来,你的战士们需要你。"

岳淳川微微愕然,不等他回答,那抹娇小的身影已经蹦蹦跳跳地消失在花间小径了。

不知什么原因,岳淳川眼前的景色,变得没之前那么凄凉了,春意盎然的绿色背景和浸润的雨气,竟带给他一种脱胎换骨般的感觉。

米果。他缓缓念出这个普通而又特殊的名字。

Chapter 10

认知的困惑

追悼会结束。丧仪主持人曹娜卸下耳麦,整理了一下身上的黑色西装,走出吊唁大厅。刚一踏进休息室,就被一道黑影扑上来,抱住。熟悉的触感,压抑的笑声,让她紧绷的神经,赫然间松弛下来。

曹娜无奈地低头叫:"果果,别闹!"

"不要,人家好久没见你了,想你。"米果挂在曹娜的身上哼哼唧唧,像一只可爱的小猪。

曹娜的嘴角向上微弯,轻轻推了她一把:"喂!你能不能注意点影响。"

虽然她早就习惯了米果式的拥抱,甚至不见面的日子里,每天都会想念那种温暖踏实的感觉,可是,既然答应了米妈妈,总归不能像从前那样自私。

最后,还是艰难地拨开身上的树袋熊,指着她圆润的笑脸,呵责道:"不是给了你苹果吗?怎么还不走!"

米果踢了一下沙发角,以示抗议,她嘟哝道:"苹果被别人吃了。"

"你给别人了?"曹娜衣服脱到一半,回头瞪她,"早知道不给你了,那可是胡海滨送我的波兰苹果,好几十块一个呢!"

怪不得咬下去嘎嘣脆呢。回想起岳泸川啃苹果时的模样,她呵呵呵呵傻笑起来。

曹娜换上风衣,走过来,捏捏米果的脸:"傻妞!乐什么呢?苹果到底给谁了,我找他去,让他给我吐出来!"

"给……给……"米果忽然变得结巴。

曹娜太了解米果了,一看她吞吞吐吐的劲儿就知道苹果没了好下场,她瞪着米果:"你该不是送人情了吧?"

米果张大嘴,音调从高到低啊了一声:"我送给岳淳川了。"

"谁?"曹娜觉得这名字有点耳熟,但肯定不是殡仪馆的工人。

"就是……就是救了我两次的那个消防队长,他一个人在凉亭那边咳嗽,我看他……看他难受,于是……于是……"米果被曹娜那双燃烧着烈焰的美眸怒瞪着,解释的声音越来越弱。

"于是个屁啊!你是不是喜欢他啊!"曹娜揪起米果的领口。

米果一愣,缩了缩脖子:"怎么可能?"

"不可能?不可能你把到了嘴边的苹果让出来。在我的记忆里,你好像从未做过此类的好人好事吧!"曹娜一语戳中米果的要害。

米果呀了一声,眼珠转了转,僵住。好像是真的。从小到大,心地善良的她喜欢做好事,可以让她出力,让她干脏活重活都没关系,但千万不要从她的虎口里夺食。一想到好吃的东西进了别人的嘴里,而她只能干看着,她的心脏就受不了。可是刚才……除了看到岳淳川咬第一口苹果时,她暗暗吞了一口口水,直到分开,她一点也不难受。

"反正你别给我瞎扣帽子,我告诉你,我……我有喜欢的人了。他叫李成勋!"米果提起李成勋,底气瞬间爆棚。

曹娜攥住米果的手指渐渐一点点地放松,她的眼睛里射出一道道瘆人的寒芒:"李成勋?李成勋又是个什么鬼!"

米果哆嗦了一下,立马做出一副慷慨就义的壮烈表情,紧紧合上眼睛。

就在米果和曹娜之间的火并势道渐渐升级的同时,岳淳川这边已经上车,准备回中队了。

刚刚打火启动车辆,一抹黑影却冲了上来:"队长,队长!"

岳淳川按下车窗:"慌什么,没车给你坐啊。"

车窗外,一张黑脸憋得通红瓦亮的消防战士,正是王福祥。

"不是啊,队长,我今天看到……看到一个人。"王福祥眼睛不大,此刻却聚拢着,聚拢着一种兴奋到一定高度的光辉。

"一次把话说完。"岳淳川按着手刹,踩了脚油门,轰的一声响,吓得王福祥眼睛一闭,话语立刻就连贯了。

"我在停尸房见到了以前我们救过的那个姑娘了,她第一次被救,是瓶盖卡住了舌头;第二次被救,是在锦江……"王福祥一口气说到半中腰,气还没顺过来,就听到岳淳川冷峻低沉的声音插了进来:"第二次被救是在锦江之星火灾事故现场,她就是那个被我抱出来的姑娘,我还把灭火战斗服给了她。她还是殡仪馆的遗体整容师,吴磊的遗体就是她修补的,她的真名叫米果。你想向我汇报的,就是这些,对还是不对?"

王福祥目瞪口呆地盯着岳淳川。

岳淳川探出手臂,拍了拍王福祥的肩膀:"有进步,会推理了。"

然后不待王福祥表达他绵绵不绝的敬仰之意,岳淳川一脚油门轰下,黑色的轿车如同箭一样,飞出了殡仪馆的大门。

一个小时后,午饭时间,米果和曹娜在锦湖路上逛街。曹娜最近心事重重,嘴里起了几个火泡,米果舍弃了吃麻辣香锅的念头,请曹娜吃口味偏淡偏甜的江浙菜去去火。

锦湖商厦七楼的杭州餐厅。曹娜吃了两口菜,便神色郁郁地放下筷子。米果正和西湖醋鱼里的小刺做斗争,没注意到曹娜的脸色。

"果果。"

"啊……"米果抬头看向曹娜。

曹娜看到米果的吃相,扑哧一声笑了。

"脸伸过来!"她抽了一张纸巾,隔着桌子擦了擦米果嘴边的酱汁,感觉到有什么东西扎手,她又抬起身子,借着灯光,把钻进米果下嘴唇里的一根细鱼刺给拔了出来。

"你不嫌扎啊!我算服了你了!"曹娜一笑,原本堵在胸口的闷气一下子散了。

米果嘿嘿笑了两声,隔空冲着曹娜吧唧了一口:"谢谢,亲爱的。"

曹娜笑了笑,低下头,说:"我和胡海滨吵架了。"

米果刚塞了一嘴生炒鳝片,听到曹娜的话,差点被噎到。胡海滨不是昨天才给曹娜送了几十块一个的进口苹果吗?

胡海滨是她们在民政学院的同学,不过,胡海滨学的是园林工程技术,也就是陵园设计与营销专业。他和曹娜在大二的运动会上认识并相恋,至今,已经谈了三年多了。

胡海滨的家在 A 市郊县,家境一般,胡海滨毕业后分配到 A 市殡仪馆下属的永安陵园从事陵园墓碑的设计工作。他和曹娜的感情一直很稳定,胡海滨曾亲口向曹娜许诺,要在他们相恋五周年的时候向曹娜求婚。

去年年末,胡海滨时来运转,被区民政局借调到殡葬科,后来,胡海滨把他和曹娜准备买婚房的钱取出来活动关系,年后,他还真留在了殡葬科。成了吃皇粮的事业编制,又可以远离晦气的殡仪馆和陵园,胡海滨那阵子,走路都成了螃蟹。

按理说,他和曹娜的恋情应该更加稳固,前途也更加光明啊,可为什么曹娜说两人吵架了呢?

"海滨欺负你了?他找小三了?"米果因电视剧看多了,遇到恋人吵架就朝那方面想。

曹娜在桌下踢了米果一脚:"你能不能有点新意?"

"呵呵,呵呵,我不是怕你吃亏嘛。"米果说。

曹娜横了她一眼,双手搁在下巴上,叹了口气:"胡海滨他妈要来A市了。"

米果吞了一口鱼肉,眼神却往鳝片那边瞟:"嗯……"

"我说,胡海滨他妈要来A市了!"曹娜加大了音量。

"嗯……啊?"米果伸到一半的筷子被曹娜一巴掌拍掉,她无辜地眨眨眼,小声地叫:"娜娜。"

米果不舍地挪开视线,痛心地说:"好吧,胡海滨他妈来了,你怎么就生气了?"

曹娜提起这茬儿,怒火就拔地而起,她冷哼一声,说道:"以前听胡海滨说他妈难缠,我以为顶多就是个嘴巴损点的女人,可你猜怎么着,这次胡海滨他妈竟让她儿子甩了我,找个好的!"

"靠!这不陈世美他妈吗?"米果差点就拍案而起了。

"还不是因为胡海滨调了个好工作,她就开始嫌弃我了。"曹娜又气又伤感。

"凭什么啊!她家胡海滨这几年的花销不都是靠你在殡仪馆的收入吗?要不是你把多年积蓄拿出来给他跑工作,他能去民政局上班!"米果愤愤说完,忽然偏了一下脸,问:"唉?胡海滨跟你说他妈让他另找的?"

曹娜摇摇头:"不是,是他妈要了我的手机号,打过来说的。"

"我呸!这还算人吗?过河拆桥,也没她这么绝的!连河道都改了!"米果骂道。

曹娜被她的话逗得眉心一展,笑了:"果果,我就知道,见了你,什么坏心情都没了。"她隔着桌子捏了捏米果的苹果脸,无声地说了句,I love you!

米果噘嘴,吧唧了一口,还礼。

"那胡海滨呢,他送你苹果,是不是来表明立场的?"米果问道。

曹娜说胡海滨还算个有良心的,知道他妈做了浑事,连着三天到殡仪馆接她下班,每天一样礼物,态度诚恳地道歉求和。

昨天送的是进口苹果,她没舍得吃,给了米果一个,却被她送人情了。

说到这儿,曹娜又想起藏在米果背后的男人了。除了那个吃苹果的消防队长她已有耳闻,后来那个李成勋,倒是勾起了她的好奇心,看样子,心思单纯的米果不像是自作多情。

于是，曹娜就追问起这个男人。

米果含糊其词，被逼得急了，她捂着脸，不好意思地说："还没表白呢，就是一般朋友。"

曹娜目光闪闪的："噢，原来就差表白这一步了啊。那他是不是已经牵过你的小胖手，搂过你的小蛮腰了？"

米果露在指缝外的面颊霎时浮现出可疑的红色，她瞪着曹娜，力道极弱地骂道："流氓！"

曹娜这下全都明白了，她哈哈大笑，接下来逼着米果把她和李成勋的罗曼史从头到尾讲了一遍。

"娜娜，你是恋爱专家，帮我分析分析，李成勋既然对我有意思，为什么还会去见女会员啊？"想起这件事，米果就觉得心塞。

曹娜看看她，呸了一声："谁是恋爱专家？我统共也就谈了胡海滨一个男朋友好不好！姐姐纯洁着呢！"

米果神情变得有些惆怅："我同事告诉我的。"

曹娜看看她，想了一会儿，说："那证明他没有把你当作选择题里的唯一。"

米果眨眨眼，神情迷惘。

"好吧，我通俗一点解释。李成勋，他目前可能只是对你产生了好感，可是供他选择的对象太多了，比你条件好、比你家庭环境优异的女人多得是，他没必要早早地把婚姻捆绑在你的身上，他大可以一边和你玩暧昧，一边和别的女人约会，从中挑选最适合他的女人。"

"不会的，他不是那样的人！"米果神情急切地打断曹娜的推理。

"你很了解他吗？你怎么知道他就不是我说的这种人！你知道他的家庭状况吗？你知道他的性格爱好吗？你知道他对你……抱着什么样的心思吗？"曹娜一口气问了米果一大串问题。

米果的脑容量自然容纳不下这么多的问题，她紧蹙眉头，表情显得有点呆滞，她似乎被冲击到了，过了一会儿，才愣愣地看着曹娜："你问我的问题我都无法回答，但是我就是相信他，觉得他是个好人。"

曹娜气得直翻白眼："好人？什么叫好人？好人会拖拖拉拉不向你表白，背地里却和其他的女人见面约会？果果，你不要太善良了，现在你接触的不再是咱们学院的同学，而是习惯玩智斗的社会人。俗话说得好，人心隔肚皮。现在这肚皮还防辐射防X光透视，谁敢保证，能看得透对方的心思！果果，我劝你别早下定论，小心到头来受伤的是你自己。"

米果沉默了一会儿:"我会小心的。"

曹娜心中不忍,她握住米果的手,触感冰凉:"果果,你受伤了,我只会比你更心痛。"

米果身子一颤,望向神情担忧的曹娜。

因为曹娜的一席话,米果一整个周末都提不起精神来,她无数次地拿起手机,看着微信里那个熟悉的头像,敲下一遍又一遍的废话,却始终未能发出去。

周日晚上,她送米拉回体育学院的时候吹了冷风,居然感冒了。裹着厚被子睡了一夜,礼拜一起床非但没有好转,还出现了发烧的症状,米爸爸、米妈妈劝她请假休息,可是米果想到上午的会议,还是吞了两个包子、一杯豆浆,出了家门。

公交车上人满为患,她为了给一个老人让座站了一路,下车之后,感觉整个人都在云里飘,脚步虚浮,找不到身体的重心。总算挪到公司,打完卡,米果走到办公桌前,坐下。

早晨走得急忘记吃药了,她抬起头,找寻同事小颖的身影。

"小颖,SOS!"她有气无力地叫道。

小颖走过来,看到精神萎靡的米果,吓了一跳:"你病了吗?脸好红!"

"我发烧了,小颖,我记得你有药。"

小颖一个人在A市打拼,独立性很强,她那边有个生活百宝箱。

小颖摸了一下米果的额头,呀地惊叫一声:"好烫!"她让米果等着,转头回去拿来退烧药和感冒药,又帮米果倒了一杯水,看着米果喝下去。

"谢谢你,小颖。"米果感动得两眼发红。

小颖对米果的印象很好,她一直都挺喜欢这个善良勤快的小姑娘:"别客气了,不行就请假,别硬撑。"

"一会儿要开会。"米果没忘上午的会议。

小颖哦了一声,忽然想起手头的工作,摆摆手,走了。

米果趴在桌上休息了一会儿,就听到刘文艺叫大家去二楼开会。

走进会议室,米果找到一个角落的位置,坐下来。她有做笔记的习惯,尽管烧得有点迷糊,可她还是拿了笔记本和笔,端端正正地坐在位子上。

不一会儿,小宋悄悄跑过来,坐在米果身边,可能是小颖告诉她自己生病的事,小宋把一杯温开水递给米果:"多喝水。"

"谢谢。"米果扯了扯小宋的衣袖,低声道谢。

员工陆续到齐,大家小声聊着闲话,等待张总和邹副总的到来。

叶梅先到,脚步生风地走进会议室。坐下之前,叶梅的视线不由自主地落在米果的身上,当她看到那个低着小脑袋,在本子上画圈的姑娘时,轻轻抿了下嘴唇,拉开椅子,落座。

和张总、邹副总一起进来的,居然是活动组的薇薇!看到同事们惊讶的表情,她很得意地抬了抬下巴,走到排头的空位子,姿态骄矜地坐了下来。

一般只在会议结尾的时候作陈词总结的张总,破天荒地,竟第一个发言。

灯光下,张总那张不苟言笑的方脸,此刻像是笼罩了一层严霜。他环视一圈,严肃的目光有意无意地落在房间内的某处角落。

"大家早,今天的会议内容临时改动。下面,我先问你们一个问题,公司的金牌会员制度,有谁能背下来?"

金牌会员制度?员工们面面相觑,那么多条,谁能背得下来啊。可令人没想到的是,还真有举手的。公司新来的实习生小宋,举起手,轻轻晃了晃。

张总眼里的颜色太深,看不出情绪几何,只见他挥挥手:"好,小宋,你起来给大家背一背吧。"

小宋是文科生,记忆力很好,刚入公司,除了打杂,她干得最多的工作,就是捧着公司的规章制度,念念有词。

偌大的会议室,渐渐地,只有小宋声调浅浅的背诵声。

"第十三条,员工不得泄露金牌会员的资料,不得私自为金牌会员配对,不得……"小宋正背到兴头上,突闻台中央一声低吼:"停!"

小宋张大嘴,涨红了脸朝张总望过去。

"你把上一句,再重复一遍!"张总目光寒凛地瞪着她。

小宋吓得腿软,她的脑子像复读机一样倒带,转了几转,小声背诵道:"第十三条,员工不得泄露……"

"大声!用你最大的声音背!"张总赫然又是一声低吼。

小宋没敢停顿,当下仰起脖子,把全身力气都集中在声带上,嘶声喊道:"员工不得泄露金牌会员的资料,不得私自为金牌会员配对。"

会议室在颤抖,在场的人恨不能捂住耳朵。

"坐下吧!"张总及时打断小宋,示意她结束了。

小宋腿脚一软,瘫坐在椅子上。她后悔死了,这算什么嘛,比受刑还惨,早知道她就不举手了。

小宋看了看桌下不受控制的手和脚,自我感觉了一下,然后,指着身边的人,惊讶地低叫:"米果,是你在发抖!"

米果没法不抖。因为接下来,她擅自改动会员级别,私自为金牌会员配对的秘密,被张总一条一条在大会上罗列出来。

张总看着面色惨白的米果,无比痛心地说:"上周,同一时间,我在大会上为你颁发了业绩奖金。我曾说,为拥有你这样出色的员工感到骄傲,可是,这才过去短短一周,你就把荣誉变成耻辱,狠狠地甩到了我的脸上!米果,难道这就是你回报公司,回报同事,回报领导的方式?"

米果的眼睛红得可怕,脑子里嗡嗡的杂声响成一片,她双目茫然地盯着张总不断翕合的嘴唇,忽然,身子一歪,向一边倒去!

米果做了一个梦,梦见她熟悉的遗体整容室。她穿着工作服,戴着手套口罩,正在伸手掀开蒙在遗体上的白布。耳边不停地回旋着一句警告:"不要打开,不要打开。"

可是她的手却不受控制地,下沉,下沉,最终,触碰到白布的边缘。

"不要打开!"

她的双手用力一扬,掀起白布!灯光乍亮的一瞬,当她看到遗体上方那张惨白僵硬的脸时,如同被滚雷击中,震得她魂飞魄散。李成勋怎么会躺在这里!

"李成勋——"心中悲恸恐惧到了极点,她大叫一声,扑了上去!

现实的情况,却是叶梅感觉到米果肢体上的反应,刚探身过来想察看她的状况,却不防和骤然起身的米果撞了个头碰头。

"嗯!"叶梅闷哼一声,捂住快要炸开的额头,瞪着同样龇牙咧嘴的米果。

环视一圈,米果渐渐找回神志。

"叶组长——"她低低地叫了一声。

这里是叶梅的办公室,目前,她占据了一整张沙发,身上还盖着叶梅的外套。

"醒了?"叶梅摸了摸米果的额头,又按在自己额头上试了试体温,紧蹙的眉心,微微放开,"不太烧了。"

米果还没有完全脱离噩梦的困扰,她想找到自己的手机,给李成勋打个电话,可是摸了摸口袋,才想起手机放在她的办公桌抽屉里了。

之前的记忆随之潮涌而来,她的呼吸一窒,瞅着叶梅:"叶组长,我……"

叶梅绷起脸:"怎么,有胆儿做没胆儿承认,直接装晕想蒙混过关,是吗,米果?"

米果惭愧地低下头:"对不起,我觉得他们之间挺合适的,没考虑到公司的制度。"

叶梅指指她,用责备的语气说:"一行有一行的规矩,你不懂可以来问我,或者有什么困难,也可以找我帮忙,但是你不该私自做决定,为公司的金牌会员配对,最不该的是擅自改动会员级别,试图蒙混过关。你知道错了吗,米果?"

米果点点头："知道了。"

她想坐起来，可是身子刚一动，就被叶梅按下去了："你才退烧，就在这儿休息吧，我给你倒水喝。"

"不用麻烦了。我……"

"不麻烦，照顾你是应该的。"叶梅一边去饮水机接水，一边朝米果深深地望了一眼。

米果惭愧极了，她一时冲动犯下的错误，好像连累到叶梅了。

"喝吧。"叶梅单臂扶起米果，把水杯放到米果的嘴边。

看到米果喝了大半杯水，叶梅才稍稍放下心来，可是一看米果，她又愣住了。

"哭什么，喂你喝杯水就把你感动了！"叶梅摸了摸米果的脑袋。

米果看着她，眼泪骨碌碌淌下脸庞，她咬了咬嘴唇，说："我总是给你添麻烦，叶组长，你不怪我，还照顾我。"

叶梅擦了擦米果的眼泪，笑了笑："我对你好，是因为你值得我这样做。米果，你是个很好的姑娘，哪怕这次做错了事，也一样是个很好的姑娘，知道吗？"

米果摇摇头："我不好，我每件事都做不好。可是，叶组长……"

"叫我'梅姐'，这里没外人。"叶梅被她一口一个"叶组长"叫得快要崩溃了。

米果嗯了一声："梅姐，我有个问题，能问你吗？"

"你说。"

"为什么公司不允许我们为金牌会员配对呢？"她搞不明白。

明明是条件非常适合的男女金牌会员，却偏偏错过见面的机会，和一些根本不合适的普通会员见面，致使机会流失，白白耽误工夫。她无论怎么想，也想不明白，公司这样做的目的究竟是什么？难道婚介公司的最终目的，不是让"有情人终成眷属"吗？

叶梅支起一只手肘，支撑住下颌，思考了一会儿，说："这事一开始没跟你讲清楚，是我的错。米果，你理解不了的这些公司的行为，其实在婚介行业中是普遍现象。也就是说，婚介公司介绍见面的男女，往往是门不当户不对的，因为一次不成，才会有下次，才会有源源不断的见面费。尤其是那些条件较好的金牌会员，他们就是婚介公司的王牌，公司盈利的好坏，就取决于王牌怎么出，每个月出多少。简单地说，如果像你一样单纯地安排金牌会员见面，那配对成功率一定很高，但是我们不会这样去安排，因为见面频率越高，公司的盈利就会越高。所以，我们通常会安排金牌会员和普通条件的会员见面，以不成功去赚取效益。这是行业的行规，也是婚介公司盈利的主要方式，或者说，这就是潜规则。"

米果终于理解公司为什么会制定那样不合情理的规章制度了,她蹙起眉头,看着叶梅说:"梅姐,这不是骗人吗?"

叶梅被米果问得一愣。细想一下,米果的质问也没错,目前婚介公司的行为,其实很多都是暗箱操作的欺骗。

"你说得也对,但也不全对。我承认,婚介行业确实存在很多花样繁复的骗术,譬如虚假信息,譬如高额的会费,甚至还有打着婚介所的名号四处招摇撞骗的假婚介。很多征婚族们得不到真正的服务,有些征婚者甚至遭受伤害。这些乱象成了社会的毒瘤,成了不法之徒追逐利益的工具,令人防不胜防,痛恨不已。可是米果,你仔细想想,你来公司这么久,你觉得公司是这样不负责任、不讲道义的公司吗?"

米果想了想:"不是。"

"喜福来"促成的良缘婚礼,她参加了很多次,那些通过公司的平台结下百年姻缘的会员们真的非常幸福。就连她自己,也亲手促成了十几对新人。

叶梅拍了拍米果的肩膀,说:"这就证明,我们是合法正规经营的公司。'喜福来'会遵守行规,但是在遵守行规的基础上,也会最大限度地发挥婚介的职能,服务好广大会员。另外,张总和邹副总虽然是商人本性,但是他们创业的目的和市场上那些明目张胆的骗术有着根本上的区别。这也是我当初选择到'喜福来'工作的重要原因。"

米果总算是懂了,一颗悬着的心也放到了肚子里。失落是难免的,因为理想和现实之间总是存在着迈不过去的距离。

叶梅理解她的感受,因为她也曾为此感到困惑和苦恼,她曾努力地想改变现状,但是很快就发现自己是痴人说梦。

叶梅说:"有时候我们能力达不到,就要学会变通。你还年轻,初入职场,有很多特殊的情况,你要学着接纳。"

米果点点头,垂眸沉思,许久,她又问叶梅:"梅姐,那……那咱们公司有、有没有婚托?"

叶梅心口一颤,她盯着米果,语气变得严厉:"谁跟你说起婚托的?"

米果犹豫了一下,说:"小宋。那天我们吃饭,她说起她哥在婚介所的被骗经历,我回去在网上查了一下,说那种专门为婚介所'钓鱼'的优秀资源,叫婚托。"

叶梅的脸沉了沉,她转开视线,半响没有说话。

过了一会儿,她才对米果说:"公司内部的秘密不便向你透露,不过,我可以负责任地告诉你,咱们公司没有你理解意义上的那种婚托骗子。"

感觉到叶梅情绪上的变化,米果哦了一声,掀开叶梅的外套,挣扎着坐起来:"我去找张总承认错误。"

"不着急,我已经和他谈过了,他愿意原谅你,不过,要罚你在大会上做书面检查。"叶梅说。

米果呆了呆,检查?突然间觉得委屈,从小到大,她还从未做过这么丢人的事。

"瞧你吓的,多大点事啊,咱们的人满打满算才十七个,你以为是万人大会啊。"叶梅捏了捏米果圆圆的苹果脸。

米果低下头,感觉异常颓丧。她好久都没有过这种感觉了,尤其当叶梅接下来提醒她以后要注意薇薇时,她的这种感觉就更加强烈了。

是薇薇偷看了她电脑里不小心打开的资料,所以,她才会把她堵在卫生间里说些不明不白的话;也是薇薇,告诉她,李成勋和女会员见面的事。

李成勋。米果表情一僵,猛地想起之前的噩梦。

她向叶梅告辞下楼,一路上,遇到同事们各色各样的脸孔,大多数人见到她仿如见到陌生人一般,麻木无声,只有小颖和小宋冲她点了点头,表示了一下关心。

那些人里,只有一个反应激烈的,那个人就是坐在她办公桌右前方的薇薇。

可能是没达到目的的缘故,薇薇的表情愤怒到了极点,看到米果的时候,描画着精致眼线的眸子里几乎能喷出火来。米果认清了她的品性,自然不会理会这样的小人。她越过薇薇,视她为无物,径自走到自己的办公桌前,坐下。

她打开抽屉,拿出手机,给李成勋发了一条微信:"你还好吗?"

四个字的微信很快便得到了回应:"不太好,感冒了。"

米果看后一愣,随即,大大地松了口气,幸好,他只是感冒了。

她把那六个字看了又看,坏掉的心情有了很大改观,最后,她回过去三个字:"我也是。"

李成勋可能在忙,此后没再回复微信,米果也专心投入工作,把之前改掉的那些金牌会员的等级重新又恢复过来。一直忙到午饭时间,叶梅亲自下楼通知米果,说张总放她半天假,好好在家休养。

叶梅的态度就是领导的态度,之前那些麻木不仁的同事纷纷围上来向米果表示关心。

"这还公平吗?这公司还有公平可言吗!弄虚作假的成了宝,我倒成了不是人似的!"薇薇气急败坏地跺脚,泼妇一般大叫。

叶梅扫了她一眼,语气冷冷地说:"觉得公司不好,你可以辞职,你倒是去找找看,看哪一家公司需要你这种背地里放黑枪的业务精英!"

薇薇被叶梅的话刺得满面通红,她盯着叶梅的背影,阴沉的眼神渐渐变得怨毒。

"叶梅,总有一天,我要让你付出代价。"她硬生生地从牙缝里挤出几个字来。

俗话说,偷得浮生半日闲。可是米果却没有感到丝毫的惬意和轻松。

走在熙熙攘攘的锦湖路上,擦身而过的每个人都是陌生的面孔。春日阳光明媚,却仿佛隔着一层罩子,照不到她的心底。

风波已经过去,她既不会因为篡改会员等级的过错被开除,也不会调离活动组,离开她事业上的引路人叶梅。叶梅对她的悉心照顾,令她深感内疚和不安,她尤其感激叶梅对她的一番心理开导,如果没有那一段推心置腹的谈话,恐怕她现在还轴在所谓的潜规则里,绕不出来。

但看清楚事实的真相与接受真相,是完全不同的两件事。米果不得不承认,她和笑面虎一般的米爸爸都属于骨子里极其轴的那一类人。当年年轻的米爸爸因为看不惯厂后勤科科长,也就是他顶头上司的某些作为,所以当着全厂近万工人的面,抢过主持人的话筒,揭发了科长的严重违纪行为。为此,米爸爸和后勤科科长同时被上级踢出了厂里待遇最好的科室,刚过而立之年的米爸爸被分到下属公司管理仓库,一直工作至今。

米果知道米爸爸年轻的时候也有抱负,也有理想,因为她曾在家里储藏室的箱子里看到过爸爸上学时写的日记,她知道爸爸最大的梦想是成为一名工程师,造出全中国乃至全世界最好的汽车。

米妈妈爱唠叨,她常常会骂米爸爸是个轴承,轴了一辈子,让她也跟着变成了轴承上的螺丝,甩不掉了。

米爸爸听了就笑,夸妻子的比喻恰当,说再轴的轴承,也得靠螺丝固定牵引才能发挥作用,他说他就是米家的大轴承,米妈妈是起关键作用的螺丝;两个小的,则是轴承上的主心骨,他们啊,都要围着主心骨转。一家人都跟轴承脱不了干系。米果身上的那股子与生俱来的轴劲儿,也就理所当然了。

让米果犯轴的,是她的观念,或者说是对这个世界的认知,使她无法去坦然接受叶梅口中约定俗成的真相。在她看来,有情人终成眷属才是婚介公司应该干的事,是他们的职责所在。

当然,叶梅说的也没错,任何一个商家,任何一个经营者,最终的目的就是盈利。为了盈利,为了给她们这些员工发工资、发奖金,让企业更好地发展,使用手段也是迫不得已。她了解行业内幕是一码,接受并且积极地拥护它又是另一码。至少目前,或是未来很长一段时间,她都无法接受这看似不合理却始终被行业推崇并执行的行规。

A市人民医院。米果挂了普通门诊，和一群同病相怜的病友坐在候诊区排队候诊。

等了好久，终于轮到她。年轻的女医生问了她的病况，用听诊器听了听她的心、肺，然后让她伸出舌头，看了看舌苔，下了"感冒"的定论。

"开药还是打针？"女医生准备下处方了。

"开药！"米果毫不犹豫。

她平生最怕打针，一看到护士举着明晃晃的针头，用棉签擦她的屁股，她就疼得浑身哆嗦。

"有医保吗？门诊卡？"医生写了一行龙飞凤舞的药名，抬头看她。

米果摇摇头："单位没给办。"

"喜福来"是新公司，职工的各项福利保险还不到位，他们平常看病都是交现金。

医生还在唰唰下笔如有神，米果犹豫了一下，低声说："麻烦您，能不能问个事情。"

"说。"医生头也不抬。

"有个男的，哦！不是，是个病人，他咳嗽，咳得比较重，眼睛里还有血丝，该吃些什么药？"米果努力回忆着某人的症状。

"那是上火了，需要吃些清火消炎的药，另外，你说他还咳嗽，咳嗽就喝点止咳糖浆，润肺化痰，也有清凉去火的功效。"医生把写好的药方唰地一撕，推了过来，"还是来医院检查一下再用药。"

出了医院门，沿着锦湖路走不多远，就看到了A市的地标性建筑，安平大厦。

李成勋就在这座巨型建筑物的某一层工作，米果不想打扰他，于是把从药店买来的药交给前台接待，让工作人员转交给人力资源部的李成勋经理。

不承想，刚转身走了几步，有个人却指着她，叫了一声："哎！"

米果诧异地转头，看着面前陌生的年轻男子，指了指鼻尖："你，叫我？"

"去年春天，你是不是到南站广场应聘过我们公司的岗位？"男子说。

米果一愣："你……怎么知道？"

她想起了那个凄风苦雨的春季招聘会，她捧着简历袋四处碰壁，最后，遇到了全场唯一一个肯面试她的考官，李成勋。

年轻男人笑了笑："原因解释不清，反正一看到你，就觉得熟悉，再看到你的背包，就想起来了。"

米果背的是旅行书包，能盛很多杂物，就是颜色有点跳，款式也有点老土。

"那你，就是，那天……"米果的脑子里忽然跳出一串记忆，她想起来了，眼前这个衣冠楚楚的年轻男人,就是和李成勋一起招聘员工的考官。说她是个什么鬼的,那个人。

"是我,没想到能在这儿遇见你,真巧!你找李经理有事吗?我听你刚才提起李经理的名字。"

"哦,没什么事,我和李成勋是朋友,听说他感冒了,我正好去医院开药,也顺便给他开了点。"米果解释。

男人的眼神变得有点八卦,他摸着下巴打量了一下米果:"你们成朋友了?招聘会上认识的?"

米果摇摇头:"不是啊,我们也是最近才熟悉的,李经理和我的上司是同学。"

"你找到工作了?"他还没忘她的奇葩专业。

"哦,找到了,我在一家婚介公司上班。我和李经理也是在公司组织的活动上遇见的。"米果回答。

"哦,原来如此,我就说嘛,要是他和你关系不一般,怎么还会频繁地去相亲见面。"男子说。

频繁相亲,见面?

米果犹豫了一下,鼓起勇气问:"他……李经理,最近还在相亲吗?"

男子肯定地点头:"是啊,我们都纳闷,你说他也见了不少姑娘了,难道没一个满意的吗?还有啊,这次他感冒,就是因为昨晚那个相亲对象拉他去看江景,给冻的。我们都笑他标准太高,难不成想找个天仙。他说,他没那么想过,他只想找个安安稳稳,能给他带来快乐的姑娘过日子。我们就更不懂了,按理说,能达到标准的姑娘锦湖路上多得是,可他却迟迟遇不上他的真命天女,你说奇怪不奇怪。"

男子是个话痨,说个开头就源源不绝,米果无心多谈,她拜托男子把药捎给李成勋,便离开了安平大厦。原本期待的心情,变得黯淡沉闷,郁郁寡欢。

后来,经过一家老字号的糖葫芦小店,米果买了一串冻得嘎嘣脆的糖葫芦,一边吃,一边叹气地来到锦湖路19号。

虽然她和岳渟川消除误会,已经达成"庭外和解",可是她见到威严肃穆的卫兵时,还是觉得心虚。

"你好,我想找你们中队长。哦,就是岳渟川中队长。"米果还举着半串糖葫芦,看到卫兵打量她的怪异眼神,才赫然惊醒,赶紧把糖葫芦背到身后。

卫兵看米果的打扮,直觉认为她是那些崇拜英雄的学生粉丝中的一员。他工作站岗期间,常常被一些年纪很轻的女学生骚扰,缠着他叫队长出来签名、合影,他烦,队长也烦,所以,他是能挡则挡,能防则防,防消结合,防患于未然。

"你有预约吗?"卫兵警惕地问。

米果茫然摇头:"没有预约。"

"那你有队长手机号码吗?或者是座机号码也行。"卫兵以此来判断客人和队长的关系。

米果更茫然了:"我没有。我只和他说过一次话,哦,不对,是两次。"

果然,卫兵警惕性更强了,他甚至低头检查了一下电闸门,生怕一个不小心被面前一问三不知的姑娘闯了进去。

米果没想真进去。她卸下背包,在卫兵刀子一般锐利的目光监视之下,掏出一个盛药的袋子,递给卫兵:"麻烦你转交给岳淳川。这里面装的是药,能治他病的药,不是什么危险品,你不用瞪我。"

卫兵的眼睛瞪得更圆了。

米果瑟缩了一下,把袋子朝卫兵手里一丢:"麻烦你了,谢谢。"

卫兵跨前一步,想说些什么,米果拔腿就跑。卫兵觉得这一幕似曾相识,原本虎虎生风的双脚,却慢了下来。

他低头看看印有A市医院药房的塑料袋,又看了看里面的药:"川贝枇杷糖浆,阿莫西林胶……"

没等念完,眼前忽然一花,一抹圆乎乎的身影灵巧地跳出来,以迅雷不及掩耳之势朝他怀里拍了一张纸,转身就跑。一边跑,一边提醒他:"你把这张纸放进去,他就知道是谁送的了。"

卫兵低头一看,扑哧一声,笑喷。一张明显从笔记本上扯下来的白纸上,画着一只惟妙惟肖的身着白大褂的泰迪熊,泰迪熊的手里拿着一个苹果,旁边写着一行歪歪扭扭的大字:"不要感谢我,我是活雷锋!"

特勤中队,一场名为"清剿火患"的消防隐患专项治理的动员会刚刚结束,岳淳川拿起钢笔,啪地合上盖子。

人员陆续退出,偌大的会议室里,只剩下三三两两低声絮语的军官,似乎还在讨论着什么问题。

"淳川。"孔易真拿着记事本脚步轻盈地走过来。

岳淳川看了她一眼,没应声。孔易真习惯了他不冷不热的态度,不以为然地靠向岳淳川身前的桌子:"怎么,叫你淳川还不愿意?那好,岳队长,请问我有工作想要向你汇报,可不可以呢?"

岳淳川再次抬头看她,表情比刚才更加严肃,孔易真愣了一下,嘴角上的笑容便有些挂不住。她后退一步,和岳淳川保持一段距离,绷着脸怄气说:"我真有工作向你汇报,你爱听不听!"

岳淳川蹙起眉头,钢笔插进兜里,拿起桌上的黑皮本,咔嚓一声,直起身来。他身高一米八五,立起来,像一堵绿色的城墙,遮住了头顶的灯光。

"到我办公室谈。"他丢下一句话,转身就走了。

孔易真立在原地,怔了怔,才朝四周那几双窥伺的眼睛瞪过去:"看什么看,没见过啊!"

她蹬着低跟皮鞋沉着脸走向岳淳川的办公室,平常去岳淳川的办公室她习惯硬闯,可是今天,她却忍了忍脾气,抬手,敲了敲门:"报告!"

半晌,无人应答。孔易真咬着下唇,推开虚掩的房门。看到空无一人的办公室,她愣了愣,把目光投向一柜之隔的宿舍。

办公室看不到岳淳川的人影,却可以听到宿舍那边传出窸窸窣窣的衣料摩擦的声响。

她目光微动,装作什么都不知道的懵懂模样,朝那边走:"淳川?淳川,你在哪儿?"

宿舍只放着一张行军床和一个衣架,空间清冷狭小。岳淳川立在背光的地方,手速很快地换衣服,听到脚步声,他迅速背转身,扣上军衬衣的纽扣。

"到外面等我。"

孔易真撇撇嘴:"瞧你那正经样,你身上的哪块地方,是我没看过的?"

小时候天天玩在一起,搞脏了就被双方家长脱光了拎在院子里洗冷水澡,记忆没差的话,孔易真还记得他第三根肋骨的位置上,长着一颗黑痣。

岳淳川转过身,也不把衬衣塞进军裤,就这么不修边幅地摆荡着,绕开堵在衣柜门口的孔易真,走到了外间。

侧身而过的瞬间,孔易真闻到了岳淳川身上独有的男人气息,像松木,像崖柏,自然清新的气息,使她的心跳骤然间加速。

岳淳川指了指角落的饮水机:"喝水自己倒。"

孔易真也没指望性子冷淡的岳大队长为她服务,为了缓和尴尬的气氛,她主动拿起岳淳川办公桌上的水杯:"我帮你也倒一杯。"

"不用。"岳淳川想把水杯拿回来,可是孔易真已经转身走了。

她接好水,先给他送过来,然后又回去接了一杯水。

正准备起身,却听到岳淳川说:"把门打开。"

开门?开着门和她谈工作?她是什么?是毒蛇,还是盘丝洞的妖精?

她仿佛没有听到岳淳川的命令,端着纸杯走到岳淳川对面。顶着来自对面的强大压力,她拉出椅子,安静落座,把水杯搁在桌上。

没等她说话呢,却听到对面椅子咣当一响,然后一抹高大的身影,疾步走过去,唰一下拉开门。

孔易真合上眼睛,吸了口气,把胸中那股子被点燃的怒气,强自压了下去。她要忍,要忍。

"淳川,你在生我的气吗?"傻子也能察觉到他的情绪不大对劲。

岳淳川蹙起浓黑的剑眉,坐下,翻弄着桌上的杂物:"你要是没工作可谈,就回家去。"

"淳川。"

"工作时间,我希望你能尊重我的职务,孔参谋。"岳淳川的声音冷冷的,不带一丝温度。

孔易真的脸霎时间变得滚烫,他把她当成什么人了,一天到晚只会对着他发花痴的疯子吗?

她抿了一下嘴唇,转开视线,啪的一下,手掌盖住她带来的记事本:"中队长,我想申请去西区的清查小组。"

"你被分在东区。"中队负责整个锦湖区的消防隐患清查治理工作,因为时间紧,任务重,所以小组人员分配上,充分考虑到技术人员合理有效的配置。

中队的防火参谋原本有三人,其中一人去外地培训不在A市,所以,中队就把消防重点单位集中的东区和西区分别派了两名防火技术人员。

中队会议已经宣布,孔易真负责清查企业相对较少的东区,而另一名经验丰富的防火参谋则负责锦湖区消防重中之重的西区。

西区为什么被称为消防的重中之重,是因为辖区内鳞次栉比的化工企业和高新产业园区,都集中在这里。西区向来是特勤中队、支队,乃至A市消防防控的重要区域。通俗一点说,西区安,锦湖安;锦湖安,A市安。一连串的关系,充分说明了西区消防的重要性。

"我为什么不能去西区?是我的技术不过关,还是我的履历造假了?你什么意思啊?是故意让冯小海骑我头上拉屎吗!"一生气,孔易真开始口不择言。

冯小海是中队防火科的老人了,他对"空降兵"孔易真一直存有偏见,认为她就是那种只会靠父辈庇荫的花瓶,所以从她到中队的第一天起,这个冯参谋便对她横挑鼻子竖挑眼,恨不能一脚把她踢出防火科。要不是她这些年潜心研究课题心性淡泊了不少,依她前些年的暴脾气,早就和冯小海吵得你死我活了。

"孔参谋,没人敢在你头上拉屎,你言重了。"岳淳川说。

冯小海是他到中队之后接触到的技术大腕,大腕一般都有点怪脾气,冯小海也不例外,对人极其冷淡,包括对他这个领导也是如此。不管是在中队,还是在外面碰到,冯小海看到他都像陌生人一样,尽可能地少说话。

岳淳川对他印象改观,是在一次火灾事故现场。严冬,大雪,百年难遇的极寒天气,冯小海只穿着单薄的军装在烧成焦炭的厂房空地上,一遍又一遍地寻找事故人为的关键线索。

最后,他凭着丰富的一线工作经验和一个被熏黑的烟头,认定了这家着火的私营工厂涉嫌故意纵火骗保的行为,为保险公司挽回了巨额损失。

当夜,被严寒冻透的冯小海回到中队之后高烧不退,可他一直忍着,直到再次出警时昏倒在火灾救援现场,才被岳淳川背到医院。

医生请他把冯小海放在病床上,可是岳淳川却发现自己做不到,因为昏迷的冯小海仍用手紧攥着他的防火服,连动一下都困难。

他试着去掰冯小海的手,却遭到抗拒,他听到冯小海喊着"奶奶",声音虽然很低,但是岳淳川听得非常清楚。

后来,冯小海经过医生救治苏醒了过来,岳淳川陪他待在医院观察。那是一个室外寒风萧萧、室内温暖如春的夜晚,起初两人沉默,谁也不曾开口。可是就在岳淳川感到困倦的时候,冯小海却看着岳淳川,主动向他讲述起自己凄惨的童年。

原来,冯小海六岁时失去了父亲,母亲跑了,此后,他和唯一的奶奶相依为命。奶奶家住在一排老旧的平房里面,平房是二十世纪五十年代建的,唯一的过道里堆满了生活垃圾,平房全部透风,到了冬天,即使生了炉子还是很冷。奶奶年岁大了,靠微薄的救济金度日,为了给他补充营养,奶奶常背着他去捡破烂补贴家用。

悲剧发生在他八岁那年的冬天,一天深夜,平房起了大火,他被浓烟呛醒,挣扎着去隔壁屋里找奶奶,可是奶奶那间屋子早被火苗吞噬,他大声哭喊,想冲进火场,却被邻居家的大人给救了出来。

奶奶走了。

他亲眼看到奶奶被烧焦的尸体抬上了殡仪馆的车子。

大人们说,是堆放在过道的生活垃圾导致的这场火灾。如果住户们都能遵章守则,或许,这场悲剧就不会发生了。

他成了孤儿,也就是从那一天起,他无比痛恨大火,立志成为一名英勇的消防员,清除世间一切火患。

冯小海说:"岳队,我不是针对你,我是从小性格使然,不会与人打交道。"

岳淳川看着他，久久没有说话，最终，他的拳头重重地落在冯小海的肩头。

从此，两个人成了好战友、好兄弟。

所以，岳淳川是完全站在冯小海这边的，哪怕对方是孔易真，也不能对这样无私英勇的防火英雄无礼。

"淳川，你……"孔易真有气撒不出来，脸憋得通红。

"没别的事，我去吃饭了。"岳淳川起身要走，却没防孔易真冲上来，咣的一下甩上门。

"不许吃！"

她盯着面前这个对她态度无比冷漠的男人，向前走了一步，声音放软，说："你是不是因为阿姨去找我妈妈谈我们的事，你才生气的？"

"不是。"岳淳川双手插进裤袋，转开视线，看着窗外葳蕤茂盛的大树。

"阿姨说你没有女朋友，也没有喜欢的女孩，她很喜欢我，打电话约我见面，给了我见面礼，还约了我妈妈谈结婚的事情。你不想和我结婚吗？我等了你这么多年，整个消防大院的人都知道我喜欢你，你为什么就是不肯接受我呢？是我不够好吗？"

"感情的事不能强求，我对你没有恋爱的感觉，只是把你当妹妹。易真，你是个非常优秀的技术军人，你值得拥有更好的结婚对象。"岳淳川说。

孔易真瞪着他，脸涨得通红，半晌才呛声说："我倒是不知道，我何时成你岳淳川的妹妹了！"

岳淳川蹙了下眉头："你要是这种态度，我们之间没有谈下去的必要。"

孔易真冷笑一声，拿起桌上的记事本就走。

"你不吃饭了？"岳淳川叫道。

孔易真又咣一下甩上门，回到了自己的办公室。

她呆呆地在窗前坐了一会儿，看中队的战士们列队去餐厅吃饭，他们唱着高亢激昂的军歌，消失在郁郁葱葱的操场。

她转头看了眼空荡荡的屋子，打开电脑，找出关于A市西区的消防地图，摈弃心中杂念，专心研究了起来。

岳淳川用力揉了揉发疼的眉心，扯开椅子坐下。

他很烦乱，想抽支烟，但翻遍抽屉也没找到一个烟屁股。一定是侯伟业那个多管闲事的家伙怕他支气管炎发作才没收了他的烟。

他心情烦乱不是因为拒绝了孔易真而是念及儿时的情谊，不愿看她再为了自己伤心受苦。毕竟，抛却男女情意，易真是他认可的为数不多的优秀女性。

一对男女相处了二十几年都无法产生亲情、友情之外的感情，这说明什么？说明他们根本不适合做恋人！即使被外在的力量强扭在一起,也不会开出什么花结出什么果。他不爱易真。

二十岁时,他不曾爱过她;八年过去了,他依旧不爱她。但她始终不肯放弃这段从未开始过的感情,也不肯放过他。她的坚持,其实是一种偏执,是一种病态,给他带来沉重的心理负担,同时也给自己带来深深的伤害。

他不想今后和孔易真连朋友都没得做,更不想今后都无法面对孔伯伯和伯母。

嗓子忽然很痒,他咳了几声,胸腔里传来一阵痛楚。

刚准备去餐厅吃饭,手机却响了。看到来电显示,他面无表情地滑下屏幕,把手机放在耳边:"妈。"

"易真怎么哭了？我刚给她打电话说让她回家吃饭,她说着说着就哭了,到底怎么回事啊？淳川,你欺负易真了？"杜宝璋的声音听起来很焦虑。

"我没有欺负她。"岳淳川转头,压着嘴唇,咳了两声。

"真的吗？"

"嗯。"岳淳川不愿多说。

"那就好。我问她她也不肯说,你过去看看她,问问原因,看是不是你们中队谁欺负她了。淳川,不是妈说你,你这样态度冷淡地追女孩子可不行。女孩子要靠哄的,你别动不动就板着冰山脸,对人家不理不睬的。易真是个好姑娘,尤其是对你好,这一点让妈非常满意,你就不能主动一点,帮妈完成心愿？"

岳淳川神情一冷:"我不想和她结婚。"

电话那边的杜宝璋心口一窒:"你说什么？"

岳淳川暗暗吸了口气,压制住喉咙的不适,哑声回道:"我不想结婚。"

杜宝璋听后没有说话,只是呼吸显得有些沉重。

岳淳川捂紧话筒,转过头,又咳了几声,再次拿起手机:"您别生气,我只是想明确地告诉您,经过这段时间的相处,我发现我还是无法接受易真。"

杜宝璋一辈子清高傲气,从未骂过人,因为,她觉得骂人这种行为,是市井的庸俗之举,是泼妇悍妇的专利标签。可是当她听到儿子的混账理由时,她却突然生出一种强烈的想要骂人的冲动。

可她的词库里除了诗词歌赋、政治经济之外,根本没有那些不堪入耳的字眼。于是,杜宝璋憋了半天,也只是鼻息粗重地连喊三声:"好！好！你真好！"

岳淳川听出杜宝璋生气了,他觉得现在不是讨论这件事的时候,他吸了口气,说:"易真那边我会和孔伯伯解释的,您放心,不会让您为难。"

杜宝璋用沉默表明她是在生气。

几天前，她和孔舒明的妻子刘春还在为孩子们的喜事高兴不已，在她们看来，那已经是铁板钉钉的事。所以，她连婚礼的细节都想好了，婚庆公司她打算交给院里孙教授的弟弟操办，孙教授向她许诺，淳川结婚，所有的费用一律六折优惠。

杜宝璋打电话之前还在幻想着明年的今天她兴许能抱上孙子了，可这还没到晚上，她的美梦就破灭了。

听到耳边忽然传来通话结束的声音，岳淳川才猛地转头，重重地咳嗽起来。

从吴磊的追悼会回来他就一直咳嗽不止，最近几天越发严重了，一咳嗽胸部就疼，也不知道是不是前几天去灭火现场时被烟气熏的。

他锁上办公室门下楼，犹豫着是先去餐厅吃饭，还是去医务室拿药。

"老岳，等等！"

肩膀被人从后面用力拍了一下，侯伟业的方脸在眼前一晃，两人并排而行。

"去食堂，一起啊。"侯伟业刚从支队开会回来，下车就看到岳淳川低着头穿过通道。

"会开得怎么样？今年我们中队有没有分配指标？"岳淳川停下来问道。

侯伟业没参加下午的动员会，他代表特勤中队去A市建设工程公司参加消防车采购开标会了。去之前，听人说今年的采购计划还是老品种的消防车，没有新意，所以，原本该出现在会场里的岳淳川临时变成了侯伟业。

侯伟业耸了耸肩，摊手："你觉得呢？再分给我们，合适不？"

特勤中队年年都会分到新车，这成了A市消防支队的惯例，前段时间，也就是消防车采购公开招标前，市区几个区的消防中队团结起来，到孔支队长那里闹了一通。他们说支队对特勤中队太好了，新设备、新车、尖兵，统统紧着特勤中队先来。他们要求公平对待。支队长孔舒明答应他们，今年的消防车采购回来，一定会向基层中队倾斜。

也就是说，本来就僧多粥少的消防车，今年会更加紧张。

岳淳川握拳压住嘴唇，压抑地低咳了几声："算了，我都想到了。"

侯伟业拍拍他的后背："咳嗽还没好？去小付那儿看了吗？"

小付是医务室的军医。

岳淳川按着嘴唇，一面咳得满脸通红，一面推开侯伟业："不用管我。"

"我不管谁管！"侯伟业看到岗亭里的卫兵，招招手："苏震河，过来一下！"

卫兵很快跑了过来，立正敬礼："队长！指导员！"

"嗯，你去医务室把小付叫来，让他带上医药箱，快点！"侯伟业命令道。

苏震河眼珠滴溜溜一转，忽然，指着空荡荡的岗亭："队长，有人给你送药！"

岳淳川和侯伟业齐齐抬头,看着卫兵指的方向:"哪有人?你是不是站岗站傻了,苏震河!"

苏震河把头摇得跟拨浪鼓似的:"真有人给队长送药,还是个姑娘,不过,她已经走了。"

侯伟业朝岳淳川看了过去,加重语气,强调说:"姑娘?居然是个姑娘啊,不对啊,岳队长,小姑娘怎么知道你感冒了,还给你千里送良药?你是不是背着我做什么好事了?我不在的这几个小时里,是不是发生了许多……有趣的故事啊。"

岳淳川无力地翻翻眼珠:"滚!"

是发生了不少事,不过,都是烦心事。

苏震河挺有眼色,跑过去又跑回来,手里多了一个印有 A 市人民医院的袋子。

"队长,就是这个!哦,对了,她还给你留了一幅画,说你看了就知道她是谁了。"

接下来的几十秒,两位中队主管,面面相觑之后,竟指着那张破纸,哈哈大笑起来。

他们同时喊出相同的两个字:"米果!"

一看到那只可爱的泰迪熊,侯伟业的脑子里就只闪过一个人圆乎乎的面孔和挂着泰迪熊饰物的硕大背包。

可是,米果怎么会不辞辛苦地跑来给岳淳川送药呢?侯伟业摸着下巴,转动眼珠,瞅着那个低头专注到忘了咳嗽的男人,嘴角不由得微微抬高。

· Chapter 11 ·

残酷的真相

"不用感谢我,我是活雷锋!"

纸上歪歪扭扭的狗爬字,圆圆的,就像它的主人一样可爱。

思绪跑得有点远了,岳淳川低低地咳了两声,折好字条,放进衣兜。他自动忽略掉一脸揶揄之色的侯伟业,径自朝餐厅那边走去。

"喂!你也忒不厚道了吧,什么都不解释就想溜啊。喂!你给我站住!"侯伟业追上来,搭住岳淳川的肩膀。

岳淳川目不斜视,掀动嘴唇,抛出一句:"关你何事!"

侯伟业气结:"怎么不关我事!你是我好兄弟,米果是我老婆的好妹妹。你说,你俩背地里都勾搭上了,还瞒着我们,你究竟安的什么心?"

侯伟业对米果印象极佳,他和叶梅在卧谈会上,曾无数次谈到搞笑开朗的米果。叶梅给他讲了不少关于米果的趣事,说米果最喜欢泰迪熊,不论是衣着,还是配饰,包括她办公桌上的摆件,都少不了泰迪熊的身影。说到兴处,叶梅还打开手机,给他看米果发的微信图片,基本上每一段心情、每一个场景下面都会配发一张泰迪小熊的图片,小熊的表情会随着她的心情走,心情好的时候泰迪小熊笑眯眯,心情糟的时候小熊捂眼哭泣,奋斗的时候小熊振臂高呼,颓唐的时候小熊低头丧气。米果是泰迪熊迷,简称熊迷,她告诉叶梅,她最大的梦想,就是去成都参观国内唯一一个泰迪熊博物馆。她还笑嘻嘻地说,她之所以喜欢泰迪,是因为她和泰迪长得像,她们是姐妹兄弟。

叶梅还讲到米果因为还不了岳淳川的灭火战斗服,患上消防恐惧症的糗事。叶梅还悄悄告诉他,米果那丫头似乎很喜欢岳淳川。叶梅几次制造机会想让他们认识,可都被还不上衣服的米果给搅黄了。

侯伟业不明白的是,米果啥时候和岳淳川偷偷好上了?记得叶梅说过,他们没见过面啊。

侯伟业的脸上露出惊恐的表情:"你们在殡仪馆……勾搭……"

岳淳川猛地顿步,侯伟业脚步一个踉跄,差点没摔出去。

"岳淳川——"

岳淳川甩开侯伟业还搭在他肩上的手,瞥了他一眼:"我只说两点,听好了,第一,我和米果不是勾搭认识的。第二,我对她没感觉,更谈不上居心。你言重了,侯指导员。"

侯伟业脸色一黑,他看着已经转身的岳淳川,充满怨气地嘟囔:"蒙谁呢!你岳大队长不收任何外来的礼物,这是中队尽人皆知的铁规,今天干吗破例?"

感觉到岳淳川身上散发出来的冰冷寒气,侯伟业的声音自动转弱,他躲开几步,离岳淳川远远地,撩起眼皮打量他:"原来你喜欢的是米果这种类型的姑娘啊。米果,不错啊,挺可爱的,热力十足,跟小太阳似的,配你这座冰山正合适。"

"侯伟业!"

侯伟业且说且退:"你早说嘛,想追她跟我说啊,米果最听小梅的话,小梅又最擅长做媒!哟!岳淳川,你杀人啊!"

屁股上挨了一脚的侯伟业跑出几米远,回头怒视着岳淳川,吼道:"你再炸蹶子,我就不告诉你路轨车的消息了啊!"

岳淳川一愣,急问:"路轨两用消防车?"

侯伟业的眼睛里迅速划过一道得意的光芒,他故意转身就走:"唉,看来有人对谈恋爱更有兴趣。"

岳淳川几步冲上前去:"侯伟业!快说!"

路轨两用消防车,专门用于处理铁路、地铁隧道等火灾与事故。以前,当地铁或是铁路隧道内发生火灾或事故时,他们的消防车全成了摆设,只能靠人工救援,救援的力度很差。但是路轨两用消防车就不同了,它可直接开进地铁或是隧道内,在漆黑或浓烟环境下,车头装上的热成像仪即可迅速搜索被困伤员。除此之外,在高温环境下,这个神奇的"大家伙"还能通过自保喷淋系统给自己降温自救。这种消防车配备先进的破拆、灭火、救援设备,此外,这台车还采用高纯度的 A 类泡沫和 B 类泡沫,灭火效果更强。在相同火势情况下,可用比普通泡沫更少的剂量灭火。

拥有路轨两用消防车一直是岳淳川的梦想,他不止一次梦到过自己驾驶着这个气派的大家伙,威风凛凛地赶赴火灾现场。

他曾和支队长孔舒明热烈讨论过路轨两用消防车的功用价值。当时孔舒明问他,想不想要一辆。他冲动了一下,说"想"。后来,回去查了价格,他才知道自己有多二。路轨两用消防车系出名门,德国名企制造,一台城市路轨两用消防车购价就达九百九十万元,堪称消防车中的"高富帅"。他很想要,做梦都想,但是,那也只是一个无法实现的梦想而已。侯伟业的话瞬间点燃了他藏在心底的小火星。

侯伟业啪的一下打开岳淳川的手,学他酷帅的样子,从鼻子深处冷哼了一声:"一码换一码。"

"换什么?"

"换你和米果交往的秘密。"

"我和她哪有什么秘密?"岳淳川哭笑不得,他和米果才见过几次面而已。

"啊,那算了啊,路轨两用消防车和你也没什么关系,我就……"

他拉住侯伟业,一脸隐忍的表情,低声说:"你想听什么,我都告诉你。"

侯伟业笑得邪恶无比,他的手臂重新搭上岳淳川的肩膀:"岳大队长,我饿了……"

岳淳川咬牙切齿,最后,吐出一个字:"好!"

中队大院里,回旋着侯指导员计谋得逞的狂妄笑声。

孔家,乌云密布。孔家的千金宝贝孔易真,晚上到家就把自己关在房间里,谁叫也不出来。

孔舒明的妻子刘春立在女儿房门外,叫了半天,也没叫开门。

女人的直觉挺奇妙的,刘春一下子就想到了岳家那孩子。

刘春性格爽利,心里藏不住事,她在女儿房门前站了一会儿,回到了客厅。

这边杜宝璋正在客厅里对着电视节目发呆,听到电话铃响,她愣了一下,才侧身去接。

对面传来刘春清脆焦急的声音:"宝璋,真真和淳川吵架了吗?"

杜宝璋抚着额头,感觉她刚才吃的药,根本没发挥作用。她闭了闭眼睛,说:"嫂子,淳川他太不像话,他……他说暂时不想结婚。"

刘春愣了愣,重复:"不想结婚?"她的脑子有些乱,努力平缓呼吸,试探着问:"宝璋,淳川他……"

杜宝璋不说话,刘春一下子就明白了。

她捏着电话话筒,一时间气不打一处来:"宝璋,我们家真真可有对不住你们的地方?"

"不是啊,嫂子。"杜宝璋有些急了。

"先别叫我嫂子,听我把话说完。宝璋,老孔为了当年的事,恨不能把你儿子变成他的亲生儿子来养。这些年,我们两家是怎么相处的,你比我体会更深。淳川是个好孩子,我和老孔都喜欢他,我们希望看到他和真真成就好事,所以才会由着真真胡来。宝璋,你是知道的,我们真真为了淳川放弃了什么,可是淳川呢,非但不感动,还这么一次次让真真伤心,我觉得这样做不太合适,你说呢,宝璋?"刘春虽然气得头眼发蒙,可是良好的教养却不容许她像个泼妇似的骂人。

杜宝璋无言以对,她不知该如何回答气头上的刘春,过了一会儿,她犹豫道:"嫂子,不如这样,我先去劝劝淳川,你也知道,这孩子一心只有工作,我想他是不是怕照顾不到易真,才……"

"也好。今天晚了,就不多说了,回头我们再联系。"刘春啪一声扣了电话。

刘春在沙发上独自坐了一会儿,才从茶几下面拿出几瓶药,她对着灯光看了看标签,挑出两瓶,取了药,用桌上的凉开水喝了下去。

第二天上午,戴着一副墨镜的孔易真没敲门就闯进了岳淳川的办公室。她仿佛没看到房间里的侯伟业,上来就向岳淳川道歉。说她妈妈糊涂了,没经她的允许就给杜阿姨打电话,实在是不应该。她代她的妈妈刘春向杜阿姨和岳淳川道歉。

话一说完,孔易真扭身便走,前后不过几十秒,办公室里依然只有岳淳川和侯伟业两个人,甚至他们连之前谈话的姿势和距离都没有变。

岳淳川面无表情地盯着虚掩的大门,不知道在想些什么。侯伟业双唇微张,表情蒙蒙的,搞不清楚状况。

过了半晌,他蹙着眉头,朝孔易真办公室的方向努了努嘴:"兄弟,几个意思啊?你欺负人家了?"

岳淳川一副懒得回答的模样,瞥了他一眼,从牙缝里蹦出惊人一句:"我和她说清楚了,我不会和她结婚的。"

"哐!"侯伟业倒吸一口凉气,隔着桌子趴过去,重重地拍了一把岳淳川,"不想干了?支队长的千金你也敢甩!"

岳淳川嗤鼻一笑:"孔伯伯要是那样的人,我早就脱了这身军装了。"

侯伟业受了惊吓,半晌没吭声,过了一会儿,他看看岳淳川的脸色,轻声问:"你不会是因为米果才拒了咱们的孔参谋吧?"

"不是。"岳淳川眯起了眼睛,侧过脸,望向窗外发出新枝的国槐。

"我以为当初你让易真留下来是准备接受她。"侯伟业拿起那个碍眼的糖浆瓶子,晃了晃。

"我不想否定她的能力,那样做,会更加打击她的自尊心。"岳淳川说。

侯伟业点点头:"你说得对,但我不明白,易真那么优秀,对你又是一往情深,你怎么就是看不上她呢?"

岳淳川收回视线,垂下睫毛,去看侯伟业手里把玩的红色瓶子:"感情的事不是谁看上谁,而是彼此间合不合适。我和她,不合适;你和她,也不合适。"

侯伟业呼吸一窒,他的眸色变深,嘴角微微抿起,又放松:"你果然还记得从前的事。"

岳淳川笑了笑,抢过他手里的红色瓶子,在手里把玩。枇杷止咳糖浆奇迹般地止住了他的咳嗽。

侯伟业双手插进兜里,靠在办公桌沿,想了一阵儿,说道:"不管你相不相信,我对易真一点私心杂念都没有了,连我自己都觉得奇怪。你知道,我曾经设想过无数次和她重逢时的情景,可是真见到了,就像是见到老朋友一样自然。淳川,你说我是不是很无情?"

岳淳川看着他,摇头:"不,你是太多情。小梅是个好女人,好好珍惜。"

侯伟业再次蹙眉:"用不着你提醒。"

"你知道就好。"岳淳川说。

"我和小梅就是春天认识的。她那时还是长发,个子高高的,身材特别好,遇到不喜欢的人就爱冷脸,可是认识久了,就会发现她是个刀子嘴豆腐心的善良女人。"

"听说是小梅先追的你?"岳淳川转了转瓶子问道。

侯伟业似是陷入回忆中,点了点头,露出笑容:"嗯。是她追的我,就两天,我就沦陷了。"

"呵呵。"岳淳川笑。

侯伟业挑眉,瞥他一眼:"你还别不服气,等你找到喜欢的人,恨不能做她的终身制奴隶。"

岳淳川也挑眉,深邃的眼睛里透着不赞同。

侯伟业猜到他的疑问,高深莫测地笑了笑,说:"开始我也不信,可直到遇到小梅,我才相信,原来爱一个人,是这样子的。"

"怎样?"

侯伟业倒是大方,抬起屁股,朝岳淳川的办公桌上一坐,开始讲述他和叶梅的罗曼史。

"小梅追我的原因,你是知道的。就是咱们中队和地方单位搞共建活动,我是中队指导员,小梅当时是地方单位的联络员,于是,我们就认识了。共建活动就是打篮球,我是主力队员……"

"那我呢?"岳淳川指着自己的鼻子。

侯伟业谈兴正浓,被岳淳川打断,不由得瞪了他一眼:"你那会儿和磊子不知道在哪个爆炸现场猫着呢。"

"哦,想起来了,我们不在。"岳淳川再次转动药瓶。

侯伟业继续说道:"那天球赛我们输了,本来挺窝囊的,可一下场就被小梅拦住了。她把一瓶冰镇矿泉水递给我,然后冲我一笑,大大方方地说,你当我男朋友吧。当时身边还有不少战友,他们听到后和我一样都傻了眼。我当时说了句,你开玩笑吧,转身就跑。后面传来起哄声,我就没命地跑,跑得别人都看不见我了,我才敢回头看她。她已经缩成了一个小点,我记得那天夕阳格外红,晚上天空中也有很多星星。"

"那是你失眠。"岳淳川插进话来。

侯伟业这次虚踹一脚,骂了声"滚"。然后继续讲:"第二天,还是篮球赛。不过从正规比赛,变成了趣味篮球赛,我记得其中有一项是男女运球比赛,就是把两个人的腿绑在了一起,向前拍打篮球,最先到达的队伍获胜。我和小梅分在一组,别提多别扭了,后来我才知道,这是她找人特意安排的。比赛开始,我和她配合不到一起,频频失误,落到了最后一名,关键时刻,小梅趴我耳朵边吼了一声:'侯伟业,你敢不敢做一回男人?'我当时就气血翻涌,来了劲儿了!接下来,我和她像打了鸡血似的,一路过关斩将,冲到了第一,可谁知道撞线的那一瞬间,我们绑腿的绳子缠在了一起,不等我反应过来,我和小梅就摔在地上了。现在说起来还有点不好意思,我当时,居然压在人家姑娘身上,嘴正好碰住人家的嘴。"

许是想起当年的一幕,侯伟业呵呵笑了起来。

他以为岳淳川会嘲笑他一番,可是等了半天,却发现那个玩着瓶子的男人,正看着他发呆。

侯伟业举起手臂,晃了晃:"听入迷了?"

岳淳川蓦地回神:"嗯。"

不知为何,当侯伟业讲述他和小梅不小心亲吻的细节,岳淳川的脑子里却浮现出一幕相似的尴尬画面,那个黑乎乎的圆脸姑娘,和他也有过一次亲密接触。

侯伟业不觉异样,兴冲冲地说:"这算不算是一吻定情!小梅用一个吻套牢了我,我也心甘情愿被她套牢。"

"没有那么简单吧。"岳淳川又开始毒舌起来。

侯伟业摸摸鼻子,笑着指他:"你真坏!确实没那么简单。虽然小梅用两天时间让我动心,可真正爱上小梅却是半年以后。你还记得我被滚石砸断腿那次吗?"

岳淳川想了想:"赣南山区特大泥石流。"

那年他留守 A 市,侯伟业率队出征,后来听说侯伟业在那边出事了,他几次想去探望却因职责所在没能成行。一个月后,他在中队宿舍见到了拄着拐杖试图进行功能锻炼的侯伟业。侯伟业看到他,咧了咧嘴,说他弄不好要瘸了。他就眼眶发热,冲上去夺过他的拐杖,一把抱起了侯伟业。侯伟业被吓到,被他放到床上,张着大嘴,却一句话也说不出来。岳淳川沉默着,伸手就去解侯伟业的裤扣。侯伟业彻底蒙了,嘴里一遍遍喊着"老岳,老岳,你是不是疯了",却也挣脱不了,硬是叫他给扒了裤子。

侯伟业偷偷睁开眼,却看到眼睛红得跟兔儿爷似的岳淳川,目光直盯盯地落在侯伟业大腿那条足有十几厘米长的狰狞疤痕上面。侯伟业等他看够了,就慢慢提裤子,一边提,一边瞄着他说:"老岳,我准备结婚了。"

岳淳川听他提起过那个不常见面的女朋友,但看侯伟业并不太热心,就没往那方面想,可是没想到,侯伟业从赣南回来,却忽然转了性,提出要结婚了。

岳淳川的疑问一直到现在都没能找到答案,今天侯伟业主动提起,他可不能错过这个好机会。

侯伟业点点头:"就是那次救援行动。我被山上滚落的石头砸中大腿,骨头当时就断了。昏迷中,战士们抬着我跑步急行军二十公里把我送到当地一家县级医院抢救。后来武强告诉我,主刀的医生说,若我晚送来几十分钟,我的腿……"侯伟业用力睁了睁眼睛,吸了一下鼻子:"所以,我至今感谢我的兵,没有他们,就没有我。"

岳淳川用药瓶指着侯伟业的下身:"用词恰当点,是没有你的腿。"

侯伟业瞪他,绷不住却笑了,继续说道:"我在医院昏迷了两天三夜,等我醒过来,你猜我见到谁?"

"小梅。"回答的时候岳淳川连眼皮都没眨一下。

"小梅是接到武强的电话从 A 市坐了五六个小时的火车到赣南小县城的,我昏迷了两天三夜,她就守了我两天三夜,我有多羸弱,她就有多憔悴。说实话,我挺感动的,一个算不上特别亲近的女朋友,能在我落难的时候不离不弃地守着我,就冲她这份心意,我也不能辜负她。可是,我知道那不是爱,顶多算是喜欢。小梅很聪明,也很敏感,虽然她从未说过,但她一直知道我的想法。病后第五天,陪护的战士去吃饭,病房里只有我和小梅。小梅趴在床边睡着了,我却忽然想上大号。本来想忍忍的,可是民生大事,你也知道,来时如山倒啊,可能我呻吟的声音太大了,小梅腾一下就坐了起来,她的脸上溢满了惊恐和关切的神色,握住我的手,问我是不是疼了。因为之前几天,我疼得忍不住的时候,小梅就是这样握住我的手,一遍遍地安慰我。我吭哧半天,最后忍不住发火,我说:'你叫个男护士来!'她愕然一愣,忽然就明白我为什么反常了。我当时多没脸啊,连看也不敢看她,就指着门口,让她快点。她确实也起来了,可她没去叫护士,而是去卫生间拿来了一个塑料坐便器。"

侯伟业说到这儿忽然顿住,他看着岳淳川:"你还要听吗?"

岳淳川点头:"听。"

"她揭开我身上的被子,然后像你一样去扒我的裤子。我好像明白她想做什么了,于是用尽全身力气抵抗,小梅既没脸红,也没有不耐烦,而是指着我的断腿说出血了,然后趁我愣神之际,唰一下脱掉了我的裤子。我伸手捂住重点,她却扫了我一眼,当没看见一样扶着我的腰,把坐便器塞了进去。过了这么久,我还是忘不了……后来,她就那样伺候我解了大号,之后,就面色不改地处理掉,洗干净,并且接了温水,给我洗屁股。把我安置妥当,她说去买个东西。我一个人待在病房里面,说不出心里是啥滋味。陪护的小战士回到病房,问我:'叶梅姐怎么了,一个人站在病房外面抹眼泪。'我的心咯噔一下,一路凉到了肠子里。小梅从外面回来,还和以前一样,同我有说有笑。过了几天,我让小梅和小战士回招待所休息,可小梅怎么也不肯走。最后,小战士回去了,小梅留了下来。睡到半夜,我想小解,可能是睡糊涂了,我想也没想就打开了灯,我和小梅的目光撞上,她慌忙低头,可我却看到她在灯光下闪烁的泪水。她起来给我拿便壶,我接过去,却没放开她的手。我说:'小梅,我们结婚吧。'她的身子颤了颤,声音也打着颤,问我是不是说梦话。我说:'是真的,我觉得我可能爱上你了。'小梅没说话,半晌,她的泪落在我的手背上,我也不知道怎么了,猛地拉了她一把,她跌在我的怀里,我趴过去,亲了她。不想,她却忽然大哭起来。她捶着我的胸口,骂我是混蛋,让她等了这么久。后来的事,你都知道了。"

侯伟业结束了冗长的讲述,感慨万千地舒了口气:"老岳,没有哪段感情是不经受波折,一帆风顺的。在小梅面前,我觉得很惭愧。她比我勇敢,她用行动告诉我爱一个人和喜欢一个人的区别。喜欢一个人,可以单方面付出不求回报,即使最后得不到对方也没关系;可是爱一个人,却是全身心地投入和占有。爱他,所以把他当成她,她可以抛开矜持和尊严为他做任何事,苦亦不觉得苦,甜亦更甜。老岳,爱上小梅之后,我发现感情的事,真就得讲个你情我愿。没有爱情做基础,再被外人看好的婚姻也过不长久。你说,是不是这个道理?"

岳淳川身子斜斜地靠在窗台边缘,他并没有把目光投向外面的院子,而是低下头,轻轻转动着手里的瓶子。他像是听见了侯伟业最后的问话,又像是没有听到,又或是深陷在侯伟业和叶梅不为人知的感情故事里面拔不出来,还在静静地回味。

侯伟业也是一样,他在想念自己的妻子叶梅。结婚以后,聚少离多的日子成了生活常态,他以为他们的爱情也将随着时光的流逝慢慢转换为亲情,可是今天和岳淳川一番谈话之后,他才发现,原来爱情就在那里,不曾变过。如果非要让他找出其中的变化,他觉得变的是味道。爱情的味道,似乎比最初变得更加醇厚香浓。

"喜福来"最近很忙,但是通常都忙在别人前面的米果却没什么工作热情。

她知道是她自己的问题,她犯轴,学不会变通,而且每次工作的时候,她就会情不自禁地想起叶梅之前说过的那番话。她很矛盾,良心和理智总在她的身体里打架。

天气渐渐转暖,"喜福来"为员工更换工装。

张总采用了时尚达人薇薇的建议,舍弃沉闷严肃的黑色,换成了活泼俏丽的果绿色,款式也新潮修身。员工报了衣服尺寸,没过几天,公司便收到了服装厂新做好的工装。

穿着新工装的薇薇得意地从二楼走到一楼,名模走秀似的转了一大圈,最后,故意停在米果面前。她弹了弹领子,挑着眉毛问:"漂亮吗,米果?"

米果穿的还是旧工装,黑色的西装套裙,看起来老气横秋。

"很漂亮,薇薇,你穿什么都好看。"米果是个诚实的好孩子,她不会说谎。

"不过很可惜啊,厂家进不来这种面料了,所以只送来十五套工装,也就是说,我们中间有一个人将失去和它亲密接触的机会了。"薇薇扫了米果一眼,向在座的同事们揭露这一残酷的现实。

四周静了静。紧接着,刚才还犹豫不决要不要试试的女员工蜂拥而上,转瞬之间,十几套工装一抢而空。有的抢错了尺码,闹哄哄地嚷着调换,原本安静的工作区,变得混乱不堪。

米果也去抢了,可是很不幸,她和小宋抢到了同一套。

"米果,果果,求求你让给我吧,我太喜欢这颜色了。"小宋哀求。

米果只好松手,去拿桌上剩的最后一套衣服。可是手指刚碰到平整的衣料,手背却被打了一下。

她抬起头,看看打她手的薇薇,不解地问:"不是还有一套吗?"

"别动,这是叶组长的。"

薇薇直接把那套工装抱在怀里,装出一副无奈又同情的样子,冲着米果耸耸肩膀:"不好意思啊,你只能穿这套旧的了。"

米果神色黯然地回到座位上,她想找薇薇要服装厂的电话,或是地址也可以,可是薇薇却说电话号码丢了,她没去过那家服装厂,也不知道地址。

小颖气不过,要找薇薇理论,却被米果拉住了。她不想惹事,最近,因为她的业绩下降太快,拖了组里的后腿,在几次大会上,叶梅都被张总点名批评。

虽然叶梅开导她说零业绩没关系,只要有心,肯努力,业绩一定会回升的。可是米果却觉得很内疚,她觉得自己越来越不适应"喜福来"的工作了,她以前干劲满满,身上有使不完的劲儿,可是现在呢,她一走进公司,一接触到工作,一想到要用她无法接受的手段去为公司赚取利润,她就觉得自己变成了一个坏蛋。

关于叶梅说的行业内幕,她从未向任何一个人提起过,所以压力都堆在她小小的身体里。再加上薇薇蓄意报复,致使她在公司里遭到排挤,更是感到孤单和无助。她不愿意去麻烦叶梅,更不愿让米爸爸和米妈妈为她担心,所以,一切责难和疏远,她都默默地承受着。

其实,她还有一个人可以倾诉。这个人,就是李成勋。

自从上次从他同事口中得知他还在频繁地和女孩子见面之后,李成勋几次约她,她都找理由拒绝了。她不想和李成勋这样不清不楚地发展下去,虽然她没有谈过恋爱,自身条件也不算优秀,但她要的是一份干干净净、不掺杂任何虚假和表演成分的爱情。

上完厕所,米果站在水台前洗手。

薇薇从背后的小隔断里出来,打开水龙头,一边冲手,一边头也不抬地冒出一句:"听说你的白马王子最近很是春风得意啊。"

米果正在用抽纸擦手,身子赫然一震,朝薇薇看过去:"你能告诉我李成勋的事吗?"

叶梅感到很奇怪,今天米果频繁进出她的办公室,每一次都给她带点吃的或是喝的,聊些有的没的,然后就下去了,可是没一会儿工夫,她的脑袋又从门缝里探进来。

"叶组长,你饿不饿?"

叶梅拎起她上上一趟送上来的奶油曲奇,完好无损的包装,证明她早就饱了。

米果的表情有点呆,看得叶梅直想发笑,她勾勾食指,示意米果可以进来说话。

米果把午饭时从附近面包店里买的甜甜圈轻轻地放在叶梅的办公桌上:"是您喜欢的黑巧克力味儿。"

叶梅确实喜欢黑巧克力,可是她现在既没胃口也没兴致去享受美味。

她放下笔,把进入工作状态时紧绷严肃的眼神尽量放得柔软一些,问道:"米果,你找我有事?"

"啊?"米果抬头,神情有些紧张。

她的意图被叶组长看出来了?米果不敢直视叶梅,而是瞥向桌上放着的观音莲。

"没有。"她小声应了一句。

"真没有?"叶梅靠向椅背,双臂交叠在胸前,摆出一副玩味探究的姿态,看着对面不讲老实话的米果。

"有……有一点事。"米果的脸涨得通红,根本抗拒不了叶梅的气场。

"一点?那你就说说这一点点事是什么吧!"叶梅摆出一副洗耳恭听的架势。

米果紧张极了,她的问题要是问出来了,恐怕以后都无法见叶梅了。可是事关重大,她不想因为薇薇的话,就轻易判定一个人的好坏,她无条件地信任叶梅。

"我……我想问……"

话刚开头,门却响了,叶梅偏头,绕开米果,望着虚掩的大门,叫了声:"进来!"

"叶组长,周末的老年人相亲会,场地租金出了点问题,需要您过去一趟。"小颖急着走进来,看到米果也在里面,不由一怔。

叶梅站起来,蹙眉问:"不是签了合同了?"

小颖提起来就生气:"他们可能嫌租金太便宜了,今天礼仪公司过去布置场地,被他们的保安给挡了。"

"不像话!合同都签了,他们还想坐地起价,哪有这种道理!走,我们过去看看!"叶梅拿起衣架上挂着的外套,风风火火地朝外走。

小颖跟上去:"叶组长,要不要通知邹副总的亲戚啊,当初是他帮咱们公司联系的场地,有他在应该不会闹得很僵。"

"行,你跟他联系,我在车上等你。"叶梅说。

叶梅走了几步,忽然想起什么,转身冲着办公室喊:"米果!你出来的时候记得把门锁上!"

很快,楼上传来回音:"你走吧,叶组长,我帮您锁门。"

米果缩在门口,等叶梅的脚步声听不见了,她才长长地喘了口气。

薇薇说,李成勋是婚托,而且还是公司等级最高的婚托。他每周要和三到五个不同的女性见面。每次见面,他都要给对方留下很好的印象,等把对方发展为"喜福来"的会员,并且收取数目可观的入会费抑或是见面费之后,他就会以各种借口冷落对方,拒绝再见面。

说白了,他就是个高级骗子,不过,他和那些空有其表的婚托有着本质的区别,因为他的资料全都是真实的,不怕人查,所以他的抽成率在"喜福来"也是最高的。

她感觉到天塌地陷般的绝望,她几乎立刻就驳斥回去:"李成勋不是那样的人!"

她根本不相信笑容温暖的李成勋会做出那种事,在她的世界里,李成勋一直是干净的,他怎么可能和"欺骗""虚伪"这些肮脏的字眼扯上关系?她不信,坚决不肯相信。

可是薇薇却冷笑说:"他是不是那样的人,你问问叶梅不就清楚了?"

是啊,她还可以问叶梅。在走进叶梅的房间之前,她仍然固执地认为,是薇薇打击报复她,才会故意诽谤李成勋。她无法接受,所以心慌意乱了很久,最后,她只能来叶梅这里寻求答案。

公司的绝密资料就存在叶梅这里。一本黄色的册子,记载了"喜福来"所有婚托的资料。薇薇说:"你想要的真相,就藏在那本黄皮册子里。"

米果太紧张了,她从来也没做过这样的事。手抖得如同筛糠,将门反锁了几次,才听到耳边传来咔嚓一声脆响。

"对不起,叶组长,对不起,梅姐!对不起!"她捂着脸,念咒似的重复这两句话,然后扭转身,深深地吸了口气,朝叶梅的办公桌走去……

安平大厦。

冗长沉闷的会议总算进行到尾声,正在讲话的是集团下属凌河化工厂的厂长冯利。

冯利,四十多快五十的年纪,顶着地中海式的头发和几乎能冒出油来的肚腩,一脸肥肉地坐在台上,口沫横飞。

台下的人都显得很不耐烦,可是碍于集团几位高管在座,没人敢起身走人。可是冯利带有 A 市郊区乡土特色的官腔,却让人着实感到厌烦。

"今年一季度,我们凌河化工厂主要产品聚乙烯、聚丙烯、环氧乙烷、乙二醇、二乙二醇、丁二烯均完成产值,其中聚乙烯的产量突破历史同期最高值,为企业的盈利提供了坚实的保障,以后我们化工厂要坚持客户第一,诚信至上……"

听到这里,李成勋终于忍不住掏出手机,习惯性地关掉振动功能,开启静音模式。手指在镜面屏幕上滑动,一条又一条信息从眼前闪过。大多是可回可不回的消息,当他看到叶梅的头像时,眼睛微眯,迅速点开:"你的提成财务已经转到你卡上了,注意查收,叶梅。"

李成勋的手指突然间变得僵直,他盯着那个页面,足足看了十几秒,才慢慢地回复叶梅："好,谢谢。"

开会前,江西老家来电话了,打电话的是叔伯家的堂哥,他说父亲的病需要化疗,让他寄钱回来。他没有问上次寄回去的两万块钱都花到哪里了,他没有资格问,老父重病,他不能膝前伺候,已是最大的不孝,怎好再去探究药费的花销?其实,今年回乡时,很多乡邻都劝他另找人家来照顾老父,叔伯一家贪财,在乡邻间口碑很差,他们心安理得地花着侄子的钱,可对老人并不好。

李成勋想过换人照顾,可是被老父拒绝了。他说,就算是死,也要死在自家的床头。他对李成勋说,你叔伯人不坏,就是没能生个好儿子。

堂哥整日里闲逛吃喝度日,不务正业。每次打电话要钱的人准是他。

李成勋把手机页面转到网上银行,他输入密码和验证码后,等待了几秒,便跳出了最新的账户情况。看着上面的数字,他愣住了。

他这样赚来的提成,比他在集团拿到的薪水高得多,喝点咖啡,聊聊目前的生活,就能获得超出薪水几倍的收入,这可真是讽刺!叶梅就是及时雨,总是在他危急时刻挺身而出,为他排忧解难。

李成勋在想,明天去银行转账的时候,要不要考虑去"春天城"交首付呢?叶梅熟悉那边的房产商,说可以给他挑个好楼层,另外首付也能优惠。思绪跑得远了,手指便失了准头,等他恍然回神时,低头一看,却又愣住了。

熟悉的泰迪小熊,熟悉的笑容,还有他熟悉并且想念的米果。想起米果,李成勋的目光变得黯淡下来。最近,他几次约米果出来,都被她拒绝了。

想到米果会不会发现了一点什么,李成勋就隐隐感到不安。就算有,他也不愿意去承认现实,他喜欢米果,不愿意失去她。

犹豫了几秒,他点开米果的头像,给她发了一条微信:"能见个面吗?我想请你吃饭。"

微信发出去后,李成勋并未抱太大的期望,可是这次,米果的回复速度却极快,她就像是在那边等着一样:"好,海鲜大排档,六点半,不见不散。"

夜幕低垂,灯火阑珊。这座古老的城市,卸掉了白日喧嚣和浮华的外衣,回归到市井的琐碎和平凡之中。

城市深处的小巷,百余辆餐车遍布街道两边,中间只剩下一条窄窄的通道供人通行。烤炸炒涮,上百个炉灶热火朝天,自行车的铃声,锅碗瓢盆的锵锵声,具有民间特色的叫卖声,此起彼伏,汇成了一处真正的人间烟火。

接地气的海鲜大排档,挤满了前来品尝生鲜海货的食客,大厅里坐不下了,老板就在门口的空地上加放几张桌子,就这几张露天的四方小桌,也被蜂拥而上的食客们瓜分完了。

米果这次冲在最前面,抢到了位置最好的一张桌,为了证明所属权,她把印有泰迪熊的背包放在对面的椅子上,表明她在等人。

那些晚到的食客悻悻然向老板抱怨,为什么不租个大点的地方。老板语气谦卑地道歉,承诺下次给他们打八折优惠,这才送走一批又一批的客人。

李成勋到的时候,六样色香味俱全的招牌菜已经上桌了:椒盐濑尿虾旺、酱爆鱿鱼、咸蛋黄蟹、霸王蟹脚、小鲍鱼,还有一份李成勋最爱吃的海鲜老油条。海鲜老油条就是把炸得酥脆咸香的老油条还有各色的海鲜烩在一起。用米果的话评论这道菜,那就是,一菜满足。

米果看到李成勋的身影,立刻站起身,朝他挥手:"李成勋!"

李成勋看到米果藏在一群膀大腰圆的食客中间,显得身形极为娇小,他的唇角不由得微微勾起,他也摇了摇手,快步走了过去。

"对不起,我迟到了。"李成勋的额头上浮着一层薄汗。

看到桌上冒着诱人香气的各色海鲜,尤其当他看到自己钟爱的那盘海鲜老油条时,他的眼睛赫然一亮。

"没关系啊,我也没来多久。"米果拿开椅子上的背包,放在自己腿上,"你快坐吧。"

李成勋坐下来,忽然想起什么,从随身携带的皮包里掏出一个细长的油纸包着的东西,递给米果:"你爱吃的。"

米果接过去,凑着灯光一看,她怔了怔。冰糖葫芦!她最喜欢吃的锦湖路上的冰糖葫芦。

"你特意去买的?"米果看了看糖葫芦上的包装纸,然后轻轻地把它放在桌上。

李成勋微笑,点头:"就因为去买它,所以晚了。"

他没想到一家卖糖葫芦的店生意也能那么好,他一本正经地挤在一群年轻女性中间,排了很长时间的队,才买到这串新鲜的糖葫芦。

米果并没有马上去品尝李成勋带来的惊喜,她微微低下头,看不清表情地说了句:"谢谢。"

"跟我还客气什么!"李成勋摆摆手,拿起筷子,掰开,左右摩擦掉上面的木刺,再递给米果,"我们开动吧。"

米果哦了一声,接过筷子,又说了一声:"谢谢。"

李成勋无奈地看着她:"你准备今天晚上只说'谢谢'了?"

米果不好意思地笑了笑:"当然不是。"她把老油条的盘子推向李成勋,然后问他要不要喝酒。

李成勋本来想说不用了,可心念一动,要了一瓶啤酒。

服务员送来两个杯子和一瓶本地啤酒,李成勋打开酒盖,倒酒前,出于礼貌,他问米果要不要来一点,他以为米果不会喝酒,谁知,米果竟点点头,主动拿起空杯:"我要一杯。"

李成勋惊讶地看了看面色微红的米果,想说什么,却又笑了笑,为米果添满酒杯。

两人碰杯,李成勋一口喝了小半杯以示诚意,可等他朝米果望过去,不由得呀地叫了一声。

只见米果豪放无比地仰脖干掉了整杯,她鼓着腮帮子,涨红了脸,缓缓放下酒杯。正在费力吞咽啤酒的时候,看到李成勋关切讶然的目光,她一口气没顺好,竟呛住了。

李成勋赶紧递过纸巾,作势欲起:"要不要紧啊!"

看她咳得厉害,他抬手就叫服务员:"麻烦送一杯温开水过来!"

米果总算止住咳嗽,可是已很狼狈,她小口抿着热水,低下头不敢看李成勋。

李成勋又好气又好笑,他收走米果的啤酒杯:"你还是别喝酒了。"

"哦。"米果应了一声,热气被吹出来,熏湿了她的睫毛,从李成勋的角度看过去,亮晶晶的,像一串黑色的水晶。

他的喉头,很明显地收缩了一下。

"吃吧,你最喜欢的蟹脚。"李成勋撇开视线,夹了一根最粗的蟹脚,放进米果的盘子里。

米果下意识地张嘴道谢,可是李成勋却在她开口的瞬间,轻轻地摇了摇头:"不要再说'谢谢'了。"

米果神情微怔,放下水杯,低低地嗯了一声,开始专心啃起蟹脚来。

吃得差不多了,李成勋起身,说要去卫生间。

李成勋走后,米果的笑容渐渐转淡,她单肘撑在桌上,托着下巴,有些失落地看着对面房子里正在炒海鲜的大厨。吱吱啦啦的炝锅声,时不时地爆出来,大厨戴着白色高顶帽,在水汽蒸腾的操作间里专注地翻炒着菜肴。

视线一滑,又凝住。她看到了去年在这儿遇险时见到的那块消防宣传展板。经过一年多的日晒雨淋,展板早没了之前鲜明亮丽的色彩,图案也斑斑驳驳,露出了里面的深褐色衬布。

不过,她还是一眼就认出了那个帅气的背影——岳淳川。

真正接触到传说中的英雄,她才知道英雄原来也是有血有肉的平凡人。他们开心时会笑,悲伤时会流泪,会有普通人的烦恼和忧愁,而且她认识的这位英雄,不仅有抽烟的坏毛病,爱吃苹果,还会像凡人一样感冒、咳嗽……

想起某个好笑的情景,她弯起眉眼,冲着破旧的展板笑了笑。

李成勋恰好看到这一幕,他停在距离那个角落几米远的地方,目光深深地望着那个笑容美好的女孩。他喜欢米果,喜欢米果的微笑。那抹纯净无瑕的笑容,像是一道阳光,照亮了黑暗,也照亮了他卑微阴暗的心房。

"想起什么了,这么高兴?"李成勋走过来,坐下。

"哦,没什么。"米果赶紧收回视线。

李成勋看着她,轻轻叫了一声:"米果。"

她瞅他一眼,别开视线,问:"哦,你想说什么?"

李成勋把玩着手里的杯子,转了几个圈,又转回来:"你今天为什么要请客?"

饭钱在点菜时已经付过了,这次他没了抢先一步的机会。

米果身子震了一下,却没有转回视线。

李成勋心中一沉,他微微苦笑,隐隐猜到某种可能。他沉默了一会儿,对米果说:"我们去附近走走,好吗?"

米果轻轻地点点头,拿起背包,先走出海鲜大排档。

他们去了附近的公园。公园很小,没有湖,只有大片的绿地和树林。夜晚,有很多市民在里面锻炼身体。他们沿着小路一直向前,直到杂乱的乐声渐渐变小。

米果最先停步:"李成勋。"

前面一步之遥的李成勋蓦地顿步,却用极其缓慢的速度转过身来,望着她:"我在。"

米果眨眨眼睛,试图把眼前这个隐藏在黑暗中的英俊男人,看得更加清晰和透彻一些,可是她发现,她失败了。

她正要鼓起勇气,揭开蒙在他们关系上的面纱,却听到李成勋重重地呼吸了几声,对她说:"米果,你都知道了,是吗?"

米果愣住了。他怎么知道她要问的是这件事?她不想否认,于是艰难地点头:"是的,我刚知道你是我们公司的高级婚托,你利用好条件去外面钓鱼,吸引更多的女性入会。"

李成勋没有说话,他的脸一半隐在黑暗里,一半被夜晚昏暗的灯光照着,看不清脸上的表情。

过了许久,他用忽然变得暗沉嘶哑的声音说:"对不起,让你失望了。"

米果摇摇头:"你没有对不起我,你对不起的是那些被你骗过的女会员。李成勋,你是不是遇到难处了?你迫不得已才会这么做的,是吗?"

李成勋看着她,突然间觉得自己污浊不堪,即使知道他是这样卑劣的一个人,米果还是在尽可能地为他着想,为他犯下的不可饶恕的罪行找到开脱的理由。

其实,他大可以把家中窘况告诉米果,求得她的同情和谅解,他也正好借此机会向米果表明心迹,依照米果的性格,他很可能会因祸得福,收获他向往已久的爱情。但是,李成勋却放弃了这个千载难逢的机会。有一种自尊叫作清高,自幼便长在他的骨子里,和血肉混在一起,成了他身体不可分割的一部分。

他不会用这种拙劣的手段去感动米果,他也不可能那样去做。

最终,沉默了许久的他还是摇摇头:"没人强迫我,是我自愿的。"

米果听了这话,倏然向后退了一步,她似是受到了巨大的伤害,盯着他,颤声问:"为什么?你有那么体面的工作,职位又不低,长得又好,为什么要去做婚托?"

"还能为了什么?当然是钱,对,就是为了钱。"李成勋忽然侧过身,远处的灯光在他的身上圈出一片模糊的轮廓。

米果再退了一步。她低下头,失望极了,不知道自己该不该问下去,事情好像完全超出了她的想象,尤其当他语气很重地强调那个俗气的字眼时,她忽然生出了一种根本不认识他的感觉。陌生、失望,似乎还掺杂了一些说不清道不明的悲伤情绪。

"钱就那么重要吗?做人不是应该先求得心安吗?"米果低声问了一句。

李成勋没有动,过了好久他才说:"对不起。"

是真的喜欢,才会有想要流泪的感觉,米果忍着眼睛里一波一波向上翻涌的热潮,低声哀求他:"李成勋,你能不能不要再做了。"

李成勋的心骤然缩成一团,为了忍住回头抱她的冲动,他把指甲深深地戳进手心的肉里。尖锐的痛感使他眉心紧蹙,他无声地深呼吸,仍然维持着侧身的动作,拒绝道:"不可能。"

米果又向后退了一步,这次,再抬眸去望他,发现距离更加远了,她几乎看不到李成勋的脸,所以也看不到李成勋刻意隐藏在黑暗中的绝望和悲伤。她难过得不想说话,但是为了能给他们这段从未开始过的感情画下一个不算难看的句号,她还是撑出一抹笑容,说:"我其实挺喜欢你的,有一段时间,只要想起你,我就会感到很快乐。我以为你也喜欢我,因为你和我在一起的时候,总是在笑,你对我很温柔,很体贴。我一直认为,我们能够继续走下去。可是今天,我发现,我错了,我还是不了解你,不了解你的需要。李成勋……"她顿了顿,朝那团模糊的影子望过去:"我们就这样吧。我想,做回陌生人,可能才是最适合我们的方式。"

终于,那团黑影开始动了:"米果!"

米果用力眨掉眼里的潮气,朝他挥挥手:"再见,李成勋!"

不是再见,而是再也不见。他们的世界观不同,各自都无法为对方做出让步,她给了他机会,可他放弃了。

米果转身离开。她听到身后传来沉重的脚步声,她把脚步放慢,心存微薄的希望,但是她还是失望了,直到她走出公园大门,身后的人都没追上来,可见,他们之间的缘分真的是到了尽头。

李成勋不知道他是怎么离开米果家的,仿佛从她离开公园,离开他视线的那一瞬间,他的意识就从身体里抽离出去了。行尸走肉,不足以形容他现在的状态,心完全是空的,脚本能地向前,跟随着那抹走走停停的娇小身影走过了几条街区到达这里。

看到她立在大树的阴影下,无声抽泣的模样,他恨死了懦弱自私的自己,那么美好的米果,那么单纯的米果,却被他无情地伤害了。她该有多伤心啊!李成勋用力闭了下眼睛,脚步沉重地走向小区大门。

米家。今晚就米妈妈一个人在家,米爸爸下班去吃婚宴,可能和老朋友喝上了,到现在还没回来。

听到门响,她张口就开始埋怨:"老东西,又喝多了是不是?叫你别喝,别喝,你就是不听!咦,怎么是你啊?"

米果低低地哦了一声,换好了拖鞋,走进客厅。她不敢直视米妈妈,拿起水杯去饮水机接水。

"爸爸去喝酒了?"

米妈妈把注意力转到电视剧上,一边嗑瓜子,一边说:"是啊,吃高价饭去了。你说你爸爸这人,人家小年轻,二十多岁结婚,他去凑什么热闹啊?随个份子不就行了?生怕别人不知道他热心肠。"

米果背对着米妈妈,小口喝水:"您别管爸爸了,他在家不也得听您唠叨,还不如去喝酒呢。"

"嘿!我说你跟谁是一伙的啊,啥时候这么向着你爸爸了,合着我这个妈是个啰唆鬼啊,你们见了就烦,是不是?"米妈妈来劲儿了。

"不是,妈妈。"米果刚转身解释,就被米妈妈抓住了重点:"咦,果果,你怎么了,眼睛怎么肿了!"

米果赶紧捂住眼睛:"没……刚才回来的时候,眼里进沙子了,我揉了一会儿。"

"你这孩子,眼睛进沙子不能揉,要用眼泪给它洗出来,过来,我看看!"米妈妈扔下瓜子,拿纸巾擦了擦手。

她向前走,米果却往后退:"不用了,都没事了。"

"啧!过来,让妈妈看看!"米妈妈拉住米果的胳膊,就把她拽到跟前了。

可当她扯下米果遮眼的手臂,看到女儿那一双明显是哭过才肿的眼睛时,她惊呆了。

米果忍了好久的委屈,一下子就爆发了出来:"妈妈——"

"哎哟……哎哟……我家宝贝哦,怎么了,怎么了……这是怎么了,果果,怎么哭了呢?谁欺负你了,跟妈妈说!"看到米果的眼泪如同断了线的珠子似的,又急又快地掉下来,米妈妈心疼死了。

米果抱住米妈妈,把脸埋进妈妈的肩膀:"呜呜……呜呜呜……没人……没人欺负我。"

"没人欺负你,你哭什么啊。"

"就是……呜呜……想哭。"米果哭得更伤心了。

米妈妈晕得不行,这算怎么回事啊?

好不容易用第二天的辣子炒鸡哄下米果,亲眼看着米果睡着,米妈妈才关灯,掩上房门。

刚走到客厅,却被沙发里一红脸汉子吓得倒退三步。定睛一看,气不打一处来。

"老东西!喝多了才知道回家!"还想教训丈夫,却看到米爸爸晃晃悠悠地扶着沙发扶手站了起来,大着舌头,问:"我……我的……果果呢?"

第二天,米妈妈一大清早就从床上爬起来去看米果。凭着做妈妈的直觉,她觉得米果一定是遇到事了。

谁知,轻手轻脚地推开米果的房门,却看到空荡荡的床铺,被子叠得好好的,人却没了踪影。

米妈妈不淡定了,她赶紧跑到卫生间和厨房,谁知那里也是空的。她去门厅拉开鞋柜,发现米果上班穿的皮鞋已经没了,挂在墙上的包也没了,她一阵心慌,噔噔噔跑回卧室,拍醒还在呼呼大睡的米爸爸。

"老米!老米!果果出事了!"

米爸爸吓得腾一下坐起来,他挤着睁不开的眼睛,连声问:"果果!果果出什么事了?"

"她不见了!"

米爸爸瞪着米妈妈:"不见了?唉,我说你这个人一惊一乍的,果果不在家,肯定是去上班了呗!"

米妈妈的头摇得跟拨浪鼓似的:"不是,老米,我觉得果果不对劲儿。"

她把昨晚上发生的事跟米爸爸说了,尤其是米果抱着她哭的那一段,她讲得尤为详细。米爸爸一听,也觉得不对劲儿。

米爸爸分析:"一般果果哭鼻子,就是没吃到好东西,你说她昨天在外边吃完饭才回来的,那就不应该是因为吃不到的原因,那会是……曹秀云,你问果果昨晚和谁吃饭了吗?"

米妈妈一愣,喃喃回忆:"好像没问。"

米爸爸伸出食指重重地点了点米妈妈的额头,米妈妈的脖子向后一仰,差点摔床底下去。她啪的一下甩了米爸爸一巴掌,不过是打在米爸爸圆润的屁股上:"你想造反啊!"

米爸爸嘿嘿一笑,凑近米妈妈,神神秘秘地说:"我可能猜到果果哭鼻子的原因了。"

"是什么?"米妈妈急急追问。米爸爸故意不讲,米妈妈一急,又扬起巴掌,米爸爸求饶,趴到她耳边说:"咱们家果果可能恋爱了。"

米妈妈只觉得耳根一痒,浑身蹿过一道电流,她瞪大眼睛:"谈恋爱了?"

米爸爸咳了两声,盘腿一坐,神情笃定地说道:"你们女人,一般只在两种情况下哭鼻子,一种就是在谈恋爱的阶段,一点点的委屈就被你们无限放大,情绪失常,哭闹不休。另外一种嘛……"

"你快说啊,另外一种是什么?"米妈妈快急眼了。

"我说,我说,你别伸手!另外一种啊,就是爹妈去世的时候!"

"我呸!"米妈妈这次不甩巴掌,改伸脚了。

不过米妈妈静下心来想想,米爸爸说得不无道理。米果的反常表现,简直就是她当年的翻版,怪不得她一晚上心神不宁呢。

米爸爸出去买早饭,回来的时候,把门敲得震天响。米妈妈一边骂一边开门,迎面就是一兜炸得焦黄的油条。

"快!快!告诉你件大事!"

米妈妈愣住了:"啥大事啊?"

米爸爸笑得合不拢嘴,一边走,一边回头说:"果果确实有男朋友了!"

"啥!有了?真的啊?老米,你快说说!"米妈妈把油条扔到桌上,拉着米爸爸不让他去洗脸。

米爸爸这才把出去买早点时,门岗老刘跟他说的事,一五一十地告诉了妻子。

米妈妈咬着筷子沉思,过了一会儿,她问米爸爸:"我们要不要找丛珊侧面去打听打听?"

"哎哟喂,你啥时候和米丛珊这么亲近了?还丛珊呢,估计你这么叫她,她指不定会晕过去呢!"米爸爸喝了一口米粥,指着米妈妈说,"我可告诉你,你千万别跟米丛珊那个大嘴巴提这件事,知道不?你要是说了,她肯定去问果果,要么就去找果果的领导了,万一这让她先找到果果的男朋友,那本来还有希望的好事肯定就变坏事了,是不?"

米妈妈若有所思地点头:"你说得很有道理,不过,我们也不能就这么装着吧!"她摇摇头:"你能忍,我可忍不了。"

米爸爸指指她:"瞧你那点出息,小不忍则乱大谋,知道不?"

"反正我忍不了,你愿意忍你忍。"米妈妈夹了根咸菜扔进粥碗里。

A市体育学院。

米拉揉着眼睛从学校出来,当她看到保安室外边那个穿着一身工装却背着一个泰迪熊背包的女孩时,欢叫一声"果果——"便扑了过去。

米果抱着米拉,在晨光中转了几个圈。

米拉摸了摸米果圆圆的包子脸:"啧啧,几天不见,瘦了!"

米果抬起唇角,象征性地笑了笑:"是吗?"

米拉看看她,又看看她:"果果,你是不是犯错误了?"

"没有。"米果有点心虚,赶紧拉起米拉的手,"走,我请你吃早饭!"

体院附近的小吃铺很多,米拉带路,进了一家江浙人开的早餐铺。点了包子、莲子糯米粥,还有一份青瓜小菜,两人坐在临街的位置,边吃边聊。米拉一口咬下去半个包子,用脚踢了踢米果:"喂!说吧!"

米果嘴里含着一口粥,只能用眼神瞪着米拉,可是瞪着瞪着,她却放下勺子,慢慢低下头去。

"你怎么猜到我是想找你说话的?"

米拉艰难地咽下包子,一副嫌弃的表情,指着米果,说:"你脸上都写着呢,好不好?再说了,我们是姐妹,你不开心了,我自然能感觉得到。"

米果感动极了,她拉住米拉的手:"拉拉。"

"咦,别肉麻了好不好!"米拉甩开米果,瞪着她,"是不是娜娜姐不接你电话啊?不然,你怎么舍得找我!"

米果再次心虚地低下头:"不……不是的。"

"哼！不是才怪呢。不过啊，看在你请我吃包子，还叫我妹妹的分上，原谅你了。亲爱的果果，那你现在能告诉我，你遇到了什么烦心事吗？"

说起烦心事，米果眼圈先红了，她低下头，语气轻轻地说："我失恋了。"

其实，也谈不上失恋，都没真正开始过，又何谈失去？不过，她还是很伤心，一晚上没睡，眼睛一直盯着手机屏幕，希望她苦苦等待的那个人能够发来只言片语。但是，她还是失望了。就像那渐走渐远的身影，他们之间，终于退回原点。

米拉的反应超乎寻常的激烈，她拍桌子的力道大得惊人，震得碗筷咣咣响不说，还当着全体食客的面，不可思议地吼道："你失恋了？！"

所有的人都在看她们。尤其是看向米果的目光里，都带了些许的同情。米果无地自容。她伸手拽了拽米拉的衣袖："你坐下说啊，拉拉。"

米拉滑下椅子，指着米果，声音颤抖地说："我没幻听吧？你恋爱了，又失恋了，是不是？"

米果想了想，点点头："好像是这样的。"

"什么好像啊，那男的是谁，把他电话给我！"

米果吓了一跳："你干吗！"

米拉抽了一根牙签，一下扎进雪白的包子里："我干吗？我今天要让他知道，我们家果果……"她顿了顿，拔出牙签，对准米果惊恐不安的圆脸："有多爱他！"

坐在邻桌的一个穿着体院运动服的男生，一下子笑喷了。米果的头开始疼了。她捂着脸，叫了声"拉拉"就想跑，可是米拉却拉住米果的胳膊，然后冲着隔壁桌的男生，横了一眼："你狗啊你，耳朵长那么长！"

男生气势不弱，被当众打了脸，也不生气，看向气焰嚣张的米拉，不紧不慢地说："你说错了，兔子的耳朵才够长。"

米拉看到男生的脸，顿时一愣。体院的风云人物，刚刚拿了全国冠军的游泳健将——杨阳。

"哼！我管你是狗还是兔子！少管闲事！"她别开脸，把米果按在座位上："好了，不逗你了，现在可以把你从恋爱到失恋的经历都告诉老妹儿了吧！"

米果脸红红地说："你小声点，拉拉。"

米拉还想嚷嚷，可想到什么，唰一下扭身，瞪着刚才那个模样英俊的男生，强调说："不许偷听！"

男生微微一笑，拿起桌上打包好的早餐，起来，走了。

米拉气哼哼地瞪着他的背影，直到米果小心翼翼地碰碰她的手："拉拉，我能说了吗？"

Chapter 12

爱情的味道

米果最终没把李成勋的名字和电话说出来,她来找米拉是因为憋了一晚,憋得难受,想要找个知心人说说话,发泄一下。她不想再和李成勋有任何牵扯,所以米果登上公交车前,揪着米拉的运动衫,千叮咛万嘱咐,不要把这件事告诉米爸爸和米妈妈。

米拉答应了,因为她听了米果和李成勋的"恋爱史"后,觉得那个耍弄心机的臭男人,根本不是个爷们,他配不上米果。

米妈妈却不这么想。米爸爸上班后,她一个人在家心神不宁地转了半天,突然想到什么,她眼睛一亮,急匆匆走到客厅,拉开抽屉,找出一个黑色的电话本。

翻到最后记的一页:"老刘,素芬,社区医院,叶……叶梅!啊!就是这个!"

米妈妈要找的正是米果的顶头上司叶梅的手机号码,她曾和叶梅通过两次电话,感觉叶梅这个人挺不错的。叶梅讲话干脆利落,懂礼貌。关键是,叶梅似乎挺喜欢她家果果,不仅帮果果转了正,还经常帮果果解决工作、生活上的难题。果果和他们聊天的时候,常常把叶组长挂在嘴边,她说,叶梅是她遇到的最好的人。

听老刘说,果果昨天下班约会的那个男的是个穿着西装的英俊小伙儿,可能怕果果出什么意外,一直跟到家门口,看着果果走进单元楼,他才离开。按照她的猜测,这小伙子恐怕就是果果公司的同事,果果平常没什么异性朋友。

叶梅正在张总办公室里开小会,兜里的手机不时发出振动的嗡嗡声,她怕是什么重要客户的电话,所以向张总和邹明说了声"抱歉",便走出张总的办公室。看到屏幕上显示的陌生号码,她犹豫了一下,还是滑动了一下手指。

"您好,我是叶梅。"

"您好,叶……叶组长,我是米果的妈妈,您还记得我吧?我们曾经通过电话,我拜托您照顾我们家果果来着。"听到"米果"的名字,叶梅觉得对方的声音确实有点熟悉,原来是米果的妈妈。

"您好,阿姨,您找米果?她电话打不通吗?"叶梅走到楼梯口,朝一楼工作厅张望了一下。

"啊,不是,不是,叶组长,我找您,找您。"米妈妈说。

"找我?您有什么事,需要我帮忙?"叶梅觉得站在楼道口说话不合适,她推开门,走进了自己的办公室。

"是这样,最近果果的情绪有点反常,我和她爸爸怀疑她恋爱了。叶组长,您知道这件事吗?"米妈妈问道。

叶梅愣住了。米果,恋爱?她坐下来,拿起办公桌上的资料夹,一边随意翻动着会员资料,一边思索米妈妈话里的意思。

"我还真不知道。阿姨,您是怎么看出来的啊?"

米妈妈就把昨晚发生的事跟叶梅说了一遍,她说:"我们小区的保安亲眼看到跟着果果的是一个穿着黑西装的男人,果果没什么异性朋友,穿西装的应该就是你们公司的吧?我看果果平常上班,也穿黑色工装的。"

"穿黑西装的年轻男人跟着米果?米果还哭了?"叶梅重复着重点。

"是啊,果果回家以后哭得可伤心了,要不是我用辣子炒鸡转移了她的注意力,恐怕我们家就要发洪水了。"米妈妈夸张地说。

"可是我们公司换工装了啊,统一换的绿色工装,男的是深绿上衣,不是黑的啊。"叶梅说道。

"啊,不是?那是谁呢?果果可没有异性朋友,她自从上学的时候被男生笑话,说她是小胖熊以后,她就不跟异性多接触了啊。"米妈妈有点着急了。

"阿姨您别急,我抽空问问米果,或许能问出点什么。"叶梅说。

"哎呀,谢谢您啊,叶组长,总是让您费心,果果这孩子,太单纯,从来也没谈过恋爱,我们主要是怕她受人欺负。"

"您不用客气,米果是个好姑娘,我比您还喜欢她呢。您放心吧,我一定帮您问出来。"叶梅说。

米妈妈达成愿望,满足地挂了电话。

叶梅托腮思索,会是谁把米果欺负哭了呢?她的目光无意中扫过手里的资料,当她看到上面熟悉的面孔和那身标志性的精英西装的时候,她蓦地惊叫一声:"李成勋!"

米果神情怏怏的,做什么都提不起兴趣来。她从抽屉里掏出一本已经被磨毛了边的雕塑技术课本,低头看了起来。这是她大学的课本,在殡仪馆实习的时候,师傅说以后的遗体整容师可不是单纯地为逝者化妆穿衣那么简单了,他让米果加强学习,走技术型的道路。可惜……她再也没有了实现理想的机会。

正埋头看得专注,头顶忽然传来敲打木板的声响,她猛地抬头,看到隔断后面露出一张妆容精致的脸。

"薇薇。"她叫了一声。

"看什么闲书呢,这么专心!"薇薇朝隔断里探了探身子,试图过来抢,米果本能地用胳膊一挡,没让薇薇得逞。

米果迅速收好书本,塞入她的抽屉,她的脸因为紧张有些发红,不敢看薇薇,低声解释:"是小说,我就偷了会儿懒。"

薇薇讪讪一笑,收回快戳到米果脸上的手指,阴阳怪气地说:"哟!那你可真闲哪,我们一上班就去布置场地了,累得半死,你呢,迟到了还能坐在这里看小说!你可真是享受啊,米果公主!"

同事们都朝这边望了过来,几个和薇薇一起去布置场地的更是对米果指指点点的,目光里充满了指责。

"对不起,公交堵车了。"是她考虑不周,从体院坐车到公司,要经过 A 市最拥堵的路段,她在车上堵了半个小时,到公司的时候,已经晚了。

"跟我说什么对不起啊,我又不扣你工资,你赶紧去找王姐吧,她这周记考勤,看能不能饶过你!"

米果还真去找王姐了,王姐是个势利眼,她知道米果和叶梅的关系走得很近,所以她就卖了个顺水人情,让米果请大家喝咖啡了事。

米果去街口的咖啡店买咖啡,回来的路上手机响了,她双手拎着外卖,根本腾不出手去摸兜,没顾上接。等她把咖啡分给同事后,却又被薇薇叫过去,说了老半天周末老年相亲会的事,到了最后,连她自己都忘了有人给她打过电话。

下班时间,米果等同事们都走了,才站起身来。

公司新来了一名负责清扫卫生的阿姨,正在清理每个员工位子跟前的纸篓,看到米果,她和善地笑了笑:"下班啊。"

"准备走呢。"米果应了一声,拿起她和周围几个同事的纸篓把垃圾倒进桶里。

"我来!我来!别脏了你的手。"阿姨赶紧抢过垃圾桶。

米果帮阿姨撑着大型垃圾袋:"没事啊,您没来之前,这些活儿都是我做的,习惯了。"

阿姨一愣，目光变得有些诧异："姑娘，他们都欺负你吗？"

米果笑笑："什么欺负不欺负的，只当是锻炼身体了。"

"姑娘，你真是个好人，不嫌我脏，还帮我干活。"阿姨感动地说。

米果摆摆手："什么脏不脏的，我以前……"话说一半，她突然顿住，有些心虚地看了看专心洗手的阿姨："您干的事光明正大，有什么可脏的，反而是那些道貌岸然的，背地里却做着见不得人的事。"

阿姨笑了笑，说："不瞒你说，我做了一辈子的环卫工，和尘土垃圾打了一辈子的交道，许多人看不起我们，觉得我们脏，时间久了，我们也都习惯了。"

"阿姨您原来是环卫工人啊。"

"是啊，做了一辈子，前年才退休，不过是提前病退。"阿姨说。

"病退？阿姨您身体不舒服？"米果惊讶地问道。

阿姨指指自己的右腿膝盖："这里，换了一个膝盖。"

"那么严重啊，那您还出来打工。"

阿姨叹了口气："我丈夫去世得早，儿子今年读大学，正是用钱的时候，我不出来不行。"

阿姨见抽纸盒空了，要去取新的，米果赶紧拉住她："我帮您拿，您歇歇！"

阿姨看着米果的背影，用袖子擦了擦潮湿的眼睛："真是个好姑娘。"

米果在公司有了一个新朋友，就是负责清扫的许阿姨。

许阿姨很喜欢她，上班时总会悄悄塞给米果一些她亲手做的小吃，每天都不重样。米果虽然挺不好意思的，可在强大的美食诱惑面前，她只能举手投降。

一转眼，到了周末。

由市老年协会和"喜福来"公司联合发起的以聚焦单身老年群体为目的的公益老年相亲会，在A市的彩虹广场拉开帷幕。

此次相亲会命名为"最美不过夕阳红"，是"喜福来"公司自锦江之星大型婚恋讲座之后，推出的又一重大活动。公司全员加班，就连许阿姨都被临时征用到了相亲现场帮忙发放宣传单。

"我虽然老了，但是也有追逐爱的权利！"电视台的记者采访一位六十多岁的老人时，他对着镜头，信心十足地说。

还有一个看起来像是四十多岁的年纪较轻的老人，抢过主持人的话筒，勇敢地介绍自己："我叫宋新章，今年六十二岁了，多年前丧偶，一直没有再婚。我兴趣爱好广泛，希望能找一个知书达理、善解人意的老伴！"主持人笑着夸他："叔叔，您可真勇敢。"老人说："现在我啥也不缺，就想找一个可以聊聊天说说知心话的人。"

相较于外向开朗的求偶者，更多的是对着镜头躲闪、红着脸说不出话的老人，他们不习惯面对大众，也不习惯暴露隐私，不过，"喜福来"为他们准备了很多丰富多彩的互动游戏，经过几轮的磨合和沟通，大多数矜持的老人也坐不住了，纷纷起身主动加入寻爱的队伍。

"米果，你去看看那几位老人，问问他们需要什么。"叶梅拉过米果，指了指角落里只坐不动的老人。

"好，我马上去！"米果转身正要走，却被叶梅拽了回来，她上下打量了米果一番，笑着说："看来，还是新衣服漂亮！"

米果眯起眼睛，笑得特别满足和感激："这都是梅姐的功劳！要不是你替我出头，我只怕还穿着旧衣服呢。"

工装事件发生后，叶梅特别生气，她把负责采买工装的薇薇叫到办公室里狠批了一顿，然后又找到供货商家请他们找原来的服装厂又定做了一套，这才没让米果成为特例。

"这会儿舍得叫我梅姐了。"叶梅佯装恼怒，推了米果一把，"快去吧，今天争取好业绩啊。"

"您放心吧，我一定把他们都拉到场子里去！"米果挥舞了一下拳头跑走了。

叶梅看着米果的背影，刚才还堆在唇角的笑意却渐渐散去。她微微收了一下放松的下颌，试图让自己变得不那么情绪化。

前几天，她接到米果妈妈的电话之后，始终没有去找米果谈心，不是不必要，而是她在找米果之前，主动联系了另外一个人，也正是这个人，不让她再去找米果。这个人不是别人，正是她的老同学李成勋。

他只字不提和米果之间的事，也不准她细问，只说一切都过去了，他不想再去伤害善良的米果。

叶梅气得走掉了。不过，气归气，理智还是有的。叶梅不可能把李成勋在公司做婚托的秘密说出去，让米果失望，让米家父母跟着担忧，所以她假装忘了这件事，只是在单独面对米果的时候，多多少少会有些感触。

米果似乎也忘了之前的不愉快，最近她见到每一个同事都是笑嘻嘻的，尤其是见到她，更是笑得跟一朵向日葵似的，吧啦吧啦地说个没完。

米果越是这样，叶梅的心里就越是难受，她了解这个姑娘，她不是没被李成勋伤着，而是习惯了受伤后用笑容掩饰伤口，习惯了让周围的人感到快乐。

米果和周围的老年人打招呼,当她看到角落里坐着的熟面孔时,她愣了愣,随即,激动得一蹦三尺高,冲上去就是一嗓子:"师傅!"

郭台庄也愣住了。他一脸震惊地指着米果,手指抖了几抖:"米果!"

"哎呀,师傅,您怎么来了呀?"

当着众人的面,郭台庄被米果问得挺不好意思的,他低着头起身,米果赶紧过去扶住他,两人走到一边。

郭台庄黧黑的脸庞上浮现出一抹可疑的红云,他压低声音解释:"是邻居拉我一起来的,我不想来,他非要扯上我,说让我陪他。"

米果捂着嘴,嘻嘻笑:"哦,我知道了,师傅也想找老伴了吧?"

"瞎说!你这孩子。"郭台庄扬手要拍巴掌,米果唧唧笑着,鼻翼皱皱的,肩膀也跟着一耸一耸的。

"没皮没脸!"郭台庄哪里舍得打她,笑骂了一句,收起笑容,语气淡淡地说,"我真没找老伴儿的意思,咱们,哦,不,我的工作,谁愿意跟我啊。"

米果听后怔了怔,她刚才看到旁边的老人想跟师傅攀谈,可师傅一副高冷的姿态,连人家主动握手都没有做出任何回应,可见师傅的心理阴影有多大。她理解师傅的苦衷。只是师傅辛苦了一辈子,却因为职业的偏见,至今没能找到另一半,这也太不公平了。

米果思索了一下,扬起脸,看着郭台庄说:"要不我帮您吧,现在我在这家婚介公司工作呢,我帮您留意着,有合适的,我帮您约出来见面。"

"不不,米果,不用了,我这个人孤独惯了,找个伴儿可能还不习惯。"郭台庄连连摆手。

米果上前抓住师傅的手:"行了,您不用再推辞了,什么孤独惯了啊,您凭什么要这么过啊?您招谁惹谁了啊?不行,您的事,我还管定了!"

郭台庄习惯性地抽回手,无奈地说:"你啊,真拿你没办法。"

相亲会圆满落幕,经过几番极有力度的宣传造势,"喜福来"成为A市婚介行业的新锐标杆。相亲会后,公司业务量大增,为了企业未来的发展,公司又招聘了一批员工,新公司的办公地点,也在选定当中。

这天,米果忙完,忽然发现少了点什么。

再一想,她趴在隔断上边,低声叫:"小颖,小颖……"

小颖回头看她:"怎么了,米果?"

"今天许阿姨没来吗?我没见到她。"这几天太忙,许阿姨总是偷偷塞了吃的就走,她连道谢的机会都没有。

小颖这周负责考勤,她低头想了想:"许阿姨今天请假了,说身体不舒服。"

"病了?她什么病啊?"米果担心起来。

小颖摇摇头:"不知道,不过电话中听声音特别没劲儿。"

米果哦了一声,坐回座位,过了一会儿,又走到小颖身边,低声说了一句什么,然后拿笔记下一个地址。

下班后,米果按照便签纸上的地址,找到锦湖区的一片老旧建筑,问了三个人,才走到一幢灰色的三层楼房跟前,她手里拎着水果和营养品,只好踮起脚尖,去看印在单元门洞上方的数字。可这幢楼年代太久了,根本看不出上面的数字,她正在发愁,却听到身后传来一道熟悉的声音:"米果。"

她蓦地回头,正和手里拎着两桶水、头上冒汗的许阿姨目光对上:"许阿姨。"

"米果,真的是你啊!"朝她这边走的时候,许阿姨膝盖使不上劲儿,趔趄了一下。

"许阿姨,给我,给我,我帮您拿。"她把相对轻一点的礼品塞给许阿姨,然后抢过她的两只水桶拎在手上,"就这个单元?"

许阿姨嗯了一声,赶紧跟上来:"这里黑,不好走,米果你慢点啊。"

"好,您也慢点。许阿姨您哪儿不舒服了,要不要去医院?"米果问。

许阿姨叹了口气:"膝盖,老伤了,休息休息就好了。"

"您怎么自己打水啊,家里停水了吗?"米果把水桶拎进黑乎乎的厨房。

"水管昨天晚上爆了,淋了我一身水也没修好,还弄感冒了,真是老了,不中用。"许阿姨低低地咳嗽了两声。

许阿姨打开灯,室内一片光明。

"水管修好了吗?"米果问。

"没呢,我刚打电话请我们这边的活雷锋过来给我修。"

"活雷锋?"

许阿姨笑了笑,解释道:"就是我们这边消防队的军人,每次到这边出警或是检查防火设施,都会上我们家屋顶上看看漏不漏雨。"

米果仰起头,看到许阿姨家里的墙上有些年头的斑驳水渍,不由得一阵心疼:"许阿姨,您什么时候开始自己住的啊。"

"有十几年了,旭旭,哦,旭旭是我儿子,旭旭他爸走了以后,我们母子就相依为命了。"许阿姨倒了一杯热水递给米果,"阿姨没什么好招待的,委屈你了。"

米果摆手:"阿姨,您看,家里虽然没什么家具,可您收拾得很干净,也很有家的气氛,我觉得挺好。"

许阿姨笑了笑:"你和旭旭讲话一样,虽然是安慰我的,可是我听了,每次都挺开心的。"

米果指着茶几上相框里相偎而笑的母子俩:"旭旭长得真帅!"

提起儿子,许阿姨的脸上满是骄傲:"旭旭是个懂事的孩子,要不是他,我也撑不到现在。"说着说着,许阿姨又叹了口气:"是我,都是我拖累了孩子。他今年大四了,为了我偷偷放弃了保研的名额,打算毕业后就工作,要不是他的老师把电话打到家里,我还不知道呢。"许阿姨内疚不已。

"您别这么说,旭旭知道您现在为了他还在努力,他一定会好好学的。那许阿姨,旭旭还上研究生吗?"米果问。

"上!我就是逼也要逼他继续深造。那么好的机会,别人求都求不来,他怎么能说不上就不上呢。哦,对了,一会儿来给我修水管的'活雷锋'就是旭旭最崇拜的人,我想拜托他劝劝旭旭,旭旭除了他的话,谁的都听不进去!"许阿姨话音刚落,门就被敲响了。

许阿姨回了一声"来了",准备起身的时候,米果却跑了过去:"我来开!"

"谁呀?"米果转了下门锁,打开房门。

楼道里没有灯,只能隐隐约约看到一个人影,她朝上仰脖,在心里喷了一声,好高!

米果刚想再问,却听到一个似曾相识的声音,回答道:"我。岳渟川。"

米果愣了愣,赶紧让开身子,冲着外面的人,小幅度地挥挥手:"嗨!岳渟川,我们又见面了。"

岳渟川也是一愣,他拿着工具箱,侧身走进屋,迎着灯光,终于看清了这个身形娇小的姑娘。他盯着米果足足五秒,线条优美的唇角微微一动:"米果。"

说完,他就朝里走:"许阿姨,我来了。"

许阿姨和岳渟川很熟络,他们低声交谈了几句,岳渟川便一头钻进厨房忙开了,许阿姨一边给岳渟川和米果倒水,一边向岳渟川汇报着儿子董旭的近况。

她说起了旭旭放弃保研名额的事,不等求岳渟川帮忙,厨房里已经传来岳渟川不赞同的声音:"不能放弃!"

许阿姨说:"我也是这么跟他说的,可他不听话。"

"交给我,我来处理。"岳渟川给出承诺。

许阿姨面露喜色,还想说些什么,却听到岳渟川说:"叫米果进来一下,帮我个忙。"

许阿姨和米果都是一愣。

"我来吧,米果是客人,怎么能让她干活。"许阿姨想进厨房,却被米果抢先一步:"我来就好了,您歇着。"

许阿姨觉得奇怪,她隔着门问岳渟川:"小岳,你怎么认识米果的?"

米果刚刚按照岳渟川的手势,拿起地上的扳子,听到许阿姨的询问,她不由得脸一红。

岳渟川好像没听见。他背对着米果,不顾地上的水渍,单膝跪地,专心地用扳手拧开坏掉的水龙头。

米果拍了拍胸口,暗自庆幸,却蓦地对上一双黝黑深邃的眼睛,她吓了一跳,自动屏息等待,她看到那双眼睛里升起一道光,又一闪而过,接着,她听到岳渟川低沉缓慢地说:"我吃过她送的苹果,还吃过她送的一袋子药。"

米果一下子就蒙了。苹果!药!

可是他们现在的距离是不是太近了?她感觉呼出的热气都能喷到他的脸上,而他身上那种说不出来的好闻的味道,也钻进了她的鼻子里。还有他的睫毛,她还从没见过男人长这么长的睫毛呢。

"拿手电。"他忽然指了指地上的简易电筒说道。

米果屏住呼吸,从地上拿起电筒,呆呆地看着他。

岳渟川也看着她,看了几秒钟,轻轻蹙眉:"打开,照着我的手。"

米果的脸瞬间就低到尘埃里去了。

丢死人了。

岳渟川换水管的动作熟练到令人吃惊的地步,他的手指很长,在聚光下,发出玉一样的光泽,他所有的指尖运动都像是在弹奏钢琴,不过比最好的钢琴家还要具有现实的美感。

米果从来都不知道一个人能够单凭着语言之外的能力,轻易地吸引住旁人的注意力,今天,她算是见识到了,岳渟川,就是这样的神人,即使他沉默,也可以让身边的人感受到他的存在。

最后一个指尖的跃动,岳渟川声音低低地提醒米果:"好了。"

米果兀自还在陶醉,岳渟川猛地起身,两人的头竟重重地撞在了一起!

米果发出一声闷哼,身子一仰,手电筒紧跟着飞了出去。岳渟川本能地伸出长臂够到她的腰,拦住她下坠的力道,然后右手一伸,接到手电筒,牢牢地抓在手里。

米果还没反应过来怎么回事呢,她的头就被按进一个宽阔温暖的胸膛。

她有些搞不清楚状况,过了一会儿,才呀地叫了一声,猛抬起头,和他对望。岳渟川的睫毛动了动,松开箍在她腰间的手臂。

"对不起,撞到你了吗?"米果懊恼极了,好像她每次出现在岳淳川面前,都要出些状况。

岳淳川看着她,眸色深邃,看不清喜怒:"没有。"

她刚想说"你还是看看吧",额头上却忽然一凉,她一惊,立着没动。

岳淳川的手指停在她额头红肿的部位,向下轻轻一按。"哑!"米果五官紧缩,倒吸气抗议。

她本能地后退一点,他却拧着眉头朝她压过来,看到岳淳川近在咫尺的俊脸,她强迫自己放松,放松……

忽然,他的手再次使力,她不防备,叫出声来。她忍不住瞪他,可一撞见他的视线,又自动蔫了。

岳淳川原本只是查看她的伤处,可没想到一个人的表情竟然可以精彩到这种程度,他真是服了!

米果僵在原地。

从厨房出来,许阿姨指着米果通红的脸,惊讶地问:"你这孩子,怎么热成这样!"

米果哈哈两声,摸了摸脸,解释说:"里面有点热,有点热。"

许阿姨不疑有他,拉着她问:"米果,我刚在外面没听清楚,小岳说的苹果和药是怎么回事啊?"

米果偷偷瞄了一眼背后整理工具的岳淳川,结结巴巴地回答:"没……没什么了,就是我请岳队长吃过一个苹果和一袋药。"

许阿姨笑喷了。

米果回过味儿来,脸更加红了,只好跟着许阿姨傻笑:"哈哈……哈哈哈……"

岳淳川正蹲着收拾工具,听到米果的说辞,他的手顿了一下,接着,习惯抿成一条直线的嘴唇微微向上勾了勾。

"许阿姨,我回去了。"岳淳川是抽空过来帮忙的。

许阿姨拉着他:"再坐会儿,坐会儿,我给你们做好吃的。"

岳淳川摆手:"我那边离不开人。哦,对了,旭旭的事,您别担心,我回去就给他打电话。"

许阿姨感激得不行:"小岳,你让阿姨怎么感谢你啊,整天帮我的忙,还管旭旭。"

"您又来了。"岳淳川的笑容淡淡的却很迷人,笑声极短,但是落在米果的耳朵里却很动听。

"许阿姨,您也该考虑考虑您的个人问题了,上次旭旭和我通电话还提起这件事,他在外地,实在不放心您独自在这边生活。"岳淳川说。

许阿姨愣了一下,她看了看岳淳川,有些不好意思地说:"这孩子,净瞎操心!那么苦的日子我都熬过来了,现在我还在乎这些有的没的。"

岳淳川笑了笑,没再劝她。

岳淳川要走,米果也向许阿姨告辞,她怕许阿姨留她吃饭,赶紧叫住正向外走的人:"等等我,岳淳川!"

"我跟你一起走。"米果匆忙抓起背包,小跑着跟上他。

许阿姨紧跟在后面,要送他们。推辞一番,只让许阿姨送到二层,米果和岳淳川才得以脱身。

从小区出来,天已经全黑了。

小区老旧,路灯时有时无,路面也不平整,所以时不时就会传来米果低而短促的叫声。

岳淳川忽然停下来。后面的米果不防备,直冲冲地撞上来。

一阵难忍的酸胀感觉冲鼻而出,米果顿时眼泪汪汪,瞪着朝下望着她的岳淳川,耳边忽然传来一道有点沙哑的男声:"抓住我的衣服。"

"不然,你抓住工具箱也可以,不过那上面不太干净。"岳淳川低下头,看了看淡黄色的灯光下,那个因为紧张而显得双眸格外黑亮的姑娘。

米果果断选择了抓住岳淳川的衣服。

他穿着普通的军装,武警的深绿色系,在夜色中呈现出一种庄严的黑色,就像是他的眼睛,浓长睫毛覆盖下的那双眼睛,深邃而又汹涌。她的手紧紧抓着岳淳川军装的后摆,脚步却依旧是踉踉跄跄的。

"你能不能走慢点?"米果提出抗议。

岳淳川放慢步速和间距,等着身后的米果跟上来。他的领口因为衣服的拉拽有点勒脖,脚步也因为失去平衡显得有点缓慢和吃力,但是这点阻碍他的力道,却让他生出一种新鲜的感觉。好像这条平常的小路,也变得有意思了。

米果看着岳淳川的背影,不知不觉想起了陪她一起走路的李成勋。自从上次分手后,他们再也没有联系,她有翻看过李成勋的朋友圈,但是他好久没更新内容了。

她有些后悔,并不是后悔她拒绝了各方面条件都很优越的李成勋,而是后悔那天晚上,她应该态度更加宽容地向他告别。这是她平生第一次真心喜欢一个男人,虽然他们不算真正意义上的开始和结束,但她仍然希望他能生活快乐。

终于,他们维持着一前一后、一拖一拽的姿势走出小区,来到平整的街面,路灯如虹,明亮耀眼。

岳淳川停下脚步,主动开口:"你可以松手了。"

当岳淳川停下来的时候,米果还在朝前走,若不是岳淳川反应敏捷用手臂挡了一下,只怕她现在又和岳淳川来一次亲密接触了。

笨死了。米果低着头,恨不能找一条地缝钻进去。

岳淳川看着她,唇角轻轻上扬:"谢谢你的药。"

米果惘然抬头。

"你忘了就算了。"她那张惟妙惟肖的泰迪熊画像还在他上衣口袋里好好地装着呢。

米果眨眨眼,有些不好意思:"那你病好了吗?还咳嗽吗?"

岳淳川的视线扫过她因不安而绞动的圆乎乎的手指:"好了,谢谢。"

米果冲他笑了笑,是那种心无城府的开心的笑容。她指了指他的眼睛,说:"你一定常常熬夜吧,下次我可以给你送眼药水。"

还送?岳淳川刚想拒绝,却听到米果问他:"你和许阿姨很熟吗?"

"嗯,许阿姨家以前房子漏雨,我们帮她修过几次,慢慢就熟悉了。"岳淳川说。

岳淳川也有疑问,他问米果是怎么认识许阿姨的。米果说她们在同一个公司工作,许阿姨人好,经常关心她,今天知道她病了,就过来看看。

岳淳川不禁多看了米果两眼。

"这些年许阿姨过得很辛苦,以后在单位你要是能帮就帮帮她,算我拜托你了。"岳淳川眼神真挚地说。

米果难得看到他情绪外露时的模样,上次在殡仪馆,他那么难过,却依旧表现得很坚强。

她重重点头:"好,我答应你。"

米果为许阿姨感到高兴,因为许阿姨和她一样幸运,她们遇到的都是岳淳川。

忽然想起什么,她问:"刚才你劝许阿姨再婚,你真是那么想的吗?"

好像老年人再婚挺困难的,一方面是社会舆论的压力,另一方面则是双方子女们的反对。

"是的,许阿姨的情况特别适合再婚。她这边没有问题,儿子也很支持,只是她自己还接受不了。"岳淳川回答道。

"哦。"米果若有所思地点点头。

"走吧,我帮你叫辆车。"岳淳川指了指前方车水马龙的街口。

"不用,不用,我坐公交车回家很方便的,这边我挺熟的。"米果连连摆手。

岳淳川看看她,低声说:"我送你去公交车站。"也不征得她的同意,便径自朝前走去。

米果愣了一下,快走几步跟上去。

没一会儿,岳淳川就明白米果说的"这边她很熟"的真正含义了。糖葫芦、烤串、奶茶、寿司等一系列街头小吃,基本上被她包圆了。因为买得太多,岳淳川还帮她拿了一盒冷冻后的双皮奶。

米果不好意思当着岳淳川的面大吃特吃,所以她总是故意落在岳淳川的后面,时不时地舔舔糖葫芦上包裹的糖衣。

她以为自己的小动作做得干脆利落,可殊不知,街边的镜面玻璃早就把她的一举一动照得纤毫毕现。甚至,连她尝到甜头,幸福眯眼的细微表情变化也落入岳淳川深邃的眼里。

岳淳川不动声色地迈着步子,不时和街边商铺的店员和老板点头招呼,平常闭着眼都能走到底的锦湖路,今天却因为手里不搭调的零食和身后亦步亦趋的年轻姑娘,产生爆炸性效应。

"岳队长,你休假啦!"

"小岳,你爱吃冷饮啊,我这边正宗,你下次来,免费!"

"岳队长,进来尝尝重庆火锅,包你吃巴适!"

最后这一声,终于敢直击重点。

"岳队长,你领女朋友耍呢!"

米果紧急刹车,然后自动向左移动两步,绕开他走了。

岳淳川唇角轻扬,最后弯起的弧度越来越大,他轻轻咳嗽一声,对那火锅店小伙计说:"她是我朋友。"

精明的小伙计冲他挤挤眼:"朋友耍着耍着就成老婆喽!岳队长到时候记得请客!"

岳淳川摇摇头,加快脚步,追上那个又在偷偷舔糖葫芦的背影。

公交站到了,米果接过岳淳川手里的小吃袋子,红着脸向他告别:"谢谢你啊,岳淳川,我走了。"

岳淳川低头看她,目光泛起一种连他都察觉不到的柔光:"再见,米果。"

"再见。"米果朝他摆手,转身走向公交车站。

等了不到一分钟,公交车进站了,米果举高手里的零食,拼命护着它们,被拥挤的人潮推上车。幸运的是她找到一个座位,谁知刚坐下来,她看到一个抱小孩的乘客,又连忙站起来,把位子让了出来。小孩子眼馋她手里的零食,她笑着把一串没被舔过的糖葫芦递给孩子的妈妈。

这一切的一切,都落在还没离开的岳淳川的眼里。车子开走了,他的心里莫名涌上一种难以言喻的感觉。

他没记错的话,那串送给小孩的糖葫芦是米果买来送给他的。他不喜甜食,拒绝了她的好意。可就算喜欢,他也万万不会像她那样边走边吃的。

他不喜欢女孩子走路吃东西,因为中学班主任曾说,那是最没素质的行为。可这个酷爱零食的米果却并不惹人厌烦,相反,在街边的镜面看到她的小动作时,他会觉得很可爱。

可爱!脑海中浮现出这两个字,岳淳川忽然清醒过来。他猛地甩了甩头。

岳淳川正准备回中队,手机响了。他看了看来电显示,轻轻蹙了一下眉,接起:"妈。"

他以为是杜宝璋,可是说话的人却是孔易真。自从上次的事情之后,这还是她第一次主动打来电话。

孔易真这时正在岳家,她瞄了一眼在厨房里准备饭菜的杜宝璋,语气很轻地说:"你别误会,是杜阿姨叫我来的。她让我问问你,能不能回家吃饭。"

米果第二天上班先联系了曹娜,问清楚师傅的排班后,下班去了师傅的家。

郭台庄住在民政局家属楼,虽然楼房是多年前的老楼了,可是地理位置和楼层特别好。

米果昨夜经岳淳川一提醒,脑子里突然间灵光一闪,想撮合一对特别合适的老人。

没错。这一对老人,就是她的授业恩师郭台庄,还有她在公司的老朋友许阿姨。

师傅性格耿直,因为社会上对殡葬职业的歧视,至今未婚,所以师傅这边不存在子女和经济问题。而许阿姨中年丧偶,人善良,最重要的是,她需要一个老来伴儿,彼此间相互照顾,共度晚年。

米果见到郭台庄,使出浑身解数苦劝了半天,终于说动师傅,他老人家同意见面。

米果又找到许阿姨说了师傅的事,为了撮合他们,她把自己之前在殡仪馆工作过的经历也告诉了许阿姨。许阿姨震惊之余,对米果和米果口中描述的郭师傅生出几许敬佩,她觉得能教出米果这么好的徒弟,那他一定是个受人尊敬的好人。许阿姨也同意见面。

米果高兴极了,她在郭台庄家附近的一家餐馆安排他们见面。

见面后,两位老人聊的大多是发生在米果身上的趣事,聊着聊着,两位老人因为共同话题,有了更多的交流。郭台庄为许阿姨夹菜,夹到一半,却习惯性停住,撤回筷子,许阿姨觉得奇怪,问他怎么了。郭台庄说,做他们这一行的总被人歧视,没有人愿意和他们同桌吃饭,更没人愿意和他们说话。许阿姨听后一阵心酸,她主动为郭台庄夹菜,还对郭台庄说:"我是一个环卫工,以前也总是遭人嫌弃和白眼,你的感受我能理解。不过,老郭,我们还是要向前看的,这世上还是好人多,你看,米果不就是一个?"

郭台庄点点头,感慨地说:"不瞒你说,米果这孩子,是我干这行以来遇到过的资质和领悟力最好的徒弟,她要是不离开殡仪馆,回头肯定能成为最好的整容师。"

许阿姨说:"她做什么都很努力、专心,只是我觉得,婚介公司的环境不适合她。"

"哦?"郭台庄以为米果换了工作后很开心呢。

"我来公司也有一段时间了,前阵子,我听别人议论米果因为工作失误被领导批评了,我就插了一嘴,问是什么事,他们说是米果私自改了会员的级别,为条件合适的男女介绍相亲,借此多拿奖金。我就奇怪啊,米果这孩子啥时候也不贪财啊,我就私底下问了米果,米果告诉我,她不是为了钱,她是想让会员们都能尽快找到合适的对象。提起被批评的事,她特别沮丧,她说,她可能不适合公司的工作环境,我再问她,她就不肯说了。"许阿姨解释。

郭台庄摸着下巴,沉默了一阵:"我是相信米果的,这孩子从来不做违心的事,肯定是你们公司的问题。"

"我也觉得是。我们公司吧,人越来越多,可是气氛却越来越差,经常有人为了一点点小事吵架。"许阿姨同意郭台庄的说法。

两人光顾着说话,菜都凉了,郭台庄让服务员热菜,许阿姨准备去卫生间,可能坐得久了,腿脚不灵便,起身的时候差点摔倒,郭台庄赶紧扶了一把:"小心点,你膝盖不好。"

许阿姨身子一僵:"你都知道了。"

郭台庄说:"米果在见面之前,把你的事都跟我说了。"

"那你还……"许阿姨觉得挺对不住郭台庄的,刚才谈了那么久,她都没提到她的病。

"那有什么!我的腰也不好,还有,我还在殡仪……"话还没说完就被许阿姨打断:"那我还是环卫工呢,以后你千万别再提职业的事了,我不嫌弃你,你也别嫌弃我!"

郭台庄愣了愣,随即,黧黑的脸上露出喜色:"那你……你的意思是,我们以后还能见面?"

许阿姨怔了一下,脸红了,低下头,嗯了一声,说:"你是个好人,我们可以处处看看。"

过了一个多月,天气从春末转入初夏时,郭台庄和许阿姨向米果报告了喜讯。他们准备领证结婚了。米果那个激动啊,那欢呼声差点没把家里的房顶掀了。

米妈妈急忙跑过来查看究竟,米果抱着米妈妈,又是跳又是笑:"哈哈哈!太好了,师傅和许阿姨要结婚了!"

米妈妈不知道她在说些什么,什么师傅、阿姨的,听都没听过。

当她弄清楚事情原委后,却又气不打一处来,她指着米果的鼻子,吼道:"你就嘚瑟吧你!介绍成了怎么样,你呢?你啥时候把你自己也介绍出去?"

米果哼了一声,噘着嘴,抱住从厨房端菜出来的米爸爸:"你看妈妈,又打击我积极性。"

米爸爸笑吟吟地在米果的额头上啵了一下,宠得不得了:"爸爸喜欢你,爸爸赞你啊!我闺女最棒了,大发!"

米果笑喷了,抱着米爸爸重重地亲了一口:"老爸真棒,连韩语都会说了,我和拉拉都爱您!"

米妈妈气得不行,也嫉妒得不行,好像她再怎么对两个闺女好,她们还是和米爸爸亲近。

她一边扫着胳膊上的鸡皮疙瘩,一边恶狠狠地瞪着米爸爸:"那本闹姆(韩语,大坏蛋)!"

"……"米爸爸和米果惊呆了。

一个阳光灿烂的夏日,在 A 市一家中档饭店里,郭台庄和许阿姨举行了一场简单却感人的婚礼。

叶梅受邀前来观礼,没想到在婚礼现场,她竟然见到了岳渟川。

岳渟川像是刚从某处火场里出来,整个人看上去风尘仆仆。幸好,他换了军常服,那股子压也压不住的英武之气遮去了他眉眼间的倦意。

叶梅刚想上前打个招呼,却看到一抹嫩黄色的身影蹦蹦跳跳地走向岳渟川。

米果?叶梅顿步,看着他们。

岳渟川微微低头,神情专注地看着面前穿着嫩黄色连衣裙的米果。米果好像很兴奋,她一边手舞足蹈地说话,一边指着台上的新人让岳渟川看。

叶梅纳闷得很,这两人啥时候这么熟了?刚想过去问问,可视线一转,她忽然怔住了。她看到了什么?她用力闭了闭眼睛,睁开,而后再次朝那个唇角翘起、笑得跟一朵白兰花似的岳渟川望了过去。那是岳渟川?在她的记忆里,这个和丈夫侯伟业出生入死的兄弟,几乎每一次见面都冷着一张脸,或许有时候会笑,但都浮在表面上,旁人根本窥探不到他的真实情绪。

叶梅曾和侯伟业私下里打赌,赌岳淳川这辈子不会开怀大笑,可是这赌约还未过几年,她却输了。叶梅虽然输了,可她却不怎么沮丧和难受,反之,她宁愿这样美好笑着的岳淳川能持久一些。

叶梅不愿错过这宝贵的瞬间,她掏出手机,对准远处的那个人,啪啪就是几连拍。挑了一张看起来最唯美的图片用微信发给侯伟业,附言:"这是谁?"

很快,侯伟业回话:"经过鉴定,非人非鬼,乃外星物种,鉴定完毕!"

叶梅扑哧一声笑了,再也按捺不住好奇心走了过去。

四周环境嘈杂,米果加大音量给岳淳川讲了老半天师傅和许阿姨的浪漫经历,到最后她讲得口干舌燥,眼冒金星,才总算是讲到了婚礼这一天。她指着台上的新人,长长地舒了口气,一脸祝福地说:"这下好了,他们可以幸福地在一起了。"

岳淳川弯起嘴角,视线在台上稍做停留,最后不动声色地落在她的脸上:"这都是你的功劳。"

米果瞅了瞅岳淳川,脸颊红扑扑的:"这里面也有你的功劳。岳淳川,要不是那天在许阿姨家里遇上你,我也想不到为许阿姨介绍对象啊。"

音响很吵,附近还有个孩子在哇哇大哭,可不知为什么,岳淳川却觉得内心里很安静。似乎这一路上的跋涉和颠簸,都在她暖暖的笑容里,得到了抚慰。他没有告诉米果,今天他能够出现在婚礼现场,是多么曲折和漫长。

今天凌晨,他还在郊县的山洪现场抢救被困群众,天快亮的时候,中队接到命令撤回,他借了当地消防车,在泥泞不堪的山区道路上开了两个多小时,才赶上许阿姨的婚礼。他单纯地只为了婚礼而来吗?在路上,他无数次地问自己到底是怎么了。可是答案,却在见到米果的那一瞬自动冒了出来。他想见到她。

记得半个月前,许阿姨到中队来给他送结婚请柬,他把许阿姨请到了他的办公室。

他问起许阿姨和郭台庄的事。许阿姨可能是不好意思,大致讲了讲,就提起撮合他们的米果。

"我就没见过心眼这么好的孩子,对人真诚,别人给她一分,她想方设法也会还十分。她工作起来特别认真,虽然业绩不好,可她从来没唉声叹气,也不怨这个怨那个。小岳,你不是外人,我也就不瞒你了。其实……其实米果是老郭的徒弟,她曾经在殡仪馆工作过。"

岳淳川一点都不惊讶,因为这个秘密他早就知道了。可怕吓着许阿姨,他装出愕然的表情,哦了一声。

"老郭说他和你认识。"

岳淳川点头:"认识,郭师傅是个认真又善良的人。"

许阿姨笑笑,脸上洋溢着一丝骄傲:"他不仅人好,论业务能力也是同行中的佼佼者,他家里贴满了奖状,还有那些金灿灿的奖杯,我数都数不过来。很多学生想找老郭拜师学艺,可老郭呢,他就只看上米果了。唉,说来这姑娘也奇怪,她天生就是吃这碗饭的人,别人看见尸首早就怕得不行,可她却把那些不会说话的干巴巴的尸体当成她的事业。老郭说,他最先看中的不是米果的整容技术,而是米果对待逝去之人的态度。他说,社会需要这样优秀的遗体整容师。只是,可惜……"

岳淳川懂许阿姨的意思,不过米果想必不是自愿离开殡仪馆的,不然的话,她又何必回去帮郭师傅的忙？他把殡仪馆里神秘的遗体整容师和平常活泼阳光的米果重合,结果却是一点也不违和。她做什么都那么自然,哪怕是婚介公司的小职员,也是煞有介事,负责又较真。

许阿姨看他不说话,以为吓到他了,赶紧安慰说:"小岳,我说这些你别介意,我就是感激那孩子。"

岳淳川摇头:"您言重了,我觉得米果……她确实挺好的。"

许阿姨看着他,似乎在思考些什么。后来,她问:"小岳,我记得你说过你没有女朋友吧？"

岳淳川笑了笑:"没有。"

许阿姨眼睛一亮,看着他问:"那你……你能不能考虑一下米果？"

他愣了愣。

"阿姨没有逼你的意思,就是提个建议,米果是个好姑娘,你也是个好小伙儿,阿姨就想着……想着……"

他握拳在嘴唇下方顶了顶,又咳嗽了几声,说:"我暂时没想过个人问题。"

许阿姨以为他对米果不满意,所以有些尴尬地起身:"那就当阿姨没说,没说啊。你好好上班吧,阿姨走了。"

岳淳川起身送她。

两人来到楼下,许阿姨忽然想起什么,从兜里掏出一个小塑料袋:"哦,我差点忘了,这是米果托我带给你的,说是你的药。"

岳淳川接过还带有许阿姨体温的袋子,低头看了看:"您替我谢谢她。"

许阿姨摆摆手,走了。

他打开那个袋子,里面挤着两瓶药,一瓶是川贝枇杷止咳糖浆,一瓶是润舒滴眼液。

他盯着那两瓶药,看了许久,看得眼睛都有些发酸发胀,他才把药收进衣兜,走了回去。

从那天起,他就觉得自己变得有些不一样了。具体的变化他不敢去深想,因为怕一不小心,就会伤人伤己。

可是一颗种子被埋入土壤,迟早会有破土发芽的一天。早一刻,晚一刻,总归有见到天日的那一刻。当他迫不及待地开车朝 A 市疾驰的时候,他就清醒地意识到,他,岳淳川,再也不是那个无情无欲的岳淳川了。所以,他来了,不远千里,跋山涉水地来了。

· Chapter 13 ·

摧毁性转折

"这谁啊？这不是我们英明神武的岳大队长吗！"

岳淳川转过头，看着叶梅，这短短的一瞬，他已经敛起轻易不露于人的微末情绪，恢复了惯常清冷淡漠的表情。

不过，因为对方是叶梅，所以他那双无比深邃的眼睛里才透着一丝属于正常人的温暖。

这和他刚才关注米果的视线有着本质上的区别，刚才的他，是一团火，而现在，他只是一池水。

叶梅嘴角含笑，别有深意地看了他一眼："早上你还在郊县山洪现场抢险救援呢，长翅膀飞着回来了？"

岳淳川的眼神有些发凉："侯伟业告诉你的？"

叶梅交叉双手，做出一个停止的手势："别找我家伟业麻烦，是我偷听到的。"

岳淳川没说话，米果却发现了叶梅，高兴地跑了过来："梅姐，你啥时候来的？"

叶梅捏了捏她的苹果脸："刚来。"

米果抱着她的胳膊，指着台上："你看，梅姐，那就是郭师傅和许阿姨，他们多登对啊。"

台上的郭台庄和许阿姨正被司仪调侃，要求他们当众表演节目，郭台庄红着脸准备唱歌，许阿姨躲在郭台庄身后，就是不肯出来。

叶梅看看表，对米果说："不好意思，米果，我要赶回公司开会。这是我的一点心意，你待会儿转给许阿姨。"

米果接过红包："谢谢梅姐。"

"我送送你吧。"米果刚想抬脚,却被叶梅拦住:"不用送,我开车过来的。"

这时,岳淳川却忽然插话说:"捎我一段,我要回中队。"

一旁的米果惊讶地问岳淳川:"你不吃饭了吗?马上就要开席了。"

岳淳川摇头:"回去有事。"

"哦,那好吧。"米果坚持把他们送上车,才挥手离开。

等红灯的时候,叶梅瞥了一眼靠在副驾驶位上合眼休息的岳淳川,敲敲方向盘,喂了一声。

"嗯。"岳淳川并未睁眼。

"你和米果……是怎么回事?我记得之前她挺怕你的。哦,对了,你还不知道她被你救过两次的事吧。"叶梅笑着问。

"知道。"提起米果,他的嘴角不由自主地微微上翘。

"你知道了?"叶梅惊讶地重复,"她告诉你的?什么时候的事?"她摇摇头,迷惑不解地说:"不对,这丫头有事从不瞒我的呀。不过最近她的表现确实反常,譬如说这次许阿姨结婚,居然是她当的红娘,她一直没告诉我,直到前几天许阿姨给我送喜糖,我才知道她又做了好事。岳淳川,你说,这是不是挺反常的,她之前就算是晚上做了个梦,第二天也会跟我说上半天。哎,岳淳川,我问你话呢,你怎么和米果熟悉的呀?"

岳淳川刚想解释他和米果是在吴磊的追悼会上认识的,可是话到了嘴边,忽然想起米果之前提醒他不要告诉叶梅她在殡仪馆工作过的事情,所以,他张了张嘴又闭上。

叶梅看他不想说,撇撇嘴,叹了口气:"孩子大了,有心事了,不需要知心姐姐了。"

"没你想的那么严重。"岳淳川说。

在他看来,米果还是那个给他留下很深印象的女孩儿,还是那个单纯善良、乐观开朗、像个小太阳似的米果。

他不清楚米果为何会离开殡仪馆去"喜福来"工作,但是种种迹象表明,她肯定隐瞒了之前的工作经历才进的新公司。这件事,叶梅很可能不知情,不然的话,刚才米果也不会紧张到不顾及形象地趴在他耳边提醒他,千万不要把她的秘密说出去。

他答应了就会做到,这是他的行事风格。他肯定会帮她保守秘密,不管她有何难言的苦衷,他都会选择无条件地信任她。

叶梅刚才在婚礼现场察觉到岳淳川对米果似乎存了不一样的心思,就想着试探试探岳淳川。

她打了把方向,把车转入主道:"岳淳川,你和中队的孔参谋是不是在谈恋爱?"

岳淳川把视线从窗口转回，他看着叶梅的侧脸，回答她："不是。"

叶梅笑了笑："我怎么觉得孔参谋喜欢你。"女人的第六感是世界上公认的最神奇的能力。她虽然和孔易真交往不多，但是从侯伟业的嘴里，从她和孔易真短暂的交谈里，她已经了解到孔易真对岳淳川可不是简单的一般的喜欢。

"那是她的事，与我无关。"岳淳川重新靠向车座，明显不愿意多谈。

叶梅看看他，专心开车，也没提米果的事。车行顺畅，没一会儿便到了特勤中队。

叶梅靠边停车："到了。"

岳淳川揉着眉心坐起，他拉开车门，回头看着叶梅："谢谢。"

叶梅冲他摆摆手。

岳淳川半条腿跨出车厢，却忽然停下来，他似是犹豫了一下，之后，又看着叶梅，问："一个男人拒绝一个女人最好的办法，是不是就是尽快找到另外一个？"

叶梅怔住。

岳淳川看着她，表情凝重，叶梅张开嘴，想说些什么，可是话到嘴边，脑子里却还是一片空白。

"你……你想拒绝孔参谋，所以说，所以说你打算另找……找一个女朋友？"叶梅的好口才，在岳淳川面前遭遇到滑铁卢。因为她此刻的脑子里浮现的全都是米果那张灿烂可爱的笑脸。

岳淳川看了看受到刺激的叶梅，他摆摆手，推门下车："算了。"

"岳淳川！"叶梅总算清醒了些。

他停步，回头看她。

叶梅拉下手刹，腾身，前倾，手指趴在他那一侧的车窗上，探出头去："我不知道你想干什么，但是牵扯到米果，我请你放过她！"叶梅咬唇，力道极重地说："她不是你可以利用的棋子，更不是你填补空虚的工具，她经不起伤害，所以，岳淳川，如果你不爱她，就请不要去打扰她！"

岳淳川浓眉紧蹙，他似乎听懂了叶梅的话，又似乎没懂。

两人就那么看了半天，岳淳川转身："知道了。"

在一切还未发生之前，她要保护好米果，不能让她再受到伤害。提起受伤，叶梅不得不联想起李成勋。

李成勋虽然没有亲口承认，但他可能是真的喜欢米果，这段时间，他把所有的空闲时间都利用上了，疯狂地和公司介绍的女会员见面。他对叶梅说，他想赚取更多的抽成，尽快把房子买下来。她在钱的方面可以帮他，可是李成勋的回答，永远是 No。

他说，如果达不到这些基本条件，他就没资格拥有爱情。但是，被债务逼到极限的李成勋可曾想过，米果的世界单纯到只有黑与白，他即使在黑暗的道路上赚到了他想要的一切，但是只属于阳光，只属于纯白色的米果，又怎会接受满身污浊的他呢？他们只能越走越远。

叶梅叹了口气，她想，是不是应该约李成勋出来见个面。

李成勋没时间和叶梅见面，他除了上班、加班，其余时间都在赶场似的和不同的女会员见面。春天城楼盘的房子，叶梅已经帮他说好了，在原来的优惠基础上，又给他降了两个点，这是千载难逢的机会，他一定要抓住。

"李经理，凌河化工厂冯厂长找你。"李成勋的办公室里却多了一位不速之客，凌河化工厂的厂长，冯利。

见面寒暄之后，李成勋按捺着对冯利的厌烦，把他让到会客区："冯厂长，请坐。"

"坐，坐！"冯利精明的小眼四下里看了一圈，赞叹道，"还是李经理的办公室有品位，啧啧，你看这盆景，造型独特，肯定费了李经理一番心思，还有这家具也大气，颜色也好，比他们那些死气沉沉的办公室强多了！"

李成勋微微一笑："冯厂长谬赞了。"

冯利咧开大嘴，嘿嘿一笑，忽然拱手向李成勋道贺："李经理，祝贺高升啊！"

李成勋讶然一愣："高升？"

冯利故弄玄虚地笑笑，四下里看了看，然后凑过去，压低声音说："李经理不知道吧，集团开会研究过了，要提拔你当安监部的经理了。"

李成勋暗自一惊："安监部经理？"

许阿姨婚后辞了"喜福来"的工作，专心照顾老伴儿郭台庄的生活起居，在儿子的鼓励下，他们还赶了一回时髦，跟着旅游团去泰国游览了一圈。

回到 A 市，郭台庄来不及休息就被单位叫走了。到了殡仪馆郭台庄才知道，停尸房一次性接收了二十几名死者。这些死者是新闻报道中煤矿事故死亡的二十几名矿工，他们从几十米的矿坑里被挖出来后，遗体大多已不成样子。郭台庄没敢耽搁，换上工作服就开始工作，可是加班一昼夜，却只完成了几具遗体的修复工作，遗体整容室还有几名整容师，可是他们为遗体清洁化妆还行，轮到修复的技术，就不敢恭维了。

无奈之下，郭台庄给米果打了电话，米果听后，二话不说，请假赶到了殡仪馆。

有了她的帮忙，郭台庄工作进度飞快，他们师徒连续加班一昼夜后，终于看到了希望的曙光。

"米果，休息一会儿。"郭台庄到底是上了岁数的人，一夜未眠，看起来苍老了许多。

他很少抽烟,但是现在手上却拿着一根香烟,准备点火。

米果噌一下跳过去抢走他的打火机,把烟顺便也抢了下来:"不许抽!"

郭台庄虎着脸:"你这孩子!"

"您现在不是一个人了。为了许阿姨,您也得照顾好您的身体。"米果一本正经地说。

郭台庄想到再不是冷冰冰的家,心里涌上一阵温暖,他疲惫地笑了笑:"成!我听你的,不抽了。"

米果伸了个懒腰,四脚朝天倒向长条沙发:"好累啊。"

郭台庄看了一眼米果,起身去柜子里拿出一个薄毯搭在米果身上:"你睡吧,剩下的我来。"

"那怎么行啊,您也累了,还是……我……""来"字还没说出来,米果的头一歪,竟睡过去了。

郭台庄替米果把散乱的头发拨到后面,然后愧疚地叹了口气:"师傅又欠了你一回。"

米果做梦了。她梦到自己工作中出现重大差错,被公司的人集体围攻,她被堵在卫生间,抱着脑袋缩成一团,遭受那些凶巴巴的同事们的谩骂指责,他们一会儿骂她不要脸,一会儿骂她贪财,一会儿又骂她篡改会员资料。

画面一转,梦里又出现李成勋的脸,他们立在人潮熙攘的锦湖路上说话,说着说着,不知为了什么争吵起来,李成勋寒着脸说,我不喜欢你,米果,不要缠着我了。她难过得大哭,拉着他的衣摆,问他为什么不肯要她了,哭着哭着,前面的人,却又变成了岳淳川那张冷峻严肃的俊脸。他瞪着她,朝她吼道:"还我衣服!"

"啊——"米果尖叫一声,坐了起来。

正晕乎着,脸上忽然传来一阵疼痛,她瞪大眼睛,却看到曹娜横眉怒目地瞪着她。

"娜娜!"她的意识还没完全恢复过来。

曹娜掐着米果圆圆的脸蛋,来了个小回转,米果的脸蛋瞬间扭曲变形,凄惨地大叫。

曹娜哼了一声,松开手。米果揉着脸,瞪着曹娜。

曹娜探头看了看在里面工作的郭师傅,压低声音质问米果:"你作死啊,又跑来这里!"

米果表情无辜地看着曹娜:"我来帮师傅忙,有错吗?"

曹娜闭上眼睛,试图压下体内熊熊燃烧的小火苗:"拜托!不,求你了,果果,下次您再编什么借口到殡仪馆来,能不能不要拉我做挡箭牌。"

曹娜没法跟米果讲,她早上接到米妈妈的电话时,那种惊心动魄的感觉,简直和看灾难片的效果差不多了。

虽然昨天就答应帮米果撒谎,可是精明的米妈妈似乎也不太相信她了,一大早打来电话说要找女儿,曹娜当时都吓傻了,她就是把家翻个个儿,也找不到米妈妈的心肝宝贝啊。幸亏她脑子转速比较快,说果果昨天吃坏肚子上厕所呢,米妈妈担心得不行,让她把电话机拿到厕所,她要听听女儿的声音。曹娜是谁啊,她当初不去民政学院,就去考北影了,她是个天生的演员,还是演技派的。

于是,米妈妈就和冒充的"果果"进行了一番推心置腹的交流。当然,大多数情况下都是米妈妈在唠叨,而"果果"则回以"嗯""啊",或者"哎哟"的声音。

米果呆着一张脸,头发也乱得如同风中的蒿草一般,她嗫嚅着问:"可我就你一个朋友。"

曹娜看着她,既好笑又好气,她恨不能扑上去咬米果一口,可是又心疼这个傻乎乎的丫头。

"算了算了,反正啊,我就是被你给吃得死死的。"

米果听到"吃"的字眼,眼睛腾地一亮,她抓住曹娜:"吃的!有吃的吗?"

曹娜翻白眼。

米果揉着肚子:"我饿了。"

郭台庄把最后一具遗体送到停尸间,回来之后,看到的就是米果抱着素馅大包子啃得满脸粉条的一幕。

"师傅,这是你的。"米果指指桌上另一袋没开封的早餐。

郭台庄掐掐眉心:"我不饿,你吃吧。"

郭台庄换下工作服,等着米果吃完,他们师徒才相携离开殡仪馆。

坐在回程的公交车上,郭台庄问米果是回家还是去婚介公司,米果说去公司,她向叶梅请了两天假,不过既然这边提前结束了,她也不好意思偷懒。

"对不起,米果,师傅又欠你一个人情!"郭台庄抱歉地说。

"没事啊,反正我在公司也没什么事,闲人一个。"米果说。

郭台庄皱起眉头,不解地问:"你不是挺忙的吗?你许阿姨总说你做事勤快,在外边跑。"

米果表情一僵,不知道该如何回答郭台庄的问题。

她原来是挺忙的,可是自从上次篡改会员资料的事件发生之后,同事们都开始自觉不自觉地孤立她,现在她在公司,除了小颖和小宋之外,其他的同事见了她都很少说话。

她沉思了一会儿,对郭台庄说:"我也不知道该怎么和您讲,我现在的工作外人看来很风光,很喜庆,可是师傅,我工作得很不开心。可能是他们的理念、经营方法我不能接受,也可能是压力,我觉得,我越来越不适应婚介所的工作了。"

"看你每次来都蹦蹦跳跳,高高兴兴的,我还以为……"郭台庄说,"是不是他们欺负你了?"他之前从老伴儿的口中得知米果在公司受人排挤的事,他一直想问米果,却没找到机会。

米果神情黯然地摇头:"也没有了。可能我这个人不合群吧。"

"胡说!你要是不合群,那世界上就没有合群的人了!肯定是他们羡慕你业绩好,合起伙来挤对你,是不是?"郭台庄义愤填膺。

"我的业绩不好,以前好是因为……是因为我犯了错误才好的。"米果解释。

"不用解释了,你是什么样的人,我最清楚,就算天底下没好人了,也轮不到你去当这个坏人!米果,我一直很想劝你回来工作,可是担心你的家人接受不了,再加上你在那边也挺好的,所以一直没跟你提。今天听你说了工作上的事情,我就冒昧问你一句,愿不愿意回来啊?"郭台庄憋了这么多天的心里话,总算是找到合适的机会,一股脑儿讲了出来。

米果看着郭师傅苍老中透着期盼的脸,一时间有些蒙。脑子里第一时间反射的是"不可能"三个字。首先,米妈妈、米爸爸那一关她就过不去,之后,还有叶梅,她该怎么向叶梅解释她之前隐瞒工作经历的事情?

"你先别着急回答,回去以后好好想想,如果想来,你跟我说,我帮你解决后续的事情。"郭台庄说。

米果感觉压力重重:"师傅费心了。"

米果心不在焉地到了公司,又是各种被人说闲话的节奏,尤其是薇薇,当着所有员工的面指责叶梅滥用职权,私自准假的行为是多么不合适。米果想替叶梅说话,可是薇薇却把一摞工作资料摔到她的桌上,冷冷地说:"先把这些做完了再去找你的梅姐姐告状吧!"

米果一直做到夜色阑珊,才终于瘫倒在桌上。

四周早没了声音,只有她紧闭双眼,难受地喘着粗气:"好累。"

不只是身体上的疲累,更累的是她的心。

她睁开一只眼睛,瞄了瞄手机屏幕,然后抓起手机,搁在脸前,打开微信。

是曹娜。"明天下午六点,刘姐家四川涮锅,不见不散。"

米果腾一下直起腰!好久没吃涮锅了,刘姐家的涮锅可是她和曹娜的又一最爱。

"哦,娜娜,我爱死你了,啵啵!"她在语音回复中加上了她的热吻,发送过去。

不一会儿,接到曹娜的回复。只有一个表情符号,那就是嫌弃。

米果哈哈大笑,她用手指滑过曹娜的头像,用极低的声音说:"谢谢你,娜娜,有你陪我,真好!"

第二天是周末,公司气氛轻松,到了下午三四点,除了米果还在对着电脑核对客户的资料以外,其他的人都在聊天喝茶,等待下班。

快五点的时候,叶梅从楼上下来,看到自由散漫的员工,无奈地摇摇头。周末了,大家的心早就飞了,她也不必过于较真。不过,当她的视线瞥过角落里埋头工作的米果时,她停下脚步,低声问一旁的小颖:"怎么搞的,又是米果一个人干活?其他人呢,就站着聊闲话?"

小颖看看四周的同事,小声回答:"是薇薇。她最近因为联系金牌会员的事,把属于她的工作都推给米果了,米果常常加班到深夜,我让她跟你说说这件事,可是她不肯,她说不想惹麻烦。"

叶梅气得直瞪眼,正要过去找薇薇问个清楚,却被小颖拉住,她讶然,回头,却看到小颖一脸为难的表情,说:"叶组长,你别过去了,每次你帮完米果,她的日子都会很难过。你也知道,公司的人际关系不好处,米果已经被孤立了,你不去,其实就算是帮她了。"

小颖讲得很实际,也很在理,叶梅迫使自己冷静下来,她推开小颖的手:"我知道怎么做。"

她没去找薇薇,而是把米果叫到茶水间,说要和她聊聊。

叶梅开门见山:"以后薇薇不会再派活儿给你,你做好分内的事,不用当活雷锋替别人做苦工,记住了吗?"

米果愣了愣,看着面前一直袒护她、照顾她的叶梅,感激地笑了笑:"也没什么。"

"什么没什么!她们就是看准了你不会拒绝,所以才一而再再而三地欺负你!米果,我不是教你自私自利,不懂得帮助别人,而是教会你,当你的正当权益受到侵害的时候,你有权站起来,向她们说'不'!而且要大声地说,有力量地说,明白吗?"

米果涩然一笑:"道理我都明白,可是梅姐,不知道为什么,每次事情轮到我身上的时候,我就做不到了。"

叶梅瞪着她:"你啊,要我怎么说你呢?你要是这种性格的话,以后吃亏的时候多着呢!"

米果天真地问叶梅:"吃亏不就是多干活吗?我多做一点工作,也累不坏,没事。"

"你以为多干活儿就是吃亏了？傻米果啊，职场是什么？它就是个吃人的陷阱，有的时候你被算计了，掉进沟里，你还不知道是谁在背后推你下去的呢！"叶梅的情绪变得激动起来。

米果眨眨眼，迷惘地看着叶梅，口中喃喃："梅姐，我还是听不懂。"

叶梅闭着眼睛，喘了几口气，摆摆手："罢了，你在我身边，我总会顾着你的。"

米果看出叶梅是因为她才心烦，所以，她小心翼翼地说了声"谢谢"。

叶梅看看她，说："我下周要去邻省出差，我不在公司的时候，你学机灵一点，有什么事找小颖帮忙，记住了吗？"

叶梅只是出差一周，可是看米果这样，她实在是不放心。

米果露出笑脸，推着叶梅朝外走："我记住了，梅姐，你快下班吧，梅姐夫在家一定等着急了。"

今天侯伟业休息，叶梅中午就说下班后陪丈夫吃饭。叶梅摆摆手，走了。

米果回到座位，也加快了手头的工作进度，紧赶慢赶，终于在下班前做完。她把资料抱到薇薇的办公桌上，环视一圈，问薇薇隔壁的小宋："薇薇呢？"

小宋头也没抬地回答："薇薇有事提前走了。"

米果感到一丝失望，上午薇薇把一摞工作资料扔她桌上的时候，可是再三强调了说下班前她要的。

米果正准备回座位，小宋却趴在隔断上，叫住米果。

小宋指了指着薇薇的座位，神神秘秘地说："米果，薇薇姐好像谈恋爱了，我刚才听她和一个叫李成勋的人通电话，薇薇姐的声音那个酥啊。哎呀，麻得我起了一身鸡皮疙瘩。薇薇姐肯定是暗恋人家，她和李成勋约好地点就走了，走的时候，还哼歌呢。咦，米果你怎么了？"

小宋赶紧跑过去扶着面色极差的米果，米果低着头，在小宋的搀扶下回到座位，她抱歉地笑笑："我没事了，刚才头有点晕，这会儿已经好了。"

小宋信以为真，安慰了米果几句，走了。

米果一直在座位上坐到下班，等所有的员工包括楼上的邹副总也离开公司之后，她才面色苍白地走向薇薇的办公桌。她轻轻一拉抽屉。

米果低下头，在一堆资料夹里找到一个标有特殊符号的夹子，抽出来。她手指颤抖地翻开封页，入眼就是李成勋英俊儒雅的照片，他是"喜福来"的婚托，也是金牌会员里利用价值最高的鱼饵，米果顺着资料页看下去，没等到底，她啪的一声合上夹子，像丢瘟疫一样，把夹子扔进了薇薇的抽屉。

她的胸口像火山一样剧烈起伏，她重重地呼吸，想把鼻腔、眼眶里那股子热热的潮气一股脑儿地吐出去,可是呆坐了一会儿,她发现,不行,她做不到。

当她看到李成勋最近的相亲记录时,当她看到他昨天还和三个女会员相约见面的记录时,一种难以言喻的悲伤情绪瞬间就把她击溃了。一直以来,她刻意回避和他接触的机会,明明知道薇薇和他有联系,但她从来也不会去关注有关他的任何消息。他就像是一个出现在她人生旅途中的过客,匆匆一瞥,就此别过,再也没有牵扯。

她觉得她做得挺好的,第一次对异性产生感情,第一次失恋,在恋爱高手看来都无法全身而退的局面,她却独自撑了下来。

她以为她会一直做得很好,可今天,在她猝不及防的时候,那些被她刻意压制住的关切和期盼,甚至还有令她情绪崩溃的根本原因,那丝丝缕缕无法抓住的妒忌和委屈,一时间排山倒海一般向她袭来。

在黑暗中,她坐了一会儿,开始擦眼睛。起初,是慢慢地擦,可是后来,擦拭的频率越来越快,越来越急,到了最后,她捂着脸,把头缩在双膝上,痛哭出声。

原来,喜欢一个人是这么辛苦的一件事。

她还以为分手了就不会感觉到疼,可是,直到今天她才知道,当遗忘的记忆被重新翻出来的时候,那种锥心的刺痛,比分手时的痛,更加凶猛和无法承受。

时间一分一秒地过去。

熟悉的泰迪熊雷雷歌响起,米果惶然抬眸,看到黑暗中冒着白光的手机。

米果抽噎了一下,拿起手机。

看到屏幕上气势汹汹的来电显示,她一下子就清醒了。曹娜!

刘姐四川涮锅是A市吃货们心中的圣地,每到黄昏时分,藏在小巷深处的涮锅店就亮起了火红的灯笼,一时间,食客盈门,座无虚席。那门口的火红和餐桌上牛油锅底的红艳交相辉映,霸道诱人的香气,传遍整条街巷。

米果在刘姐家门口露了个头,想刺探刺探敌情,谁知道,刘姐家的服务员一看到她,就是牛气冲天的一嗓儿:"嗨!小苹果,你可算来了!"

这下好了。整个涮锅店,除了一个几个月大的婴孩只顾着嘬奶嘴之外,其余的食客都朝她望了过来。

米果一缩脖子,正准备撤,那边的曹娜已经站了起来,拿着漏勺冲她张牙舞爪:"米果!你给我进来!"

米果一阵心虚,没进门,冷汗先落了一地。

没锅盖顶脑袋,她只好顶着背包,涨红了脸,走进店里。

曹娜一脚踢开一木制板凳,面无表情地指了指:"坐下!"

米果安安静静坐下,可是视线有点挡,她正想道歉,手里忽然一轻,紧接着,护脑袋的背包被曹娜抢过去扔一边了。

"有点出息吧,算我求你了,果果。"

米果瞪着曹娜,曹娜冲她扬起手,米果顿时挤眼缩脖,一副稀屎包的尿样,朝一边躲。

曹娜重重挥手,轻轻落下,她摸了摸米果不那么鲜嫩的苹果脸,眉头突然一皱,沉声问道:"哭了?"

米果身子一颤,刚想找理由搪塞过去,可是看到曹娜严肃的表情,她心里的那点委屈,顿时藏不住了。呼一下,垮下脸,她撇着嘴,苦撑出一抹笑容,说:"哭了一小会儿。"

曹娜张了张嘴,想说什么。可不知为什么,她又顿住话头,指了指面前汤水沸腾的红油锅底,豪气地说:"我要了两份牛油锅底,这味道绝对够壮!这才够任性,是不是,果果?"

刘姐家的锅底那可不是盖的,一份锅底就足以把整桌的人辣趴下,两份锅底,那得辣到何种境界去呢?

"娜娜,百叶好了,赶紧捞!"米果一边抹着眼泪,一边提醒曹娜吃红油锅里快要找不到的牛百叶。

曹娜用漏勺舀了一勺,从中挑出爽脆可口的百叶,都放进米果的碗里。

米果眼泪汪汪地抬起头,小狗一样瞅着曹娜:"谢谢,亲爱的。"

曹娜摸了摸米果的马尾辫,笑眯眯地说:"不客气。"

其实,对于情感受挫的吃货们来说,唯有一盆又麻又辣的涮锅才能涮走一身晦气,在汗水泪水齐飞的淋漓状态下,她们才能张开每一个细小的毛孔,把隐藏在身体内部的糟糕因子悉数蒸发完全。

曹娜恨透了那个叫李成勋的男人,那个被米果视同珍宝一般的男人,果然在耍弄了米果纯洁的感情之后,滚出了米果的人生。

她早说过,占着茅坑不拉屎的男人不是好男人,米果偏不信,这下,信了吧。

"天涯何处无芳草,何必单恋一枝花!果果,说不定老天爷啊觉得你值得拥有更好的,所以,故意给你机会呢!"曹娜安慰受伤的米果。

米果一心扑在涮锅大业上,曹娜的话不知道听没听进去,总之,当曹娜蓦地一声惊呼,指着米果身后喊出一个令米果心头一颤的名字时,她才扬起被辣得红通通的脸颊,表情愕然地转过头。

"薇薇姐!真的是你啊。"见到儿时玩伴,曹娜激动地站了起来。

薇薇看到曹娜也是一愣,她描绘着精致蔻丹的手指,在半空中点了点,才指着曹娜,叫道:"娜娜!你是娜娜!"

"是我,是我!薇薇姐,你今天可真漂亮。"曹娜由衷赞叹。

薇薇穿了一条玫红色的礼服纱裙,虽然她的穿着和这家平民饭店的就餐气氛有些冲突,但是薇薇依旧是整个餐馆里最亮眼的女性。

还有薇薇身边立着的年轻男人,长得也很英俊,可惜的是,那个男的似乎受了点什么刺激,目光呆滞地盯着她们这桌。

薇薇这时也看到了米果。其实第一眼,她都没认出来那是米果,因为和曹娜一起吃饭的女孩,脸实在是太红了。而且一看到她和李成勋,表情就跟见到了鬼似的,一脸的不可思议。

后来,再看第二眼,她才觉得熟悉,再仔细一看,薇薇差点没笑出来,这不是她们公司的米果嘛。薇薇多少知道一点米果和李成勋之间若有若无的关系,因为每次和李成勋见面谈合作的事,李成勋都会有意无意地问起米果的情况,她又不傻,自然明白这是怎么一回事。所以,出于嫉妒,她总是在公司里欺负米果,找她的事儿。想起之前,李成勋还在问米果,薇薇不由得一阵恼怒,她挑高细眉,笑了笑:"娜娜的嘴巴还是这么甜,这位是谁啊?你的朋友吗?怎么也不给我介绍一下。"

曹娜拉起米果:"哦,这是我闺蜜,兼大学同学,米果!"

她又指着薇薇,介绍说:"米果,这就是薇薇,我五岁之前最好的玩伴,也是姐姐。薇薇姐,你离开剧团大院好久了吧,我回去的时候,一次都没遇到你。"

薇薇表情复杂地盯着对面的米果,答非所问:"娜娜,你说,她是你大学同学?你现在不是在殡仪馆上班吗?"

米果的脸瞬间由红转白。

还没等她提醒曹娜,口舌伶俐的曹娜已经开始炫耀了:"是啊,我们是民政学院同学,她啊,学的是遗体整容,在殡仪馆实习的时候,专业特别强,差点就被留下工作了。"

薇薇噔噔向后退了两步,张着嘴,一脸震惊地指着米果:"你……你……"

曹娜终于察觉到异样,她偏头一看米果,不由得愣住:"果果,你怎么了?哪儿不舒服了?"

米果的模样太吓人了,本来脸红红的挺正常,可是现在,却白成了鬼,和停尸间那些冰冷的遗体有得拼了。

米果还没说话,那边立在薇薇身边的男人却忽地一下抢上来:"米果——"

米果看到他,惨白的脸上迅速掠过一丝痛楚,她后退几步,拿起凳子上的背包,转身就往外跑。

"果果——果果——"曹娜彻底蒙了,这怎么回事啊,她不过和儿时的小伙伴聊了几句,怎么一个一个都不正常了!

曹娜想去追米果,却被那个古里古怪的英俊男人抢了先,薇薇想拉没拉住,跺脚:"李成勋!李成勋,你给我回来!"

李成勋?曹娜傻眼了。他就是李成勋,他就是那个伤害了米果的臭男人!她要晕了,可没等她晕,另一个重磅炸弹,再次甩到了她的身上。

薇薇姐,不,是曾经的薇薇姐,用一种充满了不屑和鄙夷的语气,冷冷地说道:"原来你和米果是老同学啊,那她有没有告诉你,她以一个高中毕业生的身份在婚介公司工作,还有一个叫薇薇的同事呢?"

曹娜愣住。随即,眼冒火光地瞪着同样剑拔弩张的薇薇:"好啊,原来你就是那个欺负米果的臭三八啊!许阿姨告诉我欺负米果的人叫薇薇的时候,我还挺纳闷的,心想,叫薇薇的还挺多。可能因为你和她同名,所以,我觉得世上叫薇薇的女人不会那么坏,可是巧了,没想到,薇薇就是你,而你,就是这么坏!"

"曹娜!你别血口喷人!你一个殡仪工,整天摸死人的,有什么资格教训我!"薇薇当众下不来台,再加上李成勋跑去追米果了,所以气更是不打一处来。

曹娜脸一白,抬手,就是一杯茶水招呼过去。她这个人脾气就是这样坏,但凡牵扯到米果,但凡有人敢欺负米果,她立马就会变身黄金圣斗士,坚决打击敌人。包括眼前这个因为仪容被毁、惊声尖叫的女人,她所谓的儿时玩伴也是一样。

"我再跟你说一遍,以后你若是再欺负果果,招呼你的,可不是茶水这么简单了!"曹娜撂下狠话,拿起包,潇洒转身。

曹娜的身后,留下满身狼狈的薇薇,跳脚尖叫:"你个摸死人的殡仪工有什么好嘚瑟的!搁社会上,谁跟你多说一句话,我薇薇的名字就倒着写!还有,我就欺负米果了,怎么了?我不仅要欺负她,我还要她滚!我要让她滚出'喜福来'!"

跟跟跄跄"滚"出刘姐家的米果,一路向前狂奔,小巷里到处是人,她不管不顾地朝前冲,留下了一连串的咒骂声。

小街尽头,就要冲上大马路的时候,她被后面的男人追上,一把握住她的胳膊,把她抱在怀里。

一辆满载乘客的公交车从他们身边呼啸而过,巨大的气流带起他们的发梢,刺耳的车喇叭声,惊得米果浑身一颤,她惘然抬眸,看着四周既熟悉又陌生的街道,口中喃喃:"我在哪儿?"

李成勋满目痛楚地抱着她,他吓坏了,直到现在,他的腿还是软的,他不敢想,刚才他若是晚一步,现在的米果是何种惨烈的模样。

"米果,你在锦湖路。"李成勋哑着嗓子说。

听到李成勋的声音,米果震了一下,她低头,看了看勒在腰间的手臂,忽然用力,想要摆脱身后这个男人。

"你放开我!放开我!"米果挣扎着,力道很大。

李成勋哪里舍得放呢,他忍受着米果的拳打脚踢,就是不肯放开她,等她踢腾累了,终于安静下来的时候,他抱着她,哑声哀求:"别闹,让我抱抱你。"

米果没有动,她感觉李成勋把头压了过来,他的呼吸在她的脖颈间盘绕回旋,久久不散。

不知道为什么,和李成勋一样,她难过得想死。不全是真相暴露时那一刻的惊慌失措,打击她的,是她最卑微、最隐秘的一面被李成勋窥破后的尴尬和屈辱。

她可以容忍自己被薇薇欺负,可以容忍根本不适合她的工作环境,可以容忍被分手后的孤单和无助,可她唯一不能够容忍的,就是被李成勋看到她懦弱的样子。

夏夜的晚风轻拂过街头,引来路人注意的一对身影,终于分开。

米果低下头,小声对李成勋说:"我回家了,再见,李成勋。"

李成勋叫住她:"薇薇那边你别担心,我给她打电话解释一下。"

米果摇摇头:"不用了,她愿意说什么就说什么吧。"

"我今天见她,是……"李成勋刚想解释今晚他和薇薇见面是为了会员的事,却不承想被米果打断:"你不用向我解释,李成勋,我们只是最普通的朋友,你没有必要这么累。"

李成勋神色黯然地看着她:"米果,你知道的,我不想和你只做普通朋友。"

米果笑了笑,表情有些忧伤,她看了看李成勋,说:"对不起,我想。"

这个周末,过得可谓惊心动魄。

米家也不平静,米爸爸做饭的时候忽然发现自己手指麻木端不起东西,得亏米妈妈在社区医院上过保健课,知道这不是一般的肌肉麻痹,所以赶紧扶着米爸爸到医院检查,脑CT出来,脑梗病灶,虽然阻塞部位不算严重,米爸爸的手指功能在输液之后也恢复正常,但米爸爸还是被医生要求留院观察几天。米妈妈在医院跑前跑后忙晕了头,到了深夜接到米果带着哭腔的电话,才赫然想起她的宝贝女儿还独自在家。

米果听到米爸爸病了,心里的那点小委屈和小忧伤瞬间消失得无影无踪,她不顾米妈妈的劝阻,打车赶到医院。在病房里,当她见到乐观开朗的米爸爸变成了穿着病号服的虚弱老人时,在视觉和内心的双重冲击之下,她哇的一声痛哭起来。

她的哭声来得太过突然,加上又是万籁俱寂的午夜,吓得打盹的护士和隔壁病房的人纷纷过来查看情况,他们还以为病人出了什么意外,谁知打开门,看到的却是老两口手忙脚乱地哄劝自家闺女的搞笑一幕。

米果痛哭一场,总算趴在米爸爸的怀里睡着了。

米妈妈丢人丢到了姥姥家,真想不要这个傻闺女了,可是看到米爸爸望着女儿慈爱怜惜的模样,她却又感动得不行,最后,米妈妈打道回府,准备住院用品和第二天的早餐去了,而米果则守着米爸爸睡了一夜。

确切地说,是米爸爸守着米果,看护了一夜。

翌日清晨,米果从梦中醒来,一睁眼,看到的却是米爸爸如太阳一般温暖的笑脸。

"果果,醒了?"米爸爸起床后上了个卫生间,出来就看到米果顶着一双红肿无比的鱼泡眼,面带迷惘地看着他。

看到米爸爸身上的蓝白条病号服,米果蓦地一下从床上弹跳起来,她一个巴掌呼上脑门,愧疚地连声道歉:"对不起,爸爸,对不起,对不起,我忘了您还病着,我以为,我还在家。"猪一样地昏睡了一夜,她对得起被她赶走的米妈妈吗?

米爸爸坐在床边,摸了摸米果红扑扑的脸蛋:"爸爸没事,有事的是你啊,果果。"

米爸爸脑子堵了,可还没傻,他哪能看不出自己养了二十几年的闺女昨天遇到事了呢?米果也爱哭,可是一次一次地,哭得如同摧天毁地般伤心,还是头一次,可心疼死米爸爸了。

米果愣愣地看着米爸爸,然后头一点一点低下去,她强忍着没有掉泪,可是红眼圈却泄露了她的秘密,米果不能再这样脆弱下去了,米爸爸病了,需要休息静养,不是让她来添乱的。

好半响,她才喃喃地叫了声"爸爸",她倾身过去,抱着米爸爸的腰,把脸埋进他不算宽阔却异常温暖的胸膛里:"我可能遇到了一点事,但是问题不大,我自己能解决好,您别担心。"

米爸爸听后一怔,随即大手落在女儿的脊背上轻轻拍着:"好,爸爸不逼你,但是果果要答应爸爸,有任何解决不了的难题,都别忘了爸爸,好吗?"

米果眼眶一热,她还是没出息地哭了。但她只是无声地落泪,此后,一整天的时间,她都没让米爸爸和米妈妈看到她的眼泪。

周一,上班途中公交车发生故障,米果和一群乘客被换乘到后面开来的公交车上,一路挤到了目的地。

下了车,米果瞅着街边橱窗里那个形容狼狈的影子,皱起眉头,指着里面的影子,责备说:"瞧你那倒霉样!"

227

她对着玻璃整理了一下仪容，以为一大清早的霉运会随之而去，可谁知，等她走进公司大门，才知道她的霉运，只是刚刚开始。

扩充到二三十人大的工作大厅里，同事们几乎都到了，他们没有各忙各的，而是像周五下午那样团聚在一起，小声地神色各异地谈论着什么。

"大家早。"米果像往常一样主动向同事们打招呼。

可她的脚刚向前迈了一步，却像是被人凌空点穴，整个人都僵直着，维持着诡异的姿势没有动。

不是米果突然间变成了什么武林高手，而是她看到薇薇正拿起她的水杯以及她挂在隔断板上泰迪熊挂钩上的毛巾，像丢垃圾一样，狠狠地扔进一个黑色的桶里。

她看到薇薇手上刺眼的橡胶手套，以及四面八方朝她投来的鄙夷、惊诧，甚至是嫌恶的目光。

米果的脚轻轻落地，但她的脸却变得如同新刷的墙壁一样白。她看着薇薇，用尽全身力气，质问她："你为什么扔我的东西！"

薇薇怨毒地瞪着她，又拿起她桌上有些幼稚的泰迪熊笔筒，朝她挥舞了一下，然后连同里面各式各样曾经画出无数小泰迪的彩笔，丢进了垃圾桶。

"咚！"一声闷响，砸得周围的人，俱是心头一惊。

米果的脑子里已是一片空白，她好像听到脚步声，有人飞快地跑过来，似乎想拉住她，却又在手指触及她衣服的瞬间，缩了回去。

"米果，薇薇是不是搞错了，她说你以前是个殡葬工，还是个给死人化妆的！"有人问她。

米果稍稍转过脸，她看到小宋焦急却又迟疑的脸。她张了张嘴，想说点什么，却发现她早已失去了说话的功能。

小宋看她默认，表情瞬间崩溃，她和赶过来的小颖噔噔噔后退几步，像隔绝瘟疫一样，把她和她们的世界隔绝开来。

米果这时才真正感觉到痛。她一步一步朝前走，想把她的私人物品拿回来，可是刚一动，薇薇就指着她尖叫："骗子滚出去！立刻从公司滚出去！摸死人的骗子，到公司来不是给大家触霉头吗？"

其他人原本还有点可怜米果，可是听到薇薇的指责声，又齐齐地站到薇薇一边，他们指着米果，让她离开公司。

米果抬起千斤重的腿，没有离开公司，而是直直地走向薇薇，她的座位。

薇薇吓得丢下桶，拉着刘文艺，挡在她前面："刘文艺，赶她走！赶她走！"

刘文艺指着米果："你别过来啊，过来我就对你不客气了！"

好不容易有机会当一次护花使者，刘文艺激动得不行。

米果看也不看他，径自向前，她拾起地上的桶，一件一件把丢在里面的东西拿出来，摆在办公桌上。她的抽屉被撬开了，里面的物品面目全非，就连女人最私密的卫生用品也被撕破撒了一地，她不小心踩到一个厚厚的东西，低头一看，她的身子猛地晃了一下。

心像是被什么重物砸到，疼得她揪紧胸口，视线模糊。她缓缓蹲下，双手捧起被践踏得毫无尊严的大学课本，她把视如珍宝一般的旧书抱在怀里，静了有十几秒，突然，她把书反扣在桌上，大踏步朝薇薇走了过去。

薇薇已经在刘文艺的掩护下回到她的座位，看到米果朝她直通通地冲过来，她顿时抱着头尖叫："刘文艺——刘文艺——"

刘文艺已经被她利用完踢到一边，再想过来救她已然来不及了，眼看着米果已经摸到了薇薇的裙子，却听到哗啦一声巨响！

所有的人都惊呆了，然后，他们亲眼看到薇薇引以为傲的具有小资情调的办公桌上的摆设，包括一台新配的电脑显示器，统统被米果扫到了地上。

现场腾起一片尘雾，薇薇吓傻了，她抱着头蹲在地上，连尖叫都忘了，她眼睁睁地看着米果做了这些惊世骇俗的举动之后，又对她挥舞了一下拳头，然后转身离开了公司。

米果不知道自己该去哪里，习惯了朝九晚五的上班族生活，乍一下被赶出来，还真是无事可做。她没有觉得害怕，哪怕没过多久她就接到了邹副总的电话，告知她被辞退并且要求她赔偿薇薇的损失，她也没觉得害怕。她说，这个季度的工资和奖金她不要了，就算作赔偿吧。

另外，她求邹明不要把这件事告诉她的小姑姑米丛珊，邹明心里有气，不答应。毕竟当初米丛珊骗了他，才把米果收进来，惹出这一连串的麻烦。米果放低声音哀求他，她说米爸爸病了，最近都不能受刺激。邹明是个孝子，一听米果的解释心就软了。后来，当米果又求他不要把辞退的事告诉出差的叶梅时，邹明突然间觉得，在米果这件事上，他处理得是不是太过武断了，他从未真正询问过米果隐瞒工作经历的缘由，就和薇薇他们一道把米果判了死刑，想到过去米果的工作表现和为人处世方面的优点，他一时间有些犹豫。

"米果，要不这样，你回公司一趟，我们谈谈。"邹明说。

"对不起，邹副总，我不回去了。谢谢您这些日子以来对我的照顾，谢谢您。"

米果不等邹明回话，便挂断了手机。她抬起头，看了看人潮熙攘的锦湖路，脚步沉重地向前走去。

邹明还是把米果被辞退的事告诉了叶梅。叶梅和米果关系匪浅,再加上叶梅在公司特殊的地位,所以邹明觉得有必要通知她。

叶梅听了整个事件的始末,出奇的沉默,似乎米果那样震撼恐怖的从业经历,在她眼里并不算什么。

后来,她只对邹明说了一句极具震慑力的话,就挂了手机。

"邹明,你给我等着!"

邹明看着手机屏幕,内心却翻江倒海一般乱了起来。

很明显,叶梅是站在米果一方的,她似乎无条件信任那个浑身藏着秘密的丫头,自始至终,叶梅对米果,除了偏袒,便是呵护。

邹明在想,他是不是真的错了。

叶梅紧接着就给米果打电话,可是米果一直不接,无奈,她只好给米果发微信,让她好好在家待着,哪儿都不要去,等着她回来后,再亲自带她回公司。

等了很久,等得几乎要失去耐性了,微信的提示音才响。她慌忙打开,是一条语音。

很明显压抑着情绪的哭腔,米果告诉她,她很好,正在回家的路上,她叫她"梅姐",求她替她保守秘密,最后是一声极为真诚的"对不起"。

叶梅赶紧回过去一条语音:"米果,不要怕,一切有梅姐。"

米果没有再回复了,叶梅打电话过去,米果的电话关机了。叶梅越想越不对劲儿,她不能找米妈妈,只好把电话打给小颖。

小颖正在收拾米果落在公司的私人物品,接到叶梅的电话,差点没哭出来。

她躲到卫生间接听叶梅的电话:"叶组长,米果出事了。"

叶梅出人意料的冷静,她让小颖把之前的事复述了一遍,当她听到又是薇薇背后玩阴的时候,叶梅气得捂住电话,对着空气吼了声脏话。

"米果去哪儿了,你知道吗?"叶梅问。

"不知道,我刚才打她手机,关机了,又打到她家里,也没人接。"小颖说。

"你先不要把米果的事告诉她的家人,米果大概不想让她爸妈知道。"叶梅叮嘱小颖。

叶梅挂了手机,凝神想了一会儿,又把电话打给侯伟业。

侯伟业倒是接得很快,一接通就开始贫:"这么快就想老公了,亲爱的老婆!"

叶梅无心和他多说,应了一声,便把米果的事告诉侯伟业了。

伟业听后也是震惊不已,他摸着下巴,喃喃道:"怪不得上次去殡仪馆,她竟熟门熟路不用人领。"

"你今天无论如何抽空去找到米果,做做她的思想工作,让她等我回来,知道吗?"叶梅布置任务。

侯伟业急急地叫了一声:"我今天有会,不准请假!"

叶梅声音一沉:"我不管你是装病也好,装孬也罢,总之,你今天要找到米果,她要是出什么事,我跟你没完!"

侯伟业还想说什么,电话那端已然没了声音。

侯伟业仰起头,长啸一声:"得妻如此,自找苦吃!"

米果漫无目的地走在锦湖路上,算上这趟,她已经把这条 A 市最古老繁华的街道来来回回走了三遍。

起初,她的脑子是木的,脚也是沉的,只知道不断朝前走,走到没有路的时候,她就转弯,然后再继续走。

后来,她听到一种奇怪的声音从她的肚子里发出来,咕噜咕噜,就像是开水冒泡的声音,她停下来,听了好久,才恍然明白,她这是饿了。

这个时候,她不应该有好胃口,可是出人意料地,她竟买了一路,吃了一路,吃到肚子快要撑破,喉咙里也酸痒恶心的时候,她才扶着商厦门前的休息椅坐了下来。

附近,有很多逛街逛累了的市民坐在这里上网聊天,也有年轻的妈妈带着孩子在附近的喷泉边游玩。天气很好,阳光炽热却照不到这处角落,她呆呆地坐在那儿,很长时间都没有挪动一下。

"姐姐,我能吃一口你的糖葫芦吗?"一个呆萌可爱的小男孩趴在她放背包的椅子上,指着她买了却没吃的糖葫芦,一脸渴求地问道。

米果怔了怔,抬手摸了摸男孩的西瓜太郎头,把糖葫芦递给他:"送给你。"

"谢谢姐姐!"小男孩如同得到宝贝,接过糖葫芦就咬了一口。

他一边吃一边问米果:"姐姐,你为什么不吃呀?我妈妈说了,光看不吃,是对食物的不尊重!"

米果愣住,忽地笑了起来。

"我妈妈是个吃货。"男孩舔了一口冰糖又说道。

米果实在忍不住,笑出了声。

男孩一脸不解地看着她:"姐姐你笑什么?我觉得我妈妈挺好的,她不爱吃的话,我怎么能吃这么多好吃的?"

米果笑得越发没有形象了。

直到男孩的妈妈找来,连声向米果道谢,米果才对同样留着西瓜头的圆脸妈妈说:"你宝宝特可爱,说你是个吃货。"

"啊!小西瓜,你又背地里说妈妈坏话了!"圆脸妈妈惩罚的方式,就是凑上去咬掉糖葫芦上面最大最红的一颗山楂。

男孩扁着嘴,有些委屈,却敢怒不敢言地指着米果,说:"姐姐说她也是个吃货,姐姐说'吃货'不是坏话,是赞扬一个人的胃口好!"

圆脸妈妈看到米果用塑料袋装的各式各样的美食垃圾之后,她激动地攥住米果的手:"哎呀妈呀,可算找到知音了!"

"妈妈,我抗议,我要被你挤死了!"小西瓜拼命挣扎,在肘弯露出他圆圆的脑袋,大声叫道。

送别一对可爱的母子后,米果的心情突然间好了许多。是啊,即使天塌下来又何妨?只要她还能吃到糖葫芦,吃到臭豆腐,吃到刘姐家涮锅,吃到……一想到还有这么多的美食可以安慰她受伤的心灵,米果觉得心里汩汩流血的伤口也没那么疼了。

心情好了一点,便感觉到累。她靠在椅背上,迷迷糊糊地睡了过去,到了暮色四合,她被一阵狗吠声惊醒,才赫然发现她和一个街头流浪汉躺了个对角。

米果伸了个懒腰,蓦地想起了什么,四下里寻找背包,找了一圈,快要抓狂的时候,看到了睡之前被她绑在身上的泰迪熊。

幸好,幸好没有小偷。

她起身,拿起桌上的袋子扔进垃圾桶,流浪汉瞪着她,仿佛她抬手之间,就毁掉了他的渴望。

米果低头,从包里拿出二十块钱,放在桌上。

"拿它买点好吃的。"她说。

流浪汉呆呆地看着她,模样有些滑稽,她挥挥手,转身走了。

她没有去医院,只是开机给米妈妈打了个电话,米妈妈说米爸爸一切都好,让她安心上班,不要管医院的事。

米果说:"我明天再过去看爸爸。"

她挂了电话,却不敢去看上面快要爆屏的短消息和来电显示。她关掉手机,让一切都恢复平静。

她沿着小区熟悉的街道朝家走,沿途不时遇见附近楼上的邻居,他们态度和蔼地跟她打招呼,问她最近工作的情况,更有几个操心家中大龄青年的老太太拉着她,问下次相亲会的时间。他们都听说米家大女儿是个能人,经她介绍的单身青年大多有了好的归宿。

从一群老太太老大爷的包围圈里奋力逃出来的米果多少有点狼狈,马尾辫不知道被谁家老人拽歪了,背包也到了后面,她瞅了瞅脚上的鞋印,叹息了一声:"我已经帮不到你们了。"

米家的楼房位于小区后半部,紧挨着一处风景幽雅的绿地,正值盛夏,吃过晚饭出来遛弯儿的居民三三两两聚集在绿地中央的健身器材区,一边锻炼身体,一边侃着大山。

米果沿着满是绿植的小道儿,来到她和米拉以前一玩就忘了回家的沙坑。沙坑还是老样子,只是沙子少了点,但不影响孩子们强大的好奇心。她蹲下来,用手指捞起一捧沙,然后看着亮晶晶的沙子从她胖乎乎的指缝里一点点地溜走。

玩了几个来回,她索性脱了鞋,坐在沙坑边缘,把脚伸进还存有余温的沙子深处。

正在愉快地享受儿时的记忆,突然,一道低沉的声音在她背后响起:"你看起来也没那么难受。"

似曾相识的男声,语气里似乎夹杂着一丝疑惑和调侃的意味,令原本身心放松的米果赫然一惊!她背部的肌肉出于防卫的本能,绷紧得如同上好的发条,她动作缓慢地转过头,不可思议地瞪着身后那个双手插兜的武警军官。

"岳淳川!"

· Chapter 14 ·
我们的秘密

米果根本没听清岳湻川说了什么,她被岳湻川吓到了。

沙坑的位置有点偏,晚上很少有小朋友到这边来,四下里很安静,只有近处的一盏昏黄的路灯,照着这两个一高一低的身影。

米果的脑子里似有一万盆热油在噼啪作响,乱成一团,她呆呆地看着面前这个熟悉而又陌生的男人,嘴巴半张着,许久没能再说出一个字。

等她回过神来,下意识拔出沙子里的脚,想礼貌地正式地和他打个招呼,可是一只大手却落在她只穿了一件白衬衣的肩上,温暖的力道把她重新按了回去。

"就这么坐着吧。"他说。

然后,他也就势坐下,不过,两人之间隔着距离。

夏夜宁静,月光柔美,远处的杨树上不时冒出一两声蝉鸣。

"岳湻川,你怎么到这儿来了?是来出警的吗?"米果打破沉默。

岳湻川双手搁在膝头,一直看着前方的绿植,听到问话,看向米果。

他很忙,忙到这近七个小时的时间里用手机遥控指挥了两起救援、一起火灾事故。

他的手机已经快没电了,腿也站得困乏,午饭就没吃的胃更是早早便提出抗议,可他的脑子里,却丝毫没有闪过离开的念头,他打算等米果回来,无论多晚,他都会等下去。

原以为她的状态会糟糕透顶,他也做好了临时改行当指导员的准备,可是当他听到她发自内心舒服的叹息声,他才愕然停步,这女孩不是缺心眼,就是内心非一般的强大!

米果被岳淳川那样直白深思的目光盯着,感觉极其不自在,她有点紧张地舔了舔嘴唇,说:"我……我是不是说错话了?"

岳淳川看着她,摇摇头:"没有,你没说错,我就是出警。"

米果松了口气,指着岳淳川,呵呵傻笑几声:"真巧,我们小区可大了,你也能遇见我。"

岳淳川沉默。是啊,好大,为了找你,我用了七个小时。

岳淳川指了指沙坑:"为什么不回家?这里好玩吗?"

"好玩啊!"米果笑了笑,弯下腰,伸手捞起一捧沙,"你看,这些漏下来的沙子,像不像在跳舞?哦,还有,这里白天能堆沙堡、画画,还能打沙仗。两拨人,你冲我赶,看谁厉害!你说,好不好玩?不过啊,最好玩的,就是像我这样脱了鞋,光脚踩在沙堆里,感觉……嗯,感觉就像是脚丫子踩进棉花里,暖暖的、柔柔的、滑滑的,特别舒服。"米果眯着眼自我陶醉,忽然想起什么,她的目光直通通地盯着岳淳川的脚,雀跃地建议:"你也可以脱鞋试试,要不要试试?真的很舒服的,试一下吧!"

岳淳川的脚迅速向后一缩,拒绝:"不用了。"

米果唉了一声,一脸就猜到你会这样的表情,重新专注于她的沙坑事业。

就这么平静地待了一会儿,米果忽然抬起头,对岳淳川说:"你不回去吗?平常你好像挺忙的。"

"是挺忙的,不过现在没事了。"

现在他的主要任务,就是她。

"哦。"米果双手托腮,搁在膝头上,望着头顶的圆月,叹了口气,"我可能遇到事了,岳淳川。"

"哦,什么事,能讲讲吗?"

米果偏头,睨了岳淳川一眼,岳淳川凝眉专注的样子看得她心中一动。

她无法拒绝岳淳川,所以就把今天发生在她身上的变故一五一十地讲了出来。

岳淳川是个很好的听众,自始至终,他不会插言或是敷衍,他是认真在听,用心在听。当米果长出一口气,无奈地说她是个"倒霉蛋"的时候,他忽然纠正她的观点:"你不是倒霉蛋,是糊涂蛋。"

岳淳川眸色深深地看看她,说:"一份不值得留恋的工作,强要来又有何用?如果不是发自内心的喜爱与热衷,到头来工作注定会变成沉重的枷锁,剩下的只会是索然无味和懊悔。米果,你有没有想过你真正想做什么?"

米果蹙眉深思,过了一会儿,她抬起漆黑的眼眸,看着岳淳川说:"你应该知道的。"

岳渟川淡淡一笑,深邃的眼睛里掠过一丝赞赏:"我收回之前的话,你一点也不糊涂。"

至少,比他想象的聪明多了。

米果赧然低头:"可是,不是我想做什么就可以去做的,我爸妈不会同意我回去的。"

当初为什么离开殡仪馆,她又是下了何等的决心,费尽千辛万苦才熬到今天,不是简简单单一句"我不想做了",就可以轻易得到父母的原谅。她不心疼丢了婚介公司的工作,但她不可以那么自私,因为米爸爸还病着。

岳渟川没有立刻接话,他弯下腰,双腿微微分开,从沙地上捞起一捧沙,学着米果那样让沙从指缝里一点一点漏下去。

米果看着他,神情迷惑地问:"你也觉得好玩?"

"不,我就是想试一试,看看你喜欢的,我会不会也喜欢。"岳渟川说。

米果不懂。只是觉得他玩沙的样子很好看,尤其是他的手骨节分明,五指修长,在月光下发出淡淡的光泽,让人忍不住想去摸一摸。

他玩了一会儿沙子,最后翻转手掌,漏掉手中最后一缕沙砾,笑了笑:"我确定,以后我也不会喜欢玩沙。"

米果抬眸看他。岳渟川也看着她,月光下,他的眼神让米果情不自禁地坐直身体,她听到他低低地叹息了一声,然后说道:"米果,你想过吗,你喜爱的、能令你感到开心的事,未必是我可以接受的;同样,我喜欢做的,甚至是我的工作,也未必是你能够接受的。可我们为什么还在坚持呢?这份执着从何而来?我认为,一个人做事情,最大的动力就来自对这件事的专注和热衷。我能看得出来,你很热爱你以前的工作,因为当一个人发自内心地感到快乐和满足的时候,她的眼睛是会发出光彩的。米果,你其实可以再勇敢一点,当你勇敢地迈出第一步时,或许,迎接你的,就会是一个完全不同的世界。"

米果的眼里渐渐有了微光。她低头沉思了片刻,再抬起头来时,眼神里明显多了一种积极的情绪,她说:"谢谢你,岳渟川,谢谢你能对我讲这些我从来都没机会听过的话。"

米果是真的感激岳渟川,短短几句话,竟神奇般地打开了她封闭的心门,似乎有一股强大的力量驱散了笼罩在她前方的茫茫迷雾。

岳渟川笑了笑,和她一样凝望着明月,语气清朗地说:"别谢我,最终你需要感谢的人是你自己。"

路,是人走的。米果最需要的不是安慰,是勇气。

岳淳川先站起来:"我得回去了。"

米果赶紧把脚伸出来,慌忙找鞋,找到一只,还有一只怎么也找不到。

后来,还是一只她偷瞄了好久的大手把她的帆布鞋递过来。

头低得脖子都疼,脸也发烫,她接过鞋子,穿上,对他说:"我送送你。"

"不用,我送你。"他看着她说。

于是,他们并排朝外面走,来到小区通行的车道,米果指了指前方闪耀着灯火的楼房:"我家住二单元二楼!那个就是我家阳台,看到了吗?"

岳淳川微微点头,他看得不能再看了,看得阳台上晾晒的泰迪熊内衣都被他的眼睛钻了几个窟窿,还让他看。

米果笑嘻嘻地挥手:"你回去吧!路上慢一点儿!"

岳淳川嗯了一声,朝车子那边走,走了两步,忽然停下,他回头叫了声:"米果!"

米果愕然回眸,他招招手,示意她回来。

岳淳川把米果带到他的车前,打开车门,从副驾驶位上拿出一个长条状的东西,递过去:"给你买的。"

给她买的?米果接过去一看,不由得愣住了,竟是一串火红透亮的糖葫芦!

怔忡发愣的时候,岳淳川已经上车,打火启动。

表情酷酷地朝她点头:"再见,米果。"

米果下意识地摆手,等那辆黑色的车子潇洒转弯,消失在小路的尽头,她才蓦地想起什么,追着汽车屁股大喊:"岳淳川,你是特意来找我的,对不对?"

曹娜做了件惊世骇俗的大事。知道米果被薇薇羞辱并踢出公司的事后,她单枪匹马杀到"喜福来",当着几十名员工的面,把薇薇骂了个狗血淋头!这还不算,她呼薇薇的那一巴掌,直接把娇滴滴的大美人儿打得是涕泪交流,倒地不起。

"报警啊!你们都死人啊,报警!啊,你别过来,别过来!"

曹娜的嘴角浮起一抹轻蔑的嘲笑,从口袋里拿出一双肉色的乳胶手套,在"喜福来"的员工面前晃了晃:"知道这是什么东西吗?"

看他们一副无知的样子,曹娜冷笑道:"这可不是普通的手套,是我们殡仪馆遗体整容师戴过的手套!就在昨天,它们还为一个车祸离世的人做了遗体修复,今天,我就把它们带过来了。"

众人皆惊,呼啦啦散开,撤到安全距离。

曹娜当着众人的面,一点一点戴上手套,像个外科医生那样,举起手:"怎么样,还不错吧,薇薇姐,你要不要试试被我的手摸过的滋味啊?"

曹娜朝薇薇那边走,薇薇瞳孔放大,恐惧到了极点:"别过来,别过来,啊——"

接下来的几分钟里,曹娜用一双一次都没用过的乳胶手套欺负了薇薇一番,亲眼看着她因为恶心而狠狈呕吐,曹娜才脱下那双手套,扔到薇薇脸上:"呸!手套沾了你,才是真的脏!"

曹娜扬长而去,众人面面相觑。

曹娜找到米果的时候,米果刚送叶梅从星星屋出来。

叶梅出差回来第一件事就是找到米果,想带她回公司,可是劝了很久,她发现这个平常最听她话的小丫头似乎变得有主见了。她对叶梅说,她不回"喜福来"了。叶梅知道即使带她回去,那样的环境,那样的人,也不见得会比现在好。

叶梅入行多年,人脉极广,她提出给米果换一家公司,重新开始。可是米果依旧是摇头,她说,她已经有合适的工作了,不想再干别的。

叶梅问她是什么工作,米果犹豫了一下,说:"殡仪馆。"

叶梅沉默良久,她问米果:"你想好了?"

"嗯,梅姐,我想好了,而且,我已经回殡仪馆上班了。"米果神色平静地说。

"已经回去了?这才几天。"叶梅回来也不过几天而已。

米果笑了笑,解释:"师傅,哦,就是许阿姨现在的丈夫郭师傅,帮我办的手续。"

"原来如此。"怪不得米果和许阿姨夫妻的关系那么近。

见米果心意已决,叶梅也不好再劝什么,临走时,她想抱抱米果,可是米果却躲到一边,手也插进兜里:"梅姐,我整天摸……摸那个,拥抱就不用了吧。"

叶梅一愣,抢上几步,紧紧抱住表情无辜又无奈的米果,内心一片酸涩:"是梅姐不好,没能护得了你。"

米果的声音闷闷地从她怀中传出来:"是我自己的原因,我不想在公司做了,和您没关系。"

叶梅笑了笑,这善良的小丫头啊。她放开米果,叮嘱她:"那行吧,既然你喜欢在殡仪馆工作,那你就去吧,不过,你得答应梅姐,今后我们还是好朋友,要常见面,记住了吗?"

米果开心地点头:"嗯!梅姐,我记住了!"

来之前,她一直怕叶梅责备她隐瞒工作经历的事情,怕叶梅不喜欢她了,可是叶梅的态度,打消了她所有的担忧和顾虑。

刚送走叶梅,曹娜就从一旁跳了出来:"果果!"

"你刚才去哪儿了?打你电话也不接。"

"我……我在商场里呢,没听到。"曹娜的眼神有点发虚,看着二中红白相间的教学楼,咬了一口比萨,说:"果果,你能不能听刚才那姐姐的话,去别的公司上班,别回殡仪馆了。"

米果正在鼓动的腮帮子瞬间一停,她不解地瞪着曹娜,口齿不清地问:"为什么啊?我回去不好吗?我们又能在一起了。"

曹娜白了她一眼,嘟哝道:"我们那是风水宝地啊,值得你留恋成这样!"

米果嘿嘿一笑,用光洁的小腿蹭了蹭曹娜的裤子:"人家喜欢嘛。"

曹娜瞪她,之后沉默吃饼,过了一会儿,曹娜忽然说:"阿姨曾经找过我,想让我离你远点。我答应她了,可是我食言了,没能远离你,还把你又带沟里去了。"

米果愣住。她想了一会儿,伸手握住曹娜被冷气吹得冰凉的小手:"对不起啊,我代我妈妈向你道歉,我保证,她没有嫌弃你的意思。"

曹娜笑笑,反手扣住她胖乎乎的手:"果果,我一直很羡慕也很嫉妒你有一个好妈妈。如果我妈能像阿姨……算了,不提那些。"曹娜摆摆手,把内心涌上来的失落感一并挥去。

米果愧疚地说:"当初你是因为我才学的殡仪,才进的殡仪馆,我却把你抛弃了这么久。"

"我跟你说过多少遍了,我是真的喜欢这份工作,所以才一直干到现在的,我进殡仪馆和你一点关系都没有!"曹娜说。

"可我也喜欢我的工作啊,为那些遗体做修复整容,看着他们在我的手底下变得丰盈而又安详,我觉得很快乐,也很有成就感。"米果说。

曹娜盯着她,用一种深刻到让米果感到害怕的眼神盯了她好久,忽然仰天长叹,道:"奇葩啊!奇葩!"

米果呵呵傻笑。她记着一个人对她说过的话,他说,你喜欢的,未必就是别人喜欢的,做你自己就好。她现在,就在做自己喜欢做的事。

曹娜还有一重担忧,她问米果:"你怎么和你爸妈说?他们可是对你寄予厚望,就指着你光大门楣呢。"

"唉。"米果的脸瞬间垮下来,趴在桌上,头疼不已,"我不知道怎么和他们说,我爸爸刚刚出院,我怕刺激他。"

"那你每天上班怎么办?"

"还能怎么办,装着去公司上班呗,反正作息时间差不多,有时整容室加班,我就说公司加班,我妈心疼我,还给我煮消夜。"米果挠挠头,又叹了口气。

曹娜摇头:"这样不行,果果,阿姨是多精明的人啊,我估计着,你这事瞒不久。"

米果摊摊手,继续趴在桌上装死狗:"那也没办法,瞒一天算一天吧。"

安平大厦。人力资源部。

李成勋打电话给薇薇,推掉今晚和女会员的见面安排,薇薇大为不解,平常这位公司的金牌帅哥来者不拒,有求必应。她不好直接问原因,就问他是不是不舒服。李成勋解释是公事,他晚上有个饭局。

饭局是在A市著名的涉外五星酒店,凯悦大饭店。富丽堂皇的包间里,精致昂贵的菜肴和茅台、珍藏红酒已经摆上饭桌。

李成勋因为打车,到得有点晚,推门进去,他连声道歉:"对不起,各位领导,路上堵车了!"

在座的不过四人,李成勋认出其中一位年纪稍长的,是安平化工的高管,职位很高。另一个见过面的,就是凌河化工厂的厂长冯利,他们曾有过一次短暂接触,冯利告诉他,他要升安监部经理了。其他两位,他从未见过,但看穿着、气度,看座位位次,就知道不是普通人。

冯利起身,亲自把他带到座位上,然后向居中位置的一个穿着低调衬衫的中年人介绍说:"金书记,这就是李成勋!哦,不,马上就是安监部的李经理了!"

冯利又向李成勋介绍说:"成勋啊,这位可是我们A市的大功臣啊,你要是常常看电视新闻的话,肯定听说过金书记的大名。"

李成勋的脑海里忽然蹦出一个在A市赫赫有名的人物形象,他朝主位上安坐的人望了一眼,肯定之后,赶紧端起茶水,向那人语气恭敬地问候道:"金书记,久仰大名,今日得见,实乃成勋的荣幸。"

觥筹交错,酒过三巡,李成勋接收到冯利递来的暗号,借口一起上卫生间来到外面。

冯利已有五六分醉意,步子和他的舌头一样,都有些拐不直了,他喷着酒气凑到李成勋面前:"成勋,我……我们那边细说。"

冯利拉着李成勋,走向一处僻静的角落,那里靠窗,鲜少有人经过,一盆硕大的平安树挡住了外人的视线。

脚步一停,冯利立马变了个人,他探头张望了一下,变得精明的目光转向李成勋:"你怎么样,没醉吧?"

李成勋酒量还可以,也就喝了个三四成。

"没醉,冯厂长。"

冯利抹了一把头上不知是汗还是油的液体,不讲究地蹭到裤子上,低声问李成勋:"卢总的意思,你明白了吗?"

李成勋看着他,没说话。

冯利笑了笑,拍拍李成勋的肩膀:"你这孩子就是实诚!金书记、卢总今天亲自来给你保驾护航,给你吃定心丸,你还有什么好顾虑的?"

李成勋确实有顾虑。天上真的不会掉馅饼。集团安监部经理的美差,也不是领导们看重他的能力才提拔他的。就像冯利说的一样,他在一群中层里面,话最少,背景最差,再加上最重要的一点,实诚。所以,他才会成为今天饭局的座上宾!

"冯厂长,我很抱歉,我决定不接受这次集团的升职安排。"李成勋面色平静地说。

冯利的小眼睛猛地一张,然后又缩成更细的一条线,他没说话,只是呼吸明显比刚才急促了些。

"李成勋,你觉得,你如今还能全身而退吗?"冯利忽然冷声说道。

李成勋抿着嘴唇,看着饭店窗外沉沉的夜色,许久没有出声。来之前,他还抱着一丝希望,希望能摆脱冯利,继续做他的闲职,哪怕没那么幸运,他大不了退一步海阔天空,降职做个普通职员,也是最差的结果。可刚才推门看到A市"三把手"金烁阳端坐高位的时候,他的心连同他的人,一下子坠入深渊。全身而退,已成为一个美好的幻境,等待他的,又何止是粉身碎骨呢?

李成勋觉得冷,浑身上下都冒着冷气。七月天,盛夏酷暑,他却像是刚刚走入漫长的严冬。

"我保证不会把今天的事情说出去,更不会把凌河……"李成勋的话还没说完,就被冯利一个严厉的眼神制止。他推了李成勋一把,绕开平安树,四下里看了看,才回来气急败坏地呵斥李成勋:"你疯了!凌河的事,你给我永远烂在肚子里!"

李成勋隐忍低头:"我知道了。"

"知道什么?啊,你知道什么!知道了你还敢拒绝,你不想要你这条命了,是不是?卢总从一百来号人里面选中你,你该感恩戴德。李成勋,你应该庆幸,接下来几年,你将赚到别人几辈子都赚不到的钱!你懂吗?"冯利拍着李成勋的胸口,脸色阴阴地冷笑道,"别说你不需要这些钱,清高的人我看多了,但你不是,李成勋,你骨子里虚荣得很,不然的话你何必去做什么婚托,来满足你物欲的渴望呢?"

李成勋蓦地抬头,脸色灰败,无力地问:"你,你查我?"

冯利冷笑一声,双手背后,在狭小的空间里走了几步,说:"你觉得你还有什么秘密是我们不知道的?是你身患重症的老父亲,还是你亟待解决的房款首付问题,还是……还是你心心念念、却始终没勇气去追求的小女友?"

"够了!"李成勋的眼睛里腾起一层愤怒的火焰,他恨不能一拳砸扁冯利那张面目可憎的大脸,可是当他看到拐角处那扇若隐若现的金色房门,以及脑海中交错闪现的父亲和米果的面孔,一瞬间被激发出的怒火又一点一点消失殆尽。到最后,只剩下满心的倦怠和绝望。

他就像是一只孤立无援的猎物,早被狩猎者觊觎,当他还在幻想着翻越山峰,找到理想中的绿洲时,前路上数不清的陷阱,却已经朝他张开了血盆大口。

冯利极有耐性,他掏出烟,自己点了一根,又递给李成勋一根:"来一根?"

李成勋犹豫了一下,接过去,冯利给他点上。袅袅烟雾升腾,忽然,李成勋背转身,猛地咳嗽起来,冯利哎哟一声,赶紧帮他捶背顺气:"不会抽你逞什么强啊!"

"别管我!"李成勋挣开冯利,打开窗户,将烟重新塞回嘴里,猛吸了一口。

烟雾直达肺腑,一股子说不出的辛辣刺鼻的气味在胸肺间转了一圈,又从嗓子里倒回出来。

李成勋强忍着恶心,吐出一层一层的烟雾,就这样,他反复抽了会儿,忽然,扔掉烟头,转身,看着冯利说:"回去吧,我想好了。"

冯利一惊,紧跟着踩灭香烟,跟上已经大步走远的李成勋。

清晨,米家。

米拉最近靠着她大运会银牌的辉煌战绩,一直在家休假。

两个女儿都在家,最高兴的自然是米妈妈了。米妈妈最近都不去买早餐了,她亲自下厨,为米果和米拉准备各种各样营养可口的早餐。

今天的早餐格外丰富,有鸡茸粥、蛋花卷、腊肠和小萝卜泡菜。米爸爸赶着去上班,所以提前喝了点粥先走了。米妈妈把饭盛上桌,正准备去叫姐妹俩起床,却看到米果穿着婚介公司上绿下黑的工装,从房间里走了出来。

看到米妈妈,米果单手叉腰,摆了个 pose:"老妈,你闺女怎么样?!"

米妈妈上下一瞅,嘿嘿一笑,竖起大拇指:"当然,我家果果最漂亮!"

米果挤挤眼,走到餐桌前坐下,一看早餐,她立刻两眼放光地叫:"鸡茸粥!老妈,你这几天打鸡血了,每天都这么下力气。"

米妈妈脚步一顿,回头瞪着米果:"吃你的吧!"

米果很快吃完饭,看看表,着急往外冲。

"妈妈,我上班去了。"

"哦,晚上早点回来,你小姑姑要来。"

大门啪嗒一响,米果走了。

米妈妈瞅着还算干净的大女儿房间,唠叨声稍微轻了一些。她走过去,打开窗子换气,楼下一抹绿色的影子蹦蹦跳跳映入视线,米妈妈翘起嘴唇,情不自禁地笑出声来:"真是个乖孩子。"

目送闺女走远,米妈妈才转身离开,可走了两步,她却又拐回来,猛地掀开单人床上的枕头,把压在下面的一本书拿了起来。

"现代整容技术。"米妈妈眼神不好,就着光线念出封面上的大字。

念到最后,她像丢瘟疫一样把书丢在床上,这哪是什么言情小说、时装杂志,分明是米果上大学时的教科书!米妈妈觉得头一阵晕,后退了几步,扶着米果的书桌,神情僵滞地立了一会儿。忽然,她想起什么,扭身就去拉身后的抽屉。

"妈妈,你在干什么?"

米妈妈的心脏咚地一震,她猛地转过头,盯着门口和米果声音相似度极高的小女儿米拉。

米妈妈抚着胸口,一边喘气,一边呵斥睡眼惺忪的米拉:"你想把妈妈吓死啊!走路都不带声音的。"

米拉揉着乱发朝里走:"是你做贼心虚好不好,果果刚走,你就翻她东西,当我不知道啊。"

米妈妈气得瞪眼,她啪的一下照着米拉浑圆的屁股上就是一巴掌:"什么贼不贼的,你们都是我生的,你们的就是我的!"

米拉揉着屁股,疼得蹙眉,反嘴:"你这是剥夺人权!剥夺我和果果的隐私权!"

"隐私个屁啊!还不快去洗脸!"米妈妈推了米拉一把,又忽然叫住米拉:"拉拉,你说果果是不是有问题?"

"嗯?什么?"米拉没听清。

米妈妈指指米果床上的那本书:"你自己看看,果果她又开始看这种书了。"

米拉诧异问道:"什么书?果果除了看泰迪熊漫画,就是……"米拉拿起床上的书,瞄了一眼,"啊?"她叫了一声,回头看着同样也是一脸疑惑的米妈妈:"死人书。"

远在公交站台的米果,忽然觉得一阵凉风吹来,她打了个寒战,紧张地望了望天。

一辆绿色公交车徐徐进站,米果下意识想跟着乘客上车,可走了两步,却猛地一顿,她拍了下脑门:"笨死了!你还以为去'喜福来'上班啊。"

到了殡仪馆,米果没去换工装,就先找曹娜。

"你去找薇薇麻烦了?还把我用过的手套扔她脸上了?"米果在车上接到小颖的电话,差点没背过气去。她之前不敢告诉曹娜,就是怕她冲动之下做出什么傻事,没想到她还是去了。

曹娜愣了一下,随即坦然点头:"是,都是我做的,怎么?她们还想找你麻烦?"

米果赶紧摇头:"没有!她们想来也不敢来啊。"

曹娜深以为然:"那倒是,谁敢来这儿找事,直接弄一个尸首不全的招呼她们去!"

米果推了曹娜一下,忍不住笑了。

忽然想到什么,米果赶紧拉着曹娜,上下察看:"你没事吧?她们那天没对你怎么样吧?"

曹娜摇头:"没事啊,我进去就说我是殡仪馆的,和你是同事,她们就没一个人敢对我怎么着了。"

"那手套……"

"手套是假的,我拿了副新的去吓唬薇薇。"曹娜回想起那一天,还是觉得舒坦。

"娜娜。"米果忽然抱住曹娜。

曹娜有点蒙,张着双臂,不知道该不该落下。

"别为了我去冒险了,薇薇那样的人,不值得你这样。"

曹娜笑了,她放心抱住米果,叹了口气:"别说傻话。我们是什么关系啊,如果有一天我受委屈了,恐怕你比我闹得还凶呢。"

"我才不管你。"米果直起身,瞪着曹娜,然后扑哧一笑,"那怎么可能?"

"果果——"

"娜娜——"

两个姑娘在晨光里开心相拥。

李成勋收拾好桌上的物品,准备下班。

人力资源部的小王来拿U盘,里面存有需要打印的表格。李成勋找到U盘,递给小王。

"李经理,听说您要去安监部了,是真的吗?"小王也算是人力部的"老人"了,从开始就跟着李成勋。

李成勋点头:"嗯,最近就要过去。"

小王有些激动:"那太好了!安监部是咱们集团的肥差,您去了还是正的,以后的发展一定比在人力部强百倍。"

李成勋淡淡一笑,没有做出回应。强百倍吗?那不就证明以前的他,窝囊万倍。可若不是窝囊,他也不会一脚踏入深渊,从此是一身洗不干净的脏泥污水。如果,还有如果的话,他宁愿待在这个窝囊的地方,也不愿从风光霁月的山顶坠落,死无葬身之地。

小王离开的时候,非要他找时间请客。他许诺,一定请。

李成勋随后走出大厦，打车来到"喜福来"新搬的办公地点。"喜福来"搬家后，他第一次过来，也将是最后一次。

走进印有喜庆 Logo 的玻璃门，李成勋心里的那根弦一下子绷到了极限。他有点不敢看工作区那一排排灰色的隔断，他怕一不小心，就会撞上那双纯净透明的眼睛。

"李成勋？"

他转头，看到一张熟悉而又精致的脸。

"真的是你啊，李成勋！"已经升职为活动组组长的薇薇抱着一沓资料，立在办公区的入口。

李成勋笑了笑："今天下班早，我想找你谈点事。"

薇薇一怔，随即脸上露出一抹娇羞。她将着耳边一缕鬈发，向前走了两步，靠近李成勋："找我可以先打个电话嘛，我好有个准备。"

李成勋的视线淡淡扫过她，以极小的步幅向后退了退："是金牌会员的事。"

"哦，那我们去会客室谈吧，那里安静。"薇薇指了指对面一个虚掩的房门。

李成勋默许，薇薇把他带进会客室的时候，他的视线不自觉地朝办公区望了望，有不少员工关注到他，小声议论着什么，也有几张似曾相识的面孔，但是，没有她。

薇薇把他请到里面坐下，找出遥控器打开空调，然后去放资料了。她问李成勋喝点什么。李成勋说不渴，不用麻烦。可薇薇再回来，却端了一杯加了冰的咖啡。

李成勋说声"谢谢"，接过去，喝了一口，放下，看着和他并排坐下距离有些近的薇薇，说："我想解除之前和公司签订的合同。"

薇薇愣住："你不想赚钱了？"

李成勋摇头："不想赚这种钱了，心里总觉不安。"

"哦。"薇薇惋惜地嗯了一声，"其实，也没什么，没有人会知道的。"

"那我们就正式解除合同，需要我签字或是赔偿，都可以。"李成勋说。

薇薇连连摆手："不会，不会让你赔偿，签个字就行了，你和那些婚托，哦，和他们那些人不一样。"

李成勋眸中的神色黯淡了些，他自嘲地笑了笑，脸转向别处，低声说了句："有何不同？"

薇薇没听清，问他说什么。李成勋摇头，让薇薇把有关合同拿来，他就可以签字办手续了。薇薇说先要向公司领导汇报一下，如果领导没有意见，她就去准备东西。李成勋问了大概时间，等薇薇走了，他拿出手机，打开微信。

朋友圈照例是一碗一碗的心灵鸡汤，要么就是炫富、炫旅行，或炫儿子、女儿的图片。他没找到熟悉的头像，于是点开通讯录，找到泰迪熊头像，犹豫了一下，点开。

"我在会客室,能见一面吗?"手指迅速地打下一串汉字,可是在点发送键的时候,却停顿了很久。最后,听到脚步声,他手指一滑,屏幕关掉。

薇薇拿着几张表格进来:"不好意思,让你久等了。"

"没事,没等多久。"李成勋说。

薇薇姿态优雅地落座,以从未有过的耐心一步一步引导着李成勋完成了解除合同的步骤。

"好了吗?"李成勋撤回身体的同时不由得蹙眉,薇薇的香水味太浓了,距离又太近,短短的几分钟,他像是受尽了煎熬。

薇薇拿起表格,从头看到尾,满意地点头:"可以了。李成勋,恭喜你,从今以后,你就清白了!"

李成勋看看她,眼神有些冷。

薇薇自知失言,暗骂自己蠢得不可救药,像李成勋这样自尊心极强的男人,既然要求解除合同,肯定是打算永远忘了这件事。

薇薇堆起笑脸,赔罪道:"看我一高兴说的什么话,李成勋,你别介意啊。"

李成勋嗯了一声。

薇薇见气氛有些尴尬,眼珠一转,主动发起邀约:"你还没吃晚饭吧?要不这样,我请你去吃韩式料理,公司附近这家韩式……"

话还没说完,就被李成勋客气地打断:"很抱歉,今晚我还有事。"

也就是在这一秒,李成勋忽然鼓起勇气,想把刚才那条未发出的微信重新发一遍。

薇薇怔了怔,脸上的笑容便有些挂不住:"哦,有事啊。"

"嗯,我想约一个朋友吃饭。"李成勋一边说,一边拿出手机。

薇薇和他距离很近,因为太过在意他约的朋友是谁,所以趁李成勋发微信的时候,探头过去,瞄了一眼。这一瞄不打紧,薇薇低呼了一声:"你找她?"

李成勋蓦地抬头,眼神有些凌厉,薇薇脖子一缩,脸色也冷了下来:"李经理,你不会还想着那个触霉头的米果吧?"

"什么意思?"李成勋在点发送键之前,顿住。

薇薇瞪眼翘唇,表情夸张地说:"你还不知道吗?米果已经被公司开了!你绝对想不到,她以前竟是个摸死人的殡仪工!殡仪工啊,多脏多恐怖的职业,你说米果她哪来的胆子,居然敢编造学历来欺骗公司!哦,对了,她不仅是个骗子,还是个野蛮人,公司赶她走,她不愿意,为了泄私愤,竟把我给打了,你看,我这胳膊上,现在还有伤呢。"

李成勋的眼睛慢慢眯起来，原本削薄的唇线，更是抿成细细的一条直线，这是他情绪波动过大的表现，也是他即将发怒的预兆。

薇薇兀自还在耍弄小聪明，想博取李成勋的同情，进而和他有个愉快的开始，谁知……

"薇薇组长，请你自重！"李成勋霍然立起，差点把以他为重心的薇薇带个跟头。

薇薇尖叫一声，手肘重重磕在茶几边角上，差点没疼得昏过去。

李成勋直接走出会客室，重重的关门声，引来办公区一片哗然。他目光极冷地扫过那群人，然后，拿出手机，拨了一串号码。

过了几秒钟，对方接起，他闭了闭眼睛，压住胸中的怒火，低声说："叶梅，我们见个面！"

叶梅正休假在家陪老公呢，接到李成勋没头没脑的电话，赶紧收了笑容，冲着衣衫不整的侯伟业竖起食指，比了个噤声的手势。

她站起来，一边穿衣，一边朝卧室外边走："李成勋，出什么事了，你的声音怎么哑成这样？"

"有事的不是我！总之我要见你，地点我一会儿发你微信！"李成勋说完便挂了机。

叶梅叫了声"李成勋"，发现电话已经挂断，她揉了揉乱蓬蓬的短发，跺脚发牢骚："人家要造孩子，造孩子，你来添什么乱啊！"

三十分钟后，叶梅穿着清凉地走进路边一家普通的咖啡馆。

李成勋坐在靠窗的卡座，看到她，先是一愣，然后朝她摆摆手："这里。"

叶梅环视四周，发现客人还不少，不过都是些十几岁的半大孩子腻歪在一起谈恋爱。叶梅揪紧眉头，大步而行，走到李成勋对面，重重坐下。

"有什么事不能在电话里讲，非把我叫来这里，你看看，这是谈话的地儿吗？"叶梅把车钥匙扔在台面上，抱臂，靠后，埋怨李成勋。

李成勋今天看起来和往日里没什么区别，白衣黑裤，轮廓清俊，静静地坐在那里，有种水墨画一般超然的清冷气质。

李成勋脸色有些暗沉，他看着叶梅，上来就直奔主题："米果被赶出公司，你为什么不告诉我！"

叶梅一愣，环着的手臂放了下来："你去公司了？"

李成勋推开面前的咖啡杯，向前压了压重心，语气也重了一些："你为什么不护着她，由着薇薇那群人欺负。要不是我今天去解除合同，我还以为她生活得很好。"

叶梅越发震惊："解除合同？你不干了？"

"你别逃避问题,我问你为什么不保护米果,让她就那么走了?"李成勋痛心地质问。

叶梅看着李成勋,忽地笑了笑,她的目光清冽,似是能堪透人心:"李成勋你什么意思?你现在是以什么身份来过问米果的事,你又怎么知道我没有尽心尽力地去维护米果?"

李成勋哑然沉默,一双黑眸深暗似海地看着叶梅,半晌,垂下眼眸说:"我喜欢她,这个理由不行吗?"

叶梅除了给他一抹不带一丝恭喜的微笑之外,做不到别的。

她深深地看着他:"总算逼出你的实话了。可是,李成勋,你忘了吗?当初,是你主动放弃她的!你比我更清楚,米果看似大度懵懂,其实她骨子里是个特别倔强有主见的姑娘,所以,她才会在你做出选择之后,离开了你。那段时间,她过得很不好,在'喜福来'的工作也出现了问题。我承认,我有错,我疏忽了她,我以为她只是因为你们的感情出现问题所以才意志消沉,我没想到,她那时已经起了回殡仪馆工作的念头。"

"米果回殡仪馆上班了?"李成勋震惊无比。

叶梅点头:"回去了,她的工作目前还处于一种保密状态,她的父母朋友都还不知道。"

"你为什么不阻止她呢?那种地方,她好不容易才出来。"李成勋痛心极了,米果竟回去工作了。

叶梅目光转冷,身子向后,靠在卡座上:"哪种地方?不就是殡仪馆吗?为逝者服务,让人生最后一站变得美好圆满的职业,我不知道社会上为什么会对殡仪工存有那么深的偏见。我也错看你了,李成勋,想不到你和薇薇那群人一样,都是戴着有色眼镜去看待米果的。幸好,我没告诉你,不然你找到米果讲这些话,不是让她更难过吗?"

李成勋痛苦地蹙了一下眉心:"叶梅,你别曲解我的意思,我比你更早知道她的情况。"

"哦?那是我小看你了。你既然那么了解米果,怎么会不清楚她真正需要的是什么?"叶梅言辞犀利,讲话一点不留情面。

李成勋苦笑:"你别刺激我了,我但凡有点办法,也不至于……"

话未说尽,两人沉默下来。

叶梅想起他之前说的事,担忧地问道:"公司的事你怎么不干了?不是来钱快吗?"

李成勋摇头:"不想做了,或许米果说得对,一个人良心无愧,才能睡得踏实。"

叶梅看他,表情若有所思:"那你爸呢？还有春天城楼盘的房子,首付有着落了？"

李成勋迟疑了一下:"我再想办法。"

叶梅瞪他:"我跟你说一万遍了,我能帮你,你怎么就是不肯接受呢？"

李成勋苦笑,现在,就是他想接受,也没机会了。思及自身处境,他不禁万念俱灰,凭着一时愤怒和孤勇想为米果挽回些什么,可是最终却发现,他自己却是先堕入深渊的那个人。

两人聊了一会儿,叶梅邀请李成勋去家里吃晚饭,被李成勋婉拒,两人在路边道别。叶梅看着夜色中眉目清俊的男人,犹豫了一下,说:"别去打扰米果了,如果你给不了她想要的……"

李成勋愣了愣,摆手,转身,没入了街头的人潮中。

叶梅上车后,情绪低落,车行半路,一种莫名的熟悉感,让她想起了最后提醒李成勋的话,是出自何处了。她以相同的语气、相同的态度提醒过另一个男人,另一个对米果萌生出超出友情之外的男人。

特勤中队。

岳淳川今晚值班,与他办公室斜对面的防火科的办公室也亮着灯,整个二层,只有他们两间办公室还有人。

饭点已经过了,岳淳川在写这季度的工作总结,没去餐厅,所以让王福祥把饭给他打好了送上来。

不多一会儿,有人敲门。

"进来！"岳淳川头也不抬,继续在键盘上打字。

"队长,饭给你送来了。"王福祥探进半个脑袋,短短的发茬,像个青葫芦头。

岳淳川嗯了一声:"放茶几上吧,我一会儿吃。"

王福祥轻手轻脚进来,左右看看,笑着说:"队长你也不开空调,不热吗？"

"还行,开着窗户呢。"岳淳川没跟他提起自己膝盖受过伤,不能吹冷气那档子事。

以为王福祥送了饭就会走,可是这兵葫芦头,愣是在房间里转悠起来:"队长,楼上还有空房间,你怎么没弄间当宿舍啊？在这里睡,这么小的空间,还不如我们宿舍的条件好,能睡舒服吗？"

"挺好,方便。"岳淳川抬起眼,扫了扫王福祥。

王福祥看到他终于从电脑前抬头,赶紧指着茶几,提醒他:"赶紧吃饭吧,一会儿该凉了。嗯……还有,我看孔参谋还在加班,也给她捎了一份饭。"

岳淳川顺着王福祥手指的方向,看到茶几上多出来的一份饭,拧眉:"你放我这儿干吗?"

王福祥心虚,挠头:"我怕孔参谋不吃,她最近一直加班,从没吃过晚饭。队长,你叫她过来吃吧,你的话,她肯定要听的。"

岳浔川微微愕然,孔易真加班他知道,可是晚饭不吃他还是刚刚才听说。

"行了,你下去吧。"他挥挥手。

王福祥得令,笑吟吟地朝外跑,跑了两步,又扭头说:"有牛柳的是孔参谋的,队长,你别拿错了。"

岳浔川停下手头的工作,朝饭菜瞥了一眼,拿起手机,按下几个数字。

很快,一道柔美的女声响起:"喂。"

岳浔川轻轻咳了一声:"我是岳浔川,你过来一下。"

对方嗯了一声,没过一会儿,孔易真敲门进来。她看到办公桌前的人影已经不见了,宿舍区那边却传来水声。

听到门响,岳浔川叫道:"你赶紧吃饭吧,茶几上,你的牛柳饭,王福祥送上来的。"

孔易真惊讶地望过去,茶几上,真摆着两份具有部队特色的晚饭。她以为岳浔川叫她来,又是为了公事,没想到,竟是……竟是一起吃饭吗?

她愣了愣,忽然想起什么,用手拍打起因为加班而显得晦暗发涩的脸庞,又对着文件柜的玻璃整理了一下发型和着装。刚弄好,就听到脚步声。

她霍地转身,看着从里面走出的男人。

岳浔川一边往下拉袖子,一边朝她瞥了一眼。他应该是洗了个脸,军衬衣的领口上有一片不小心弄上去的水渍。可能是为了洗脸方便,他的领口向下,直到第二粒扣子,都敞开来,随着他的动作,领口处清晰的锁骨线条若隐若现。

孔易真关注他的时间长了些,岳浔川察觉到异样,蓦地抬头,恰好和她来不及收回的目光撞上,孔易真一怔,有点狼狈地偏过脸:"你的领口沾上水了。"

岳浔川用手随意抹了一下:"天热,没事。"

他指指茶几:"一起吃吗?你要是不愿意,也可以……"

"就在这儿吃吧!"孔易真截断他的话,率先走过去坐下。她打开饭盒,把她的牛柳饭推到面前,然后犹豫了一下,还是帮岳浔川也摆好饭盒,她看到里面的排骨,眼睛一眯,说:"王福祥真是个机灵鬼。我上次吃饭就跟他提了一句我爱吃牛柳,你爱吃排骨,他就记住了。"

岳浔川微微一愣:"不是你让他订的牛柳饭?"

孔易真横他一眼:"我没那么卑鄙!"

岳浔川呵呵一笑,坐下,拿起饭勺狼吞虎咽起来。

一时间,二人无话。吃了一会儿,孔易真忽然伸出勺子,看着岳渟川说:"给我一块排骨,我也想吃。"

岳渟川看着孔易真,最后,从饭盒里挑了一块最小的放进孔易真的勺子里。

孔易真瞪着那块只见骨头不见肉的排骨,一下子被气笑了:"你怎么还跟小时候一样抠啊,一块排骨你也舍不得。"

小时候,孔、岳两家经常在一起聚餐,岳渟川正在长身体,食量大,尤其偏爱荤菜,孔易真也爱吃,两个人在饭桌上常常为了一块不起眼的排骨吵架。为此,成年后的孔易真还留下了心理阴影,现在只要一跟岳渟川吃饭,她的筷子下意识就往肉上戳。

岳渟川不理她,自顾自闷头吃饭,过了一会儿,他抬起头,却撞上一双似笑非笑的眼睛,他愣了一下,伸手,罩住孔易真的额头,向后推了推:"看什么看,吃你的饭!"

孔易真瞥了他一眼,笑了笑,低头挖了口米饭,就着干瘦的排骨吃起来。没想到看似枯柴棒似的排骨,还挺有味道。她一边品咂咀嚼,一边低头问岳渟川:"我们算不算和好了?"

岳渟川吃得差不多了,放下饭盒,抽出纸巾擦了擦嘴,顺便舒展开长腿:"哪方面?"

孔易真踹出一脚,没踢到他,却撞疼了膝盖,她咝的一声,扔下饭勺,苦着脸,低头去揉:"别人说你的心是铁做的,我起初还不信,没想到,你这些年变化得太快,现在的你,何止是铁,简直是一块被冰冻住的铁疙瘩!想撼动你,引起你的注意,还得先破冰才成!"

岳渟川笑了笑:"随你怎么说。"

"哼!"孔易真冷笑一声,拿着饭盒站起身就要走。

"明天开始,你调到西区检查组。"岳渟川坐在那里,双手五指交叉,摆出一个舒服的姿势,说闲话一般丢出一句命令。

孔易真转了大半个的身子,猛地顿住,她扭过头,一脸不可思议的表情,瞪着岳渟川:"你批准了?"

岳渟川看着她,点头:"批准了,明天你就去找冯小海报到。"

孔易真闭眼的同时,用力握了一下拳。实在是太意外了,她还以为,她只能待在特勤中队做个花瓶。

这些天来没日没夜的加班,总算是有了回报。

"谢谢你,渟……噢,不,队长!"孔易真笑了。

岳渟川指指她:"你要谢的是你自己。你这些天不要命的加班熬夜,不就是想尽快结束东区的任务到西区来。"

"那也得你批准啊。"孔易真是真的高兴,防火专业是除了追岳淳川之外,唯一能激起她全部热情的事业。她把宝贵的青春和精力投入其中,一方面是出于热爱,另一方面她想证明自己不是一个什么都不懂的花瓶。之前岳淳川不准她去西区检查组,表明了不认可她的专业程度,这让她很是气愤,也因此被激起了昂扬的斗志。

她偏要他认可自己,也要让那些说风凉话的同行看一看,她孔易真到底是花瓶,还是有真才实学的防火专家。看来她的努力没有白费,岳淳川总算肯把她调往 A 市消防工作重中之重的西区检查组了。

孔易真走后,再次折回来,她敲了敲门,冲着开始收拾茶几的岳淳川说:"你抽时间回家看看杜阿姨,她最近身体不太好,昨天我妈在医院遇见她了,杜阿姨在做检查。"

岳淳川停下手里的动作,抬眼看她:"好,谢谢。"

孔易真笑笑走了。

岳淳川没心情收拾了,他掏出手机,拨了家里的电话。

杜宝璋最近几天血压偏高,加上吹空调受了寒,感冒之后身体越发不舒服,她向学院请了假在家休息,电话铃响的时候,她正半躺在沙发上看书。

"妈,是我,淳川。"

杜宝璋摘下眼镜,看了看墙上的石英钟,不禁诧异地问:"你不是在工作吗?怎么有时间给妈妈打电话。"

透过电波,岳淳川听到杜宝璋说话时明显带着鼻音,他的心沉了沉,问:"妈,您感冒了?"

杜宝璋一愣,她揉了揉发红的鼻子:"被你听出来了。妈妈没事,就是普通感冒,不要紧的。"

"总之,您要照顾好自己。"想到这些年母亲受过的苦,熬过的病痛和孤独,岳淳川的心里很不是滋味。

杜宝璋也很感动,因为儿子性子清冷,除了有要紧事,一般不会给家里打电话。

她想起什么,问他:"怎么忽然想起我了?"

岳淳川沉默了一下,说:"易真告诉我您病了。"

杜宝璋一怔,随即明白了什么:"哦,可能是你刘阿姨告诉她的。"

岳淳川嗯了一声,继续叮嘱杜宝璋:"天热您也不要总开空调,没课的时候多出去走走,这样抗病力才会强。还有您的血压,每天用血压计检测一下……"

杜宝璋静静地听着,过了一会儿,她忽然抬起手压在眼睛上,呼吸也变得有些重:"行了,别啰唆了,妈妈知道怎么做。"

杜宝璋笑了笑,试探着问:"淳川,你和易真……"

"妈!"岳淳川抗议。

"好了,不说了,不说了,再说下去,你又该不回家了。"杜宝璋赶紧打住。她知道这种事急不得,她越是逼着他,他就越是反抗。

岳淳川还想说什么,楼下却突然想起刺耳的警铃声,随即,他桌上的专线电话也零零地啸叫起来。

"我不跟您说了,这边有警情了!"

"好,照顾好自己,淳川……"杜宝璋没等把话说完,电话就断了。

她无奈又心疼地摇摇头,挣扎着起身,找到昨天去医院开的药,接了水,喝了。去厨房清洗茶杯,她又洗了手,回来的时候经过卧室,她缓步走了进去。

十几平方米的房间,装修古朴典雅。杜宝璋放轻脚步,走到靠窗的梳妆台,停下。在放着瓶瓶罐罐的台面一角,一个水晶相框静静地摆放在那里。她缓缓地坐下来,用手摩挲着相片里眉目俊朗的男人:"春霆,我想和你说会儿话……"

殡仪馆。米果晚上加班,待她细致缝合了一具车祸遗体之后,抬眼看表,已是快九点了。

她仰起头,缓慢转动脖子,想要缓解肌肉的酸痛,可她猛地想起什么,呀地惊叫一声,顾不得脱下手套,疾步朝外面跑。

一旁协助她的整容师王秀娜以为出了什么大事,也跟了出来:"米果,出什么事了?"

米果一边脱手套,一边皱着面色惨白的脸蛋向王秀娜解释:"王姐,惨了,我忘了跟我妈请假了。今天我家有客人,我妈特意嘱咐我早点回去的。"

王秀娜知道她还没把回来工作的事告诉家人,一听也着急了,毕竟殡仪馆在郊区,离市区还有一段距离,就算是现在打车回去,估计米家妈妈也会发飙。

米果打开柜子,翻出上班后就调成静音的手机,一打开,哇! 光未接来电就有二十九个,还不算被米拉狂轰滥炸的微信。

"果果,你惨了,老妈今天发现你枕头下面的死人书了。"

"果果,老妈中午没做饭,就等着回家审你呢。"

"果果,果果,你怎么还不回来,我快被米丛珊唠叨死了。"

"果果,老妈发飙了,狂打电话给你,快接电话啊,快接!"

"果果,你真的惨了……"

一行一行,触目惊心,米果头上的冷汗,冒了一层又一层,最后,身子一晃,哐当一下砸在柜门上。

"米果,我看你还是回家吧,剩下的我自己能处理。"

米果归心似箭,可手里的工作却丢不掉。郭台庄病休,她现在是整容室的中坚,她走了,万一工作出了纰漏,那就不是她个人的事了,她可不愿意给师傅的脸上抹黑。怀着一颗极度忐忑的心,给米拉发了一条微信:"老妈呢,有没有磨刀?"

三五秒时间,米拉的微信回过来:"刀已磨亮,枪已上膛,回来受死吧!"

米果发了个哭泣的表情。米拉回以狂笑,又追加了一条语音:"我吓你的,哈哈哈,老妈这会儿去送米丛珊了。"

米果揉着几乎要蹦出来的心脏,按住语音:"拉拉,你这个小坏蛋!"

发出去没多久,米拉就回过来了,还是一条语音:"果果你做坏事了,不然心虚什么。老实讲,是不是和那本死人书有关系?"

米果听到微信,吓得差点又扔手机,她强自镇定了一下,回道:"瞎猜什么,睡你的觉!"

米家楼下,米妈妈和米丛珊立在道路一角说话。

"嫂子,你就放心吧!明天啊,咱们保准让果果的脸上放出万丈光芒!"米丛珊拍着胸脯保证完,忽然觉得自己这番形容有点过了,她和米妈妈相视一眼,哈哈大笑。

笑过之后,米妈妈担忧地问:"这事没跟果果商量,合适吗?"

米丛珊大手一挥:"这才叫惊喜!惊喜,就是要提前保密,你都跟她说了,那明天还送什么喜给果果啊?"

"哦。"

"嫂子,你可千万保守秘密啊。哎呀,你说我怎么有点迫不及待了呢,我一想明天那激动人心的一幕,我就激动!"米丛珊两眼放光地说。

"就是,就是,我早就开始激动了!"米妈妈拉着米丛珊对着头又商量了一会儿,米丛珊才回去了。

米妈妈回到家,看到米爸爸坐在客厅里看电视,就喊了一声:"老米,再给你闺女打个电话,她要是再不接,就把门给我反锁了!"

米爸爸抬眉瞄了妻子一眼,低声嘟哝:"我就不锁。"

"你说什么?"米妈妈没听清,但凭感觉知道不是什么好话。

米爸爸笑着转头:"我说,我马上打!"

Chapter 15

真相暴露了

深夜。

米果乘公交车回市区,公交车刚进入锦湖区,就被堵在柳河路口动弹不得。这个路段相对偏僻,加之又不是晚高峰时段,鲜少出现堵车的情况。

公交车司机开窗向前探视,过了一会儿,他向渐渐坐不住的乘客解释说:"估计是交通事故,看样子已经堵到高架桥了!"

乘客一听堵到高架了,纷纷朝车窗外张望。

远远地,锦湖区中心地段的高层居民楼以及金融街、锦湖路上各大商业建筑上方亮起的流线型灯彩,和高架上长龙一样的车灯汇成了城市的风景线。可惜的是,归家心切的人,谁也没心情欣赏夜景。

车上坐的,大多是下夜班的工人或是公司底层员工,他们现在去附近乘坐地铁已赶不上末班车,如果下车再绕到别的路段等出租车或是换乘别的公交车,耗费的就不仅仅是时间,还有他们已经透支的体力。于是,大家都认命一般地等着。

米果也没办法,尽管一颗心一直堵在嗓子眼儿里下不去,可她却不敢给米妈妈打电话,她怕自己的智商斗不过米妈妈那块老姜。

老姜,是米爸爸给妻子起的绰号。

米果猛地摇头,甩去倦意的同时,也甩去压在心头的不安。

这时,一阵急促尖锐的警报声响了起来。所有的人都朝窗户右侧的应急车道望去。只见几辆消防救援车打着双闪灯,拉着警报,飞快地冲破后面的车阵,朝这边驶来。

"糟糕!"公交车司机指着前方占着应急车道的私家车,"这些司机太不自觉了,环线的应急车道是救命道,他们这样占着要误大事。"

确实耽误大事了。

晚十时八分许,锦湖高架桥上发生一起特大交通事故。一辆超速行驶的货柜车转弯时失控,在两条辅道上连撞两车后,又在五条主道上撞了三辆车,随后冲过中间绿化带,撞压了一辆由西往东行驶的蓝色出租车,最后,还造成另一辆小车与出租车发生碰撞。

惨祸,瞬间发生。

十时十分许,接到警情的消防特勤中队立即出动救援。

刚从跳楼轻生者营救现场回来的岳淳川连口水都没顾上喝,就又驱车赶赴事故地点了。

一路上车流滚滚,举步维艰。当消防救援车行至柳河路口时,前方的应急车道已被彻底堵死。

"队长,过不去了!"

战士张群发从驾驶室探出头,看了看前方的路况,向岳淳川汇报。

岳淳川已经看到了,紧蹙浓眉,思忖了两秒,用对讲机联络现场的交警,得到暂时疏通不了的反馈之后,他看了看表,果断下令:"全体都有!"

听到短促有力的命令声,车上的消防战士精神一振,身板挺得笔直。

岳淳川坚毅的目光掠过身后一张张严肃认真的熟悉面孔,朗声喝道:"全体下车!卸装备!"

"是!"

顷刻之间,除了留守的司机之外,全体消防员以整齐划一的动作跳下车去。

米果趴在窗玻璃上,看着距离公交车十几米外闪烁着警灯的消防车,突然间停住不动了。

富有正义感的公交车司机下车去了解情况。过了没多一会儿,他气喘吁吁地跳上车,对乘客们说:"高架桥上出车祸了,听说死了好几个人,消防车过不去,战士们正扛着装备准备跑过去呢。"

"跑过去?"从这里到高架桥,少说也有三四公里,而且是一路缓坡,平常人空手走路还觉得累,更何况还要负重奔跑。

"这些消防战士可真棒!"

"他们厉害着呢。我亲眼见过他们救火,那么大的火苗,他们眼都不眨一下,穿着防火服就冲进去了!"

"你们看,他们来了!"司机立刻坐回驾驶位,他打开车灯,想为这些消防战士照亮前方的路。

米果巴着车窗,看到八九个人列队朝这边跑来。他们真的是在跑步前进,虽然肩扛手拎,可是行进步伐依旧整齐划一。

很快,那些逆光而行的消防员就跑到了公交车前。他们一个个表情严肃,目不斜视,一路飞奔。米果不由得攥紧拳头,胸中升起一股滚烫的热流。眼看着他们就要过去,米果却透过玻璃看到排在队伍最末尾的一个消防员。忽然,她瞪大眼睛,站了起来!他!怎么是他!

公交车司机可能是个军迷,看到当兵的就激动。他拉开车窗,探出半个身子,朝疾奔过去的消防战士大声喊道:"好样的!消防员!加油!平安!"

附近的车辆纷纷效仿公交车司机的行动亮起车灯,为救援战士照路,有的司机和乘客甚至还在道边为他们鼓掌加油。

"司机,我想下车!"

司机扭头一看,是一个脸盘圆圆的姑娘。

看她似乎挺着急,司机打开车门:"下去吧。"

姑娘说了声"谢谢",一个箭步就跳下车,一转眼,就没影了。

"看来是有急事。"司机摇摇头。

负重奔跑是每一名消防战士的必修课。而特勤中队是消防部队中的特种部队,所以平常的训练比一般中队严苛得多,最常见的就是每人负重七十斤爬十楼楼梯,时间必须卡在一分钟以内。

夏天怕战士中暑,一般此类消耗大量体力的负重训练会减少,可是岳浔川却偏偏打破训练常规,入夏以来,几乎每天都会给队员们安排"加餐",保障消防队员体能稳定。但这次的负重与以往不同。

"呼呼——"粗重的喘息声,此起彼伏。

与平常负重登梯时的着力点不同,加之跑这么远,还不是直道,所以就连平常训练成绩名列前茅的班长们,也感觉到吃力。

岳浔川肩扛荷马特破拆工具组中最重的液压泵跑在最后。

"队长,我和你换!"王福祥放慢速度,把破拆工具中重量最轻,但也有二十五斤重的顶杆递给岳浔川。

"不用!保持队形!"岳浔川沉声说道。

"太沉了,队长,你的肩膀有伤。"王福祥低声哀求,他知道岳浔川在营救跳楼轻生者的行动中,不小心拉伤了肩膀。

"啰唆!"岳浔川紧蹙眉头,狠狠瞪了王福祥一眼。

王福祥缩缩脖子,不敢再说什么。

一套破拆设备共有液压泵、扩张钳、剪切钳、顶杆、多功能剪切钳、万向剪切钳六件套,外加两卷三米长的液压空气管,最重的液压泵达四十斤以上,轻一点的剪切钳三十四斤,最轻的顶杆也有二十五斤。

以往他们也遇到过此类徒步救援的情况,但是每跑几百米,拎着顶杆的战士就会和扛着液压泵的战士换一换,就像接力比赛一样,减轻战士的负重压力。

岳湸川不给别人机会,一方面依仗的是他强大的体能,另一方面也是最关键的原因,是他想和死神赛跑,给车祸受伤的人更多的生存机会。

正如王福祥担忧的一样,跑了一半路程,他的肩伤发作,原本不算什么的液压泵,此刻却像是一座大山,重重地压在他的身上。肩膀火辣辣地疼,他蹙起眉头,瞬间便有无数的汗滴落下,可他的脚步还是如之前一样沉稳有力,丝毫不见松懈。

他在咬牙坚持,目测距离事故发生地,不过五百米了。九个壮汉,在车海中连成一条线,与死神赛跑,与生命接力。

"岳湸川——"忽然,一阵急促的脚步声夹杂着沉重的喘息声在岳湸川背后响起。

岳湸川步子微顿,但他实在不方便转身,于是头也不回地问了句:"谁?报名字!"

听声音感觉莫名的熟悉,但他这会子没工夫琢磨。

"是我,米果!"随着干脆利落的自我介绍,一抹娇小的影子从后面冲上来。

岳湸川偏头看了她一眼,脚步不停:"怎么是你?"

米果呼呼地喘着粗气:"我刚才在公交车上看到你了,就过来看看。"

看看?九人组明显乱了一下,尤其是尾部那一截,从王福祥开始。

岳湸川瞄了一眼前方:"我在工作,没时间聊闲话!"肩膀火辣辣地疼,他皱了一下眉头。

"你不用说话,我不打扰你。"米果把双手叉在腰间,撑着快要跑散架的身子,气喘吁吁地说。

岳湸川没有说话,他的眉头越拧越紧,突然身子一歪,两脚突地打了个趔趄。

"呀——"米果惊叫。

幸亏没有摔倒,不然的话,他这个铁血队长就丢人了。岳湸川暗自庆幸。他想让米果回去,可是没等开口,米果就自动停了下来。她似乎是跑不动了,靠在路边,半弯着腰,看起来很难受的样子。

岳湸川非常快速地扫了一眼,又转回头,把沉重的液压泵朝肩上送了送。

到达事故发生地,才知道现场有多惨烈。十几吨的事故车撞断高架中央围挡护栏十几米,整个倒翻在对向车道上,面目全非。现场到处是撞击后玻璃的碎片、货物和黏稠的血迹。被事故车撞击砸扁的车辆有七八辆之多,最惨的是对向行驶的蓝色出租车,车上的两男一女车祸发生的瞬间已经死亡,但幸运的是,后排一个七八岁的女童尚存生命体征。不过,她被卡在车内,无法出来。

提前一步赶到的A市交警四大队的大队长胡长喜正在现场指挥救援。

列队跑进现场的队伍引来一片惊喜的呼声。

岳淳川把液压泵交给王福祥,然后他迎向胡长喜伸来的大手,紧紧握住:"胡大队长,辛苦了。"

胡长喜用力回握:"没有你辛苦,累坏了吧。"他已经知道岳淳川跑步赶来事故现场的事。

岳淳川详细询问了现场情况,得知有个孩子被困在车内,还没救出,立刻带着队伍奔过去。

可是跑了两步,他忽然停下,转头,诧异地看着几米开外的娇弱身影。她怎么跟过来了?

他略一思忖,让王福祥带着队伍先走。他看着那抹影子,叫:"米果——"

米果啊了一声,却没动。

岳淳川揉了揉眉心,指着米果,说:"你别乱跑,等结束了我送你回去。"

胡长喜一愣,这才把目光转向那个被他误以为是车祸家属的姑娘。

米果愣了愣,很快点头:"我就站在这儿,不乱跑。"

岳淳川扭头便走。

胡长喜回头看了看那个叫米果的姑娘,米果也看着他眨眨眼,胡长喜摸摸鼻子,紧跑几步,跟上岳淳川,一巴掌拍在他的肩上。

"你女朋友?第一次见啊……"

玩笑还没开完,胡长喜只觉手下一沉,岳淳川蹙眉,朝一边让了让。

这微小的动作令胡长喜心中一惊:"咋回事?受伤了?"

岳淳川动了动肩膀,低低地嗯了一声。

胡长喜看着眼前神情专注的男人,心里颇多无奈,记忆里每次见到岳淳川,他的身上似乎都挂着伤。

岳淳川到的时候,救援人员正在把车里的死亡男子抬出来。

两人死状极惨,一个满脸碎玻璃,怒睁双眼,眼睛里也扎着玻璃,手脚完全变形了,另一个看不清长什么样,面部全是血,断掉的胳膊在半空中摆荡。

那几个抬人的直接把人抬到了米果站的地方,把人放下了。

胡长喜刚想抻脖子吆喝,谁知胳膊一紧,被岳淳川拉住:"没事,她是遗体整容师。"

胡长喜的嘴张得跟圆筒似的,半晌说不出话来。

米果起初没动,而是盯着那两具尸体看,过了一会儿,她慢慢地蹲了下去。胡长喜猛地收回视线,搓了搓身上的鸡皮疙瘩。

救援难度超乎想象。被卡女孩受伤严重,加之车厢严重变形,不适合直接动用破拆工具。

岳淳川弯下腰观察车况,片刻后,他决定进入车内,实施人工救援。

车祸刚发生时还能听到小女孩的哭声,胡长喜当时一直在安慰受伤的女孩,希望她能撑住。现在时间一分一秒地逝去,小女孩的声音越来越弱,再喊她,已然没了反应。

"我进去!"岳淳川指了指变形的右前门:"王福祥,打开!"

王福祥和另一名战士用撬杠,很快别开右前门,岳淳川从右前门钻入出租车内,一点一点地朝后面挪去。

"小朋友,小朋友,叔叔来了!"岳淳川的声音从车里传了出来。

小女孩卡在严重变形的后排座位中间,头部脸部扎了很多玻璃,血流不止。

或许是听到了岳淳川的呼唤,小女孩慢慢睁开眼,极小声极小声地叫:"叔叔……"

岳淳川看到一双漆黑的眼睛透着渴望生存的光芒,他放轻力道,摸了摸小女孩的头发:"别怕,叔叔来救你了。能给叔叔唱个歌吗?"

"我……唱不好。"

"没关系,唱不好也没关系,叔叔爱听。"岳淳川掏出纱布,包住小女孩受伤的头部,力道轻柔,语气更加轻柔。

"那好吧……世上只有妈妈好……有妈的孩子……"小女孩轻柔童稚的歌声从车厢里飘了出来,在场的人无不恻然心酸,女孩的妈妈在车祸中已不幸罹难,女孩还不知道。

岳淳川用纱布包住小女孩的头,拖着她的身子,一点一点,慢慢地将她拉出车外,小女孩即将获救的时候,他忽然叫了声:"老胡,避开点!"

胡长喜大手一摆,刚才摆放在近处的几具遗体已被白布蒙住。

小女孩被等待多时的120急救人员抬走,岳淳川艰难地从后排一点一点退了出来。

随后,他又带着消防战士利用交警部门的吊车,将压在出租车上面的货柜车头吊开,他们动用破拆工具,将被困的一名司机救了出来。

至此,震惊A市的重特大交通事故的救援告一段落。深夜的A市,重又恢复了车水马龙、流光溢彩的繁华夜景。

岳淳川揉着肩膀,迈着大步走向路边的米果。远处灯光惝恍,亦幻亦真,那抹娇小的影子却有着一种真实的、安定人心的力量。

米果看到他,展颜一笑,脚步轻盈地跑上前来:"岳淳川,可以走了吗?"

他点头:"嗯,可以了。"

米果看看他,脚蹭了蹭坚硬的地面,小声说:"你是不是生气了?"

"没有。"

她迅速看了他一眼,又低下头:"对不起,我没想打扰你工作,我只是听公交车司机说前方出了严重车祸,死了好几个人,我就想过来看看,有没有我能帮上忙的。"

岳淳川看着她,沉默了一下,说:"你做得很好。"

米果抬头看他,觉得他不像是说假话,于是,露出洁白的牙齿,冲他微笑。

岳淳川指指刚刚通行的车流:"车马上就到。"

米果看到他手臂动作僵硬,担忧地问:"你受伤了吗?"

他微微侧脸:"小事。"

肯定不是小事,要是小事,他就不会说了。

米果拧起眉头:"等下我陪你去医院检查一下吧?"

岳淳川摇头:"不用。"

米果不好再劝,就用那种关切的目光看着他。

岳淳川觉得不太自在,他清了清嗓子,朝十米开外聚成一堆儿朝这边偷瞄的战士们扫了一眼,转移话题说:"今天你可是把他们给镇住了。"

米果眨眨眼:"我又没做什么,那本来就是我的工作。"

岳淳川看着她,眼睛的颜色渐渐变深。

刚才她半跪在地上为那个衣服损毁的女性遇难者穿衣的举动,可把在场的人都吓坏了,尤其是和米果有过接触的王福祥,更是被镇得倒退几步,哭丧着脸,直喊"队长,队长,出事了"。

"车来了!"两辆红色的消防车,正朝他们这边驶过来。

上车的时候,几乎所有的战士都往后一辆车上挤,前面一辆闪烁着警灯的消防车,只有岳淳川和米果站在那里。

"王福祥!刘玉春!你们过来坐。"岳淳川点了两个名字,拉开后面的车门:"米果,你上去吧。"

"哦。"米果倒没想那么多,她第一次坐消防车,还处于一种新鲜亢奋的状态中。

上车时米果鞋子打滑,差点从踏板上掉下去,岳淳川及时托住,她才免于难堪。

"谢谢。"米果捂着嘴笑笑,重新登车。

一束车灯忽然落在米果洁白的颈子里,那里水花花的一片光亮,映出一层薄薄的绒毛。

岳淳川的目光忽然一顿,过了几秒钟,他握拳咳了两声,才一抓车门,噌地一下跃了上去。

岳淳川坐在副驾驶位,他报出平安小区,让司机先把米果送回去。

火红的消防车一路疾驰,车内,却是另一番景象。王福祥和米果坐在一起,米果对车厢内每一样她感兴趣的东西,都会向身边的王福祥寻求答案。

"这是什么?"米果指着一排闪闪烁烁的灯光问。

王福祥目不斜视:"指示灯。"

"我知道是指示灯,它管什么,按这个会亮吗?"米果作势就要按下去。

王福祥啊了一声,立刻托起她的手:"别动,那是警报灯开关。"

"哦,这就是警报灯啊。呜哇——呜哇——"米果绘声绘色地学了两声。

王福祥的嘴角抽了抽,无力地喊了声"队长"。

前排的岳淳川双臂交握,闭目小憩,唇角却是微微勾起。

"这个呢?是什么?"米果指着头顶的灰色盖子。

"天窗,也叫观察窗,它可以用来观察火情。"王福祥回答。

"哦,原来还能救命。逃生窗,对吧,像这样……"米果做了个狗刨的姿势,战士刘玉春实在忍不住,扑哧一声笑喷了。

王福祥扶着头,继续叫:"队长——"

米果看东看西,忽然发现紧连座椅后部的一个东西:"还有,还有,这个……"

"空气呼吸机。"

"原来是空气呼吸机啊,这个我知道,飞机上有。"米果举起双手,假装给自己戴上一个防毒面具一样的罩子,然后面向全车人:"女士们,先生们,欢迎您乘坐××次航班,当飞机出现故障、机舱失压、着火、有毒气体等等的时候,座位上的氧气面罩就会自动掉下来……"

这次不等王福祥再叫队长,岳淳川一个没忍住,笑出声来。

霎时,车厢里变得格外安静。

就连米果也察觉到了什么,闭紧嘴巴,诧异地盯着前排的岳淳川。她没听错吧,他刚才在笑？她想找王福祥求证，谁知王福祥根本不看她，而是扭曲着脸，盯着前方的路况，一声也不吭。岳淳川当然更不会说话。

米果摸摸鼻子，讪笑两声，碰了碰王福祥的胳膊，指着夹在某处缝隙间一个藏在深处的蓝黑交错的东西问："那……那是什么？"

王福祥扫了一眼，脸却变得又红又黑。

"不能说吗？"米果有点失望。

王福祥瞄了瞄前排岿然不动的男人，极小声地说："奥利奥。"

"啥？"

王福祥抿着嘴唇，脸就要滴出血来了，他闭了闭眼睛，豁出去似的，大声说："奥利奥！"

"奥利奥？"米果的眼睛从小变大，最后瞪得滚圆。

消防车里居然藏着她的最爱。

之后，饿了半晚上的她，目光就再也离不开那个东西了："是……是那个每一块都有格调，让你心情更闪耀的奥利奥吗？是那个……你以为你变小了，唉嘿，其实是奥利奥变大了的奥利奥吗？它特别好吃，奶香味很重，咬起来特别脆，蘸点牛奶，再转一转……"

"队长！我要求换座儿！"王福祥的五官瞬间扭曲，他扒着前排座位，终于崩溃了。

米果握着一包被王福祥珍藏的奥利奥，不好意思地对岳淳川说："谢谢你送我回家，还送我这个。"她晃了晃手里的饼干。

深浓夜色里，一身橙黄色消防服的岳淳川看起来格外醒目。

"你该谢王福祥。"他说。

米果伸伸舌头，耸耸肩："我抢了他的夜宵，我估计他不会原谅我了。"

作为一个资深吃货，她特别理解王福祥此刻的心情。

岳淳川想到王福祥那扭曲变形的面孔，笑意就控制不住了。他用拳头压住嘴唇，提醒她："时间不早了，快回家吧。"

米果点点头，冲他挥手："那我进去了，再见，岳淳川！"

"嗯，路上慢点，别跑。"他叮嘱道。

她再次挥手，然后朝小区大门走去。

岳淳川看到她一直在摆弄手里的饼干包，不知道是不是打不开，她竟用牙咬了起来。他情不自禁微笑，体内的疲惫和倦怠感仿佛一下子减轻了不少。看着那抹娇小的身影走远，岳淳川才迈开步子，朝停靠在路边的消防车走去。

刚走了几步,忽听背后传来哒哒哒哒的脚步声。

"岳渟川!"

他顿步,转身,看着去而复返的米果。

"你等我一下,别走!"米果喘着气交代一声,又急匆匆地掉头跑了。

她进了小区外一家二十四小时营业的药店,不知道要买什么,她正手舞足蹈地和店员交流。透明的窗玻璃映出她娇小的身影,表情自然而又生动。

不时有夜归的人朝他投来好奇的目光,他们好奇于全副武装的消防员为何会出现在这里。

岳渟川并不觉得难挨,异样打量的目光对于他来讲,和普通人的注视没什么区别。他的注意力全集中在药店里的女孩儿身上,仿佛看着她,就可以熬过生命里最艰难的时光。

离他很近的地方,横着一个煎饼摊的推车,因为夜深,所以没什么客人,年迈的老人窝在凳子上打盹儿,铁制转盘上时不时地响起一两下水汽蒸发的吱溜声。

"抱歉,抱歉,让你久等了。"米果像一匹小马似的跑过来,把手里的袋子递给他,"这是膏药,专治拉伤扭伤的。你回去贴到肩上,一次一张,别贴多了。另外,你最近都要休息,药店的人说,你要是还不注意的话,这条胳膊会废掉的!后果很严重,你一定要当回事,还有……"

岳渟川接过袋子,打开,看了看里面印有麝香虎骨膏的纸盒,忽然,抬起头问她:"你怎么知道我肩膀受伤?"

米果一呆,表情不太自然地朝远处的消防车看了看,小声解释:"是我问王福祥……"

岳渟川寒星般的目光落在她的脸上,停了几秒,他忽然举起手,放在米果梳着马尾辫的头顶,轻轻地揉了揉:"谢谢你。"

米果呆呆地望着他,心跳得特别快。她觉得四周的气氛都变得奇怪了,尤其是头顶,被他大手轻压着的地方,像是着了一团火,烧得她满脸通红。

她眨眨眼,看着面前一头短发的岳渟川:"哦。"

岳渟川收回手,指了指煎饼摊:"你也等我一下。"

他大步走向煎饼摊,叫醒正在打盹儿的老人家:"麻烦您做个煎饼。"

老人家动作麻利地舀面糊铺在转盘上,又用木制的刮板刮成圆圆的形状。

"要几个鸡蛋?"老人家问他。

他想了想:"两个。"

老人家磕了两个鸡蛋在面饼上,又用刮板刮平。

"啥都要？"

"嗯，油炸果子麻烦您多放些。"

焦黄的炸果子旁边堆放着一大包似曾相识的零食，他曾在王福祥的柜子里发现过这种类似"三无"产品的零食，据王福祥说，只要是吃货，没有人能抗拒得了它的诱惑。

他想了想，拉出两包，递过去："再加两包。"

老人家笑得眼睛眯成一道缝，伸出食指朝他一指："内行！"

岳渟川把包得鼓鼓囊囊的煎饼递给米果："下次请你吃好的。"

米果愣了一下接过去，原来煎饼是给她的。不过，他说下次请她吃好的是什么意思？他还要请她吃饭吗？其实，一个煎饼足够了。

"再见，岳渟川。"

岳渟川目送她的背影消失在小区大门内，才转身走向消防车。

上车后，他忽略了背后几道热烈探究的目光，拿出袋子里的一盒麝香虎骨膏，打开，凑到鼻子前闻了闻。

米果回家太晚，开门的时候，深呼吸几次才把钥匙塞进锁眼里面。

轻轻转动，打开一道门缝，先探进半个脑袋，瞅了瞅里面的动静，看黑着灯她才敢蹑手蹑脚地进屋。因为心虚，她没敢开灯，最后连澡也不敢洗就摸到自己房间睡了。

第二天一早，米果起床后扒着门边瞄了好久，才像小老鼠似的沿着墙边溜去卫生间。

"老米！咱家有耗子了，快出来打！"忽闻背后响起一道清脆的呵斥声，紧接着，米爸爸拿着锅铲从厨房里慌慌张张地跑出来："哪儿有耗子？哪儿有耗子？"

米妈妈伸出纤纤玉指，朝墙角那么一点："就是她！"

米果苦着脸，转身，向米爸爸申冤："我不是耗子。"

米妈妈上去就揪住米果的耳朵："不是耗子你躲什么？不会好好走路？这么大的姑娘了，有没有一点正形？"

"爸爸！救命！爸爸——"

米爸爸赶紧过去解救宝贝闺女："曹秀云，你给我住手！"

米妈妈瞪了他一眼："你叫我什么？"

米爸爸噎住，语声顿弱："老婆，咱有话好好说，有话好好说，你看果果疼的，你要是把她掐肿了，今天那好事……"

米妈妈杏眼圆睁，大喝一声："老米！"

米爸爸脖子一缩,立马捂嘴。

米妈妈放开米果,转去掐米爸爸的耳朵:"你这张臭嘴,快嘴,看我今天不收拾你!"

"啊——曹……老婆,松手,松手,疼……疼。"

米果趁乱开溜。可是在早饭桌上她还是没能逃过被审讯的命运。

"昨晚上哪儿去了?"米妈妈斜眼看她。

"我加班呢。"米果心虚地低着头。

"放屁!"

米果吓得一缩脖,然后顶着对面巨大的压力,把喷在脸蛋上的米粒一个个拾掉。

她低下头,绞着手指,态度诚恳地认错:"对不起,妈妈,昨晚我和曹娜去玩了。"

米妈妈用力咬了口包子,沉着脸没说话。

米爸爸赶紧向米果使了个眼色,米果换上一副笑脸,像过去一样蹭过去抱米妈妈的大腿:"妈妈,我错了,下次再也不骗您了,再骗您,您就把我赶出去,对,赶出去!这样才能给我一个教训!"

米妈妈瞅瞅她:"这可是你说的。"

米果不知道怎么了,脖子后面忽然一寒,她甩了甩头:"我说到做到!"

米拉今天回体院,和米果同一时间出门。米妈妈送走两个如花似玉的女儿,立刻跟打了鸡血似的,抓起手机就是一通按。

"丛珊啊,你出门了吗?啊,出门了,那我也得快点,你等我啊,记得等我啊!"米妈妈哼着小曲狂奔进卧室。米爸爸在门口换鞋,摇摇头,叹息道:"真能折腾。"

米果到了殡仪馆,进了整容室,却意外见到正在扫地的郭台庄。

"师傅,您怎么来了!"郭台庄前段时间由于腰疾复发请了病假,可这才几天啊,他就回来了。

郭台庄手里的扫帚被米果一把夺去:"您病好了吗?许阿姨同意您来上班吗?"

郭台庄憨厚地笑了笑:"我好多了。这次你许阿姨给我找的按摩师傅很不错,按了三次腰疼就见轻了,你知道我的性格,在家也待不住,所以就过来给你搭把手。"

米果噘着嘴,皱着眉头:"您这是不信任我,怕我给您捅娄子,对不对?"

郭台庄用手点点她:"又说傻话。"

米果假装生气,其实心里是担心郭台庄的腰伤。她见过郭台庄伤病发作时痛苦难忍的模样。

郭台庄坐下休息,当他看到米果身上和整容室工作服格格不入的绿色西装外套时,不禁眉头一蹙,担忧地问:"米果,你还没和家里人说吗?"

"没呢。"米果提起这事就头疼,她知道纸包不住火,迟早有一天她会被抓现行,所以昨天晚上她才会吓成那个样子。另外,她也怕真说出来了,米爸爸和米妈妈接受不了这个打击,米爸爸身体不好,她怕再出什么意外。

"那……要不要我去帮你说说?"郭台庄问米果。

米果赶紧摆手:"不用了,不用了,师傅。我妈妈那人嘴太厉害,她到时候会对您出言不逊的,我怕您受委屈。"

"什么委屈不委屈的,只要你能学以致用,我受点委屈算什么。更何况,他们是你的父母,那么宠爱你,我却把他们的宝贝女儿给拐到殡仪馆上班了,你说,我不该上门赔罪啊?"郭台庄准备去一趟米果的家里,和米果父母把话说清楚,那样的话,这个心地善良的傻姑娘就不会整日里提心吊胆地和亲人们演智斗大戏了。

"反正现在还不是时候,算了,您别管了,我能拖一天是一天吧。"米果努力挤出一抹微笑,她不想让师傅担心。

上午十点,一个十几人的小型老年团,喧哗着走进"喜福来"婚介公司的大门。

"哎呀,这地方真不错,一看就是正规公司!"

"哎哟,真气派,你看,这盆花,该养了五年了!"

"果果呢?果果在哪儿?我要把儿子的终身大事交给她办!"

"还有我女儿,我女儿小时候总带着果果玩呢。米妈妈,你可别忘了我们小羽啊。"

"还有我,还有我,我也要找老伴!"一个六十多岁年纪头发花白的老太太,兴奋地拉住米妈妈。

有人笑她:"刘妈妈,您还来相亲啊!"

"莫道桑榆晚,微霞尚满天!我今年才六十六,怎么就不能追求幸福了?"老太太振振有词。

"哈哈哈……您可真新潮!"

正吵吵闹闹嚷个不休,"请问你们是要入会的吗?"薇薇领着小宋和刘文艺站出来接待。

米丛珊一挥手,像个领导一样站了出来,她昂着头,冲着这个年轻漂亮的姑娘说:"不错!我们都是来入会的。"

入会,就是婚介公司发展新会员。

一看这么多的人要入会,薇薇不由得一阵激动。这么多人,这入会费,还有这季度的任务……

她娇笑一声:"哎呀,失礼了失礼了,请大爷大妈们到会客室谈吧。"

薇薇正要亲自带着这支老人团去会客室细谈,打头这位精神头十足的老太太却大手一挥:"不用麻烦你了,姑娘,我们过来,只要一个人接待,而且我们的入会名额,也要算到她的业绩上头!"

薇薇面色一沉,看来她白高兴了一场。

"不知您说的是我们公司的哪位员工?"

一看有人业绩要比她好,薇薇嫉妒得不行。

米丛珊骄傲地一抻脖子:"米果!"

米果昨晚修复的车祸遗体家属过来吊唁逝者。

逝者是个老太太,患有老年痴呆症,可能是趁家人不注意的时候偷跑出去了,不曾想一上马路就被一辆超速行驶的半挂车碾到了车底下。遗体送来的时候残破不堪,修复难度很大。郭台庄不在,全馆没一个整容师敢接这单活儿。

后来,米果站了出来。

老太太的女儿当时跪在地上求米果,恳求她一定要让她母亲体面地离开这个世界。

她也尽了最大的努力精心修复了老人家残破不堪的遗体,只是不知道家属会不会满意。

一刻钟前,郭台庄陪着家属进了停尸间,米果在外面等着,没敢进去。

家属进去就开始哭号,哭了一阵子,声音渐渐轻了,又过了一会儿,郭台庄领着家属走了出来。还是那位逝者的女儿,见到米果,眼睛一瞪,就朝她这边扑。

米果吓了一大跳,心叫不好,就往后退。她曾亲眼见过逝者亲属打整容师,说他们玩忽职守,尸位素餐,蔑视逝者的尊严。谁知,这位家属没打她,而是又像昨天一样,抱着她的腰,跪下了。

看家属跪下,吓得米果差点也跟着跪下来。

"谢谢你,小米师傅,谢谢你,你让我妈又活过来了。谢谢,谢谢你。"家属感激涕零,免不了又是一番号哭。米果和郭台庄好一顿劝,才把她搀扶起来,送她走了。

米果抚着胸口,半天没缓过劲儿来。后来她想,幸好没给师傅丢脸。

还有,她的身份居然跃升一级,从小米变成小米师傅了。哈哈,小米师傅。

郭台庄回来后摸了摸米果的头发,笑了笑,夸道:"不错,米果。"

米果眯起眼睛,刚想冲着师傅笑一下,谁知王秀娜就举着她的手机从里面奔了出来,她焦急大喊:"米果!你爸来电话,说你妈昏倒了!"

米果呆了呆,抢过手机就朝外跑。

郭台庄扶着腰追她:"米果,换了衣服再去!"

特勤中队。

上午出警,中队一名战士被大火灼伤,紧急送往市人民医院。经过烧伤科专家全力抢救,战士脱离生命危险,留在医院治疗。

岳漳川从支队开会出来已是近午时分,外面暑气熏人,热不透风,天空阴云密布,视线昏暗,大有暴风雨来临之势。

他抬腕看了看表,决定先去医院看看,顺道解决午饭问题。

"漳川。"

他顿步,看着身后一身戎装的武警女中尉:"孔参谋。"

孔易真笑着拢拢短发:"不好意思,我又忘了,岳队长。"

岳漳川淡淡撇唇。

"我过来送报告。哦,对了,你去哪儿?回中队吗?"孔易真其实知道岳漳川在支队开会,所以她送完报告后一直等在这里,想和他来次"偶遇"。

岳漳川摇头:"不回,我去医院看看铁常。"

"宋铁常?他怎么了?"孔易真一上午都在支队,不清楚中队的事。

"刚才侯指导员打电话来,说铁常出警时被大火烧伤。"

"那么严重啊,我和你一起去吧,反正我这会儿也没事。"孔易真说。

岳漳川本不想和孔易真一起,可他忽然想到孔易真的父亲孔舒明在会后的谈话中拜托他照顾孔易真的事,他想了想,点头朝前走:"好吧。"

孔易真怔了怔,随即秀气的眼睛里逸出狂喜,小跑着跟了上去。

出租车一路疾驰奔向医院。

这一路上,米果不知道自己都在胡思乱想些什么,手机捏在手里,上面沾着一层湿漉漉的冷汗。她一路上打了无数个电话,可是米爸爸都没有接。

越是这样反常,她就越是害怕。总算看到人民医院的大门,米果等不及前方拥堵的车流散开,便把一张五十块钱递给司机:"不用找了,谢谢。"

她拉开车门,跳下车,朝医院狂奔。

巨大的白色建筑物像一头怪兽伫立在阴云密布的天空下。米果找不到方向,胡乱地拉住附近一个人:"请问……请问昏倒的病人会送到哪里?"

那人看看她,摇摇头,指着前方:"不知道。你问问这里的医生。"

米果顺着那人指的方向一看,立刻朝一位穿白大褂的医护人员跑了过去:"请问昏倒的病人会送到哪里?"

年轻的男医生先是被她吓了一跳,而后诧异地看着她,"你不是医院的吗?你不知道吗?"

米果愕然:"我不是……"

"不是你穿什么白大褂啊。"他指了指她身上的衣服,笑了。

米果低头一看,不禁恍然,刚才太着急,她竟然把工作服穿来了。

"我真不是医院的,您能告诉我具体方位吗?我妈妈昏倒了,被急救车送到这里来了。"米果说着说着眼泪就掉下来了。

男医生看她是真着急,于是想了想,说:"你去急救中心看看吧,如果是120接收的话,病人一般都在那里。"

"谢谢您!谢谢您!啊,对了,急救中心在哪儿?"米果蒙了。

男医生指了个方向,她再次道谢,朝着东边连接门诊大楼的地方跑了过去。

一进急救中心的大门,米果立即就被一种紧张恐惧的气氛笼罩着。怕被病人误会,米果脱下身上的白大褂拎在手里。

急救中心里,到处都是人,进门处不远是外科急诊室,米果看到一个满脸淌血的男人半靠在椅子上,闭着眼睛,神情痛苦,一个穿着绿色工装的医护人员正在聚精会神地处置他头上的伤口。

再向前走几步,挂着内科急诊室的牌子,米果还没往里看,就被一个壮汉撞了一个趔趄:"让让!让让!"那壮汉怀里抱着一个老太太,进来就喊:"医生!医生!救人!救我妈!"那人怀里躺着的老太太嘴唇微张,看起来非常虚弱,医护人员迅速冲出来接病号,他们把老太太抬进去,戴上氧气罩,开始急救。

米果刚想开口问问米妈妈在不在这里。

"快点,快点,和平路菜场有一个人昏倒了!"三名医护人员行色匆匆地绕过米果,一路疾奔上了外面的救护车。

不知不觉间,米果出了一身冷汗,当她终于抓住一个刚给病患扎完针回来的护士时,她的声音都哽咽了:"请问你们有没有收治一个叫曹秀云的病号?"

"曹秀云?"

"对,曹秀云。大概五十多岁,个子和我差不多,她昏倒了,被送到这里。"米果手脚忙乱地比画着。

"我想起来了,是不是一群大爷大妈送过来的病人?"护士说。

"大爷大妈?我不知道啊,我是她女儿,我想见她。"像一只没头苍蝇似的胡乱撞了这么半天,总算看到了一点希望。

护士努力回想了一下,指指楼梯:"你上二楼吧,她可能在急诊病房观察呢。"

急诊室的二楼是急救中心的病房区,也是治疗区。

"您好,请问曹秀云住在哪间病房?"米果问护士站的护士。

"都在墙上贴着,你自己找一下,我这会儿腾不出空。"护士指了指墙上的病员信息栏,转身走进了操作间。

米果说了声"谢谢",在病员信息栏里寻找"曹秀云"的名字,找到第三行的时候,她的眼睛一亮,重复念了一遍病房号,就急匆匆地找了过去。

"休息得怎么样,感觉好点了吗?"

刚冒了个头,就听到米妈妈的声音:"这会儿好多了。"

米果一个激动,立刻冲了进去:"妈妈——"

米妈妈被巡诊的大夫挡去大半个身子,看不清脸,米果刚趴到床上,想抱米妈妈,就觉得眼前一黑,耳畔一阵凉风袭来。

"啪!"势大力沉的一巴掌狠狠地落在米果的脸上,一下子就把她打蒙了。

原本嘈杂喧闹的病房里霎时安静下来,所有人的目光都转向那个被打的年轻女孩儿。

大夫吓了一跳:"你这是做什么! 干吗动手打人!"

米妈妈冷哼一声,撇开脸:"我教训自家女儿,谁也管不着。"

医生讨了个没趣,留下吓呆的米果和病床上寒气逼人的米妈妈拂袖而去。

"妈妈,您是不是还难受呢?如果打我能让您舒服一点,您就打吧,只要您快点好起来。"米果不知道自己犯了什么错,只知道现在的米妈妈很可怕。

米妈妈翻过身,不再看她:"你给我滚!"

米果的眼泪一下子就涌了出来,她伸手想摸摸米妈妈,可又不敢。记忆中的米妈妈从未对她发过这么大的火,今天她是怎么了? 怎么不喜欢果果了?

"妈妈,您怎么了,果果做错什么了?"

米妈妈腾地一下从那边翻起来,坐直了,朝着米果的脸又甩了一巴掌。

这次有人看不下去了:"我说你这个人,怎么这样打女儿,她做错事了,你说她就是了,干吗动手,还当着这么多人的面?"

"你别多管闲事,我管教自家女儿,碍着你了?"

那人气得不行,站起来想跟米妈妈理论,被自家人拉住,气不过骂了句:"有病。"

"你说什么? 你敢骂我! 今天老娘跟你拼了!"米妈妈瞪目瞪眼,摆出一副拼命的架势,要下床和人家干仗。

米果用力抱住米妈妈的腰:"妈妈,不要——不要——"

米妈妈一把推开她,双目血红地指着米果:"滚回你的殡仪馆去!以后,你再也不是我们老米家的人!"

米果像是被雷劈中了,脸唰一下变得雪白。

"我让你滚!听到了没有!滚啊——"米妈妈用尽力气吼了一嗓子,双目一翻,浑身无力地倒向病床。

"妈妈——"米果吓得魂飞魄散。

"曹秀云——"

"嫂子——"

米爸爸和小姑姑米丛珊慌忙跑了进来。

一番兵荒马乱,米妈妈总算是苏醒过来了。这一次,她没再扇米果大耳刮子,而是背对着米果,声音虚弱却又坚决地让米果从她眼前消失。

米爸爸怕刺激妻子,拉着米果走了出去,米丛珊也跟了出来。

"小兔崽子,你的胆儿也忒大了,连父母都敢骗!"米丛珊脸色阴沉,出门就是一顿呵斥。

米果瑟缩了一下,看着同样黑着脸的米爸爸,委屈不安地叫:"爸爸。"

米爸爸狠狠地瞪了她一眼,正要说话。

"老米,你给我滚回来!"米妈妈在里面一声吆喝,米爸爸看看米果,跺跺脚,转身回去了。

走廊里只留下米丛珊和米果两人。米果垂下头,不一会儿,肩膀又开始抖动起来。

到底是有血缘的亲人,米丛珊纵有千般怨气,万般恨意,也不能把亲侄女怎么样。她叹了口气,拉起米果的手,走到休息区的椅子上坐下。

"果果,俗话说得好,'听人劝吃饱饭',你听姑姑一句劝,赶紧从那个晦气的地方出来,一切都还来得及。"米丛珊今天也被吓得不轻,乍一听米果因为隐瞒在殡仪馆的工作经历被辞退的消息,那一刹那,别说曹秀云了,就连她这个隔着一层血缘关系的小姑姑都生出杀人的心思了。

一群老街坊邻居面面相觑,有好事之人向那个过分精明的小姑娘打听米果,问她知不知道米果如今在哪里上班。那姑娘可能上辈子和米果有仇,竟当着一群最爱嚼舌根的老八卦们的面,极其鄙夷嫌恶地说了三个字:"火葬场!"

一语既出,满场皆惊!

"你胡说!我闺女不可能去那个地方。她每天都按时上班,哦,对了,就穿着你这件绿衣服!"受到强烈刺激的曹秀云说什么也不肯相信。

薇薇冷笑一声,叫来身后的一个女同事,让她把照片给大家看。那小姑娘起初不太愿意,可后来经不住薇薇恐吓,打开手机相册,调出一张米果穿着殡仪馆工装的照片,瑟瑟缩缩地举高让曹秀云看。

好面子的曹秀云胸口急速起伏了几下,当场昏厥过去。一时间天塌地陷,米丛珊慌得不行,抬起曹秀云就跟着一群老头老太太跑到医院。

侄女太不懂事了,如果换作是她的亲闺女,她恐怕比曹秀云更过分。

米果还在发抖,米丛珊以为她知错了,赶紧握住米果的手,来来回回搓着安慰:"果果,你工作的事情交给我了,姑姑再给你找个好的,保准比'喜福来'好上千倍万倍!"

"可我不想干别的,我喜欢我现在的工作。"米果抬起已经肿起来的脸,泪眼蒙眬地对米丛珊说。

米丛珊像看外星人一样愕然地看着她,过了一会儿,她猛地甩开米果的手,语声凌厉地叱责道:"姑姑没想到你是这么自私的孩子,你今天也看见了,你妈妈因为你的事气病了,还有你爸爸,他刚出院,就赶上你这糟心事,你说,你这孩子怎么这么不懂事!"

看米果眼眶里涌出大颗大颗的泪水,米丛珊心一软:"姑姑虽说也姓米,但总归隔了点什么,凡事还存了点私心,可你的父母不同,他们对你的爱是无私的,不掺一点虚情假意。别看你妈妈今天打你打得狠,其实,打得再狠,也没有落在她心里的拳头狠,疼在你身,痛在娘心啊。你知道吗?果果,你是个早产儿,当时你生下来,只有二斤多重,医生判定你活不长也长不大,你爸妈不想放弃,节衣缩食供你在暖箱里住了半年,才算是保住你的性命。可你出院后不久,你妈妈就怀孕了,本来他们已经申请了二胎指标,可以生下那个孩子,可是你妈妈为了能够全心全意地照顾你,狠下心去医院做了人流。后来,我怕你有个好歹,才逼着他们生了拉拉。还有,你和拉拉那个小牛犊子不一样,你是胎里带的身子弱,三天两头生病,一生病就要住院。那个时候单位管得严,请假扣工资,一个小时都不给你打折扣的,没办法,你爸妈就轮流在医院值班。你瘦得跟小猴子似的,整天就知道吱哇乱哭,轮到你妈妈在医院陪护还好,你闹腾的时候,至少还能嘬两下她的奶,可轮到你爸爸,就难了,他一个大老爷们,没那功能,只好抱着你成宿成宿地在病房里转圈,一边转圈,一边给你唱黑猫警长!你说你这孩子也是啊,唱别的不行,非要你爸给你唱这首歌,你才能安生一会儿。还有,唉,你说你爸妈容易吗?那些年真是苦,可他们硬撑着熬了过来,原以为人老了,能享享儿孙福了,可你!唉,你让姑姑怎么说你呢……"

米丛珊为人不拘小节,心思也宽,鲜少和人说这么多动感情、掏心窝子的话。如今逼她改变的,是她一直很喜欢的侄女,所以,一番推心置腹的话谈下来,她的眼眶也跟着红了。

米果听得专注,后来,她低下头,竟小声啜泣起来:"姑……姑姑……我不知道……我一直都不知道。"

从小到大,米爸爸和米妈妈都偏疼她一些,她以为一般的父母对第一个孩子都是这样的,毕竟是他们的第一个孩子,所以意义上会有所不同。

今天米丛珊说了原因,她才知道,她的父母为了她牺牲了那么多,付出了那么多。可她,回报了什么给父母呢?

"现在醒悟还不算晚,果果,这次你一定得听姑姑的,赶紧去把殡仪馆的工作辞了,回家来,姑姑再给你想办法。"米丛珊的语气充满期盼。

米果伸手遮住自己的眼睛,半晌,哽咽着说:"您让我再想想。"

没想到,在医院会耽搁这么久。下午探病的时候,受伤战士宋铁常的病情发生反复,再次被推进手术室。

岳淳川给侯伟业打招呼,让他看好中队,就和孔易真一起待在医院等结果。傍晚时分,闷了一天的暴雨终于开始施威,一时间电闪雷鸣,狂风肆虐,天地间呈现一片混沌狰狞之态。

下雨之前,岳淳川几次催促孔易真早点回去,可她就是不走,这下暴雨如注,想走也走不了了。

"淳川,你饿不饿?我去医院餐厅看看吧,买点吃的给你垫垫。"午饭时他吃得不多,孔易真知道他的饭量,想必这会儿早就饿了。

岳淳川身高腿长,空间狭窄的休息椅根本容纳不了他的体积。

他坐起一点儿,摇摇头:"我不饿,你不用麻烦了。"

孔易真哦了一声,靠向椅背,陪他一起等。

"你饿了可以先去吃饭,我和小胡在这里等着就行了。"岳淳川说。

孔易真也摇头:"等下一起吧,小宋没出来,我也没心情吃饭。"

岳淳川点点头,转开视线。

孔易真暗暗高兴,她想,终于有机会和他在中队以外的地方独处了。等下她还可以正大光明地陪他处理完小宋的事,然后再让他请自己吃饭。

周围的人大多是等着接送手术病人的家属,他们的注意力常常被坐在角落里的一对军人男女吸引。毕竟,像他们这样周正威武的军人出现在手术室外面的情景,还是很少见的。

隐隐察觉到四周关注的目光,孔易真微微勾起唇角,身子也朝岳淳川那边挪了挪。

手术室门开启。

等在门外的小胡朝这边大喊一声:"队长!出来了!"

岳淳川倏然起身,贴着前排座椅飞快地走出去,他一边走,一边戴上军帽,那利落潇洒的动作令身后的孔易真心神一荡,她紧跑了几步,跟上去:"等等我,淳川。"

宋铁常烧伤面积不大,但却是深二度烧伤,所以急救手术没处理好的肌肉组织发生病变,才导致二次手术。

医生说这次手术处理得很干净,也很成功,以后静养恢复就可以了。

岳淳川回到病房,宋铁常已经醒了,小胡正用棉签蘸水涂抹他干裂的嘴唇。可能是被单下面没穿衣服,孔易真立在窗边,背对着他们。

岳淳川走过去,宋铁常看到他,激动地想起身:"队长。"

他弯腰,压住宋铁常:"别动。"

"队长,快坐。"

岳淳川坐下,摘下军帽,放在手边。

都不是多话的人,聊了几句,室内便显得有些安静。

孔易真转过身,轻咳一声:"岳队长,我们走吧,让小宋好好休息。"

岳淳川便起身,他拿起一旁的军帽戴上,低头叮嘱小胡看顾好宋铁常。小胡向他拍胸脯保证,会把宋铁常当亲哥一样对待,他们这才离开病房。

出了门,一路电梯下行,走到医院大堂,孔易真忽然改口唤他:"淳川。"

"什么事?"岳淳川看着她。

"我们……"孔易真刚想说待会儿去哪儿吃饭,却看到岳淳川面部一紧,接着,他示意她稍等,便朝大堂东边靠近大门的一处角落,大步走了过去。

· Chapter 16 ·

做喜欢的事

米果一下午都没见到米妈妈,无论她怎么哀求,连米爸爸都连带着求上了,可是米妈妈就是不肯见她。

下大暴雨的时候,急救中心的医生过来通知米爸爸,要把米妈妈转到内科病房住院治疗,米妈妈坚决不肯,最后交涉的结果,就是留院观察一晚,但是急救中心床位有限,米妈妈只能转去内科病房观察病情。

转去内科病房楼的时候,米妈妈再次发飙,当然不是冲着今天倒了八辈子血霉的大夫,而是她那游魂一般的女儿。

米爸爸相信米妈妈绝对有那个实力和体力再上演一出大义灭亲记,所以他赶在米妈妈的脾气像窗外的暴风雨一样肆虐之前,把米果"赶"出了病房。

"先回家去吧,果果,爸爸实在顾不上你。"米爸爸心力交瘁,他既心疼米果又同情妻子,可他只能做夹心饼干,谁也安慰不了。

米果从急救中心跟到内科病房,又从内科病房被米爸爸送进电梯,来到住院部一楼。

一路上,她都在哭,视线没有焦距,显得茫然而又空洞。她不敢眨眼,一眨眼,眼泪就扑簌簌地往下掉,怎么也止不住。

来去的人都同情地看着她,以为她的家人出了什么意外。

外面大雨倾盆,来不及流进下水道的积水,一会儿工夫就淹到了住院部大楼的台阶上,很多人被困在一楼大厅,她夹在一众怨声载道的人群里,蜷缩在一个不起眼的角落伤心地流泪。

"这雨什么时候能停啊?饿死我是小事,饿坏了病号,可怎么办!"正是饭点,这些等待的人里，大多是准备去餐厅打饭的病人家属。

有等不了的，顶着塑料袋或是一件遮蔽物就冲入雨中，可走不出十米就又返回来了，跳上台阶后俨然成了落汤鸡，可见，这场大暴雨的威力有多可怕。

米果很难受，不知是四周的环境太过嘈杂，还是饿得太狠，她的眼前竟出现了幻影。

甩甩头，头还是很晕，她想，她可能是发烧了，在这样闷热的天气里，她却一直觉得很冷。

眼睛可能也出了问题，像是开了闸的水龙头，一直朝外涌出泪水。她已经尽量不去想米妈妈，可是不知道为什么，似乎每呼吸一下，她的心就会跟着一颤，一疼，然后，眼眶里又会不由自主地涌出眼泪。

喧哗吵闹的环境忽然变得安静下来，缩在角落里的米果，甚至听到了大雨敲击路面的声音。

她有点不习惯这种安静，今天太吵了，从睁开眼到现在，耳膜就没有清静过，她总觉得脑袋里面有只小蜜蜂在嗡嗡叫。

不知怎么了，想起被打的一幕，她扁扁嘴，用手背抹了抹眼睛。

"米果！"有人喊她。

她蓦地转头，视线撞上一双黑得惑人的深邃黑眸。她愣住，睫毛非常快速地眨动了几下，之后，不太清晰的视线固定在绿色军帽下那张熟悉却又遥远的面孔。

过了几秒，她再次扁嘴，这次的幅度有点大，连带着一大串晶莹的泪珠跟着掉了下来。

"怎么……是……是你。"她不想哭的，可不知道怎么了，一看到岳浔川，她就想起昨夜的煎饼，还有那一身像鸡蛋黄一样的暖暖的橙黄色。

岳浔川看到米果，第一感觉就是她出事了。犀利的视线在米果略显红肿的脸上停了几秒，他向下沉了沉嘴角："谁打的？"他俯下身去，想看看她还有哪里受伤。

米果一呆，呼吸卡顿，嗫嚅着说："我妈。"

"……"这次换岳浔川怔住了。

他眼睛里的冷光稍稍褪去一些，然后朝米果伸出手："起来，地上凉。"

避雨的人群里面，就她一个人呆呆地坐在墙角流泪。她可能不希望引起别人的关注，可是无形中，却成了别人目光的焦点。

只有她一个人不知道。看着眼前这只救了她两次的大手，米果犹豫了一下，还是伸出手，握住他。岳浔川的手很温暖，她的心微微颤了颤，借着他的力量站了起来。

四周的人都在看他们。

米果觉得很不自在,她刚想找个借口向岳浔川告辞,可他却忽然先开口说:"米果,你在这儿等我一下。"

"哦。"她看着他转身离开。

岳浔川步子迈得很大,背影挺拔而又帅气。很多人都在悄悄地看他,当然也包括她在内。

米果看到他走向一位年轻漂亮的女军官,他们面对面交谈,然后那个漂亮的女军官朝她这边望了过来。又过了一会儿,不知道岳浔川说了什么惹恼了她,她竟跺了跺脚,转身从侧门走了。

"我们到那边坐坐。"岳浔川回到她身边,指了指休息区的椅子。

米果朝侧门那边望了望:"是你女朋友吗?外面雨很大,她会淋湿的。"

"她是我们中队的技术参谋,不是我的女朋友。"岳浔川解释得非常清楚,但是看米果的表情,她似乎不太相信。

坐下后,米果向岳浔川讲述了事情的前因后果,伤心的米果说她感到迷茫,她不知道自己未来的路该怎样走,她怕爸爸妈妈伤心,但又舍不得殡仪馆的工作。

岳浔川看着外面断了线的雨幕,很长时间没有说话。

他静下来的时候会给人一种强大的压迫感,米果沉浸在自己的情绪里,没有太过在意他的反应,等她察觉到异样,意识到他沉默得太久时,岳浔川忽然转过头,目光深邃地看着她:"我给你讲个故事吧。"

"讲故事?"她诧然抬眸,一颗泪珠挂在她的睫毛上,晃了晃,掉了下来。

岳浔川眸光一暗,手指在裤边动了动,却硬是忍着没去摸她的头。

看她并不反对,他开始讲述:"很多年以前,有一个男孩,他很崇拜自己当消防员的父亲,认为他是这个世界上最勇敢的人。男孩很小的时候,他的父亲在一次救援行动中壮烈牺牲,永远地离开了他的妻子和孩子。男孩很伤心,没日没夜地思念他的父亲,后来他撑不住昏倒了,醒了之后看到母亲哭肿的双眼以及挂在墙上蒙着黑纱的父亲,他才猛然意识到自己再也见不到他的英雄父亲了。他为此消沉了很久,甚至开始抵触上学,因为同学们会用异样的眼光看他,让他觉得愤怒而又无助。一天晚上,他的母亲等逃学的儿子回家之后,把一个颜色发黄的信封交给他。他的母亲告诉他,这是他父亲从天堂给他寄来的信。他虽然是个孩子,可也知道去世的人是不会写信的。他怀疑是母亲写的,却又舍不得不看。回到房间,他打开信封,一眼就看到了父亲铁画银钩般刚劲有力的字体。看到上面'吾儿'二字,他的眼泪就涌了出来。这封情真意切的书信竟是父亲的遗书,虽然是很早就写下的,可是字里行间却透着一个慈爱的父亲对子女殷切的期望和思念。这封信打动了他的心。一夜痛哭失声，一夜辗转难眠，第二天一早，他穿戴整齐站在母亲的床前，亲口告诉母亲，他会好好学习，不辜负父亲的期望，请母亲原谅他。母亲愕然之后抱着他痛哭，那一刻他才发现，原来想念父亲的人，并非只有他一个。"

　　讲到这里，岳湾川收口，朝身边沉默的米果望了过去。她并没看他，而是盯着大厅昏黄的灯光，泪水早已爬了一脸。

　　他知道她在听，于是继续："之后男孩发奋学习，最终以优异的成绩结束高考。他私自修改志愿，从未来救死扶伤的医生变成了一名有责任有担当的军校生。他的母亲知道后反应强烈，她狠狠地给了男孩一巴掌，她说，你要是敢从军，敢像你父亲一样当个消防员，你就离开这个家。男孩没有改变想法，还是按时去军校报到了。为此，他的母亲几年来没和他说过一句话。男孩很愧疚，也很难过，几次想要放弃，却都咬牙挺了过来。毕业后，他如愿成为一名光荣的消防战士，一次救援行动，男孩因为救一个婴儿被困火场，生死不明。最艰难的时候，他似乎听到了母亲悠扬悦耳的歌声，他告诉怀里的婴儿，说你一定要好好长大，永远不要让你的妈妈伤心流泪。最后时刻，男孩和怀中紧紧护着的婴儿一起获救，他被送往医院救治，几天几夜人事不省。后来，他从昏迷中醒来，却意外看到他的母亲趴在他的床边睡着了。他问病房里的战友，战友低声告诉他，他的母亲从他被困火场开始，就一直在外面陪着他。看着母亲鬓角的白发和睡着时还紧蹙的眉头，刚强如他，也忍不住流下热泪。母亲被他的动静惊醒，顾不上身上酸痛就紧拉着他的手，面色慌急地问他哪里难受，哪里痛。

　　"他叫了声妈，就再也说不下去了。他的母亲愕然半晌，忽然，像多年以前的那个清晨，以同样有力的动作将他紧紧地抱在怀里。她一边痛哭，一边捶打着他厚实的肩膀，骂他是个不孝的孩子。他既欣慰又愧疚，由着母亲发泄内心的痛苦。有母亲精心照顾，他很快伤愈归队。离开家的那天，母亲不仅帮他收拾行装，甚至亲自下厨做了一桌饭菜为他送行。他问母亲，为什么忽然原谅他了，难道她愿意让他当消防兵了？他的母亲指着客厅里的'父亲'说，我不想让他埋怨我，还有，你救人时的模样和你的父亲一样英勇，妈妈以你、以你们为荣。男孩当时就红了眼眶，他上前抱着单薄瘦弱的母亲，说他再也不会让母亲失望害怕。那一天，是他们母子二人最幸福的一天。"

　　说到这里，岳湾川轻轻地呼了口气，他的眼睛很黑，专注地看向米果的时候，让这个一直在默默流泪的女孩儿感到一丝心悸："你应该猜出来了吧，这个男孩就是我。米果，我告诉你这个故事，就是想让你明白，天下没有不爱子女的父母，哪怕今天你们互相仇视,互相憎恨,但终有一天,你会发现,世间最割舍不掉的感情,就是亲情。在博大无私的亲情面前,你所做的一切,都将得到宽恕和谅解。而它的实现,只是时间问题。米果,最后我想说的是……"

他抬起手,落在米果那头乱蓬蓬的头发上面,轻轻地按了按:"你受委屈了。"

四周的人声雨声突然间消失了,米果听到自己心脏里扑通扑通的响声。她看着岳浡川,通红的眼睛里溢满了伤心的泪水。她眨眨眼,泪水就像断了线的珠子似的向下掉。他蹙起眉头,按着她的头发揉了揉:"不许再哭了。"

谁知她却越发伤心起来,起初只是呼哧呼哧喘气流泪,到了最后,她抓着他的胳膊,靠在他的肩膀上小声啜泣起来。

岳浡川没动,由着她痛快发泄。她是真的伤心,身体抖动的频率和幅度,都超出了他的想象。

一个没有经历过人生挫折的女孩,一个被父母呵护着长大的娇宝贝,突然有一天,她的象牙城堡轰然崩塌,所有亲善和蔼的面孔,都变成了狰狞吃人的恶魔,她这么单纯,这么善良,能撑到现在已是奇迹。这一刻,岳浡川忽然明白,一直困扰他的情绪是什么了。他心疼她。从避雨的人群中看到她的那一刻起,他就想这么靠近她,安慰受到伤害的她。

掌心带着他的温度,他的抚慰,熨贴在她的发间,她的泪水浸透了他的军衬衣,穿过他的肌肤,一直流淌到他的心脏。待她哭声小了,他才撤回盖在她头顶的手指。

米果鼻子红红的,眼睛更是肿得不像话,她目光呆滞地看着他被自己弄得一塌糊涂的衣服,张张嘴,却不知道该怎么道歉。

看着清醒后脸红躲闪的米果,他的眼神和语气都非常温柔:"好点了?"

她点点头。

看着她泪痕遍布的圆脸,他考虑着要不要去买包纸巾,却看米果抬起胳膊,直接用袖子擦掉了脸上的眼泪。

他的唇角勾了勾:"你回去好好想想,不用着急做决定。"

她垂下头,沉默了很长时间,忽然抬起脸,用那双被泪水洗涤得格外黑亮的眼睛看着他,说:"不,我已经想好了。我要留在殡仪馆。"

他的手放在膝头,听到她的声音,修长的手指在军裤上弹动了一下,目光深深地看着她,问:"可以再说一遍吗?"

她愣了愣。但随即,目光和语气都更加坚定地重复着刚才的决定:"我要留在殡仪馆工作。"

他盯着她,像是看一个陌生人,片刻之后,他忽然咧开嘴唇,露出里面洁白整齐的牙齿,说道:"米果,做自己喜欢的事,远比出卖廉价的快乐,更值得人去尊重。"

"做自己喜欢的事,远比出卖廉价的快乐,更值得人去尊重。"米果咬着嘴唇细细品味他的话,表情越来越坚定。

米果冷静了,清醒了,一摸身边,却发现她的工作服忘在米妈妈的病房了。她蹙起眉头,揪了揪头发,骂自己"笨蛋",妈妈要是见了她的衣服,一定会气得睡不着觉。

正在暗自纠结,咕噜……咕噜噜……米果吓了一跳,本能地去捂肚子。

岳淳川装作没听见。

米果红着脸解释:"我不是饿,就是肚子不舒服。"当她看到岳淳川笑意越来越浓的眼睛,不经意间扫过她的肚子时,她知道自己露馅了。

没人能在岳淳川面前说谎,她索性不再矫情,而是揉着瘪瘪的肚子,委屈地说:"我饿了。"

看她的模样,怕是午饭也没吃。岳淳川朝外面望了望,之后对米果说:"我出去一下。"

刚才的暴雨已经化成了淅淅沥沥的雨丝,晚风夹杂着清新的湿气拂面而来,之前郁结在体内的热燥之意竟一扫而空。

他回过头来,朝角落里的米果招招手。她一直在看他,看他招手,立刻从座位上弹起,朝他跑了过去。

"走吧。"他指指外面。

雨水来不及消退,地上到处堆积着大块的淤泥和被大风刮断的树枝,有的地方积水很深,走起来要格外当心。

岳淳川对这种泥泞路段习以为常,他大步走在前面,时不时地转头提醒一下米果,让她注意脚下的水坑。

到了街边,岳淳川停步,看着身后和他保持着四五步距离的米果,渐渐蹙起眉头。米果的脚上穿着一双白色帆布鞋,此刻灌满了泥水,变成了铅灰色,每走一步她的脚下就会发出扑哧扑哧的响声。而她却恍恍惚惚地、机械地向前迈着步子,直到快要撞上岳淳川时,她才猛地惊醒,后退一步,刹住车。

看看四周的环境,又看了看岳淳川拧在一起的浓眉,米果心虚低头:"哦,到了啊。"

出了医院大门就是市中心,这里有公交站和地铁站,无论去哪里都很方便。岳淳川没说话,看着她的眼神也像是在责备她。

米果承认她不够专心,短短的一段路,也会思想抛锚。可她没有办法,刚从医院出来,一步一步地离开米爸爸和米妈妈,她才知道,她比自己认为的更加离不开他们。

小姑姑一番话,让她了解到一段不为人知的辛酸往事。她从不知道父母为了她牺牲了那么多。从小到大,她一直享受着父母的宠爱和照顾,她把父母的爱当作理所当然,所以才会不计后果地惹他们生气。工作上的事她不应该隐瞒父母,应该理性地和他们沟通,她相信,善良的爸爸妈妈一定会理解她的。因为他们爱她,她也同样深深地爱着他们。比他们想象中更加依恋着他们,渴望得到他们的爱和宽恕。

可能是性格使然,她和外向张扬的米拉不同,她不会说那些甜言蜜语,更不会把对父母的爱挂在嘴边,每天像唱歌一样重复相同的话。她会用自己喜欢的方式去感恩父母,但大多是默默的。

她曾经以父母家人的快乐为乐,觉得亲人的笑容,就是对她最高的褒奖和认可,过去的二十四年,她以此为目标,她确确实实做到了让父母家人因为她过得幸福快乐。但凡事都有例外,可这唯一的一次例外,却让她一下子失去了之前拥有的一切美好。

她喜爱遗体整容师的工作,发自内心的喜爱。或许在别人看来是不可思议的恐怖职业,却是她找到自信、发挥才华的舞台。她在工作中找到了积极向上的正能量,每一位经她手修复整容的逝者,都见证了她的努力和勤奋。

岳淳川说过,如果一件事、一份工作不是自己真正发自内心去喜欢的,那么它们终将做不成功。她只是遵循着自己的本心,勇敢了一次,也是唯一的一次。

她的初衷,是不想伤害任何人,尤其是她最爱的爸爸和妈妈。可她很笨,好像什么事都做不好,不但把妈妈气病了,还连带着让岳淳川也为她操心受累。

米果仰头,看着路灯下眉目俊朗的岳淳川:"谢谢你今天陪我,又和我说了这么多很有用的话。岳淳川,你回去吧,我不麻烦你了。"

岳淳川高高的个子如松柏一样安静伫立,他看了看米果:"不麻烦。"

米果眨眨眼,刚想说话,却看到他伸手朝前一指:"跟我来。"

他已经转身走了,她一怔,只好追上去:"岳淳川——"

人行道的地砖泡了雨水后松动翘起,她一心向前,注意力不集中,一脚绊在上面。

"啊!"她的身体呈现一种怪异的姿势,向前猛趴了过去。

坠地前的那一刻,她都认命了,还在想着待会儿泥水会不会溅到脸上。可下坠的力道忽然在中途消失,她的身体落入一个宽大温暖的臂弯,她本能地握住手边结实健壮的物体,之后身子一轻,她便好好地站在一处没被雨水浸湿的棚子下面。

她惊魂未定,转了转僵硬的眼珠,忽然发现她正靠在他的胸前,而她的手正紧攥着他的胳膊。米果呆了呆，吓得鼻子一抽。

看她傻愣着不动，岳渟川抬手摸了摸她的额头，确定她是不是病了："米果？"

米果蓦然回神，她立刻松开他，朝旁边跳了两步："走吧，我没事。"

他继续朝前走，可走了两步却忽然停下，转过身，朝她伸出手："手给我。"

米果呆住。

憧憧树影之下，看不清他脸上的表情，她只好盯着眼前骨节分明的修长手指，看了又看，红着脸推辞道："不用了，岳渟川，你前……呀——"

她刚想说"你前面带路，我跟在后面"，谁知话才说了一半，她的身子忽然一轻，原本搁在腿侧的手已经被他牵了起来。

米果感觉被他牵起的那只手已经不属于她了，大脑里一片空白，只知道跟着他迈步，迈步。

他的手很暖，也很干燥，不像她生来就是个汗湿的体质，手心动不动就会出汗。很快，她发现她好像不止这一个毛病，她的心脏也出问题了，扑通扑通跳得飞快，有几次差点飞出胸腔。

她的注意力全都集中到与他手心相连的部位，耳朵嗡嗡作响，不断重复着一句话。

他拉你的手了。

他拉你的手了。

长这么大，她还是第一次和男人牵手逛街，之前李成勋好像也牵过她的手，但那只是短暂的一瞬，不像这样，她竟被他牵着手，从人民医院一直走到了车水马龙的繁华大街。

岳渟川忽然顿步，她跟着跟跄了一下也停了下来。

岳渟川举起牵着她的那只大手，米果颤了一下，以为他要干什么，可他只是看了看手表，就指着天桥对面的大型商厦说："我们去那边。"

米果愣了一下："你要买东西？"

"不是。"

四周光线太强，她越发感觉到身子不自在。她动了动被他牵着的手指："哈哈，这里真亮堂，哇！我居然能看到广告牌上的字：'石头记，世上仅此一件，今生与你结……结缘。'"

她差点咬掉自己的舌头。笨米果，笨死你算了。

岳渟川朝她投来别有深意的一瞥，唇角微勾："你的视力不错。"

就这样被他牵着手一直朝前走，米果脸红心跳地为他开脱，他肯定出于好意才这么做，万一天桥上也有漏雨的地方，再有水坑怎么办，他是怕你摔跤啊，笨蛋米果。

走进富丽堂皇的购物中心，米果还以为他想带着她走个捷径，这家购物中心有一条通往地铁站的通道，从这里下去会节省很多时间。

谁知他竟一路带着她，朝一楼鞋类专卖区走了过去。他大概走了几家店，最后在一家卖休闲鞋的专柜，停了下来。

店员热情相迎："请问先……哦，不是，请问您要买鞋吗？"

店员不知道该怎样称呼军人。

岳渟川看了看货柜上成排的炫彩休闲鞋，指了指猫在他身后的米果，松开手："麻烦你给她挑一双。"

这个牌子的休闲凉鞋，强调多变和流行，带有精致的休闲风格，最大的特点就是轻便、耐穿、防水。米果也很喜欢这个牌子的鞋，可因为价格太高，所以她一直就只是看看。

"美女，这双怎么样，喜欢吗？"不愧是专业卖鞋的老店员，她推荐给米果的这双咖啡色尖头一脚蹬防水凉鞋，搭配她身上的牛仔七分裤，显得特别好看。她左看右看，咧开嘴笑了。

店员看她满意，于是又夸："美女的腿长得真好看，脚型也瘦，穿我家鞋真漂亮。"

米果在镜子里照来照去，特别满意。

"您看，这鞋子您女朋友穿上多漂亮，多合适呀！它还达到了您要求的防水的特性，这款鞋子不是我吹嘘，就是刚才的大暴雨穿出去，也没一点问题！"

米果的嘴角抽了两抽。第一抽是那声主观臆测的"女朋友"，第二抽是因为店员吹大了。

她脚上穿的鞋，是浅口的，怎么可能没问题？

"多少钱？"

"您看，就这个价，我们是全国统一价，一般公司或是商场搞活动才会打折，但是折扣都很小的，绝对不会便宜太多。所以，您放心拿，绝对不会让您吃亏。"店员拿过一双颜色不同的样品鞋，搬出价签，给岳渟川看。

岳渟川看也没看就去掏口袋。

"岳渟川——"米果一个闪身，便插进他和店员之间，"我家里有鞋，还是不买了吧。"

岳渟川没说话，低头看看她的脚，又朝不远处那双有碍观瞻的白色帆布鞋瞟了一眼。他愣是没说一个字，却让米果乖乖闭嘴。米果也去口袋里摸钱，可是掏来掏去，就两个空口袋。

岳渟川已经把他的黑色钱包掏了出来。

"算我……借你的。"狠了狠心,她小声说。

岳渟川根本没管她在一边自言自语嘟囔些什么,他用牵过米果的手打开钱包,从里面抽出四张红红的百元大钞,递给店员。

店员心花怒放地接过去:"您稍等啊,我这就去帮您交钱。"

米果趁岳渟川去看柜台上的男鞋时,一个闪身,走到店员身边:"不是可以打九折的吗?"

店员愣了愣:"那得要商场的贵宾卡。"

"报个手机号可以吗?我今天没带钱包。"米果问。

"可以。"

米果迅速报出一串号码,店员在商场电脑系统一查,还真有。

"那好吧,可以打九折。"店员低头开票,米果抚着胸口,长出一口气。

她只是凭着过往的记忆,记得曹娜似乎有这里的贵宾卡,她报了曹娜的手机号,没想到还真让她蒙对了。这一下就省了三十几块,米果顿时觉得自己脚上的鞋子舒服了许多。

"你在讲价?"忽然,岳渟川的声音插进来。

米果吓了一跳,赶紧扭过头解释说:"哦,我好朋友有这里的贵宾卡,可以打折。"

岳渟川笑了笑,露出一口洁白的牙齿:"你还挺会过日子。"

米果脸上一红,猜不透他是在夸她还是在损她。

穿着新鞋出门,到底是不一样。那果冻般的颜色,舒爽的脚感,硬是把她藏在心底的晦涩和黯然,一点一点从身体里面挤了出去。

"那我就回家了,谢谢你啊,岳……"米果打算就从这里分手,她还来得及赶上晚班地铁。

可告别的话才说了一半,就看岳渟川朝前方亮灯的店面一指,说:"吃了饭再回去。"

德克士黄色 Logo 在夜色中发射出耀眼的光芒,米果舔了舔嘴唇,耳朵开始幻听,咯吱美味,开心就要咯吱咯吱……咯吱咯吱……

民以食为天。天大地大,也赛不过肚子大。

"算我……借你。"她咬着嘴唇,脸红得都觉得发胀。

岳渟川摸摸鼻子,笑了。

对付米果这个吃货,永远不需要使用手段,他只需要在恰当的时候,指引对的方向就可以了。

脆皮手枪腿、鲜虾米汉堡、草莓圣代，外加一包德克士鸡块，虽然她还想再来一包香脆可口的薯条，可想了想对方的钱包，还是忍了。

岳渟川要了一杯可乐，一个超级鸡腿堡和一份咖喱鸡饭。

他掏出钱包付账，收银台里面那个盯着他发愣的小女生被他撞了个正着。

小女生的脸唰一下红了，接过他递来的钱，手还在发抖。

"找您……您的钱，一共是四十二块……"

"等等。"岳渟川突然喊停。

小女生一脸的惘然和紧张。

岳渟川的视线扫过一旁死死盯着薯条图片流口水的米果："再加一包薯条，大份。"

小女生快速结账。

岳渟川端着盛得满满的托盘，领着小熊般可爱的米果，走到靠窗的位子。

他对这些洋快餐不感兴趣。

"嗯……嗯，好吃到爆！你怎么不吃，岳渟川？很好吃的。"她抱着很大一块鸡腿啃得不亦乐乎。

怕她觉得拘束，他也拿起勺子，打开米饭套餐盒。

鸡腿啃得似是不过瘾，她直接用牙齿撕开一袋像是辣椒面的粉末，快速撒在剩了一半的鸡腿上，眨眼工夫，那只鸡腿就变成了红色。她狠狠地咬了一大口，鸡肉撑起她圆圆的腮帮子，然后随着她咀嚼的动作一上一下，快乐地做起匀速运动来。

可能是味道超出预期，她蓦地瞪大眼，嗓子里不知嘟哝了句什么，然后颊边就露出了两个深深的酒窝。

从那以后，岳渟川的视线频频落在她的脸上。她却浑然不觉，自顾自大快朵颐。

他在不知不觉间吃完整盒米饭，放下勺子。

米果被他吃饭的速度吓到了："你吃饭这么快啊？"

岳渟川喝了一口可乐："习惯了。有时候饭吃一半就要出警，如果不抓紧，很可能一天一夜就要饿肚子。"

她还鼓着腮帮子，却放慢咀嚼的速度，同情地看着他："以前总觉得你们都特风光，可是认识你以后，我才知道，你们也挺不容易的。"

岳渟川把番茄酱打开，递给她："还好。"

米果吃了半天，总算打出个饱嗝儿。她的脸涨得通红，装作擦嘴，扯过一张餐巾纸，一边擦一边偷瞄对面的岳渟川。

岳渟川正在低头看手机，对周遭的一切仿佛都不感兴趣。

她松了口气。

"我去个洗手间。"吃完最后一口圣代起身。

岳淳川头也没抬,"嗯"了一声。

又松了口气,米果走到半道,想起什么,忽然回头,然后,她愣住了。

岳淳川此刻的表情有些狰狞。毕竟被米果撞见他笑得四六不分的傻样,并不是件令人愉快的事情。

他握起拳头,压在唇边,轻咳一声,等再抬起头,米果已经不见了。岳淳川把视线转向窗外,雨后的城市有一种斑驳古旧的味道,有一对年轻情侣相拥着从窗外走过,那抹相依相偎的背影,突然间给了他一种为爱走天涯的感觉。

他想起了米果,那个笑起来格外甜美的女孩,被他牵着手的时候,是不是也像这对擦肩而过的情侣一样,给人带来某一瞬间特别的感受?

"嗡嗡——"搁在桌上的手机振动嗡鸣。他收回视线,扫了一眼屏幕,然后,接起。

"什么事?"

对方听到他淡定自若的声音,下一秒就开始咆哮:"岳淳川,你可真够狠的。我以为你和易真谈恋爱才替你的班,谁知人家淋了一身雨哭着跑回中队来了!你……你小子心也忒狠了吧,不谈就不谈,也别让人家加班呀!"

岳淳川抿了一下嘴唇,看到米果从洗手间出来,于是压低声音:"有事回去再说。"不等侯伟业再发声,他点了一下屏幕。

米果甩着手上的水,坐回椅子:"卫生间没有擦手纸,也没有烘手机。"

岳淳川拿起没用过的餐巾纸,递过去,她接过去,一边擦手,一边装作没事人一样,问他:"几点了?"

岳淳川接电话的时候刚看过时间,他加了几分钟:"九点四十。"

她哦了一声,指指桌上被她报销的空盒:"你吃饱了吗?"

看她还在绞尽脑汁想着怎么样开溜,岳淳川率先起身。看他起来了,米果也紧跟着起来,谁知,下一秒,他又坐了回去。

她愣在那儿,有点找不到北。他的表情有点怪。米果猜他想笑,但是强忍着。

他伸出手,指指她的口袋:"手机借我一下。"

米果哦了一声,把手机从裤袋里抽出来,递给他。

用了一年多的手机拿在他的手里,跟儿童玩具差不多。

他的指尖在屏幕上轻点,犹如在舞台上翩翩起舞的芭蕾舞者,优雅而又自然。之后,他用拇指和食指摩挲着线条漂亮的下巴颏儿,看着米果的手机。

桌面上,他的黑色大屏手机开始振动起来,他把手机还给米果。

"我在你的通讯录里存了我的号码,有事你可以直接打过来找我。"他说。

她愕然,傻乎乎地说:"我没事。"

他看着她,漆黑的眼睛里掠过一道浅浅的暗光:"说不定有事呢?"

她想了想,接受了:"好吧。不过,我是个话痨,万一烦到你怎么办?还有,我可以随时给你打电话吗?"

"可以。"他说。

米果拿起手机,在通话记录里找到最近的一个通话号码,小声认真地重复了一遍。

他们终于有别的方式可以联系了。

岳漳川一直在看着她,不注意的人绝不会发现此刻他微微扬起的嘴角。

送米果到地铁站,等待地铁到站的间隙,他对她说:"米果,你很好。所以,事情再坏,也不要在意旁人说什么。"

米果愣了愣,之后点头,朝他挥挥手。

岳漳川送给她的心灵鸡汤再好喝,也挽救不了失眠的厄运。米果在空荡荡的、少了欢声笑语的家里,第一次感觉到了孤单,她几乎彻夜难眠,清晨五点就起床了,坐在马桶上给米爸爸发微信,问米妈妈的情况。

米爸爸也没休息好,病房是三人间,病人和家属挤在一起,再加上米妈妈辗转反侧,来回折腾米爸爸,所以他一大清早就顶着个熊猫眼在走廊里遛弯儿。米爸爸睡不踏实的另外一个原因,还是担心他疼爱了二十四年的大女儿,米果。

相较于性格火暴泼辣的米妈妈,米爸爸在家庭中的角色更像是个慈爱的母亲,他从没有对女儿们红过脸,动过手。用他的话讲,女儿就是他上辈子的小情人,这辈子的小棉袄,他疼还来不及,怎么舍得打。在两个女儿当中,米爸爸承认,他更偏私大女儿米果。

米果自幼身子弱,是附近医院的常客,米妈妈工作任务繁重,看顾女儿的重任更多地落在他的身上。米果小时候生得很可爱,圆圆的脸,圆圆的黑眼睛,圆圆翘翘的鼻子,稍微一逗,她就笑得春水一样,把他这个七尺汉子的心都融化了。

后来,米拉出生,和姐姐不同的是,小女儿属于那种自小就好抚养的一类小孩,随便给她点吃的,随便给她个玩的,她就能自得其乐,消磨上半天。米拉瘦是瘦,可是身体好,从未去医院看过医生,感冒了顶多几片药就解决问题,更没有像姐姐那样天一冷就捂个大口罩、大帽子,只留下两只眼睛,探照灯似的,跟在疯玩的米拉身后,羡慕地叫"妹妹,妹妹,带我玩"。

　　姐妹俩一起长大,个性却迥然。姐姐米果单纯善良,性格温顺,习惯了随遇而安的生活,对父母孝顺体贴。而运动神经发达的妹妹米拉,则是个头脑简单的女霸王,她和米妈妈一样,性子泼辣直爽,从小到大因为她时不时就会泛滥的正义感,给米家惹下了无数麻烦。

　　谁都认为米拉将会成为米家的头号危险分子,因为她实在是太不安分了,可现实总是狠狠地打脸,谁也想不到,这次把米家掀了个底朝天的人竟会是家人和邻里眼中最安分、最听话的米果。她竟不和家人商量,自作主张回殡仪馆上班了,而且一次次用假象欺骗他们。

　　米爸爸心情很复杂。说实话,得知这件事的时候,他也很生气,但还没气到发昏的程度,他恪守绝不会向孩子们动手的底线,想先安抚好妻子,然后再找米果追问缘由。

　　收到米果的微信,他刚从走廊上走回病房。看到米妈妈侧身躺着,他便蹑手蹑脚地又走了出去。

　　微信打字他不在行,于是就直接拨了个电话给米果。

　　"果果。"

　　米果听到熟悉的声音,压抑了一整晚的泪水夺眶而出:"爸爸——"

　　米爸爸一阵难过,他听出米果哭了,知道这个晚上,对于米果来说,也是极不平静的一晚。

　　他说:"你妈她挺好的,别担心。你今天别过来了,我们这边检查完就可以出院。"

　　米果嗯了一声:"那你们想吃什么,我在家给你们做饭。"

　　米爸爸心疼了一下,他的果果还从来没做过饭。

　　"你就老实在家待着,想吃什么叫外卖,千万别去厨房动火,知道了吗?"米爸爸越想越担心。

　　听不到米果的回答,米爸爸有点着急:"果果,你怎么了?怎么不说话?"

　　耳畔传来米果压抑的抽泣声:"对不起……对不起……爸爸,我是不是什么事都做不好?"

　　米爸爸沉默了一会儿说:"不是。"

　　"我真的不想骗你们,我想再等等,等你们有个思想准备了我再说,可是……可是……事情就糟糕成这样了。我不是故意的,爸爸,我不想把妈妈气病了。"米果一边哭一边解释。

"那你告诉爸爸,为什么要回殡仪馆上班?"米爸爸问。

米果抽泣了一下,哭着对米爸爸说:"婚介公司的工作我一点也不喜欢,他们利欲熏心,用各种手段欺骗会员,我做不到,所以每天都很难受,早就想离开了。回……回殡仪馆是因为师傅……就是郭师傅,他说我天生就是做这一行的料,我喜欢做整容师,它能让我找到工作的快乐。"

一段断断续续的心里话,却成功地让米爸爸凝神思索了好久。

后来,米爸爸让她在家等着,一切都等他和米妈妈从医院回家后再说。

米果心情苦闷,早餐也没吃,她不会做饭但是做家务还行,虽然她叠的被子、扫的地,米妈妈从来都看不上,但她还是强撑着把家里清扫了一遍。

打扫到门厅的时候,她看到地上的新鞋。想起岳淳川,她的心情便没那么沉重了,她把溅上泥水的新鞋和白色帆布鞋一起拿进卫生间,打了一盆水,把脏鞋泡在里面,用鞋刷一点一点把泥浆擦掉,又用洗衣液刷干净,把鞋晾到阳台上,她听到搁在桌上的手机在响。

走过去一看,是师傅打来的。郭台庄担心了一夜,早上一上班就给米果打电话,米果说了米妈妈的病情,说她还要耽搁一天才能去上班。

郭台庄让她安心在家陪伴米妈妈,不要惦记工作。挂电话前,郭台庄不放心,问家里人是不是知道她的事了,米果犹豫了一下,对师傅撒了谎。

郭台庄怎么能信呢?他和米果相处多日,米果的讲话习惯他还是了解的,她平常就算受了再多的委屈,语气也不会像刚才那般消沉。

一定是出事了。郭台庄没有说破,他安慰了米果几句便挂了电话。他静坐了一会儿,重又拿起电话,拨下一串数字。没过一会儿,对方接起。

"你是曹娜吗?我是郭师傅啊,你能过来一趟吗?"

米果等了一上午,也没等到米爸爸和米妈妈回来,午饭她用一袋奥利奥对付了,吃到一半,她想起来,这包饼干还是她从那个叫王福祥的消防战士嘴里"抢"来的。

她一边心神不宁地啃着饼干,一边翻看着手机。

"叮!"微信的提示音响了。屏幕上出现信息,有人要加她为好友。这个人的头像很有气势,是一座云雾缭绕的大山。这个人的名字同样有气势,叫"川淳岳峙"。发来的信息更有气势:"加我。"

她瞪着那个界面,翻看那人的资料。看了以后挺失望,因为那人的微信干巴巴的连张个人照片也没有,距离今天,他最近的一条微信是关于路轨消防车的功能介绍。

她神情怏怏地扔下手机,打算和这个无聊的人擦肩而过。可是,刚趴在桌上不到三秒,她突然呀的一声,直起身来!

路轨消防车?川渟岳峙?岳渟川!

她手忙脚乱地捧起手机,赶紧回到之前的界面,特别狗腿地按下"接受"。

不一会儿,对方敲她。

"在干什么?"

她忐忑不安地回:"岳渟川?"

"嗯。"

她摸了一块饼干塞进嘴里:"我在吃饼干。"

"为什么吃饼干?没有饭?"

"哦,我爸爸不让我动火。"

对方迟了一会儿回她:"你想吃什么?"

她想了想,很认真地敲下三个字:"方便面。"

对方更迟了一会儿回她:"有点追求!"

她叹了口气:"红烧肉盖饭。"

对方不知道在干什么,她等了一会儿,没等到他的回音,正准备丢下手机的时候,他回她了。

"一会儿有人敲门记得开。"

"我不敢不开,我妈妈会踹的。"

"你妈妈的身体好点了吗?"

"好点了,我爸爸正在办出院手续,他们就快回家了。"

"哦,挺好的。"

"我有点怕,岳渟川。"

"怕什么?"

"我怕我妈妈还扇我耳刮子。"

"不会了。"

"为什么?"

"因为我妈当年也是这样对我的。"

"哦。"她稍稍心安。

她不怕挨打,就是怕把米妈妈再气病了。

"你在干什么呢?"她好奇地问。

"吃饭。"

她咽了一口口水:"吃的什么好饭啊?"

"红烧肉。"

米果顿时泪奔,她咽了一口口水,发过去一个愤怒的表情:"恨你!"

"马上就不恨了。"他淡定地回答。

"为什么?"她不懂。

"我得走了,有事你打我电话。"他回了一句,然后再也没了下文。

正纳闷得不行,有人敲门。

她愣了一下,以为是米爸爸和米妈妈回来了,紧张得一跃而起,冲向大门。

"爸爸——"打开门,刚吼了一嗓子,突然顿住。

门外站着一个穿黄马褂的年轻小伙子,那人头上戴着一个棒球帽,手里拿着一个盒子,目瞪口呆地瞪着她。

米果愣了愣:"你……找谁?"

小伙子翻出一张卡片,指着米果家的门牌对应念道:"十八号楼二单元3号,没错啊!不是您叫的外卖吗?"

米果眨眨眼:"外卖?"

"不是您订的,就是您的家人订的,麻烦您签收一下,我还有下单活儿等着。"小伙子拿出笔递给米果。

于是,搞不清楚状况的米果签了字收了快餐盒。

坐在餐桌前,打开饭盒,一股浓香的味道扑面而来。她低头一看,愣住了:红烧肉盖饭!

就在米果大快朵颐的时候,她突然想起一个重要的问题,她没给外卖小哥饭钱!她赶紧拿起手机,找快餐盒上印着的服务电话,可忽然想到了什么,她先给岳潭川发了一条微信,因为饭是他订的,他肯定知道付没付钱。

"饭钱你结过了吗?"

发过去一条消息,她边吃饭边等回话,可一盒色香味俱佳的红烧肉盖饭都吃完了,也没等到他的回音。她想了想还是算了,反正她家就在这里,如果外卖小哥收不到钱,肯定会回来找她的。

这时,敲门声响起。

她一愣,快步走向大门。一边开门,一边说:"就知道你忘记收钱了,我……爸爸!"

米果呆住了,门外立着的,哪里是什么外卖小哥,是她望眼欲穿、等了几十个小时的爸爸和妈妈。

米爸爸听到米果牛头不对马嘴的话,惊讶地问:"果果,你欠谁钱了?"

米果啊了一声,回过神来:"我刚忘给外卖小哥饭钱了。我以为他回来找……"解释的声音越来越小,因为米果看到米妈妈面若寒霜地别开脸,推着米爸爸:"进去啊!"

米果赶紧让开地方,米爸爸和米妈妈走进门,她赶紧把凉拖鞋拿出来,想为米妈妈换鞋。可是米妈妈直接抢过她手里的拖鞋,扔在地上,蹬上走了。

米爸爸无奈地摇摇头:"进来吧。"

米果刚走进客厅,就看到米妈妈表情嫌恶地把餐桌上她吃剩下的餐盒连同筷子扔进了垃圾桶,她大声吆喝米爸爸:"老米,开窗!这都什么味儿啊,熏死人了!"

米果慢慢低下头。

米爸爸赶紧把窗户打开,小声劝妻子:"你激动什么,医嘱都忘了?"

米妈妈冷哼了一声:"活那么长干什么,出去丢人啊!"

"瞎说什么!孩子还在这儿呢。"米爸爸忍耐着提醒道。

"我瞎说什么了!瞎说什么了!你别给我乱安亲戚,告诉你,老米,我曹秀云就没生过这样丢人现眼的女儿!从今往后,我就拉拉一个闺女,谁再跑来滥竽充数,我非把她打出去不可!"米妈妈情绪激动。

米爸爸看米妈妈越说越不像话,赶紧过去把她拉进卧室去了。两人不知道在里面说了些什么,不一会儿,米妈妈的哭声就从里面飘了出来。过了一会儿,米爸爸轻手轻脚地走出来,小心翼翼地带上门。

米果还呆呆地立在原地,不过头低着,地上也汪了一小摊水渍。

米爸爸叹了口气,走过去,叫了声"果果"。

米果目光惘然地抬起头,满脸的泪水,让米爸爸感到一阵心酸。

"吃饱了吗?要不要爸爸再给你下点面条?"米爸爸说。

米果看着一如往昔关心着她的米爸爸,扁了扁嘴,泪水越发汹涌。

"爸爸。"她低低地叫了一声,扑上前,抱住米爸爸的腰。

米爸爸长叹一声,拍抚着她的脊背:"你这个孩子啊,真是不让人省心。"

等米果哭过这一阵,他把米果送到她的房间,关上门,米爸爸指着椅子:"坐下,和爸爸好好谈谈。"

米果听话地点点头。

安平大厦。

冗长无味的工作会议终于结束,李成勋坐在位子上并未离开。路过的人纷纷向他表示祝贺,安平化工新一任的安监部经理,年轻有为,前途无量。

李成勋客气地回应着来自各方的声音，等人潮散去，他最后一个起身，走出气派宽敞的会议室。没想到，冯利还在外面等他。

"哎哟，李经理，恭喜恭喜啊！"

看着那张市侩丑恶的肥脸，李成勋强按下胸中的闷气，赔出一抹敷衍的假笑："客气了，冯厂长。"

冯利向前一伸手，指着电梯的方向："不知李经理的新办公室布置得怎么样，能让冯某人去参观参观吗？"

李成勋脚步一顿，他的笑容转冷，终至面如死水："请！"

冯利在他背后冷笑了一下，抬步跟上。

来到大厦高层的办公区域，李成勋用钥匙打开一间散发着装修材料气味的房门，伸了伸手："请进，冯厂长。"

冯利进门的时候，瞄了一眼烫金的门牌，意味不明地笑了一下，然后关上房门。

李成勋先打开窗户散散气味，然后又拿出茶叶和一次性茶杯，为冯利倒了杯茶。冯利却跷着二郎腿，呷了一口清香扑鼻的毛尖，假惺惺地赞道："好茶！"

李成勋微微蹙眉，回到座位上。

冯利指指与这间房一墙之隔的秘书室："李经理，你这人就是太好说话。这些泡茶的粗活儿以后让秘书们做就是了，你现在是集团会议上正式任命的安监部经理，是正职，从今年开始，你就可以享受集团赠送的股权了。你不是以前的李成勋了，你要时刻谨记这一点。"

李成勋抿着唇，没有说话。

冯利小眼睛眯成一道缝，皮笑肉不笑地说："我相信李经理的能力足够胜任安监部经理一职，还有啊，我听说李经理已经解决了春天城楼盘新房首付的难题，而且你江西老家的父亲也被接过来了，是不是……"

"够了！我知道冯厂长有话要说，不如就打开天窗说亮话，别走那些虚头巴脑的弯路，让人不自在。"李成勋冷下脸来。

冯利笑了笑，起身，向前走了几步，停在一盆郁郁葱葱的三头龙须树前，一边欣赏，一边说："明天安监部由你带队到凌河化工厂检查。检查报告上该写什么，不该写什么，想必李经理已经知道了吧？还有，最近消防的人也要下来检查，我们最好时不时地通个气什么的，好应付那些吃公粮的闲人，李经理，你说呢？"

李成勋望着那株生命力顽强的三头龙须树，过了很久，才缓缓地点头，说了声："好。"

米家一连三天，都笼罩在这种低气压的状态之下，难以让人正常地呼吸。

米妈妈出院后从未出过家门，用她的话说，她宁可老死在家里，也不会出去丢人现眼。

米爸爸在家陪了妻子两天后去上班了，米果更早一些，米妈妈出院后的第二天，她就起早，避开米妈妈去殡仪馆上班了。

人之多言，亦可畏也。这充分说明老祖宗早就尝到了流言蜚语的恐怖滋味。

米家现在就处于流言蜚语的中心，而米果，就是中心旋涡里无力摇摆的草根，稍不留神，就会粉身碎骨。

"那不是老米家的果果吗？哎呀，这孩子，听说在火葬场当整容师。"

"啊，不会吧。她看起来心无城府，怎么会干那种工作。"

"就是啊，她不是在婚介所上班吗？我家老头子一个劲儿撺掇我去给我家春平报名相亲呢。"

"骗你们做什么！我家老邻居前几天跟着老米的爱人去婚介所找米果，当场就被人家婚介所的员工揭穿了！"

"米果早就被人家开了，可能怕没钱，她偷偷回火葬场赚钱去了。"

"啧啧……吓死个人嘞，火葬场啊，她要是不摸死人还好点，偏偏还是个什么遗体整容师。"

"老米爱人气得啊，当时就厥过去了，现在，你们看她都不出门了，可能怕人戳她脊梁骨吧。"

"唉，你说她和老米也够倒霉的，怎么摊上这么个熊孩子！"

"就是，我家春平，打死我也不会让她去那种地方！"

"……"

扎堆说闲话的人群渐渐散去，一棵树荫庞大的榕树后面，走出一抹娇小的影子。米果耷拉着脑袋，手攀在背包带子上，一步一挪地朝家走。

正值下班高峰，小区的街道上不时有电瓶车和住户经过，见到人多扎堆的地方，她就像一只受惊的小兔子一样，仓皇地躲到一边的行道树下，等人群渐渐散了，她才慢吞吞地继续朝前走。

终于，看到自家楼房，她稍稍松了一口气，可没等迈开步子，楼房前面的活动区又是一阵人声鼎沸。

躲在暗处听了几句，她难过地低下了头。

那些话，任何一个字她都不愿意让爸爸妈妈听到。

"果果！"

熟悉的呼唤，像一道暖流，淌入她的耳畔。愕然回眸，她看到推着老式自行车的米爸爸，正慈爱地望着她。

米果愣了愣："爸爸——"

米爸爸要朝前走，她忽然想起什么，冲上前去，拉住米爸爸："您待会儿再过去。"

米爸爸看着米果憔悴得不成样子的脸庞，喉咙里倏然堵了一下。

他没告诉米果，他从小区门口就跟着她，跟了一路，那些难听的话他一字不落地听了个完全，还有他最疼爱的宝贝一脸受伤地躲在大树后面，抬不起头来的模样，他全都看在眼里。米爸爸觉得，不能再任由这种状况发展下去了。他的果果从小到大从没有做过一件伤天害理的事情，哪怕是现在，他老米也能拍着胸脯自豪地说："我的果果，是这个世界上最善良的姑娘。果果没有做错什么，她不该遭受这样的冷眼对待。"

米爸爸目光深深地看着米果，忽然，一拍车后座："果果，上来！"

Chapter 17

重新开始吧

老式的二六自行车，前面架着一个老旧的车筐，车筐里是米爸爸的黑色提包，提包里装着一个饭盒和一本书。

米果的黑眸如同水洗过一般，她攥紧手掌，屏住呼吸，一步一步走向米爸爸。上车的时候有点困难，米爸爸帮她坐上去，并且拉着她的手，握紧车座。

"坐好了。"米爸爸叮嘱完，就利落地推动自行车，沿着大路朝自家楼房那里走。一边走，一边说起米果小时候的趣事。

米果觉得很不自在，因为家门口聚集的那些老街坊邻居们看到他们父女之后，都停止了议论，用一种匪夷所思的表情盯着他们。

米果偷偷地拽了一下米爸爸的衣服，极小声地提醒他："到家了，爸爸。"

她以为米爸爸只是心血来潮想载她一段。谁知，米爸爸的声音却越发大了起来，推行的速度也快了一倍。

"果果，抬起头！咱们老米家行得正坐得端，不怕别人说闲话！谁无生老病死，谁能绕开你的职业，你做了你这个年纪做不了的大事，了不起啊，果果！爸爸以你为荣！"

"谁要是欺负我们家果果，就是和我老米过不去，我这人，虽说没什么本事，但是为了我们果果，我这条老命就摆在这里了！"

米爸爸声音洪亮，中气十足，不仅让一群爱说闲话的大妈傻了眼，更是引来楼上住户的关注。

米爸爸带着米果绕着附近的楼房转了几大圈，他逢人就打招呼，逢人就夸他家的果果好，几圈下来，没有任何悬念地，他和米果成了街坊邻居餐桌上议论的头条新闻。

谁都知道,老米护犊子护到了变态的地步。但茶余饭后,讨论最热烈的还是关于米果从事的职业和米果这个孩子的品性问题。

殡葬业,因其行业的特殊性,始终不为老一辈的人所接受,但是年纪稍轻一些的小辈,思想就很开明。他们认为职业,就是安身立命之本。劳动本没有贵贱之分,行业也就应该没有高低之别。如果说因为殡葬职业跟死人打交道,就对其不屑,那就是大错特错了。

他们向家中老人科普,随着国人老龄化的加剧,今后几年、十几年或者几十年内会有越来越多的人离开人世。让逝者有尊严地"往死",就是殡葬服务人员的功劳。小辈们又向老人们举例,现在全世界的人都在重视临终关怀,重视殡葬文化。中国台湾一家从事殡葬业的上市公司登上了福布斯亚洲中小上市企业二百强的排行榜。而且人家没有随便起一个普普通通的××殡葬公司的名字,而是把企业称之为"人本"。人本,以人为本,每一个人作为大写的人,无论是领导人,还是普通员工,都是具有独立人格的人,都有做人的尊严和做人的应有权利。逝者也是同样。这家公司招新的时候异常严格,它们不仅要求员工的样貌和学历,甚至招聘护柩者,也会优先聘用一些具有海外教育背景的年轻人。

所以说,他们老一辈人的观念太落伍了。但根深蒂固的旧思想、旧习惯也非儿孙们的三言两语就可以轻易改变的,毕竟行业的特殊性,主观上给了人们一种排斥感。但是这些,都不妨碍街坊邻居们对米果的印象。

这几幢单位楼房里,所有的老中青,包括未成年的孩子们,他们一致认为,果果这孩子,好得没话说! 老年人对她的印象好,是因为这个长相可爱的小丫头,总会帮他们的忙。譬如顺道拎个菜,搬个板凳,扶他们上个楼梯等,这些自家儿孙都做不到的小事,果果却能做得很贴心,很好。

中青年对米家果果印象好,是因为小姑娘性格好,看到谁都笑嘻嘻地主动问好,而且小米果和那些花枝招展、妖娆扭捏的同龄女孩不同,她总是穿得很可爱,很正常,行事走路都让人觉得很舒服。

小孩子喜欢米家果果,原因就更简单了。

"果果姐姐的背包里总有数不清的好吃的!"

米果是大家的开心果,是街坊邻居眼中的乖宝宝,虽然她的工作确实有点那个,可他们这些人是不是对果果也太严苛、太歧视了?

相较于别家饭桌上的反思和议论,米家的餐桌就显得过于安静了。

米妈妈因为刚才米爸爸带着米果游街的行为气恼不已,她把自己反锁在卧室里,根本不搭理家里的两个神经病。在她看来,外面的一对父女,就是神经病。一个迷上了给死人整容,一个呢却尽心维护,生怕别人不知道她家出了个奇葩货!

父女俩沉默地吃完饭,米果要收拾碗筷洗刷,却被米爸爸按住:"去休息吧,累了一天了,爸爸来。"

米果起身,眼眶红红地看着米爸爸:"那您记得叫妈妈吃饭。"

米爸爸看着女儿垂头丧气地进了房间,才收拾碗筷送进厨房洗刷,洗到一半,胳膊一阵酸麻,他赶紧托住碗底,才不至于摔了碗。

"唉!真是老了,蹬了这一会儿车,老胳膊老腿就不管用了。"米爸爸捶打着腰背,叹息道。

不过,当他回想起米果扑进他怀里,感动得只知道流泪的情景,他又觉得为了女儿、为了家庭付出的所有苦痛都是值得的。

洗刷完,擦干净料理台,他倒了一杯温水,用钥匙打开了紧闭的卧室房门。里面黑乎乎的,只能看到家具的大概轮廓。他叫了一声"曹秀云",回答他的却是粗重急促的呼吸声。

米爸爸打开台灯,把水杯搁在床头柜上,坐在床边。

他推了推背朝他躺着的妻子:"喂,差不多就行了啊,你还真准备和果果划清界限啊。"

米妈妈缩了一下肩膀,用力甩开他的手:"滚一边去,别烦我!"

米爸爸苦笑着朝边上坐了坐:"滚远了。"

见米妈妈不吭声,他叹了口气,劝道:"我知道你心里不好受。果果有错,她欺骗了你,让你在街坊邻居面前丢人了,你生她的气,理所当然。可是你冷静下来有没有想过你也有错?"

"我有什么错!我错就错在,当初不该生了她!"米妈妈抻着脖子夺过话去。

"曹秀云!"米爸爸的声量蓦地变大,语气变得异常严肃。

米妈妈被这声带有明显责备性质的吼声给镇住了,她嗫嚅着嘟哝了一声"吼什么吼",便又扭过去躺着。

"曹秀云,你的心怎么变得这么狠?当年你为了果果做了多少牺牲,你都忘了?我还记得,你流掉我们第二个孩子的时候,你哭着对我说,要一辈子对果果好,疼爱她,因为要加上对失去的那个小生命的愧疚和爱。曹秀云,你摸着良心说,果果这些年可曾让你失望过?可曾对我们不孝?还有当初,若不是你眼红什么事业编制,怂恿果果去学殡仪,她又何至于走到今天这一步?凡事有因才有果。果果要不是学了殡仪,她可能到现在还按着我们规划的生活,过得平凡无忧。果果性子平和,习惯了以我们的意志为主,二十几年里,她难得真正地喜欢一件事,难得勇敢一回。可见,这次的事她下了多么大的决心。

"我们大人遇到子女的事往往会武断专行。我们除了横加指责和干涉之外,难道就不能设身处地地为孩子想想吗?想想她为什么会执意选择整容师这个职业,想想她为什么在婚介公司工作不快乐。不是所有的事,都如书本上描绘的那么美好。果果她是我们的女儿,没错,但她首先是一个有思想、独立的人。她有她的喜好,有她做人的根本,有她不能触及的底线。她长大了,会自己分辨美丑、善恶,会有她的人生理想和职业规划,我们如果还把她当成孩子,恨不能时时刻刻替她做主,替她去生活,这合适吗?

"秀云啊,这些天,孩子和你一样,都在受煎熬。你看果果她好好吃过一顿饭吗?每次吃饭的时候,她都咬着筷子,盯着卧室的房门;每次从饭桌上离开,都会叮嘱我劝你多吃一点饭。孩子没有变,她还是我们熟悉的善良的果果。她也深爱着我们,哪怕我们曾那样地误解她,伤害她,她仍旧对我们充满了愧疚和爱。秀云,就算你不承认,我也知道,你是后悔了。这些天,你没睡过一个好觉,每天晚上等果果睡着了,你就偷偷地去看她,对不对?还有,你做的那些菜,名义上是为了给我补身体,其实都是果果平常爱吃的,对不对?"

米妈妈起初不吭一声,后来当她听到丈夫的质问后,才猛地耸了一下肩膀,扯过枕巾蒙着脸哭了起来。

米爸爸叹了口气,却也欣慰,毕竟所有的误会和偏见,哭出来就好了。

第二天起床,狂风大作,走石飞沙,天空笼罩着大片大片的乌云,眼看着一场大雨已箭在弦上。

米妈妈不在家,但早饭已经摆上餐桌。金黄色的鸡蛋花炒米,红油爽脆的韩式泡菜,还有一碗色泽油亮的黑米粥。

米果正愣在那里,米爸爸又端着一小盘腊肠从厨房里走了出来:"果果,快吃饭了。"

"哦。"她接过盘子,放在桌上。

"你妈妈特意起早为你做的,知道你爱吃炒米,她昨晚上就把米泡上了。"米爸爸也坐了下来。

米果怔怔地看着米爸爸:"妈妈……妈妈她不生我的气了?"

米爸爸喝了一口粥,点点头又摇摇头:"差不多吧,她那个人,你又不是不知道,面冷心热的。"

吃过饭,看外面天气实在阴得怕人,在家歇工休假的米爸爸执意要送米果去公交车站。

出了门,强风扎脸,举步维艰。米果让米爸爸回去,米爸爸却不同意,他拉着米果从楼前的绿化带穿过去,避开大风。时间尚早,上学上班的邻居都还没出门,街道上偶尔经过一两个拎着早点的老年人,见到米爸爸父女,也都像往常一样,笑脸相迎,聊两句糟糕的天气,然后各自走开。

米果已经完全放松适应环境之后,米爸爸指了指十几米外的一幢二层小楼,说:"果果,把伞给你妈妈送去,她在里面锻炼呢。"

老年活动中心,一个她熟得不能再熟的地方,就连哪一级的木质楼梯扶手上刻有她的大名,她也能闭着眼睛摸到。

她沉默了几秒,在米爸爸鼓励的眼神下把伞接过去,朝飘着歌声的小楼走过去。

几分钟后,米爸爸正背对着强风,抿唇做着热身运动,忽听身后响起一阵熟悉的哒哒哒哒小马达似的奔跑声。

"爸爸!"

米爸爸连忙转身,却看一道圆润的影子朝他扑来,他一张手臂,霎时空落落的怀抱一下就满了。

米果满脸通红,连眼眶都是红的,米爸爸正准备蹙眉,却觉得脸上一热一凉,却是被米果狠狠地亲了一下。

"妈妈要我的伞了,妈妈和我说话了!她让我上班注意安全,还问我晚上想吃什么!爸爸,这是真的吗?不是我在做梦吧?您掐我一下,狠劲儿地掐。"米果拉起米爸爸的手,就朝红扑扑的脸蛋上招呼。

米爸爸大笑,力道极轻地掐了一下:"疼不?傻闺女,当然是真的了!"

米果笑得眼睛弯弯,就像个傻闺女似的,喝了一肚子的风,却还是咧着嘴,笑个不停。这笑容一直持续到殡仪馆,还未曾散去。

"果果!"有人叫她。

米果回头一看,竟是最近没怎么见面的曹娜。曹娜穿着一件颜色暗沉的短袖衬衣,黑色七分裤,她刚走上斜坡,脚步迟缓,背后阴云密布,衬得她整个人都是灰的。

"你怎么了?气色这么不好,病了吗?"米果伸手摸了摸曹娜的额头。

曹娜勉强一笑:"没什么,可能昨晚上没有睡好。"

"培训还没结束吗?你要是累了,就让胡海滨接送你上下班,这样你也能多睡一会儿。"曹娜和胡海滨关系确定之后买了辆二手车,不过,基本上是胡海滨在开,曹娜上下班和她一样挤公交车。

曹娜目光一暗,别开脸,低声解释了一句:"他……最近也忙。"

米果不疑有他,她拿下背包在里面摸来摸去,摸出一包奥利奥和一个苹果:"你肯定没吃早饭吧?拿去垫垫,中午我们再吃好吃的。"

曹娜接过去,摸了摸米果的圆脸:"谢谢亲爱的。"

米果嘿嘿一笑。

走到岔路口,两人刚要分开,曹娜却忽然叫她:"果果,你回来工作的事,叔叔阿姨是不是知道了?"

米果一愣:"哦,你怎么也知道?是秀娜姐告诉你的?"

米果没告诉曹娜家里的事,就是不想让她分心。最近馆里的司仪们下班后都在进行业务培训,忙得团团转,哪里还有剩余的精力来为她操心劳神的。

"你别管谁告诉我的,现在是个什么情况?叔叔阿姨有没有为难你?要不要我去帮你?"曹娜问。

米果感动得一塌糊涂,她走上前抱住曹娜:"你别管我了,他们气一阵子就好了,毕竟是我的错。"

曹娜嗯了一声,忽然用力抱了她一下,走了。

望着曹娜单薄的背影,米果忽觉心中不安,她愣了一会儿,才转身离开。

到了整容室,王秀娜告诉米果郭师傅今天请假了,米果心想,请得好,劳模师傅总算肯服老了,这样的天气,他的腰又不好,就该在家歇着。

王秀娜出去串了一圈,回来后告诉米果一个好消息,上月的奖金发到工资卡里了。

提起钱,米果猛地想起一件重要的事情。最近,她心不在焉地,竟然把还钱的事给忘得一干二净。岳淳川估计是不好意思找她要吧,所以才给她订了外卖提醒她。算了算,买鞋的钱加上饭钱一共还他四百应该差不多。

可是直接打电话问他卡号,会不会有些唐突?她思虑再三,看到微信图标的时候,眼睛霎时一亮:有了!

特勤中队,每周例会,学习上级文件精神,总结得失,部署下一阶段工作任务。各项会议流程有条不紊地进行。

"上周,我们中队成功出警一百五十七次,其中……"侯伟业正热情洋溢地发表"演说",旁边,却忽然发出叮的一声脆响。

或许是与严肃的会议气氛太过相悖,又或许是来自网络微信的提示音太过明显,总之,这一声响之后,下面的视线就都集中到正中央的侯伟业和岳淳川身上了。

侯伟业心里大呼冤枉。他开会之前就把手机扔办公室了好不好，这声音和他没有半毛钱的关系。

侯伟业语声微顿，朝旁边面无表情的岳淳川瞥了一眼，轻咳一声，继续："其中，火警九十七起，突发……"

"叮——"这次，谁也没法再忽略这个故意来搅局的噪音了。

侯伟业干脆闭嘴，半侧过身，牛铃一样通圆发亮的眼睛瞪着旁边那个和他一样蹙起浓眉的男人。

侯伟业的姿态摆得很正。不是我，就是你。既然不是我，那肯定就是你！

岳淳川知道是他的手机响了。他蹙眉，是因为从不会犯这类低级错误的他，居然接二连三地犯错，而且当着这么多下属的面。

消防部队有制度，手机是违禁品，但他的身份特殊，是上级特批可以使用手机的一类人，侯伟业也可以用，但他从不会在开会的时候带进来。平常开会也是他说得多，自己说得少，不是侯伟业有多么强烈的表现欲，而是岳淳川始终认为，做比说，更重要。

从不会犯错误、也不允许自己犯错的特勤队长，被两条微信，折损了一贯的冷峻气质。

大家似乎都意识到了这至关重要的一点，接下来，投向岳淳川的目光就显得更加热烈了。

尤其，当岳淳川掏出兜里的手机，划开界面，低头去看的时候，就连侯伟业都按捺不住强烈的好奇心朝岳淳川靠了过去。

岳淳川微信里的好友统共才六个。

侯伟业两口子、母亲杜宝璋、小姨杜宝林、孔易真，然后就是最近才加上微信的米果。

他的微信登录时间加在一起也不过几十个小时。

有聊天记录的也就两个人：孔易真、米果。

和孔易真交流，是因为写报告时涉及专业知识有求于她，两人的聊天记录不过寥寥几行。但是和米果的，就不同了，一堆看起来毫无营养的废话，却聊了几页还多。

其实他开会带着手机，打开微信的最根本原因，就是因为那个泰迪熊的头像。

因为她曾问过他：是不是我任何时候都可以找你，岳淳川？他说：是。

所以，他今天就犯错误了。

第一条微信发过来，他就隐约猜到了什么，他隐忍不看，也不回复，是想让她自己明白,他这会儿不方便回她的消息。

第二条微信再过来,他就着急了。虽然面上还算镇定,可实际上,他已经坐不住了。她没等到回音就敢再发微信,肯定是有急事,联想到她目前的窘况,他便再也等不了了,拿出了手机。

没想到。岳渟川这辈子都想不到,打开微信之后,他看到了什么。

时间一分一秒过去,气氛诡异得可怕。侯伟业探头过去,只来得及看到一个微信红包的页面,便被那个表情和他一样抽搐的男人收起来了。

侯伟业动动眉毛,心中大乐,红包?居然有人给岳渟川发红包了,还一发发俩!正想调侃两句。

"还开不开会了?"

"继续!"

一男一女两道声音同时指向侯伟业。

米果给岳渟川发了两个大红包,可等了好久都没等到回音。她想,或许他出警去了,就没放在心上。

郭台庄请假,整容室的重担就落在了她一个人的身上。殡仪馆缺人手,许多殡仪工身兼数职,整容师也不例外,王秀娜就是郭台庄向领导要求了几次,才从火化班调过来的。虽说王秀娜跟着郭台庄学了大半年,可她目前还是只能修整一些完整度高的遗体,相较于科班出身的米果,无论是技术还是美感上,都和米果差了一大截。

午饭前,憋了一上午的大雨终于瓢泼而下。米果打开窗户,望着连天的雨幕,伸了个懒腰。

到饭点了,她打算约曹娜去食堂吃饭,刚准备掏兜,她的手机却响起两声叮叮提示音。

这个声音她太熟悉了。每次只要叮的一响,她的财运就来了。她加了五个群,每个群里都有好人,时不时地发个红包,她也经常发红包,有时候多,有时候少,就图个乐呵。

她以为这次又是谁在无聊发着玩,没想到一滑开屏幕,却是一个大两百的红包,不止一个,是两个!再看发红包那人,她窘了。不是吧,怎么又还回来了?

她对了对手指,一脸蒙蒙地在屏幕上敲:"我还你的钱,为什么不要?"

以为还要等一会儿,没想到马上就回了。

"我是送,不是借。"

"鞋子挺贵的。"

"不贵。"

米果还想抗辩一下,岳淳川这次直接发来四秒的语音:"这件事以后不要再提了。"

米果再次对手指,半晌,她也回了一条语音,只有一秒:"哦。"

可能岳淳川忙里偷闲给她发的微信,之后,便再没了动静。

米果拿了伞,关上整容室的大门,去食堂吃饭。

一直打不通曹娜的手机,对方总在提示您拨打的电话已关机,无奈,她只好独自撑伞去了餐厅。在餐厅见到司仪班的陈晨,问了才知道曹娜十点多请假走了。

米果觉得不对劲儿,可打过去电话始终无法接通。

下午上班她也是心神不宁的,幸好,那天也没什么事,熬到五点半,米果正准备收拾东西回家的时候,却忽然接到曹娜的电话。

"果果,你到锦湖路的奶茶店,我在这儿等你。"

不过数小时未见,曹娜的声音就哑得不成样了,米果正要细问她请假的原因,曹娜却已经挂了电话。

米果赶紧锁门下班。外面还在下雨,路上积水不断,米果一边跳着避开水坑,一边拨通了家里的电话。

"师傅,麻烦去锦湖路的互信商厦,谢谢!"米果收伞,上车。

与此同时,米家的气氛却显得异常严肃。

米爸爸放下电话,回头对坐在沙发里的米妈妈说:"是果果,和娜娜约着出去玩了。"

米妈妈面色凝重,嗯了一声,指了指身边的空位:"老米,你坐下。"

米爸爸坐下,看了看对面头发花白的郭台庄,重又站起来:"郭师傅,您喝点什么?喝茶行吗,我这儿有今年的新茶。"

郭台庄赶紧起身,说不麻烦了,他不渴。可米爸爸执意要准备,他只好局促地说了声"谢谢"。

米爸爸去厨房准备,客厅里只剩下米妈妈和郭台庄。

米妈妈不笑也不说话,只是盯着茶几上那些光灿灿的全国劳模、五一劳动奖章、全国民政系统颁发的孺子牛奖、市先进工作者证书,以及大大小小数不清的奖状,看了很久。

下午,她和米爸爸一直在厨房忙活,想为米果准备一顿丰盛的晚餐,想不到有不速之客登门,而这个不速之客竟是米果的师傅郭台庄。

郭师傅拎着两大袋子礼品,肩膀和鞋子都被雨水打湿了,他立在客厅,一句话没说,便掏出这些红的、金的证书和奖章,放在她家的茶几上。

她和米爸爸当时都傻眼了,他们搞不懂,这位米果总是挂在嘴边的师傅,来米家打算做什么。

郭台庄沉默了一会儿,似是静了静心神,才指着茶几上的东西,语气诚恳地说:"米果爸爸、妈妈,你们不要误会,我今天来,是想跟你们说说米果的事。我这个人,上学少,没文化,而这些,就是我一辈子攒下的资本。我今天把它们带过来,不是炫耀,而是想让它们为我做个担保,希望你们能够信任一个为了殡葬事业奉献了一辈子的老人。"

米爸爸看了看米妈妈,米妈妈也在看着他。于是,接下来,他们之间便有了一番推心置腹的交流。再然后,米果就打来电话了。

米妈妈一直没表态,但看得出,她之前冷凝的面色正在渐渐松动。

"郭师傅,您的意思我和果果的爸爸已经明白了。谢谢您,能为我们家果果做这么多。"

郭台庄愣住,紧跟着摆手:"我啥也没做,我这个人不会说话,也没文化。"

"不,您是个好人,是个值得我们尊敬的好人!和您比起来,我真是自惭形秽。不怕您笑话,之前我做了许多糊涂事,我甚至打了果果,还骂她没出息,现在看来,真是愚不可及。"米妈妈惭愧地承认错误。

郭台庄绞着双手:"也不能这么讲,米家妈妈,我能理解你们做父母的,你们打她、骂她,其实疼的是你们自己的心。再说,我们这个行业,压力确实很大,社会上不理解,对我们的职业妖魔化,歧视偏见,这些现象都很严重,所以你们不同意是情有可原,同意了才是真正的大度和牺牲。我一直很想拜访你们,想感谢你们,因为你们把米果教得太好了。这个孩子心地善良,热情活泼,有她在的地方,就有阳光和欢笑。她有从事遗体整容工作的天赋和优势,我也愿意把毕生积攒的经验都教给她,在她的身上,我看到了这个行业的未来和希望。在这里,我也想衷心地恳求你们,能够让米果留下来,做她真正喜欢做的事。"

郭台庄说完一番真诚动情的话,忽然立起来,向米妈妈和拎着茶壶出来的米爸爸鞠躬弯腰,恳求他们能够原谅并支持米果的事业。

米爸爸赶紧放下茶壶,上前扶着郭台庄的胳膊,说:"使不得,使不得。"

郭台庄人起来了,可是职业习惯,却让他后撤了一步,避开了米爸爸的碰触,他神情局促地解释:"我们一般不和人握手,我们的工作……"

米爸爸鼻子一酸,用力握住郭台庄长着厚茧的大手:"您的工作怎么了!果果不也和您一样？她不仅整天吃我们的饭，还缠着我和她妈妈呢，每天不抱我们两下，我们还不舒服呢！是不是，曹秀云！"

米妈妈笑着点头："就是，就是，郭师傅，在我们家，从来没有那些讲究！"

郭台庄憨厚地笑了。

米爸爸冲米妈妈使眼色："还不准备开饭！我今天啊，一定要和郭师傅好好喝几杯！"

郭台庄愣了愣："不用了，不用了，我爱人在家做着饭呢。"

米妈妈一边系围裙，一边笑着接腔："您爱人是果果常挂在嘴边的许阿姨吧？每次提起你们，果果都特别高兴，她说，你们还是她做的媒呢！"

郭台庄不好意思地笑了："是啊，要不是米果，我现在还打着光棍呢。"

米爸爸笑着建议："要不让米果妈妈给您爱人打个电话，咱们两家一起吃个饭，热闹热闹，如何？"

郭台庄赶紧摆手："她这人特别内向，我带她出去吃饭，她都嫌贵，不肯去。"

米妈妈端菜上桌："那您今天可找对人了。郭师傅，您把家里电话给我，我跟许阿姨讲，我保证啊，她来过我们家以后，就会变成常客的！"

米爸爸点头，压低声音，对郭台庄解释："果果妈妈是社区有名的热心肠，她还是自来熟，不管跟人家认识不认识，只要聊过几句，立马就变朋友了！"

米妈妈冒出个头："老米，你讲我坏话！"

米爸爸赶紧举手："不敢！不敢！"

三人对视，不由得哈哈大笑。

锦湖路。陈先生的店。米果甩甩伞上的雨水，推开奶茶店玻璃格子的大门。

曹娜坐在一处阴暗的角落里，极不起眼，要不是米果对曹娜太过熟悉，恐怕她就要错过了。

"娜娜。"她走过去，把伞靠在脚边的木架上，轻轻叫了一声。

曹娜的视线一直望着窗外，听到米果的声音，她猛地一颤，转过头来。

如果到了现在米果还看不出曹娜的异样，那她这二十四年真就白活了。很明显，曹娜哭过，有和早晨见她时不一样的红肿眼睛，曹娜眼中的晦暗，比那会儿更浓了一些。

"出什么事了？是不是胡海滨在外面有……"米果忽然打住，她觉得有的时候，她真是脑袋里缺根弦。

曹娜垂眸，苦涩地笑了笑："他还不敢。但也差不多，他昨天相亲去了。"

"相亲?"米果哐一下拍案而起。

四下里很安静,几乎所有的人都朝她看过来。

曹娜抚着额头,低声叫她:"你坐下,我来是让你安慰我,不是让你去打架的。"

米果讪讪落座,但仍是气愤难平,她推开面前碍事的奶茶杯子,问曹娜:"到底怎么回事啊?胡海滨有你了,还去相什么亲啊?还有他妈,不是住在你们家吗?她不管她儿子啊!"

"就是老太太安排的。"曹娜蹙紧眉头。

米果愣了愣:"这老太太是不是有病啊!"

曹娜和胡海滨恋爱四年,确定关系之后在星河小区租住了一套二居室,两人原打算买房之后就去领证结婚。前段时间,胡海滨的妈妈忽然从老家过来了。老太太想儿子,来市里住一段时间本无可厚非,曹娜和胡海滨也是尽心尽力地伺候着,生怕老太太生活不习惯。可令曹娜万万没想到的是,老太太看望儿子是假,想拆散他们是真。之前,胡海滨在殡仪馆工作的时候,老太太对曹娜挺上心的,逢年过节,还主动邀请曹娜回老家玩,可自从胡海滨鲤鱼跃龙门,成了吃皇粮的国家公务人员之后,老太太的风向就变了。不知受了谁的蛊惑,还是她老早就存了那样的心思,竟要儿子蹬了在火葬场工作的曹娜,找个条件好、工作体面的儿媳妇。胡海滨起初不愿意,毕竟他和曹娜有感情基础,而且吃穿用度,车子和房子,甚至连他跑工作时的花费,都是曹娜攒下的钱。他不愿意,和老太太闹了阵别扭。当然,这些事都瞒着曹娜。后来,老太太看准了儿子孝顺,她一次闹不成,就两次,三次,到最后,连曹娜都看出点什么了,胡海滨还支支吾吾地替他妈打掩护。

"昨天不是他第一次出去相亲了。他不知道,我就在他和那女的后面坐着。"曹娜的眼中掠过一抹痛色,"那女的长得还行,似乎对他挺上心,他也有点动心,毕竟是什么中学的音乐教师,比我这个殡葬司仪文雅多了。那女的问他,你谈过恋爱吗?你猜他怎么回答的?"

米果撇撇嘴,愤愤道:"还能有什么好话!"

曹娜苦笑:"胡海滨倒是没说假话,他告诉那女的,他谈了一个朋友,但是发现两人性格不合,正处于分手的边缘!"

"哈哈,分手的边缘!性格不合!他早干吗去了?从我这里一次一次拿钱的时候,他怎么不敢对我说这些话!"曹娜简直是欲哭无泪。

米果简直要气炸了。这不是现代版的陈世美吗?

"我找他去!我啐他一脸口水,我要让他知道,谁敢欺负你,就先从我身上碾过去!"米果气得发抖,摸出手机,就去找胡海滨的电话,可是被曹娜夺了过去。

"别去找他,污了你的眼。我跟他把话说清楚了,他这个月底就搬走。"曹娜垂眸说。

"干吗便宜他!他欠你的那些钱呢?还有这些年耗费的青春,他要怎么赔给你!娜娜,你不能就这么算了!"米果的脸涨得发疼。

曹娜抱着头,晃了晃:"他拿什么还我?他还有什么?除了一身臭皮囊和肮脏的心灵,他一贫如洗,他连街上流浪的乞丐都不如。这样的男人,我强留下有何用?再说了,我曹娜虽无权无势,可我最起码是个人,是个能够堂堂正正立在这里的人。算了,果果,我不想再提他了,从今往后,他是他,我是我,这辈子,老死不相往来!"

话音刚落,一串晶莹的泪水就从曹娜眼睛里淌了下来。

米果心中大恸,上前,抱住曹娜:"好了,好了。别哭啊,别哭,娜娜,你还有我呢,就算全世界都不要你了,还有我陪着你呢。"

"谁说全世界都不要我了?我有那么糟糕吗?"曹娜推她。

"要!要!全世界都要你,我也要你啊。"米果劝慰说。

"不要胡海滨!让他滚远点!让他滚蛋!"曹娜啜泣着要求。

"胡海滨就是个大混蛋,去去去!滚远点,离我们家宝贝远点!"

"你又提他……呜呜呜……"

两人在奶茶店闹了一通,曹娜的情绪稍稍好转,米果问她,今晚准备去哪儿,她掏腰包租下的房子,如今却被胡家母子鸠占鹊巢。

曹娜神情黯然:"先找个快捷酒店,凑合一晚,明天再说明天。"

米果摇头:"那怎么行。你等等啊,我打个电话。"

她从曹娜手里拿过自己的手机,走到一边角落,拨了家里的号码。

接电话的正好是米妈妈,米果简单说了曹娜的事,问米妈妈能不能让曹娜到家里借住一段时间。米果问的时候,心里完全没底,她自己的事还没处理好,这又加上曹娜。

没想到,米妈妈几乎没怎么考虑就答应了。在电话里,她还让米果一定要照顾好曹娜。

米果愣了一下,问:"妈妈,你是不是还在生我的气啊?"

米妈妈哭笑不得。

向米果解释了一番,又说郭台庄师傅和许阿姨正在他们家吃饭喝酒,米果这才激动地叫起来:"真的吗?太好了,妈妈,我爱您!"

米妈妈满足地挂了电话,她轻轻地抽了自己一个嘴巴,笑吟吟地骂道:"曹秀云,你真是该打!"

米果和曹娜说了回家住的事,她说父母已经原谅他了,郭台庄老两口正在她家喝酒聚会呢。曹娜惊讶不已,不过她由衷地为米果感到高兴。

两人出了奶茶店,却都没有回家的意思。

雨已经停了,她们沿路走了一阵儿,米果忽然捂着肚子说:"娜娜,我们去春熙路夜市吧。"

曹娜说:"好啊,我也想喝酒。"

两人打车到了春熙路,找到一家常吃的摊铺,要了烧烤和啤酒。

平常她们的量,喝个四五瓶没问题,可是曹娜心情不佳,只喝了两瓶就有了醉意。她拿着烤串,半天下不去嘴,语气惆怅,低落地喃喃:"我和他认识的时候,就是在咱们学院附近的烧烤摊上。一群男同学戏弄他,把他叫来吃烧烤,临了却扔他一个人在那里挨宰。他没钱,是真的穷到拿不出余钱的程度,老板揪着他的衬衣领口,吵吵着要报警。我当时不知道为什么,脑子一热,就冲出去了。后来,我和他就恋爱了。他没钱,可是自尊心却极强,我怕他和我在一起不舒服,大冷的天,我们出去约会从来不去电影院、奶茶店或是高档一点的地方。我就主动说,胡海滨,我们去风景区吧,零下四五摄氏度的北风天,湖水都结冰了,我们却围着空无一人的风景区转圈,最后我冻得说不出话,他却解开棉衣,裹住我,替我挡住寒风。他对我说,娜娜,我今天给不了你的,以后一定会加倍奉还。他还说,他会一辈子都这样护着我,爱我……"

米果鼻酸。这些年,她是亲眼看着曹娜一步一步艰难地走来,或许是家庭不幸,她对胡海滨投入的感情,比她自己想象的多得多,可是万万没想到,当初执意牵手的男人,竟会是一头焐不热的白眼狼。

"你别难过了,娜娜,像你当初劝我一样,你也值得拥有更好的男人。"

曹娜摇头,醉眼蒙眬地说:"我们这些人还能有什么好的婚姻?你也看到了,咱们馆里,那些结了婚的,不是找的农村的,就是对方离婚或是丧偶的。王秀娜,就是你们整容室的王秀娜,你知道她相过多少回亲吗?四十几次!四十几次啊!我估摸着,她现在看每一个相亲对象的脸都是一样的。果果,咱们要做好思想准备,今后,咱们的婚姻大事,弄不好就要内部解决了。"

"内部解决?"米果喝了一口啤酒。

"唉,就是近亲结婚嘛。就是在咱们内部系统里找,不一定是咱们殡仪馆,也可能是别的地方殡仪馆的员工,咱们……和他们……内部看对眼了,内部解决。这就叫近亲结婚。咱们啊……"曹娜说到这儿,不知弹到了哪根伤心的弦,竟抽噎了一下,潸然泪下。

米果稍微醉一点就开始情绪化,看到曹娜哭,她也伤心起来。她绕过桌子,抱住曹娜:"咱们好可怜啊。"

"你不可怜,你还有爸爸妈妈。"曹娜推她。

"你也有我……娜娜,要是没人要我们,我们干脆……干脆……"

"干脆什么?"

"我们俩,内部解决!"米果彻底喝多了。

女人喝醉了和男人是一样的,要么发疯,要么睡觉。

米果和曹娜醉后的表现,是第一种,或许是之前压抑得太狠了,酒入愁肠,最直接的化学反应,就是催动了她们发达的泪腺。

在一众食客们诡异的注视下,这一对醉酒的姐妹抱头痛哭,哭完了,就开始手舞足蹈、神情悲壮地拉歌。

曹娜上了出租车就开始呼呼大睡,米果的安全意识还算强一点,她强撑着眼皮,为司机指路。

手机响了,她眼神迷惘地接起:"喂,我是雷雷……哦,不是,我是混蛋……不……"

舌头已经抡不圆了,脑袋里也是一团糨糊。对方沉默了几秒,忽然,米果的耳边炸起一道熟悉的怒吼:"死丫头!喝醉了还不回家!"

是米妈妈。

听到米妈妈炸雷般的吼声,米果一点都不害怕,她觉得米妈妈的吼声很亲切,而且还勾起了她心里莫名的委屈。她喃喃地叫了声"妈妈",就开始抽泣。

米妈妈本来要好好教训一下不知轻重的闺女,可是听到米果的哭声,她一骨碌从床上爬了起来。

"果果,你们在哪儿呢,我和你爸过去接你们!"

米果抽着鼻子,口齿不清地回答说:"出租车。"

米妈妈心一沉,赶紧蹬醒醉酒酣睡的米爸爸,这边就下床穿衣:"果果,你别睡,哭着……就这样哭,对,大声点,对对,别停!"

米妈妈正要叮嘱米果要提高警惕,耳边的哭声却蓦地小了,然后,她就听到一个陌生男人的声音插了进来:"麻烦您别把人想得那么坏行不行,还有三个街口就到平安小区了,您最好和您爱人出来接一下,我怕待会儿下车的时候,引起不必要的误会。"

米妈妈呼吸一窒,刚想回他一句,"你这什么态度",却听见那个司机的声音远了,他似乎快崩溃了,哀求着他们家果果:"求您了,姑娘,哦,不,姑奶奶,求您别哭了,成不!"

就这样,晕晕乎乎的米爸爸用二六自行车载着米妈妈赶到小区门口,接到了两个醉得四六不分的野丫头。

曹娜完全不能直立行走,于是米爸爸找保安老刘借了根绳子,把曹娜固定在车后座上先走了。

米妈妈扶着哭得跟一只流浪猫一般可怜的米果一瘸一拐地朝家走。

"妈妈,我……呜呜……我……爱您……呜呜呜。"

迎着小区居民异样的目光,米妈妈的嘴角抽了又抽。

总算是把两个活宝都弄回了家。米妈妈让米果坐在客厅沙发里等她,她先把曹娜安置到米拉的房间睡下,再来收拾她。

米妈妈为曹娜简单擦洗了手脸,怕曹娜半夜呕吐,她又找了个脸盆放在床边,还贴心地在床头柜上放了一杯温水。等她出来的时候,却找不到米果了,她叫了声老米,也没听到回音,她跑到米果房间一看,空空的,再跑到自己卧室一看。

米妈妈瞪大双眼,看着一个滚在床上,一个倒在地上,睡相却出奇相似的父女俩,抚额长叹道:"我这是造了什么孽啊。"

翌日清晨。

大雨过后,旭日和风,气温凉爽,米家也迎来了新的一天。

曹娜从米拉的房间里冒出一个头,不想,被端着粥碗出来的米妈妈撞了个正着。

她吐了吐舌头,不好意思地站了出来:"阿姨,对不起啊,昨天晚上给您添麻烦了。"

米妈妈瞪了她一眼,嗔怪地说:"知道添麻烦了就好,看你们以后还喝那么多的酒!以后不准这样了啊。"

曹娜举起手,放在眉骨边,做了个遵命的手势:"是,阿姨!"

"快去洗漱,早饭好了,我叫果果起床。"米妈妈走进米果的房间。

曹娜走进洗浴间,关上门,脸上堆砌的笑容渐渐地散去。

她趴在洗手台前,静默了一会儿,猛地抬起头,盯着镜子里那个神色颓唐的影子,语气坚定地蹦出一句:"曹娜,你要重新站起来!"

曹娜洗漱完出来,迎面却被米果抱住:"娜娜,惨了!惨了!"

穿着小熊睡衣,头发蓬乱如草、一脸惶急之色的米果,口气也不那么清新。

曹娜捏着鼻子,推她:"出什么大事了,你倒是说啊。"

米果一手扬起她的手机,指着屏幕上显示的一条微信,一手放在嘴里啃咬着,交代说:"我昨晚上喝多了,发了一条微信。"

曹娜凑过去一看。她眉眼一展,笑得浑身乱颤:"不是吧,这你也敢发!你够二的啊!"

米果用力啃着食指:"谁让你先吆喝的,我跟着喊。所以,所以……"

就如曹娜看到的那样,昨晚十一点左右,醉酒后的米果竟然发了一条得罪全天下男人的朋友圈:"滚蛋吧,臭男人!"

六个字,居然在那样神志不清的状态之下还记得加了两个标点符号,由此可见,米果醉酒的折腾功力,和她也差不多了。

"删了不就好了。唉,多大点事啊。"曹娜一语惊醒梦中人。

米果眼睛腾地一亮:"我怎么没想到!"

曹娜一巴掌落在米果的脑门上:"你笨呗!"

米妈妈端菜出来,加上一句:"还傻!"

"就是!"

米果被她们打击得体无完肤,哀号一声,奔卫生间去了。

曹娜捏起一个芝麻花卷刚想塞嘴里,却被米妈妈敲了一下手:"别动!先喝了醒酒汤再吃!"

一碗凉得刚刚好的,香蕉牛奶燕麦粥,代替花卷,塞进她的手里。

曹娜一愣,低头看着碗里色泽白润的稀粥,她慢慢低下头去。

米妈妈看看她,一边盛饭,一边像是自言自语地说:"这人啊,一辈子总要遇到各种各样的事。有的时候,坏事也一不定就是坏,说不定,坏的也能变成好的。女人啊,怕的就是嫁错郎,一旦错嫁,那是一辈子吃不完的后悔药。"

"吃啥药啊,谁又病了?"睡眼惺忪的米爸爸从卧室走了出来。

米妈妈横了他一眼:"你有病!你该吃药了!"

曹娜扑哧一下笑出声来,她咕噜噜一口气喝完醒酒汤,再抬起头,眼睛里已然有了光彩:"谢谢您,阿姨。"看到米爸爸走过来,她又向米爸爸主动道谢:"谢谢您,叔叔。"

米妈妈和米爸爸对视一眼:"傻孩子,说什么谢啊,快吃饭!"

曹娜眼眶一热,正要坐下,却忽然听到米果的惊叫声。

"果果,你怎么了?"米妈妈过去,敲了敲卫生间的门。

里面噼里啪啦一阵乱响,接着传来米果气息不稳的回答声:"啊,没事,我把洗手液打翻了。"

"这孩子,说她笨,还真是笨。"米妈妈摇头,冲着餐厅一摆手,"咱们吃,不管她!"

卫生间里,米果抚着胸口,半天没缓过劲儿来。

之前,当她的手指戳着手机屏幕,正准备删掉那条招骂的微信时,突然,先她一秒,跳出了一条新消息。

一看发信人的头像。她呆住了。川渟岳峙!

心里隐隐有了不好的预感,她默念着,不会吧,不会吧,打开了新消息。

"臭男人怎么惹你了?"

米果顿时惊叫一声,扔掉了手机。

岳渟川昨夜出警一宿没睡,回到中队办公室,他第一件事就是拿出抽屉里的手机,打开微信。等了这么几天,都没她的消息,他想,是不是该主动发点什么。

谁知,一眼就看到了被他置顶的某只泰迪小熊头像下面,发了那样一条意味不明的心情独白。

这"臭男人"指的是谁?他呢?属不属于"臭男人"中的一员?

实在忍不住不去想她,也忍不住不去猜想昨晚发生在她身上的故事,于是,斟酌再三,他便以一种询问的语气,给她发了一条消息。

可是等了很久,也没等到回音。

他放下手机,打算先去洗澡。走到宿舍里面,他刚脱掉满是汗味的军用T恤衫,却听到外面传来叮咚一声响。

他赤着上身,走到外边,拿起桌上的手机,滑开:"你是好男人,你和他们不一样。"

岳渟川惯常的锋利目光,在看到屏幕上的字样后,渐渐变得柔和起来。

他手指微点,发过去三个字:"知道了。"

Chapter 18

相亲会表白

李成勋也在上班途中看到了米果那条发在朋友圈里的意味不明的微信。他直觉,这个"臭男人"和他有脱不掉的关系。想到米果因此而痛苦纠结,他心里就有说不出的难受。

他低着头,手指无意识地敲下"对不起"三个字,正要按下发送键的时候,他猛地回神,盯着那几个苍白的汉字,他的嘴唇渐渐抿成一条直线。

一个一个字删除,直到屏幕回到最初的状态。圆形的表盘提醒着他,上班时间就要到了。

"喜福来"的业务蒸蒸日上,叶梅荣升副总经理,和邹明已是平起平坐。按理说,叶梅应该志得意满,称心如意才对,可她却丝毫高兴不起来。

之前,她提出的定位高端人士的精品计划遭到了新任活动组组长薇薇的强烈反对,在公司中层会议上,薇薇当着所有人的面,驳斥她不切实际的行为,直接影响到了公司利益的最大化。薇薇拿出所谓的市场调查报告,振振有词地说婚恋市场百分之八十都是中低端的消费者,这些消费者,不喜欢花里胡哨的讲座或是沙龙,他们的需求很简单,也很直接,就是想尽快找到合适的对象。叶梅的计划书看似新颖独特,其实根本不适应目前 A 市的婚恋市场,如果公司照她的理念经营下去,很有可能会走入死胡同。

自从米果走后,这还是叶梅和薇薇第一次在公共场合针锋相对。

因为米果的事,叶梅没少给薇薇脸色看,但大面上总还说得过去,毕竟她们是一个公司的同事,低头不见抬头见,总得给人留点颜面。叶梅自觉做得不差,尤其是在薇薇升任组长一事上,她更是从公司长远的发展考虑,摒弃个人恩怨,对薇薇宽容到了极点。可她万万没想到,卸磨杀驴、忘恩负义的薇薇竟公开和她叫板,而且还是因为公事和她叫板。

叶梅不和薇薇计较,因为自会有人站出来主持公道。可令叶梅再次郁闷的是,她等了半天,坐在台中央的张总才目光闪躲地丢出一句"可以考虑薇薇的建议",便散了会。

所有的人都散了,会议室里只剩下她和邹明。多年老友,互相一望,心中的疑惑便有了答案。邹明走过来,拍拍她的肩,提醒她,日后要防小人。

叶梅点点头,谢了邹明,起身回了办公室。

这件事发生没多久,小颖和她去附近吃午餐的时候,偷偷告诉她,公司有人看到张总的车大清早地从星海国际开出来,副驾驶位上坐的正是薇薇。星海国际是A市有名的高档住宅小区。

叶梅听了这事只觉得恶心,原本对张总寡言沉稳的印象,一下子跌到谷底。

上班后不久,叶梅正在联系业务,有人敲门。

"请进。"叶梅一边夹着话筒继续和对方敲定细节,一边让门外的人进来。

她的视线里出现一抹窈窕熟悉的身影,再然后那人便挑高了细致的眉线表情孤傲地看着她。

叶梅很快便结束了通话,放下话机,指着办公桌前的黑色转椅:"坐,薇薇。"

薇薇挪了挪穿着高跟鞋的纤巧脚踝,把手里的考核表放在叶梅的桌上:"这是上个月的员工业绩考核表,邹副总让我交给你。"

叶梅拿起来看了看,又放回桌上:"放这儿吧。我签完字,下发给财务。"

"那我下去了。"薇薇转身就走,可刚走了两步,却听到身后的叶梅叫她:"薇薇。"

薇薇顿住步子,转身,看着黑色办公桌后神色不明的叶梅:"还有事吗?"

叶梅双臂交错,环在胸前,冷冷地看着薇薇,问道:"你为什么针对我?"

薇薇面色一僵,表情显得有些错愕,她似乎没想到叶梅会这么直接。

"是因为米果的事,还是你早就想和我唱反调了?"叶梅瞥了她一眼,单手托着下巴,徐徐说道,"据说有所倚仗的人,才会得意忘形,失了大体。那薇薇你呢?让你有所倚仗的,会是什么呢?"

薇薇的脸色一阵青一阵白,她咬着嘴唇,尴尬得下不来台,论气势,论口才,她和女强人叶梅差了何止一个段数。

"叶梅,你不要血口喷人!"憋了半天,薇薇憋出这么一下没有力道的反击。

"你言重了。我有说你什么吗?我不过是以一个前辈的身份告诫你而已,不做亏心事,不怕鬼敲门。薇薇你记住了吗?"叶梅冷冷一笑。

薇薇立在门边,高耸的胸脯起伏剧烈,显然已是气急,她瞪着叶梅,张开猪油一样反射着荧光的嘴唇,想说什么,最终咽了回去。

薇薇转身走了。

听到咣当一声门响,叶梅才倏然收了假面,抬起手,揉了揉胀痛的眉心。拿起手机,黑色的镜面上映出她苦笑自嘲的影子。

"叶梅,想不到,最不屑和小人打交道的你,也会有今天。"

叶梅也就允许自己情绪失控那么一会儿,便再次投入到了紧张的工作当中。她拿起电话,拨通张总办公室。

对方接通,叶梅听到来不及遮掩的熟悉的女声。她心下了然,不由得语气转淡:"张总,市消防支队联系咱们公司看能不能合作搞一场消防官兵相亲会。"

特勤中队。

岳淳川的办公室,只有孔易真在伏案工作。岳淳川带队出警去了,临走之前,把给上级写报告的任务交给了她。

孔易真正在适应西区检查组的工作节奏,今天恰逢检查组休息,她来中队看看,没想到被忙得脚不沾地的岳淳川抓了壮丁。

因为要用到他的电脑查阅出警记录,所以她便留在他的办公室里写报告。

写报告这事,她最拿手。因为报告里涉及的专业术语和火情分析,都是她的强项。再加上为心爱的人写报告,替他分忧解难,意义就变得更加不一样了。

"淳川!告诉你个好消息!"

孔易真正在埋头凝思,大门咣当一响,一道熟悉的人影一阵风似的刮了进来。

"什么好消息啊,侯指导员?"孔易真抬眸,笑吟吟地望着对面那个笑容凝结的武警军官。

侯伟业看到孔易真,愣了愣,指着她:"怎么是你,淳川呢?"

孔易真放下中性笔,笑了笑,说:"出警去了。"

"出警去了?出警去了,你就更不应该待……哈哈……哈哈哈。"侯伟业说完看到孔易真脸色一变,他赶紧打了个哈哈,改口补救,"你不待这儿,谁待在这儿啊。淳川让你用他的办公室,那说明什么,说明他信任你啊。"

孔易真哼了一声,拿起笔尖对准侯伟业,戳了戳,以示警告。

"那还不赶紧说,是什么好消息,要迫不及待地告诉淳川啊?"孔易真问。

侯伟业提起这件事顿时来了精神。他在支队开会的时候收到了妻子叶梅发来的微信。叶梅说支队和"喜福来"要合作搞一场消防官兵相亲大会,让侯伟业早点回去做准备,特勤中队大龄青年多,她这边可以额外照顾一下。侯伟业就是得到这个喜讯之后,才匆忙从支队赶回来报喜的。

孔易真听后本不在意,可侯伟业接下来的一句玩笑话,却让她生出了一点心思。侯伟业出于好心,说:"干脆把你和淳川都报上名吧,到时候,捅破窗户纸,说不定你俩的关系就能有个质的飞跃了。"

说者无心,听者有意。侯伟业兴冲冲地跑去传播好消息了,孔易真写了几个字,却再也写不下去了。

她拨开挡住眉骨的刘海,凝眉想了一阵子,拿起了办公桌上的电话。

"您好,王叔叔,我是易真。哦,您还记得我啊!呵呵,那都是小时候的事了。哦,对,我现在在淳川的中队,嗯,挺好的。王叔叔,我问您件事,支队是不是要和地方搞一场相亲大会?哦,是真的啊。那……那王叔叔,我和淳川,能不能报名呢?可以啊,可以,您就给我们报上吧。哦,我和他……还没说破。王叔叔,您别笑,就当帮帮我嘛。哦,好,谢谢您。到时候,我一定把他拉去!"

挂断电话,孔易真还没从兴奋的状态里恢复过来,却听到身边响起一阵沉闷的手机铃音。她循着声源找过去,发现铃声是从岳淳川的抽屉里发出来的。打开,她看到一部黑色的手机,正在一堆学习笔记上面欢快地蹦跳。她拿出来,滑开屏幕,看到来电显示,是一个叫米果的人。

米果?她眯起眼睛,直觉这不是一个普通的电话。因为,没有哪个男的愿意叫这个名字吧。

按下接通键,孔易真把手机放在耳边。

"岳淳川,我有个好消息要告诉你!"

耳畔传来有些奶声奶气的稚气女声,虽然不算难听,可是落入孔易真的耳膜却变得异常刺耳。什么时候他竟和别的女人分享秘密了?

"什么好消息?不妨告诉我也是一样。"孔易真静默了几秒,接着对方的话。

耳畔陌生的女音让米果吃了一惊,她怔了怔,拿开手机,看着屏幕上面大大的"岳淳川"三个字,眨眨眼,确定无误之后,她小心翼翼地问道:"你是?"

"我是岳淳川的女朋友,孔易真。"

米果的心骤然空了半拍,等她意识到对方说了什么之后,她的心脏功能才慢慢恢复。只是速率和平常比起来,就像是跑车和三轮,差了不知多少倍。米果哦了一声,静默下来。

孔易真拿起桌上的中性笔帽,对准笔筒,唰地一掷。

透明的笔帽碰到笔筒边缘,在空中打了个旋,以一种极其难看的姿态掉了下来。

孔易真轻蹙眉头,语气带了肃杀的意味,率先打破沉默:"不知你给淳川带来的,是什么好消息?"

米果的喉咙紧得发疼,她和这个叫孔易真的女人说上话之后,反应就开始迟钝了。她就像是考了高分的学生,拿到考试卷后迫不及待地找人倾诉分享,可没等她开口,对方却亮出满分的成绩单一样,把她幼稚的行为变成了一场笑话。

"没什么,我没什么和他说了。"这一刻,米果特别恨自己。烂泥扶不上墙,她这块又稀又尿的泥巴恐怕连墙角都糊不住。

"以后没什么事不要再给淳川打电话了,他工作挺忙的,没空去应付你们这些少女粉丝的追捧。"孔易真语气寒凉,说完便挂了电话。

一番交谈下来,孔易真反而卸了戒心,没把这个被她归类于岳淳川少女粉的米果放在心上。

不过,为了不引起岳淳川的反感,她删除了这条通话记录。

晚上六点多,岳淳川出警回来。孔易真已经写好报告,倚在办公桌前,等着他请客。

岳淳川穿着军用T恤衫和长裤进来,整齐削薄的鬓角被汗水浸透,看到孔易真,他把搭在左前臂上的军衬衣挂在衣架上,然后问她:"写完了?"

孔易真拿起桌上的报告:"请岳队长过目。"

岳淳川看看她,接过报告,低头快速浏览,过了一会儿,他合上打印纸,眉峰一展,问孔易真:"想吃什么?今天我请。"

孔易真眯起眼睛,仰头看他:"我想去阿姨家吃饭。"

岳淳川面色一滞,这才是她留下来的真正目的。

"对不起啊,淳川,我已经和杜阿姨说过了,还有侯指导员会留下值班。"

孔易真走上前,握住岳淳川袒露在外的手臂:"阿姨想你了,你就回去看看吧。"

杜宝璋就是岳淳川的软肋,他后退一步,拨开孔易真的手:"我换件衣服,你去楼下等我。"

孔易真撩了一下短短的头发,笑了笑:"好。那一会儿开我的车,还是你的?"

"开我的,吃过饭我还得回来。"隔断后面传来岳淳川的回答。

曹娜思虑再三,还是决定不去米家暂住了,殡仪馆在市区有员工宿舍,白天的时候,她向后勤部门申请了一套带厨房和卫生间的一居室,她打算等胡海滨和他妈搬走之后,去中介把之前的房子退了。那个地方,她现在连想一想都觉得心痛。总还是要去的,她的大部分物品都还放在那里。

曹娜中午给胡海滨发了条短信,胡海滨回复说他妈这几天在A市的亲戚家里住,曹娜想回去都可以。

曹娜想了想,又给胡海滨发了条短信,问他车怎么办。

过了很久,胡海滨才回复,恳求她能不能把车让给他,他在单位,总要顾及一些脸面。

曹娜看后把短信删了,五万块钱,她就当喂狗了。

下班后,米果和她坐上公交车去之前的住处拿衣服证件,一路上,米果安静得出奇,曹娜也无心调侃,两人并排坐着,却是很久也没有交流。

公交车穿过高架桥,进入市区,心情不佳的曹娜意识到了什么,转头,拉了拉米果的马尾辫:"嗨,你今天怎么了?受打击了?"

米果叹了口气,看看曹娜,又转开视线,望着车窗外的街景,喃喃说道:"何止受打击啊。"

曹娜来了兴趣,她扳过米果的脸,让她看着自己:"失恋了?那个上市公司的职场精英又来打击你了?"

米果的眼睛里一片黯淡,眨眨眼,有些困难地说:"不关李成勋的事。"

"那是谁?"曹娜的脑子高速运转,搜刮了一圈可能和米果发生暧昧关系的男士,最后,她的脑海里突然跳出一个人的影子,她的眼睛,蓦地一亮。

"岳英雄!"

米果身子颤了一下,她迅速垂下睫毛,挡住内心因为这个称谓荡起的阵阵涟漪。

看米果不否认,也不说话,曹娜顿时就明白了:"难道说,你和他已经偷偷……发生……"

"没有!我们没发生什么,真的!他有女朋友了,我,我下午才知道。"想起下午的事,米果就觉得自己特别丢人。岳渟川有了女朋友,她应该祝福,为他高兴才是,可不知道为什么,她的心情一直好不起来,尤其是被那个姓孔的女人用那种语气教训她之后,她竟感觉到从不曾有过的失望和沮丧。她是怎么了?她为什么会生出这么强烈的抵触感,难道……难道她对岳渟川……这一模糊不清的认知,令她惶然而又混乱。她似乎偷了一段不属于她的美好时光,甚至,幻想了一些不属于她的幸福。

曹娜抬起米果的下巴,使她的视线和米果平视,她盯着米果看了几秒,忽然,向米果的脸上吹了口气:"你喜欢上他了。"

米果的黑瞳猛地瞪大,她的嘴唇哆嗦了两下,迸出两个单音。

"啊?"

"哦。"

好像是这样的。不然的话,她那些从未曾有过的感受,从哪里来的呢?

不知道他有女朋友的时候还不觉得,知道了却是另一番陌生的感受。她做什么事都没了心思,只要一静下来,脑子里、心里、眼前,晃着的都是他的影子。之前,她和李成勋分开的时候,也没有这样强烈的反应。

曹娜笑了出来,捏了捏米果的脸蛋,颇有些感慨:"闺蜜就是闺蜜,就连失恋都是前仆后继啊。"

米果手指一紧,低下头,很久没有说话。她这算哪门子失恋啊!每一次,都是没开始就结束,她肯定上辈子得罪了整个宇宙的红娘,所以,这辈子组队来惩罚她了。

回到曹娜以前的租住房,果然如胡海滨说的一样,房间里空无一人。胡海滨似乎也有几天没在这里住了,茶几上蒙上了一层灰,阳台上曹娜种的几盆绿植,也干巴巴地打蔫,垂下了叶子。

曹娜没心情回忆从前,她在客厅立了一会儿,径自走到卧室,拉出行李箱,开始收拾一些必要的衣服。

拉开衣柜,曹娜不由得一阵冷笑:"果果,你来看。"

米果走过去一看,顿时气得脸红耳赤。胡海滨这个小人,竟然把曹娜的衣服悉数从衣架上取下来,像是一堆等待处理的破烂一样,扔在衣柜的一角。

米果要打电话质问胡海滨,曹娜却拦住道:"这不是胡海滨做的,他还不至于。肯定是他妈,我就知道,这老太太是个老妖婆。"

曹娜环视四周,看到卧室放钱的抽屉虚掩半张,她的心蓦地一凉。走过去,拉开抽屉,曹娜翻了翻,果然,东西已经不在了。曹娜怒极反笑,她坐在床边,狠狠地踹了床头柜一脚。

"丢什么了?"帮曹娜收拾衣服的米果听到声音,赶紧跑了过去。

曹娜闭着眼睛,仰头长长地吐了口气,睁眼,语气已是悲怆气愤:"这里面有我半年的工资和我爸送给我的金锁。钱拿走了就算了,金锁他们也要。"

曹娜的父母早年离异,各自成立了家庭,曹娜的父亲当年离开 A 市去南方发展,临走之前送给曹娜一把千足金的金锁留作纪念,曹娜嘴上说不在乎,其实她把这块锁看得比她的命还重要。

这事胡海滨和米果都知道,胡海滨再差劲也不会夺人所爱,想必这种撬门拆锁的小人行径,也只有胡海滨他妈能做得出来了。

"以前我就觉得胡海滨他妈长了一副尖酸刻薄相,那小眼睛瞅人的时候,滴溜溜转得贼溜,我看在她生养了胡海滨的分上,对她一直客客气气的,照顾有加。她去年患痔疮动手术,胡海滨走不开,是我请假回去伺候的她,我一个没过门的媳妇儿,为她端屎接尿,喂饭洗衣,就差没喊她一声妈了,我对我亲妈还没这样,我哪点对不起她了?她竟然一次一次地这样对我。"提起过往的伤心事,曹娜的泪水止不住地流。

米果抱着曹娜:"别哭,别哭。咱们找她要去!她就算是个喝人血的老妖婆,咱也让她现出原形!"

曹娜哭了一会儿,抹掉眼泪,拨通了胡海滨的电话。

说了金锁的事,胡海滨果然不知道,他最近都在忙殡葬改革试点的事,吃住在蹲点单位,几天没回过家了。胡海滨说他问问他妈,如果真是他妈拿走的,他负责要回来,还给曹娜。

曹娜挂了电话,又打开抽屉,从里面拿走了她的证件。

十几分钟后,曹娜和米果离开租住房,大门关上的那一瞬,曹娜猛地加快脚步,快速走离这处承载了她太多回忆和梦想的地方。

岳家。餐桌上丰盛的菜肴还剩下大半,杜宝璋盛了一小碗甜羹递给孔易真。

"易真,尝尝阿姨做的八宝羹,和莲素的味道有没有得一比。"莲素小馆的八宝羹注重养生美颜,杜宝璋喝了一次觉得好,回来查了方子,自己学着做。

孔易真谢过杜宝璋,低头尝了一口,随即,露出微笑,点点头,又喝了一口:"很好喝,我觉得比莲素的味道更好,我喜欢这种甜里带点微酸的口味。"

杜宝璋笑着说:"你喜欢就好,那阿姨以后就可以经常卖弄厨艺了。"

孔易真跟着笑了两声,她瞥了一眼埋头吃饭的岳淳川,眸光微动:"阿姨,我今天见到队里管生活建设的王叔叔了,他说下周末,支队要和地方搞一场大型相亲会。"

杜宝璋停下筷子:"相亲会?"

"嗯,为队里的大龄官兵解决个人问题。"孔易真看了岳淳川一眼。

岳淳川吃得差不多了,他不喜欢喝甜腻的八宝羹,起身去倒水。

刚转过身,他就听到孔易真对杜宝璋说:"阿姨,我自作主张,给我和淳川都报了名。"

岳淳川蓦地顿步,转过头,眉头紧蹙,看着孔易真:"给我报什么名!我不需要。"

杜宝璋的神色也有些茫然,她搞不懂孔易真这葫芦里卖的什么药。

"你和淳川。"

"阿姨,"孔易真抢过话,解释,"我是觉得我们年龄都不小了,多接触接触这种场合,多认识一些同龄的朋友,也挺好的。不一定非要有什么结果,你说,是不是,淳川?"

岳淳川依旧紧蹙着眉头,接了一杯水,喝了大半,搁在桌上:"我是不会去的。想去你自己去。"

　　孔易真没说话,杜宝璋瞪了儿子一眼:"好好说话。"

　　岳淳川沉默着去拿茶几上的车钥匙:"我回队里了,伟业刚打电话说晚上家里有事。"

　　孔易真站起来,语气温柔地叮咛:"那你路上慢点,别开快车。"

　　岳淳川点点头,转身走向门厅。

　　杜宝璋听到大门响,立刻拉住孔易真,坐下:"易真,怎么回事?你真要去参加什么相亲会啊!"

　　那她儿子怎么办?万一易真在相亲会上找到合适的,那她不成了剃头挑子一头热了?

　　孔易真反握住杜宝璋的手,笑了笑,说:"阿姨,您别急,先听我说完。"

　　她向杜宝璋解释了拉着岳淳川一起参加相亲会的缘由:"阿姨,我这也是没办法。您知道的,淳川他对我总是不冷不热的,他这个人性子冷淡,非得激一激,把他逼上绝路,他也就妥协了。"

　　杜宝璋暗暗点头,还是易真了解她儿子的脾性。

　　"可你和他去参加相亲会,怎么才能逼他就范呢?"杜宝璋问。

　　孔易真挑眉,自信地微笑:"您放心,办法我已经想好了。"

　　杜宝璋指指孔易真:"你这丫头,事先也不和我通个气,刚才说的时候可把我吓坏了。"

　　"阿姨,我不是怕淳川看出来嘛。"孔易真娇笑一声,挽住杜宝璋的胳膊。

　　"可他说了他不会去。"

　　"您放心,他肯定会去的。"孔易真胸有成竹地保证。

　　孔易真饭后帮杜宝璋洗了碗,又收拾了一下客厅才起身告辞。杜宝璋有心留她多聊一会儿,孔易真却说她还有工作没做完,要回家加班。

　　杜宝璋心疼地说:"你也顾及点身体,女孩子总熬夜不好。"她看着易真长大,知道易真是个聪慧好强的女孩子,她比一般干部子女努力,目光也更长远,不然的话也不可能年纪轻轻的就能独当一面,成为孔家的骄傲。

　　孔易真笑了笑:"阿姨,我得做出点成绩,不然的话,我不是白回A市了?"

　　杜宝璋赞许地点点头,目送孔易真离开。

　　帮曹娜安顿好,两人在附近的小吃铺随便吃了一碗米粉,米果便坐着公交车回家了。

米爸爸和米妈妈晚上去吃高价饭,家里没人。米果其实没吃饱,可身心俱疲的她倒在沙发里就不想动弹了。

摸出手机,习惯性地点开微信。看到那个被她置顶的熟悉的头像,她心一慌,手指一滑,接着就捂住嘴,蹦了起来。

"疼——疼——"

她小口吸气,翻开明显发红肿胀的上嘴唇,发现靠近嘴唇边缘的部位有一块小指甲盖大小的伤口,正往外渗着血丝。

手机在她手里又多了一项功能,居然可以自残。

她接了一杯温水,掀起破掉的唇皮,稍微漱了漱口,吐出来的水呈暗红色,她加快动作,冲洗之后,回到客厅。

罪魁祸首孤零零地躺在沙发和茶几之间的地板上,弯下腰,捡起手机,小心翼翼地放在茶几上。就连沙发,她也改躺为坐,再不敢大意了。

打开电视机,是米爸爸最关注的A市电视台的节目。

A市新闻台,都市频道。因为主持人朴实亲民,节目涵盖全面,涉及的家长里短、突发事件、民生交通等内容,被大众喜闻乐见,也深受米家人的青睐。

"今天下午,A市三元里发生一起交通事故,一辆工地运垃圾的渣土车侧翻,压住一辆私家车。据附近群众说,私家车司机受伤严重。目前公安消防已经赶到现场,正在紧急救援。现在,我们采访一下消防救援人员,了解一下被困司机的情况。"

画面切转,一位经常参与新闻报道的年轻女记者把话筒对准了一抹橙黄色的背影。

"您好,我是A市都市频道的记者,请问目前救援进展如何?被困司机有没有生命危险?"

米果噘着嘴,一边小心翼翼地把葡萄送进口中,一边无意识地朝电视机瞄过去。然后,米果就悲剧了。籽多粒大的紫葡萄还没咀嚼就被她囫囵吞了下去,可能事发突然,她没有准备,葡萄滑入食道的时候夹杂了很多空气,于是……她抻着脖子痛苦地打了个气嗝儿。

这下,不仅被碰到的烂嘴唇疼得钻心,她的喉咙连着胃的食道那一截,也被鼓胀的空气,顶得生疼。憋了一肚子的委屈无人可诉,米果撇撇嘴想哭。可米果努力不让眼泪掉下来,而是瞪大双眼,盯着电视机屏幕里那个刚毅英俊的男人。

她坚持等到他的画面过去,可能是太过专注,她竟然看到采访的女记者在转开话筒的时候,目光流连了一会儿,才对准前方的镜头:"观众朋友们,据现场消防员介绍,车祸现场……"

米果忽然抓起电视机遥控器,按掉电源开关。她拿起桌上的手机,打开微信,给岳淳川发了一条消息:"祝你幸福,谢谢你这些天来为我做的一切。米果。"

署名之后,她的指尖停在发送键上,犹豫了几秒,还是按下了发送键。她解除好友置顶,紧接着删除了微信里的"川淳岳峙"和手机通讯录里的"岳淳川"。

岳淳川收到米果微信的时候,正开车经过平安小区。他刻意绕远,是想试试自己的运气,看能不能遇见米果。

这些天没有见她,微信联系也少,他便时不时地想起她,想起她暖阳般的纯洁可爱的笑容,和她"岳淳川""岳淳川"叫着时颊边忽闪忽闪的酒窝。

下午出警时他在路边看到一个和她长得特别像的姑娘,差点就跑了过去,后来发现不是,他庆幸自己没在中队战士面前出糗之外,又觉得莫名的失落。

想着她,想着与她有关的记忆,车速自然而然地降了下来。他朝车窗外望去,几十米开外,平安小区的红色荧光字,在夜色中闪闪发亮。

他的手机响了,是微信。他的黑眸微微眯起,然后轻轻转动方向盘把车停在路边。

拿出口袋里的黑色手机,他在车窗外阵阵宣传蒸鸭的广告声里,手指一掠,向右滑出一道优美的直线。然后,他的肩膀沉了沉,头也似乎更低了一些。过了一会儿,他点开通讯录里"米果"的名字,按下通话键。彩铃是属于她的卡通风格的英文歌,歌声持续了很久,都没有接通的迹象。

他蹙起浓眉,挂断,之后再拨过去。这次,回应他的,却是"您所拨打的电话已关机"的提示音。

岳淳川抬起晦暗不明的黑眸,把视线投向远处亮着灯光的小区建筑。半晌后,他发动车子,汇入一旁的车流,渐渐走远。

又是一周忙碌而又充实的工作,米果上班跟着师傅学技术,下班和曹娜吃遍A市大街小巷,化悲愤为食欲,化食量为力量,以抗击那些势头凶猛的坏情绪。

周四,米果接到叶梅的电话,邀请她参加周六在市消防支队举办的军民相亲联谊会。米果本不想参加此类交友活动,她怕在现场遇到岳淳川。后来一想,他都有女朋友了,应该不会去这种场合,再加上叶梅盛情邀约,最终她还是接受了。

不过,她不打算一个人去,她要把刚刚失恋的曹娜拉上和她做伴。曹娜对这事倒没那么排斥。

周五上班,米果像往常一样穿过吊唁厅前的小广场。

"米果！"忽然，有一道熟悉的声音叫住了她。

米果脚步一顿，转过头，看到白衣黑裤的李成勋正向她走了过来。

"李成勋！怎么是你啊，你来……"米果朝吊唁大厅门前熙熙攘攘的人群望了望，又看了看李成勋，有点搞不清状况。

"单位有人去世了，我来参加追悼会。"李成勋的视线定定地落向米果。

沐浴在晨光里的女孩，肌肤干净清透，嘴角半弯，满溢着自然和关切。

"哦，原来是这样啊，你没事就好。"米果轻轻舒了口气，随即，唇角微扬，看着他，微微一笑。

李成勋被那抹淡淡的笑容刺得心口一疼，他知道自己还在喜欢着这个姑娘。

一个八竿子打不着的集团中层意外辞世，刚刚荣升安监部经理的他却态度积极地参加葬礼，不无例外地，引来一片赞扬之声，可只有他自己才知道，他此行的真正目的是什么。一大清早，赶在家属到达之前就到了殡仪馆，刻意等在外围，无非就是想在这里"碰巧"遇见她而已。

她笑起来还是那么暖，那么心无城府。

李成勋抿了抿嘴唇，手指渐渐合拢，聚成拳。他压抑着情绪，语气平静地说："好久不见了，你在这里工作习惯吗？"

米果点点头，睫毛轻闪："挺习惯的，学以致用，比在婚介公司混日子充实多了。"

李成勋目光一暗，犹豫了一下，还是主动开了口："我退了'喜福来'的会员，现在和他们没有牵扯了。"

米果怔了一下，他是在向她解释吗？沉默了一会儿，她眼神清亮地看着李成勋，说："我爸爸常跟我讲，人穷一点不可怕，关键是心要安，一个人只有心舒坦了，才能光明正大地做事情。"

李成勋朝她苦涩地笑了笑，俊逸的眉目间似是笼上了一层薄雾轻愁，他何尝不知道这个道理，但是如今……再也没有可以回头的机会了。

对于李成勋的沉默，米果早就习以为常了，她笑了笑，指指他的身后，提醒道："好像可以进去了。"

"哦。"李成勋回头看了看，再转头，却已没了留下她的理由。

他后退一步，缓缓抬高右手，向米果挥了挥。

米果也向他挥手："再见，李成勋！"

李成勋舍不得移开目光，就那样看着她脚步轻快地走到小路的尽头，然后右转，不见了踪影。

"李经理，可以入场了！"有人刻意过来喊他，语气讨好诌媚。

李成勋行动迟缓地转身，看了看面前似曾相识的面孔，记忆里他曾被此人刻薄过多次。

李成勋在心里暗叱对方无耻，却又不知何故联想到自己的行为，不由得蹙了一下眉头，微微抬起眼皮，不冷不热地应了一声："谢谢。"

周末，晴空万里，空气清爽。

米果正在房间里呼呼大睡，却被事先定好的闹铃声给吵醒了。她眯着眼睛，关掉闹钟，然后翻了个儿，继续睡。忽然，脊背一凉，紧接着，啪的一声脆响，米妈妈的巨灵掌毫不留情地落在米果圆滚滚的屁股上。

米果蹬了蹬腿，龇牙咧嘴地抗议："妈妈，我要睡觉。"

"睡个屁啊！相亲会马上就开始了，你还在这儿睡！睡什么睡啊！睡成猪了，能找到对象吗？"米妈妈和叶梅私底下一直有联系，前两天她和叶梅通电话的时候知道军民联谊会的事，立刻来了精神。做妈妈的，就是时刻为子女操心的劳碌命，如今米果的工作尘埃落定，已无法更改，所以米果的终身大事就排上了老米家的工作日程。米妈妈拜托叶梅一定要把米果带去，就是押，也要把她押过去。

米果一手揉眼，一手揉着可怜的屁股，小声嘟囔："人家不想找对象。"

"啥？你再说一遍！"米妈妈耳朵尖，立刻横眉怒目，冲了过来，米果吓得哧溜一下从床上滚下来，捂着屁股，狂奔向卫生间："爸爸，救命！曹秀云打人了！"

米家万年老长工拿着鸡蛋碗从厨房里跑出来，为宝贝女儿挡驾，拦住气势汹汹的米妈妈，劝慰说："消消气，消消气，大清早的，跟一孩子吵吵闹闹的，多没意思啊，是不是？"

米妈妈一身火气正没处撒，米爸爸来了正好，她哼了一声，食指一点，狠狠戳向米爸爸的脑门："都怪你惯着她！惯吧，惯吧，我看惯到最后，你的宝贝果果，嫁不出去了怎么办！"

米爸爸哑地痛叫一声，他赶紧后撤，不服气地抗议："我家果果这么好，怎么可能嫁不出去！"

米妈妈翻白眼："你不知道她现在什么工作啊，她这样的出去找对象，见一个黄一个，你信不信！"

米爸爸用力打着蛋液："找不到就找不到，大不了我养果果一辈子。"

"好好好。你养，你养，你就算活成神仙了，看你能陪果果多少年！"米妈妈一语中的，击中了米爸爸的软肋。

米爸爸表情瞬间黯淡下来，是啊，他怎么忽略了他要早走这个残酷的现实呢？

到时候,果果也一把岁数了,需要人照顾,需要人疼的时候,身边却没了亲人。"

"不是还有拉拉吗?"米爸爸艰难抵抗。

米妈妈鄙视地瞪着他:"拉拉到时候一大家子人,自顾不暇的,你以为她还能照顾走不动路的姐姐?就算她有那份心,果果会愿意拖累拉拉吗?"

米爸爸顿时哑巴了。两夫妻正僵持着,卫生间的门霍然打开。

洗漱完毕的米果双目清亮地看着她最亲爱的爸爸妈妈:"你们别吵了,我去相亲会。我保证,会好好相亲,争取找到一个你们满意的对象。"

二十分钟后,在二中门口和曹娜碰头的米果蔫得如同霜打的茄子一样,倚在电线杆上。

"我是不是有病啊,居然答应他们相亲。"米果知道一次相亲会之后,就是漫无边际的持久战,她何其不幸,即将沦为千千万万相亲大军中的一员了。

曹娜听了她对父母立下的豪言壮语,先是哈哈大笑,然后,抱着米果的肩膀,向上猛地一抽:"拿出点勇气来,果果!我们今天争取一次搞定,让他们老一辈再不敢小瞧我们。"

米果眨眨眼,心想,怎么可能搞得定,消防兵哥哥们,也怕进殡仪馆啊。

"八一"前夕,由 A 市消防支队和"喜福来"婚介公司共同举办的一场主题为鹊桥传情的"八一"拥军相亲交友联谊会在以火红的消防车为背景的消防大院里隆重举行。

平常肃穆宽阔的广场,今天欢声笑语、热闹非常,场地中央,一个硕大的由玫瑰花和彩色气球布置的舞台喜气盈盈,花香四溢,处处洋溢着浪漫温馨的气息。

叶梅忙得脚不沾地,她戴着蓝牙耳机,实时联系在场的婚介公司的员工调配任务。由于是在家门口工作,不时遇上相熟的官兵和家属,她停下来和他们打声招呼便匆匆跑向下一个工作地点。

总算是各方面就绪,只等开幕了,叶梅稍稍喘了口气,正想坐下来休息一下,一双黑乎乎的大手却从后面倏然伸过来,蒙住了她的眼睛。

"猜猜我是谁!"

故意加粗的男声,恶作剧般的突然袭击,却让叶梅的唇角一点一点扬了起来。她也不说话,直接一个倒肘,击中了某人的要害部位。

"哟!谋杀亲夫啊!老婆!"

侯伟业倒吸着气,捂着肋骨,痛苦地抗议。

叶梅好整以暇地转过身,正要再发挥一下毒舌的强大威力,却在看到侯伟业身后的人时,愣住了。岳淳川?他居然出现在这里!

叶梅再一细看,不禁扑哧一声笑了出来。

她上前一步,抢过岳淳川手里的38号男嘉宾号牌,然后撕掉黏纸,啪的一下贴在他的右臂上方。

"欢迎你,38号男嘉宾!"

到了消防支队,米果一边从钱包里掏钱,一边小声嘟囔着曹娜:"就五站路还要打车,多浪费钱啊,我有公交绿卡。"

曹娜倏地一下从她手里抢过钱包,掏出一张十块钱递给司机:"师傅,不用找了,谢谢啊。"

她打开车门,把一脸不情愿的米果拽下车:"你能不能有点出息啊,今天是相亲大会,和选美大会也差不多,你四下里瞅瞅,哪个不是坐着私家车、出租车来的?差一点的就是步行,最起码外人以为你是个健康时尚人士,最差的就是坐公交车的。你看看,那边过来的几位,那衣服、发型,是不是特别惨不忍睹!"

米果顺着曹娜指的方向望过去,然后,沉默了。经过早高峰时段下来的乘客,大多是不成样子的。

米果笑了笑,扯了扯身上印有小熊图案的娃娃裙,用拇指和食指比了个大概的距离:"我是不是比她们要美一点?"

看到曹娜嫌弃的眼神,她赶紧缩短间距:"就一点点也没有吗?"

曹娜很想说"没有",因为谁家大姑娘来参加相亲会穿得跟个八九岁的洋娃娃似的,从脖子到膝盖都裹得严严实实,再加上那根黑亮的马尾辫,生怕人家不知道她幼稚。

曹娜翻翻眼珠,拉住纠结于"多一点"还是"一点点"问题的米果,推了一把:"你美!你最美!你即将成为全场最闪亮的'女猪脚',行了吧,我的小熊果果!"

米果反手抱住曹娜的胳膊,嘿嘿一笑:"那当然了!"

曹娜大笑,顺手捏了一把米果红红的脸蛋:"臭美吧,你!"

到了现场才知道今天相亲联谊大会有多热闹,到处是人,五颜六色的各色时尚女孩正在进行流动展示,而消防车那边身着军装的消防官兵也已经列队就绪,只等入场。

曹娜被一群规模庞大的亲友团吸引住视线,这些年长的老人都是陪着女儿来相亲的。米果告诉曹娜,目前"带妈妈相亲"成了相亲活动的主流,有的时候父母的人数比年轻人还多,而且除了陪同嘉宾前来"考察"的亲友团,还有不少父母揣着子女的照片前来。可见做个大龄青年的父母有多不容易了。

米果说,她今天肯来相亲,主要就是不想让米爸爸和米妈妈成为她和拉拉的奴隶,父母辛苦一辈子,到了该享清福的年纪,却还要为她们操心劳神,才是她最大的不孝。

曹娜表示深深的理解。她虽然从来没有享受过父母的呵护和关爱,但不妨碍她去体会米果的幸福,她之所以从小到大都喜欢泡在米家的最直接的原因,就是羡慕米果有一对天下无双的好爹妈。

接下来,米果和曹娜被一名穿着"喜福来"工装的陌生女孩引领到发放嘉宾号牌的地方,没想到人还挺多,米果挤进去,随便抓了一对儿号牌从空隙里钻了出来。

"我靠,38!"曹娜一看,怒了。

米果赶紧让出她的39号:"我跟你换。"

"你有病啊,争当三八模范。我去换了!"曹娜转身欲走,可不知想到什么,她又顿步,回过身来,"老娘不换了。今天我就是三八,有种的男人才敢来找我!"

米果嘴角抽了抽,心想,娜姐,有种!

两人说说笑笑,去找号牌对应的座位。

刚绕过一群议论着消防官兵待遇问题的妈妈团,曹娜猛地拽住米果。

米果不解地抬眸,朝前方一望,她也愣住了。几步远的地方,戴着工作牌却穿着时尚女装的薇薇正用一种匪夷所思的眼神瞪着她和曹娜。

"冤家路窄!"曹娜撇出一句嘲讽话,拉住米果的手,径自朝薇薇走了过去。

薇薇身边还有一群花枝招展的女嘉宾,有几个米果还认识,她们都是"喜福来"的会员。

原本想着就这么过去算了,毕竟大庭广众之下,彼此都装不认识,这样还能相处得融洽一点。

"哟!这不是我们的女英雄米果和她义薄云天的闺蜜吗?"薇薇横出一脚,挡住去路。

米果蹙了蹙眉,正要说话,曹娜却低声提醒她:"你别掺和,我来。"

曹娜哈哈笑了两声,直面着薇薇,向前走了两大步:"哟,没看到是你啊。啧啧,最近小日子过得不赖啊,瞧这风骚劲儿,快赶上潘小姐了!"

"哪个潘小姐?"米果插嘴,她们认识的女孩子里面,没有姓潘的啊。

"果果你真可爱,就是咱们四大名著里面的,那个潘金莲潘小姐啊。"曹娜作势哈哈一笑,对面的薇薇顿时气得面色泛青,高跟鞋狠狠戳了戳地:"你胡说八道!"

"你还满嘴放炮呢!"曹娜一拉米果:"走了,这种人见一次少活一年!"走了两步,她又顿住,转身提醒薇薇身边那些女嘉宾:"这个女人,满嘴谎话,你们信了,就是你们傻!"

走了老远,米果回头看了一下,赶紧转头:"她们在戳我们的脊梁骨。"

曹娜横了她一眼:"怕什么!我们又没杀人放火,又没矫情,她们愿意说就说,还怕了不成?"

米果展颜一笑,她拉着曹娜的手臂晃了晃:"幸好你陪我来了,要不然,我刚才就惨了。"

曹娜捏了捏米果的脸蛋,恨不能一下把她掐醒:"你啊,就是太好欺负了!"

过了一会儿,相亲大会估计要开始了,女嘉宾们纷纷就座,米果和曹娜也和众多女嘉宾一样抻长了脖子,朝整齐列队的消防官兵方阵望了过去。

岳渟川立在方阵的最后一排。

他看了看远处色彩缤纷的女嘉宾,思忖着要不要现在就离开会场。他是被王叔叔押到支队的,既然人已经露了面,任务也就算完成了。

"队长!"

岳渟川倏然转身,惊讶地看向身侧的熟悉面孔:"小海!"

冯小海淡淡一笑,目不斜视地盯着前方的舞台,低声说:"我是被指导员骗来的。"

岳渟川闷笑两声:"彼此彼此。"

冯小海说:"我来走个过场,号牌都没领。"

岳渟川想了想,唰一下撕掉短袖上面的号牌,啪一下粘在中队防火参谋冯小海的衣服上。

"这不得了,现成的。"

冯小海愣了愣:"队长。"

岳渟川拍拍他的肩膀:"你是该考虑个人问题了。"他忽然面色一正,低声叫道:"冯小海!"

冯小海下意识立正,答了声"到"。

"我命令你,必须正确对待这次相亲联谊会,争取拿下一个,能做到吗?"岳渟川说。

冯小海面有难色:"队长,我做不到啊。"

"做不到也得做!"

"现在的姑娘,我真是招架不住,刚才就遇上一个喊自己是三八的奇葩货,我就多看了她一眼,她就冲我吆喝上了!"冯小海诉苦。

岳渟川依旧板着脸:"这是任务,必须给我完成了!"

冯小海经过一番激烈的思想斗争："是！我一定争取！"

岳淳川交代完冯小海，便离开了方阵。他才没工夫耽搁在这里和一群叽里哇啦的女嘉宾做什么无聊的游戏，到目前为止，他除了对那个拒接他电话的小熊很感兴趣之外，根本没有和其他异性接触的想法。

想到那个笑容温暖的女孩，岳淳川的脚步不由得慢了下来。

俗话说得好，偷得浮生半日闲。他打算着是不是借着这偷来的半天假期去平安小区转一转，看能不能遇上他要找的人。

去停车场势必要经过嘉宾区，低头缓行的他完全没有意识到，他出众的外表俨然成为嘉宾们瞩目的焦点，与他擦身而过的女子，无不频频回首，而一些聚在一起的小圈子，更是把议论的话题转到了他的身上。

眼看着就要走过去了，他忽然听到一侧的休息区，一群打扮得花里胡哨的女人圈子里，传来一个熟悉的人名。

岳淳川轻蹙浓眉，双手抄进裤子口袋，停下脚步。

孔易真跑步回到方阵，找了一圈儿没发现岳淳川的影子，她走到后排，张望了一下，却看到一张她最不愿意见到的面孔。必要的礼貌还是要有的，毕竟，她不是那些小肚鸡肠的女人。

"冯参谋，你也来了。"孔易真主动招呼。

冯小海嗯了一声，看到孔易真胳膊上的号牌，不由得微微一怔："你也参加？"

孔易真笑了笑，反问："怎么，我不能参加吗？"

冯小海摇摇头："那倒不是。不过，今天来的基本上都是地方的女嘉宾。孔参谋难道要唱空城计？"

"没有地方上的男嘉宾，不还有咱们支队的吗？"孔易真似笑非笑地回答道。

冯小海怔了怔，想到中队的某些传言，不由得侧了侧身子，哦了一声。

就是这轻微的侧身，却让孔易真神色大变。她低叫了一声，倏然伸手拉住冯小海的胳膊，把他转了四十五度角。

"你怎么会戴着38号牌！"孔易真一脸震惊地问道。

冯小海看看她，想到了什么，淡了淡目光："队长让给我的。"

孔易真盯着那个号牌，就像是看到某种可怕的事物一样，急速变幻着脸上的表情。过了几秒，冯小海蹙起眉头，挣开她的手："孔参谋，你没事吧？"

孔易真迅速垂下眼睑，后退一步："没事，我先离开一会儿。"

冯小海看看孔易真的背影，摇摇头，暗叹一声，落花有意流水无情啊。

相亲大会随着军姿威武的消防官兵入场达到了沸点。

简单高效的启动仪式结束后,在主持人的调动下,通过男女搭配、一站到底、自由飞翔等一系列趣味互动游戏,年轻人渐渐熟悉起来,喝彩声、鼓掌声此起彼伏,现场不时传出阵阵欢声笑语。

米果和曹娜也没闲着。每一个游戏她们都积极主动地参加了,尤其在主持人宣布一个叫凤扁凰的游戏规则之后,曹娜仰天长笑:"我喜欢!"

凤扁凰就是姑娘手持枕头、充气棒或毛绒玩具殴打小伙子,小伙子不许反抗,只需抱头鼠窜,现场评出河东狮奖、新好男人奖,打人最狠者、被打最惨者获奖。

主持人说,凤可以主动去选倒霉的凰。一声哨响,曹娜和米果立刻加入战团,米果的手里挥舞着一根毛绒棒,从方阵里随便挑了一个瘦不拉几的消防兵就拽了起来。

怕吓到对方,米果打之前,还对人家说了声"抱歉",那兵瞅了她一眼,之后,又一眼,然后,指着她叫起来:"米果!"

米果吓得一呆,仔细一看,这不是特勤中队的王福祥吗!

两人相视大笑,紧接着,米果就挥舞大棒,招呼了过去。

一边打一边大声唱:"左三下,右三下,脖子一下,屁股一下。"

王福祥嘴角抽搐,在心中呐喊:"队长,救命!"

曹娜为啥这么喜欢凤扁凰,是因为她早就看准了目标。没错,目标正前方,男嘉宾队伍里最后一排那个冷面沧桑男,就是刚才那个瞧不起她的男人,这次总算是逮到他了。看他从从容容、一副事不关己的悠闲样儿,曹娜嘿嘿冷笑两声,慢慢举起了手里的棒子。

哨声一响,曹娜直奔目标就冲了出去,到达之后,下手狠准稳,那男的还没睁开眼睛,就被她的充气大棒击中了面部。

冯小海刚刚进入梦乡,他赶了一夜的报告,早上想睡个觉却被侯伟业骗到了支队,眼看着游戏越来越无聊,于是他靠在椅子上,想眯上一小觉。谁知。

冯小海只觉得脸上一阵麻麻的闷痛传来,然后,他就听到一个似曾相识的高八度女音,在他的耳边哈哈大笑:"让你睡!让你睡!让你嘲笑我!"

冯小海抱着脑袋,避开一轮暴风雨般的袭击,他努力把眼睛挤开一道缝儿,声音低沉地吼道:"我不是来相亲的!"

曹娜愣住,手下的动作一缓,她瞪着对方,像看外星人一样看了他几秒,然后视线落到他袖子上多出来的东西时,她的凤眼儿骤然一眯,一把拽住冯小海的衣领:"不是来相亲的,你戴什么号牌?啧啧,38号!我晕,你不是要追我吧?"

冯小海脑子一阵清明,他想起来了,想起这个气势汹汹的漂亮女人是谁了!

凤扁凰游戏结束,河东狮奖、新好男人奖被曹娜和冯小海领走。

台下一片热烈的掌声,尤以米果和王福祥鼓掌鼓得最为热烈。

主持人声情并茂地引出下一个才艺展示环节,被叫到号的男女嘉宾,将登台进行才艺展示。

米果和曹娜没报才艺节目,所以乐得看热闹。米果拍拍椅子,兴奋地迎接凯旋的河东狮奖得主曹娜。

曹娜却一脸愤然地重重坐下,把一个她特意挑选的小熊玩具扔给米果:"给你了。"

米果亲了亲小熊:"你妈妈好厉害哦,她把人家大个子的脸都给打肿了,她还不高兴,是不是很奇怪哦。"

曹娜听了扑哧一笑,朝男嘉宾那边瞄了一眼:"我真把他的脸给打肿了?"

"那还有假,我们都看到了,你把人家一米八的壮汉打得嗷嗷乱叫,满场躲着你跑。"米果想起刚才的一幕,还很神往,她也想这么痛扁一个人,可惜,那个人今天没来。

曹娜哼了一声:"再来一轮才过瘾。"

米果搓了搓胳膊,鄙视地瞪了曹娜一眼。

舞台上才艺表演渐入高潮,外形靓丽的女嘉宾唱歌、舞蹈、钢琴、英语展示,精彩纷呈;英俊威武的消防官兵吹拉弹唱、小品、相声,样样全活。

一曲如痴如醉的二胡独奏《女人花》结束后,如潮的掌声里,主持人环视台下,缓缓念出下一名展示才艺的嘉宾号牌。

主持人吊人胃口,紧接着,一声响亮地大吼:"39号!让我们以热烈的掌声欢迎我们的39号女嘉宾,漂亮的姑娘,登场!!"

米果的头皮一麻,她木然地看了看舞台上的主持人,又和身边的曹娜互望一眼。

主持人看不到女嘉宾区有人站起来,于是鼓动道:"看来姑娘害羞了!来,来!让我们的掌声再热烈一些!欢迎39号女嘉宾隆重,登场!"

已经有人发现了米果胳膊上的号牌:"叫你呢,快上去啊!"

"就是,快去啊,都等着你呢。"

曹娜也蒙了:"你偷偷报才艺表演了?"

米果面色惨白,大脑里一片空茫:"我报什么了?吃东西吗?"

尽管知道自己不该笑,可曹娜实在憋不住啊。

掌声快把她们包围了,曹娜闭了闭眼睛,用力推了一把米果:"上去吧!再难看的节目,我也会支持你的,我爱你,果果!"

米果一站起来,才知道她是多么渺小。黑压压的一片人头,一眼望不到边,她的脊背上开始冒冷汗,脚步也是虚的。

心里只有一个念头,完了,完了,完了。

主持人看到米果,眼睛一亮,亲自走下舞台,迎接这位姗姗来迟的39号女嘉宾。

于是,米果就稀里糊涂地跟着主持人站到了台上。

"不知你要为大家带来什么节目呢?哦,对了,你还没做自我介绍。看我的脑子,一见到美女就不灵光了。"主持人风趣的台词引来台下一片笑声。

"好了,我现在把舞台让给我们的39号小美女,祝你好运!"主持人欢快地下场,留下打扮清纯的米果局促不安地立在台上。

"我……我……"说了两个字,忽然听到台下一阵哄然笑声,她一紧张就不会动了。

还是主持人看不下去了,主动上台来为她解围。解围的方法很简单,就是把她拿倒的话筒扶正,然后在一片善意的笑声中,再一次欢快地下场。

米果浑身僵硬,恨不能找到一条地缝钻进去。她在台上枯立了一会儿,忽然吸了口气,拿起话筒:"大家好,我是米果。米是大米的米,果是苹果的果,我的小名叫果果,我最喜欢泰迪熊,是泰迪熊迷。我平常喜欢美食和逛街,我没什么才艺,但如果大家不嫌弃的话,我想为大家唱一首雷雷歌……"

"你在哪里工作?能说说吗?"台下,忽然传来一道不太善意的女声。

米果面色一僵,正要回答,却又听到台下坐在第一排的女嘉宾,忽然惊声大叫:"啊!我认识她!她在火葬场上班,是那里的遗体整容师!"

随着那一声尖叫,四下里霎时寂静无声。就连隐藏在幕后的乐队,也探出头来,张望着台上孱弱孤单的背影。

米果立在原地,像一具失去生命的木偶一样,全身无法动弹。她似乎看到了叶梅,看到了曹娜,她们正紧张地和主持人交涉着什么,主持人一脸为难地望着舞台,迟迟没有人上来救场。

那些尖酸刻薄的声音还在嘉宾区不停地回响,米果茫然地后退了一步,又一步。

就在这时,她听到了与现场气氛极为不搭调的声音。沉稳、厚重、坚定的脚步声,从台下一直延续到台上,直到她的身边。

然后,在她转眸的那一瞬间,整个嘈杂恐怖的世界,都安静了。不是米果一个人的错觉,是真的,整个舞台,整个相亲会场都安静了。

岳淳川身姿挺拔地立在舞台中央,幽深黑眸如同深海旋涡一般定定地望着她,然后,缓缓地向米果伸出修长的右手:"米果,你愿意做我的女朋友吗?"

你好消防员 下

HELLO FIREFIGHTERS

舞清影521 —— 著

浙江出版联合集团
浙江文艺出版社

Contents 目录

001/ Chapter 19 正确的选择

018/ Chapter 20 凌河化工厂

027/ Chapter 21 可爱的吃货

037/ Chapter 22 甜甜的初吻

049/ Chapter 23 以后你有我

062/ Chapter 24 二环相亲记

076/ Chapter 25 有家的感觉

096/ Chapter 26 为米果喝彩

114/ Chapter 27 请你离开他

129/ Chapter 28 突发性事件

目 录　Contents

151/ Chapter 29　奔赴地震区

167/ Chapter 30　意外的相逢

181/ Chapter 31　我是懂你的

190/ Chapter 32　消防大检查

198/ Chapter 33　竟然被埋了

210/ Chapter 34　隐秘的内情

223/ Chapter 35　下一次机会

238/ Chapter 36　我选择信你

253/ Chapter 37　小小调解员

274/ Chapter 38　了不起的人

Contents　目 录

285/ Chapter 39 隐患终成灾

306/ Chapter 40 不算是求婚

319/ Chapter 41 要好好生活

330/ Chapter 42 你好消防员

345/ 番外

353/ 后记

Chapter 19
正确的选择

世界是安静的。

有耀眼的阳光从岳淳川背后穿过来,把他整个人笼罩在光环之下,于是,面孔便显得有些模糊。

但是伸向她的那只手,却清晰得如同放在显微镜下的标本,那么修长有力,骨节分明,就连那层薄薄的皮肤下面,流淌着生命热力的纤细血管,都被她看得清清楚楚。

她听到自己的心跳,咚咚、咚咚。以想要穿破胸腔一般的疯狂的力道,撞击着她的身体。视线被一层雾气遮挡,眼前的影子,轻微地晃动起来。

她的指尖动了动,慢慢抬起头,迎着那团闪耀的光影,颤抖着嘴唇,艰难地,茫然地,吐出一个单音:"啊。"

声音极低,除了岳淳川,没有人听到她这声充满了保护意识的回音。

岳淳川深邃的黑眸内暗潮汹涌,在发现她下意识地想挪动脚步后撤的那一瞬间,他倏然向前一步,拉起了她的手:"米果,我是认真的。"

轰地一下,米果的眼前,炸开了绚丽的光团。耳边不停地回响着,他刚刚说过的每一句话。

"米果,你愿意做我的女朋友吗?"

"米果,我是认真的……认真的……认真的……"

突然间,她什么都看不到了,因为泪水的雾气遮挡了她的视线,绚丽的光团褪去,被他用力攥着的手背上,顷刻间,就被急急掉落的泪珠打湿了。

接下来,她分不清,是她说了一声好,还是他在同时喟叹出声,总之,她只觉得身子一轻,然后,她就被他扣住后脑,用力拥入怀中。

纯男性的阳刚的怀抱,令她瞬间就止住了泪水。情绪依旧紧绷,她整个脸正面趴在他的胸口,过了几秒,她才被他轻轻转动后脑,找到一个合适的位置。

她紧闭着眼睛,思绪一片混乱,但是随着耳边强劲有力的来自他的心跳,一个个无法抑制的喜悦的细小微粒,却渐渐凝聚成足以淹没她全部身心的幸福的洪流。

她嘟哝了一句什么,手臂本能地环上他的腰。

脸似乎烧烫起来,但她不敢睁开眼睛,怕一睁眼,这一切就会成为一场虚幻的梦境。

直到,直到耳边传来掌声的轰鸣和炸雷般的笑闹声,她才猛地意识到了什么,颤抖着双手,推开岳淳川。左右看了一圈,又朝台下一望。找回理智的米果啊地叫了一声,捂着脸,逃跑似的,狂奔下台。岳淳川摇摇头,嘴角却抑制不住地上扬。

他正要下台,却被姗姗来迟的主持人拦住去路。

或许是刚才的一幕太具有影视效应了,又或许是台上这位一杠三星的消防英雄太有宣传的噱头,总之,主持人在啰唆了一堆没营养的废话之后,问岳淳川,为什么会选择当众向米果表白,并且,迟疑地问他,真的不介意她的工作吗?

岳淳川逆光立着,魁伟昂藏的体魄足足比体形瘦弱的男主持人高出大半个头。

他起初没有说话,只是微微低下头,似乎在考虑主持人的问题有没有回答的价值。

沉默了一会儿,他伸手,接过主持人递过来的话筒,他望着台下的战友和那些因为过度震惊,而沉默下来的女嘉宾,黑色的眼睛里泛起湛然的波光:"这可能是我一生做过的,唯一冲动的事情。但却是我最想做,并且,做得最正确的选择。我喜欢米果,当然,这其中也包括她的职业。我从不认为殡仪工就低人一等,是边缘职业,他们从事的工作与我们的生活息息相关,因为,没有人能够回避生命最后时刻的到来。而所有的人,都要经由殡仪工作者妙手仁心的点化,最终以保持尊严的方式走完生命的终结仪式。这样的人,这样的工作,难道不应该得到大众更多的理解和尊重?我,岳淳川,今天就在这里,郑重地向我的姑娘,表达我最真诚的爱意和敬意!"

他抬起右手,帅气地敬了个军礼。

"哗哗哗——"台下掌声四起,伴随着如潮的掌声,特勤中队的官兵集体起立:"队长,队长,你最棒!嫂子,嫂子,你最靓!"

相亲会现场空前热闹,鼓掌的人群从消防部队官兵蔓延到了女嘉宾区,不少女嘉宾激动地站了起来,向走下舞台的岳淳川表示支持。

因为岳淳川带来的冲击波太过猛烈,主持人事先准备好的台词流程已被全部打乱,主持人也不知道自己都说了些什么,感觉说什么都是废话,因为,失去了男女主人公的舞台形同虚设,所有的人,视线的焦点,依旧是那一对儿震撼全场的年轻人。

几分钟前,满脸通红的米果刚逃跑下台,就被曹娜要赖抱住了。

素来遇大事处变不惊的叶梅此刻也失了分寸,只见她单手扶额,和曹娜一样,口中喃喃低语,不知道在胡乱说些什么。

她们根本找不到合适的言语表达自己激动的心情。

太震惊了!

谁能想到呢?

岳淳川竟当着相亲大会上千人的面,问米果愿不愿意做他的女朋友。

他如果不是疯了,那么刚才的表白就是真的。

看岳淳川冷静的表现,第一种可能,完全排除;第二种,可能性成立。

也就是说,万年冰山队长动了春心,看上了萌吃货小米果,所以他才在关键时刻英雄救美,而且当众表白,不给小米果丝毫退缩的机会。

米果捂着脸,呜呜悲鸣:"我要回家……"

曹娜用力亲了米果一口:"亲爱的,听听岳淳川说什么啊!不听多亏啊,万一他清醒过来反悔怎么办?"

叶梅也望着舞台上英英玉立的武警上尉,喃喃自语:"这还真有可能。"

"……"米果顿时安静下来。

然后,她们三人就以一种诡异的姿势聆听了岳淳川发自肺腑的真心话,在如潮的掌声中,岳淳川向台下,她们立着的方向,侧身敬礼的时候,曹娜比米果先一步捂嘴,激动地捶打着米果因为震愕和感动微微颤抖的肩膀,眼中泪花狂闪:"不够意思,你上辈子拯救宇宙的时候怎么不叫上我……"

叶梅却是真正地,松了口气。能讲出这番铿锵言语的男人,才是她和特勤中队官兵都熟悉的铁血英雄,岳淳川。看来,他这一次是认真的。认真地,爱上了一个闪闪发亮的米果。

看到岳淳川步履沉稳地朝她们这边走过来,米果呀了一声,捂着脸想冲出曹娜的包围圈。

曹娜早就防着她这一招,一伸胳膊,拉住米果的辫子,朝后一带:"你家帅气欧巴来了,还不赶紧接客!"米果啊呜一声,躲在曹娜背后,头也不敢抬。

叶梅忍俊不禁,直接赏了走到近前的岳淳川一记眼刀:"喂!岳淳川,你也太不厚道了吧,事先都不跟我打声招呼,瞧把我们米果吓得。"

岳淳川看了看慌得顾前不顾后的米果,唇角微扬:"是我的错。"

叶梅瞪了他一眼,冲曹娜使个眼色,然后,那个头一直缩在脖子里的小米果就被推到岳淳川的怀里去了。米果兀自挣扎,谁知还没扑腾两下,她的手感到一暖,然后就被他紧紧攥住了。

"别闹。"

她真就不闹了,也闹不下去了,因为一看到他,她的脑电波就自动开始短路了。

就那样被他牵着手,走向一边的空地。但之前那位很会活跃气氛的男主持人不肯放过他们,让他们组成情侣组参加新一轮的互动游戏。

游戏规则很简单。男女双方各一只脚绑在一起,两人三足去撕另一对儿背上的贴纸。男女搭配按照号牌顺序,男一对女一,一直按顺序排列下去。

岳淳川终于肯放开米果的手,他蹲下,把细细的绳索穿过他们的腿。她穿着裙子,他的手指不可避免地要碰到她腿部的肌肤。米果缩着脖子,紧合双眼,拘束得就像是旧社会的良家小媳妇儿。岳淳川最后绑结扣时,手指的动作顿了顿。他的目光在她因为紧张而勾起的粉红色脚趾上停留了几秒,然后,才不动声色地绑好绳索,起身。

"别紧张,只是一个游戏。"他摸了摸她漆黑的发顶,以示安慰。手底茸茸的触感和熟悉的温度,让他情不自禁地扬起嘴角。

米果不敢看岳淳川,极小声地回应他:"好。"

游戏开始了。

一抬脚她就差点摔了,她本能地攥着他的胳膊,以保持身体平衡。岳淳川脚步放缓,把她的手朝他的肘弯深处拉了拉:"抓紧。"她赧然低头。

真的是一场激烈的厮杀。

刚一进场,他们这显眼的一对儿就成了众矢之的。一共十五对情侣组,大半的组合都在攻击他们。

岳淳川训练有素,带着米果左腾右挪,无人能近其身。可随着战况加剧,场面越来越激烈。米果从初期的生疏扭捏,到渐渐放开,再到最后玩得不亦乐乎,成为全场焦点,转变速度之快,令人叹为观止。

最后,她和岳淳川配合默契,瞅准机会,一把撕下场上最后一组的名牌。

"我们赢了!赢了!"米果抱着岳淳川的胳膊,跳了起来。岳淳川等她高兴够了,才语气缓缓地提醒她:"还有决赛。"

每一组的胜出者参加冠军的最后角逐。

就连隔岸观火的曹娜也不能幸免,她和几个相邻号牌的女嘉宾被推到场上,当她看到上场的男嘉宾时,傻眼了。刚才被她一顿乱棒暴打出气的男军官,居然也在场上。而且那人看到她,竟朝她走了过来。

曹娜看他手里拿着长长的绳索,不禁向后缩了缩:"你……你要干什么!"

冯小海扬起手里的绳子,晃了晃,猛地一扯,露出森森白牙:"你说呢?"

曹娜恶寒,正想逃跑,谁知小腿一凉,她被人……哦,不对,是被绳子绑住了。

事已至此,硬着头皮上吧,可是生性好强的曹娜总觉得不甘心,她的眼珠一转,拍了拍冯小海的肩膀:"实话告诉你,我和刚才那个姑娘一样是一个殡仪工,你就不怕沾上我,给你带来晦气?"

冯小海正半蹲着系绳索,听到她的话,手指蓦地一顿。曹娜咬着嘴唇,很快别开脸。

绳子绑好,冯小海起身,面无表情地看看曹娜。

"我为什么要怕?"在沉默许久之后,他忽然丢出一句没头没脑的回答,便转开视线。

曹娜愣了愣,朝他望去。这人无论是从正面还是侧脸,看起来都挺老迈的,下巴上青色的胡茬密密麻麻的,也不知几天没刮了,精短的头发也是一样,东倒西歪,也不知道他晚上是怎么睡觉的。不过,他不看她的时候,脸部线条倒少了和她正面交锋时冷漠孤傲的感觉。曹娜还发现,这人居然长着挺直的鼻子和习惯抿成一道直线的薄唇。

哇。这不是车胜元吗?曹娜觉得喉咙有些发干,看着冯小海,偷偷咽了口口水。

似是察觉到什么,冯小海猛地转头,攥住了她的视线。

曹娜愣了一下,眨眨眼,指着前方的男主持人:"游戏开始了!"

随着一声尖锐短促的哨响,游戏开始。

曹娜这组所处位置较偏,加上冯小海闪躲功夫绝佳,他们顺利晋级决赛,和米果他们组胜利会师。

决赛场上无兄弟,姐妹也得靠边站。一番天昏地暗的恶斗之后,米果组和曹娜组最终留在了场地中央。

狭路相逢勇者胜,蟾宫折桂拼自先!

昂然屹立于场中,视线交锋,瞬间火花四溅。

"吱——"哨声响了。

两对儿静如箬竹的男女,像是突然打了兴奋剂似的,扑向对手。

岳淳川和冯小海交换了个眼神,他们就姿态闲闲的,配合这一对儿"相爱相杀"的闺蜜,玩起了老鹰捉小鸡的游戏。

"娜娜,你不要拉我啦!"米果的裙子都快被曹娜撕破了,她一手紧紧攀着岳淳川的胳膊,一手在空中乱舞,推挡着曹娜的疯狂攻势。

曹娜低头看了一眼胸前冒出的胖猪脚,不由得赧然大怒:"果果,你这个流氓!"

于是,战斗开始升级。

"男嘉宾目前充当着护花使者兼拳击陪练的角色。哎哟!这一拳打得好,米果姑娘的粉拳准确无误地击中对方男嘉宾的面部,男嘉宾表情痛苦地捂脸下蹲。唉哟!另一个女嘉宾的拳头也很厉害,我们的岳队长,这次要挂彩了!哎哟!不好了,继男嘉宾们相继受伤之后,两个女嘉宾抱在一起了!噢,她们在互殴!噢,在撕扯!噢,啃咬!啊——喔——喔喔——"

男主持人大步跑进场地,一边吹哨,一边像拳击裁判一样分开纠缠在一起的女嘉宾。

男主持人气喘吁吁地责问两个不作为的男嘉宾,明明可以利索地结束战斗,却偏偏拖延时间,让两个女嘉宾表演龙虎斗。

男主持人是主持界的老姜,他自然不会让场面变得难看,更不会无限制地任由这两组浪费时间。他喊了暂停,说以惩罚性质的小比赛结束这场游戏。

小比赛很没技术含量,要求女嘉宾双脚离地,男嘉宾可以抱也可以背,哪一个女嘉宾的脚先落地,就算输。

岳淳川无所谓,抱和背全看米果喜欢,倒是曹娜听了游戏规则之后有些迟疑,她对游戏全程零交流的同伴说:"你要是不愿意,我们就放弃吧。"

冯小海冷冷地瞥了她一眼:"为什么要放弃?"

曹娜心想这男的有病吧,怎么那么多的为什么。她说:"和你绑在一起已经够离谱了,现在还要你抱着我,这不是强人所难吗?"说到最后,她指着冯小海,又指了指自己,语气压抑地问:"我的工作,你就真的一点都不介意?"

冯小海终于肯正眼瞧她了,拿那双一看就没睡好觉的通红的眼睛瞪了她一会儿,忽然,伸手握住她发凉的指尖,紧接着,曹娜还来不及去感受那一瞬间的心悸和震撼,眼前的世界就被完全颠覆了。她竟被冯小海以一种无比霸气的姿势,抱了起来!完完全全的公主抱。

因为受到过度惊吓,曹娜的凤眼怒睁成了杏眼:"放我下去!放开我!谁让你抱我的!"她的手在半空中胡乱飞舞,不知道哪处劲道没使准,只听哗啦一声,曹娜的脸上一疼,紧接着,一个肌肉偾张的男性躯体就展露在她的眼前了。

"……"

米果怕走光,选择了背。岳淳川点头答应。他弯下身子,拍拍后腰:"上来!"米果应了一声,摩拳擦掌一番,照着那个宽阔诱人的脊背,嗖一下跃了上去。然后,她就悲剧了。

他们都忽略了极其重要的一点,那就是岳淳川太高了。一米八五的海拔,根本不是娇小圆润的米果所能承受的高度。再加上和他肢体接触有些放不开,所以力道没掌握好,角度也没掌控好,她在勾到那个热乎乎的脊背之后,忽然啊了一声,像一只挂不住树干的考拉一样,从上面掉了下来。

因为背着身,视野不佳,等岳淳川察觉到危险,米果已经滑出他的长臂范围,扑通一声坐到了地上。结结实实的一个屁股蹲儿。把主持人都吓愣了。

岳淳川眉头紧蹙,自责不已,众目睽睽之下,他怎么连自己的女朋友都保护不好。肯定摔疼了,那么大的一声。

他跨前一步,正准备把米果拉起来,却见米果已经撑着地站了起来,她拍拍裙子后面的灰土,冲他笑了笑:"你太高了,岳淳川,我够不到。"

缓和气氛的一句话,顿时逗乐了满场观众。

在众人的笑声里,岳淳川深深地看了她一眼,再次蹲了下来,这次,是单膝跪地,就算她不动腿,挪挪胳膊就可以上来了。

四下里又是一片笑闹加油之声,米果怕他腿疼,赶紧爬上他的脊背:"好了。"

岳淳川一下子就背起了米果。

两个年轻的身体紧挨在一起,米果的下巴已经抬高到了极限,可还是能够感觉到他短发扎在上面的力道,痛痛的,痒痒的,说不出的滋味,一直弥漫在她的心底。轻轻吸一口气,鼻子里闻到的,是他发间干净清爽的洗发水香味,还有一种米果无法用言语形容的,独属于军人的硬朗迷人的气息。

意识到她的想法变得不够纯良,米果原本就红得如霜如火的粉颊,又是一阵热烫。从面部延伸到了耳垂,直到白皙的后颈,都染上了一片淡淡的绯色。

刚才被游戏激起的斗志,渐渐消失得无影无踪。

好想就这样静静地依偎着就好,做梦一样,她一定是在做梦……

"你在做什么,米果?"岳淳川察觉到来自头后部的异样痛感,轻声询问道。

米果的表情顿时一僵,回过神来的她,赶紧吐出被她不小心吃进嘴里的头发茬子,呵呵傻笑:"对不起,我吃你头发了。"

"……"

岳淳川有种想要大笑的冲动,可一想到她咬他头发的动作似乎超出了他们相处的界限,他愣了愣,扬起唇角,低头,朝横亘在自己脖子间那条雪白藕臂瞄了一眼,头脑一热,竟轻轻地咬了上去。

米果被那电流样的碰触激得浑身一颤,她咬紧牙关,脸红得跟柿子似的,拼命抵抗胳膊上令人心悸的潮湿柔软的感觉。

这算咬，还是吻？

一想到他的嘴唇此刻贴着她的肌肤，她就有一种想要昏倒的冲动。

他们太过投入，竟完全忽略了对手，等那边曹娜和半裸的冯小海完成狂拽帅气吊炸天的公主抱之后，岳淳川已经背着米果站了好久。

主持人左右巡视，指着岳淳川和冯小海："请男嘉宾抬起一条腿。"

米果如梦方醒，向主持人抗议："我们背了那么久怎么算啊！"

男主持人洋气地耸耸肩，表示没办法。

米果气哼哼地勒了一下手臂："不公平。"

岳淳川的身子晃了晃。

对面的冯小海也跟着晃了晃，因为，他怀里抱着的38号女嘉宾，竟然为了赢得比赛，主动伸手，抱住了他的脖子。

等他们照做之后，主持人"嘘——"一声吹响哨子。比赛开始！

这就是考核各自平衡力和耐力的时候了，坚持了大约三分钟的样子，不幸地，由于之前背了太久浪费体力的岳淳川没能站稳，输了这场比赛。

米果不甘心啊。他们是有夺冠的实力的，再说了，她输了没关系，岳淳川不能输啊。可没等她愤愤不平地去找男主持人理论，就被岳淳川牵起手来。

她呆呆地看着他，想提醒他比赛完了，相亲会结束了，他不用再牵着她了，谁知，他却牵上瘾了："走了，米果。"

叶梅一直在找侯伟业。他的电话始终处于关机状态。她很奇怪，一向最爱凑热闹的丈夫竟然在岳淳川"大闹"相亲会之后，忽然销声匿迹了。她有点公事要找侯伟业谈，不然的话，她就跟着邹明回去了。

叶梅满场找侯伟业的时候，恰好遇上"配对成功"的岳淳川和米果。

"岳淳川，你见我们家侯伟业没有？"叶梅叫住准备带着米果离开的岳淳川，出声询问。

岳淳川摇摇头："没顾上见呢。"他转头，朝四下里看了看："难道先回队里了？他没跟我说啊。"岳淳川想掏手机，却被叶梅阻止："他电话关机了。"

关机？

侯伟业的手机极少关机，岳淳川找不到他的时候，也是直接电话找人。

叶梅也没介意，因为她被岳淳川牵着米果的手吸引住了视线，她盯着看了几秒，调侃说："你这是在宣布主权吗？这样拉着一个未婚姑娘的手，你也太不注意维护消防军人的光辉形象了。"

米果脸红红地叫了声"梅姐",想抽回手,可是挣扎几次都没能成功。

岳淳川笑了笑,回应叶梅:"比起当年你和侯指导员,我们还差得远。"

叶梅一愣:"你……你什么意思？"

岳淳川挑眉:"小梅你忘了,几年前有一对当众亲热的夫妻……"

"好了！我知道了——我知道了——你别说了！"叶梅的脸上泛起可疑的红云,急急打断岳淳川的话头。

岳淳川说的那对儿当众亲热的夫妻,就是她和侯伟业。

记得那是新婚不久,她和侯伟业因为家庭琐事吵架冷战,侯伟业为了求得她的谅解,把她骗到中队,然后当着几十名消防官兵的面,抱着她狂吻求和。结果,当然是她妥协了。其实侯伟业疯起来,比热情如火的年轻人还疯狂。

岳淳川握拳顶在唇间,眉眼含笑。

米果一脸茫然,追问:"是谁啊,那么大胆！他们就不怕被人偷拍了放网上吗？"

岳淳川再也忍不住,呵呵笑了。

"咳……咳咳……"叶梅忽然咳嗽起来。

"我还得找侯伟业,你们好走。"叶梅自动转身,大踏步走远了。

叶梅走出好远,才敢回头看。看到刚才的地方已经空了,她才长长地舒了口气。

"嫂子好！"王福祥刚从支队大楼里出来。

叶梅说:"你好。"她点点头,正要过去,忽然想起什么,转头叫住王福祥:"祥子,看到你们指导员了吗？"

王福祥指指不远处巍峨耸立的支队大楼:"在那边,我看到指导员进去了。"

叶梅谢过王福祥,朝支队大楼走了过去。

值班的哨兵认识她,没让她登记就进去了,而且哨兵告诉她,侯伟业去了四楼。

正常休息日,办公楼里静悄悄的,不见一个人影。叶梅顺着楼梯来到四楼,发现这里竟是支队长和政委的办公区。

她犹豫了一下,心想哨兵是不是记错了,因为来之前,消防支队的首长们都还在相亲联谊会的现场笑呵呵地观摩演出,他们没理由特意赶回来找下属谈话吧。

本来已经打算下去了,找不到人就算了,也不是非他不可。

可刚一动步,却听到这个楼层的某个房间里传来一道令人心悸的炸裂声。

叶梅差点尖叫出声,她本能地扶住楼梯扶手,想狂奔下楼。

有句话叫好奇心害死猫。猫有九条命,最后却死于好奇心。可见好奇心多么可怕,又多么诱惑。在未知面前,人类的探险精神总是能发挥到极致。叶梅同样耐不住好奇心的驱使,她捂着嘴,迟疑地,向发出声音的地方挪了过去……

支队长办公室此刻一片狼藉。

一个质地上乘的景德镇青釉瓷瓶,在白色的地砖上裂成碎片。

"小心!"侯伟业急急上前,拉住了情绪失控的孔易真。

他夺过孔易真手里另一只青釉瓷瓶,压低声音呵责道:"你疯了吗,这可是支队长最心爱的瓶子!"

"我想摔!我爸爸的瓶子,我想怎么摔就怎么摔,不关你的事!"

一语既出,四下皆静。

侯伟业目光沉沉地看着孔易真,慢慢松开手,后退了半步:"确实不关我的事。"

他转身就走。

刚才接到孔易真夹杂着哭声的电话,他来不及和叶梅打声招呼,便急匆匆地来到孔舒明的办公室。

侯伟业知道孔易真为什么找他,因为岳淳川刚才在台上的壮举,不仅吓到了他,也击碎了一个苦恋岳淳川十几年的女人的梦。以为支队长的办公室已经惨不忍睹,谁知推开门,却看到孔易真安安静静地蜷缩在一张木制椅子上,啃着手指头。

看到她的那一刻,侯伟业心中一痛,他太了解孔易真了,她只有怕到极致,才会像个小孩子似的,目光散乱地啃咬着手指甲。

他叫了一声"孔参谋",孔易真的身子猛地一震,慢慢抬起头看他。

他又叫了一声"易真",这次,孔易真的眼睛里赫然迸出光彩,看到他,就像是濒临绝望的人看到一丝光明。她迫不及待地扑上来问他,岳淳川是不是在演戏。

他沉默着无法回答。

怎么可能是在演戏呢。

在场的人就算是个盲人,也能感觉得到岳淳川对米果浓浓的爱意。她一定也感觉到了,不然怎么会躲在这里自欺欺人,害怕面对现实。

他的沉默刺穿了孔易真最后一道防线。

孔易真的瞳孔猛地收缩,尖锐的笑声令侯伟业也感到陌生:"我真是个傻瓜!居然费尽心机地想利用这次相亲会逼他和我在一起……哈哈……哈哈哈……我真是个傻瓜!傻瓜!我爱了他那么久……那么久……我为了他牺牲了一切,他却始终不肯看我一眼。我真傻,我真傻——"

或许是情绪起伏过大,被刺激得失去了理智,她忽然抓起支队长的茶杯狠狠地掼在地上。

茶杯溅起的碎片划过她的手臂，一道鲜红的血痕立刻显现出来。他被吓住了，上去想拦住她，谁知她像是不认识他一样，踢他推他，不准他靠近。

紧接着，她安静下来，他也就没动，心想着让她冷静冷静，待会儿说不定想开了。可不曾想，短暂的平静之后掀起的却是滔天巨浪。

孔易真掏出手机，目光散乱地拨号，可是怎么点触屏幕都到不了拨号的界面，她愤怒，她尖叫，把簇新的手机扔在了地上。紧接着，她跑向展示柜，拉开门抱起了支队长最钟爱的青釉花瓶，想也不想就掼在了地上。

侯伟业从未见过这样暴躁狂怒的孔易真，在他的印象里，她就是一个气质高雅美丽端庄的淑女。可是今天这一切却让他感到恐惧和陌生，原来一个被爱伤害的女人，竟可以癫狂到如此地步。

明知道自己来，就是供她撒气使性的傀儡，可他还是来了。

他知道自己这样做，不大妥当。可不知为什么，他就是做不到岳淳川那样的冷酷无情。他早已过了风花雪月的年纪，也已迈入稳定幸福的婚姻，他爱叶梅，这点毋庸置疑，可他，却无法漠视孔易真受到的伤害。

他没想到孔易真会刺激发狂，会说出这样伤感情的话，他确实曾经追求过她，但那已经是过去式了，他的自尊和骄傲，不允许他现在再做出什么傻事了。

侯伟业转身离开，可是没等迈出步子，就听到身后传来一阵急促的脚步声，紧接着，他身子一僵，低头，朝腰间多出来的一双洁白手腕看了过去。

孔易真从身后抱着他的腰，抑制不住地悲鸣："对不起……对不起……伟业，我不是故意的，我就是心情太差，你原谅我。"

侯伟业拧着浓眉，手指微抬，想拒绝这种不合时宜、也不合身份的亲密接触，但没等他的手落下，就感觉到脊背上传来阵阵热烫的湿润感。

"别动……求你了，伟业，看在你曾经喜欢过我的分上，陪陪我吧，我心里好难受，淳川，他不要我了……"

侯伟业面色复杂难看，他的手举在半空，久久没有落下……

相亲联谊会圆满结束。

有意向继续交往发展的年轻人居然有二十对之多。

小颖兴高采烈地告诉叶梅这一喜讯："今天多亏了米果，要不是她和那个大帅哥做榜样，估计这些害羞的姑娘们，还找不到合适的对象呢。"

"还有，叶姐，你没看到薇薇气急败坏的样子，真是可惜。她刚才不分场合缠着张总闹，张总没给她好脸色，她就开始使性子哭闹不休，后来，被张总狠狠训斥了一顿,让她走了。唉,你说,这人啊,真是……"

小颖忽然顿住:"叶姐,你怎么了?脸色这么不好。"

"哦,没什么。可能是累着了。"叶梅摸了摸冰冷的脸,找个理由随便搪塞过去。

小颖推她:"那你赶紧回家休息吧,收尾工作交给我们吧,不会出岔子的。"

叶梅想了想,点头:"那好吧。你多照应着,别让她们和那边起冲突。"

那边,就是以薇薇为首的一些唯恐天下不乱的公司员工。

她们仗着有薇薇撑腰,常常在工作中找叶梅属下的麻烦,性格刚烈的小颖为此和她们吵了不止一次,可每一次,结果都令人失望。

现在的"喜福来",说白了早已成了薇薇跳梁卖弄的舞台。叶梅有心无力,只能尽力维护小颖她们少受点伤害。另外,她的状态实在不好,再继续留在这里,她不知会做出什么冲动的事来。

离开消防支队,走个二三十米,就到了支队家属区。

叶梅回到家,没有换鞋,径自去了书房。书房一直是丈夫侯伟业在用,里面除了书桌椅子,还有一个装修时按照她的设计眼光,纯手工打造的书柜。椭圆形的半弧形外延,做成电脑学习桌,贴墙一面做成宽阔的四开门书格。

她打开玻璃柜门,又搬来一把椅子,登上去,踮起脚尖,抽出放在最上面的一个深褐色的木质小箱。箱子有些年头了,叶梅跟着侯伟业回家乡探亲的时候,曾在侯家见到过这种具有浓郁地方特色的木匣子。匣子上了锁,普通的蓝色锁头。她把匣子放在书桌上,打开右手第二个抽屉,她翻开一些无用的笔记本,在最下面,摸到了她想找的东西。

锁头应声而开。

她打开木匣的时候,还是犹豫了一下。毕竟,偷窥别人的隐私,不是件道德的事。可这个人,不是别人,是她同床共枕多年的丈夫,是曾向她许下诺言,要一辈子爱她,忠于她的丈夫。如果没有遇到刚才的变故,她会忘了这个从结婚时就上了锁的旧式木箱,永远也不会向他问起此事。

但是,她见到了,并且亲耳听到了,他们之间的对话。

所谓秘密,通常是需要事实来证明的,不然的话,它又怎么能称得上是秘密呢。所以,她才违背初衷,变成现在这样一个行为龌龊的小人。

叶梅低下头,握紧浸透凉意的锁头。她的目光闪闪烁烁,最终归于沉寂。一层薄薄的木板下面,会有她想要、却无力承受的答案吗?

米果坐在岳淳川的车里,呼吸着和他一样的带着淡淡机油味的空气,却仍然有一种不真实的感觉。

身边这个静下来就显得儒雅深致的男人,真的向她表白了吗?

不是她在做梦?

她悄悄地掐了一把肉乎乎的大腿。

"嗳!"蹙眉龇牙的同时,内心里却漾起一圈一圈,越来越深浓的喜悦。

她的小动作,她由痛转为轻扬的嘴角,悉数落入看似专心开车的岳渟川的眼中。

随着她一起扬起薄唇的弧度,他指了指副驾驶位置前的置物箱。

"里面有吃的。"

米果啊了一声,一脸绯红地拉开箱门,一看,不由得惊喜地低叫:"虾片!果冻!"

她拿出一包上好佳,侧过头,不好意思地问他:"我能不能吃一包?"

岳渟川熟练地退换挡位之后,才扭头来看她:"全都是你的。"

他买来是以防万一,没想到,真的派上了用场。

米果满足地眯了眯眼睛,她以一种老吃货的姿态,迅捷高效地撕开包装袋,先凑近鼻子闻了闻诱人的海鲜味,然后,拿出一片,放进嘴里。

咯吱咯吱的咀嚼声,诱人食欲,岳渟川掀起浓眉,目光温柔地瞟了她一眼:"好吃吗?"

"特别脆,很好吃。"米果又吃了一片,忽然想起什么,她在袋子里拨拉了一会儿,从里面挑出一片最大最完整的虾片,递到岳渟川嘴边。

"你也尝尝。"好东西大家一起分享,更何况,这是他买的。

岳渟川本能地想拒绝。

他平常对这一类零食很抵触,他一直认为,吃一个煮熟的鸡蛋也比吃这样一大包化学味素有营养得多。

可不知为什么,鬼使神差地,他看了一眼被两根雪白手指夹着的片状物,竟低头,张嘴,连同他眼前的雪白手指,一同吮入嘴里。

米果被他轻轻咬住手指,浑身震了一下。

那陌生的柔软湿润的触感,似乎从指尖一下子冲击到了心脏。

她的脸烫得几乎能去烤红薯了,微微挣了一下,手指从他漂亮的嘴唇里脱出,然后紧紧攥在一起,缩向身后。

岳渟川的睫毛闪了闪,眼睛的颜色,忽然变得深暗。

他转过头,鼓出的喉结上下滚动了一个来回,才语声喑哑地评价被他囫囵吞下去的虾片:"味道不错。"

米果的头更低了。

恨不能藏进裙子里去。

他这样说，还咬她手指，分明是让她想入非非。

不过，好像已经想入非非了，她现在满脑子都是被他含住手指，香艳刺激的画面。

幸好，短暂的尴尬，被一阵搞笑的雷雷歌给打断了。

"电话。"岳淳川看她呆呆地不动，主动提醒。

米果想法太多，听到雷雷歌的时候，还以为是幻觉。

瞬间就回过神来。

她匆忙拉开背包，从里面掏出她的三星手机，一看来电显示，她的神色顿时变得紧张起来。

打来电话的是被她无情无义抛在相亲会场的好闺蜜，曹娜。

果然，刚一滑开屏幕，曹娜的咆哮声就响彻了整个车厢。

"果果你个没良心的，居然敢丢下我跑了！你跟岳淳川说，就算他帅到整个宇宙都没朋友，也得把我巴结好了，才能和你约会。作为你的闺蜜，二十几年的发小，我郑重地提醒你，果果，千万，你千万别让他占了你的便宜，一定要记住，嘴巴不能亲……"

"……"米果和岳淳川的嘴角，同时抽了抽。

米果捂也不是，不捂也不是，尴尬地冲着岳淳川龇龇牙，赶紧背过身去："娜娜，他能听见。"

电话里沉默了一会儿。

紧接着，曹娜的嗓门更高："能听见更好。岳淳川，拜托你别欺负我们家小果果。还有刚才那个38号男嘉宾，麻烦你，拜托你，告诉他，我曹娜这辈子找不到老公，也不会选他！"

米果愕然抬眸，38号男嘉宾？

那个面有倦色的络腮胡！

他怎么惹到曹娜了？

"娜……喂！喂喂！娜娜！"米果叫了两声，曹娜那边已经挂了。

米果很担心，毕竟，曹娜刚刚失恋，状态极其不稳定。

再打过去，那边已经关机了。

她发了两条微信，也未见回音，米果不免有些着急。

岳淳川右手一转方向盘，把车平稳停靠在路边，看到米果向他投来求救的目光，他拿出自己的手机，解释："我帮你问问小海。"

拨通冯小海的电话,这个个性桀骜的男人正坐在支队中巴车上打盹儿。

听到岳淳川问起曹娜的事,他拧着眉毛问:"她真这么说的?"

"嗯,曹娜说她这辈子找不到老公,也不会找你。"

冯小海扑哧一下笑了,他摇摇头:"还真是她的风格。"

"到底发生什么事了?"岳淳川问道。

"没什么,我说我想追她,问她要电话号码,她却瞪了我半天,气哼哼地跑了。"冯小海语气平静地叙述着刚才发生的不平静的一幕。

岳淳川眯起眼睛,修长的手指在黑色的方向盘上敲了几下,薄唇微启,吐出两个意味深长的字:"难得。"

冯小海在那边笑了笑,回了句:"还好。"

能让清心寡欲的技术参谋冯小海一见倾心,并且不顾形象,展开求爱攻势的姑娘,果然不是平凡人。

他看了看身边听到他们谈话后眉心纠结的米果,轻咳一声,说:"小海,你知道她……"

话还没说完,就被冯小海打断了:"你想说,她和你心仪的姑娘都是殡仪工,还有过一段不太美好的恋情,如今刚刚分手,是吗?"

岳淳川眉心一蹙,他只知其一,不知其二。

偏头,看向米果,米果冲他点点头,用口型告诉他,是真的。

"是她告诉你的?"岳淳川沉眸问道。

"嗯。可能我吓到她了,她一时激动,和我多说了几句。"冯小海说。

"那你准备怎么办,是继续追还是……"

冯小海不假思索地回答:"追!"

岳淳川撇唇一笑:"成!我帮你!"

岳淳川刚挂断电话就被一旁焦虑不安的米果握住了手臂:"岳淳川,你怎么答应帮他了?娜娜不愿意和他好!"

岳淳川温柔地看着她:"不愿意和不能是两码事。前者,有很多挽回的余地;后者,就是绝无可能。你的朋友曹娜,既然愿意和小海分享她人生中最私密也最痛苦的回忆,就证明,她的内心里没有那么排斥小海。你相信我,他们会有发展的可能。"

米果眨眨眼,犹豫着问:"那这个小海,是不是好人啊?娜娜受过一次伤害,我不想让她再受伤。"

岳淳川目光一柔,他用没被抓住的左手,摸了摸米果的头发:"我用我的人格保证,小海是个值得曹娜托付终身的好男人,你愿意相信我吗,米果?"

米果想了想,点点头:"我相信你。但我必须要见见小海。"

"见之前,你先听我讲一个故事。"岳渟川目光深沉地看着她。

米果扬起通红的眼眶,再次握紧岳渟川的手臂:"你说的是小海吗?他就是那个父亲死了,母亲改嫁,他跟着奶奶相依为命,奶奶却又遭遇不幸的消防兵吗?"

岳渟川缓慢地点头:"是的。小海沉默寡言的性格就是那个时候养成的。别人都说他是怪物,一心扑在事业上的科学怪物,但鲜少有人知道,他为了能够成为一名消防战士,付出了旁人一生都不可能经历的辛苦。他是个极重义气的男人,是我非常敬重的一名军人。"

米果沉思了一会儿,再仰头,已是淡淡的笑靥:"好吧,我愿意帮小海。娜娜这边,我负责去说服。不过,岳渟川,你能保证娜娜对小海也有意思吗?"

岳渟川笑了笑:"不能。"

米果噘起嘴:"那你刚才还说……"

岳渟川反手扣住米果温热的小手,他低眸看着她,语声清浅地说:"我是以我的经验做出的判断。但是我毕竟没有恋爱过,所以,我不能百分之百保证。"

米果愣了愣:"你没恋爱过?"

那之前接起他电话的女人是谁?

"我确定,我没有恋爱过。"岳渟川忽然俯下身子,拿起米果的手,贴在他的胸前,"米果,我很喜欢你,说爱也不为过。所以,我今天在台上说的一切,都是真的。你愿意信我吗?愿意做我的女朋友吗?"

米果感觉手底下怦怦跃动的频率,和她已经失速的心跳交织在了一起。

她的脸红得发胀,嗫嚅着,小声地说:"可是上次,我打你的电话,有人却说,她是你的女朋友。"

岳渟川听后微微蹙眉:"什么时候?"

米果想了想:"是月中吧,爸爸妈妈原谅我了,我发了奖金想请你吃饭,可谁知……打过去是个女人接的。噢,我想起来了,她说她姓孔,叫什么,我忘了。"想起那天的事,她就觉得委屈,满腔热情打了水漂,还平白被人瞧不起。

原来是她!

怪不得之后米果的态度就变得奇奇怪怪的,最后还把他列为拒绝往来户。

岳渟川沉下眼眸:"你信我还是信她?"

米果一愣,不知道该怎么回答。

岳渟川忽然叹了口气,摸了摸她因为愕然蹙起的脸庞:"米果,你是我第一个女朋友,除了你,我谁也不要。"

然后,在米果以为自己的初吻就要丢掉的时候,岳漳川俯下身,低头,拿过她手里的三星手机。

只是拿走了手机,就掠开了身体,她的粉唇微微开启,雾蒙蒙的黑瞳里,漾起一阵怔忡的波光。

她看到岳漳川用他修长的指尖在她的手机屏幕上跳舞,之后拿出他的黑色手机,又跳了几下,然后手机又回到了她的手里。

"好了,重新加上了。"他眸色深沉地看着她,"以后不许再删掉了,记住了吗?"

她有些难为情地点头:"哦。"

好像整件事是她做得不够好,至少应该听听他的解释,再决定删还是不删。

不过,汽车停在平安小区门前树荫下的时候,米果才猛地意识到,他好像始终没给她一个像样的理由。

但,还是算了。

他因为工作繁忙,不能继续陪她,所以,她很利索地打开车门,下车回家。

可就在她转身的那一刹那,胳膊却忽然一沉,她愕然回眸,却撞上一双深邃幽远的黑眸。

"果果,你要好好的。"

米果愣住。

这是他第一次喊她的小名,是和爸爸妈妈亲人朋友间亲昵宠爱的称呼完全不同的一种感觉。

甜甜的,暖暖的,心情还有点飘飘然的荡漾。

"哦,好。"她红着脸低声应了一句,看到他松开手指,她赶紧跳下车。

他拉开车门,也要下来。

她赶紧摆手阻止:"你别下来,我自己回去!这儿,邻居挺多的。"

她警觉地看看四周。

岳漳川蹙起浓眉,想说什么,最终顿住了。

他看到米果向他挥手:"再见,岳漳川!"

他也晃了晃手指:"再见。"

再见,我的果果。

Chapter 20
凌河化工厂

凌河化工厂隶属于上市企业安平化工集团,地处 A 市近郊。该厂厂区占地面积一千五百亩,职工近两千人,是 A 市最大的一家大型化工企业。它的前身是一个生产丙烯酸酯的化工厂,后经改建扩建,成了年生产能力达到十几万吨的乙烯裂解装置和相配套的公用系统工程企业。

八月初的一天,由安平化工集团派遣的安全生产监督小组到达 A 市近郊的凌河化工厂。

三辆黑色大众轿车驶进厂区大门,早早等候在外的化工厂厂长冯利急忙迎上前去。

"哎哟,欢迎欢迎!!李经理大驾光临,辛苦了!辛苦了!"冯利的眼睛挤成一道缝,双下巴更加明显了。

他边笑边握住李成勋的手,顺便向安监部的其他成员逐一问好。

李成勋不动声色地撤回沾染上黏腻汗渍的手,垂在黑色西裤边,应声回道:"冯厂长太客气了。"

"哪里哪里!我们本就是一家人嘛!哈哈……大家说是不是啊。"冯利意有所指,李成勋沉下黑眸,偏头,朝占地广阔的厂区望去。

远远的,鳞次栉比的管道像是一条条长龙盘踞在四方空地之上,空气里散发着化工原料浓郁刺鼻的气味,三三两两的工人在管道附近穿梭,他们穿着单薄的工作服,连最起码的防护措施都没有。

李成勋微微蹙眉,指着前方,问冯利:"不是有防护服吗?怎么一线作业的工人,却没有穿?"

冯利脸上的笑容一僵，他朝厂区那边随便瞄了一眼，打了个哈哈，吩咐身边的秘书："去！告诉他们穿上防护服！"

秘书诺诺应下，走远。

冯利赶紧打圆场，他拉着李成勋："李经理，您真是内行啊，一眼就能看出问题。怪我管教不严啊，疏忽了，疏忽了。哈哈，天热，我在会议室准备了一些瓜果饮料，不如，李经理先带着各位去休息休息！"

李成勋轻轻推开他："不用了，冯厂长，今天时间紧，我们还是加快进度吧。"

冯利精明的小眼里泛起冷光，但一瞬即逝。随即，他又堆上笑容，夸赞道："李经理真是敬业，咱们集团能有你这样负责任的安监部经理，有福喽！"

李成勋淡淡撇唇，没有说话。

他指着四个方向，安排同来的安监部职员前去检查，他自己则向厂区地势较高的地方走了过去。

他刻意支开冯利，就是想登高望远，去观察这个受到某位权重人物青睐和庇护的化工厂，到底有何蹊跷神秘之处。

半途，李成勋遇到了厂里的几个工人。

他们的年龄普遍偏大，而且像是很久没有好好休息过，一个个面色憔悴，神情疲累。他们穿着平常的旧衣服，前后走在一起，却不见有人交谈，见到陌生的李成勋，有的撩起眼皮看看，更多的人，则是继续埋头赶路。

后来，他又遇到几拨工人。

无一例外，这些人均是年纪偏大，面目憔悴，视他为无物。

李成勋实在忍不住，拉住一个工人，问他："你们这是去哪儿？"

工人的脸呈现出一种病态的青灰色，头发和眉毛也被灰尘覆盖着，透着一层晦气，抬起迷茫困倦的眼看了看李成勋，指着前方一排白色的平房，神情木讷地说："回去睡觉。"

睡觉？

大白天的回去睡觉？

不用工作？

工人已经转身走了，李成勋想了想，跟在后面，一路来到白色平房区。

路口竖着一块辨不出颜色的木牌，上面写着"宿舍"两个黑色大字。

工人们陆续走进各自的房间，里面隐约传来交谈声，但，很快，一切都归于沉寂。

李成勋走到离他最近的一个房间，从简易窗户外朝里面望去。

不到十平方米的黑乎乎的屋子里，挤满了被褥凌乱的高低床，有人在里面走动，有人躺在床板上睡觉。

李成勋向前走了走,朝另一个屋子里看过去,也是一样的情况。

他环视四周,发现这里条件简陋,只有一个公用水龙头和挂着脏污布帘的厕所。

这时,左侧屋子里走出一个脱光上身的工人,他一脸狐疑地盯着衣衫笔挺的李成勋:"你找谁?"

李成勋转过身,清幽的视线扫过工人,镇定地回答:"我是集团安监部的,下来检查安全生产。"

工人觉得他看起来挺正经的,所以放松了戒备,回道:"哦,那你怎么跑这边来了,这里是宿舍,没啥好检查的。"

"是这样,我刚才见到几个工人,觉得他们有点奇怪,就过来看一看。"李成勋说。

工人朝身后望了望:"有什么奇怪的,我们都是一个样。"

李成勋看看他,说:"为什么这里的工人年龄都偏大,而且,一个个看起来都很累,你们是夜班工人吗?"

也只有夜班工人才会在这个点儿下班,并且临时在厂区宿舍休息。

工人摇摇头:"我们是临时工。"

"临时工?"李成勋挺直脊背,目光也变得严肃起来。

集团早就不允许下属企业招收临时工了,他之前在人力部工作的时候,对下属企业的人事情况了如指掌,凌河化工厂报上来的人事资料里,根本不存在所谓的临时工。

"是啊,厂里前几年裁掉了一大批正式员工,他们专门录用我们这样的企业下岗人员,或是农民工来顶替,只给发很少的工资,还要求我们吃住在厂里,随时加班。"工人叹了口气,接着说,"不瞒你说,我已经有三十多个小时没睡过觉了。他们和我一样,都是一个班的工人,那些空出的床铺,是和我们交接班以后现在在厂区上班的临时工。"他回头,谨慎地看了看四周的情况:"我实在熬不下去了,才敢跟你说实话,这里有人管我们,不让我们和外界接触,更不让我们多说话。"

原来是这样。

用一些廉价劳动力赚取更多的利益,而上报的,却是一堆弄虚作假的报表数字。

这其中获利的,当然就是以冯利为主的一些利欲熏心的人。

李成勋脚步沉重地离开宿舍区,越往上走,离核心厂区越远,但是刺鼻的臭味,却越来越浓。

听到轰隆隆的水声,李成勋掩着口鼻,加快脚步,来到一处围着铁丝网的低洼地带。

水声就是从掩埋在土里的一个口径巨大的黑色管道里传出来的。

李成勋看到,粗大的排水口正源源不断地向厂区内一条河沟内排放着黄白色的液体,河面上漂浮着一层白色泡沫。由于天气炎热,气味发酵蒸发,简直比毒气弹的威力还大。

向前走了一段路,李成勋又看到一个类似的管道,可这次出来的不是工业污水,而是冒着黄色粉末的工业废气。

李成勋只待了不到几分钟,就感觉到喉咙肿痛,鼻腔充血,心跳也明显加快。

他退出来,沿着之前的小路,走上山坡。

这里,是化工厂地势最高之处,站在这里,可以清晰地看到厂区的全貌和周边的建筑物。

他首先看到的,是刚才的排污的小河,直通向围墙外的人工河。

人工河紧邻着十几幢高楼的铜城小区,最近的楼房,与排污口只有数十米之遥。

空气里弥漫的废气,笼罩在小区周边,李成勋看到,靠近河岸的树木,在盛夏的季节,却已变成了青黄色。

缓缓转回视线,望向化工厂的另一面,李成勋曾在城市地图上查到的那些依附于凌河化工厂生存的小型化工企业,却变成了一大片占地广阔、正在紧张施工的建筑工地。

他闭了闭眼睛,又睁开,睁大,以确认他所看到的,不是幻境。

之后,整个人变得僵硬无比,犹如被人当头泼了一盆冷水,从脚底生出一阵阵的寒气,一直蔓延到头顶。

那些化工企业,人间蒸发了吗?

还是城市地图受到某些特权人物的指使,在明面上维持着虚妄和平的假象。

国家《化学危险物品安全管理条例实施细则》第十条明文规定:凡距离下列地区1000米范围内不得规划和兴建剧毒化学危险物品生产厂(即厂点围墙到上述区域的边界不少于1000米)。(一)居民区;(二)供水水源及水源保护区;(三)交通干线(公路、铁路);(四)自然保护区;(五)畜牧区;(六)风景名胜旅游区;(七)军事设施。

因为化工厂是重度危险物品生产厂,环境污染的危害自不必说,最严重的莫过于火灾或是爆炸,一旦发生这些事故,那后果将是毁灭性的。

这才是隐藏在凌河化工厂背后的真正秘密。这才是那些立在利益链顶端的人处心积虑提拔他这个傀儡的用意所在。

李成勋的后背被一层层的冷汗浸透。

他的眼前，不停闪现着鸿门宴上一张张虚伪精明的丑恶面孔，还有刚才看到的，那些神情疲惫的临时工，他们没有经过专业的消防培训，更谈不上精通业务，他们如同机器人一样，昼夜加班，却从事着安全系数最低的工作。这些临时工，就是一个个隐藏在厂区的定时炸弹，一旦哪个环节出错，就是一场人类的灾难。

李成勋在山坡上木然呆立了很久，等他下来的时候，冯利已经在派人满厂区地找他。

坐在温度适宜的空调房里，吃着瓜果、喝着饮料的安监部的下属，向他汇报了检查的结果。

如他猜想的一样，这些被蒙在鼓里的同事，对凌河的事一无所知。他们提出的，都是面上的一些微不足道的小问题，冯利一边打着哈哈，一边向安监部的人保证，他们会逐一整改。

一转眼，就到了饭点。

冯利早有安排，一行人开了四辆车，浩浩荡荡驶往化工厂附近的一家中档饭店。饭店装修俗气平庸，可是桌上的菜品却丰富昂贵得令人咋舌。

猴头、燕窝、海鲜、鱼翅、茅台、汾酒、泸州老窖，菜式从荤到素，酒水从白酒到红酒，一应俱全，应有尽有，真真是只有你想不到，没有人家做不到。

李成勋推说身体不适，挡回冯利这边花样百出的敬酒由头。

随行的下属就没他这般幸运了，酒过三巡，大多是醉意蒙眬，和化工厂这边的陪酒客打成一片，言语也渐渐失了分寸。

宴席进行到一半，实在待不下去的李成勋借口去卫生间，来到饭店后院的农家菜地，以期平静一下内心纷乱烦闷的情绪。

刚刚站定，就听到背后响起一道熟悉却令他心生厌恶的粗重嗓音："李经理，怎么跑这边上厕所了？厕所在那儿，要不要我带你过去？"

李成勋双手抄进裤兜，头也没回，冷冷地说道："不用了。"

冯利拿了根牙签挑着牙缝里的碎肉，慢慢踱步，走到李成勋身边："李经理是不是发现什么了？怎么忽然对我这般冷淡了。"

李成勋没有说话，他沿着菜地中央的垄土，向前走了两步，然后，缓缓蹲下，摘下一根鲜红的辣椒，放进嘴里。

正宗的朝天椒，干辣冲鼻，咀嚼下咽，从唇皮到胃部，一路烧灼下来，如同燃烧的火焰。

"冯厂长喜欢吃辣椒吗？"他背对着冯利，忽然甩出一个问题。

冯利愣了愣，依旧在抠着牙缝："我可没李经理这么勇敢。这种朝天椒是最辣的,省着吃,会辣死人的。"

他眉眼冷淡地笑了笑,忽然,偏头看着冯利,擦了擦被辣椒刺激得通红的眼角:"不是我勇敢,而是我对它起了贪念,我从没尝过它的味道,所以发馋,可等我真正吃到嘴里了,却发现我根本承受不了。这就是所谓的,贪多嚼不烂。冯厂长,你懂我的意思吗?"

冯利的肥脸慢慢垮下来,他把牙签含在嘴里,口齿不清地问道:"你都知道了?"

李成勋没点头也没摇头。他只说了一句话:"我之前做什么的,你不会忘了吧。"

冯利嘴角一抽,冷下脸来:"你就算知道了我雇用临时工的事又能怎么样,你随便写进报告,看上头会不会来查我!"

李成勋冷笑:"自然不会有人来撼动你在化工厂的权威,因为,他们和你是一根绳上的蚂蚱!"

冯利呸的一声吐出被他折成两半的牙签:"李成勋,话可别说得那么难听,什么蚂蚱,什么绳的,好像你多干净一样。你清高,不和我们同流合污,你何必做这个安监部经理啊,何必收了我的卡。"

"够了!"李成勋厉声喝止,"卡我会还给你的!"

冯利哼哼冷笑两声,从衣兜里掏出手机,调到一个视频,翻过来,对准李成勋:"你就算现在还我十张卡,也抹不掉这段记录你受贿行径的视频了。李经理,你睁大眼睛好好看看,里面那个人,是不是你啊!"

李成勋面色一变,上前就夺了冯利的手机,他手指颤抖地按下删除键,却听到冯利尖刻的嘲笑声:"这个玩意你想要多少我有多少,怎么,高学历高智商的李经理,不会连这等江湖手段,都没见识过吧?"

"卑鄙!"李成勋低吼一声,把手机砸到冯利的身上。

冯利俯身捡起弄脏的手机,轻巧地吹了吹上面的灰尘:"别这么大火气嘛,咱们都是一家人,你可别忘了。噢,对了,今天我又往你的卡里打了十万,这下,你父亲做手术的钱该凑够了吧。"

李成勋神色一滞:"我不会要的。"

"别那么清高,现在这社会,无利不起早,你也要学会变通,与时俱进嘛。还有,金书记说了,这次的消防大检查,他会提前打招呼的。所以,你别害怕,出任何纰漏都有金书记替咱们顶着呢。但是,"冯利瞄了一眼紧抿着嘴唇的李成勋,"给集团呈交的报告,你也应该知道,怎么写才算合适吧。"冯利雇用临时工的事目前还只是暗箱操作,上面的人都不知情,不然的话,他也不会几次三番地提醒李成勋,不要乱说话。

李成勋沉默了一会儿,忽然目光犀利地盯着冯利:"厂区外的建筑工地是怎么回事?你是不是也掺了一脚!"

这次轮到冯利吃惊地看着他,他四下里张望了一下,把李成勋朝菜地里拉了几步,压低声音叱责道:"你小子真是胆大包天,这种事还敢吆喝!你不想要脑袋了!"

"我是看你老实才提你,工地的事,你赶紧忘了,忘得干干净净,知道吗!"冯利又撇撇肥厚的嘴唇,"你说我掺了一脚,我得有那资格啊。再说了,就算人家肯给我机会,我也得有那个胆子才行。你别问我是谁,你既然都知道了,肯定比我清楚那到底是谁的主意。我也就是个打马虎眼跟班的,跟着喝口汤罢了。"

冯利的一番话证实了李成勋之前的猜测。

"可是高楼总有拔地而起的一天,到时候,纸怎么可能包得住火?"李成勋问。

冯利摇头晃脑:"自然有办法的。听说,最近那工地的土地批文就下来了。你也不想想,人家是什么人物。"

李成勋蹙眉不语,过了一会儿,他说:"我虽然管不了化工厂之外的事情,但是,化工厂现在的问题就很严重。你雇用的临时工,根本没有从业资质,再加上长时间疲劳作业……"

"打住!打住!我自有分寸,你管好你分内的事就行了,我的李大经理!"冯利把李成勋往饭店那边推,"喝酒,喝酒!不说闲话!废话!"

李成勋暗暗握拳,却被冯利一路推进了热闹的酒场。

那天,李成勋很晚才到家。

打开家门,不承想却看到客厅的沙发上躺着偷偷从医院跑回来的父亲。

"勋啊,是勋回来了!"父亲挣扎着想从沙发上起来,他赶紧过去,扶住被病痛折磨得骨瘦如柴的老父亲。

"爸,你怎么偷跑回来了!"李成勋拧开台灯,轻声呵责着父亲。

"好一点就想回来看看你,在那边待得我头晕脑痛。"父亲自知行为不妥,目光闪躲地解释着。

李成勋一阵心酸,之前坚持把老父亲接来治病,可是真等父亲来了,他能陪着的时间,却寥寥无几。

"进屋睡,沙发躺着不舒服。"他搀起父亲,走向卧室。

"我睡这里蛮好,勋啊,你睡床,明天还要上班。"父亲不愿意去。

"你听我的,你身体好了,我才能安心不是。"李成勋劝道。

父亲妥协了,最终在卧室里睡下,他正要关灯阖门,却听到父亲低沉的哀求:"勋啊,我不想动手术了。"

李成勋的手猛地一顿，打在开关上，灯应声而灭。

那一晚，李成勋家里的灯光亮到很晚。

清晨，习惯早起的李成勋的父亲，打开卧室门，就闻到一股子浓浓的烟味。

"勋啊，你学会抽烟了？"李爸爸推开另一间房门，看到狭窄的单人床上被褥整齐，人却不知去了哪里。

小小的书房里烟气更浓，李爸爸小声嘟囔着，走过去把窗扇推到最大。

李爸爸不知道的是，在他脚边的垃圾篓里，有一堆黑乎乎的被烧毁的废纸，没被烧掉的页首部分，赫然印着"关于凌河化工厂重大消防隐患报告"的字样。

当然，这些敏感深奥的内容，就算李爸爸逐字逐句地看，也未必能看懂一二，李爸爸目前最关心的，是他的儿子何时学会抽烟的严重问题。

听到门响，李爸爸从书房里出来，李成勋手里拎着早餐，正在门厅换拖鞋。

"起来了。"看到父亲，李成勋扬扬手里的早餐袋，"我买了你最爱吃的素馅包子，还有豆浆，你快去洗漱一下，我们吃饭。"

李爸爸嗯了一声，去卫生间洗漱之后，李成勋已经把碗筷都摆好了。

租来的房子，空间逼仄，没有像样的餐厅，爷俩就在茶几上对付。

李成勋把沙发让给父亲，他找了一个放书的纸箱，充当板凳。

"包子味道不错，你多吃几个。吃饱了，我送你去医院。"李成勋咬了一口包子，低眉说道。

李爸爸喝了口豆浆，看看李成勋，犹豫了一下，艰难地开口说："勋啊，我真不想做手术了。你就让我回去吧，家里人熟悉，我……"

"爸，你别说这种话，行不行！你现在有病，有病就要治。我是你儿子，我肯定要对你负责任！"李成勋两口吃完包子，一副我不管你说什么，我都会这么办的架势，跟李爸爸表明他的态度。

"我的病治和不治有啥子区别，治了的结果也不会好，还劳民伤财，到最后，也是落得人财两空。勋啊，爸不想拖累你，你还没找媳妇，钱花没了，到时候，哪个闺女愿意跟着你吃苦。爸知道你难，晚上睡不着，还学会抽烟了，爸真的不愿意做个废人，拖累你。"李爸爸说着抹了抹通红的眼睛。

抽烟？

李成勋讶然看着内疚的父亲，想了想，神色越发黯然。

他低头沉默了一会儿，抬起眼，已恢复了惯常坚定的口吻："这些事你不要操心，我会安排好的。"

送父亲回到医院，李成勋和主治大夫沟通了一下父亲的病情，大致约好了手术的时间后,他才神色疲累地离开医院。

等车的时候,他调出手机里叶梅的电话,踟蹰了半晌,还是拨了过去。

"叶梅,我是李成勋。"

Chapter 21

可爱的吃货

八月中旬,距离 A 市一百公里外的 C 县突降暴雨,傍晚时分,又急又猛的山洪倾泻而下,居住在河道附近的居民根本来不及撤离,多人瞬间被激流冲走,下落不明。

岳淳川接到增援命令,立刻带队从五十公里外的另一处塌方救援现场赶赴 C 县。

风急雨大,道路湿滑,夜晚的村镇,就像是被狰狞的巨兽吞噬的孤岛,阴森而又恐怖。

村子里的中青年劳动力都自发地到河岸边寻人,远远望去,瓢泼雨雾中闪闪烁烁的灯光,连成了一条生命的绳索。

在一个临时搭建的四处漏雨的雨棚里,岳淳川和前线的救援指挥,对着一张湿淋淋的地图,确定下一步的救援打捞方案。

时间不等人,逝去的每一分每一秒都是在和可怕的死神赛跑。

硕大的雨点敲打着棚布,发出骇人的声响,可是里面的人,却丝毫不为所动。

岳淳川半俯着身子,盯着地形图凝眉思索。

敬业专注的神情,坚毅磊落的气势,落在焦灼不安的救援指挥的眼里,平生一股安定的力量。

静默中,岳淳川忽然抬手,指着地图一隅:"梁队长,你们找到的七名遇难者,是在这里?"

梁队长看了看:"这里只有两具。还有五具遗体是在两公里外的水库口找到的。喏,就是这儿!"梁队长指着地图上的一个点,给岳淳川看。

"嗯。"岳淳川伸出修长的手指,在地图上横竖左右比画了几下,他伸手:"给我一支笔。"

梁队长怔了一下，赶紧掏出一支黑色的水笔，递给仍旧埋首研究地图的岳渟川。

"在找到的七名遇难者中，有五具遗体是在距事发地两公里外的水库口发现的，我来之前查过了，这是一处Z字形河道堆积点，是水流碰撞最为强烈的地方，洪水行至此地时流速会相对变缓，泥石沉淀，所以被洪水冲走的老百姓很有可能被冲击到此。目前搜救重点，可以确定，集中在这个区域。"他拿起水笔，干脆利落地在地图上画出一个椭圆形的圈。

雨棚里霎时变得非常安静。

梁队长盯着岳渟川，沉默了两秒，忽然出拳，击中岳渟川的前胸："嘿！真不愧是咱们消防的一把刀，岳队长！你可帮了我们大忙了！"要知道确定重点搜寻区域，才能更快地找到幸存者，打捞遇难者。

一把刀？

岳渟川微微蹙眉，他何时成了一把刀了！

听起来就像是跑江湖的。

不过，现在不是矫情这些称谓的时候，他拍了拍梁队长的肩："我带队负责河北岸，你负责南岸，有消息随时沟通！"

梁队长还没等说好，就看到岳渟川顶着暴雨走了出去。

他似乎冲着大雨里整齐列队待命的特勤中队的队员们喊了句什么，之后，他所率领的赫赫有名的消防铁军便跟随他的脚步，消失在了夜色中。

连续奋战七个小时，被山洪冲走的十七名群众，有八人获救生还，九人遇难。

获救的八人，一多半是岳渟川带着队员们冒着生命危险，在洪水激流中，从死神手里夺回来的。

而在创出救援奇迹之后，在肆虐的洪水过境平息之后，岳渟川却带着他的消防铁军悄悄离开了C县，离开了媒体聚焦的汇报现场。

笔直宽阔的高速公路，一辆开往A市的军车上，连续五个昼夜不眠不休的岳渟川终于熬不过身体承受的极限，头歪向一旁，沉入梦乡。

王福祥坐在后排，玩着岳渟川黑色手机里的小游戏，不时发出短暂的感叹声。

"哎……哎……别死！别死！唉……"

"开始！突突突，突突突。"

"干掉他！干掉他！好咧，死！"

"王福祥，你安静点，队长睡了！"司机小胡转头低声提醒正玩得特别嗨的王福祥。

王福祥赶紧按停,他扒着车座,朝副驾驶位上沉睡的人看了一眼,缩回头:"真睡了。"

"当然真睡了。咱们这几天至少还被队长逼着睡过囫囵觉,可他自己却五天没合眼了。你们没看到队长的眼睛啊,跟赤兔精似的,火红火红的。"

王福祥叹了口气:"这次出来时间有点长了,连我都快想不起来 A 市长啥样了!"

"长成啥样也比你好看!"小胡打趣。

王福祥瞪了他一眼,把队长手机调成振动,然后继续玩他的健康小游戏。

收到微信的时候,王福祥刚好漂亮地干掉一只老怪,他正手舞足蹈地表演默剧,却觉得手心一震,接着手机屏幕上显示出淡绿色的微信图标。

强大的好奇心,驱使王福祥冒着捋到逆鳞的危险,打开了那条微信。

"岳淳川,你在干吗?"

发微信的是一个泰迪熊的头像,王福祥凑近一看,昵称:果果。

果果?

莫非,就是队长那个轰动整个支队的可爱小女友,米果!

王福祥本该看了以后,装作没看见,或是帮他的队长回一句什么合适的言语,可是,他思来想去,决定还是不回那些文字类的东西了,他这个人不会说话,万一把事搞砸了就坏了。

于是,王福祥偷偷打开手机照相功能,悄悄对准前排,咔嚓一下按动快门。

米果已经大半个月没见到岳淳川了。

相亲联谊会之后,他就像是人间蒸发了一样,从她的世界里消失了。

微信没有。

电话没有。

短信没有。

米果本来还抱有的那一点点幻想,在无数个等待的日子里,悉数被嘀嘀嗒嗒的指针磨灭殆尽。

昨晚,米家在莲素小馆庆祝米拉摘得青运会游泳铜牌,清新雅致的环境,热闹温馨的氛围,原本该把吃货精神发挥到极致的她,不知何故,竟因为想起了杳无音讯的那个人,顿时失去了旺盛的食欲。

回到家也是闷闷不乐,米拉看出异样,半夜跑到她这边睡。

姐妹俩挤在一张狭窄的单人床上,米拉朝她的眼睛吹了口气,语声幽幽地问:"果果,你是不是恋爱了?"

米果吓了一大跳，要不是米拉有先知，提前拉着她的胳膊，恐怕，她就要翻滚落地了。

行动高于一切，事实才是打败臆测的最佳方法。

米果默认，但很快，她就惊恐不安地拉住米拉："你别告诉爸妈，我也不知道，我和他这样子算不算恋爱。"

一晚上辗转反侧，无法成眠。第二天到了殡仪馆，也是心神不宁，情绪烦躁。

等待派单的间隙，她鼓起一百分的勇气，给岳渟川发了一条不像样的微信："岳渟川，你在干吗？"

就这简简单单、再平常不过的七个字，却让她在手机里足足捣鼓了半个小时。

长时间不发声，引起在电脑前查看工作计划的王秀娜的注意，王秀娜关切地问她，是不是手机坏了。

她回答王秀娜的时候，手指一不小心点到了发送，等她察觉到异样，低头一看，傻眼了。

她这都发的什么啊。

一想到岳渟川很有可能已经看到了她的微信，她的脸就热腾腾地涌上了羞臊的红云。

赶紧把手机静音丢进更衣柜，她过去王秀娜那边，一起查看系统传送过来的资料。

"今天是咱们的幸运日，只有八具待修复遗体。看来可以早下班喽！"王秀娜指了指电脑屏幕下方的数字，抬臂，伸了个大大的懒腰。

只有八具吗？

米果觉得纳闷，她半俯下身子，右手滑动鼠标，一页一页地浏览殡仪馆的工作系统同步传送过来的工作计划。

当页面翻到一半时，她的手猛地一顿，清亮的目光从上滑到下，又拉起来，随后，她指着屏幕，对王秀娜说："我的秀娜姐，你看清楚再高兴也不迟！"

王秀娜的胳膊倏然一收，脸也憋得通红，她抬起屁股，凑前，手臂放在办公桌上，去看电脑里的内容。

一看不得了，她瞪大眼睛："我晕！是那个放了快两年的！"

米果微笑点头。

王秀娜唰一下垮下脸来："我就说嘛，平白无故工作量少了那么多，原来是他在搞鬼啊！"

"可他不是涉及什么重大案件，不能被火化的吗？"王秀娜问。

米果耸耸肩:"看来应该是结案了吧,不然的话,家属也不会签署火化同意书。"

"他可是咱们馆里最恐怖的遗体!跟他比起来,那些缺胳膊断腿的,头被压扁的,肚子被戳个窟窿的,都不算事!"

王秀娜朝走廊望了望,表情怪异中透着不安,她用力搓了搓胳膊上浮起的一层鸡皮疙瘩,回忆道:"那年,是我和孙大勇接他进的停尸房。记得那天是交九日,天特别冷。我和孙大勇接到通知,要求我们做好防护措施,接一具从公安那边送过来的遗体。我想,啥残损遗体啊,还非得让我们做好措施。我在馆里上班也不是一天两天了,什么样的遗体我没见过,上面说得那么玄乎,是不是吓我们啊。我当时根本就没把它当回事。可是,运尸车一到,戴着口罩手套、穿着防护服的司机一边给脸上加上一层更厚的口罩,一边让我们做好思想准备。我顿时觉得有点蒙,觉得我们不是在接收遗体,而像是接什么剧毒病原体,没等我反应过来呢,人家已经把车门打开了。我当时离车门大概三四米远吧,孙大勇更近一些,两三米的样子,司机打开车门就躲瘟疫一样躲一边去了,我先是看到孙大勇身子晃了一下,然后,他就蹲一边吐去了,接着,我也闻到了一股子无法形容的尸体烂臭腐败的刺鼻气味。零下十几摄氏度的低温啊,除了冷风和干土味,啥也闻不出来的季节,可我们一群穿戴着防护器具的殡仪馆的工作人员却被集体熏趴下了。我们像司机一样,回去又加了一层口罩和手套回到车前,尸臭还是透过口罩吸进了肺里。我一边干呕一边帮着孙大勇拉开尸袋,当我们看到那团根本称不上遗体的青灰色的浮肿腐烂的物体,看到上面蠕动的虫子时,我和孙大勇齐声惊叫,丢下尸袋就跑了。"

米果听得入迷,她的脑子里随着王秀娜的讲述,出现了一个形容恐怖的尸体的轮廓。

"后来呢?你还见过他吗?"她急急地问。

王秀娜似是不愿意再回忆下去,捂着嘴,干呕一声,摆摆手:"这辈子我也不想再见到他了!"

米果同情地捏捏王秀娜的肩膀:"可今天,我们就要和他面对面了。"

"和谁面对面啊!"随着一道喑哑的男声,郭台庄拿着一个透明袋子走了进来。

米果和王秀娜赶紧起身:"师傅。"

"郭师傅。"

郭台庄把透明袋子放到桌上,就去换工作服:"你们把袋子里面的照片和资料好好看看。"

王秀娜打开袋子,掏出里面的东西。

一张放大的彩色照片,照片里是一个风华正茂的男大学生,手里拿着一个学士帽,穿着学士袍,英俊的脸上洋溢着青春的笑容。

还有一页信纸,上面写着一个人名,下面是身高、体重、胸围等等细化的人体指标。

王秀娜指着信纸,惊讶地叫道:"这就是那个人!"

米果接过她手里的东西,翻看一番,又和电脑里的内容一比对,她直起身子:"师傅,他是怎么死亡的?"

郭台庄换好白大褂,转身拿起茶杯,走了过来:"你说他啊。具体的我也不太清楚。听刚才给我资料的办公室的人说,小伙子因为太优秀被同学嫉妒,被骗到野地里害死,然后又投进了深井,他被发现的时候,遗体已经高度腐败了,送到法医部门又被损坏了几次,所以,遗体情况很差。"

"何止很差,简直就是恐怖。我还从来没有遇到过那么臭的尸体!"王秀娜叫道。

郭台庄拿起茶盒的手顿在半空,他神情严肃地朝王秀娜瞥去一眼:"小王,你忘了自己的本分了?"

王秀娜表情一僵,小声嘟哝着低下头去:"本来就是嘛。馆里的人都知道。"

郭台庄蹙起眉头,他看了一眼王秀娜,然后放下茶叶盒子,拿起桌上的彩色照片,缓声说道:"虽然他和我们没有任何关系,但是看照片,也能看出,他生前一定是个很优秀的孩子。我听办公室的人说,这些照片和资料是公安局的人送过来的。他出事后,他的母亲因为受到强烈刺激成了精神病,他的父亲因为过度伤心和劳累,今年过年,突发脑出血离世了。可能公安的人觉得时间拖得太长,对被害者无法交代,再加上被害人的凄惨家境,所以才在案情终结之后,对被害者做出一些弥补。可你们也清楚,没有人来参加他的葬礼,更不会有人记住这世界上,曾有过他的身影。我们是做这一行的,不能用带有偏见和歧视,甚至是嫌恶的眼光去看待逝者。每一个生命都享有被尊重的权利,哪怕是一团爬满蛆虫的血肉,我们也要以一种宽宏的姿态,去帮他恢复面貌,帮他保有最后的宝贵的尊严。"

郭台庄把照片翻转过来,对着王秀娜和米果:"你们看他笑得多好啊,那样的畅快,那样的骄傲,花一般的年纪,前途一片光明。当初为他拍照的,一定是他的父母亲人。他们对他寄予厚望,他们原本拥有一个幸福的家庭,可是在他遇害之后,天塌地陷,所有的幸福美满、光明前程都化为泡影。米果、秀娜,你们可以设身处地地,从遇害者家属的立场想一想,去世的老父亲,精神不正常的母亲,他们就是因为放不下心爱的儿子,悲恸过度,才发生的悲剧。如果今天,连我们都要嫌弃他们可怜的儿子,嫌恶那具脏污肿胀的遗体,他们这对儿不幸的老人若是知道了,他们会怎么想?"

米果沉思凝眉,从郭台庄手里接过那张意义不同寻常的照片:"师傅,我一定会好好做的。"

王秀娜看看郭台庄,脸忽然变得很红,她拿起茶盒,一边往郭师傅的茶杯里添加茶叶,一边愧惭地道歉:"对不起,郭师傅,是我太不像话。"

郭台庄摆摆手,露出笑容:"你们能明白道理,这才是最重要的。秀娜,你也别自责了,遇害者的遗体的确不成样子,修复起来难度极高。看来今天啊,我们是别想按时下班喽!"

"那师傅管饭!"米果笑吟吟地插嘴。

"你这个馋猫!又想吃什么啦?"郭台庄一手接过王秀娜递来的水杯,一手点了点眯着眼睛笑得贼兮兮的米果。

"也没什么啦。有点,有点想吃李师傅做的糖醋肉。"馆里食堂的炒菜师傅和郭台庄是同乡,他们私交甚笃,连带着米果也经常跟着郭台庄吃小灶。

"行,我跟老李头打声招呼,就让他给你做糖醋肉!秀娜,你想吃什么?一并说来,我好去报饭。"郭台庄说。

王秀娜连连摆手:"我吃什么都可以,我不挑的。"

米果叫了声秀娜姐,然后故意鼓起红红的嘴巴,不乐意地说:"那我就是挑剔难缠了!"

王秀娜扑哧一声笑了,她捏了捏米果的脸蛋:"你不是挑剔难缠,你啊,就是个标标准准的吃货!"

"秀娜姐!"米果噘起嘴巴,"'吃货'前不能加个'可爱'吗?我又不是猪!"

郭台庄和王秀娜对视一眼,哈哈大笑。

工作量比想象中大得多,难度也极高。单单那具无辜被害的小伙子,师徒三人就耗费了六个多小时才修复完成。

米果和王秀娜工作期间去吐了几次,因为那气味,实在是太考验人的承受力了。即使排气扇火力全开,不间断转换室外的新鲜空气,在修复开始之前,她们也做了双倍的防护和心理准备,可当那具惨不忍睹的遗体出现在她们眼前时,她们还是没能摒弃杂念,克服内心的恐惧,做到郭台庄那般豁达宽厚的境界。

郭台庄把最后一具修复好的遗体,也就是小伙子的遗体送进停尸房。

他回到整容室,看到操作间正在用心清扫消毒的米果和王秀娜,摆摆手,说:"快七点了,你们回去吧,我来打扫。"

米果兑好消毒液,背上喷雾器:"马上就好了,您歇一会儿。"

王秀娜探头出来,指着桌上的一个纸盒:"郭师傅,那是米果给您买的膏药,您赶紧贴上吧,看您刚才疼得腰都直不起来了。"

郭台庄的腰的确不太舒服,可能今天长时间俯低身子工作,腰疼的老毛病又犯了。

拿起药盒,他不由得一怔。

怎么是这个牌子?

他皱着眉头,走到操作间门口,停下:"米果,你从哪儿买的膏药?"

这种牌子的膏药他从两个月前开始用,药效很好,特别适合他的病症。用了一段时间之后,他问拿药回来的老伴儿许阿姨,问她药是从哪里买的。

许阿姨当时的表情有些不自然,她说是听别人介绍,在A市药店里买的。

他问贵不贵,老伴儿说不贵,让他不要管,她会按时把药买回来的。

他信以为真,以为和平常用的膏药价格上没什么区别。

可有一次下班途中,他去一家国营老字号的药店买常用药的时候向售货员问起了这种膏药,店员一看他随身带的药盒,却告知他这种药是外地某知名正骨医院下属的制药厂研制生产的,由于配方讲究,疗效显著,所以,一直是病友们争相购买的紧俏货。

由于进价昂贵,加之货源紧张,所以A市的药店根本没有卖的。

店员好奇,问郭台庄是从哪里买到的,店员说这种膏药只在当地药厂和正骨医院有售,但都是限量,听说药厂的网店也有售卖,但需提前预付款排号才能买到。

郭台庄这才知道老伴儿骗了他,他原本想问问老伴儿到底怎么回事,可转念一想,老伴儿性格纯良,从来不会骗人、算计人,想必这次一定是怕他嫌贵不肯用,所以才瞒着他偷偷买的药,膏药确实很管用,他最近的腰感觉爽利多了,走路也比以往轻快了许多。

他想了想,也就没跟老伴儿提起这件事。

可万万没想到,米果竟然也买了相同的膏药给他,他确认过了,无论是包装还是贴膏的味道,都和他用的一模一样。

米果呼哧呼哧按着喷药器正干得起劲,听到师傅召唤,她赶紧走了过去:"师傅,怎么了?"

"我问你,这膏药你从哪儿买的?"

米果看到药盒,一阵心虚,她低低地啊了一声:"就是……就是在药店里买的呗。"

郭台庄目光严肃地看着她:"A市药店根本没卖的!你给我讲老实话,是不是你替许阿姨买的药!"

他上次问膏药的时候,就怀疑老伴儿找了帮手,因为老伴儿根本不懂电脑,更不会网购,如果没人帮她,她怎么可能通过网购把药买回来。

米果缩了缩脖子,吐出一小截粉红色的舌尖:"您知道了啊。"

郭台庄沉吟片刻,深邃的眼睛里掠过一道睿智了然的光亮:"你是不是骗许阿姨说药很便宜,所以只收了许阿姨很少的钱?"

老伴儿和他一样是个仔细人,即使病了用药也舍不得买贵的,而他这般节省,是想为老伴儿的儿子,也是他现在的儿子旭旭积攒结婚买房的费用。当然,这些他从来没跟老伴儿提过,只是一直默默地在做。老伴儿这次瞒着他,想必是米果偷偷地在价格上动了"手脚",不然的话,老伴儿肯定不会那么坦然地来"欺骗"他。

米果讶然一怔,她心虚地嗫嚅:"没多少钱。"

"那就是少收了!你啊,你这孩子,让我怎么说你好呢,许阿姨要是知道了,她会内疚死的。"郭台庄举起药盒,在米果脑门上轻轻打了一下。

米果嘿嘿笑了:"您不说就是了。我只是想为您做点事情,这些,都不算啥!"

郭台庄瞪她:"明天我就把差价给你,以后再也不许替我买药了,记住了吗!"

那么贵的膏药,用在他的身上,就是浪费。不如省下来,给旭旭多存一点儿钱。

米果鼓着腮帮子,猛地摇头:"那不行,我不买您就不用了,那您的腰什么时候能好啊!您不为您自己着想,也得为许阿姨想想吧,还有旭旭,您就别担心了。上次我和他聊天,他说本科毕业的时候已经有大公司要他过去上班了,他说要上研究生婉拒了,对方就说愿意等,还给他开出了优渥的入职待遇,有房有车,还有近百万的年薪呢。旭旭是个自强自立的男孩,他说,今后无论如何都不会再麻烦你们了。所以,您就踏踏实实地和许阿姨好好过日子吧,两人都有个好身体,以后退休了,出去旅旅游,参加个老年活动队什么的,日子过得滋滋润润的,多好啊。"

看郭台庄还在犹豫,米果用喷雾器在他身上调皮地喷了下:"大不了以后我按原价卖您药,还不行吗!"

郭台庄狼狈躲闪,米果就追着郭台庄喷药:"哈哈……答不答应!哈哈哈哈,您快答应啊,答应了我就不喷了!哈哈哈……"

王秀娜看着一对儿前跑后追的师徒,无奈地抚额长叹:"谁会想到,这里是阴森森的停尸房啊。"

笑闹中清扫工作结束,之前因为修复遗体而产生的负面效应,被阵阵愉悦的笑声驱散得无影无踪,王秀娜拿起包:"米果,我先走了,我妈给我安排了相亲。"

米果猛点头,挤眼飞吻:"Good luck!秀娜兮!"

王秀娜翻了个白眼,踩着轻快的脚步,先走了。

郭台庄因为一会儿还要代表整容室去馆里开会,所以,他一边喝茶,一边看着米果午饭时捎回来的报纸。

米果坐在一边啃苹果,嘎吱嘎吱的,像一只贪吃的小松鼠,时刻也不消停。

郭台庄扫了她一眼:"怎么还不回家啊?"

"回去也没事,我就多陪您一会儿呗。"米果把啃得干干净净的果核扔进垃圾桶,舒服地伸了个懒腰。

"啧!"郭台庄不赞成地咂了下嘴,"我一个干巴巴的老头儿,有什么好陪的。你啊,快点找个男朋友,这样啊,下班了也有事儿做,你看看人家秀娜。"

"不听不听不听!您一定被我爸妈灌了迷魂汤,对不对!"米果捂着耳朵走向更衣柜。

最近,米爸爸和米妈妈的亲情攻势渐猛,她的朋友、同学,甚至小姑姑的人脉和资源,米爸爸和米妈妈都利用上了,他们恨不能让她时时刻刻狂奔在相亲的大路上,成为又一个精神可嘉的秀娜姐。

郭台庄苦笑着摇头,继续唠叨:"父母无论做什么,也是为你好。你说你这孩子,怎么就不开窍呢,别人到你这个年纪,都不知道谈了几个对象了。你呢,到现在,从来也没听你说过哪个男孩子好。"

米果回身冲着郭台庄伸伸舌头,抬高音调辩解:"人家这叫宁缺毋滥,含而不露,您不懂。"

"……"郭台庄被堵得一阵头疼,索性不再管她,低头又看起报纸来。

米果拉开柜门,一边脱下白大褂扔进盛有消毒水的盆子,一边往外拉包包,谁知,压在背包下面的手机却被一并带了出来,她还来不及惊叫,就听啪的一声,手机欢快地和大地打了个啵,然后就躺着不动了。

米果一阵心疼,就跟自己摔在地上一样,她赶紧捧起屏幕黑掉的三星:"小白,你摔疼了吧,比亚乃,比亚乃,我等会就给你买套子去。比亚乃!拜托你一定要亮,一定要亮哦。拜托!"

她小心翼翼地按了一下操作键,之后,手机颤颤巍巍地亮了起来,她耶地欢叫一声,然后,就看到有了些裂痕的手机屏幕上,出现了一个绿白相间的图标。

她随手点开,低下头,看了过去。

"哎哟,老天造孽啊,下这么大雨,把人都冲跑了,啧啧,多亏了这些消防员啊,他们救了人,却不肯留名,真是好人。咦,米果,你快来看看,这个照片里的消防员,是不是岳队长?米果,你快来帮我看看!"郭台庄眯起眼睛,仔细打量着照片里眉目英俊的消防军人。

半天,等不到回音,郭台庄诧异地抬头,眼前却是一道影子闪过,速度太快,他只来得及看到一张泛着可疑红云的苹果脸。

"米果。"郭台庄站起来叫了声。

"师傅,我先走了!"米果的回声从很远的走道口,悠悠地传了过来。

· Chapter 22 ·
甜甜的初吻

米果的手心、背上，沁出了一层薄薄的汗，手机几乎攥不住。她起初只是小步快走，可是，渐渐地，她的步子大了起来，步速变得很快，很急，最后，干脆甩开手臂，朝亮起灯光的、殡仪馆古色古香的门楼狂奔起来。

几十分钟前。

一辆低调的黑色轿车在殡仪馆门前停下，可能停的位置有些碍事，汽车又向前滑行了一段，停靠在路边的树荫下。

过了一会儿，车门打开，一个穿着武警常服的青年军官走下车来。

没有时下年轻人张扬时尚的穿着打扮，只是一身朴素严谨的绿色，却偏偏被他笔直修长的身材穿出了别样的感觉。

他的长相非常英俊，剑眉朗目，鼻梁高挺，薄薄的唇线总是微微抿着，显露出性格坚毅的一面。看似沉默内敛，可抬眸之间峻然锋锐的目光，却让人心生凛然畏惧之感。

他半倚在车门上，向鲜有人进出的殡仪馆大门望了望，之后，便从衣兜里掏出手机，修长的指尖飞快地在屏幕上敲了几下，然后，把手机贴近右耳。

等了一会儿，可能对方一直没有接听，他蹙起眉头，挂断手机，捏在手里。

过了几秒，他又低头在手机上敲了几下，而后，继续默默地等待。

时间慢慢滑过去，天色渐渐暗下来。

他似是有了决定，忽然直起身子，朝殡仪馆大门走了过去。

"你好，请问一下，整容室的米果下班了吗？"

一个白衫黑裤、隽然挺拔的年轻男人，正向馆里走出来的一个提着皮包的年轻女子打听事情。

他身后不远处,那个青年军官蓦地顿步,浓黑的剑眉,蹙成一道凌然的黑线,冷然打量着前方的男人。

年轻女子正是先下班的王秀娜。

她打量了一番陌生的男人,目光变得惊艳:"你是米果的……"

"我是她朋友,在这儿等了很久了,可是一直没有见她出来。"男子说。

"她还在里面呢。你要是着急,就打她手机。噢,不行,她听不见。一般工作时间她的手机都是静音。要不这样,我给你整容室的电话,你直接打过去找她。"王秀娜正准备翻包里的手机,查整容室的固话号码,可是男子却阻止了她:"谢谢,不用了。我不想打扰她工作,就在这里等她好了。"

王秀娜笑了笑:"也好,她估计很快就能出来了。"

男子谢过王秀娜便走向一侧供员工通行的侧门,王秀娜走了几步,又回头看了看灯下的年轻男人,她笑着嘟哝了一声:"好啊你个米果,敢骗我没有男朋友,看我明天怎么收拾你!"

李成勋走到侧门便开始紧张,他这一天过得可谓是惊心动魄,跌宕起伏。

上午送父亲去医院之后,他约了叶梅在"喜福来"附近的咖啡馆见面。

叶梅来的时候气色不好,精神萎靡,走路也变得缓慢,和以往女强人的形象大相径庭。

李成勋关切地问她是不是病了,叶梅却摇摇头,说:"没有。"

叶梅问李成勋找她什么事,李成勋犹豫了一下,还是惭愧地看着叶梅说:"我想找你借一笔钱。"

叶梅愣了愣,这才打起精神,看着一向曲高和寡、自负冷傲的老友:"出什么事了?"

李成勋神色黯然地看看她,然后,转开脸,语声萧索地说:"别问我了,叶梅。你不知道是对你好。"

一定是出事了,连李成勋都搞不定的大事,才逼得他不得不放低身段找到她求助。

叶梅看着他:"借多少?"

"十五万。"

叶梅沉吟片刻:"可以,你现在要?"

"周末之前。"李成勋看看叶梅,"你回去和你爱人商量商量再答复我不迟。十五万不是个小数目,我不想因为我,让你们两口子吵架。"

叶梅摇摇头,苦笑了一下:"吵什么啊,他都半个多月没回家了。"

"怎么了?"李成勋惊讶地问。

"没事,他们中队外出救援了。我早就习惯了,反正嫁给消防军人,和以前独立过日子也没什么区别。钱的事,我能做主,你别管了,卡号等下你发给我,我午饭时去给你办。"叶梅又恢复了以往简洁明快的行事作风。

李成勋沉默了片刻,说:"好。"

两人就在咖啡馆门口分开,一个向左,一个向右,李成勋走了几步,忽然停下,转头望去。

那抹单薄消瘦的背影,已经融入熙熙攘攘的街头,不知何故,竟让他生出一种怆然孤独的感觉。

李成勋向集团请了一天假,和叶梅分开之后,他打了一辆车,再次来到凌河化工厂。

冯利见到他,如他预想的一样,惊讶得合不拢嘴。

他们这次谈话的地点是在冯利的办公室。

和冯利的人一样,他的办公室处处透着暴发户一般浓艳奢华的味道,金色和红色是装修主色,镏金的红色中式灯具却搭配着金色的欧式办公家具,博古架上价值不菲的古董和墙上装裱的古画真迹和一匹横空出世的金色扬蹄骏马挑战着访客们的审美极限。

冯利向李成勋炫耀他收藏甚广的酒柜,却在李成勋指着一瓶连他这个外行都认识的拉菲红酒问冯利出处时,自诩风雅人士的冯厂长却张口结舌,半天也说不出个所以然来。

李成勋暗自冷笑,一个用金钱包裹的酒囊饭袋,能做的,无非是让人羡慕他有一个整面墙的酒柜罢了。

在李成勋面前丢丑的冯利悻悻然地叫来一个和他审美基调极为相符的美艳妖娆的女秘书,他指着那瓶被李成勋"看中"的拉菲:"打开,让李经理品尝品尝!"

李成勋拒绝:"我不饮酒。"

冯利便笑着说:"那就包上,带走。"

等女秘书出去打包之后,冯利眯起精光闪烁的小眼睛,瞅了瞅会客沙发里神色淡然的李成勋,撇嘴笑道:"俗话说,无事不登三宝殿。不知李经理今天来,有什么事想吩咐冯某人,不妨直说。"

"那我就不客气了。"李成勋端起上好的西湖龙井,啜了一口,然后看着冯利,语气严肃地说,"我没有能力去阻止一些人的恶行,但我相信善恶终会有报。我今天来,是想劝诫冯厂长,勿以恶小而为之,勿以善小而不为。这是刘备临终前给其子刘禅遗诏中的话,劝勉他要进德修业,有所作为。冯厂长比李某人聪明数倍,想必,你比我更加明白小善积多了就成为利天下的大善,而小恶积多了则足以乱国家的道理。"

冯利只有初中文化,哪里听得懂这些拗口艰涩的大道理,他摆摆手:"你就简单点说。"

"简单点理解,就是好事不怕小,积小成大,也可成大事,坏事也要从小事开始防范,否则积少成多,也会坏了大事。"李成勋意有所指。

冯利的脸色一僵:"李经理是说冯某人是个会坏大事的人?"

李成勋目光深深地盯着冯利:"但看冯厂长一念之间。"

冯利勾起肥厚的嘴唇,小眼睛里也射出精光:"噢?说来听听。"

"凌河化工厂的污染和火患严重到何种程度,冯厂长比谁都清楚。一旦化工厂出问题,那牵扯到的,可不是媒体官网上面损失掉的国家资产,而是数以千计、万计群众的宝贵生命。如果冯厂长还有一念仁慈悯恤之心,就该立刻停产整顿,辞退安置好那些超龄并且没有技术资质的临时工,同时,污染治理工作也要排上日程,在环境得到明显改善之后,再考虑正常生产的事。冯厂长或许会因此损失一些利益,但从企业长远发展和造福后人的功业上看,你是功臣,不是罪人。"李成勋一气不顿地说。

"啪啪啪!"冯利忽然起身,冲着李成勋鼓起掌来。

"李经理真是忧国忧民的大好人啊,看来,我若是不照你说的办,我就成了千夫所指、万人唾骂的罪人了。是不是这个道理啊,李经理!哈哈……哈哈哈。"冯利冷笑几声,"我不知道该笑你傻呢,还是笑你傻,你觉得凭着你的一身孤勇和傲气能改变什么? 就算我冯利不要这顶乌纱帽,不赚这些昧心钱,和你一样要耍小脾气,拍拍屁股走人,可下一个冯利、李成勋,立马就会出现,你信不信?"

李成勋沉默。

他无法否认,冯利确实说得有道理。

上了船,就是身不由己,除非,抱着一颗必死之心,和对面看不到的隐形势力对抗到底。

目前的他,身上背负了太多责任,他做不到全然放弃,所以才会烧掉报告,选择了从冯利这里找突破口。

深思片刻,李成勋从口袋里掏出冯利之前送他的银行卡,放在桌上,他在冯利阴沉地注视下,慢慢起身:"卡里的钱一分没动,我从来也没有用过,现在还给你。冯厂长,即便李某人人微言轻,但作为一个人,一个还有良知的人,我还是要劝你,照我说的做。不然的话,这一次的消防检查,你就蒙混不过去。"

"你要揭发我!"冯利瞪着李成勋。

李成勋淡然冷笑:"不做亏心事,不怕鬼敲门!我只想睡得更踏实一些,做个普普通通的人。但若是有人不想让我好过,那我们就走着瞧。"

凭着一腔孤勇警告并且威胁了冯利之后,走出化工厂大门的李成勋却茫茫然不知归处。

短暂的快意,却不能改变任何残酷的现实,反而现在的他,却成了穷途末路的孤胆英雄。

他不知道冯利会做出怎样的选择,想来,也不会惧怕他这点三脚猫的本事。方才他那些拙劣懦弱的言语威胁,在他们那些上位者的眼里,犹如以卵击石,是自取灭亡的逆徒在负隅顽抗,他们看他就像是看一只奄奄一息的苍蝇,只消伸伸手,捏一捏,他就会立刻化为飞灰,连骨头渣子也不会剩下了。

他只是在赌。

用冯利身上所剩无多的一缕人性,一丝良知,赌冯利会对他今天的威胁有所忌惮,毕竟,他也背着那些人做了见不得光的事。

不知不觉间,他竟走到了一处竖着坚实围墙的地方。

同平常那种蓝色铁皮做的围挡不同,这里的围墙是由真材实料的砖和水泥砌成的如同城墙一般高耸入云的灰色长条形建筑,至少高达二十米的围墙上方,挂满了通了电的铁丝网。

这里就像是一座禁锢着无数自由灵魂的监狱,别说窥探内里,就连只小鸟也别想飞进去。这里人迹罕至,灰黑色的外墙和头顶盘旋低飞的乌鸦,更显得周遭的气氛阴森恐怖。

李成勋环顾四周,辨了辨方位,惊觉这里就是他昨天在化工厂里看到的那个欲盖弥彰的建筑施工工地。

他环着围墙走到一处更加空旷无人的偏僻角落,才看到地上被车轮碾轧过的深深的痕迹。里面施工的声音也清晰起来,他正准备上前,却听到疯狂的狗吠声,紧接着,两个穿着深色衣服的气势凶悍的男人拿着警棍骂骂咧咧地走了出来。

他们用警棍指着李成勋,让他快走。

李成勋就多问了一句,这里是不是在违章施工,便看到那两人朝他骂骂咧咧地冲了过来。

他只好沿着原路逃跑,跑了很久,跑到几乎没了力气,才甩掉了屁股后面紧跟着的一条黑色恶犬。

狼狈不堪的他徒步来到有人出没的街头,打了一辆车,漫无目的地穿越了大半个A市,然后,他收到了叶梅发来的微信。

"钱已转,有事别硬扛!"

叶梅一贯的讲话风格,和她的人一样,永远干脆利落,却偏偏让人觉得温暖。

和另一个让他难以忘怀的女孩一样,有着治愈他心灵创伤的神奇能力。

鬼使神差,他顾不得填充饥肠辘辘的胃,却向司机说了上车之后,第一个有明确地址的目的地。

殡仪馆。

他从下午不到两点立在骄阳下,到现在七点,等了她整整五个小时。

内心像是燃着一团火,怎么浇都浇不灭,他知道他冲动莽撞得有些过了,可就是不能抑制想要见她的渴望,他就像是一个爱意萌动的青春期男孩,为即将到来的重逢,激动得颤抖。

他要勇敢地、真心地,向她表白。

他喜欢她。

他要她完完整整地属于他一个人。

天色渐渐暗去。

照明灯点亮的那一瞬,李成勋忽然听到身后响起了一阵沉稳清晰的脚步声。

他愕然转头,却撞上一双深邃的黑眸。此刻,那双黑眸的主人也在看着他,并且在他怔然发愣的时候,轻轻扫了他一眼,便摆正视线,和他一样,把关注的焦点放在侧门。

李成勋不由得多看了这个气质峻然的青年军官两眼,自诩外形不差的他,第一次生出了"既生瑜何生亮"的感觉。

他不动声色地朝前小步挪动了一下,试图遮挡住身后的人,可是没想到,那个军官竟然直接绕过他,走进了侧门。

李成勋没有动。

他觉得这样也可以,甚至,还默默祝福了一下那位英俊的年轻人,希望他早点等到要等的人。

终于,李成勋听到了一阵熟悉到骨子里的,小马达似的脚步声。

她居然在跑。

人还未到,空气里已经泛起了淡淡的甜蜜的香气。

李成勋下意识地攥紧拳头。

一路狂奔,拐入主路,米果一眼就看到了立在昏黄灯光下的熟悉的身影。

脑子里有个声音在叫:"矜持,矜持,米果,你是女孩子,不要这么主动。"

可脚却像被一万匹马牵拉着,除了加速,就是加速。

她的心如同小鹿乱撞,怦怦狂跳,抑制不住的欣悦的因子,在看到岳淳川的那一瞬间,乍然分裂成了无数个甜蜜的小泡泡,把她团团包裹。

她看到了他沉睡的照片,看到了他发的微信。

他说是他的错,疏忽了她的感受,所以罚他来当面道歉,他还说,他正在大门口等着她,会一直等着她,直到她出来为止。

现在,没出息的她,像是听到召唤的小宠物,飞奔着就跑来了。

隔了几米远,她低低地,嗓音颤抖地叫了声:"岳淳川——"

他露出笑容,朝她张开了手臂。

她的眼睛闪烁若星,唇角上翘,犹如一个欢快的精灵,高高地跃起,然后,径直扑进了他张开的怀抱。

哇啊。

她颤抖了一下,才缓缓地,抱住他坚实有力的脊背。

这是他的怀抱,这是他的味道,她紧闭双眼,口中一遍一遍喃喃地叫他:"岳淳川,岳淳川。"

幸福来得太快,她仿佛做梦一样,一下从陆地跃上云端,整个身体都轻飘飘的,觉得一切都像是一场幻境。

岳淳川的心口一阵紧缩,他紧拥着米果,用冒出新鲜胡茬的下巴顶着她的发心,低声回应:"傻孩子。"

怀里的米果嘟哝了一声,似是在抗议他的称谓,他神情惬意地一笑,大手罩住她的马尾,胡乱揉了揉:"不许犟嘴。"

然后,岳淳川的表情忽然僵住。

就连身体也是。

他咬着下唇,慢慢挪开坏小孩的脑袋,压在另一侧胸口,然后,低下头,看了看胸前重要部位被啃噬出的一个圆圆的潮湿的牙印,不由得暗了眸光:"你属狗的。"

米果也是一时冲动之下,才咬了岳淳川,她这时已经意识到自己错了,她好像做了一件大逆不道的,同时还跨越了某种界限的坏事情。

"才不是呢。我属羊。"她咕哝了一声,试图从他的掌控下逃出来,可是挣了两下没能成功不说,还让两人之间产生了好几次更不合适的身体摩擦。

他的目光变得有些危险了,他的另一只手上来,固定住她的腰,声音隐忍着:

"别动!"

她突然间啊了一声。

之后,就一动不动地,老老实实地趴在他的胸前。

岳淳川的呼吸变得沉重而又急促,他扣着她的后脑、她的腰,停了很久。

直到,有个似曾相识的男声插了进来,打破了他们之间诡异到令人精神崩溃的局面。

"米果……是你吗?"

米果乍然间清醒,她推了一把岳淳川,却没能推动,她低叫了一声岳淳川,才被他放开,但却仍旧牵着手,宣示主权一样,转向那个不知何时出现在他们背后的年轻男人。

"李成勋?"米果用空出的手指着李成勋,惊讶得合不拢嘴。

李成勋看着灯下的米果,失了血色的面孔,蓦地一下,变得如同一张白纸,他的身子晃了晃,目光在扫过米果和那个军人紧紧相牵的手时,眼神一下子变得复杂而又痛楚。

这一刻,李成勋忽然想起了电影《大话西游》,想起了"曾经有一份真诚的爱情放在我面前,我没有珍惜"的那一段经典对白,当时他只觉得对白虚伪做作,天马行空,不符实际。可现在的他,却觉得,这段话简直就是恋爱的真谛。

他没有珍惜一个好姑娘,没有等待一万年,更没有守住最初的本心,所以,才轮到他失去时追悔莫及,恨不能时光倒转,回到和她相识的最初。

那个时候,他们也曾有过单纯美好的时光。

他也曾像这样牵过她温暖的手,他也曾张开怀抱,护佑着他所爱的姑娘。

李成勋淡淡地苦笑:"米果,真的是你。"

米果还没有清醒,她看看李成勋,又看看岳淳川,转回目光:"是我啊。李成勋,你怎么来了?"

李成勋摇摇头,语气艰涩地问:"你不介绍一下吗?这位是……"

岳淳川牵着米果,向前两步,伸手,语气坦然地说:"岳淳川。米果的男朋友。"

李成勋微微愕然,随即嘴里便尝到了苦涩的滋味。

之前抱有的那一丝侥幸,顷刻间化为乌有。

男朋友。

岳淳川。

川淳岳峙?

李成勋在心中反复默念着这三个字,觉得在气势上,就已经输了。

伸手,默然相握。

两个男人似乎都用了点力气,松开的时候,彼此都向对方投去意味深长的一瞥。

米果这边被岳淳川的那句介绍语,震得发蒙。

她的男朋友?

她真的算是他的女朋友了?

随之而来的,是铺天盖地般的喜悦和兴奋,她傻呵呵地笑了两声,看到岳淳川朝她看过来,她赶紧捂住嘴,遮住自己的傻样。

岳淳川用力捏了下她的手心,转头,不动声色地问李成勋:"我们回市区,你要不要一起?"

米果上了车,还在不停地向后张望。

她很担心李成勋,因为之前转身时,灯下那抹被拉长的曾经熟悉渴望的身影,显得是那样萧索和孤单,她莫名地觉得不安,觉得李成勋是不是说了谎,他根本不是来找所谓的殡仪馆的领导,而是特意来等她的。

还有他的面色、表情,看起来实在是糟糕透了。

再一次扭过头,想看一看灯下的人走了没有,却觉得耳畔一热,紧接着,她的脑袋被转过来,面朝前方:"不用看了,他没事的。"

米果呆了呆,他都……看出来了。

岳淳川沉默开车,薄薄的嘴唇习惯性地抿成一道直线,唇角微向下勾,显得整个人气质更冷。

米果想说点什么,可每次转头,看到他的冰块脸,就吓得缩回脖子,老实猫在角落里,假装文艺女青年。

她有点蒙,岳淳川这个人虽说平常就不苟言笑,可是和她在一起,态度还是挺温和的,偶尔也会笑一笑,那个时候,他过于凌厉的五官线条就会舒缓下来,深邃的眼睛会变得很亮,一闪一闪的,像是晴朗夜空里的星星,璀璨夺目。

而不是像现在这样,车都进入繁华市区了,他却还是绷着一张扑克脸,嘴唇抿得紧紧的,一句话也不肯说。

只有她在努力活跃气氛,像个傻瓜似的,指着车窗外面几乎每天都要见到的夜景建筑,发出一声又一声文艺腔的感叹。

"哇!高架好漂亮啊。"

"那是世贸吗?世贸不是晚上不开灯的吗?哇哦!"

"是护城河!好美啊,那些红色的景观树,像是真的枫树一样。"

在她下一个哇即将出口之际,忽地,一只温热的大手盖住了她的嘴唇。

她呜呜了两声,眨着小鹿一样湿润迷茫的眼睛,无辜地望着他。

岳渟川的心猛地一抽,他深深地看了她一眼,手朝上,盖住她犹如黑色宝石一般粲然的眼睛:"不许这样看我。"

她舔了舔嘴唇,又舔了舔,然后颊边,闪现小小的酒窝:"哦。"

他也微微勾起嘴唇,正要撤回手换挡加速,却感觉手背上传来一阵令人舒服的清凉。

她出乎意料地按住岳渟川,低声,恳切地说:"你肯理我了,对吗?"

岳渟川压了压她的眼眶,却在触碰到她毛茸茸的睫毛时,手指猛地一抖。

他非常快速地吸了口气,然后艰难地拔出他像是被电流击中一般酥麻的手指,顺势放在挡位上,熟练地做了个切换动作。

他打了一把方向,汽车甩出一个半圆的圆弧,驶下高架桥。

他没有继续前行,而是选择路边一处停车带,把车稳稳地停下。

米果惊讶地看着他:"怎么不走了?"

他目视前方,表情严肃,像是在思考人生大事,过了一会儿,就在米果心生忐忑,以为他还不肯理她的时候,眼前忽然一花,紧接着,她就被他揽住脖颈,扣在了他的肩头。

"米果,李成勋是谁?"

米果身子震了一下之后,从他肩膀那边悄悄探出头:"就是……就是比较好的朋友。"

他的手指用了点力,她立刻就皱起圆脸,不满地瞪他:"好啦,我坦白还不行吗!李成勋是我之前面试时照顾过我的面试官,他是安平化工人力部的经理,也是'喜福来'的会员。后来,后来,我们在'喜福来'见面,成了朋友。哦,对了,你也见过他的。有一次看电影,我们就坐在一起……啊!"

似乎意识到了什么,米果紧急刹车,双目惊恐地看着岳渟川。

她这是不打自招吗!

电影的事,是她这辈子都难以磨灭的阴影,还有,还有李成勋怎么会和她一起看电影呢,她这不是搬起石头砸自己的脚吗?

果然,岳渟川的黑眸危险地动了动,身子也朝她压了下来。

米果知道自己错了,于是,眼睛一闭,死猪不怕开水烫,倒豆子一般把往事和盘托出。

米果抬起头,看了看表情深奥、喜怒难辨的岳渟川,又垂下睫毛:"就是这样子啦。我承认,我喜欢过李成勋,但是我们谁也没能挑明关系。后来,他可能觉得我们在一起不合适吧,于是,就算啦。"

岳淳川微微蹙眉,但是视线一直定在她因为回忆而染上红晕的脸庞上。

有生以来,他第一次尝到了嫉妒的滋味。

心像是揪着,从腹部到胃,再蔓延到胸腔,都被一种极强的破坏欲牵拉着,随时可能爆发。

只要一想到在他之前,还有一个优秀的青年曾经走进过她的心,他就感觉非常不舒服。

看得出来,她对李成勋的态度很特别。那是他以一个后来者的身份永远也无法替代的角色。

即使他们之间没有开始,恋爱更谈不上,但他可以确定的是,那个叫李成勋的男人,和他一样深爱着眼前的米果。

这点认知,让他不免有些生气。

不是气她,更不是气李成勋,而是气他自己,为什么没能早点发现她的好。

米果哪里知道岳淳川的思绪正在翻江倒海一般沸腾纠结,她把脸颊缓缓靠向岳淳川厚实的肩膀:"我也不知道他今天为什么会来。可能你也看出来了,他根本不是来找我们领导的。李成勋,他其实,是个很善良的人。他的家境不好,怕拖累我,所以才……不过,你放心,我现在只把他当朋友看,因为啊,我现在有你了,有你陪在我的身边,我觉得很幸福。"

忽然想起什么,她腾地一下,直起身子,用胖胖的指尖戳着他的胸口,嗔怒道:"你凭什么生气,我又为什么向你解释啊!你和那个姓孔的女人,不是一起看电影吗?你都没有向我交代,我为什么要对你坦白这么多?"

她噘着嘴,越说越来气,指尖一下一下戳在岳淳川的敏感部位,渐渐地,他的眸色暗了下来。

他用他那魅惑的嗓音,低沉地叫了声米果,在她怔然抬头的瞬间,忽然,攥住她的下巴,身子低了下去。

米果还没等反应过来呢,就觉得嘴唇被什么东西碰到,她的瞳孔蓦地溃散,眼睛瞪得滚圆,看着那张魂牵梦萦的俊脸离自己越来越近,越来越近……

岳淳川怕吓到她,所以只是蜻蜓点水一般,吮了一下她粉红色的唇瓣,便松开了。

米果做梦一样软倒在位子上,身旁的人,那个害她屏气屏到现在,肺都快憋炸的男人,却在低沉地咳了一声之后,双手熟练地打火推挡,专心致志地开起车来。

米果捧着脸,小口小口地呼吸着新鲜的空气,她总会不小心碰到自己着了火的嘴唇,那上面,像是抹了一层蜜,引诱着她舔舐、品尝。

车子经过春熙路，米果终于打破沉默，指着路边一家连锁书店叫停。

岳淳川转头，看看她："你要买书？"

米果不敢看他，含含糊糊地应了一声。

高峰时段，附近又有著名的春熙路夜市，所以停车位极不好找。

岳淳川在附近转了几圈，总算是在一家洗衣店门口找到一个停车位。米果习惯性地朝前冲，可走了没几步，左手却被某个人拉住："别慌。"

"哦。"她脸红心跳地，偷偷瞄了岳淳川一眼。

不承想，正撞上他似笑非笑的晶亮目光，她迅速别开脸，并且用右手挡住脸："不许看我，不许看我！"

岳淳川的唇角上扬，轻轻捏了一下她的手心，然后带着她，走向书店。

米果进门就问："你好，请问有没有胡赛尼的《追风筝的人》？"

年轻的店员从书架后面绕过来，冲着米果耸耸肩："那本书很少人买，老板不进的。"

米果失望地哦了一声，正想转身离开，却听到岳淳川问："你喜欢这本书？"

她摇头："我不知道是什么书，也没看过。不过，我现在确实需要它。"

岳淳川摸了摸她的马尾，领着她，走出书店。

"你要的书我有，不过，要去我家里取。"他说。

"你有啊！"米果惊喜地叫出声来，"是你很喜欢的书吗？"

岳淳川点头："一个值得敬佩的伟大作者，一部关于人性和人性拯救的伟大作品。"

"哦。那算了。"不知何故，米果脸上期冀兴奋的笑容却为一丝怅然所替代。

岳淳川看看她："你是要自己看，还是为别人借？"

米果咬着嘴唇想了想，说："我是想送给一个人。"

"送谁？"岳淳川忽然停步。

米果眨眨眼睛："一个明早火化的逝者。"

岳淳川挑眉凝眸，低低地哦了一声，然后问："这其中还有什么故事吗？"

米果点点头，就把今天修复那具腐败遗体的事告诉了岳淳川。

"明天一早，他就要孤零零地离开人世了。作为最后一个和他有过接触的遗体整容师，我想送送他。"米果轻轻叹息了一声，"我从公安人员提供的信息里看到他生前最喜欢读这本书，所以，我就想买一本送给他，或许，在往生永恒的世界，他会因此少一点寂寞。"

原来是这样。

岳淳川再看她的时候，目光里就多了一层赞赏的意味，他摸摸她的头顶，淡淡一笑，说："好，我把书送给他。"

Chapter 23

以后你有我

春熙路夜市。

热闹一如往昔。

岳淳川掏出钱包,抽出一张一百块钱递给卖麻辣烫的老板娘。

"我来,我来!"米果一只手举着一次性纸质餐盒,另一只手伸进膝盖顶着的背包里摸她的钱包。

岳淳川微微蹙起浓眉,他伸手,托住她摇摇欲坠的身体,然后,对老板娘说:"不要管她。"

老板娘说了声"好咧",一边利落地找钱,一边笑睨着他们,调侃说:"姑娘你客气啥,哪有谈朋友让女方掏钱的!"

米果脸红红地偷瞄了岳淳川一眼,他已经转过头去,嘴角微扬,接过老板娘递来的钱,顺便回了一句:"有道理。"

米果的头立刻低到了尘埃里。

岳淳川带着她走到一处干净的角落:"吃完再继续逛。"

她啊了一声,看看像一堵墙一样替她挡住灰尘和喧嚣的高大男人,乖乖地,低头吃了起来。

麻辣烫又麻又香,她很快就忘了之前的尴尬,吃得不亦乐乎。

嘴里塞了个Q弹的鱼丸,嚼得正过瘾,忽然想起什么,她鼓着腮帮子,抬眸看他:"你要不要尝一尝?"

也就是一句客气话。

因为她觉得像岳淳川这样高冷范儿的男人是不屑于吃这种路边摊的,再说了,让他一穿着军装的大男人捧着麻辣烫的小纸杯吃得稀里呼噜的,想想那画面也是醉了。

她就是觉得自己吃独食有些不好意思,所以才客气了那么一下。

没想到,他竟会说:"好。"

在她愣怔的时候,他甚至,为了配合她,微弯了身子。

也不知道自己的竹签上扎起的是个什么玩意,总之,在他启开弧度优美的嘴唇时,她就下意识地把竹签放进他的嘴里了。

扎到他的嘴,绝对是个意外!

她保证。她绝对绝对不是故意的。

谁让他咬着竹签子不肯松的,还离她那么近,近到她的脑子里出现了某些刚刚经历过的少儿不宜的画面。

于是,她就那么戳了一下。

他就叫了。

然后,他把戳痛他的竹签子从嘴里拔出来,对着背后的光亮照了照,扔进了垃圾桶。

她内疚死了,赶紧上前查看他的"伤势",由于受伤部位太过隐秘,所以,她只好愧疚地叹息一声,准备把手从他触感绝佳的脸上移开。

谁知。他刚刚吞咽完麻辣烫的,还有些红润的嘴唇,竟一下子张开,滑动,咬住了搁在他脸上的大拇指。

她如同被强电流击中一般,身子明显地抖了抖。

被他轻咬住的拇指,有些潮湿、温热,痒痒的感觉从指尖一直蔓延到了心口,就连脚趾尖,也被这种亲昵的接触刺激得蜷缩起来。

她赧然垂首,脑子里一片空白,好像想让他这样,但他若是真的这样做了,她又觉得自己弱小的心脏根本承受不住。

幸好。他只是轻轻咬了口她沾着麻辣烫调料的手指,然后,就松开她,并且,顺势扶住她打摆摇晃的身体。

"味道不错。"他直起身子,摸了摸她过分红润的面颊,给出中肯的评价。

她越发抬不起头了。

到底是什么不错啊。

怎么她觉得,他不是说麻辣烫呢。

之后,她被他擦了嘴,领着继续逛。

模式也基本固定。

每到一处他认为她可能爱吃的摊位前,就会停下脚步,问她:"吃?"

如果吃,她就点头。

于是,他付账,她拿吃的,继续朝前走。如果不吃,她就摇头,他们还是继续朝前走。

不得不佩服他精准的判断力,一般他停下的地方,都是她平常爱吃的美食摊位。

走了一会儿,她双手已被各式各样的餐盒和塑料袋子霸占住了,后来,他不声不响地就抢过来帮她拎着,也不知道他怎么做到的,那么多吃的,他单手就拿住了,并且,始终腾出一只手,牵着她。

她觉得特别不好意思,因为,他的高大形象似乎被她破坏殆尽了。

几乎每一个从他身边过去的女孩子,都会惊讶地捂着嘴,三步一回头地朝他张望。

她越发惭愧。

觉得自己,真是对不起他。

大概觉得今天吃这些量已经够了,他就领着她走到景观花圃边的木椅子上坐下,看她慢慢地吃。

他偶尔也会吃几口这些平常他连看也不会看的颜色艳丽的食物,每次吃的时候,就会像刚才吮吸米果手指头那样,微倾着身子,启开嘴唇。

米果从不习惯到习惯,到最后,把她吃不完的美食,一根根扎起,或是用简易餐勺舀着喂他,已经成了她吃货生涯里另一大乐趣。

偏偏,这个男人长得这么好看。

每次喂食的时候,他棱角分明的俊脸就会无限放大,背景是喧嚣嘈杂的市井万象,逆光的他,宛如发光体一般夺去了她全部的注意力。

她的眼里,只有他。

终于。米果揉着肚子停下,她恋恋不舍地盯着最后几串再也塞不下去的牛肚:"我吃饱了!"

岳淳川掏出一张纸巾,帮她擦干净满是红油的嘴唇,她赧然垂眸,却听到他轻笑一声:"挺好养活的。"

她拧眉瞪他,却看到他已经拿起她剩下的牛肚,用一根空签子,刮下上面穿着的牛肚片,然后用两根空竹签当筷子,很快消灭干净。

他也抽了一张纸巾擦了擦嘴,然后把一堆战绩显赫的垃圾装进一个大塑料袋里,扔到了道路旁边的垃圾桶。

两人步行回去找车。

一路上,吃饱喝足的米果惬意地感叹说:"要是每天都能吃上这么一顿就好了。"说完,觉得不妥,立刻转头,假装没听到他接下来揶揄的笑声。

走在人潮熙攘的闹市,岳淳川只觉得现世安稳,此生无求。似乎就这样牵着她的手,就可以任时光消逝到生命的尽头。

同时,又觉得感恩。

感恩冥冥中的缘分,把这样可爱善良的米果带到他的身边,过往荒芜孤独的人生,因为有了她,变得充实幸福起来,每当想起她时,他那张被战士们喻为千年冰山的脸上就会不由自主地泛起笑容。

"很快就吃不到了。"岳淳川环顾四周杂乱逼仄的环境,忽然说道。

"为什么?"米果讶然问道。

"因为这里下个月就要改扩建了。"岳淳川说。

"啊?那我以后去哪里吃夜市啊!春熙路可是我们从小吃到大的地方,它没了,我该怎么办……"米果发自内心地担忧起来。

岳淳川的嘴角勾起淡淡的弧度,这丫头,真是三句话离不开吃。

他握紧米果的手,指着那一片灯火璀璨的夜市,说:"以后,这里会变成美食民俗城,除了各地的美食,还有A市的特色民俗表演和特产店。到时候有吃有玩,环境也干净整洁,和现在脏乱差的夜市不可同日而语。"

米果雀跃不已,一直追着问他什么时候美食民俗城能建好。

"快的话一年,慢的话,也就两年,这里就会大变样了。"

这是他期盼了很久的好消息。从他关注春熙路夜市的消防安全问题到每年向支队和市府打报告整改,一直到现在落实,已经过去了整整三年的时间。

这三年里,只有他和支队长孔舒明才知道,关于春熙路夜市整改的事情遭遇到了多么大的阻力。

这三年的波折和艰辛,也让他深深懂得了,为官一任造福桑梓,真的只是某些人高谈阔论卖弄文采和政绩的华丽说辞。

消防无小事,责任重如山。

责任比山还重,因为责任背后,是一个个鲜活丰盈的生命。

可是在某些上位者的眼中,似乎利益才是高于一切的选择,只要有钱,有政绩,那就行了。至于那些不容忽视的严重隐患,在他们眼里,根本不值一提。

这次,春熙路夜市改扩建工程被A市确定立项,大半功劳来自支队长孔舒明,是他几次三番向省委工作的领导兼老战友汇报此事,才终于引起重视,从而直接在省委督办下被A市政府立为明年必须办的三件实事之一。

为此,孔舒明第一时间把他叫到办公室,和他分享了这振奋人心的好消息。

孔舒明赞扬他隙穴之窥,终达所愿,他淡然一笑,说支队长才是劳苦功高,厥功至伟。

最后,同为消防事业赤胆忠心的一老一少两位功臣,拍肩而笑。彼此彼此。

如果后来孔舒明没有提起女儿孔易真的事,这或许算得上是一段愉快的时光。可孔舒明虽是战功赫赫的老将,但他仍旧是一个父亲,一个深爱着女儿的慈祥的父亲。

作为父亲,他有他不能推却的责任。

孔舒明没有为难岳淳川,只是问他,是不是真的不爱孔易真。

岳淳川点头,他说,是的,易真是他的妹妹,从开始到现在,一直如此。

孔舒明绷着脸瞪着他,想从这个他从小看到大,并引以为傲,而且早就把他列为未来女婿人选的得力干将的脸上,看出一点点的迟疑和慌乱。

但是,很遗憾,最终,孔舒明还是失望了。

他苦笑着问岳淳川:"那个女孩子,就那么好?"

岳淳川端立着,微微眯起眼睛,他似是在笑,而后,语气特别地回答老首长:"是,她很好。"

真的很好。

汽车行驶在夜晚的道路上,初秋的凉风夹杂着淡淡的香气掠进车窗。

米果看到远处似曾相识的标志,不由得转头,问道:"怎么来消防支队了?"

岳淳川专心驾驶,越过前方一辆别克,然后才说:"回我家。"

米果的心猛地一紧:"啊?"

他看看她,不禁莞尔:"不是拿书吗?"

她这才哦了一声,坐回原位的同时,偷偷地,喘了口气。

岳淳川的车通过门岗检查,顺利开进消防家属院。

前后四幢楼房,再向后走,就是为数不多的三层高的团职以上首长们住的房子。

岳淳川在越过一幢六层楼房时,指着二楼一个亮着灯的屋子说:"那就是叶梅和侯伟业的家。"

米果探头出去,又缩回来:"梅姐肯定在家呢。"

"怎么?想去?"他放慢车速。

米果赶紧摆手:"不了,不了。太晚了,我又空着手。"

他笑了笑,向前开,在拐弯的时候,忽然对她说:"要不要跟我回家?"

米果彻底蒙圈了,她的心跳撞得胸口都在隐隐发痛,可见岳淳川那句话的威力有多大了。

"我……我……"直觉想要拒绝,可不知为什么,看到岳淳川隐约期盼的眼神,她又说不出那般绝情的话。

沉默中,岳淳川忽然闷笑了一声,腾出一只手摸了摸她因为过度惊吓而显得苍白失神的脸,柔声说:"吓你的。"

米果呆了呆,随即,爆发出一声大叫,朝岳淳川伸出拳头。

岳淳川正在开车,无法闪躲,他也根本没想躲,那些力道极轻的粉拳落在他的胳膊和肩膀上,倒像是按摩,舒服极了。

他忍不住哈哈大笑。

米果后来也跟着笑。

于是,等他倏然刹住车子,她来不及收回的笑容就那么滑稽地僵在脸上,又引来他一阵笑声。

"真不去?"岳淳川有意逗她,米果则用实际行动回答他,直接抱着背包,出溜下去半截身子。

"哈哈。"岳淳川摸了摸米果的头发,"千万别被我妈发现了啊,她这个人,好奇心很强。"

其实是句玩笑话,可是米果却当了真。

等岳淳川下车之后,她真就维持着那个难受的姿势,半缩在座位上,撩起眼皮,密切观察着前方动向。

也没等很久。

米果很快就看到了岳淳川高大的身影从三层高的楼房里走了出来。

正想喘一口粗气,可没等钻出来,却被跟在岳淳川身后的一个中等身材的身影给吓回去了。

只能远远地,撩起眼皮,偷看。

那就是岳淳川的妈妈?

他们一前一后走着,走了大约十米,就快到车前的时候,岳淳川忽然停下脚步,他背后的人影也跟着停了下来。

米果被吓得三魂不见了七魄,尽管他们已经停下来了,可她仍是心有余悸地拍了拍胸口,她以为,岳妈妈也要跟着一起上车呢。吓死宝宝了。

岳淳川一边跟杜宝璋说话,一边用眼角的余光扫了一眼车子。

连头尖儿也看不到了,可见,丫头被吓得不轻。

不知怎么了,他就想笑。还真笑出声来。

"淳川,你笑什么？我正说你爸忌日的事,是很严肃的。"杜宝璋讶然看着一向沉稳淡定的儿子突然间失态的笑脸。

岳淳川抿住嘴,摆手,示意杜宝璋继续。

杜宝璋瞪了儿子一眼:"你爸忌日是后天,你尽量请假回来。哦,上次易真说她也想去墓地祭拜,我同意了,到时候,你记得带上易真。"

岳淳川看看杜宝璋:"恐怕不行。"

"你什么意思?"杜宝璋不明白儿子说的不行是腾不开空回家,还是不想带孔易真。

岳淳川垂眸,暗暗吸了口气,然后,抬起酷似父亲的那双深邃峻然的黑眸,看着他敬重的母亲说:"我有女朋友了,她才是应该站在我身边的人。"

杜宝璋愣住。

目光闪烁了一下,随即变冷:"你说的,不会是那个刘阿姨口中相亲会的女主角吧!"

"正是。"岳淳川觉得是时候向母亲坦白了,看母亲的态度,她似乎已经知道米果的情况。

他正要解释,却听到杜宝璋冷哼一声:"我不同意!"

"妈。"岳淳川蹙眉。

杜宝璋一摆手,目光严厉地说:"行了,你别说了。我只当你一时糊涂,清醒了也就罢了。我从来只认易真是我的儿媳妇,别的女人,想都别想!"

"妈,您能不能……"岳淳川还想说什么,杜宝璋已经转身走了。

他摇摇头,平复了一下脸上僵硬的表情,然后,转过身,大步走到车前。

拉开车门,一眼就看到了躲猫猫一样蜷缩在副驾驶位子的米果。

她可能受到惊吓了,在他出现的那一刹那,用手捂住了嘴。

她瞪着圆圆的漆黑的眼睛,蹙着鼻头,惊惶不安地盯着他。

他不禁好笑。

她以为是他母亲过来了吗?

看她吓成这个样子。

他迈入一条长腿,弯腰,仪态潇洒地坐进驾驶位,然后收回另一条长腿,砰地一下,关上车门。

他把书塞到她手里,顺便在她的脸上捋揉了一下:"怎么吓成这样子,我妈又不是老虎。"

她讪讪然笑了笑,缓缓向上,坐起身体:"也没有啦。"

说谎。

他瞥来的眼神，明显是这个意思。

她的脸微微发烫，于是，在他打火启动车辆的时候，去看手里的书。

《追风筝的人》。

她翻开扉页，借着路上的灯光，她看到上面有用黑色钢笔写的一段话："真实的情感，一个救赎者的信仰。"

下面是岳漳川的签名和购书时间。

无论是遒劲有力的字体还是精短深刻的评论，都让她觉得自惭形秽。

因为她永远也做不到安安静静地读完一本几十万字的小说。在她看来，家长里短、梦幻浪漫的韩剧和港台剧，才是她追求的人生乐事。

和他一比，她顿时成了小人国里的矮子，还是个不学无术的矮子。

米果不禁朝他望了过去。

他，无疑是一个各方面都极其出色优秀的男人。

长得帅的男人比比皆是，可是像他一样，随便穿件古板朴素的军装制服，也能穿出令人惊艳感觉的男人，还真挺少的。

咳。

她似乎想歪了。

怎么能用"美"这个字去形容他呢，他明明就是个男人，明明阳刚得要命。

"好看吗？"他在红灯路口缓缓停下车子，忽然转头，迎上那双浸了水一般黑亮的瞳眸。

"啊？"她低叫了一声，赶紧低头，装作没听懂的样子，转移话题说，"你的字写得挺好看的。"

"噢。"他笑了笑，没再逗她。

车子继续前行，岳漳川换挡的时候，碰了碰她的手："米果。"

"哦？"她转过头来。

"你能不能让你的闺蜜曹娜和冯小海见个面。"岳漳川说。

米果直起腰，神情关切："冯参谋真要追娜娜啊？"

上次相亲会以后，曹娜外出学习去了，前段时间刚回来，而她，早把这事忘脑后勺了。

"当然是真的了。冯小海去你们殡仪馆找她几次了，可是都没能见到她。"

米果摇头："那估计是娜娜不愿意见他。"

岳漳川拿眼皮睨她一眼："所以找你曲线救国来了。"

米果扑哧一笑:"我发现你也挺喜欢当红娘的啊。"

他笑笑:"那得看是谁。冯小海,我肯定是要一管到底的。"

米果想了想,点点头:"那好吧。我就帮你一次。这个周六,我约娜娜出来,到时候你和冯小海一起来。"

岳漳川挑眉,笑道:"我也来吗?"

"当然啦,你还没正式和我闺蜜见过面呢,她啊,一直对我不满意呢。"米果说。

岳漳川想了想:"那你错后一天吧,星期天,星期天我和冯小海一起过去。"

"为什么?"米果不解地问。

"周六是我爸忌日。"岳漳川语气沉静地说。

车厢立马变得很安静。

米果眨了眨眼:"对不起啊。"

岳漳川淡淡一笑,扭头瞥了她一眼,说:"我之前告诉过你,我爸是消防烈士。他出事的时候,我妈三十五岁,而我,只有五岁。她独自把我抚养成人,一直到现在,所以,我一直很敬重我的母亲,她很坚强,如果没有她,我一定不会是现在的样子。"

"岳漳川。"米果听他提起家里的事,不知道为什么,明明他的言辞之间并没有夸张描述那段已经过去的艰难时光,可她却觉得难受得要命。

她是个在蜜罐里长大的孩子,从来不懂自己是多么幸运,可了解到他的家庭情况之后,她却被强烈地震撼到了。一个从小失去父爱庇佑的男孩儿,不知付出了多少常人无法想象的努力,才能成为今天的岳漳川。

"嗯。"岳漳川低低地应了一声,然后,他就觉得搁在挡位上的手背一热。

他的目光微微震动了一下。

接着,就听到她的声音,小小的,在车厢里响起。

"以后你有我了……"

如果说第一个吻,是她不小心触到雷区,惹他心痒,情难自禁。

那这第二个吻。

算是怎么回事啊。

她就是安抚地碰了一下他的手背,说完那句话之后,很快就收回手了。

可在小区门口,浓密的树荫下,车刚刚停稳,他就俯身过来,含住了她因为惊愕,微微启开的嘴唇。

比刚才那个吻稍微浓烈一些,因为,她的舌尖碰到了他探过来的舌尖。

就那么一瞬,在她紧张到揪住他腰际的军装时,他似是从胸腔深处发出一声不满足的低吟,之后,便松了她的嘴唇,不过,额头却还顶着她的。

他的呼吸很烫，热热地吹拂在她的脸上。

味道很好闻，让她想到甜甜的木糖醇。

"果果。"

她倏然抬眸，却因为速度太快，眼皮一痒，竟被他长得过分的睫毛，轻轻地刷过。

她看到他黑的浓烈的眼睛里，映出她圆圆的红红的脸庞，她的手还攥着他布料挺括的军装，无意识地攥紧，松开，再攥紧，松开，陷入无限的死循环。

"谢谢。"

抵额亲密了一会儿，在她就要把他的军装揉成包子的时候，他忽然滑到她的耳边，对她说了这么一句。

然后，他就按住她的后脑，把她压在胸前，静静地让她感受了一会儿他对她蓬勃无尽的爱意，才摸了摸她的马尾，把她扳正。

他的眼睛亮亮的，她的也是。

他又想亲她了，素来淡泊自持，甚至禁欲冷感的他几乎快要压制不住体内的躁动和兴奋了。

他倏地松开她，用手背盖在眼睛上，静了一会儿，才说："走吧，我送你进去。"

米果蒙蒙地就跟着他下了车。

她想说不用送，这条路她闭着眼睛就能走回去，可是他却习惯了一样，牵住她的手，向前淡定地走去。

进大门的时候，由于太过紧张，再加上报然羞涩，她竟忘了去看门卫室里值班的保安是不是那个喜欢逗她玩的老刘。

一路上也没发生什么插曲，她就这样被他牵自家小孩似的牵着，一直慢慢悠悠地走到她家楼前。

岳渟川停了下来，看了看周围已经熟悉的环境，又抠抠她的手心："还要我送吗？"

米果愣了一下，赶紧摇头："可以了，可以了，岳渟川。"

是真的可以了，自从拐入她家这条小路，她的神经就自动进入了警戒状态，浑身上下似是长出了无数个灵敏度极高的触角，以一种战备姿态，观察着周遭的动静。

她怕遇上那些喜欢饭后聊闲话的婆婆和爷爷，更怕遇上米爸爸和米妈妈。

岳渟川早就察觉到了她情绪上的变化，可是这一次，他却不想再迁就地忍下去。

"果果，你是不是觉得我见不得人？"

米果啊了一声，迅速收回她探向四面八方的目光，看着蹙起浓眉的岳渟川，错愕地解释："不是啦，你怎么会这么想？"

岳淳川捏了捏她的手:"是你这么做,我才会这么想。"

她哦了一声,垂首不安地沉默了一会儿,说:"我还没想好怎么和我爸妈说,毕竟……毕竟,你太好了,我怕……怕……"

"怕什么?"

她迅速抬眸,黑亮的眼睛瞄了瞄面前背对着的路灯、比她高出大半个头的英俊男人,之后,便红着脸,结结巴巴地嗫嚅着说:"怕……怕你会反悔。"

无论从哪方面看来,都是她占了岳淳川的大便宜。

岳淳川脸上的表情微微一僵,他抿了抿唇角,蹙眉,俯首,抬起她的下巴,让两人目光相对。

"你觉得,我会反悔?"

米果咬着下唇,表情无辜地看着他。

他盯着她,看了几秒,倏然,用手抚着额头,苦笑出声:"原来,我是一个不能给你带来安全感的男人。"

"不是。岳淳川,你是太好了。"

"太好了,才让你害怕是不是?那我宁可变得不好,只求能让你安心。"他迎着她的视线,神情专注地说。

米果愣住。

他怎么能这么说。

哪有咒自己变得不好的人啊。

还是为了她。

看他的模样根本不像是在说一句玩笑话,更像是对她表明心迹,愣怔之余,一股子暖暖的感动的热流,淌进了她的心底。

"岳淳川。"除了叫他的名字,她不知道还能说些什么。

他怜爱地揉了揉她的苹果脸,她闭上眼睛,主动偎进他的怀里,紧紧地环着他的腰,幸福地叹息:"我好爱你。"

他身子一震,随即,更紧地环抱住她:"我也爱你,果果。"

所以,不要怕,我的好姑娘,我会像你对我承诺的那样,余生,都会陪伴着你。

米果回到家,时针指向九点半。

米爸爸和米妈妈各自霸占着客厅一角,一个看黄金档,一个拿着 iPad 看新闻。

看到心爱的女儿回来了,米爸爸赶紧撂下平板站起来:"果果,回来了!"

米果把背包放在鞋柜上,转头应了一声:"爸爸,妈妈。"

"又加班了?"米爸爸趿拉着拖鞋,走了过来,"吃饭了没有,你妈妈炖了梨水。"

米果换好拖鞋,正在背包里摸手机,她点点头:"吃过了,我……我和同事去夜市吃的,可饱了!"

为了证明她确实吃得很饱,她催动发胀的胃,挤出一个响亮的饱嗝儿。

端着冰糖梨水从厨房出来的米妈妈听到这一声,顿时晴转阴:"你这孩子!有没有点女孩样儿!"

米果嘿嘿一笑,几步走上前,抱住米妈妈,闻了闻妈妈脖子里的味儿:"我是你生的,你说我是不是女孩啊。"

米妈妈被她这么蹭着一撒娇,一点脾气都没了,她戳了米果脑门一下,骂道:"没个正形!"

看到米爸爸笑吟吟地走过来,她伸手一指:"都是你惯的!"

米爸爸挑眉,指着米妈妈手里的梨水回敬道:"彼此彼此!"

眼看着一场口水战即将拉开帷幕,米果赶紧接过梨水,逃离了现场。

梨水加了冰糖和桂花,冒着一丝冷香,格外好喝。

可米果肚容量实在有限,喝了一半就喝不下去了,她正准备把碗拿出去让米爸爸解决,桌上的手机却发出叮的一声响。

她拿起一看,嘴角慢慢扬了起来。

是刚刚分开不久的岳淳川。

他拍了一张 A 市的夜景图片发给她,问她在干什么。

她把碗放在桌上,打开手机照相功能,拍了一张梨水图片回了过去。

"我在喝冰糖梨水。"

片刻后,他再次发来消息。

"我想看看你。"

她乍一看这条消息,还以为他要和她视频,吓得她赶紧捂着手机,四下里张望良久,才小心翼翼地打字回道:"遵守交通安全,是每一个公民应尽的义务。"

很快,他就回过来了。

一个笑抽的表情图片,外加一句话:"笨蛋,我是说发一张你的照片。"

呼——

她风中凌乱了。

想到丢人了,也不怕更丢人,于是,就举着手机拍了一张鼓着腮帮子的非主流照片,发了过去。

片刻后,他回:"挺漂亮的。"

她瞪着眼睛,看着这四个字,心想,你的审美不至于此吧,岳淳川。

明明就把她的缺点无限放大的照片,他居然还夸漂亮。

真是。不可救药。

可她感慨过后,还是觉得挺高兴的,毕竟,她也是一个爱美的姑娘,恋爱后,就变得更加在意他的看法。哪怕明知道他在说假话,可她仍旧甜蜜得如同一个傻子。

洗漱到一半,米妈妈却走了进来。

"果果,明天不会加班了吧?"米妈妈一边拾掇被她拉乱的毛巾,一边装作唠嗑一样,问米果。

米果掬起一捧温水,沾湿面颊:"应该不会吧。"

"噢,那好。"米妈妈面露喜色,但很快便隐藏好了。

她主动帮米果挤牙膏,却被米果拦住:"我今天不刷牙了。"

"为什么不刷牙?"米妈妈素来喜欢洁净,说有洁癖也不为过,在她眼皮子底下还敢不刷牙就睡觉,那就是公开挑战她的权威。

米果躲闪着米妈妈探询的目光,她扯下自己的毛巾,胡乱擦了擦脸,口里含含糊糊地解释:"我……我牙疼。"

"牙疼了?哪颗牙疼了,前面还是后面?来让妈妈看看!"米妈妈拉住米果,伸手去掰开米果的嘴。

米果赶紧躲开,一溜烟地跑出去了:"您别管了,没事的。疼一会儿就不疼了。"

米妈妈在她身后跺脚:"你这孩子!牙疼就牙疼,脸红什么啊。果果,快让妈妈看看,牙疼无小病,知道不知道!"

"不要!"米果关上房门之前,冲着米妈妈扮了个鬼脸。

与此同时。

几千米外的锦湖路19号。

消防特勤中队。

岳渟川也因为不刷牙正在被留守加班的侯伟业嘲笑。

面对好友的不理解和指责,他擦干脸上的水滴,淡淡然地瞥了侯伟业一眼:"你懂什么。"

他是舍不得刷,好像只要不刷牙,不沾水,她的甜美气息就能停留得更长一些。

至少,这一夜,他是不会刷牙的。

侯伟业这种饱汉子,又怎知饿汉子的饥。

Chapter 24

二环相亲记

周六很快就到了。

清晨,岳淳川和侯伟业交接之后,驱车回到家里。

今天,是他父亲岳春霆的忌日。

他是岳家唯一的后人,缺席不得。

进门,却看到支队长孔舒明一家人正坐在客厅的沙发上和母亲杜宝璋说话。

看到他,穿着一身素服黑衣的杜宝璋向他招手:"淳川,你孔伯伯和刘阿姨来了。"

岳淳川换了鞋,走进客厅,微微弯腰:"支队长好!刘阿姨好!"

孔舒明和刘春颔首微笑,他偏了一下目光,看向坐在沙发边角位置,低头喝茶的孔易真。

她今天穿了一袭颜色素淡的连衣裙,短发俏然,眉眼低垂,辨不出情绪喜怒。

杜宝璋向他使了个眼色。

他走前两步,主动叫道:"易真。"

孔易真搁在杯子边缘的纤白指尖动了动,她抬起雾蒙蒙的黑眸,朝岳淳川看了一眼:"嗯。"

杜宝璋似是松了口气,她起身,冲着厨房叫了声:"宝林,淳川回来了!咱们收拾收拾该出发了!"

岳淳川的眼睛蓦地一亮。

小姨!

她也回来了?

这时,从厨房里走出一位年逾五旬的女人,她穿着朴素的衣衫,腰间系着一条围裙,手里拿着一个大袋子,里面盛满了由她精心准备的各色祭品。

"小姨!"岳淳川冲上前几步,抱住了同样也是神情激动的杜宝林。

"您什么时候回来的,怎么不打电话告诉我呢,我好去车站接您!"许是自小就在一起住过的原因,岳淳川对这位真心疼爱他的慈祥长辈有着很深的感情。

"傻孩子,我又没七老八十,用不着你接。"杜宝林摸着他的脸,仰头看了一遍又一遍,"啊哟哟。怎么瘦了呢,眼睛还是那么红,又熬夜了,是不是?"

岳淳川笑了笑,再次把杜宝林拥入怀抱:"您回来了,真好。"

杜宝璋在一边看着,心里挺不是味儿。

她这个做母亲的在儿子心里的地位,居然比不上她的妹妹,说起来,还真是羞惭。

她的妹妹杜宝林和她完全是两个极端,从小到大,如果说她是杜家引以为傲的晶钻玫瑰,那宝林,就是墙角不起眼的野黄花。书香门第出身的宝林对文化课一点也不感兴趣,反而,没事就爱钻厨房,摆弄各式各样的面点菜肴。后来,父亲看她着实没有再继续上学的意思,便让她回家来专门照顾一家人的三餐饮食。这是一心向学的杜宝璋所不能接受的。在她看来,这简直就是荒废青春、自毁前程的愚蠢行为。宝林倒是自在,每天乐在其中,甚至,经常拎着小包袱去大学给她送饭。再后来,她留校任教,成了继承父亲衣钵的杜家的骄傲,并且顺理成章地嫁给了相貌堂堂的岳春霆。宝林也嫁人了,可惜的是,没能嫁个好人家,丈夫不务正业,在外头胡搞,宝林怀孕了去求他回来,却挨了丈夫一顿暴打,两个多月的孩子没了不说,还导致终身不孕。宝林后来和丈夫离婚,就自己单着过,她在A市的国营饭店上了半辈子的班,临老了快退休了,却因为牢里判了无期的前夫的一句恳求,就无怨无悔地回前夫的老家,伺候起重病的婆婆。

上个月,老人家不幸辞世,杜宝林在老家办完了丧事,打点好一切后续事宜,前天才回来。

杜宝林可能是没有孩子的缘故,所以对外甥格外亲厚,她把岳淳川视如己出,不管做什么好吃的,必定会想着她的宝贝淳川。后来,岳春霆出事,杜宝璋终日里精神恍惚,神志不清,根本无法正常工作和生活。是杜宝林,是她这个从小就看不上的妹妹,在她家里一住就是三年。杜宝林一直悉心照顾她和年幼的岳淳川,才使得她熬过那段艰难的时光,重拾生活的勇气。

或许,就是从那个时候开始,岳淳川就变得依赖杜宝林了。

杜宝璋还清楚地记得,有次岳淳川考试没考好,怕她训斥,于是在外面游荡到半夜,最后躲去杜宝林家里。

当时,她因为岳淳川迟迟未归急得快疯掉了,到学校、体育场、河边、商场,几乎能找的地方她都找遍了,可是全都没有。

就在她坐在街边惶然发抖的时候,却看到杜宝林领着岳淳川急匆匆地赶了过来。

她这个人性子倔强强势,极少在人前显露出脆弱的一面,就算是丈夫牺牲那种天塌地陷的大事,她也没有寻死觅活地哭成什么样子。

因为她知道,哭不能解决任何问题。

可就在那一晚,当她看到完好无损的岳淳川被自己的亲妹妹牵领着跑来时,她愣了一会儿,突然大叫一声,扑上前,紧紧抱住被吓傻的岳淳川,放声号啕。

那是岳春霆牺牲之后,她第一次哭得那么痛,那么伤心。

仿佛多年来积聚在心里的痛苦和委屈,惶然和无助,都在汩汩奔涌的泪水里得到了宣泄。

岳淳川那时候只有六七岁,哪里见过如此"恐怖"的妈妈,被吓坏了,一个劲儿地帮她擦眼泪,说着:"妈妈不哭,妈妈不哭,淳川听话,淳川好好学习,以后每次都考第一名。"

儿子越这样说,她的心就越难受,哭声也就越大。

最后,还是杜宝林,劝住了她。

杜宝林说:"姐,你这样子姐夫会心疼的。"

于是,她就不哭了。

丈夫岳春霆是她心头过不去的那道坎,只要一想起他,她就自然而然地变得坚强起来。

她此后的人生,没有哭泣和软弱。

她领着岳淳川回家,母子走在冷风瑟瑟的街头,她问淳川:"考不好为什么不回家找妈妈?"

岳淳川小心翼翼地看着她的脸色,回答说:"小姨不会凶我,还会安慰我,下次努力。"

她顿步,拉着岳淳川的手,面容严肃地说:"妈妈不会给你的懒惰和粗心找借口,也不会给你再来一次的机会。因为,你是岳春霆的儿子,更是我杜宝璋的儿子,所以,你应该是最优秀的,无人能及的优秀,记住了吗?"

看着儿子肖似丈夫的英俊脸庞上浮上一丝似懂非懂的严谨,她慢慢蹲下,把儿子小小的身子拥入怀中:"妈妈爱你,比任何人都爱你,这点,你也要记住。"

记得儿子当时问她:"比小姨还爱吗?"

她愣了一下,随即苦笑:"是的,比小姨还爱你。"

她才是他的母亲,是她怀胎十月熬尽生产的苦痛才生出来的骨肉,他却怀疑她的爱。

或许,她爱他的方式太过严厉,太过强势,太过独断了一些,可是她依旧不后悔这些年来对岳淳川的培养和教导,如果不是她的坚持,又何来今日的岳淳川!

不过,说到底她也是个普通的母亲,如果儿子当着她的面亲近另一个关爱他的长辈,却不肯正眼看她,那种失落怅然的滋味,确实不怎么好受。

"宝璋,淳川对他小姨比对你还亲呢。"刘春忽然发出一声感慨。

杜宝璋从回忆中拔出一丝清醒,她看着刘春,不自然地笑了笑:"可能小时候宝林照顾他比较多吧,加上初中三年他都在宝林那里吃住,难免要亲近些。"

刘春点头,她是认识杜宝林的,当年岳家出事,这个面相秀气的小姨子在岳家住了整整三年。那个时候,她们经常来往,她还记得,杜宝林烧得一手好菜,每个周末,都会叫上他们来家吃饭。

杜宝林自然也认得孔舒明一家,她尤其喜欢孔家的独生女儿孔易真。

这丫头打小儿就长得标致,性格也好,见人就笑,而且啊,特别喜欢黏着外甥岳淳川,岳淳川走到哪里,她就跟到哪里,那个时候,大人们开玩笑说,干脆就给他配个娃娃亲得了。后来,两家还像模像样地交换过信物,虽然并不贵重,但也说明大人们的重视程度。

记得她那个时候问岳淳川,要不要娶易真当媳妇儿啊。

岳淳川小大人似的蹙着浓眉,想了想,回答她:"长大看看吧。"

还真是长大了。

一转眼,孩子们都大了,到了谈婚论嫁的年龄了。

杜宝林和岳淳川说了几句,杜宝璋就催着走。

看时间也不早了,于是一行人分乘两辆车,去往郊区的烈士陵园。

下楼上车的时候发生了一段小插曲。

原本岳淳川和杜宝林、杜宝璋应该坐一辆车。

可是不知怎么的,最后,却变成了岳淳川和孔易真坐一辆车,其他的人,都去挤另一辆车了。

岳淳川倾身过去,打开副驾驶位的车门,向外推开半扇,对杵在原地的孔易真说:"上来吧。"

孔易真不知看向哪里,半天不动。

岳渟川放下车窗，目光冷冷地扫了她一眼，说："今儿不是你发脾气的日子！你愿意去，我欢迎；你不愿意去，我即刻送你回家！"

孔易真看看他，坐进车里，扯过安全带系上。

岳渟川瞥了她一眼，打火启动，出发。

车里沉默得可怕。

就在岳渟川以为他们会一路闷到底的时候，孔易真却忽然出声："渟川，你现在后悔还来得及。"

闷头闷脑的一句话，岳渟川却一下子就懂了。

他眉心微蹙，看着前方的路况，说："我为什么要后悔？"

孔易真咬着下唇，偏头看着他，眼神复杂，似有薄怒，她想说什么，最终又忍了下来。

岳渟川朝她看了一眼，又转回头目视前方："易真，我知道你想说什么，你觉得米果职业不够好，也不够漂亮，对不对？"

孔易真没说话，算是默认。

米果的职业她并不十分反感，相反，如果换作另外一个人，和岳渟川并无瓜葛的一个人，她非但不会感到恐惧厌恶，反而会觉得这样执着专注于事业的年轻人才令人敬佩。

虽然她和米果并不熟悉，仅仅凭着岳渟川的只言片语了解到一些她的情况。其实米果和她很像，认准了一件事，一个工作，就会坚持到底。哪怕遇到再多的困难，再多的阻挠，也不会动摇她们的心。而且她也觉得，在工作中找不到乐趣的人，那么他做任何事都不会成功。

她并无看轻米果的想法，因为她知道，岳渟川看人的眼光是多么的苛刻，能成功俘获他的女孩子，一定有她独特的闪光的一面。

只是……只是这个残酷的现实让同样爱着岳渟川的她无法接受。所以，她才会在相亲大会那天，因为他们恋爱的消息崩溃出丑。二十多年了，她一直是大人眼中乖巧优秀的小公主，是同学老师眼中聪慧文静的高才生，她的生活一直顺风顺水，可是到了岳渟川这里，她的信心，她的骄傲，她的尊严和梦想，却一次次遭遇到毁灭性的打击。她从未那样疯狂过，身体里脑子里熊熊燃烧着背叛和愤怒的火焰，好像不发泄出来就会疯掉。她觉得那根本不是她，不是孔易真，而是一个魔鬼，一个为情所困的魔鬼。

事后，父亲严厉训斥了她一整夜，并且没收了他办公室的钥匙。他应该是知道了什么，劝她凡事不要钻牛角尖，尤其是感情，更不要固执己见，伤人伤己。

她当时苦笑着反问父亲，问他当年若不固执，若不坚持，又怎能娶到她的母亲。

父亲愣住，一脸的震惊。

于是她坦然承认，她在很小的时候就偷看过他的日记。

母亲当时是医院的护士，她认识父亲的时候，身边已经有了一个年轻英俊的未婚夫。他们感情很好，定下第二年"五一"结婚。受伤住院的父亲对母亲一见钟情，住院期间就向母亲展开了热烈的追求，母亲当然不同意。她向父亲说明了情况，甚至把未婚夫带到医院暗示给他看，可是父亲却始终不肯放弃。他在消防大队工作，鲜有假期，但只要有一丁点儿的空闲时间，他就会跑去医院找母亲。他不会烦母亲，去的时候一般就带些价格不贵却很实用的小玩意，母亲开始不收，可是耐不过他次次都送，出于礼貌，她收下了部分礼物，却也回赠了父亲一个日记本作为谢礼。这个日记本就是她偷看的那本泛着黄边的老旧笔记本，父亲用它记录和母亲从认识到熟悉的点点滴滴。

父亲只是单恋，他无条件付出却并不索取任何回报，母亲因此没有太过抗拒他，于是，后来父亲再去医院，她也会和父亲聊上一会儿。后来，他们就成了朋友。就这样，时间跨过一年，距离母亲的婚期越来越近。不知道是不是父亲的恒心感动了上苍，还是母亲在一次次接触中慢慢喜欢上了父亲。总之，母亲在结婚前一周，忽然和未婚夫解除了婚约。父亲欣喜若狂，向母亲展开了更猛烈的追求攻势，母亲最终选择了父亲，他们结了婚，后来，就有了她。

她问父亲，她喜欢了二十年的男人，不值得她固执等待吗？

她说，不管过程如何艰辛，她看重的只是结果。母亲在他和未婚夫之间最终选择了父亲，不正说明了这一点。

父亲沉默许久，抬手，摸了摸她的短发，说："你以为你母亲当时是因为爱我才和我结婚的？"

她困惑不解，难道不是吗？他们相爱至深，她可以感受得到。

父亲的笑容很特别，令她心头一跳。父亲说："我们两口子相爱不假，但那已是很久以后的事情了。你母亲并不是因为爱上我才和她的未婚夫解除婚约，而是她那个生性风流的未婚夫在外胡搞惹怒了你母亲，她才赌气嫁给我的。"

她怔住，半晌说不出话来。

她还以为……

父亲接着说："你母亲对她的未婚夫用情很深，即使和我结婚了，心里也还想着他。那种感觉逼得人发疯，我和你母亲三天两头吵架，有段时间吵到分居商讨离婚。不知道是不是命运不想看见我们分开，你母亲发现自己竟然怀孕了，她想了很久，最终还是找到我主动求和。她说,她想要这个孩子,她想和我好好走下去。这个孩子,就是你,真真。爸爸给你取名易真,就是想让你活得清楚,活得简单,再也不要像爸爸妈妈一样走那么多的弯路。"

她神色动容地看着父亲,沉默了好久,说:"可我还是想试试。"

孔家每年都会陪着杜宝璋母子来祭奠岳春霆。

这是孔舒明定下的家规。

之前孔易真外出上学期间,每到岳春霆的忌日,她就会提前请假回 A 市,陪父母和杜宝璋母子去陵园祭奠。

孔舒明曾经在两家聚餐的时候说过这样的话:"易真,以后爸爸不在了,你也要替爸爸去看望岳叔叔,一定要记住,不要忘了。"

彼时的孔易真答应得很痛快,因为,少女心性的她,认为她和岳淳川一定会顺利恋爱结婚,到时候,她会以更合适的身份来祭奠岳叔叔。

或许是那一晚的谈话令孔舒明感到不安,所以他特意关照女儿,说今年岳叔叔的忌日,她可以不用过来。

她拒绝了父亲的好意。

为什么不来?

就算没有和岳淳川的事,极其疼爱她的岳叔叔也是她尊敬崇拜的长者。她不来,于心难安。

刚才在岳家,杜宝璋把她叫过去单独聊了一会儿。

她没想到杜宝璋会知道米果,甚至知道米果是一个遗体整容师。杜宝璋明确表态,她不认可岳淳川和米果恋爱,她心里最满意的儿媳妇人选从来没有变过,那就是她,也只有她。

岳淳川转了一把方向,车子顺势打了个转,驶入通往陵园的柏油路。

孔易真不知在想些什么,望着窗外郁郁葱葱的松柏,许久没有转回头来。

刚才,她默认自己的话之后,就再没说过什么。岳淳川以为她又在生气,所以也没主动开口,在他看来,这种沉默相处的方式倒不失为上策。

整个祭奠过程和往年一样,简洁肃穆。

清扫墓碑,拔草除尘,供上祭品。

岳淳川向墓碑鞠躬,献上鲜花。之后,孔家人鞠躬献花,孔舒明手里拿的是三炷点燃的香烟,他把香烟插进香炉,向他的老战友岳春霆表达哀思。最后,像以往一样,杜宝璋会单独留下来,和长眠在此的丈夫单独待上一阵子。

今年,有个例外。

那就是杜宝璋把岳淳川和孔易真留了下来。

孔舒明带着妻子刘春,还有杜宝林先离开了墓地。

空旷的烈士陵园,天空阴霾,秋风飒飒。

杜宝璋看着墓碑上颜色淡黄的照片,神情哀切地说:"春霆,你在那边还好吗?是不是也想我们了。我们都很想你。哦,对了,昨晚我梦到你了,你问我淳川有没有女朋友,什么时间结婚,我不知道怎么回答你,愁得不行,你就笑着说,咱们的小易真呢,易真不就是我们的儿媳妇吗。"

"妈——"岳淳川紧蹙浓眉,打断杜宝璋的话。

杜宝璋看也不看他,径自说道:"春霆,如今立在你面前的,就是咱们家的淳川和易真。易真是我们看着长大的,你也不止一次跟我说过,易真是个好孩子,她要是能嫁给淳川就好了。易真,你来,到阿姨这儿来。"杜宝璋转身,伸出手。

孔易真朝前走了两步,接过杜宝璋被秋风吹得凉凉的手,轻声叫道:"杜阿姨。"

杜宝璋冲她笑了笑,安慰说:"没事,孩子。你岳叔叔想你了。"

杜宝璋拉起她的手,又对着墓碑说:"春霆,你好好看看,满意不?易真,你也对你岳叔叔表个态,你愿意嫁给淳川吗?"

孔易真一怔,还没想好怎么回答,就听到岳淳川冷冰冰地叫她:"易真,请你先离开。"

孔易真面色一白,她看向杜宝璋。

杜宝璋像是早有准备,神色平静如昔,她按了按孔易真的手,然后转头看着岳淳川,语速低缓地说:"淳川,我不管你平常怎么浑,但是今天、现在,你不要太过分!"

岳淳川的眉头拧成了一个深深的"川"字。

他不说话的时候,并不代表他妥协或是软弱了。

他看着一身重色的母亲,又看了看母亲身边庄严肃穆的墓碑,他双手握拳,砸向笔直的裤缝。

孔舒明和刘春正和杜宝林聊着闲话,却看到岳淳川独自一人从陵园下来。

"支队长、刘阿姨,能不能麻烦你们把我妈送回家?"走到近前,岳淳川恳求道。

"好。"孔舒明的目光在岳淳川拧成一团的眉心停了停,答应下来。

刘春奇怪地问:"易真和你妈妈呢,怎么还没下来?"

岳淳川摇摇头:"可能有话要说吧。"

他转头,对杜宝林说:"小姨,我送您回去。"

杜宝林点点头:"也好。那他刘姐,我就先走了。"

刘春颔首:"没事来家坐坐,教教我炸鲤鱼。"

杜宝林笑着挥手:"行,我空了就过去。"

告别孔家人,岳淳川开车载着杜宝林踏上回程的道路。

杜宝林偏过头,看了看薄唇紧绷的外甥,试探地问:"怎么了,又和你妈妈吵架了?"

没有争吵的争吵,才是最可怕的。

岳淳川长长地吐出一口闷气,他放下半截车窗,单臂靠在门框上,闷声说:"我妈非逼着我和易真谈恋爱,可我喜欢的女孩,根本不是她。"

杜宝林忽地一下直起身子:"你不喜欢易真吗?"

岳淳川苦笑:"您还看不出来吗,我要是喜欢易真,还会等到现在?"

杜宝林迟疑地点点头:"说得也是。不过,你刚才说你喜欢的女孩根本不是易真,那你……还是有喜欢的人了?"

岳淳川伸手摸了摸下巴,轻轻晃了晃头:"嗯,有了。"

看到岳淳川瞬间柔和下来的表情,杜宝林不由得心中一喜。

"快跟小姨说说,那女孩子是谁?家住哪里,是做什么工作的,长得漂不漂亮啊?"

岳淳川笑了笑:"您查户口啊。"

"小姨这不是着急嘛!"

恰好等红灯,岳淳川掏出手机,打开微信,挑出米果最近发过来的那张捧着糖梨水鼓着腮帮子的照片,递给杜宝林。

"喏,就是她!"

杜宝林眯着眼睛,仔仔细细瞧了瞧手机照片里的姑娘,评价道:"瞧着蛮喜庆的。"

喜庆?

差不多吧,每次见到她,他就想笑。

岳淳川笑了:"她叫米果。大米的米,苹果的果,今年二十四岁。哦,对了,她是个小吃货,特别喜欢吃,我就想着等您回来了,带她去您家里让她好好见识见识,什么才是A市令人拍案叫绝的美食。"

杜宝林看他眉目间自然流露出的欣然喜悦,心中也觉得高兴:"带来吧,我先帮你把把关,看那孩子到底比易真强在哪儿了!"

转天,就是礼拜天。

一大清早,从事故救援现场刚刚回到中队的岳淳川收到了米果发来的微信。

"下午三点,黄河路黄河影城二楼,不见不散!!!"

米果连发了三个感叹号,唯恐看到的人不够重视。

岳渟川按了一下涩痛发胀的眼睛,勾了勾嘴角。

想起那天和米果约好的事。

他打开消息界面,回复道:"记得带上接头暗号!"

他走进办公室,还没顾得擦去额头上的汗,就听到微信响了。

这次的消息栏冒出三个硕大的问号,她问:"什么暗号???"

他在微信图片里翻,找到他想要的,调出来,回过去。

几乎是立刻,她便回了过来。

一张羞涩的笑脸图片,还有一个和他刚才发过去一样的,红彤彤的苹果。

他们是因为苹果才相识相恋的,算是他们的爱情信物了。

门忽然被人从外面推开。

"渟川,我得回家一趟,叶梅病了。"侯伟业急匆匆地走进来,看到拿着手机唇角微弯的岳渟川,不由得一怔,他看花眼了?

侯伟业出去又进来,确定这里是岳渟川的办公室无疑,才看着对面气定神闲的男人,挑眉笑道:"哟!我还以为我进错屋了!怎么着,岳大队长,谈恋爱呢。"

岳渟川懒得理他,他摆摆手,示意侯伟业可以滚了,然后,走进隔断后的宿舍。

侯伟业冲着岳渟川的背影挥舞了一下拳头,正准备离开,却听到岳渟川叫他:"伟业,下午两点前回来,我有事。"

侯伟业说:"OK!我保证按时归队,绝不会耽搁岳队长的恋爱事业。"

从后面嗖一下飞出个东西,侯伟业眼疾手快,长臂一伸,接住。

低头一看,他立刻扔臭虫一样扔掉,跳脚骂道:"岳渟川,你个龟儿子,几天没洗脚了!"

"三天。"

侯伟业气得翻眼睛,走了。

岳渟川去澡堂之前,给冯小海打了个电话。

冯小海和他一样,基本上以队为家,不过,冯小海是和另外一个军官合住,所以,没他这么自由的空间。

电话接通,对面的冯小海显然是没睡醒,声音朦胧粗哑不说,还带了一股子好梦被扰的起床气。

"喂,谁啊,不知道现在几点吗?"冯小海因为熬夜写分析报告,五点多才上床睡觉,这才刚迷糊了一个小时,就被吵醒了。

岳淳川看了看表,沉声答道:"七点过五分。"

"七点过五分你打什么电话啊,你谁啊你……咦?你是岳队!"冯小海一骨碌从床上爬起来,下意识就去找鞋穿。

可鞋没找到,脚指头却勾上来一条藏蓝色的内裤。

他怔忪散乱的目光渐渐聚焦,而后,他低头看了看身体某处,然后伸手,掂起那块布,拉进他的被子下面。

幸好,同宿舍战友值班去了,不然的话,他又逃不掉一顿嘲笑。

他一边在被子里摩挲穿衣,一边压低声音问道:"队长,是不是出警?"

岳淳川想了想,嗯了一声。

他听到冯小海那边传出找鞋找不到的低咒声,觉得好笑,于是,他就又下了一道命令:"五分钟后,澡堂见!"

冯小海捏着电话愣住。

澡堂?

澡堂着火了?

正要细问,却听到内线电话咔嚓一声断了。

他张了张嘴,最终,又乖乖闭上。

冯小海提前了三十几秒,在中队澡堂里见到了脱得精光正立在淋浴喷头下面冲澡的岳淳川。

水汽弥漫的浴室,岳淳川高大健美的身体,犹如那具充满着旺盛生命力,拥有必胜信念的英雄雕塑大卫一样,散发着一种力量与理想碰撞后的独特美感。

他单臂撑在白色的墙砖上,左手下垂,头向右侧微微偏着,任水流从头顶冲淋下来。淋浴的水珠,从他健美光滑的古铜色肌肤上滑下,就像是一颗颗珍珠,在朦胧的背景下发出璀璨耀眼的光芒。

他听到了脚步声,倏然转头。

看到衣冠齐整的冯小海,他的眼睛微微一眯,抽回撑在墙面的手臂,随便抹了一下脸上的水珠。

"要不要一起洗?"岳淳川问冯小海。

没过一会儿,岳淳川身边空出的位置上,便多了一个同伴。一个和他一样,身材都极有料的男人。

冯小海习惯性沉默。

他因为来得匆忙,没带洗浴用品,所以,径自拿过岳淳川的洗发水,倒了一些,抹到头上。

可能洗发液倒得有些多,没搓两下,泡沫水就流进了眼睛里。

他挤着眼,噘着嘴,胡乱揉弄了两下,凑近淋浴喷头。

热烫的水流喷涌而下,他迅速搓了搓脸,然后,听到岳渟川说:"下午两点半,你跟我去见个人。"

"什么?"他从水流下撤出一点,侧着脸,勉强睁开一只被洗发水刺疼的眼睛,问:"见谁?"

岳渟川扫他一眼,薄唇微微勾起,吐出两个字:"曹娜。"

米果好不容易才把闭关修炼失恋神功的曹娜从宿舍里给拉出来。曹娜最近的情绪持续低迷,因为她的前男友胡海滨竟然这么快就要和之前相亲的那位女老师订婚了。

尽管两人已经分手,曹娜和胡海滨也成了最熟悉的陌生人,并且发誓老死不相往来,可当曹娜从同学那里知道这个消息的时候,发现自己还是无法做到之前想象的那样,挥挥手,不带走一片云彩。

曾经付出过的感情,早就在她的心里面烙下了深深的印记,即使她已经开始痛恨那段过往,强迫自己去遗忘,可是,她知道,她这一生,也别想忘记那个让她又爱又恨的男人了。

曹娜根本没有闲情去看什么美国 3D 大片。她只想下班后窝在宿舍里,一个人静静地待着。

出于这个原因,米果没敢告诉曹娜待会儿看电影的时候,她们会"偶遇"另一对儿不该出现的人。

她没胆说。

她已经从闺蜜变成了叛徒。

她怕曹娜会掐死她。

所以,为了缓解内疚的情绪,米果拉着曹娜一上出租车,就给曹娜讲起前天被骗的经历。

"曹秀云骗我!你知道不,她把我骗到中福百货的肯德基,给我点了一杯可乐就溜了。我还傻傻地坐那儿等,因为她拿着我的钱包嘛,我以为她上厕所,一会儿就回来了,可是等来等去,没等来曹秀云,却等到了一个戴着二环的男人。"

"Stop!"曹娜伸手叫停,感了点兴趣似的,眯着凤眼,问米果,"二环是眼镜没错吧,可为什么要叫二环呢?"

米果翻翻眼睛:"有段相声你听过吧,岳云鹏的。就是那个,啊啊啊啊,五环,你比四环多一环。啊啊啊啊,五环,你比六环少一环。他也是这样的,啊啊啊啊,二环,你比一环多一环。啊啊啊啊,二环,你比三环少一环。……"

车速忽然慢下来,同时响起两串爆笑声。

曹娜笑得抽抽的,眼睛里有了点光彩。司机师傅笑得好欢脱,手指头一直在方向盘上点。

米果结束声情并茂的演唱,然后,低低地叹了口气:"曹秀云是想把我逼疯,知道吗?她知道我有强迫症,还让我喝着一杯半温不凉的可乐,数了大半天眼镜片的圈。娜娜你知道有多少圈吗?足足有五十层还要多。不知道那是个什么眼镜,除了数圈,根本看不到二环的眼。"

曹娜打了米果一下,擦了擦笑出来的眼泪:"喂!我说你够了!"

米果摇头:"哪里够呢?二环不止眼镜片厚,还特别小气。曹秀云吧,之前故意饿着我,想让二环好好表现一番。可二环呢,不但不给我买吃的,还把我剩的半杯可乐给喝了。我瞪二环,二环也瞪我,于是,我就怒了。你知道的,我这个人饿起来心情就会变得很差,我准备掀桌来着,可当我气势如虹地托起台板,准备给二环来个乒乓球拍时,却不想,那桌子是钉在地上的!我用力,用力,再用力,然后,我就坐下了。我对二环说,他可以走了。二环瞪着我,似乎不肯走,我直接把手摊开,放在桌上,对二环说,你再不走,我就用我这双摸过无数残肢碎块的手,抽你!二环估计被我的话镇住了,于是,我等了一晚上,总算是看到了二环之外的两个环,他吓得露出眼睛了!"

"哈哈哈哈……哈哈哈……"曹娜这下真笑抽了,她拍打着座位,笑得花枝乱颤。

出租车司机笑得五官狰狞扭曲,车子也跟着他狂笑的频率左右摇摆。

总算是笑够了,曹娜一边擦着眼泪,一边抱住嘿嘿傻笑的米果。她趴在米果的耳边,轻轻地说:"傻瓜。"

谢谢你,小傻瓜,为了我,做了这么多。

她会好好的,不会让身边关心她的人,再失望难过。

可是到了黄河影城,一直沉溺感动于她和米果的纯真友情,眼眶始终处于潮热湿润状态下的曹娜,却忽然察觉到周遭的气氛变了。嘈杂哄乱的环境一下子安静下来,就连聒噪了一路的某个穿着小熊休闲装的姑娘也突然间变得静寂无声。

她诧异地转头,岳渟川首先映入视线,而后,曹娜长长的凤眼蓦地瞪圆,因为紧跟在岳渟川身后的,那抹同样高大威武的身影,竟是她避而不见的38号男嘉宾!

她倏地转身,一把揪住低头想溜的某个姑娘。

"果果!"

"果果!"

曹娜咬牙切齿的叫声和岳淳川沉稳微哑的男声重合。

米果惊颤一下,苦着脸,极小声地,恳求曹娜:"就一次……一次,亲爱的,拜托了!拜托!"

曹娜仰天长叹,交友不慎,交友不慎啊!见色卖友的闺蜜,影视剧里的恶俗情节,竟让她给摊上了!

就这么任人搓扁揉圆地耍弄和欺骗,她的表现简直弱爆了。

怎样才能扳回一城?

曹娜凤眼微合,漆黑的瞳仁轻灵一转,忽然,弯起唇角笑了。

Chapter 25

有家的感觉

车厢内笼罩着超强低气压。

这种情形持续好一阵子了,从他在电影院里叫了她一声米果之后,他就再没跟她说过一句话。

米果心虚得要死,也后悔得要死。

她真是个二百五,怎么能跟曹娜那个睚眦必报的鬼灵精讲什么闺蜜义气呢,她傻乎乎地讲了一路的相亲经历逗她开心,谁知,竟成了那丫头报复她的手段。

刚才在影院二楼,售票厅门前,曹娜挑着凤眼,恶作剧一般,冲着岳淳川粲然笑道:"我这里有个小苹果的相亲故事,不知道,岳队长,有没有兴趣听一听呢?"

岳淳川剑眉微蹙,黑黝黝的眼睛若有似无地朝对面某个穿着小熊休闲装的女孩儿觑了一眼。

米果的脸唰一下变得惨白,她迅速垂下睫毛,挡住内心的慌乱和不安。

岳淳川并未有什么过激的反应,他除了多看了她两眼之外,几乎是从容不迫地回应曹娜:"我想,我还是听当事人自己跟我说比较合适。"

说罢,跨前一步,从曹娜掌控之下轻轻巧巧,却不容置喙地夺回主权,带着她离开了电影院。

她几乎是被他拖着,一步三回头地下楼,一路到了停车场。

她问他:"我们不看电影了吗?"

她还以为,他们会陪着曹娜和冯小海,至少,有他们在场,场面不会闹得很难看。而她,无条件信赖他的处事能力,她还盘算着,要是能一并消除她给曹娜造成的心理阴影,就更好了。

可他除了抛给她一个你是白痴的鄙视眼神之外,根本不理会她。

把她塞进车里,绑乳猪一样在她的身上捆上安全带,然后,径自绕到驾驶室坐下,砰的一声关上车门,就一路沉闷到了现在。

米果再笨也知道他生气了。

不过,他也确实该生气,换作任何一个男人,如果知道自己的女朋友偷偷地去和别的男人相亲,也不会痛快的。

米果偷瞄了一眼旁边明显摆臭脸的男人。

她伸出舌尖,舔了舔干燥冒火的嘴唇,然后,故意装作才看到的样子,指着车窗外面飞驰而过的建筑物,叫道:"这里是东区哪!岳淳川,你怎么把我带这边来了,不是回家吗?"

其实她早就发现路线不对了,可他知道她去相亲后表情太过严肃,加上她的老底又被闺蜜揭了,所以,她就只好装傻,装作没看到的样子,闷头自省。

可也不能永远这样,不是吗?

他听到她冒着傻气的感叹声,眉头更是蹙得死紧。她有些担心,很想把他眉头的"川"字结抚平,她很想提醒他,这样皱眉皱得久了,真的会留下皱纹。

他朝她举在半空中的手瞥了一眼,米果一惊,倏然收手,刚想说的话也卡在了喉咙里。

车厢里安静极了,她浅浅的呼吸和他略微粗重的呼吸声混搅在一起,越发显得鲜明。

车子驶入一条老旧的街道,车速也慢了下来。

这里没有红绿灯,也没有斑马线,很多行人和摆零摊的商贩占据了近一半的马路。他们不惧车流,随时想过马路就过去,只要有一丝缝隙,他们也敢在行驶的汽车之间穿梭往来。

那惊险的一幕频繁上演,看得人心惊肉跳。

岳淳川在一处关门歇业的商铺前找到一个停车位,把车开了上去。

他拔了钥匙,探过身去,解开米果腰间的安全带。

这次米果学聪明了,她不等岳淳川绕过来给她开门,自己先跳了下去。

可为什么她这么主动地减轻他的负担,他还是不高兴呢,好像比刚才更不开心了,看她的眼神,就像是腊月里的寒风,飕飕地,带着冰碴子。

幸好,他还知道牵着她的手。

就是步子有点大,她小跑着才能跟上。

就这样别扭着走到马路对面,米果忽然伸手戳了戳他的脊背:"岳淳川。"

他偏过头,黑沉沉的视线,牢牢锁住她的双眸。

米果小小地吸了口气,勇敢地迎上他的目光,道歉说:"对不起,岳淳川。我是被我妈妈骗了才去和二环,噢,不是,就是一高度近视的杳嵩男去相亲的。我没想去,真的,要是我知道我妈妈打的这个主意,我肯定耍赖装死也不会去的!对不起。"她晃晃他的手:"岳淳川,我保证,这是最后一次!以后我妈妈就是用海鲜大餐来引诱我,我也不会再上当了!"

"我妈妈也真是的,也不想想,我都中了五百万大奖了,怎么还会去买体彩排列三!"

听了某人掏心窝子的肺腑之言,岳淳川的嘴角抽了抽,他是什么?五百万大奖?

虽然觉得她说了跟没说一样,但是他之前的糟糕情绪却得到了实际的缓解和抚慰,原来,去相亲并不是她的本意,他还以为……

果然,人恋爱的时候,智商会下降为负数。

不过,他还是不能做到真正释怀,因为一想到米果和另一个男人居然以结婚为目的待在一起,他就嫉妒得要命!

不行,他们不能再这样下去了。

见他立着不动,半天没反应,也不知道她刚才诚心诚意的道歉他听进去了没有。

挫败失望的米果噘了噘嘴,黯然低下头去:"你到底想要我怎么样啊?"

岳淳川眼皮一跳,从飘荡的思绪中回过神来。他看到米果一副委屈的模样,不禁低低地叹了口气,他的目光慢慢转柔,抬起手,摸了摸她的头发:"以后不准了,果果。"

她的身子霍然一震,猛地抬眸,望着他。

她的眼睛里像是跳进了星星,那样亮,闪烁着喜悦的光芒:"你不怪我了?"

他含笑闭了闭眼睛,她大叫一声,也不管这里是哪儿,扑上去抱住他的手臂,把热烫的面颊贴在上面:"我就知道你会原谅我的!我向你保证哦,最后一次,真的是,最后一次!"

她太高兴了,以至于忽略了周围那些关注的视线。不过,大多数人的目光都是善意的,岳淳川摇摇头,无奈地笑了。

"四马路集贸市场。"米果念着头顶的大字。

"我们来集贸市场干什么?你要买菜吗?"米果惊讶极了。

岳淳川嗯了一声,带着她,走向生鲜区,买了上好的猪五花和牛肋肉,然后,又带着米果到鲜蔬区买了三大袋子的新鲜时蔬。

也不知道他怎么做到的,那么重的东西他就靠一只手拎着,另一只手,牢牢地牵着她。

她愿意为他分担,以前,她也经常陪米妈妈去菜场买菜,菜篮子都是她拎着的。

可她这么提议了,他却不准。

可能怕她闲着,所以,在频繁掏钱包掏够了以后,他干脆,把黑色的皮夹塞进她的手里:"帮我付账!"

于是,她就变成了甜蜜的管家婆。

岳淳川拿起一把翠绿的西芹,准备上秤。

米果赶紧拦住:"老板,你家西芹多钱一斤?"

"两块八。"

米果摇头:"太贵了,前面人家才卖两块五,你便宜点,我们就要你家的了。"

老板许是看她可爱,说话又好听,所以,笑着拿起一把西芹:"行,就卖你两块五一斤。"

米果眯眼笑着,顺带着,鄙视了一下买菜从不砍价的岳淳川。

又走到一个卖杏鲍菇的菜摊前。

米果如法炮制,便宜了一块五买了两个大大的卖相绝佳的杏鲍菇,美滋滋地扔进岳淳川手中的袋子里。

她接过女老板找来的钱,一张一张整好,细心地放进钱夹。

她一本正经的表情,而且认真得过分的动作逗得女老板哈哈直笑:"妹子好会持家啊。又会砍价,又会挑菜,以后啊,你们小两口的日子一定过得红红火火!"

米果的脸唰一下红了,她张嘴正要解释,却听到身边的男人已经抢先发声:"谢谢,借您吉言。"

她还在羞臊地愣着,身子却被人轻轻一带:"走了,果果。"

"哦。"她被他牵着手,走向人潮熙攘的菜市深处。

感觉着来自他身体的温度,米果觉得自己特别幸福,他们此刻就像是一对儿真正的烟火夫妻,为了柴米油盐酱醋茶,循迹于最普通的街巷小道。

回到车前,岳淳川把几个袋子放进后备厢,然后环顾四周,寻找着什么。

看到一间规模不小的便民超市,他对米果说:"在这儿等我一下,我买个东西,马上回来。"

米果点头,说:"好。"

可岳淳川走了两步,又折回来,对她伸出手:"钱包。"

米果啊了一声,赶紧从口袋里掏出他的黑色皮夹还给他。

岳淳川摸摸她的头:"真乖。"

米果脸红了,不过,心里却美美的。

等待的间隙,米果拿出手机给曹娜发了个微信。

"你和冯参谋在看电影吗?"

其实,她觉得这个可能性极小,因为她三步一回首被岳淳川拖走的时候,远远地,看到曹娜正黑着脸朝冯小海举起巴掌。

过了一分多钟,曹娜的回复过来了。只有一张黑乎乎的图片。图片里看不出什么,只有一个模模糊糊的轮廓。

正专心致志地研究这张图片的意义所在,忽听耳边传来岳淳川的声音:"看什么呢?"

米果赶紧献宝一样,举高手机,让岳淳川看她的微信界面。

"曹娜刚发过来的,你能看出是什么吗?"

岳淳川凝神盯着图片,看了三秒左右,随即,转开视线:"那是冯小海。"

"啊!"米果呆住了。

"我怎么看不出来呀!还有,你是怎么看出来的?咦,岳淳川,你怎么买这么多的补品?"米果总算是注意到那些价格不菲的营养品了。

米果紧张得快死掉了。

整个人都处于一种神魂不清的状态,头也晕晕的。

从黑暗老旧的楼道里朝上走,她几次绊到楼梯里放置的杂物,差点就摔倒了,要不是走在后面的岳淳川用身子托着她,并且时不时地提醒她注意脚下,她肯定会死得很难看。

四楼。这幢建于二十世纪七十年代的老旧楼房,统共也不过四层。

顶层比下面光线好一点,视野也变得开阔了,米果小口喘息着,抓着楼梯扶手,看着两手拎满东西的岳淳川,问他怎么走。

"左边,是小姨家。"岳淳川腾不出手,头向左边点了点。

"哦。"

米果转头,忐忑不安地挤了一下脸,然后,一步一挪地走到左边暗红色的房门前,停下。

和楼下那些随便堆放杂物的邻居们不同,岳淳川小姨家门口,非常干净,暗红色的大门虽然看起来有些年头了,可贴在门边的对联和绑在大门右侧上方的一捧干透的艾草,看起来还是簇新整洁得很。

看米果像是被定了身的木偶一样,呆立在门口,一动不动,岳淳川不由得觉得好笑。

她把他小姨想成什么怪物了?

好像从他在楼下告诉她,他们探望的人是他最亲的小姨的时候,她就变成这副灵魂出窍、魂不守舍的模样了。

上楼跌跌撞撞不说,到了门口,也不帮他叫门,就那样傻乎乎地杵着,似乎想把那道门瞪出个窟窿。

他走近,嘴唇在距离她圆润小巧的耳朵一厘米远的地方停住:"果果,敲门!"

她吓了一跳,惶然无措地抖了抖,转过头来,看他。

她不知道,她的辫梢不小心扫过他的嘴唇,痒痒的,带着一缕淡淡的果香。

他的眸色暗了暗。

"岳……岳淳川。"

吓都吓死了,还让她敲门。

岳淳川低头,神情无奈地用额头蹭了蹭她洁白无瑕的脸庞,开玩笑道:"你现在再说你是殡仪馆的工作人员,我都不会信了。"

她赧然垂首,轻轻地拉着他的胳膊,晃了晃:"对不起。"

岳淳川没办法强迫她,只好伸出拎着大包小包的右手,紧贴着她的身子,敲了敲门。

许是挨得太近,她肌肤的温度通过接触到的部位一下子传到他的身上,电流一样刺得他浑身一震,他的视线慢慢下滑,在她粉红润泽的嘴唇上面,流连了一会儿,才又咚咚地敲了两下。

杜宝林正在厨房里煮糖水。

听到敲门声,她以为是老姐妹们到家里来串门了,她应了一声,把火关到最小,小跑着出来开门。

"谁啊?是玉珍吗?"她拉开大门,朝外一看,不由得惊喜叫道:"淳川!哎呀,怎么是你!"

门外端立着的高大挺拔的武警军官,不正是她心心念念的外甥岳淳川嘛!

杜宝林高兴坏了,腾开身前的位置,让外甥进门:"你买什么东西啊,小姨是外人吗?我这里什么都不缺,人也健康得很,不需要那些贵死人的玩意儿!等会儿啊,你给你妈带回去,她倒是需要。"

岳淳川扑哧一下笑了,他的小姨,还是那么幽默。

他轻轻咳了一声,却没动步。

"小姨,我给你带来一个客人。"

杜宝林愣了愣，和外甥迅速交换了一个你懂我懂的眼神，然后，就看到岳浡川朝身后瞥了一眼，语声宠溺地叫道："果果，还不出来见小姨！"

杜宝林探了探头，看到岳浡川背后钻出一个圆圆脸的姑娘。

姑娘长得和照片上一模一样，特别喜庆，尤其是那双骨碌碌的大眼睛，扑闪着卷翘的睫毛，羞涩尴尬地望着她的时候，那模样，别提有多喜欢人了。

名字也好听，果果，是叫果果，对吗？

米果窘死了，她这个出场方式，快赶上古代的小媳妇见公婆了。

从小养成的习惯又使她顶着巨大的压力，尴尬地向对面那位眉目清秀的端庄长者，主动问候："小姨，您好，我是米果。"

杜宝林一听到那甜甜糯糯的嗓音，就笑眯了眼睛，她一把拉开外甥推进屋，然后，上前握住米果的小手，热情招呼道："好、好，小姨看到你，就觉得什么都好了。"

"进屋进屋！浡川，你还杵在那里干什么，还不快把东西放下。"杜宝林睨了一眼忽然变傻的外甥，拉着米果，走进家门。

岳浡川把营养品放在客厅的茶几上，另外几大袋菜蔬肉类，统统拎进了厨房。

他看到火上正煮着东西，揭开锅盖，一股莲藕清甜的香气，便一下子浸润了他的味觉系统。

从喉咙蔓延到胃，到心，再到四肢百骸，神经末梢，都被熟悉的香气，浸泡得暖意融融，舒适无比。

当年，他在小姨家寄住时，每天放学回家，都会喝到这样一碗清甜可口又润肺去火的莲藕糖水。

小姨疼他，最直接的方式，就是从味蕾上，让他充分感受到亲情的伟大。

后来他回家住，上大学，直至分配到消防中队，这匆匆而过的十几年光阴里，他总会想起自己曾经在这个不足六十平方米的平民家庭里，度过的一段永生难忘的幸福时光。

米果也闻到了藕水的味道。

她嗜甜如命。加了糖的卡布奇诺、番薯糖水、莲子百合红豆沙、西米露，甚至包括了那时不时就钻进她的鼻子，挑战她的控制力的莲藕糖水，都是她无法抵御的美食诱惑。

她忍不住咂了咂嘴巴，对忙着弯腰给她找点心小吃的杜宝林说："小姨，您别忙了，我不饿。"

杜宝林在洁白的瓷盘里，放上她手工制作的各色糕点，然后，端到茶几上，推向米果："尝尝小姨做的，味道比你们在外面买的，如何？"

米果只瞄了一眼,就咕咚一下咽了口口水。

她讶然叫道:"这些都是您自己做的?"

茶几上的瓷盘里,盛放着金黄色的柠檬酥,加了料的肉松卷,表皮焦脆的牛奶蛋糕,还有比街头糕点店里卖相更好看的脆皮蛋卷。

杜宝林拿了一个牛奶蛋糕,塞进米果手里:"给小姨当个评委,尝一尝!"

米果的眼睛倏地一下亮了,她知道自己应该表现得矜持一点,给小姨留下一个温文尔雅的好印象,可是,不行啊,她好像做不到啊。

对于一个贪吃成瘾的吃货来讲,放着美食而不去享受,那简直就是在犯罪。

盛情难却,她咬了一口牛奶蛋糕,在舌尖和蛋糕松软甜美的内里纠缠碰撞的刹那,她蓦地瞪圆了眼睛,看着充满了期待的小姨,力度超强地点头:"好吃……太好吃了!"

是真的好吃。不只是牛奶蛋糕,还有柠檬酥、肉松卷,还有入口即化、味道简直美炸了的蛋卷,让她的手简直无法从盘子和嘴里挪开。

等她意识到有些情形不大对劲的时候,她忽地缩回手,脸红得像是关公一样,瞅了瞅盘子,又瞅向小姨:"我……我吃多了。"

杜宝林从她吃第一口开始,嘴就没有合拢过,她做了一辈子的厨师,为数不清的食客服务,可眼前这个娇小可爱、胃口奇佳的姑娘,她还是第一次见到。

可能是淳川心爱的女孩,她便也欢喜得紧。

只觉得这孩子什么都好,长得又可爱,尤其是吃东西时,不做假。而且,就算眼睛亮得想要吞下盘子,可还是一口一口地,极有耐性地吞咽,她会用手小心接着散落的蛋糕屑,所以吃完东西,她的身上也是干干净净的,一看就是好人家教出来的女儿。她很满意。

岳淳川端着两碗糖水从厨房里走出来:"小姨,糖水好了。"

杜宝林愣了一下,猛地伸手拍向脑门:"哎呀,瞧我,连糖水都忘了!"

岳淳川的视线扫过那个总是处于害羞状态的小米果,微微勾起唇角,吹了吹烫手的糖水:"这次的藕很新鲜,感觉特别甜。"

杜宝林笑着起身:"那是自然的。我啊,今天给糖水里加了马蹄,它和藕搭配起来,才是真正的莲藕糖水!"

岳淳川笑了笑,把其中一只瓷碗递给杜宝林:"您尝尝!"

杜宝林接到手里,喝了一口,露出满意的笑容:"是不错。"

岳淳川稀里呼噜喝了几口,一仰头,碗便见了底。

他故意咂了一下嘴,赞道:"还是老味道!"

果然，沙发里有一抹身影坐不住了，他先是看到一双充满了期盼的黑色瞳眸，幽幽地跟着他，看到他不理她，眼睛里迅速涌上失落，嘴唇撇了撇，头也跟着耷拉下去了。

岳淳川忍着想要爆笑的冲动，视线瞥过茶几瓷盘里快被消灭干净的点心，装作漫不经心地调侃道："哟！点心可没了！"

那抹小身影倏然震了一下，头垂得更低了。

杜宝林看不下去了，她瞪了岳淳川一眼："不许欺负果果！"

她拉起沙发里的米果："走，跟小姨喝糖水去！"

米果立刻抬眸，看着小姨，笑了。

她走进厨房的时候，朝那个故意欺负她的男人做了个鬼脸示威。

岳淳川无奈摇头，低低笑着。

没过一会儿，厨房里便传来了他所熟悉的、那样令人心情愉悦的惊叹声和笑声。

小姨温柔的声线。

她小马达一样喋喋不休的语声。

交织在一起，让他感受到了久违的、真正的、家的感觉。

厨房里，杜宝林试了试油锅上面蒸汽的温度，觉得火候刚刚好，便用手夹起腌制好的肉柳下进油锅。

哗啦啦一阵脆响，细条的肉柳便在高温的作用下迅速翻腾膨胀起来，炸开的面衣，像是一个个张开的翅膀，煞是好看。

米果闻了闻扑鼻的香气，忍不住朝前凑了凑，看到油锅里胖胖的快要熟透的小酥肉，不禁赞叹道："小姨，它们怎么长得一模一样啊。"

杜宝林扑哧一声笑了："怎么可能一样啊，我的手又不是机器。"

厨师的刀工再好，也不可能做到切出的菜品形状是一模一样的，他们只是尽可能地把平凡的食物变得好看、艺术，让食客们看到外形便有了旺盛的食欲，这就是他们这些厨师做菜的最终目的。

米果看杜宝林用油笊篱在翻滚的热油里推了几推，之后，她捞了一块已炸成金黄色的小酥肉，递到米果面前："尝尝，看熟了没。"

恭敬不如从命。米果早就想这么干了。

拿起笊篱上的小酥肉，却又倏地一下丢开："啊！好烫！"

杜宝林凑到嘴边，吹了吹，再次递了过来："慢点。"

米果冲着杜宝林不好意思地笑了笑，她把右手拇指和食指举在嘴边吹了吹，然后，小心翼翼地拿起小酥肉。

她呼呼地吹风,试探性地咬了一小口。

小酥肉表皮酥脆,咬下去发出嘎吱嘎吱的脆响,里面的肉柳香气扑鼻,腌制的作料很好地入味,肉很嫩,几乎不用费力就嚼化了。

"熟了吗,果果?"杜宝林看她半天不吭声,以为还没熟,刚要加大火力,再炸一会儿,却听到米果发出一声满足的叹息,悠悠的,带着前所未有的满足和感动的叹息声:"嗯。"

这声叹息经历了由升到降再到升的起伏转折,是一个资深吃货在吃到非常好吃的食物时,发出的,那种习惯性的赞叹和肯定的声音。

真的,真的,太好吃了。

她意犹未尽,吮着指尖上残留的肉渣,眼睛亮亮地盯着杜宝林手里的油笊篱。

上面,已经捞起了满满的金黄色的小酥肉,正准备放进控油盘里沥干。

杜宝林朝米果努努嘴:"吃吧,小酥肉刚炸好,是最脆生的时候。"

米果想了想,还是摇摇头:"没关系,我等着吃小姨做的糖醋肉。"

杜宝林笑了笑,把笊篱放好,然后又一个一个朝油锅里丢之前腌制的肉柳。

她一边手脚麻利地干活,一边随意问道:"果果,你是做什么工作的?我看你,对吃这方面,倒是很讲究。"

米果讶然抬眸,看了看面目慈祥的杜宝林:小姨,还不知道吗?

她极小心地咬了一下嘴唇,回答说:"我在殡仪馆上班,是一个遗体整容师。"

杜宝林的手蓦地一滑。

一个肉柳就那么直通通地掉进了滚烫的油锅里,溅起的油花,恰好有几滴落在她的手背上。

"哟——"杜宝林低叫蹙眉,米果赶紧上前抽回杜宝林还搁在油锅边缘的手:"小姨,烫着了没?让我看看!"

看到杜宝林手背上红红的几处烫伤,米果顿时慌了起来。

还有深深的内疚,她为什么那么笨,难道,不会挑一个温和点的方式向小姨说这件事吗?

哪个正常人会受得了她的职业?

顾不上自责,她拉着杜宝林去水龙头冲水,她的急救常识不多,但小时候她也被热油烫过,米爸爸说,一定要先冲凉水,带走过多的热量,然后再上药处理。

杜宝林几次想挣开,她想告诉米果,这点小伤根本不碍事,就算不冲凉水,也不会起泡的,可不知为什么,当她被一脸紧张的米果胁迫着冲洗降温时,她却忽然变得安静下来。

从侧面,她可以清晰地看到米果的表情。

米果特别认真地,小心翼翼地冲洗着她的手背,一边洗还一边向上面吹气。米果有着一双大而圆的黑亮清澈的眼睛,她的睫毛像淳川一样,长得如同一把小扇子,扑闪扑闪的,特别地吸引人。

在被烫着之前,她确定,她是很喜欢米果的。

这个姑娘,眼神干净纯粹,一看,就是个心无城府的善良的女孩。她单纯又可爱,不会做假,不会装腔作势,更不会像长大了的孔家姑娘那样,无论和谁,都好像隔着一道墙,不好亲近。

原本,她是很喜欢米果的。

可她,万万没想到,米果的工作会是……

怪不得淳川会找她求救,看来,姐姐杜宝璋一定是知道了。

杜宝林最后还是抽回手,她笑着摇摇头:"没事,果果,你别担心,这点小伤,我以前在饭店的时候,几乎每个礼拜都要经受一次,早就习惯了。"

米果难过地垂首,嗫嚅道歉:"都怪我,我不该吓到您。"

杜宝林淡淡一笑,拿过油笊篱,翻搅着锅内已经变色的酥肉。

过了一会儿,她对米果说:"你让淳川把碘酒拿进来,他知道放在哪儿。"

米果哦了一声,出去找岳淳川。

岳淳川正靠在客厅的沙发上闭目小憩,听到熟悉的脚步声,他睁开眼睛,却看到神色不大对劲儿的米果走了过来。

"岳淳川,我犯错误了。"米果低声说了一句,就俯下身子,蹲在他半躺着的沙发前,神色凄惶地看着他。

岳淳川慢慢起身,揉了揉因为严重睡眠不足而干涩疼痛的眼角,他摸了摸米果的头顶,问她:"怎么了?"

米果就把刚才发生的事说了一遍,当她说到杜宝林因为被她吓到烫伤了手背时,岳淳川急匆匆地站了起来,他径自走进家里的储藏室,找到一个急救药箱,从里面拿出一瓶消炎碘酒,大步走向厨房。

经过客厅的时候,他对米果说:"看会儿电视吧,我一会儿出来陪你。"

米果勉强笑了笑。

杜宝林看到岳淳川进来,便把抽油烟机按小了一个挡,这样,讲起话来也方便。

她示意岳淳川把门关上,岳淳川听话关门,然后,不等杜宝林说话,便先拉过小姨的手,给她的伤处点上碘酒。

杜宝林一眼望去,看到当初那个喜欢喝糖水的外甥已然长成了一个磊落挺拔的大人,不由得一阵鼻酸。

她欲言又止,不知道该如何开这个头。

等她好不容易下定决心,想要劝他三思而后行的时候,却忽觉手心一空,耳边听到他沉稳却坚定的声音:"小姨,您要是想劝我离开米果,那您就不要说了。"

杜宝林愕然半晌,逼仄的厨房里,只有抽油烟机呼呼的风声。

她有想过淳川是真心喜欢那姑娘的,不然的话,也不会带她登门认亲,可她没想到,淳川竟对那姑娘情深至此,竟连她的话,也不肯听了。

她难过地侧身,重新开火,准备开始做糖醋肉。

"小姨,我知道米果的工作您和我妈都不太能接受,可我想,您是个明白人,应该比我妈更懂我想要的,是什么样的婚姻生活。米果您见到了,抛去她的工作不说,她是不是个好姑娘?"岳淳川问道。

杜宝林无法反驳,因为她的心里,很喜欢外面那个单纯善良的姑娘。

"我不奢求您见一次就能喜欢上她,但求您能看在我的面子上,给她一个机会,也给我们一个机会。小姨,您一向疼我,就算我恳求您,能不能帮帮我们!"岳淳川言辞恳切,表情无比认真。

"我……"杜宝林心中不忍难为外甥,但是,又实在……

最终,还是割舍不断的舐犊之情大过天,她咬咬牙,应承下来,岳淳川松了口气,可她的心却变得沉重起来。

她的姐姐。

素来强势冷傲,她会听自己的吗?

杜宝林完全没有一点把握。

煎炒烹炸,杜宝林使出浑身解数,做了一桌子色香味俱佳的软硬菜招待米果和岳淳川。

可能是之前的事多少影响了屋内的气氛,就算是对着一桌令人口水大动的美食,米果也变得没那么"贪婪"了,她小口吃菜,而且,只夹自己面前盘子里的。

岳淳川看不下去了,夹了一筷子小姨的绝活糖醋肉放进米果的碗里,米果倏然抬眸,受惊一样的表情,看得杜宝林愣了愣。

岳淳川也是蹙眉:"不是爱吃肉吗?怎么净捡着素菜吃。"

米果目光忐忑地看了一眼杜宝林,语声轻微地解释:"可能之前点心吃多了,这会儿不太饿。"

岳淳川深深地看了她一眼,又夹了一筷子其他的荤菜堆放到米果碗里。

他言简意赅:"吃!"

米果哦了一声,埋下头,强迫自己吞咽碗里小山一样的饭菜。

杜宝林微微叹了口气,搁下筷子。

"果果。"

"啊!"米果讶然抬头,嘴角还粘着一粒白米饭。

"你们的事淳川都跟我说了,还有……还有你工作的事情,他也跟我说了。小姨不是个糊涂人,所以,你别害怕。淳川既然认准了你,我自然也就把你当成这个家的人了,以后啊,别再见外,小姨的家,永远欢迎你们,也欢迎你,知道了吗!"杜宝林说。

米果呆呆地看着杜宝林,过了一会儿,她才揉了揉泛红的眼睛,低低地叫了声:"小姨……"

心情好了,胃口才能放得开。

后半段米果还是吃得很嗨的,荤素搭配,加上开胃消食的汤水,一餐晚饭下来,她几乎撑破了肚子。

岳淳川吃得也多,几乎是他平时晚餐量的一倍,放下筷子,拿起纸巾,先递给心满意足的米果一张,然后留下一张擦了擦自己的嘴唇。

杜宝林起身收拾餐具,可是被米果抢了先。

"我来!小姨,我来!"

"你是客人,怎么能让你刷碗!"杜宝林不肯。

岳淳川笑着摇头,趁她们还在抢来抢去的时候,麻利地收拾了一摞空盘子,先送进厨房去了。

再出来,他就一边推一个:"还是我来吧,你们去客厅,歇着聊聊天。"

杜宝林虽然心疼他,可她也不想错过和米果单独聊天的机会,于是,便点点头,同意了。

她拉着米果去客厅,端出干果和葡萄,和米果挨坐着,问起了米果家里的情况。

岳淳川以前也经常帮着杜宝林做家务,刷碗拖地这些简单的体力活,他做起来很是得心应手。

不一会儿工夫,碗盘就洗涮干净了,有些锅具,粘了锅巴不好刷,他就用开水泡,然后用钢丝球剐蹭。

水流声叮咚,透明清澈的水珠荡涤着污浊,还回洁净。

他正低头专心忘我,却忽觉腰际一紧,一双熟悉的、胖胖的小手,伸过来,在他的腰部前方交汇,缠绕。

他的手指顿了一下,头微微偏过去,瞄了一眼紧贴在他的身后的女孩。

看不到表情,也不知道他家姑娘是高兴还是难过。不过想来,小姨也不会为难她的。

他继续刷着手里的锅子,等着她主动坦白。

果然,也就是几秒的光景,她忍不住开始叹气了。

"岳淳川,你为什么那么好啊。不仅人长得好,会救人,还会做家务,你样样都这么好,就显得我很笨,你知道不知道啊。唉,每次和你在一起,我都有一种偷了别人家宝贝的愧疚感。总觉得,你有一天会离开我。岳淳川,我是不是很傻啊……"

因了这一席话,和熨帖在他背上的暖乎乎的身子,他唇边的笑意越来越浓。

"是挺傻的。"

"喂!你!"她用力勒了一下手臂。

他嘴角微扬,淡淡笑道:"小傻子。我就是你的,这一辈子,就只属于你一个人。"

他感到紧贴着他的小身子猛地颤了一下,而后,传来她故作淡定的声音:"这还差不多。"

他问:"小姨呢?"她说:"小姨被邻居阿姨叫走了。"

他就在前头呵呵笑,她问他笑什么,他就说,怪不得某人会这么主动大胆。

说完,他就后悔了。

因为倏然间,带给他丝丝暖意的胳膊忽然从他腰间撤走了,她红着脸拍了他一下,赧然呵道:"你找打!"

他便笑了。

在她意识到不妙,准备逃遁之前,抢先一步,用挂满水珠的大手,揽住她的腰,把她紧紧纳入怀中。

她几乎是被他夹起来抱着的,脚尖都挨不到地了,她低声惊呼,伸出双臂,本能地抱着他的脖子:"岳淳川!"

"嗯。"他顺势而为,微微低下颈项,嘴唇沾了一下那个粉红色的诱人唇瓣,却不深入。

她呼吸急促,睫毛惊颤如同振翅欲飞的蝴蝶。

他。

他不会在这里。

想要亲她吧。

岳淳川确实想好好亲亲她,再不要像之前那样浅尝辄止,徒留他一人收拾残局。

而面前这个和他呼吸相闻,浑身上下都散发着甜美气息的女孩,简直就像是人饥渴时从天而降的丰美食物,令他的渴望,在瞬间达到顶峰。

可就在他准备采撷掠夺,以飨口腹之欲的关口,却忽闻大门一阵响声,紧接着,小姨熟悉的脚步声便在屋里响起。

米果浑身紧绷，推了他一把："快放开。"

虽然不情愿，可他还是无奈地放了她出去。

深深地呼出一口气，他这才转身，继续把剩下的锅具刷完。

所有的家务结束以后，岳淳川和米果又陪着杜宝林看了半个小时的电视，才告辞离开。

杜宝林坚持送他们下楼，米果便主动搀着她，小心地从四楼到一楼。杜宝林一生孤苦伶仃，鲜少享受到这样的待遇。她笑得合不拢嘴，见到晚归的邻居，就向人家介绍，这是她的外甥和女朋友。

总算劝回杜宝林，岳淳川这才牵着米果的手，向停车位走去。

夜色正好，树影花香，月如弯钩，挂在丝绒一样平滑深邃的夜空之中。

"不知道小姨喜不喜欢我。估计印象不会好吧，我什么忙都没帮到。"米果怅然叹息，对她今天的表现很不满意，连带着，就怨起他来，"下次，再见你家里的人，能不能提前跟我说一声，好让我有个思想准备。"

岳淳川微微一笑，手指一紧，便在树底下的阴影处，把她带进了怀里，半拥着，在她渐渐变得急促的呼吸声里，低声调侃道："下次。下次就是丑媳妇见婆婆了！"

米果愣了一下。

见婆婆！

可不是吗，下次，应该就是见婆婆了。

婆婆，素来就是长辈里面地位最特殊的一个角色。

因了这个不可轻易亵渎臆测的称谓，再加上烧脑的影视剧看多了，所以米果在回程的路上，一直在向岳淳川打听关于他母亲的信息。

从性格爱好，到穿衣吃饭，从工作出行，再到生活习惯，事无巨细，她的小脑袋里只要能想到的，恨不能都问个清楚。

车子到了平安小区，她的嘴里兀自还在念念有词。

"早上六点起床，出门练太极，七点早饭，七点半出门步行去学校上班。喜欢吃素菜，不喜荤腥，生活规律，晚上按时看新闻节目，过后就洗漱看书睡觉，还有……还有……身体不好，血压偏高……"

岳淳川一脚踩下刹车，蹙眉看着米果："你在念经呢。"

米果揉揉额头："那你有没有笔，我记下来，就不念了。"

岳淳川瞪着她，不出两秒，唇角就高扬起来，他赏了她一个栗暴，忍俊不禁地命令道："下车！"

米果抱着头嗷嗷叫,之后,就被他拉开车门,当癞皮小狗一样从车里拖了下来。

牵了她的手,走在平安小区,夜色已然深浓,路上看不到什么人,偶尔经过的车辆,也放慢速度,怕影响到附近居民休息。

"岳淳川,你妈妈是不是很厉害啊?我听你说的,她是一个生活极其规律的人,又是大学教授,肯定特别严肃,是不是?"米果还在担忧未来见婆婆的事。

岳淳川看看她:"我妈没那么可怕,她也是一个人,只不过,她比平常人要求高了一点。"

米果唉了一声,晃了晃他的手,月光下,她神色戚戚惶惶的,竟像是明日就去见传说中的恶婆婆一样,岳淳川不禁莞尔。

他拉着她走向米家楼前的活动区,那片有着茂密树影的沙坑,他为她心动等待的地方。

四下里静悄悄的,偶尔响起一两声鸟鸣,路灯光斜斜地从高高的树丛中透进来,把他们的影子无限拉长。

似乎意识到什么,米果的脸红红的发烫,从垂下的睫毛里偷瞄着他,轻声问道:"岳淳川,你带我来这儿做什么?"

他离她极近。

两人几乎是挨着。

他低头,凝望着她,原本黑沉内敛的眸子,此刻却是亮如星辰。他含笑的瞳仁里,映出她白白的脸庞,隐隐含着令她紧张却又迷醉的情愫。

"果果。"他轻声叫道。

她抬眸,遇上他火烫的目光,顿时,羞得垂下睫毛。

"哦。"

他俯下身来,大手托住她的后脑,使她头颈微微后仰,她本能地合上眼睛,然后,就感觉到他的嘴唇落在她的上面,湿润而又温暖。

和前次一样,好闻的男子气息,盈满了她的鼻腔。

她以为很短就会结束,可这次却和以往不同,他竟主动探过舌尖,刷动她敏感的牙龈,她蓦地睁眼,嘴唇惊愕开启,于是,他就那么进来了。

进来的同时,他低低地嗯了一声,声音极其享受和愉悦。

再然后,她就失去记忆了。

只知道,他放开她的时候,她就像是一个溺水而出的濒死的动物,大口大口地呼吸着新鲜的空气。

她的脚虚得站不住,手臂勾在他的脖子上,紧贴在一起的身子也感受着他肢体的紧绷和坚硬。

她不敢看他的眼睛,头蒙蒙的,视线只围绕着他形状美好的嘴唇打转。

看着看着,不知道怎么的,她竟又贴了上去。

她想尝尝他嘴唇的味道,因为看起来,实在是太诱人了。

岳淳川也是情难自禁,他紧紧地抱着米果软软的身子,恨不能把她嵌进身体里面。只觉得这样子吻多久、吻多深都不够。

正当他们沉溺在醉人的情潮当中无法自拔之际,忽听得树丛外的街道上,传来一阵整齐有力的脚步声。

听到这熟悉的声音,米果条件反射一般,猛地推开岳淳川!

岳淳川不防,后退的时候,不小心踩到了一个被人丢弃在这里的啤酒罐。

"咔嚓!"

紧接着,树丛外面就响起一道令米果魂飞天外的暴喝声:"谁!谁在里面!"

是米爸爸!

在一起日夜不分地待了二十几年,米果就算是做梦,也能分辨得出那铿然有力的脚步声和充满了正义感的呵斥声,来自谁。

爸爸!

米果像是一个被揪上刑场即将执行枪决的死囚,浑身打抖,面色惨白,一副天塌地陷般的末日表情,双目直通通地盯着树丛,就差没软倒在地上了。

岳淳川原本被推了一下,就觉得够突兀的了。如今看到她魂不守舍,一副被吓惨了的模样,不禁眉心微蹙,讶异地叫道:"果……"

下一个"果"字还没喊出来,就觉得眼前一花,紧接着,他的嘴就被一只还带着蛋糕味的冰凉的小手死死地捂住了。

他也被吓到了。

她是怎么做到的,他们之间刚才至少隔着一米多远的距离,怎么瞬间的工夫,她就扑过来了,还准确无误地堵住了他的嘴。

这就是潜能,是爆发力。

很久以后,米果想起那晚的惊险一幕,还是心有余悸。

岳淳川太高了,她的脚尖已经呈现芭蕾舞的标准姿势,脚指头也磨得生疼,却也只能刚刚够到他的嘴巴。

"我爸爸……爸爸……是我爸爸!"米果用低到不能再低的声音,反复提醒岳淳川。

岳淳川愣住。

米果的爸爸？

瞬时，他脸上的表情也变得丰富微妙起来。

可就在岳浡川急速运转大脑，想着接下来可能出现的，成百上千种见面的情形时，树丛外又是一声暴喝。

"谁？到底是谁？"

脚步声沉重，清晰，似乎，已经到边了。

米果慌了，她像一只被吓破胆的小兔子左右闪了闪，发现没有能躲的地方，就又急得原地跳了跳，感觉到树丛响起沙沙地拨动枝叶的声响，她从喉咙里挤出一声模糊的悲咽，而后，像是又被激发出了潜能，竟强按下有所动作的岳浡川，豁出去似的，冲着树丛那边叫出声来。

"喵……喵喵……"

"喵……"

所有的声音都静止了。

无论是先前的脚步声，还是岳浡川沉重而又急促的呼吸声，都听不到了。

谁也没想到她会学猫叫。

连她自己也没想到，情急之下的她，竟会学起楼下刘奶奶家里大花的叫声。

愣了短暂的两秒，她迅速弯腰，捡起一块石头砸向另一个方向的树丛。

这次的喵声小了一点，像是猫已经跑远了。

果然。

性格大大咧咧的米爸爸上当了，他嘟哝了一句："原来是大花啊。"便退了出去。

没过一会儿，脚步声渐渐远去，四周又恢复了之前的静谧。

空气里飘散着月桂幽幽的香气，可是谁也无心去品咂和回味。

米果抚着胸口，脚步虚软地退了一步，脸上依旧是惊恐未除，声音哆嗦地叹道："吓死我了，呜呜呜。"

回头看向岳浡川，却看到一张比这深浓夜色还黑的俊脸。

她的心颤了颤，抓了一下衣角，低声解释："我……我不知道我爸爸会过来。"

岳浡川用他那双黑黝黝的眸子，若有所思地瞪着她。

她更加心虚了："岳浡川，你是不是生气了？"

岳浡川看看她，语气不咸不淡地反问道："你说呢？"

她欲言又止，最后，还是底气不足地，低下头去。

是她太顾及自己，却忘了他的感受。

试想一下，如果一个男人被女朋友藏着掖着，连父母都不敢公开，是不是挺塞心的,尤其,这个男人,还是素来清高冷傲的岳淳川。

好像,她又做错了。

做错了事就要勇于承认,米果从小受到的家庭教育就是这样的。所以,她正要以百分之二百的诚意向岳淳川道歉的时候,却听到他长长地叹了口气,之后,她的头顶,传来一阵熟悉的力度,他的大手盖着她黑黑的发心,揉了揉,声音低哑地说:"果果,你对我有点信心好不好?"

她蓦地抬头,想说,我一直对你很有信心。

可是看到他明显优于自己的出色的五官轮廓,她又变得没那么想说了。

岳淳川也没再为难她,而是再次牵起她的手,把她送到了家门口。

当然,只是在楼道口,他就知趣地停了下来。

他怕吓坏她,毕竟,今晚他已经做了许多吓到她的事。

"回去吧,不早了。"他说。

她嗯了一声,冲他挥挥手,走向黑漆漆的楼道。

他用皮鞋在地上轻轻跺了一下,楼道的感应灯应声而亮。

她原本就走得慢,看到灯亮了,她干脆停了下来。

他以为她是被惊到了。

可就在他准备提醒她快点趁亮上楼的时候,那抹小小的影子却蓦地转身,朝他跑了过来。

没等质询,腰际一紧,她的手臂已经环了上来,脸也贴向了他只穿着衬衣的胸口。

他愕然片刻,手慢慢抬起,落在她柔软的脊背上,然后,抱紧她。

米果也不知道自己这是怎么了,似乎从刚才开始就舍不得让他走,所以,当灯光亮起的刹那间,她积攒的勇气也一下子爆发了。

她的耳边回旋着他强而有力的心跳,指尖下,是他健美修长的体魄,他离她如此近,连呼吸声都清晰可闻。

她的患得患失,都源于她的不自信,可现阶段,她实在无法把自己和他上升到同一个高度。

希望,他能明白。

岳淳川怎能猜不出她的心思呢,虽然是他主动追求的她,可是绕过了男女正常交往的顺序,直接便进入主题,所以才导致从未恋爱过的她,缺乏自信。

默默地依偎了一会儿,听到楼道里有响动,他拍了拍米果的肩膀,俯身提醒说:"有人。"

她反射般地推开他,迅速和他保持在三步远的距离。

岳淳川摸着额头,无奈地笑了笑:"快回去吧。"

这次米果不敢再耽搁了,她匆忙挥手,红着脸跑进了楼道。

不一会儿,楼道里隐约传来她软软糯糯的叫声:"刘奶奶,您遛猫去啊。哟!大花,花花,好可爱哦。喵!喵喵!!"

岳淳川正准备抬步离开,听到这几声,又停了下来。

想起之前惊心动魄的一幕,他不禁扑哧一声笑了出来。

原来,大花,是一只猫。

Chapter 26

为米果喝彩

米果因为受到惊吓,再加上和岳淳川擦出火花的热吻,热得她一晚上没睡好觉。

周一。起床的时候,脑袋不小心撞到书桌,疼得她嗷嗷乱叫。

吃饭的时候,一粒米不知怎么的,钻进了她的气管,差点没把她呛死。

挤公交车,更是倒霉,她被一个穿着细高跟鞋的女人狠狠地踩了一脚,后半程,她硬是靠着一块德芙巧克力才熬了下来。

到了单位,她一瘸一拐地先去司仪班找曹娜。

曹娜正在更衣室换工作制服,她待会儿要主持葬礼。

从镜子里看到更衣室门口探头探脑的小脑袋,她哼了一声,撇嘴骂道:"还不给我滚进来!"

米果步履蹒跚地滚了进来。

曹娜从镜子里瞄了一眼行走畸形的米果,想说什么,又强自忍住了。

米果从背包里掏出一个红红圆圆的大苹果,捧到曹娜面前:"看在苹果的分上,原谅我好不好?"

曹娜绷着脸,推开她的苹果,继续对着镜子整理领口。

米果自觉理亏,所以乖乖地等在一边,等曹娜拾掇好了,才可怜兮兮地看着曹娜,恳求说:"老天爷已经惩罚我了,你看,我的头被撞了,还有脚,被高跟鞋给踩了。我已经被狠狠地惩罚过了,所以,娜娜,你别生我的气了,好不好?我发誓,以后再也不会骗你了。"

曹娜睨着凤眼瞪着米果。

这调皮孩子,今天的状态确实不怎么好。

额头上鼓个大包,还有脚上的白色帆布鞋,脚指头那里生生多出了一个洞,可见,当时踩她那人有多狠了。

她也不是真要和米果过不去,只是咽不下这口气而已。

曹娜虽然还绷着脸,可是语气到底是先软了下来,她狠狠地瞪了米果一眼,指着更衣室里的椅子:"坐下!"

米果老老实实地坐下。

曹娜蹲了下来,径自伸手去解米果脚上的鞋带。

米果大惊失色,脚向后缩,却被曹娜一把拽住脚踝,啪地打了一下。

"别动!"

"娜娜。"米果叫了一声。

曹娜三下五除二,利索地解开米果的鞋带,然后,力道放轻,一点一点脱下了米果脚上的帆布鞋。

白色的运动短袜,被踩的脚指头那里,破了一个洞,仔细一看,破损的边缘处竟有血渍从袜子里渗了出来。

曹娜拧紧了眉头,米果也呆住了。

被踩的时候,她就只觉得疼,后来疼痛渐渐麻木了,她以为没事了呢,不想竟会出血。

她不安地动了动脚趾,正想说回整容室她再处理,却见曹娜霍然起身,喊屋外的同事:"小丁,把急救箱拿过来!"

小丁以为出了什么大事,先探头进来看了看里面的情况,才赶紧跑去抱来急救箱。

于是,换衣服的几个礼仪班的同事都围了过来。

众目睽睽之下,米果被曹娜小心翼翼地剥去袜子,露出了圆乎乎、白乎乎的脚趾。

其实脚指头就是擦破点皮,不足挂齿的小伤,因她人缘好,所以才引起这么多同事的关注。

等曹娜动作利落地收拾好她完全可以忽略不计的创口,米果早晨梳得好好的马尾辫已成了打蔫的黄瓜,大家太热情,见帮不上忙,于是,就一个两个地拽拽她的辫子表示慰问。

围观的同事渐渐散去,曹娜也从地上站了起来。

她看到米果蓬头塌脸的模样,到底没能坚持住,扑哧一声,笑了出来。

米果一看曹娜笑了,脚上被药水蜇得生疼的地方,也没那么疼了。

她扯了扯曹娜的衣摆:"娜娜,你不生我气了?"

曹娜偏过脸:"懒得理你。"

米果松了口气,看来,曹娜是原谅她了。

因为脚还光着等药水干透,所以米果就坐在椅子上一边晃着脚丫,一边偷偷地打量着准备去吊唁厅工作的曹娜。

曹娜这几年,出落得越发漂亮了。

高挑纤细的身材,精致玲珑的五官,尤其是她那双顾盼神飞的丹凤眼,轻轻一瞥,那效果,绝对是迷倒一片。

咦?

曹娜的嘴……

米果顾不得自己还光着脚,噔噔噔上前一把抓住曹娜。

"娜娜,你的嘴怎么肿了?"

曹娜正拿着隐形话筒朝衣服上别,被米果抓住手,不禁愣了一下,之后她又迅速低下头,躲避着米果探照灯似的目光。

米果光着脚,袜子掉在地上,曹娜拧起眉头,反手拉着米果,把她按坐在椅子上。

"不是……娜娜,你的嘴怎么回事啊。怎么像是被蚊子叮过了?"米果指着曹娜的嘴。

曹娜的脸红得跟早晨的霞光似的。

她没回答,而是拿起掉在地上的白色棉袜,抓住米果的脚:"别乱动!"

米果还想挣扎,她忽然抬头,目光凶悍地瞪着米果,吼道:"叫你别动了!"

米果吓得一激灵,立马就老实了。

可是之前一直被她忽略掉的,曹娜红肿的嘴唇,却变得越发清晰起来。

曹娜闷头给米果穿上袜子,顺带着又套上鞋子。

她没有立刻起身,而是蹲在地上,摸了摸脑后一丝不苟的盘发,咬着牙说:"冯小海就是那只蚊子。"

不等米果反应过来怎么回事,曹娜站起身就朝外面走去。

米果愣了愣,忽然大叫一声。

曹娜以为她的脚出了什么问题,于是,走到门口又折了回来。

"脚又疼了?"曹娜蹙着眉,作势要蹲下。

米果却拉着她的胳膊,仰头看着她,一本正经地问:"你和冯小海亲嘴了?"

"……"

曹娜拧眉,看看四周,确定没人,直接敲了米果一记栗暴。

"你懂什么叫亲嘴吗,就敢在这里胡说。"

米果看看她,脸上腾起一片可疑的红云。

曹娜一看不对劲儿,立刻转了转脑子,于是,扑哧一下再次笑喷。

"我说呢,你这个傻大姐怎么变得细心了,忽然关心起我的嘴来了,原来,你已经吃到唐和尚的肉了。怎么样,好不好吃呀,哈哈哈……"曹娜大笑。

米果臊得想钻地缝,她捂着脸,晃晃肩膀:"讨厌,你不许说。"

曹娜还想细问,却发现工作时间到了,她一边去拿讲稿,一边指着米果:"等我回来再好好审你,你必须把具体细节什么的想清楚,到时候哪一句话说不到点子上都不行!"

米果又羞又臊,再加上曹娜的威胁,她立刻从椅子上跳起来。

尽管脚还不利索,可她就那么瘸啊瘸的,像落水狗似的,溜走了。

边跑边神情警惕地回头看曹娜,曹娜又好气又好笑,刚想提醒她注意脚下,就听到砰的一声,米果竟硬生生撞到礼仪班的大门上了。

曹娜不忍直视,捂着眼,笑得弯了腰。

米果拖着满身伤痛回到了整容室。

郭台庄去民政局开会了,今天的整容师只有她和王秀娜。因为她在礼仪班耽搁了一会儿,所以一到整容室的时候,王秀娜已经把逝者的遗体从停尸房里接了进来。

王秀娜看到米果,眼睛一瞪:"你咋破相了呢?"

米果扁扁嘴,垂头丧气地说:"今天估计是我的衰日,从起床到现在,没一件事是顺当的。"

王秀娜对此深表同情。

米果一边换工作服,一边问在里面准备整容器具的王秀娜:"秀娜姐,今天几单?"

王秀娜回了声:"十个!"

米果松了口气。

王秀娜又加了一句:"上午的!"

米果呆了呆,果然,今天是她的衰日。

这一忙就忙到了午饭时间,因为少了一个人,所以,米果和王秀娜只能换班去餐厅吃饭。

米果让王秀娜先去,她想见缝插针,为一个自然死亡的老人家整理仪容。

到停尸间接到标有名牌的遗体,和值班员一起把遗体抬放到车子上,推到整容间,这是米果每天要重复无数次的工作流程。

掀开盖布,米果先观察了一下逝者的面部,而后用戴了医用胶皮手套的手指感受了一下逝者身上的温度和僵硬程度。

逝者是一位老先生,八十四岁,衣服都已经穿戴好了,不用她再去费力搬动遗体。但是遗体在冰箱里冻的时间长了,所以,脸部显得比较僵硬。

米果先用消过毒的毛巾,浸泡了温水,盖在老先生的脸上,焐得软一些,才好上妆。

等待的间隙,她准备好刮脸的器具,差不多好了,她揭去毛巾,然后用刮刀沾了温水和泡沫小心翼翼地转换着各个角度刮去老先生嘴唇四周的胡须。

胡子一刮掉,人的面部立刻就看着精神了,原本的面部颜色也显现出来,米果根据老先生的五官轮廓,调好油彩,慢慢地、细致地,涂抹到老先生的脸上。

由于是近距离操作,加上室温的缘故,遗体的面部被热毛巾焐热后会产生一些味道。她虽然戴着口罩,但依稀还是能够闻到,她已经习惯了这种刺鼻的气味,太难闻的时候,她就停下来,去外间吸上两口清新的空气,或者是闻闻她放在桌上的橘子皮,然后再继续工作。

她比一般遗体整容师干活细致得多,她会根据逝者的面貌调出不同的底色,或深或浅,或纤白或浅黄。唇色上面,也不会一味用大红色的唇彩去表现,而是根据每一位逝者的整体妆容,用最合适的颜色去表现出最好的状态,让逝者们的家属看到之后,能好受一些。

王秀娜回来换她去吃饭,米果一路走到餐厅,发现脚上的伤已无大碍。

她不由得在心里谢了谢曹娜,虽然早晨那档子事最后演变成了不可收拾的局面,到最后她竟成了被抓包的倒霉蛋,但是她一点都不生气,反而还有点高兴,不单单是因为脚好了,能走路了,而是她得知曹娜和冯小海进展神速,觉得他们之间有戏,才高兴得不得了。

"李师傅。"餐厅的李大厨是郭台庄最铁的兄弟,他们从年轻小伙熬到现在白发苍苍,几十年积攒下来的深厚友谊不可撼动。

李大厨爱屋及乌,对郭台庄的爱徒也很是照顾。知道她们工作辛苦,就会在打饭的时候,故意给她加菜。

今天也不例外。

李大厨看到受伤挂彩的米果,干脆把他私藏的,准备留着自己享用的一盘红烧排骨全都拨进了米果的餐盘里。

米果一看到肉,顿时来了精神。

"李师傅,我爱您。"

李大厨早习惯了她的甜言蜜语,嘿嘿一乐,示意她赶紧去吃饭。

米果找个空位坐下,立刻掏出手机呼叫曹娜。

谁知曹娜半天不接电话,也不知道在忙些什么。

"这可不能怪我,是你自己不接电话的。"米果怕迟到,定了个闹钟,埋头吃起午饭来。

四周的同事和她的情况差不多,都是加班误了饭点,而后急匆匆地赶来吃饭。因为大家都是抽时间过来,吃饭时间短,所以面对面的同事也顾不上交谈,基本上都是各扫门前雪,快速吃完,就各自回到工作岗位上去了。

这样看来,她还算是幸运的,毕竟,她的盘子里有排骨不是。

整容室其实是全年无休的,她和王秀娜之所以能够正常休息,是因为郭台庄经常会在休息日到殡仪馆加班,另外,还有一些学过整容技术的工人,会在周末过来替班。

她觉得特别不好意思,曾向郭台庄申请过周末加班,可是被郭台庄狠狠教训了一顿。

郭台庄说,你啥时候结婚了,啥时候开始加班。

她知道郭台庄是为了她和王秀娜着想,毕竟,年龄一天一天不等人,她们的婚恋问题,的确是个大事。

郭台庄还说,你们抓点紧,别等我过两年退休了,想为你们替班也不行了。

每次郭台庄这样说她们,秀娜姐就会伤心很久,米果知道秀娜姐相亲相了快五十次了,可是没有一次是成功的。

李大厨做的排骨柔嫩入味,她撑破肚皮,也只吃了一多半,剩下的怕倒了浪费,她打包了之后去喂馆里骨灰堂养的胖狗阿辉。

就这样耽搁了一会儿,回去的路上,她的手机响了。

是整容室的座机号码。

米果看快到了,就按了拒接键,然后加快脚步,朝灰色的小楼房走了过去。

刚走上台阶,她就和里面冲出来的人撞了个正着。

是王秀娜!

看到米果,王秀娜急得嗓音都变了:"米果,出大事了,我把遗体刮伤了!"

王秀娜也是好心,她见米果趁她吃饭的工夫就做了一单,她也想多干一点,减轻米果的负担,可是谁曾想她为逝者的遗体刮胡子时,一不注意弄破了遗体的面部。

大约一厘米的创口,米果看到的时候,逝者面部有很明显的刮伤痕迹。

这属于责任事故,可大可小,全看丧属追不追究了。不过,通常这种情况下,丧属的态度都很偏激,他们认为这是无法原谅的恶意行为。

之前,有一个整容师因为工作时不小心损伤了遗体,被家属一通大闹之后告到了民政局,后来,还是殡仪馆出面,赔钱道歉了事,而那个整容师则因为这件事留下了很深的心理阴影,后来转行做了后勤。所以,王秀娜才又急又怕地找米果,她不知道该怎么办,抱着头,一个劲儿地在原地打转。

"这下完了……完了!他们会不会打我啊,上次刘文献就被丧属打了几巴掌,那么多的人,他一个大男人都承受不了,别说是我了。米果,我好怕,你帮帮我,求你帮帮我吧。"王秀娜急得都快哭了。

米果虽然心里也是乱糟糟的,可是郭台庄曾告诉过她,遇事要冷静,不能慌乱,切记万事都有解决之法。

她抬头看着王秀娜,安慰说:"秀娜姐,你别着急,我先看看。"

她换上工作服,戴上口罩手套,用镊子夹住酒精棉球按在遗体面部的创口上,轻轻擦拭。

被刮破的地方,恰好位于嘴唇下方的位置,正面部,所以看起来还是非常明显。

为今之计,只有修补着试试看了。

怕王秀娜情绪不稳再次出错,接下来的工作,由米果一个人独立完成。

时间稍微有点长,因为她花费了很大的工夫去处理那个小口子。

等她从操作台上下来的时候,整个后背都被汗水浸湿了,她端详了一下逝者的遗容,长长地吐了一口气。

"秀娜姐,你进来吧。"

等得焦急的王秀娜几步就跑了进来,当她看到静卧台上,面容安详,并且毫无瑕疵的逝者时,她不禁惊呆了。

她转换了几个角度,想看到创口的痕迹,可是,那块肌肤光滑如新,完全没有一点破损的迹象。

"米果,你是怎么做到的,真的一点儿都看不出来!"

王秀娜又仔细盯着看了看,直起腰,由衷赞叹道:"你的技术比师傅还要好了!"

米果汗颜,她的三脚猫功夫,和师傅他老人家怎么能比!

"我是投机取巧,就是利用变色龙创可贴的原理,用一点接近肤色的添补材料修补创口,然后再调与遗体相符的底色上妆就能掩盖了。"米果解释。

尽管王秀娜听不太懂,但她也知道这不是件容易的事。

她特别感动,因为这不是米果造成的失误,更不是她分内的事情,可她为了减轻她的心理负担,不仅独立完成了修补工作,还做得那么出色。

正是因为太好了，所以王秀娜才生出了一丝侥幸，她看看为逝者整理寿衣的米果，用商量的语气说："那……那我们不告诉丧属，他们应该也看不出来吧。"

米果一怔，回眸看着王秀娜："秀娜姐。"

王秀娜被那双清澈明亮的眼睛看得抬不起头来，她别开脸，低声恳求道："我不能再犯错误了。米果，你知道的，我为什么到整容防腐组来。"

整容防腐组是全馆最脏最累的工种，一般人都不愿意到这个组里工作，王秀娜之前在火化组，其实是相对轻松的，因为遗体到了她们手里，基本上呈现的，都是最完美的一面。

若不是王秀娜在一次焚化遗体的时候搞错了编号，误把另外一具遗体火化了造成重大责任事故，她也不会落到背着处分几个月都无部门可接收的境地。后来，若不是郭台庄念在过往曾带过她的分上，把她带回整容室，她只怕，现在早就回家待着去了。

王秀娜的情况，米果自然是知道的，她也很想帮她，所以，才会那么努力地想要修补好遗体，为王秀娜减轻罪责。

"米果，求求你了，我真的不能再出差错了。"王秀娜拉住米果的胳膊。

米果眨了眨眼睛，低低地叹了口气："我知道了，秀娜姐。"

下午还有很多工作任务，她们没时间一直耽搁下去。

不过幸好，接下来的工作量都不算大，王秀娜卸下心头的包袱，专心做好米果的助手，一点错也没再犯。

四点多的时候，米果和王秀娜把最后一单活儿送进停尸间后，两人同时长长地伸了个懒腰。

"啊——"

"结束了。"

一天紧张忙碌的工作结束了，两个人相视对望，都觉得心神俱疲，如同害了一场大病一样，连走路都没劲了。

王秀娜因为心怀愧疚，所以，抢着打扫卫生，她让米果先去洗澡，不用等她了。

这是每天整容工作结束后，每个遗体整容师必须要做的环节。

米果也着实累坏了，她换下工装，拿了背包直接去了馆里的浴室。

她们在浴室里都有固定的柜子，洗漱用具也都在里面。

因为时间尚早，所以整个浴室空荡荡的，没有一个人。

米果脱掉衣服，拎着洗漱用具走到洗浴区，因为刚出水的时候有些凉，所以她踮脚站得远远的，打开龙头。

尽管她把水压调到最小，可冷冽的水珠还是时不时地溅到她的身上，她哆嗦了一下，小手伸着，感觉水温由凉转热，慢慢变得热烫熨帖，这才走到莲蓬头下面。

她把水压调到最大，仰起脸，任由热热的水流砸中她的身体，虽然有点疼，可她感觉到整个沉重的世界都变轻了。

就像她每天下班回家都喜欢多走两站路一样，她总会在繁华热闹的街道逛一逛，听一听，吃点好吃的，逗一逗宠物狗，然后看着那一张张充满生机的脸，她的心才能一点点地回暖、复苏。

这是一个人心理治愈的方式，每个人的反应和行为都会有所不同。不知何故，她忽然想起了岳淳川，想起他所经历的那些惨不忍睹的事故现场，一定比她在馆里见到的接触到的要震撼得多。不知如今内心强大的他，当初又是怎样应对那样血淋淋的场面，克服并且战胜内心的恐惧和身体的疲倦呢？

下次见到他，一定要问一问。

因为她也想成为他那样的人，顶天立地，无愧于心。

洗完澡，米果穿上衣服，并没有立刻离开。

她从兜里掏出一个纸片，盯着那上面记录的数字，看了很久，然后她拿出手机，拨打了一个电话。

她从浴室出来，遇上几个过来洗澡的同事，她们告诉米果，王秀娜找她。

她谢过同事，刚走了几步，手机就响了，接起，是王秀娜。

"米果，有人找你！在咱们楼外的路上等着呢，你快过去看看。"

米果哦了一声，挂断电话，便加快脚步朝工作的楼房小跑过去。

她隐隐有些期盼，心想着，会不会是岳淳川。

拐过弯儿，楼前榆树下立着一个人影。可能听到声音，她转过身，看向米果。

一个面目陌生的中年女人。

四周没有人，那找她的，一定就是这个女人了。

米果快步走了过去："是您找我吗？"

走近了，才发现这个穿着讲究、盘着头发、长相极为秀气的中年女人看起来竟有些莫名的熟悉。

她在记忆库里努力搜寻着和这个女人相似的面孔，对方也在打量她，上上下下打量了一番，眉头拧得更紧了。

"你就是米果？"

"是我。您是？"米果问道。

对方的脸色阴沉沉的，连带着那张秀气的面孔也带了一丝煞气。

她扫了她一眼，自我介绍："我是岳淳川的母亲，杜宝璋。"

米果用了两秒时间消化这句话，之后，头嗡一下啸叫起来，像是厂房里轰鸣的机器，一开动，她便什么都听不到了。大脑一片空白，眼前只能看到杜宝璋的脸，无限地放大……放大……

是真的吗？不是她在做梦？

她昨天还开玩笑说，如果明天就遇到未来的婆婆怎么办，没想到，竟一语成谶，变成现实。

米果怔住，表情便显得呆滞，她咬了一下嘴唇，轻轻地叫了声"阿姨"。

杜宝璋和米果保持着一段距离，不动声色地打量着这个穿着普通、面相稚嫩的女孩子。可能是刚才跑动的原因，这个脸盘圆圆的女孩脸上浮着一层薄薄的红晕，粗粗的气流声从她过于圆翘的鼻子、嘟嘟的嘴唇里冲出，因而显得有些俗气和不礼貌。杜宝璋用心观察了一下，没发现有特别出彩的地方，不由得胸中一阵气闷。

她那个自诩眼光不凡的儿子，看人的水平，也不过如此。

"我们就在这里谈话？"杜宝璋问米果。

米果愣了愣，紧张地搓了搓手，她指指身后灰色的楼房，说："要不去我工作的地方吧。"

杜宝璋表情僵住，她盯着米果，似是在强忍什么，嘴唇张开又闭上。最后，她还是稳了稳情绪，说："这恐怕不合适，你……"

米果猛地醒悟过来，她的脸涨得通红，摆手道歉："对不起阿姨，我忘了……我们去会客室吧，那边有沙发，还有……"

"茶水"两个字还没说出来，就见杜宝璋抬起手，朝一边指了指："不用了，那边有个石台，就去那边吧。"

米果一看，心中一震。

她眨眨眼，心想，您确定要去那边？

杜宝璋已经率先过去了，米果无奈，像是犯了错误的小学生似的，一脸忐忑地跟在神情严肃的杜宝璋后面，走了过去。

杜宝璋看了看水泥台子上黑乎乎的印记，不由得蹙起眉头。

米果赶紧过去，用嘴吹走上面的黑灰，又用手掌擦了擦："可以坐了，阿姨。"

杜宝璋看看她，过去坐下。

"你不坐吗？"杜宝璋问。

米果的头摇得跟拨浪鼓似的："不用，不用，我不累。"

杜宝璋把黑色皮包放在颜色素雅的裙子上面，又用手压了压鬓边一丝不苟的头发,然后看着米果说:"你是叫米果,对吗?"

"是的,阿姨。我叫米果,大米的米,苹果的果。"

声音倒是挺脆,就是……杜宝璋忍着没做评价,继续说:"今天我冒昧前来打扰,主要是为了我的儿子。"说到这里,杜宝璋瞥了一眼米果,看到她垂着手一动不动地站着,表情并未露出异样,她不由怔了怔,看来,这孩子倒不像外表看起来那么单纯笨拙。

"看样子,你是个聪明的女孩子,那我也就不绕弯了。咱们长话短说,早说早了。我今天来,就是想告诉你,我不同意淳川和你交往。"杜宝璋音量没多高,语气也没多厉害,她像平常讲课一样用平缓的语调说出这些话后,就用她显得格外严肃庄重的眼睛审视着面前的米果。

毕竟还是年轻,不过转眼的工夫,米果的神情就变了。她半低着头,眼睛盯着鞋尖,双手在小腹处交握绞缠,看起来已然失了方寸。

半响,米果抬起头:"阿姨,您为什么不同意,是因为我在殡仪馆工作吗?"

杜宝璋闻声一怔,她朝米果望过去,却撞上一双略显稚气,却清澈灵动的眼睛,她的睫毛很长,尾部微微卷翘,她的目光明亮闪烁,竟为平凡的面部增色不少。

杜宝璋愣了愣,说:"这并不是最主要的原因。"她是有教养的人,又是大学教授,她用词一向妥当,格外注意技巧。

"并不是最主要的",那说明还是介意的。

米果眼神一黯,点点头,说:"我可以理解。"

没有哪个父母会接受儿子找一个殡仪馆的遗体整容师当儿媳妇,她自己的父母不也是经过一番痛苦的挣扎,才勉强接受她现在的工作。

她想了想杜宝璋的话,问:"那……那您反对我,除了职业以外,别的原因……"

也就是最主要的原因,是什么?

是她长得不够漂亮,不够有文化,配不上她的宝贝儿子吗?

没想到杜宝璋竟不似寻常拆散子女姻缘的恶人,她竟没说那些伤人自尊的话,而是语声轻柔地解释:"淳川认识你以前已经有未婚妻了。"

米果呆了呆,心扑通一下掉进了冰窖,身上也是一阵凉一阵热。

未婚妻?

岳淳川什么时候有未婚妻了?

"淳川和他的未婚妻自幼青梅竹马,感情甚笃。他的未婚妻是个很优秀的女孩子,为了淳川,她甚至放弃了留京的机会回来陪着淳川。哦,忘了告诉你,他们现在就在一个中队工作。"杜宝璋说。

听到这儿,米果乱哄哄的脑子里突然闪过一丝清明,一个明艳动人的武警女中尉的面孔慢慢浮现出来。

孔易真?

她的脸唰地变白,咬着下唇,向后退了一步。

杜宝璋觉得谈话进行到这里已经起到作用了,再多说反而会起反作用。

来之前她以为米果是个不讲道理的女孩子,还准备了两套说辞,一套不行就用另一套,没想到见面一谈,这小姑娘倒没她想象中那么难缠。

杜宝璋拿开腿上的皮包,站了起来:"既然话都说清楚了,我就不耽误你了。米果,我还是那句话,你是个聪明懂事的孩子,应该知道自己该怎么做,对吗?"

米果神情复杂地盯着她裙子上的一处装饰物,咬着唇,没有回答。

"你快回去吧,我这就走了。"杜宝璋转身欲走,谁知,袖子一紧,她被米果拉住了。

"阿姨。"

杜宝璋一怔,看着自己袖子上忽然多出来的那只胖乎乎的小手,眉头情不自禁地蹙了一下。

她以为米果没看见,谁知拉着她袖子的那只手竟像是被滚水烫了一下,倏然缩了回去。

杜宝璋是个重度洁癖症患者,她一般不和人握手,就算是交际应酬免不了接触一下,她也会洗很多次手才能驱散体内严重的不适感。

米果情急之下拉了她,她已是非常反感,再加上联想起米果的职业,她于是……

她有说很难听的话吗?没有吧。

从见到米果开始,她就竭力维持着温和有礼的长辈形象,尽量把话说得婉转柔和,不让米果感到排斥和难受。可她刚才不过是轻蹙了眉头,米果的表情,却像是自己当众甩了她一巴掌,哭丧着脸,身体轻颤。

杜宝璋正准备说点什么。"爸啊,爸——您受苦了——"身后忽然传来一阵杂沓的脚步声和号哭声。

"哥,你快给那个整容师打电话,说我们到了。"

"不能轻饶了她!这次要赔偿,一定要赔死她!"

五六个男男女女表情愤怒地走了过来,其中一个岁数大点的男人,正掏出手机拨打着电话。

米果心中一惊,莫非……

还没等她细想,就听到背包里的手机叮叮咚咚响了起来。

"当你听到打雷声,千万不要怕,找到雷雷兄弟,然后念咒语,×××的雷,去吃大便吧,你吓不到我,因为你只是上帝放的屁!噗!噗!"

杜宝璋的眉头这次真蹙上了。

米果的脸瞬间涨得通红,还没等说话,那个男的已经指着她:"就是她!"

不过三五秒的光景,她就被这群人团团围住。

"你是不是想跑?"那男的指着她,气势汹汹。

"没有。我……"

米果还没解释就被那人的兄弟打断:"你肯定是想溜,不然的话,怎么跑到祭台这边来了!"

那人指的地方,恰好是杜宝璋刚刚坐过的那个石台。

杜宝璋面色一僵,紧接着就捂着嘴,干呕了几次。

"你把我父亲的脸弄花了还想溜?门都没有!走!找你们领导去,我们今天非要讨个说法!"一中年女人指着米果的鼻子,就差没当众骂街了。

"我们要求赔偿!"

"光赔偿怎么行,还要处分她!最好开除这样不负责任的员工,省得以后再去祸害别人!"

"就是!这种人当初怎么招进来的?"

"作为丧属我们本来就够悲痛的了,你还故意破坏遗体,你这种人应该法办!"

米果的脸上溅上了丧属的唾沫星子,她却一动也没动,任凭那些屈辱狠毒的咒骂落在她的身上,她的个头太过娇小,站在凶猛可怕的暴风圈内,就像是一只被晾在沙滩上的鱼,濒临死亡的边缘,却无力自救。

这些人都是她找来的。

之前打电话给丧属,主动替秀娜姐承担失误,求得他们的谅解,不是她圣母心泛滥,更不是想要秀娜姐欠她人情。她只是深深明白一个道理,做人不能昧了良心,这是米爸爸的口头禅,也是她从小到大耳濡目染接受到的家庭教育。

遗体整容归根到底不是神话,而是一门实实在在的技术。但凡是技术都会有失误的时候,就连她师父郭台庄,也会在工作中犯一些小错误。

只是这次,秀娜姐的失误实在是无法掩饰,她就算尽力弥补了,可还是过不了心上那道坎儿。

其实打电话的时候,她有想过如何应对这些难缠的丧属,可她从来都没想过,会在这样的情况之下,在岳淳川的妈妈面前,被人当众羞辱。

她无力辩驳,只能默默承受。

到了下班时间,三三两两的同事们经过这里都停了下来,其中,就有拨开人群,护在她身前的王秀娜。

"米果,你怎么……"神色复杂的秀娜姐,低声询问米果。

米果冲她摇摇头,然后轻轻推开王秀娜,面向那群丧属,角度深深地弯下腰去:"对不起,我向你们家属道歉,不过,在去找我们领导之前,你们能不能随我先看看你们的老父亲。"

那些人似乎不愿意,在他们看来,揪着她不放这件事远比去看一个死人来得有意义得多,也实际得多。

米果看了他们一眼,目光平静地说:"逝者为大,他是你们最亲的亲人,这种时候,你们不应该表示一下最起码的关心吗?"

而不是只关心着赔偿的数目或是如何羞辱她,让她出丑。

丧属里有个嘴巴特别厉害的中年女人,她听出了米果话里的意思,腾一下瞪眼,厉声呵斥道:"你这个小姑娘,我没打你就是好的了,你还教训起我们来了!你有什么可得意的,整天摸来摸去的都是死人,也不知道你家里人怎么想的,和你待一起不嫌晦气吗!"

米果的脸色蓦地一变,圆圆的小脸上涌起一股让人无法忽略的严肃。

四下里静得可怕,那个中年女人还在张开的嘴,慢慢合上。

米果的眼睛注视着对方,具有穿透力的清澈嗓音,回荡在馆内每一处阴暗的角落:"您错了。我的家人从不以我的工作为耻,反而以我为荣!我相信,每一位经我手变得美丽体面的逝者,只会向我表示感谢,而不会像有些人一样嫌弃我触碰过他们亲人的遗体。"

那个女人的脸顿时涨得通红。

"我只是一名平凡的遗体整容师,'逝者安息、生者慰藉,让两个世界的人都满意'是我的职业信仰,我用我的双手、我的智慧、我的辛勤劳动把离开这个世界的人们打扮得漂漂亮亮的,给予他们一份美好,我认为,这是一个很好的职业,是一个值得社会上每个人去尊重的职业。它不比任何一种高尚的职业差,同样地,我们也不比任何人差!"

米果说到这里,四周忽然响起掌声,起初只是几个人的声音,渐渐地,汇成一片……

是她的同事们,是一群心灵相通的默默无闻的殡葬工作者,为这个乐观勇敢的小姑娘喝彩!鼓掌!

米果伸手揉了揉发酸发胀的鼻子,对那些丧属说:"我的话说完了,你们接下来是去看望亲人,还是去见我们领导,由你们决定,我不会有任何意见!"

最终,在场的丧属进行协商后决定先去看老父亲。

于是,米果便领着他们去了停尸间。

走了几步,她忽然停下,对丧属们说:"麻烦你们等我一下。"

她脚步匆匆地追上前面踽踽而行的人:"阿姨,请等一下!"

杜宝璋停步,慢慢转身,面无表情地看着已经在脑后重新拢起马尾的米果。

米果面色泛红地道歉:"对不起,阿姨,让您遇上这样的事情。其实,我是……"她想解释一下事件的原委,可是杜宝璋完全没有想听下去的意思,直接打断了她。

"你是什么样的人,和我没有关系,也和我的儿子没有关系。所以你还是请回吧,别让那些人等急了,砸了你的饭碗。"杜宝璋的语气已不似之前那么平和,米果难过地低下头。

杜宝璋没有说再见,她转身离开,可走了两步,又停下,对米果说:"我不希望再见到你,我想,我的儿子也是一样。"

等杜宝璋的背影渐渐远去,米果才艰难地挪开视线,语气轻微地说了声:"阿姨,再见。"

尽管心里早就乱成了一团麻,可米果还是打起精神带着几位丧属去看望他们的老父亲。

当停尸房的工作人员拉开柜门,抽出遗体的那一瞬间,她做好了迎接责难和谩骂的准备。

可是。在一旁等待了大约半分钟的光景,那些言语刻薄的丧属们,却齐齐立在亲人的遗体前,许久都没有发声。

米果只当是人之常情,因为一般人见到故去的亲人,情绪上都会受到不小的冲击。

过了一会儿,传来女人哀哀的抽泣声,然后,其中那位老人的长子,转头,看着米果惊讶地问道:"哪里受伤了?我一点没看出来!"

米果没等上前指认呢,却看到王秀娜抢先一步,指着冰柜里老人的面部,说:"就是这里,嘴唇下方,是我为您的父亲刮脸时不小心弄破的,对不起,一切都是我的错,和她没有任何关系。"王秀娜又指向米果。

一语既出,四下里顿时安静下来,就连断断续续的哭声也听不到了。

米果愣了愣,轻声道:"秀娜姐!"

王秀娜神色愧惭地看了她一眼,向一头雾水的丧属解释说:"您父亲的遗体确实是我不小心损坏的,以前我犯过错误,怕承担责任,所以请这位技术高超的小米师傅帮忙修补。原本我心存侥幸，试图蒙混过关，逃避责任，可是没想到……没想到小米师傅竟然主动替我承担了所有的罪责。刚才，她的一番话不仅仅是讲给你们听的，也是讲给我听的。我知道自己错了，真的很对不起，对不起你们，也对不起小米师傅。你们想怎么惩罚我都没关系，只是，别看轻了遗体整容这个职业，也别看轻了小米师傅。"

在场的人都低着头，缄默不语。

局面正僵持不下的时候，那位老人的长子开口说话了。

他先是凑近冰柜里安卧的老人，轻轻地叫了声"爸"，然后起身，冲着立在一起的王秀娜和米果说："这件事，我替我父亲做主，就这么过去了，我们不会追究你们的过失，也不会向你们的领导诉说这件事。"

"大哥！"一旁的丧属惊叫道。

他摆摆手，示意弟妹们不要多言。

米果和王秀娜互相望了望，一脸的不可思议。

老人的长子低头，目光哀痛地看了看面目安详、如同生时般和蔼的亲人，说："我父亲生前就是一位宽宏大度之人，他常常教导我们，宽容是一个人做人的准则，得饶人处且饶人，退一步方能海阔天空。我接到小米师傅的电话，非常焦急，因为我怕受到我们敬重的老父亲故去之后还不能得到安宁，来之前，我们做了最坏的打算，所以情绪上难免有些激动，可是令我万万没想到的是，你们竟把我们的父亲安置得那么好，那么妥帖，你说的面部上的创口，我一点也没看出来，反而，看到了我父亲一贯安详温和的睡容。我说不出我此刻内心的感受，但我知道，我必须要把这些话讲出来，代替我的父亲向你们的辛勤付出，表示感谢。谢谢了，小米师傅，还有这位小师傅，你的勇敢也着实令人敬佩！"

王秀娜的眼圈慢慢地红了，她握住米果的手，激动地说："谢谢！谢谢！"

丧属里有人拉住老人的长子："大哥，就这么算了吗？"

"不然呢，你想让咱爸走得不安心？还有，咱爸肌肤敏感，几乎每刮一次胡子都会弄破脸，上了岁数尤其严重，你们都忘了？"他说得一众弟妹纷纷低下了头。

一场风暴在真诚和理解的沟通之下消弭于无形。

送走通情达理的丧属，米果和王秀娜才真正松了口气。

王秀娜回去拿包，出来的时候，却看到米果还立在大榆树下等她。

"秀娜姐。"米果迎上去，表情不大自然地挽住王秀娜的胳膊。

王秀娜唇角微抿，侧头看了一眼有点心事就藏不住的米果，佯装不知，问道："怎么了？有事想告诉我？"

米果悄悄瞥了王秀娜一眼,吞吞吐吐地说:"我……我背着你偷偷联系丧属……你是不是……是不是生我气了?"

王秀娜心里想笑,可面上却摆出一副生气的表情:"当然了,咱俩都说好了把那件事遮掩过去,你偷偷向丧属告密,不是存心想让我出丑吗?"

"不是的!不是那样的,秀娜姐!"米果急了,她就怕秀娜姐那么想。

"我是怕我的修补技术不过关,万一……万一遗体告别仪式那天出什么纰漏,到时候就完了!当然,当然也有我个人的原因,我总觉得心里过意不去。所以,所以……"米果解释道。

王秀娜瞪了她一眼:"所以,你才背着我给他们打电话,所以你才替我担下所有的罪责,是不是?"

米果低头默认。

王秀娜停下脚步,握住米果的胳膊,轻轻晃了晃:"唉,要我怎么说你好呢。你真是个傻兮兮的,却总是傻得能让人忍不住去喜欢你的傻姑娘。"

"那我到底是傻还是好啊?"米果不解地问道。

王秀娜捏了捏她圆圆的脸蛋:"又傻又好!怪不得郭师傅那么喜欢你,还有那么帅的男人追你,让我嫉妒了好久,如今我才明白,你是值得所有人去珍惜的好女孩。"

米果惭愧死了,她差点就好心办坏事,害死秀娜姐了。

"我哪有你讲的那么好啊。"秀娜姐也太夸张了。

"我说有就有!我王秀娜虽然至今没活出个人样来,可看人的本事还是很准的!"王秀娜拍了拍米果光洁的额头。

米果捂着脑门,表情忽然变得很忧伤,她叹了口气:"你说我好,可是有人却不那么认为呢。"

"谁?谁敢说你不好!是下午来找你的那个老太婆吗?"王秀娜还从来没见过米果刚送走那个女人后失魂落魄的样子,她直觉,和那个女人,脱不了干系。

"不是老太婆啦。人家也不算老,长得也很漂亮。"米果为杜宝璋说话。

王秀娜是谁啊,相亲快相成精的大龄女青年,她对此类话题的敏感度,不说是神探级别的,也是刑警级别的了。

她察觉到米果神色间的一丝异样,揣测问道:"那她是谁?你未来的婆婆!"

米果啊地低叫一声,旋即,躲闪着王秀娜探照灯一般探究的视线:"不是,还不算是……"

那就是了!

王秀娜打了一记响指,笑道:"害羞什么啊,我早就看出来你恋爱了。老实跟姐说,是不是上次来殡仪馆找你那帅哥!"

米果点头不是,摇头不是,只好含混不清地哼了一声。

王秀娜羡慕了一番,想起米果刚才的那声叹息,不禁敛了笑容,问道:"是不是她不同意你和她儿子恋爱,所以找上门来了?"

米果被提起伤心事,不禁神色黯然地低下头,半晌,才蹦出一句:"秀娜姐,我真没你说的那么好。"

那老女人肯定是辱骂米果了,不然的话,这个精力旺盛、整日里笑容满面的开心果怎么会被打击成这个样子。

王秀娜心疼坏了,她反手挽着米果,一边朝前走,一边安慰道:"那是她老眼昏花,没看到你这颗珍珠。米果,你可千万不要泄气啊。哦,对了,她儿子怎么说,准备做孝子和你分手吗?"

米果难过地摇摇头:"我还没有问他,他应该不知道他妈妈来找我了。"

岳淳川要是知道这件事,会怎么向她解释呢。

未婚妻。

他竟然骗了她。

恋爱大师王秀娜给她建议:"你还是和他好好谈谈吧,只要你们有决心在一起,就算来十个这样的婆婆也不怕!"

不怕吗?

不怕是假的。

这个世界上,最恐怖、最难伺候的名词,莫过于"婆婆"。

· Chapter 27 ·

请你离开他

坐在公交车上,情绪低落的米果给岳渟川发微信。

"你在哪儿?"

不太够分量的几个字发出去后,等了好久,也没等到回音。

她失望地叹了口气,随着人流下车。

天已经黑了,街道两边的霓虹灯映红了夜晚的城市。

她朝平安小区的方向走,走了两步,兜里的手机欢唱起来。

她的黑眸一亮,急忙掏出手机,手指一滑,就放在了耳边:"岳渟川——"

对方沉默了一会儿,然后响起一道揶揄的笑声:"米果,想岳队长了?"

米果啊了一声,讶然叫道:"叶梅姐!"

半个小时后,米果和叶梅坐在春熙路夜市的海鲜大排档里,一边用牙签挑着海螺肉,一边聊天。

城市的犄角旮旯。四周升腾的是市井烟火气,耳边回旋的是家长里短、鸡毛蒜皮,好朋友吆五喝六,把酒言欢,在这处谈不上环境和情调的世外桃源,没有尊卑贵贱、富贵贫穷之分,有的,只是一颗颗想要倾诉放松的心。

米果看叶梅吃得很少,她不禁担忧地问道:"梅姐,你最近瘦了好多,是不是'喜福来'的工作太辛苦了?"

叶梅抽了一张纸巾擦着指尖的红油,淡淡苦笑:"还不都一样。"

米果放下牙签,看了看对面气色不佳的叶梅,犹豫了一下,说道:"我上次逛街的时候碰上小颖了,她……她告诉我,你在公司常常被薇薇挤对,穿小鞋,工作上很不顺利。是不是这样啊,梅姐?"

叶梅拿起啤酒杯,转了几圈,然后自嘲般地笑了笑:"小人得势君子危,有才无德乱天下。现在的'喜福来',早就不是当初的模样了。"

"那你打算怎么办,就这样陪着她们一直耗下去吗?"米果替叶梅不平。

"我这个人的脾气性格,你也了解,我除了一身傲骨,没别的优点了。我就是想赌一把,看看小人最终的下场!"叶梅眉目清冷地说道。

米果托着下巴叹了口气:"可我觉得,还是过舒心的日子比较重要,人不能总是为了别人的想法活着,那样的话,实在是太累了。"

叶梅眼波微转,看着米果:"那你是想让梅姐……"

米果直起腰来,眼睛亮亮的:"辞职!"

叶梅愣住了。

这个词最近一段时间总在她的脑子里盘旋不去,每次被薇薇那群狐假虎威的小人逼得忍无可忍之际,她的脑子里都会不由自主地闪现出这个念头。

辞了吗?

辞掉工作,跳槽到别的婚介公司也不是没可能,毕竟,她多年的口碑和业绩放在那里,找到新东家并不是什么难事。

可叶梅的年龄和履历却是致命伤,因为同行大的公司里高级管理人员基本上都是做了十年以上的老人,一个萝卜一个坑,她一旦去了,就要挤走另一个人。

职场并不单纯,谁也不会任由一个空降兵抢夺自己的职位,瓜分其地位,她若想站稳脚跟,明争暗斗在所难免,血淋淋的场面虽不至于,但是其间耗费的心力却不是金钱和经理的职位所能弥补的。

她不想争,不愿卷入争斗就要屈尊降贵,贬为庶民,那便是高不成低不就,连带着这些年她付出的心血和汗水,也将化为泡影。

她不甘心。换谁也不会甘心。所以,她目前能做的,只有忍。

忍,心字头上一把刀。

世间万事,莫过于一个"忍"字。

无论是在波谲云诡、钩心斗角的职场,还是在烟火尘世、安身立命之所,甚至是和她朝夕相处、同榻而眠的丈夫相处,都脱不了这个字。

想起侯伟业,叶梅的眸色更加黯淡。

她拿起啤酒杯,低头啜了一口,啤酒味道干涩,入喉带起一阵凉意。

"哪有你说的那么容易。"叶梅语气淡淡地转开话题,问起了米果和岳淳川的情况。

米果提起这件事就头疼,她和叶梅无话不谈,自然而然地就把岳淳川母亲下午来找她让她离开岳淳川的事情讲了出来。

"梅姐,我该怎么办啊,我不想告诉岳淳川,怕他和他妈妈吵架。"

岳淳川的脾气她虽然还不完全熟悉,可她知道他是个犟脾气,如果他知道他的母亲背着他来找自己,估计会大发雷霆。

叶梅蹙眉深思了一会儿,说:"你做得对,这件事他自己知道比较好,如果是你告诉他,他再去质问他妈妈的话,反而会加深你和他母亲之间的误会。米果,你别太紧张,也别难过,毕竟谈恋爱这件事,不是只有你和岳淳川说了算。"

米果点点头:"我懂。"

她的父母也还不知道岳淳川,也不知道他们是什么想法。

叶梅又开导了她一番,讲述了她和侯伟业恋爱时的经历。当初,她把苦追很久才追到手的侯伟业领回家,谁知叶梅的父母不但不欢迎,甚至放出话不同意他们在一起。她的父母嫌侯伟业是消防军人,不仅职业风险高,而且也没时间看顾家庭。叶梅当时陷入两难,苦恼得不行,几次萌生了分手的念头。后来,是侯伟业一直陪在她的身边,坚定她的信心,他没有小肚鸡肠怨怼叶梅的父母,而是为叶家默默地做了很多事。她在婚介所上班,忙得常常不着家,侯伟业就利用休息日帮叶家买菜,做家务,为久病卧床的叶父洗澡擦身,甚至在叶父生病住院期间,在医院陪床。日子久了,自然也就亲近了。最终,她的父母被侯伟业的诚意打动,同意了他们的婚事。

叶梅对米果说:"没有侯伟业的坚持,我和他也走不到今天。所以,米果,你和岳淳川也要坚持。只要你们的心在一起,我相信总有一天,你们能改变杜阿姨的想法。"

米果若有所思地点头。

好像又想起什么,她扭捏了一阵儿,开口问:"梅姐,我想问你一件事。"

"嗯,你说。"

"你听说过岳淳川有未婚妻吗?"

叶梅一怔,仔细回想了一下,摇头:"没有啊,他要是有未婚妻,不早就被杜姨逼婚了!咦,不对,你怎么会这么问?"

米果不大自然地笑了笑。

叶梅那么聪明,岂会看不出米果在试图遮掩,她又一想,明白了。

肯定是岳淳川的母亲找她的时候说的吧。

未婚妻?岳淳川的未婚妻,杜姨亲口说的,是……

叶梅的眼睛赫然一亮,又随即黯淡下来。

她知道那个神秘的未婚妻是谁了。

叶梅拿起一个螺蛳，用牙签挑出里面的嫩肉，放进嘴里咀嚼。平常吃得津津有味的美食，今天却显得索然无味，难以下咽。

她看看米果："你是不是想放弃。"

米果摇头："没有。"

"那就好。岳淳川那个人我很了解，他认准的事和人，八匹马也拉不回来。我就是担心你，你第一次谈恋爱，没遇过这阵仗，我怕你慌，没了底气就想退出，傻乎乎地去成全别人。"叶梅意有所指。

米果反应再迟钝也知道叶梅口中的别人是谁，她摇摇头："不管怎么样，我都不会是最先放弃的那个人。你放心吧，梅姐，我相信我们一定会渡过难关的。"

"那样最好了。"叶梅微笑。

米果幽幽地叹了口气："其实，我挺敬重他妈妈的。一个人带大儿子，还把岳淳川培养得那么优秀，想必，她肯定是个很好强的人。我能感觉得出来，她很爱岳淳川，想护着他，不然的话，也不会放低姿态找到我们单位来。不过，她对我和我的工作存有很深的误解，一时半会儿我也改变不了什么，所以，只能等了……"

等着和梅姐夫一样，能有表现的机会。

令她万万没想到的是，机会竟会这么快就降临到她的头上。

和叶梅在春熙路分手，各自坐车回家。米果在平安小区大门外的糕点店里排队，想买一斤蛋黄酥孝敬米妈妈，谁知，好不容易排到跟前，钱都递出去了，却再次接到叶梅打来的电话。

"米果，快到人民医院急救中心来！"电话里传来叶梅焦急的声音。

米果吓了一跳，唰一下抓住男店员的手："对不起，我不要了！"

看着对方近乎扭曲龟裂的脸，她费了点力气，从店员手里抽出她的十块钱。

她挤出小店，一边打电话，一边跑到路口拦车。

"叶梅姐，你哪里受伤了？"刚才还好好的。

叶梅那边的背景音乱得可以，米果隐隐约约听到"岳淳川"三个字电话就断掉了。

米果一下子蒙了！

心像是掉进了无底洞，一个劲儿地往下沉，腿也酸软无力，只想往地上出溜。

上了车，她还是昏昏沉沉的，司机问她去哪儿，她只说了声人民医院就开始擦眼睛。

岳淳川。岳淳川。你千万不要有事。

出租司机见怪不怪，倒是安慰起她来："天有不测风云，人有旦夕祸福。谁能没个病没个灾儿的，姑娘，想开点，真到事儿上了，哭是没有用的。"

车后座的呜呜声瞬间提升了 N 个百分点。

司机师傅真够意思,一路飙车呼啸着开到人民医院,还给米果的车费打了个折。

米果抓起找回的钱胡乱往兜里一塞,就狂奔向急救中心。

这一幕怎么看怎么熟悉,米果却无心细想。她熟门熟路地直奔护士台:"你好,请问岳淳川在哪间病房?!"

急救中心的护士可不像住院部的护士那么好说话,人家忙得事事的,哪有闲工夫给你挨个查病号。

穿绿衣服的护士随手朝一溜病房指过去:"你自己找吧,晚上接收的病号,都在里面呢!"

米果挨个病房找,急得眼圈通红,却没发现岳淳川的身影,她在大厅里转了几个圈,忽然拍了下脑袋,从楼梯上了二楼。

二楼就安静多了,米果刚走进过道,就看到了叶梅熟悉的身影,从一间敞开的病房里走了出来。

"叶梅姐!"米果跑得太急,趔趄了一下,差点摔倒。

叶梅紧跑了两步,扶住米果。

"没事吧?"

米果顾不上管自己,她反手握紧叶梅,表情焦灼地问:"他怎么样了!哪里受伤了?"

躺在病房里的人,不是岳淳川!

而是他的母亲,杜宝璋。

叶梅拉住失了魂的米果,简单扼要地讲述了事情的经过。

原来,叶梅和米果分开之后打车回家,到了地方,却看到一辆闪着红蓝警灯的急救车拉着警笛驶进了消防大院。院子里站了好多人,有几个熟面孔,正步履匆匆地朝大院后面的干部楼跑去。她拉住人一问,才知道是岳淳川的母亲杜宝璋在自家楼前昏倒了。她赶紧就给岳淳川和侯伟业打电话,可他们的手机始终处于无人接听的状态。后来打去特勤中队,才知道岳淳川和侯伟业下午就带着战士们去事故救援现场了,至今未归。叶梅没办法,便一路跑到岳家楼前,她赶到的时候,杜宝璋已经被邻居抬上了救护车,医生问谁是家属,谁来跟车,叶梅想也没想就跳了上去,谁知,紧跟着她一起上来的,还有一道纤细高挑的身影。

这个令她瞬间翻江倒海的人,叶梅认识。

不仅她认识,她的丈夫侯伟业应该比她更熟。

急救中心的单人病房媲美住院部的高干专属病区,一般人是享受不到这种特殊待遇的。

可是,身份一般的杜宝璋却能住在里面,这肯定不是婚恋达人叶梅的能力所能办到的。

是谁的功劳?答案不言而喻。

叶梅和米果一前一后走进病房。

"杜阿姨,您别说话了,医生让您好好休息,您就睡一会儿。"一身绿军装的孔易真,躬身立在病床前,低声劝着一脸病色的杜宝璋。

杜宝璋摇摇头,语气无力地说:"我怎么可能睡得着。"

孔易真坐下来,拢了拢杜宝璋散乱的发丝,嗔怪道:"阿姨您就别为淳川操心了,他是什么样的人,平常孝不孝顺,您心里不清楚吗?别总是生闷气,要知道气大伤身,您的病就是这么来的。"

杜宝璋重重地叹气:"我的病,归根到底就是心病。淳川但凡有你一半贴心,我也不至于拖着病弱之躯连累你们。"

"杜阿姨。"孔易真叫了一声。

杜宝璋发病时她心里有数,她从殡仪馆出来后打车走到市区高架时,就给儿子打了个电话。

原本想探探儿子的语气,看那个米果有没有在她走后向他告状,儿子接起电话就说他很忙,一会儿还要出去,问她有什么事,没事他就挂了。

搁往常,她肯定主动挂电话,不给他找任何麻烦。可下午那阵儿也不知道怎么了,好像在米果那里憋了很久的情绪忽然上来,竟冷声质问儿子是不是嫌弃她了。儿子问她怎么了,怎么忽然生气了。她心虚就解释说没有,儿子就说,您别瞎想,他这会儿确实很忙,顾不上和她聊天。可能儿子的语气惹恼了她,她竟一改好脾气,呛出一句,你和她就有时间卿卿我我,聊来聊去,对着自己这个老母亲就没时间了是不是。儿子沉默,不说话,过了一会儿,回答她说,您和她是不一样的。

不一样?

难道那个傻兮兮的米果比她还要重要!

杜宝璋没再说话就挂了电话,后来,头就开始发晕,等回到家里,没等上楼就晕倒了。

"杜阿姨,淳川的女朋友来看望你了。"这时,房间里忽然传来叶梅的声音。

叶梅的左手紧紧握着米果的手腕,轻轻地向前一带:"米果,还不快问好。"

可能是过于紧张,米果的脸此刻红得厉害,她抬起头,望着病床上受到强烈刺激而紧蹙眉头的杜宝璋,声音微颤地说:"阿姨,您好点了吗?"

杜宝璋确实被吓了一跳,她愣了愣,胸膛很快便有了起伏。

她目光冷冷地看了米果一眼,又转回视线看着面色复杂的孔易真:"易真,你别听伟业的爱人瞎说,这个姑娘根本不是淳川的女朋友。淳川的身边,应该站着一位懂他爱他,与他一起携手共创事业辉煌的女性。易真,这个人不可能是一个与他毫无共同点的女孩儿,而应是你。你的才华,你的品貌,你的执着,长辈们有目共睹,而且,更巧的是,你和淳川早就定下娃娃亲了呀,你忘了,你六岁的时候,阿姨还送给你一个玉坠。"

孔易真怔了怔,好像有这么回事。

叶梅皱了一下眉头:"杜阿姨。"

叶梅忽然后悔把米果叫来了,她原想借此机会缓和一下杜宝璋和米果之间的关系,也想让执迷不悟的孔易真有点自知之明,知难而退,却没想到高知出身,为莘莘学子授业解惑的知名学者,讲起话来竟不给人留一丝脸面和余地。

米果这孩子有什么错呢,她无非是喜欢了岳淳川,岳淳川又喜欢她而已,她从没有伤害过任何人,相反地,她被杜宝璋数落成那样了,却还在言语上维护这个嫌恶讨厌她的未来的婆婆。

米果垂首立在她的身旁,就像是古代犯了死罪的刑犯一样,众目睽睽之下,承受着比凌迟更加残酷的极刑。

杜宝璋看了看叶梅:"小梅,我家的事你不了解,还是不要管了。"

虽然同住在一个消防大院,可是杜宝璋和叶梅并不算很熟。叶梅曾跟着侯伟业到岳家吃过几次饭,可是因为杜宝璋学究气太浓,又过于严肃,所以后来,她就不怎么去了。

杜宝璋对叶梅的印象亦是一般,总觉得这个后来才搬来、个子高高的女人太过强势了。听邻居们讲,叶梅是个女强人,有头脑,有手腕,治家也有一套,侯伟业那个傻小子就被她收拾得服服帖帖的。在大院里,她也碰到过几次,侯伟业在阳台晾衣服,去菜场买菜,甚至,像个勤务兵似的跟在叶梅后面,手里拎着满满的东西。

杜宝璋也是个个性强势的职业女性,她并不反感女性独立自强,在家在外都独当一面,可像叶梅这样,靠着打压丈夫、折磨丈夫维持幸福婚姻的女人,她还真就喜欢不起来。

叶梅平白无故挨了一枪子,不免有些生气:"杜姨,您的心情我可以理解,但是米果和岳淳川是真心相爱的,您能不能……"

"你别说了,让她走吧。"杜宝璋也不管面子上过不过得去,背过身,再也不肯和她们说话。

孔易真看她脸色很差,关心地摸了一下她的额头。

"杜姨——"叶梅不甘心。

米果轻轻扯了一下叶梅,低声说:"阿姨还病着呢,我们还是先走吧。"

叶梅也不知道自己是怎么了,那一刻,不知是米果黯淡受伤的表情刺激到她了,还是孔易真朝她投来的眼神勾起了官司,总之,她按捺了许久的火气,噌一下子就冒了上来。

"为什么要走?我们做错了吗?"叶梅掏出手机,手指因为僵硬几次按不对号码,"我给岳淳川打电话,我今天就是要等着岳淳川给你一个说法,他答应过我的,要好好待你,保护你,如今你被人欺负成这样,他干吗缩在一边,啥事不管!"叶梅愤愤说道。

米果按着叶梅的手,把她朝门口拽:"梅姐,我们走吧,求你了。"

"我就不走!"

杜宝璋闭着眼睛紧蹙眉头,她按住胸口,急迫地呼吸了两下:"易真,让她们出去!出去!"

孔易真揉了揉杜宝璋的胸口:"您别激动,再这样下去,血压又上来了!"

孔易真转头,对叶梅和米果说:"请你们回避一下吧,杜阿姨就是因为突然血压升高才昏倒的,她现在情绪激动,不想看到你们。"

叶梅冷笑一声:"是你不想看到我们吧?"

刚说完,就看到杜宝璋撑起身子,抓起桌上一串刚买的香蕉朝她们丢了过来。

真没想到,刚才还昏厥的病人竟会有那么大的力气,而且还特别准,橙黄色的香蕉,在空中划出一道凌厉的弧线,咚的一下砸中了米果的头。

双方都愣在那里。

杜宝璋自己也吓到了,她没想真砸到人,就是想赶她们出去,看到米果骤然间变得痛楚又委屈的表情,她又气又怒又心虚:"出去!你们给我出去!"

杜宝璋声嘶力竭地喊了这两声后脸色突然变得惨白,她表情痛苦地倒在床上,孔易真吓得赶紧按铃。

米果捂着头,身子晃了晃。"米果,是不是很疼?"叶梅这个时候才稍微清醒了一点。

医生和护士很快便赶了过来,香蕉撒了一地,差点绊倒一个护士。

"请她们出去,出去——"杜宝璋情绪激动,几次起来,都被护士和孔易真按了下去。

叶梅还想说什么,却被捂着头的米果强拉了出去:"别再吵了,别再因为我和杜阿姨吵架了!"

叶梅表情痛苦地闭了闭眼睛:"是我不好,太冲动了。"

她没告诉米果,她这么生气,其实不全是为了米果。

看到米果还捂着头,她不禁一阵惭愧,上前查看她的状况。

米果的额头很红,看样子砸得不轻,她的手指刚挨上去,米果就呲了一声,可能是怕她担心,努力挤出一抹笑:"也没多疼,一会儿就好了。"

叶梅咬了一下嘴唇:"我去找药膏,你坐这儿等我。别乱跑,千万别自己进去,记住了吗!"叶梅切切叮咛。

"哦。"米果点点头。

二楼没有药膏,叶梅便下楼去找了。

米果一边龇牙咧嘴地揉着昏蒙蒙的额头,一边听着病房里的动静。

过了一会儿,医生和护士鱼贯而出,最后出来的,是孔易真。

"血压还算正常,不过,千万别让病人再受刺激了!"医生对孔易真说道。

孔易真谢过医生,转身的时候,没有立刻回病房,而是冲着那个向病房不停张望的米果,清冷地说道:"我们谈谈,好吗?"

急救中心负一楼,X光室。

医院里最清净、人最少的地方。

等候区的椅子上,只有孔易真和米果坐在那里。

孔易真的视线扫过旁边绞着双手、垂首沉默的女孩儿,唇角微微勾起一丝淡淡的嘲弄的弧度。

这就是她的对手,平凡无奇到即使坐在她的身边,也如空气里的尘埃一般,吸引不到任何人的注意。

可偏偏就是这样一个从任何角度、任何立场看来都和自己没有可比性的小丫头,迷住了岳淳川。

那样优秀到晃眼的天之骄子,却在众目睽睽之下,向一个从未出现过的女孩子深情告白!

原本,那一天,她是想向他告白的。

孔易真忽然自嘲地笑了笑,她转过头,看着米果:"你能离开他吗?"

很老套的开场白,有点看午夜电影的感觉,却是最直接、最有效的对付情敌的手段。

过往的她,绝不屑于为之,可现在……

孔易真微微眯起黑眸盯着慢慢抬起头，目光愕然受伤的女孩儿，再次强调："你和他不可能的。"

米果咬了一下嘴唇，松开的时候，粉红色的唇瓣上留下了一道很深的齿痕。

孔易真的视线扫过那道痕迹，偏头，看着对面映出她们影像的落地玻璃墙，语气淡淡地开口："我比你更了解他。因为，过去的二十几年，我和他的生活是完全重叠在一起的。我们从小一起长大，在一个盆子里洗过澡。他自幼丧父，经常受到男孩子的欺负，我就为他出头，为他去打架。同样，我也是他眼里最受宠的公主，大雨大雪的时候，他会背我上学，我参加学校的舞蹈队晚上排练，他就会在礼堂外面一边看书一边等我，舞蹈队的女同学嫉妒又羡慕，偷偷地封了他一个'二十四孝好男友'的绰号。我讲给他听，他居然默认了，你知道吗，那一天我有多开心，我牵了他的手，他也没有拒绝。"

孔易真眼神灼灼，似是陷入美好的回忆之中："后来，他为了岳叔叔去上了军校，而我的父母，当时为我定的目标，是北大和清华。以我的成绩，考上的希望很大，可是一旦被录取的话，我和他之间的距离就会越来越远。所以，我做了一件胆大包天的事情。我在高考时偷偷改了志愿，报考了公安大学，甚至选了一门和他未来的事业息息相关的专业。为了能够早日与他比肩齐飞，那些年的求学经历……"

孔易真顿了顿，嘴角撇出一抹苦涩的笑意："不提也罢。我付出的，全都是我心甘情愿，没有人逼我，所以，哪怕吃再多的苦，我也甘之如饴。只因为一切的努力都是为了他，为了我和他的将来。现在，我如愿了，我学有所成，终于可以理直气壮地站在他的身边，用我的知识，用我的柔情，用我的爱去陪伴他，支持他。可是，在我做了这么多，付出了这么多，经历了这么多的艰辛之后……"

她蹙着眉心，看着身旁面色苍白的米果，语气幽幽地说道："你却出现了。"

"你比我好在哪里？我看不明白，别人也看不明白。"

米果听到这里，总算有时间稍稍整理一下乱成麻的思绪。

她虽然没有其他人那么聪明，可也能听懂孔易真话里话外的意思。

她想让自己退出，成全她和岳淳川。

孔易真的一番话，也不是没起到一定的作用。至少，她这个软弱感性的人，曾经有那么一瞬，不，是有几次短暂的瞬间，她对他们的往事有过一丝感动。

但是因为对象是岳淳川，她除了感动之外，更多的却是一种难以言喻的类似于嫉妒的情绪在体内迅速地发酵升温。

没错，她嫉妒了，吃醋了。

原来醋一点也不好吃，心口泛着酸，口腔发苦，胃里也一抽一抽地疼。

甚至,她竟有些生气。

米果觑着一双黝黑发亮的眼睛,直直地朝那张精致漂亮的面孔望了过去:"我承认,我没有你漂亮,没有你有文化,更没有你那样体面的工作。很抱歉,我也不清楚岳淳川到底喜欢我什么,但我清楚地知道,认识岳淳川,和他相恋,是我这二十几年来做过的,最正确的决定。听了你刚才讲述的故事,我很同情你,也很敬佩你,但是很遗憾,孔易真,我真的没办法把他让给你。"

孔易真杏眼微眯,之前骄矜傲气的眼神瞬间变得凌厉起来。

米果捏紧双拳,顶着那样的目光,继续说:"爱情不是礼物,随随便便就可以送人。那样的话,另一个不知情的人,会在无形中受到伤害。岳淳川跟我说过,任何时候都不要离开他,我答应了,所以,我不能食言。另外,我也想明确地告诉你,无论杜阿姨同不同意,我都不会主动离开岳淳川的。"

米果把想说的话说完便站了起来,她背上背包,向仍坐在椅子上没有动的孔易真说:"叶梅姐还在楼上等我,我得上去了。"

孔易真垂眸凝思,不知在想些什么,竟没有任何回应。

米果转身,走了两步,忽然听到身后响起孔易真的声音:"你要怎样才肯离开他?"

米果停下脚步,小小地吸了口气,转身,回道:"只要岳淳川亲口告诉我,他不再喜欢我了,我就会放手!"

孔易真愕然愣住。

可能吗?

岳淳川会那么做吗?

可等她回过神来,那抹娇小平凡的身影已经消失在空旷的走廊尽头。

孔易真面无表情地坐了一会儿,才起身离开。

叶梅急坏了。

若不是之前下楼找药的时候收到米果发来的微信,她只怕已经挨着楼层去找米果了。

主要还是怕米果受欺负,毕竟孔易真的智商和口才绝不是米果这种心思单纯的孩子能招架得了的。

所以,当她听了米果的讲述之后,她先是愕然地上下打量了米果一番,然后才扑哧笑道:"你真这么说的?"

米果点点头,忐忑地问:"叶梅姐,我是不是把话说重了?"

叶梅看了她一眼,低头挤了一点药膏抹在手掌心,用力搓揉了几下,拉低米果的脑袋,她没有立刻给米果涂抹药膏,而是拨开米果乌黑的头发,佯装端详的模样,敲了敲,又左右看了看,倒吸口气,惊赞道:"这小脑袋平常不是挺笨的吗,奇怪,怎么突然间就开窍了!"

米果呆了呆,随即垮下嘴角:"梅姐……"

叶梅哈哈大笑。

她按住米果不停乱动的脑袋,找到红肿的部位,掌心轻轻地盖了上去:"你做得很好,米果。岳渟川要是知道了,指不定怎么嘚瑟开心呢。"

"可我觉得话说得有点重了,我看她半天都没说话。"米果低头喃喃。

叶梅哧了一声:"你快快收起你的同情心吧,这世上什么都好让,就是婚姻和爱情让不得。你若不想日后后悔,就记住梅姐今天的话,爱情不能分享,爱人更是属于你一个人的私有财产,谁要是敢觊觎窥视,你就毫不留情地予以还击,记住了吗!"

心情一激动,指尖的力道就失了轻重,只听米果呀的一声,抱住了她的胳膊,咝咝吸气。

叶梅吓了一跳,赶紧拨开米果的头发,查看受伤的部位。

幸好没多严重,就是揉过药膏之后,红肿部位显得更加触目惊心了。

想起杜宝璋砸人那狠劲儿,叶梅还是气愤难平,想不到杜姨平常看起来那么斯文有礼的一个人,竟会对米果下此狠手。她看了看旁边,因为是夜晚,所以此处与急救中心相连的一楼鲜有人经过。

"米果,我刚才去一楼找药的时候听到一件事。"叶梅想了想,决定把找药时偶然听到的一段医生和护士间的对话告诉米果。

米果抬头,黑黝黝的眼睛,带着一丝探究看着忽然严肃起来的叶梅。

"我刚才经过医生值班室的时候,听到那位负责杜阿姨的医生对护士说,杜阿姨可能是故意停药引起的血压骤升,导致昏迷。"叶梅说道。

"故意停药?"米果喃喃重复,表情震愕,一脸的不可思议。

叶梅慎重地点头:"具体的医生也没多讲,但是他那么肯定,我想,人家一定是看出了什么。至于杜阿姨故意停药的原因,其实仔细想一想,也不难解释。她可能是想用苦肉计逼迫岳渟川就范,可是没想到,岳渟川没来,我却把你叫到医院来了。"

叶梅的一番话像是一缕清风吹开了困扰在米果心中的谜团,她托着下巴沉思了片刻,恍然说道:"我也觉得有点奇怪,下午杜阿姨到殡仪馆找我的时候还好好的,怎么忽然就昏倒了呢,原来是这样。"

可是用这种自残的办法解决问题,真的好吗?

叶梅摸了摸米果的马尾,轻轻叹了口气:"她肯定早就打算好了,停药也不是这一顿两顿。我之所以告诉你这件事,就是不想你背上思想包袱,她既然有力气对你下狠手,就充分证明她的身体没什么问题。所以,你给我好好地,该上班上班,该恋爱恋爱,该怎么样就怎么样,不许胡思乱想,记住了吗!"

叶梅就像是自家的大姐姐一样关心着米果。

米果感动得眼眶潮热,她握紧叶梅的手,正想说点什么,却忽然听到前方响起一道似曾相识的呼唤:"米果,叶梅!"

没想到会在这里遇见李成勋。

依旧是白衣黑裤,浓黑深邃的眉目,气质清癯如画。

看到叶梅和米果站了起来,他上前一步,讶然地问道:"你们怎么在这里?"

"来看一个病人。"叶梅指指楼上,"急救中心。"

李成勋蹙起浓眉,视线朝米果那边挪了挪:"是谁病了?"

叶梅看看他:"不是我们的亲人,你别担心。你呢,怎么这么晚还跑来医院?"

李成勋朝对面的住院部大楼望过去:"我父亲明天动手术,我来陪床。"

叶梅和米果愕然对视。

"李成勋,你怎么不告诉我呢?叔叔动手术这么大的事儿,我应该过来帮忙的。"叶梅埋怨道。

李成勋在 A 市没有亲戚,李父全凭他一人照顾,医院、家里、公司三点一线,想必他要累坏了。

李成勋摇头:"没关系,我自己可以。"

叶梅不赞成:"你又要上班又要照顾这边,哪有那么多的精力和体力呢。你是人又不是机器,这样下去你的身体会垮的。"

米果这时候也插进话来:"叶梅姐说得有道理,李成勋,我们都可以帮你的。"

李成勋抬头看了米果一眼,微微苦笑:"怎么好麻烦你们。"

叶梅抬起手腕,看看时间:"八点半,时间还早,米果,要不我们去看看李叔叔吧!"

米果点头,说:"好。"

李成勋想拦着,叶梅却瞪他:"你什么意思啊,我们是去看望李叔叔,又不是看你!"

探望病人不能空手,叶梅去医院外的超市买东西,把米果留了下来。

米果指指空荡荡的椅子:"坐坐吧,我看你挺累的。"

几天来,李成勋公司、医院连轴转,说不累是假的。

他默默地坐下:"你也坐。"

米果冲他笑了笑,坐在他旁边:"你吃饭了吗?"

李成勋下意识想撒谎说吃了,可是鬼使神差地,他竟摇头,说了实话:"没呢,吃不下。"

米果嗯了一声,眼神关切地在他黯淡憔悴的脸上流连了片刻,然后,掏出口袋里的手机,按动屏幕给叶梅发微信。

"和他联系?"李成勋瞥了一眼米果的手机屏幕,眼神里掠过一丝怅然。

米果愣了愣,随即,摇头:"不是啊,我发给叶梅姐,让她帮你买点饭。"

李成勋看着米果,漆黑的眼睛里,渐渐涌荡起一丝难言的情绪。他用力握紧靠近她的那边的手指,等了等,轻声问她:"他对你好吗?"

米果啊了一声,抬眸望着他,她的脸有些发红,嗫嚅着嗯了一声。

李成勋轻轻点头,声音也变得轻忽起来:"那就好。"

叶梅买了一些营养品,打包了一份热饭回来,他们一起到住院部十一层,探望李成勋的父亲。

病房是三人间,来来往往的家属很多,李父住在靠窗的病床上,相对清静一点。

李成勋领着叶梅和米果进去,顺手拉上了遮蔽的帘子。

"叔叔,您好!"

"叔叔!"叶梅把礼品放在床头柜上,米果还拎着打包饭盒。

李父看到儿子领着两个年轻姑娘过来,紧张地从病床上坐了起来:"勋啊,这些是你的……"

李成勋按下父亲,用摇杆抬高床头,然后才向父亲介绍说:"这是叶梅,我的高中同学。她这次帮我很多,等您病好了,我们再好好感谢她。哦,这是米果,是我……我很好的朋友。"

李父很高兴,他指着陪床的折叠椅,又指着床头,让她们坐。

最后,叶梅坐在床头,方便和李父说话,米果则打开饭盒,从床头柜里找到饭勺,递给李成勋:"你先吃饭吧,饿坏了肚子,明天就没法照顾叔叔了。"

李成勋看看她,接过饭盒,低头吃了一口热腾腾的饭菜。

看到这一幕,李父的眼睛一亮,他指着折叠椅,笑吟吟地对米果说:"姑娘,你快坐下,别管他了,我家勋啊,脾气犟,这几天都不听话,不肯好好吃饭。"

米果笑了笑,坐下,拿起桌上叶梅买的苹果:"叔叔,您吃不吃苹果啊,我给您削一个吧!"

李父笑着摇头,叶梅也提醒她:"叔叔明天手术,今天开始禁食。"

米果拍了拍脑袋,伸出舌尖,做了个惭愧的鬼脸:"对不起啊,叔叔,看我的记性!都忘了您明天要手术了!"

李父被她可爱的表情逗得哈哈大笑。

米果就说起了米爸爸和米妈妈住院时的趣事，李父听得津津有味，不时发出愉悦的笑声。

后来，李父无意中看到儿子居然像个傻瓜似的，眉眼含笑地看着米果，不由得喜上心头。

他这个木讷寡言的儿子，一直是他的一块心病，他很担心儿子的性格太过沉静内向，不会主动追求女孩子，更不招人待见，可是没想到，他这个傻儿子居然开窍了。

这个脸圆圆的叫米果的姑娘，看来就是儿子藏在心里的那个人吧。

于是，李父越看米果，越觉得欢喜，这样活泼开朗的姑娘，才能温暖儿子的心吧。

坐了一会儿，叶梅看时间不早了，就和米果一起向李父告辞。

短短的时间，李父却和米果建立起了牢固的友谊。

米果笑了笑："叔叔，等您手术完了，我再来看您。"

李父说："米姑娘啊，没事就来啊，我们勋啊，他一个人，挺孤单的。"

李成勋叫了一声"爸"。

米果这才后知后觉地开始脸红。

李成勋送她们到电梯口："米果，你别介意啊，我父亲他老糊涂了。"

米果赶紧摆手："没事，没事。我觉得叔叔心态挺好的，这样子，做手术的风险才会低一点。"

李成勋笑了笑："谢谢你。叶梅，也谢谢你了。"

叶梅直接在他肩膀上砸了一拳："再跟我客气，我真生气了！"

米果眯着眼睛笑了。

电梯来了，李成勋目送叶梅和米果进去。"路上慢点，注意安全！"他叮嘱道。

米果冲他挥手，又握拳："Fighting！李成勋！"

李成勋笑了笑，冲她挥手。

再见，米果。

李成勋回到病房，李父依旧处于兴奋的状态，他睨了一眼拾掇杂物的儿子，试探地问道："勋啊，你和米姑娘……"

李成勋的手猛地颤了一下，他低着头，背对着父亲，声音低沉地说："爸，这件事以后别提了。"

"为啥？"李父惊讶地抬起身子。

李成勋拿起饭盒放进垃圾袋："人家有男朋友了。"

说完，不等李父反应，便走出了病房。

· Chapter 28 ·
突发性事件

米果回到家里,收到李成勋发来的微信,问她是否平安到家,米果在阳台上照了一张小区的夜景图,给他发了过去,很快,李成勋就回复了消息,让她好好睡。

米果笑了笑,手指滑动到另一个头像的位置,来回摩挲了几下,最终,叹了口气,回房睡觉去了。

心里有事,自然辗转难眠,她数了一会儿羊,又和猪亲密了一阵子,好不容易熬出一丝困意,谁知最近回家住的米拉却溜了进来。

"果果,我睡不着。"米拉软软的身子缠住米果,热气吹得米果只想挠头。

"怎么了?病了吗?"米果艰难地转过身,摸了摸八爪鱼一样又缠上来的米拉的额头。

米拉神情怏怏的,朝米果那边偎了偎:"嗯。我病了,是心病,我的心生病了。"

米果怔了怔,在黑暗中打量了一下米拉精致漂亮的侧脸:"你恋爱了吗?拉拉。"

米拉的身子震了一下,好久没有发声。

过了一会儿,她的声音闷闷地从米果的肩窝处传了出来:"我好像喜欢上了一个人。"

米果眨眨眼:"你好像总在喜欢别人。"

"……"米拉差点没被她这个喜欢讲实话的老姐呛出一口老血来。

她照着米果圆乎乎的肩膀一口咬了下去,恶狠狠地强调:"这次是他主动追我的。"

米果咝了一声,怒目瞪着米拉。

米拉知道错了,赶紧把嘴唇贴上米果的肩膀,又是亲又是揉的。

"哈哈……"米果耐不住痒,笑出声来。

她捏着米拉的脸蛋,正色说:"这个胆大包天的小子是谁?敢不经过我的同意就来追你,我看他是不想混了!"

米拉看着她,语气轻忽:"你见过。"

米果脑子断片,瞪着米拉,低声重复:"我见过?"

"哦。那天你去体院找我,我们在早餐铺子里见到的那个人,就是他。"米拉解释。

米果努力拨开回忆的大门,搜寻了半天,才恍然说道:"原来是那个长耳朵兔子啊!"

米拉一呆,旋即,喷笑出声。

还真是。

"就是他。他叫杨阳,是我们体院的风云人物。"

"杨阳?咋听着这么熟悉呢?"米果问道。

"他刚刚代表中国游泳队夺得了世锦赛的金牌,体育频道经常有他的赛事直播。"米拉提醒道。

"噢,我想起来了,就是他,就是他!我就说嘛,电视里头唱国歌的冠军总给人一种熟悉的感觉,原来就是他啊。"米果找到了答案。

"怎么样,帅吧?"提起心爱的恋人,米拉的眼睛如同钻石一般闪亮。

米果点点头,诚实给出评价:"很帅!那六块腹肌,大长腿,滴着水珠的脸。还有……哑!拉拉,你又咬我!"

米拉噘着嘴,气哼哼地抬头:"那都是我的,你不许看!"

米拉还在絮絮叨叨地讲述她和杨阳之间甜蜜的爱情故事,可是费心劳神了一整天的米果却睡着了。

米拉等不到回应,苦恼地蹭了米果一会儿,也跟着沉入梦乡。

米果做梦了。

梦到她和岳淳川在春熙路逛夜市,她左手一个爆炸大鱿鱼,右手一个鸡翅包饭,嘴里塞满了羊肉串,还向麻辣面的老板,要求再来一碗。她美炸了,因为吃这些东西全都不用付账,去每个摊位前,随便吆喝一声,立刻,那些肉串啊,包饭啊,煎饼啊,就统统到她手里了。

岳淳川照旧目光沉静、气质峻然地跟在她的身后。他两手空空,像根青竹似的不染尘埃。她看他光走不吃就很替他着急,一个劲儿地跟他强调,今天免费,免费吃,多吃一点,不要钱。可岳淳川仿佛没有听见一样,在她拿了一盒鸭血粉丝汤之后,竟掏出钱夹,抽出一张粉红色的大钞递给满脸狞笑的老板。

她大急,囫囵个吞下嘴里的肉块,扑上去,大叫:"岳渟川,不要——"

脸上忽然传来一阵尖锐的痛感,她猛地睁开眼!

四周黑漆漆的,视线和神志都还处于蒙眬不清的状态,她下意识地去梦境里搜寻,谁知,眼前却忽然冒出一张雪白明晃的大脸。

她差点就叫出来了,可是嘴上堵了一只手,身上也压了个人,她想反抗一下都没门。

她瞪着眼,呜呜哼唧。

"是我,拉拉!"

米果眨了眨眼,继续呜呜。

米拉松开手,低声戒备地问道:"川渟岳峙是谁?"

米果呆了呆:"啊?"

"我问你川渟岳峙是谁,你啊什么啊!"米拉轻轻扬手,把闪着青蓝色光芒的手机屏幕对准某位睡眼惺忪的梦话达人。

米果朝屏幕上熟悉的页面望过去。

一秒!两秒!三秒!米拉还没数到三,只觉得身子一轻,眼睛一花,等她再有感觉时,她已经四仰八叉地躺倒在床上了。

米果半条腿压在她的肚子上,另一条腿跳跳地找地上的鞋子。

米拉先惊后怒:"果果?"

"嘘!"米果一把按住米拉的嘴,"别喊!求你,别喊!"

米拉揪住米果的胳膊,顺便把压在自己肚子上的臭脚甩到地上,她用力挣脱米果,压低声音喝问道:"那你告诉我川渟岳峙是谁?还有,你梦里喊的那个什么川的,是男人,对不对?"

米拉好奇死了,她从没见过米果这么紧张过谁!

米果光脚在床下勾了半天,总算把她的拖鞋勾了出来。

她一边掰着缠在自己身上的米拉,一边语声急切地解释道:"他们是一个人!快放开了,拉拉,再不下去,他……他就要走了。"

米拉一愣。

一个人?

哈哈,原来果果也有男朋友啦。

看来这个男人在果果心目中的分量还挺重,连说梦话都喊着他呢。

米拉拽着米果,也坐起身来:"那我跟你一起下去。"

米果一呆:"不用吧。"

米拉已经在摸黑找鞋:"怎么不用!现在是午夜两点半,两点半!好男人谁会半夜三更给女人发微信要求见面啊!"

米果无话可说。

因为米拉黑着脸威胁她,敢不带她去,她马上就把米爸爸和米妈妈叫醒!

别说,深夜寂静的小区,黑黝黝的,一眼看不到边际,还真的有些恐怖。

走到楼头,才看到灯光。

是小区街道的路灯,十几米远一个路灯杆,灯光不甚明亮,周遭的景物也有些模糊,但米果一眼就看到了那个朝思暮想的人。

是他!就是他!

她的心扑通扑通跳得飞快,脚步也从小心翼翼渐渐发展到了快步疾走,最后嫌速度太慢,她竟甩开米拉,大步飞奔起来。

听到脚步声,那个高大魁梧的男子蓦地转过身来。

当他看到狂奔过来的那抹娇小熟悉的身影时,掩映在灯光下的冷峻立体的五官,霎时散发出灼灼的光华。

小马达似的,快速热烈的脚步声转瞬到了近前,他张开手臂,扬起唇角,低低地叫了声:"果果。"

米果的心整个飞扬起来,她铆足力气,蹬跳跃起,她的身影在空中划出一道完美的弧线,最终的落点,却只堪堪够到岳浔川的手。

她傻眼了。怎么会这样!不是温暖安定的怀抱吗?

嘤嘤嘤。

岳浔川也是一怔。

他也没想到,会是这样的结果。

随即,他勾起唇角,笑声愉悦:"再跳一次就好了。"

米果羞得恨不能找条地缝钻进去,正低头刨地,却觉得手指一紧,身子蓦地前倾,下一秒,她就落入了熟悉温暖的怀抱里面。

她像一只猫咪一样缩在他的胸口,惬意满足地蹭了蹭:"岳浔川,真的是你。"

岳浔川嗯了一声,低头亲了亲她的发顶。

他的视线扫过几米开外自动停步的某个形迹可疑的影子,问米果:"你带了尾巴来吗?"

米果一惊,倏然推开岳浔川:"是我妹妹,米拉。"

她太兴奋了,居然忘了米拉还跟在后面。

一想到米拉目睹了她和岳浔川亲密的一幕,她的心就乱作一团,她这个鬼灵精的妹妹,不会当叛徒吧。

米果心虚地咬着嘴唇,朝米拉招招手:"拉拉,你可以过来了。"

几分钟后,热泪盈眶的米拉握着自动升级为准姐夫的岳浔川的手,激动地说:"岳姐夫,谢谢你把果果收编了,我代表我们老米家感激你,感激你八辈祖宗。"

"……"

"哈哈……哈哈哈……"米果尴尬地笑了几声,上前分开他们的手,她贴近米拉,从牙缝里挤出几个字,警告说:"你的 iPhone 还想不想要了。"

米拉脸一呆,旋即,笑眯眯地把目光转向岳浔川:"岳姐夫,果果欺负我!她威胁我,不给我买 iPhone 了。"

岳浔川挑高声调,噢了一声,然后,翘起唇角的弧度,极有力度地承诺:"姐夫给你买。"

米拉兴奋地叫了一声阿撒,她向目瞪口呆的米果吐了吐舌尖,做了个得意的鬼脸:"耶!有了姐夫作保障,我的 wallet 我来定,管你还有爸和妈,谁都管不了!"

米果这下臊得没脸见人了,她遮着脸,推米拉:"回家去,回家去啦。"

米拉嘿嘿笑,拉长音:"那 iPhone 呢。"

米果咬牙:"我买!明天就给你买!"

"我还想要天梭!"米拉得寸进尺。

米果牙根都快咬掉了:"买……买,什么都给你买,求求你了,八辈祖宗,快回家吧。"

米拉笑得别提有多畅快了,她冲着岳浔川挤挤眼:"果果交给你了,岳姐夫,她晚点回来没关系,不回来更好。"

"拉拉——"米果眼看着头上就要冒烟了。

米拉识趣地挥挥手,蹦蹦跳跳地哼着《小幸运》走远了。

聒噪喧闹的氛围因为米拉的消失蓦地变得沉静而又深邃。

岳浔川站在她的身旁,暖黄色的灯光笼罩在他们的身上,在地上投下长长的影子。

米果艰难地咽了口口水,抬起黑漆漆的眼睛,看着岳浔川,歉意地说:"你别介意,拉拉喜欢开玩笑,她不会真的用你的钱。"

岳浔川满含深意地看看她,说道:"小姨子难得开口,我自然是要好好表现的。"

米果呆住了。

啥!小姨子!

他叫得还蛮顺口。

她的脸皮原本就薄,这下更是烫得不敢摸了。

岳淳川轻笑两声,上前,牵住她的手,朝路边停靠的车子走过去。

米果又被震了一下,她拉住岳淳川,惶恐不安地说道:"真要出去吗?我不能待太长时间,怕我爸爸妈妈发现了。"

岳淳川没说话,径自把她塞进后座,他也跟着上车,坐在她的身边。

米果愣愣地看着他:"不是出去吗?"

岳淳川一上车,便彻底放松了,倒在后座上。

他揽着米果的肩膀,把她靠向自己胸口,停了一会儿,他低下头,勾起她的下巴,不顾她低低的惊呼声,嘴唇覆上那片温热和潮湿。

米果脑子发涨,气息不匀,可是心里却甜得要命。

她的双手紧紧扣着岳淳川胸前的衣服,指尖清晰地感受到他心脏强而有力的跳动。

她努力地,伸出舌尖,想给他带来快乐和欢愉,可是她这方面的经验太少了,她的牙齿碰到了他的牙齿,叮的一声,她的脸尴尬地红透了。

他似乎吻得更深了。

她被他拉起,坐在他紧实的大腿上,她的手,也被他控制着,探进他的上衣里面,摸到了胸前微微的凸起。

米果觉得自己已经变得不像自己了,整个人像是泡在蒸汽池子里,浑身上下燥热,可不知为什么,又觉得空落,四肢百骸,血液骨髓,都像是在渴望和索求着什么,怎么填也填不满。

她难受地在他腿上蹭来蹭去,小手无意识地抚摸着他解掉扣子的精壮前胸,口中发出嘤咛低吟。

他深邃的眼里似有火种燃起,手指不受控制地滑进她宽松的睡衣里,一点一点向上,然后,轻易地,就握住了那一团丰盈。

车外突然亮起灯光,发动机的轰鸣声,从紧闭的车门外面,呼啸而过。

米果猛地惊醒,她后脑微仰,发烫肿胀的嘴唇瞬间得到自由,她大口呼吸着新鲜的空气,可没几下,她原本就被吓坏的表情变得更僵,视线缓慢下移,朝睡衣里面那两包比平常鼓胀得多的胸部看了一眼,然后,她就惊悚了,口头禅都没喊出来,上身已经条件反射地向后仰倒过去。

倒过去也是车座,摔不了多疼,但,幸好,她的两只小白兔自由了。

脸红得能滴出血来,她怕合上眼睛漏光,干脆伸手捂着眼睛,不敢去看那个腿上还搭着她的脚丫的男人。

他们做了逾矩之事,他们啵啵了,她还让他摸了。

嘤嘤嘤。

拖鞋早就不知道掉在车里哪儿了,她光裸的脚趾,蹭着他的军裤,轻微的,一下的一下的,粗糙的触感,越发让她觉得羞臊难当。

岳渟川没有把她第一时间揽住抱回来的原因,是他的身体某处极度敏感的部位出现了剧烈的反应,他怕抱回她的时候,吓到这个不谙人事的女孩儿。同时,他自己也很紧张,因为不可控的欲望,手心、脊背上,沁出了一层薄薄的冷汗,虽然多年军旅生涯养成的冷静自持使他维持着表面上的镇定,其实,此刻,连看她一眼,都是一种摧毁他强大意志力的煎熬和折磨。

他爱她。确信无疑。

不然的话,他怎么可能会如此地渴望她的身体,想要据为己有。

所以,母亲的话,是站不住脚的。

过了一会儿,等两人的呼吸频率都变得稍微正常些之后,米果觉得脚心一热,他的手竟然盖了上去,她轻轻一抖,从指缝里偷窥他。

车厢里光线昏暗,但丝毫不影响他的美貌,米果吞了口口水,脚趾一动,就想缩回来。

他却不让,握紧她的脚,轻轻地揉了揉:"下次记得穿上袜子。"

她被挠得有些痒,忍不住缩着脖子,挣扎着笑:"我知道啦,你快放开,我晚上没洗脚!"

"……"他怔了怔,旋即笑开。

他俯下身去,手臂穿过米果的腰,轻轻一抬,把她从座位上拉了起来。

"你……"她想说什么,却被他按住后脑,压向胸前。

时光宛如静止,车厢里除了彼此间扑通扑通的心跳声,再也听不到其他的杂音。

依偎了很久,米果忽然抬头,仰望着头顶轮廓分明的俊颜,问:"你去医院了吗?你妈妈病了!"

"嗯,去了。"正是因为去了医院,才知道她受了很大的委屈,叶梅在电话里安慰他的话一点都不能让他安心,所以,他才会半夜三更赶到平安小区,迫不及待地想见她一面。

想亲眼看看她,好不好。

目前看来,还不错。

而他也从糟糕的状态里稍稍恢复了一点,因为他还拥有她,不曾失去。

米果忐忑不安地偷看他,不想,被那双深邃幽远的目光锁住,便再也分不开了。

他勾起唇角,低头,含住她夜色中光润发亮的嘴唇,轻轻地吸吮。

她的气息甜美到惑人,微烫的面颊仿佛世间最好的药物,熨帖着他孤单疲惫的心灵。

他只是吮吸,并不深入,可渐渐地,还是有了反应。

只能松开,可是他的目光却似有万般不舍、千般眷恋一样,舍不得离开她芬芳馥郁的唇瓣。

他挪开视线,低低地喘了口气:"果果。"他叫她。

她抬起雾蒙蒙的眼眸,眨了眨长长的睫毛,不解地回应:"嗯?"

"我替我的母亲向你道歉。晚上她对你的态度不友善,伤了你的心,对不起,果果。不会有下次,我向你保证。"岳淳川抬起米果圆圆的下巴,目光诚挚地表达歉意。

米果没想到他会这么说,讶然之余,渐渐有了一丝感动,她喃喃叫道:"岳淳川。"

"我妈打你了,是吗?打哪儿了,让我看看。"他的神色变得严肃起来。

米果躲闪着,摇头:"没有啦。阿姨没有打我。"

"叶梅都告诉我了!"他扳过她的脸颊,迫使两人目光相对,"你还想瞒着我?"

他的五官本就生得凌厉立体,加上多年军旅生涯的历练,所以,根本没几个人能扛得住他的眼神攻势。

米果更是扛不住,她垂下睫毛,盖住眼睛,嗫嚅地小声解释说:"没多严重啦。我都忘了。"

岳淳川握住她的肩膀,声音威严:"你是想让我脱下你的衣服检查!"

米果身子一哆嗦,赶紧抬起手臂指着头:"这里!"

岳淳川目光深深地看着她,拧紧的眉峰,像是无法打开的结扣,看得米果一阵心虚。

"在哪里?我看看。"他用车钥匙打开车子电源,打开车厢顶的小灯,捧住了米果乱蓬蓬的脑袋。

米果挣扎:"真的不疼了,叶梅姐抹过药了,我睡觉都敢蹭着睡了,真的!岳淳川,没关系的。"

岳淳川的眉心拧出个明显的"川"字,他的指尖用了点力,她的脸就被挤成了包子脸,嘴唇嘟嘟的,和她最喜欢的泰迪小熊的可爱造型有得一拼。

她盯着他,苦恼地咝咝吸气:"别挤我的脸,本来就很大。"

他低下头,咬了一口粉嘟嘟的诱人唇瓣:"说不说?说了我就放过你。"

她眨眨眼,像是在点头:"额头上面。"

他松开指尖,滑上她的额头,掀开散乱的刘海,便看到了靠近额际线那里,上下两个红红的肿块,特别扎眼。

他的眉头拧得更紧了,手指悬在红肿的部位上方,久久不曾落下去。

他目光沉沉地注视着她:"傻瓜,不知道躲吗?"

米果垂眸,小声说:"来不及躲,阿姨的力气好大。"

"什么东西砸的?"岳渟川的脑子里居然闪过了石头块这类坚硬的物体。

"香蕉。"她的声音更小了。

"……"

岳渟川哑然半晌,搂住她的腰,下巴小心地避开她的额头,贴在她头发的另一侧,轻轻叹了口气:"我们果果受苦了,对不起,是我没能保护好你。"

米果抬头,亲了亲他的下巴:"没关系啊,岳渟川,下次我就有经验了,阿姨要是再扔吃的,我直接用嘴接住就 OK 啦!"

岳渟川扑哧一声笑了,他惩罚性地咬了咬她的鼻尖:"还想有下次?"

米果缩到他的怀里,一边笑,一边指着头顶,提醒道:"关灯……关灯……"

岳渟川关掉车厢顶灯,他揽着米果,握住她的手,静静地望着车窗外安宁空旷的小区。

过了一会儿,米果听到身侧传来岳渟川的声音。

"我是她在这个世界上唯一的亲人,我一直很尊敬她。过去,她承受了常人难以想象的苦痛,才成就了今天的我。所以,无论从母亲的角度,还是从她取得的学术成就的角度看来,她都是一个值得所有人去尊敬的强者。我妈这个人性格强势,说一不二,在家里是绝对的权威。在她眼里,我就是一个乖孩子,就应该无条件地服从她的意愿。因为,她觉得那是理所当然,是她这么多年来抚养我应得的回报。在遇到你之前,我一直是这样做的,哪怕她的要求超出了我的承受范围,我也会尽可能地忍让,让她感到满意。当然,人无完人,之前我也做过一件,唯一一件忤逆她的事情,便是偷偷去报考了军校,这是我妈心中永远的伤痛,也是她心头一道过不去的坎儿。为此,我上军校期间,她从未到学校看过我一次,甚至,在当地参加学术讨论会的时候,她也拒绝和会场外面等候的儿子见上一面。"

察觉到米果的手轻微抖动,他偏过头,在米果的额头上轻轻印下一个吻,柔声抚慰:"都过去了,没事了。"

米果反手握住他的手,靠得更紧了。

"在我妈看来,那就是她惩罚我的方式。直白、无情、不留余地,让我一辈子长记性,记住那一次的教训。由此可见,我妈性格偏执到了何种程度。她遇事爱钻牛角尖,考虑问题比一般人更加极端。你也领教过了,她脾气上来的时候,就是那样不分轻重,不分场合,更不会考虑到对方的感受和尊严。还有她这次住院……"岳渟川顿了顿,握紧米果的肩膀,"也是她故意停药引起的后遗症。"

米果捏了捏他的手:"我听叶梅姐说了。"

"你知道了?"岳渟川惊讶地问道。

米果抬起头,笑了笑,说:"你也别怪阿姨了,她这么做,还是为了你。"

岳渟川神色复杂地望着她。

她还知道多少?

米果伸手,拉低岳渟川的脖子,学他刚才那样,轻轻地在他的嘴唇上,亲了一下:"岳渟川,你别担心我了,我没事的。我对阿姨没有那么大的怨气,哪怕她用香蕉砸到我,我也只是偷偷伤心了那么一小会儿。我能感受得到,阿姨她很爱你,所以她才会强烈地反对我们在一起。我也能理解她的想法,毕竟,我的工作不被大多数人接受,她反感我,讨厌我,也是理所当然。还有……还有孔易真……"

岳渟川捏紧她的手:"易真只是我的妹妹,我对她没有任何非分之想,你不要乱猜!"

米果看着岳渟川,无奈地抬手摸了摸岳渟川的脸:"我不是那个意思啊,岳渟川。我提起孔易真,是因为她的确比我好太多啊,阿姨喜欢她再正常不过了,不喜欢才不正常呢。"

她的手指滑下来,戳着岳渟川厚实的胸肌说:"至于你嘛,已经被我这个平安里的'女土匪'收编了,所以,即使你有一点点喜欢孔易真,也不可以了,知道了吗?"

岳渟川深邃的眉眼渐渐起了笑意,他一边揽她入怀,一边喟叹出声:"那你可要对我负责到底!我的'女土匪'。"

分开的时候,表针已经指向凌晨四点四十分了,米爸爸五点多就要起床遛弯,所以米果就算再不舍,也只能向岳渟川挥手 say goodbye 了。

岳渟川立在路灯下,身姿挺拔,气质隽然,宛如清晨里挂着露水的小白杨。

米果跑了几步,忽然想起什么,又拔腿嗒嗒嗒地跑了回来。

"怎么回来了?"岳渟川展开双臂,接住扑到身前的娇小身影。

米果踮起脚尖,勾住他的脖子,向下压。

岳渟川气息不稳,手悄悄使力,挽住了她的腰身。

谁知,米果勾住他的脖子,嘴唇却在距离他很近的地方停住,他眸色渐暗,把她的腰向前贴了贴。

她直盯盯地注视着他的眼睛,过了几秒,似乎还嫌不够,竟把他的脸转过去,对着灯光仔仔细细地又看了一通。

"岳淳川,你有问题。"

岳淳川的心扑通一跳,他把头略微偏了偏,避开她显微镜一般灼灼细致的目光:"噢?什么问题?"

"就是你的眼睛啊!我每一次见你,你的眼睛都是红的,我问过医生了,你这是疲劳过度引起的结膜充血,如果不加以注意,会造成视力下降,严重的,还会导致中心性视网膜炎。"米果担忧地说道。

岳淳川伸手掐了掐眉心,笑了笑,说:"那么严重啊。"

"后果特别严重!"米果用力点头,"岳淳川,我告诉你,你得睡觉,休息,知道吗?哪怕在救援现场,你也要争分夺秒地抓住休息的机会,哪怕闭一会儿眼睛,也是好的。"

她眨眨眼,努力回忆医生说过的话:"你呢,连续用眼超过四十分钟记得要休息十分钟,最差也要两小时休息十五分钟。你可以做做眼保健操,眼保健操你肯定会,是不是?"她对着两眼之间和眉骨之间又是揉又是刮的,演示着:"挤按睛明穴,轮刮眼眶,想起来了吧,我们小时候每天课间操都要做的。"她挠挠头:"忘了也没关系,你也可以这样!"她举起右手横在眉骨,左右张望:"你也可以选择远眺,看一看窗外的红花绿草!"

岳淳川实在没能忍住,笑出声来。

只是一声而已,他向军旗保证自己绝对没有嘲笑她的意思,就是被她绘声绘色的表演给镇住了。

他有一种出戏的滑稽感,耳边回旋的,是那首脍炙人口的影视老歌。

"你挑着担,我牵着马……"

脑海中闪现的,是他穿着笨重的救援服却反扣手掌,踮脚远眺的场景。

岳淳川此刻才发现,原来忍笑也是个技术活儿。

实在是忍得太辛苦,他只能握拳压在薄唇上面,转开快要抽搐的脸孔。

米果终于意识到自己的处境有些尴尬了,她拉了拉岳淳川的袖子,声音闷闷地问道:"你是在笑我吗?"

岳淳川没有回头,但是肩膀可疑地抽动了两下。

米果窘了,她低着头,不敢再看岳淳川,四周有些安静,空气凝结成一团。

她捂着脸嘤咛一声,后退几步:"我回去了。"

岳淳川深吸了口气,管理好表情,嗯了一声。

米果落荒而逃,拖鞋与地面碰撞,发出啪嗒啪嗒的脆响。

岳淳川怕她害怕,跟着她的身影走到楼道口附近。

他记得她家门洞前面有一级台阶,刚想提醒她注意,就听到前方传来她的低叫声,紧接着,楼道的灯亮了。

"米果——"他看不到她,以为她摔倒了。

过了一会儿,"喵喵!"回应他的是两声似曾相识的猫叫声。

楼道里传来脚步声,然后是模糊的絮絮交谈的声音,再然后,是关门的砰然响声,之后,灯光熄灭,小区又恢复了黎明前的静寂。

岳淳川开车回医院,中途接到了米果发来的微信:"差点被我老爸抓包,我骗他我去夜跑了!嘤嘤嘤。"消息后面,是一个泫然欲泣的泰迪小熊。

等红灯的时候,他回她:"什么时候带我回'土匪窝'?"

米果几乎是秒回,一个字:"啊?"

他笑着打字:"你不是自称平安里'女土匪'吗?"

她回了三个"哈哈哈"。

等下一个红灯的时候,他又发微信敲她:"不要装傻。这个周末,我要拜访叔叔阿姨。"

微信发出去,半天没有回音。

他把手机放在仪表盘上,给她考虑的时间。

这一考虑就到了医院,他刚把车停好,手机就叮叮响了。

打开一看,他差点没被自己的口水呛死。

不知道为什么米果的手机会到了米拉的手里。

回复的消息很有米拉式的幽默感。

米拉:"欢迎姐夫占领米家山头!"

紧接着又发来一条语音。

音质真不怎么的,对方似乎正在进行某种剧烈的运动,他听到沉重的喘息声、打斗声,接着传来米拉的声音,她声嘶力竭地低喊:"姐夫,救命!"

岳淳川扶着额头在晨光初露的住院部楼前立了半晌,放下手臂,嘴角却扬了起来。

姐夫。

这是他今天收到的最好的礼物。

他乘坐电梯来到内科病房所在的楼层,他母亲杜宝璋已经从急救中心转到了这里住院治疗。

内科病房在人民医院素来是寸土寸金的地方,没有特殊关系根本别想住上条件优渥的双人间。杜宝璋却享受到了特殊待遇,她不仅住了双人间,而且还一个人占了整间病房。

这都是孔易真安排的,她的母亲刘春是医生,加上孔舒明的社会地位,所以安排一间条件好的病房,不是什么难事。

岳淳川推门进去的时候,一个年轻的护士正在为病床上的杜宝璋量血压。

"95、135,已经降下来了,压差也正常,您别担心了。"护士一边收拾血压计,一边对杜宝璋说道。

杜宝璋点点头,放下住院服的袖子:"麻烦你了。"

"没事。"护士转身,却看到门口立着一位个子很高的长相英俊的军人。

护士愣了愣,下意识地问道:"你找……"

岳淳川指了指病床上的杜宝璋:"我是病人家属。"

护士哦了一声,又偷偷打量了他一眼,才拿着血压计走了。

杜宝璋看到岳淳川,眼神凉凉地:"你来了。"

岳淳川嗯了一声,在另一张空床上坐下来。

"早饭您想吃什么?我去给您买。"他问杜宝璋。

杜宝璋冷淡地瞥了他一眼:"看见你不吃就饱了。"

岳淳川笑了笑:"是吗?那您可给咱家省粮食了。"

再普通不过的一句玩笑话从岳淳川的嘴里讲出来,生生地,就变得不那么普通了。

杜宝璋愣了愣。

当她看到儿子的笑容时,更是惊讶到不行:"淳川,你是在取笑妈妈吗!"

岳淳川撇唇一笑:"我哪儿敢。"

杜宝璋哼了一声:"还有什么是你不敢做的。"

岳淳川没说话。

病房里安静了一会儿。

"几天没睡觉了?"杜宝璋忽然开口问道。

岳淳川看看杜宝璋,转开视线:"没多久。"

"没多久?你看看你的眼睛红成什么样了,还想骗人!"

岳淳川沉默。

杜宝璋的心疼都化成了一腔怨气:"妈病了你不管,她好好一个大活人,你却管到底了,是不是?"

岳淳川不想和杜宝璋吵架,他已经两晚没睡觉了,体能和精神都到了极限,如今杜宝璋咄咄逼人，他的头又开始炸炸地疼了起来。

"妈，我很累。"

杜宝璋张口还想说，可看到儿子痛苦的表情和苍白的脸色，她忍了忍，把嗓子眼的话咽了回去。

她作势要下床，岳淳川看到，赶紧上前扶住她："您要去卫生间？"

杜宝璋推他："我给你铺床。"

"不用了，妈，我睡不着。"

"睡不着也得睡。"杜宝璋撑着病体给儿子铺好床铺，"睡吧，妈妈不让护士来打扰你。"

"我真睡不着。"岳淳川指指窗户，"天都亮了，您要吃早饭。"

杜宝璋把他按在床上："你小姨过来送饭，你就安心睡吧。"

岳淳川眼睛一亮："小姨要来啊。"

杜宝璋看着儿子的反应，不禁有些吃味，她点点头："嗯，宝林说她一早就会过来，这下，你可以安心睡了吧。"

昏昏沉沉的，不知自己究竟睡着了没有。

隐约听到门响，熟悉的刻意放轻的脚步声，他蓦地睁开双眼，看到拎着保温饭盒的杜宝林小心翼翼地走了进来。

"小姨！"他撑着床坐起来。

杜宝璋正倚在床头上看书，这时也转过身来，摘下鼻梁上的眼镜。

"宝林。"

杜宝林冲着岳淳川招招手，走到杜宝璋身边："好好的，怎么说病就病了呢。"她把保温饭盒放在床头柜上，坐下来，上下打量着杜宝璋。

杜宝璋的视线有意无意地扫过一旁穿鞋起身的岳淳川："老了，不中用了。"

杜宝林诧异地看了一眼素来不肯服老的亲姐姐："你不是整天说过了七十才步入老年期吗，怎么六十不到，就泄气了。"

杜宝璋动了动嘴角，轻轻地哼了一声，明显不想继续讨论下去了。

杜宝林早就习惯了杜宝璋喜怒无常的性格，丝毫不以为忤，她转身叫岳淳川："淳川，来吃早饭吧，我熬了鸡丝芹菜粥，还有素馅包子，都是你爱吃的！"

岳淳川从杂物柜里取出他从家里带来的洗漱用品，走过去，弯腰，靠在杜宝林的肩膀上，闻了闻空气中飘散的味道："野菜鸡蛋馅。"

"荠菜！"杜宝林笑着捻起一个圆润雪白的小笼包，凑近岳淳川的嘴唇。

岳淳川也不客气，张嘴，一口就吞下整个包子。

杜宝璋不赞成地低声叫道："淳川,你还没刷牙呢!"

岳淳川扬了扬手里的洗漱包,嘴里含混不清地说："马上。"

等岳淳川去了卫生间,杜宝林盛了一碗粥,用勺子搅了搅,又吹了吹,才递给坐在床边的杜宝璋。

"姐,你先吃吧,我放了芹菜,对你身体好。"

杜宝璋接过碗,低头喝了一口,眉头微微蹙了起来。

杜宝林紧张地问："不好喝吗?是不是有点太淡了,血压高食盐量要控制,我特别注意了的。"

杜宝璋摇摇头："挺好,谢谢你了,宝林。"

杜宝林松了口气,又给杜宝璋拿了个包子："多吃一点,你最近可瘦了不少呢。"

杜宝璋叹了口气,望了望水声潺潺的盥洗室,低头,咬了一口包子。

看杜宝璋吃得差不多了,杜宝林才坐在杜宝璋对面的床上,语气幽幽地说："你这是心病吧。我听淳川说,你不同意他和米果的事,还去找人家理论了?"

杜宝璋看了看杜宝林,嘴角向下一撇："我就知道,他会搬你这个救兵。"

杜宝林笑了笑："那是淳川信任我,我高兴还来不及呢。"

杜宝璋面色一僵,扔下手里的半个包子,躺回床上去了。

杜宝林摇摇头,起身收拾残局。

"你瞧你这坏脾气,怪不得淳川不愿意和你亲近呢。不是我说你,姐,你真该改变一下了,不然的话,孩子们只会离你越来越远。"

杜宝璋背过身,合上眼睛："够了,我还是你姐,轮不到你来数落我。"

杜宝林推了杜宝璋的脊背一下："那我还是你妹妹呢,你怎么从来都不数落我啊。"

"哟!"杜宝璋回头,瞪着杜宝林。

杜宝林瞥她一眼,故意挑衅道："别整天把架子端得那么高了,也不嫌累。"

杜宝璋气结,正要说话,却看到岳淳川一边擦脸一边走了出来。

"小姨,您累了吗?"岳淳川话只听了一半,以为杜宝林太过操劳,这会儿感觉累了呢。

杜宝璋瞪着自家儿子,杜宝林捂着嘴扑哧一笑："我可不敢说累,比起某个人,我还差得远呢!"

岳淳川不太明白杜宝林话里的意思,但看情形也知道两个老姐妹之间开起了玩笑。

他无奈地摇头,走过去,捻起一个包子塞进嘴里："小姨,你上午有事情吗?"

"没什么事,你要有事就去忙,我来照顾你妈妈。"杜宝林说。

岳渟川嗯了一声，接过杜宝林递过来的粥，喝了一口，随即，他的眼睛眯了起来，英俊的五官呈现出一种站在食物链顶端的满足感，他给出诚实的评价："就是我要的那个味。"

像是电视里广告一样夸张褒奖的话从岳渟川的口中讲出来，再一次让杜宝璋惊怔了几秒。

这是她那个不苟言笑、清冷孤傲的儿子吗？

站在她面前的，那对相视大笑、默契融洽的一老一少，才像是真正的亲人。

那她，算什么？

一个母亲，还是一个被隔绝在幸福之外的旁观者。

离开病房之前，岳渟川冲着杜宝林使了个眼色，杜宝林背对着杜宝璋，冲他比画了一个OK的手势。

岳渟川感激地笑了笑，拉开房门，走了出去。

经过护士站的时候，他停下来，向里面忙碌工作的护士问道："请问一下，这里能查到睡眠专科的宋医生今天上班吗？"

护士抬起头，看到他，不禁愣了愣。

岳渟川也认出来了，这个年轻姑娘就是之前为母亲测量血压的那名护士。

"你找的是宋清远，宋医生？"护士的脸有点红，讲话的速度也放慢了。

岳渟川点头："对，就是他。"

护士说护士站的系统里是查不到的，不过，她可以帮忙问问。

岳渟川看她掏出自己的手机打了两个电话，然后，抬起头，有些害羞地说："宋医生今天坐诊，门诊部六楼。"

岳渟川抬腕看了看表，接诊时间已经到了。

他向护士道谢，护士紧张地摆手，说"不用不用"。他还是再次说了"谢谢"，然后才离开内科病区。

门诊部六楼。

岳渟川拿着在一楼挂的专家号，熟门熟路地找到睡眠专科的牌子。

这不是他第一次来，所以，把病历本和挂号小票交给护士之后，他就在等候区找到一个位置坐了下来。

六楼分东区和西区，东区是神经内科的地盘，西区则是内分泌专科。

等候区设有呼叫系统，每一个排上号的病患都会按照电脑提示音去相应的科室就诊，岳渟川随意瞥了一眼红彤彤的大屏幕，上面显示的内容却让他顿住了目光。

睡眠专科门诊的病号,竟远远超出了神经内科一、二、三诊室的病患,环顾四周,多数是和他一样神色萎靡、双目赤红的年轻人。

他摇了摇头,无奈地叹了口气。

现代社会生活节奏快,工作压力大,很多人迷恋夜生活,加上受到吸烟、饮酒等不良生活习惯的影响,各种睡眠疾病的危害便日益显现出来。

岳湻川是搞专业救援的,他深知健康睡眠对一个人的重要性。

人若是不进食光喝水可以活七天,但若是不睡觉却只能活四天。

等待的时间有点长,叫到他名字的时候,他靠在椅背上几乎要睡着了。

"岳湻川——"护士再次叫他的名字。

他伸了伸手,站起来:"这里!"

他过去接过护士递过来的病历本,道谢后走进了大门虚掩的睡眠专科。

奇怪的是,诊室里并没有人,没有病患也没有大夫。

岳湻川站了一会儿,正要出去问问护士怎么回事,却看到与诊室相连的玻璃门,响了一下之后,被人推开了。

一位穿着白大褂的年轻医生单手插在口袋里走了进来。

看到对方,两人同时一怔。

这个医生,看起来竟有些面熟。

正搜寻着记忆里相似的面孔,却听到对方先低低地叫出声来:"岳湻川!"

岳湻川眉心微蹙,诧异地望着对面清秀挺拔的男医生:"你是……"

"我是宋清远!哦,五年前,你在A大医学院研究生楼救过一个被困火场的男生,想起来了吗?那个男生,就是我!"年轻医生走了过来,俊逸的面孔上满是激动。

岳湻川回想了一下,似乎记忆里有这么回事。

他的眼神闪烁了一下:"宋医生,好巧。"

宋清远挑眉笑道:"是啊,好巧。我去年来人民医院工作之后,还想着去消防队找你报恩呢,可又怕太过打扰,所以,就一直没去,想不到,今天竟遇上了。"

岳湻川笑了笑,把病历本放在桌上:"那我今天就不客气了,宋医生。"

宋清远瞥了一眼写上名字的病历本,语气审慎地问:"恩人也有睡眠障碍?"

岳湻川看了看宋清远,缓慢点头:"嗯。"

两小时后,走捷径拿到检查报告的岳湻川走出了睡眠专科。

他的手里除了报告单,还有一张写满了药名的处方笺。

他揉了揉胀痛的眉心,把报告和处方笺都塞进军装口袋里。走了几步,他忽然感觉到脚底虚浮,一阵强烈的晕眩感朝他狠狠袭来。

他顿住脚步,试图甩掉这种不舒服的感觉,他以为是自己刚才在睡眠测试舱里待久了造成的,可是紧接着,他的身体便向一侧大幅度地倾斜过去。

许是多年职业生涯的养成,使他具有比一般人要敏锐数倍的触觉,在身体再次晃动的刹那,他猛然意识到,这不是普通的肢体反应,而是自然界的灾害,地震!

"地震了!地震!"

有人高声喊叫起来。

顿时,整个六楼的人都慌了。不管是病患,还是医生和护士,一下子都从房间里跑了出来,他们像无头苍蝇一样,慌乱恐惧地挤作一团,挤在过道里。

岳淳川反应过来的第一个动作,就是猛地冲向电梯。

他拨开几个试图乘坐电梯逃生的人们,大声吼道:"走楼梯!全体走楼梯!不要拥挤!不要踩踏!妇儿儿童老人先走!"

地震持续的时间是二十几秒,只是短短的打个哈欠的时间,却足以让整个世界都乱成一锅粥。

岳淳川笔直高大的身躯宛如岿然山岳一般不可撼动,他拨开一波又一波涌向电梯逃生的人潮,给他们指引正确的方向。

作为一名资深的专业救援人员,他深知地震的可怕及其带来的灾难性后果。真正的大地震,几秒钟就可以让一座城市变成废墟,在残酷的自然灾害面前,人的生命着实渺小得可怜。

震时就近躲避,震后迅速撤离到安全地方,是地震时的应急防护原则。

可是,面对这些从未受到过避震知识教育的普通市民,他这个身经百战的"英雄"亦无用武之地。

他现在所能做的,就是尽可能地减少次生灾害的发生。

混乱之中,有人一把抓住了他的胳膊:"岳淳川,我能帮你做些什么?"

岳淳川冷峻肃然的五官在看到来人之后,稍稍松懈了一点。

"宋医生,这里还有其他的安全通道吗?"来人正是宋清远。

宋清远指着相反的方向:"有,在那边!"

岳淳川的视线在空旷无人的走廊尽头停留了一瞬,然后,猛地推了宋清远一把:"快!你发动医护人员带着这一层的人赶紧从那边撤离!"

"你呢,你不走吗?"宋清远问道。

岳淳川摇头:"我等你们都撤了。"

都撤了他也不能走,他的责任,在更高的楼层。

宋清远郑重点头:"你放心,我一定把他们带下去。"

宋清远转身欲走,却感觉到胳膊一紧:"宋医生!"

宋清远回头,神情诧异地看着岳渟川。

"麻烦你下去之后去找一找我的母亲,她叫杜宝璋,是内科二病区的患者。见到她,请告诉她,我一切安好!"岳渟川眉目淡然地说道。

宋清远愣了愣,随即,把手掌压在岳渟川的肩上,重重一按:"阿姨交给我了,我一定照顾好她。"

岳渟川微笑,再次推了他一把:"谢谢!"

宋清远摆手,转身,汇入滚滚人潮。

岳渟川待整个六层的人全部安全撤离之后,他才箭一般冲向楼道,可就在他的脚踏上台阶的一刹那,又一阵地动山摇般的剧烈震感来了。

岳渟川被惯性甩向一边,他强拉住扶手才勉强稳住身体。

他的耳膜嗡嗡作响,一种前所未有的可怕的预感,渐渐地在他的脑子里成形。

住院部大楼。

到处是四散奔逃的病患和家属。

第二次地震袭来的时候,大地在震颤,楼板晃得太凶,像是波浪一样起伏,人根本站不稳,跑两步就摔倒,和后面辨不清方向的人搅成一团。

建筑瓦砾、玻璃从高处被抖落在地上,噼啪作响,末日之象,异常恐怖。

胆小的孩子号哭不止,更多的人则是面露绝望之色:"完了!完了!"

杜宝林搀扶着杜宝璋跌跌撞撞地从住院部跑了出来。

"啊!"刚刚脱险,体力严重透支的杜宝璋就跌倒了。

"姐!"杜宝林单膝跪地,抱着杜宝璋,用尽全力想把她搀扶起来。

可杜宝璋却按住杜宝林的手:"快,宝林,快给渟川打电话!打电话!"

杜宝林愣怔了一下,下意识地去兜里掏手机。

手抖得不像话,根本握不住东西,摸了几次才掏出她的老式手机,按下岳渟川为她设置的1号快捷键。

连续按了三次,没有任何回音,就连平常程序化的电脑录音也没有了。

她结结巴巴地说:"姐,打……打不通。"

杜宝璋右手按着额头,惘然四顾:"不会有事的,不会有事的。"

"我们去那边草地吧,这里太危险了。"距离住院部大楼太近,杜宝林生怕楼上掉落的碎块会砸到她们头上。

杜宝林搀起杜宝璋来到空旷的绿地,找到一处人流量较少的地方坐了下来。

地震波似乎过去了,大批的人潮从医院里的各个建筑物里涌出,朝绿地这边集中。

杜宝璋呆坐了一会儿,忽然撑着地艰难地站了起来,杜宝林慌忙揣起没有信号的手机,赶紧按住杜宝璋:"姐,你要做什么!"

"我要去找淳川,我要去找他。"

"你去哪里找啊?电话都打不通。"

"我去锦湖路,去他中队。"杜宝璋作势欲走。

杜宝林拉住她:"这会儿地震,他们指不定在哪里忙呢。没事啊,姐,淳川福大命大,他不会有事的。"杜宝林虽是安慰杜宝璋,可她的心里比杜宝璋更没底。

两人正惶急得不知所措,忽然听到有人在高喊着杜宝璋的名字。

她们对视一眼,杜宝璋的眼里猛地蹿起一道亮光:"淳川——妈妈在这儿!"

姐妹二人看着对面身穿白大褂、面相俊秀斯文的男医生,不禁有些尴尬,尤其是刚才不顾一切扑到人家医生身上的杜宝璋,更显得表情局促,不大自然。

"不好意思啊,医生,我以为是我的儿子。"杜宝璋解释。

宋清远淡淡一笑:"没事,阿姨,我能理解。"

杜宝璋紧张地问道:"你认识淳川?你们刚才是在一起吗?他怎么没有和你一起过来?"

"岳淳川应该没事,因为我刚问过我们领导,说是门诊部的病患和工作人员都已经安全撤出了。"宋清远得到这个确切的消息之后,也是松了口气。

杜宝璋拍着胸口,喘了口气:"幸好……幸好没事,不过他怎么会去门诊部大楼?不是回消防队了吗?"

宋清远正要回答,跑过来一个医院的同事,大声叫道:"宋医生,科主任叫你过去开会,体检中心那儿,头儿们都在呢!"

宋清远惊讶地问道:"这会儿还开会?"

同事看看四周,一脸慎重地说:"我偷听了两句,应该是和这次地震有关。我听说震中是咱们省的花江市,据说人员伤亡惨重,史无前例,头儿们接到指令,要从各个科室挑选精锐力量去增援灾区。"

宋清远神色一凛,花江?

那正是他的家乡。

他顾不得向杜宝璋姐妹解释,便匆忙告辞走了。

过了一会儿,一个穿着蓝色护士服的年轻护士过来找她们:"你们跟我来吧,宋医生给你们找了一处安全的地方。"

杜宝璋紧紧攥住杜宝林的手,跟在护士身后。

一路上，她们也从知道内情的护士口中问了个大概。

原来，这次地震震中强度已经达到了破纪录的7.8级，距离震中花江市三百多公里的A市震感已经如此强烈，她们实在不敢想象，此刻的花江市变成了何种惨状。

护士说，A市目前通讯中断，有人在地震中受伤送医，但还没有听说人员伤亡的消息报道。

杜宝璋暗暗松了口气，但同时，她的心却因为花江市再次揪了起来。

岳淳川从门诊部大楼撤出后，第一时间冲到了外面的街道上。

街道上到处是避难逃生的普通市民，有的人衣不蔽体，有的人大声哭泣，大家围聚在一处，谈论着这场突发性的地震，倾诉着劫后余生的感慨。

他没时间加入他们，更没机会返回医院去找他的母亲和小姨，他只是不停地拨打着中队的电话，和闭着眼睛都不会按错的数字——119。

余震又来了。

他的手机却在瞬间闪亮。

"是我，岳淳川。"他的声音比平常高了数倍不止，甚至夹杂着一丝颤抖。

电话里侯伟业的声音模糊不清，像是哑掉了，但是语气间的焦灼和不安还是清晰地传进了他的耳郭。

侯伟业说："花江市下辖的宝灵县发生8.0级地震，人员伤亡惨重，支队命令特勤中队成立先遣小分队，赶在晚上七点之前到达宝灵县城。"

半天听不到回音，侯伟业在那边急声呼叫："淳川！淳川，你在吗？听到了吗？"

岳淳川深深地吸了口气，平静了一下翻腾潮涌的思绪，镇定地回答："我马上回来。"

整个市区的道路交通全部中断，公交车、私家车随意停在马路中央，空旷地带到处挤满了惶急逃生的人潮。

手机信号时断时续，岳淳川只能给屏幕上显示的杜宝林的号码发了一条报平安的短信。

短信内容里，他没有提及自己接下来就要去最危险的震中增援的事，只是叮嘱母亲杜宝璋和小姨一定要照顾好身体，他最近都比较忙，就不来医院了。

他还给米果发了一条短信，希望她看到之后，能够给他回复一个平安的讯息。

很快，他就收到了米果的回复。

"我很好，你也要好好的，岳淳川！"

彼时，他正冒着余震的危险，奔跑在A市的街道上。

看到那样一条讯息，他紧绷的五官终于稍稍放松，刚毅的唇线微微向上，带出一丝淡淡的释然的笑意。

他的果果,没事就好。

一路奔袭回到中队,远远地,就看到穿着救援服的侯伟业迎了上来。

"淳川,杜阿姨怎么样了?"

"没事,安全着呢。"岳淳川刚收到小姨发来的短信,让他安心工作,不要操心杜宝璋。

"那就好。"侯伟业咳嗽了两声,用手撸了撸干涸胀痛的喉咙,"支队长来了,战前动员会一完,我们就出发。"

岳淳川嗯了一声,正要朝里走,胳膊一紧,侯伟业拉住他:"淳川。"

岳淳川回眸,疑惑不解地看着侯伟业。

侯伟业躲着他的视线,偏过脸,声音嘶哑地说:"易真……易真她也要参加先遣队。"

Chapter 29

奔赴地震区

A市殡仪馆。

傍晚时分,天渐渐黑了下来,殡仪馆在近郊,位置偏僻,远远望去,周边一片荒凉的景象。

王秀娜拎着饭盒从外面走进整容室,她抹了一把脸上的水渍,神色凝重地瞄了一眼操作间,高声叫道:"郭师傅,米果,吃饭了!"

"哎。"米果应了一声。

不多会儿,郭台庄推着移动床出来,把整容过的遗体送回停尸间。

米果也从里面走了出来。她看到王秀娜身上的水渍,诧异地问:"秀娜姐,你衣服怎么湿了?"

王秀娜一边分着饭盒,一边指了指外面:"噢,下大雨了。"

米果听后心底一沉,她瞅了瞅阴暗的走廊,口中喃喃重复:"怎么会下雨了呢?"

她顾不得吃饭,打开窗子,朝外面探头望着。

雨势渐大,雨点裹挟着凉意拂到脸上,竟生出空洞洞的苍茫无力的感觉。

"看来,花江市的灾民又要遭罪了,他们刚逃离地震,又赶上下大雨,真是雪上加霜啊。"王秀娜担忧地说。

米果叹了口气,回到办公桌前:"可不是吗,花江市那边靠着雪山,到了这个季节,晚上特别冷。"

王秀娜摸摸了米果的头发,递过去一个饭盒:"我们也帮不到什么,就只能祝福祈愿了。米果,你家里人怎么样了,联系上了吗?"

地震发生以后,殡仪馆也乱了套,大家围在空地上,都第一时间给家里打电话。

后来,他们都联系上了,只有米果家人的电话接不通。余震小了以后,郭台庄让他原来的徒弟、现在在殡仪馆办公室工作的张志祥开车送米果回家。平安小区的空地上到处是人,听说通信线路损毁,导致整个小区的手机都无法使用。米果找了半天,也没能找到米家三口,不过她见到了同单元的邻居,邻居告诉她米家人都挺好的,不过,米爸爸担心米果,已经在去殡仪馆的路上了。

等她赶回殡仪馆,门卫师傅却告诉她,她爸爸知道她没事,刚刚回去了。

米果就这样和米爸爸擦身而过。

米果接过饭盒,心有余悸地点头:"联系上了。我爸爸给我打电话了。说他们都被社区安置在附近的体育馆避震,我爸说体育馆的大屏幕里二十四小时循环播报着宝灵县地震的新闻,他说宝灵县城几乎被夷为平地,一幢中学的教学楼倒塌,一千多名学生被埋在了下面,救出来的很少,大多都……还有花江市人民医院,住院大楼在地震中塌了,医生、护士、病人全都被埋,也是没能救出来几个。"

王秀娜眼泛红潮,心情特别难受:"幸好离 A 市远一点,不然的话,我们……"

米果嗯了一声,低头扒了口饭,她没什么食欲,因为从接到岳淳川那一条短信之后,就再也没有他的消息了。

A 市的通信网络已经恢复正常,她一边慢吞吞地吃饭,一边在手机里浏览着地震的新闻。

王秀娜收起饭盒:"郭师傅怎么还不回来?饭都要凉了!"

米果抹了一把潮湿的眼眶,转头,朝阴暗的走廊望了望:"是啊,师傅又去别处了吗?"

正想出去找人,却听到外面传来一阵熟悉的脚步声。

郭台庄走进灯光明亮的整容室。

他脱下身上的工作服,摘下手套和口罩,面容严肃地指了指米果和王秀娜:"你们跟我走,去开会!"

"开会?"王秀娜愕然。她指指外面的大雨,冲着转身去洗手台洗手消毒的郭台庄问道:"郭师傅,都地震了,还要开会学习啊?"

郭台庄看看她:"今晚全员到岗值班。"

"啊!为什么啊,我们今天的工作都加班完成了啊!"王秀娜说。

"啊什么啊,跟我走就是了。"郭台庄一边擦手,一边对两个徒弟说:"你们都给家里人打个电话说一声,今晚肯定是回不去了。"

米果哦了一声,把饭盒盖子掀开,汤匙放好,递给师傅:"您快吃饭,还一晚上呢。"

郭台庄笑了笑,接过饭盒吃了起来。

米果和王秀娜赶紧给各自的家人打电话。

这次是米妈妈接的电话,她听到米果的声音就激动得哽咽了:"果果,妈妈好想你。"

"我也是。"亲身经历了这么惨烈严酷的灾难之后,似乎亲情,才是彼此间最好的情感依托。

米果告诉米妈妈她今晚加班的事,米妈妈说不回来也好,体育馆的环境不好,回来也休息不好。

米果叮嘱米妈妈一定要注意安全,就要挂断,手机却被不久前刚刚通过话的米爸爸抢了过去。

"果果,爸爸也想你。"

"……"

"我也想你,爸爸。"

"爸爸再告诉你一件大事啊。新闻刚播,咱们Ａ市的消防部队居然到了宝灵县城,这么快就到了,简直是神速,真想给他们点一百个赞!还有啊,那个记者采访的消防警官,长得那个帅!那个精神啊,唉。"米爸爸叹了口气,"你是没在现场感受啊,采访当兵那小伙子的时候,整个体育馆里的女性同胞几乎全体静音,她们死死地盯着大屏幕,就跟狼看见羊似的,那一个个目光贪婪的,就差没扑上去了。还有你妈妈,哦,还有中了邪一样的拉拉,也和她们是一伙儿的。果果,爸爸我地位低下啊,已经被你妈妈嫌弃我变成老腊肉,不够新鲜了。"

米果心中一跳,不会是……

随即,她又甩甩头,怎么可能啊,岳渟川白天还给她发短信呢,这会儿怎么可能就到了宝灵县城了。

她安慰了受到十级创伤的米爸爸几句,便挂了电话。

临出门的时候,发生了一段小插曲。

就是王秀娜倒放在地上的一个啤酒瓶子突然间倒了。

紧接着,脚底下又出现了抖动微晃的迹象,这是地震发生之后,出现的数不清的余震中的一次,力度稍稍有点大,但是早就对余震麻木的米果他们只是朝瓶子看了一眼,便相继走出了整容室。

殡仪馆的职工餐厅成了临时开会地点。

因为这里是平房,逃生容易。

原以为是小范围的会议,却没想到整个殡仪馆的员工都到了,就连休班的工人,也都面容严肃地出现在餐厅里,静静地等待着。

餐厅统共就那么大点地方,椅子也就那么多,所以,很多的人都站着。

郭台庄是馆里的老人,德高望重,所到之处,不断有人主动起身为他让座,郭台庄起初还在推辞,最后,米果看不下去了,直接把她师傅按在座位上:"您就别逞强了,捂了一天腰眼儿了!"

"就是,郭师傅,您就别客气了,安心坐着吧。"让座的年轻人朝米果眨眨眼,两人相视一笑。

没过一会儿,殡仪馆的一把手,主任高松走了进来。

全场一片寂静。

高松立在场地中央,环顾四周朝夕相处的同事们,语气沉重地说:"宝灵地震,想必大家都已经知道并且了解了。灾区的惨状让人揪心不已,我们A市殡仪馆除了要号召全馆同志为灾区捐款之外,下午我们还主动打电话联系到了当地殡仪馆,询问是否需要援助。之前,我已经得到确切回复,花江市殡仪馆正式请求我们A市殡仪馆到灾区进行人道援助。"

高松看着一张张熟悉的面孔,语气微微顿了顿,说道:"党组研究决定成立援助小分队,成员暂定八名,有谁愿意主动报名?"

话音刚落,在场的人们已是一片议论之声。

馆里的员工大多已是有家庭的人,那样危险的地方,去还是不去,成了一道难题。

就在这时。

"我!我去灾区!"随着一道清晰坚定的声音响起,郭台庄从人群中站了起来。

他的腰不大好,起身的时候,疼得几乎站不稳,米果从后面扶着他的腰,他才不至于晃得太狠。

四下里一片寂静,大家都默默地瞅着郭台庄布满沧桑纹路的面孔。

高松朝郭台庄投来敬佩的眼神。

还是老同志,关键时刻拿得出来。

"还有谁?谁愿意和郭师傅一样,去地震灾区的?"高松问道。

就在大家做着激烈的思想斗争的时候,有个人影,从郭台庄身后,站了出来。

"主任,我愿意。"

郭台庄身子一震,蹙眉,低叫了一声:"米果!"

米果回头冲着师傅笑了笑,转头,目光坚定地看着高松,再一次清晰说道:"我愿意,主任!"

高松不可思议地盯着那抹几乎要湮没在人群里的娇小身影:"你确定?"

"我确定!灾区现在最缺的就是能够修补遇难者遗体的整容师,我去,再合适不过了。"米果说道。

"不行!"郭台庄抢过话去,"主任,不能让米果去。她还是个孩子,没经历过那种场面,还有,她的家人,怎么可能会让她去那么危险的地方。万一……我是说万一有个好歹。"

"师傅!"米果叫了一声,又转头看着高松说:"我师傅的腰疼病很严重,灾区那么艰苦,他的身体肯定承受不住!我就没问题啊,我年轻,有技术,不怕吃苦,主任,你就让我去吧。"

高松犹豫了一下:"那你的家人……"

米果冲着高松眨眨眼:"不告诉他们,不就解决了!"

向米爸爸、米妈妈请假报备的光荣任务落在了米果的铁杆闺蜜曹娜的肩上。

别看一口一个不管,一口一个再也不理你了,可当奔赴灾区的中巴车驶进殡仪馆的时候,曹娜却是面色一变,死死抱住米果,声音都是酸楚的:"果果,我不让你去!"

米果也想掉眼泪,可她拼命忍着:"我要是回不来……"

"呸呸呸!你敢不回来,我就不管你爸妈了!"曹娜满脑子充斥的影像,都是残垣断壁下血肉模糊的尸体。

米果眨眨眼:"那我还是努力回来吧。"

"不是努力,是必须!必须的必!记住了吗!"曹娜用力摇晃她。

米果被晃得头晕,等曹娜喘气的工夫,她小心翼翼地指了指瓢泼大雨里只等她一人的中巴车:"我得走了。"

曹娜扭头一看,泄了气。

米果拎着一个单位配发的旅行包就上了车,包里的东西少得可怜,因为不敢回家拿嘛,所以,就是她更衣柜里的那几件换洗衣物和洗漱用品。

一眼就看见坐在后排的王秀娜朝她招手:"米果,这里,这里。"

米果和身边的同事打了声招呼,便拎着包走到后排。

王秀娜拿了三个旅行包,其中打开的一包全是吃的,另外两个包鼓鼓囊囊的,看起来像是衣服。

"你是准备常驻花江吗,秀娜姐。"米果接过王秀娜递来的妙脆角,嘎嘣嘎嘣嚼着。

王秀娜翻翻眼睛:"我这叫为灾区人民减轻负担,你懂不懂!"

米果眯着眼睛,靠过去,抱住王秀娜的大腿:"那我也可以发扬一下风格,陪你一起减轻一下灾区人民的负担。"

王秀娜哧了一声,捏了捏米果圆润莹白的脸蛋:"你这个小吃货,姐姐弄这一大包,就是为你准备的。"

米果呜哇叫了声万岁,抱着王秀娜亲了又亲。

王秀娜嫌弃地推她:"喂!口水,咦……恶心死了。"

两人正闹着,汽车发动了。

援助分队的同事叫她们看窗外,米果拢了拢头发,抹了抹玻璃上的水蒸气,脸贴上去,朝外面张望。

凌晨时分的 A 市殡仪馆,笼罩在一片潮气雨雾之中,古色古香的办公楼前,立着一群前来送行的同事。

车在向前开,米果忽地攥住王秀娜的手:"师傅!是师傅!"

王秀娜的脸也贴了上来。

真的是师傅!

大雨中,郭台庄打着一把黑伞,微微佝偻着身子,站在距离办公楼有段距离的花圃边上,朝车子驶来的方向翘首张望。

米果的鼻子一酸,眼眶跟着红了。

她手忙脚乱地去拉车窗:"师傅怎么来了呢,他不是回家休息了吗?"

王秀娜摇摇头,也是一脸的迷惑和悸动:"郭师傅是放心不下我们。"

郭台庄是动员会上第一个报名参加救援分队的老职工,可是高主任出于健康考虑,没有批准郭台庄的请求,而是从主动请缨上灾区的职工里面,挑选了身体素质和业务素质相对出色的年轻人连夜赶赴灾区。王秀娜就是其中一个。

车窗打开,沁凉的雨滴砸在脸上,传来些微的痛感,米果探出半个身子,朝前方雨幕下的身影,用力挥舞着手臂:"师傅!师傅!"

郭台庄迅速站直身体,朝前走了几步,举着伞,眯着眼睛寻找着车窗里的人影。

看到米果了,还有秀娜那丫头。

他迅速地眨了眨眼,想把她们的面容看得更真切一些。

司机师傅故意把车速放慢,郭台庄跟着车子朝前走:"你们到了那边记得给我来个信!"

米果重重点头:"我们到了就给您打电话。"

郭台庄又从兜里掏啊掏的,掏出一沓钱塞到米果的手里:"师傅不知道你们爱吃什么,不会买,这些钱你们拿去,到了灾区,别亏待了自己。"

"还有,你们都给我机灵点,记住了吗,一定要机灵着点,别到了那边还是傻乎乎的,见了危险不知道躲。"郭台庄切切叮咛着。

"师傅。"米果抹了抹眼睛。

眼看着就到大门口了,郭台庄追了几步,速度慢了下来,他干脆扔开伞,冲着渐驶渐远的汽车,大声喊道:"你们要好好地回来!一定要平安地回来!"

"师傅!"米果拼命朝外面挥手,最后,被红着眼圈的王秀娜拽了进来。

米果趴在后座上,隔着玻璃望着那抹佝偻的身影,慢慢地淡出视线,最终消失不见。

夜色沉沉,疾风暴雨的高速公路上,能见度极低。

后半夜,救援分队的人大部分都睡熟了,王秀娜也在米果身旁发出了轻微的鼾声。

米果却是辗转反侧,不能成眠。

她特别想念米爸爸、米妈妈和米拉。

想他们在干些什么,是在体育馆里睡觉,还是在关注着新闻报道,夜不能寐。

不知,他们有没有想起她呢。

如果米妈妈知道她就在去往宝灵县城的路上,恐怕会一下子急疯了吧。

虽然米妈妈平时快人快语,嘴巴在小区里是出了名的厉害,可她知道,妈妈是疼爱她的,甚至,比独立早熟的米拉,更加偏爱于她这个傻乎乎的笨女儿。

小的时候,她在外面受了欺负或是磕破了身体的哪块地方回家,米妈妈肯定会去帮她讨回公道。她每次都会揪着熊孩子的耳朵,恶声恶气地警告人家,以后不许再欺负果果,不然的话,就要人家屁股开花。

相较于米妈妈泼辣强势的爱,米爸爸就温和多了,用米爸爸的话讲,他就是果果的奴仆,只要是他家果果想做的事,他就算是舍弃所有,也要为女儿达成心愿。

爸爸和妈妈都是爱她爱到骨子里的亲人,生怕她受一丁点的委屈,所以当初才会那么坚决地反对她到殡仪馆工作。

可是她,好像都没能为父母做过什么,如今,又背着他们踏上了一条充满危险和艰辛的救灾之路,想起这件事,她的内心里就满是愧疚和不安。

爸爸,妈妈,你们能原谅果果吗?

还有,岳淳川。

她走之前很努力地和他联系了,可是无论是打过去的电话,还是发过去的微信,都没能得到一丝回音。

她想,他一定也在忙吧。

毕竟,这么大的地震,大家都是第一次经历。听说A市也有人受伤,有房子倒塌了,想必,他此刻也是奋战在救援一线,抢救更多宝贵的生命。

不过,她真的好想他。

思念像是弦,越离得远,越觉得割舍不掉。

"呜呜……"忽然,车厢一角,米果的前排座位里发出一阵阵压抑的抽泣声。

米果一惊,坐直身子,轻轻地叫道:"李姐,你怎么了?"

前排的李姐全名李晶,是殡仪馆的老人,也是受到郭台庄师傅认可的少数技术高超的遗体整容师之一。

这次去灾区支援,李晶紧随着他们师徒二人之后报的名。

平常,米果和调到后勤岗位的李晶师姐交流不多,但她曾听师傅提起过,说李晶师姐是为了孩子才转行做了行政的。

师傅说,李晶师姐的孩子患有先天性疾病,无法像正常人一样长大。

哭声顿止。

昏暗的光线下,李晶用手背抹了一下眼睛,含混地解释:"做梦了,吵到你了,不好意思啊。"

米果眨眨眼,趴过去:"李姐,你是不是有心事啊。你是不是放不下……放不下你的儿子。"

李晶低下头,半晌没有言语,过了一会儿,她转过头来,拍了拍身旁的空位:"过来坐吧,我看你也是睡不着。"

米果绕开王秀娜,坐在李晶旁边。

刚想偏头说话,却看到李晶的眼角滴落大颗的泪珠。

"李姐。"她吓坏了。

李晶用手捂着眼睛,努力缓和过度激动的情绪,她摆摆手,哽咽着说:"没事,没事,你别害怕。"

等李晶的情绪稍稍平复下来,米果把水壶递过去:"喝点水吧,别伤了身子。"

李晶嗯了一声,接过水壶喝了两口水,她看看神色关切的米果:"我刚收到了烁烁发来的短信,噢,烁烁就是我儿子,今年八岁了。"

"哦,他叫烁烁啊,名字挺好听的。"

李晶打开手机,调出儿子的照片,给米果看:"他就是烁烁,可爱吧。"

照片里的男孩一头利落短发,眉清目秀的,和李晶长得很像,不过,烁烁的脸色过于苍白,手上还扎着针头,照片的背景一看就是医院。

李晶抚摸着儿子的照片,目光眷恋地说:"烁烁是个很懂事的孩子,他知道自己的病治不好,却还是尽可能地安慰我和他爸爸。来之前,烁烁连续高烧两天了,体温一直降不下来,我心急如焚,却无能为力。馆里支援灾区,整容师是首选工种,我其实可以不用去的,可是当我看到郭师傅,看到你,看到你们坦荡无私的身影,我就无法缩在角落里,做一个事不关己的人了。郭师傅是我的恩师,他的身体状况我是清楚的,他若不能去,我肯定要站出来,顶上去的。只是烁烁……我看着躺在病床上输液的孩子,那条腿就像是灌了铅一样沉重。我没跟烁烁说我要去灾区,可他还是从他爸爸那里知道了,他刚刚给我发来短信,告诉我,他退烧了,请我放心,他说妈妈是英雄,他为妈妈骄傲。"

李晶说到这里,再也按捺不住,低低地啜泣起来。

米果不知道说什么来安慰这个胸怀无私的年轻母亲,她只能抱着师姐的肩膀,陪伴她,陪伴着她再次勇敢地站起来。

花江市。大雨。

清晨五点多钟,一辆挂有 A 市牌照的中巴车缓缓驶入花江市辖区。

其实,从漆黑的夜里看到星星点点的灯光开始,车里的气氛就变得异常凝重紧张起来。

每个人心里都清楚,那偶尔闪烁的灯光可不是谁家晚上睡觉忘记关掉的灯光,而是救援应急射灯发出的刺目的白光。

每一处白光背后,都意味着生命存活的奇迹。

他们从未那般渴望过,渴望那一束束的光芒能够再多一点,再亮一些。

市区内道路损毁严重,街道上遍布着瓦砾碎片,中巴车只能在值班交警的指挥下,艰难地到达此行的目的地——花江市殡仪馆。

负责接待分队的是花江市殡仪馆的办公室主任王小春,被大雨淋得透湿的他指着处于忙碌状态的殡仪馆,介绍了目前糟糕的工作状况。

殡仪馆的建筑物在此次大地震中半数坍塌,他们只能在停车场搭建雨棚,设立临时工作台,馆里幸存下来的员工全员上岗,二十四小时加班,处理运送到馆里的遇难者遗体。

米果他们冒着大雨走进工作棚。

眼前震撼的一幕,顿时令这些远道而来的支援者们惊呆了。

足有半个足球场大的雨棚里,摆满了从灾区各地成批运来的遇难者遗体。他们虽说早就习惯了面对这些永恒沉默的逝者,可这么大的灾难性场面,这么悲恸震撼的画面,米果他们实难描绘出那一刻复杂难言的心情。

遇难者的遗体鲜少有完整的，大部分肢体残缺，有的则是头部被挤扁，胸腹内脏被挤破，死状惨不忍睹。

米果看到一个七八岁的小姑娘，虽然已经停止了呼吸，可她的眼睛依旧睁得大大的，似乎还想再看看这个世界。

她走过去，蹲下，小手盖上小姑娘的眼帘，轻轻向下，合上那双渴望求生的美丽双瞳。

A市殡仪馆支援队是第一个抵达花江的外援，他们的到来极大地鼓舞了花江市殡仪馆同行的士气。他们甚至停下手头的工作，热烈鼓掌，欢迎支援队的到来。

支援队领队是A市殡仪馆的副主任，闫其昌。闫副主任和王小春简单沟通之后，面向这支熬了一夜的队伍，目光坚定地扫过每一张熟悉的面孔："同志们，大家辛苦了！这一路上，我们无时无刻不在为震区的人民揪心难过，如今真正看到灾区的惨状，相信同志们和我一样，心情无比沉重。和这些遇难者比起来，我们活着的人们何其幸运！生命是神圣的，不分贫富，不分贵贱，所以每一位遇难者都应该得到最大程度的尊重，甚至是几倍的厚待和尊重。大家看一看你们的身后，那些坚守岗位的同行们。他们当中，有很多人在地震里失去了亲人，他们强忍着悲痛坚守岗位，没有一个人请假，没有一个人离开这个空气污浊的雨棚，他们已经连续奋战了十几个小时，只是为了能够让遇难者得到善待。"

四下里静悄悄的，只有大雨敲打在篷布上发出的滴滴答答的声响。

闫其昌挺直腰身，语气坚定地说道："同志们，我们是来支援的，不是来享受的，是来帮助我们的同行和灾民的，不是来伤春悲秋空发感慨的。这是一场史无前例的战斗，考验我们的时刻到了，所以，我决定，全员即刻上岗，不得有误！"

"是！"整齐划一的回答，不仅来自支援分队，也来自在场的所有的人。

因为暂时不具备火化条件，所以米果他们能做的工作，主要是接收、搬运遗体和整容。支援队被分为三个小组，米果、王秀娜和李晶被分到一组，划定区域，为遗体做整形。

由于殡仪馆条件有限，遗体较多，大部分都只能暂放在铺有油布的地上。

为了能更好地恢复遇难者生前的面貌，她们几个人就蹲在气味污浊的地上，跪在脏污的油布上，为每一具遗体做着细致的清洗、整形。

任务量太大，就连抽空喝口水的工夫都没有，更别提休息了。

她们往往一跪下去就是数个小时，腿早就麻得没有知觉了，想站起来，比那些腿部受伤复健的病人还要艰难许多。

就这样，他们从清晨一直工作到午夜，到了晚上十点多钟的时候，在她们经历了一次较大震级的余震之后,熬红了双眼的闫其昌硬是把一个个坚守在工作岗位上的同事们从雨篷里"赶"了出来。

"刚刚来了三支外省支援队,大家都先去休息吧。"闫其昌指了指雨棚附近临时搭建起来的宿舍。

说是宿舍,其实就是几块油布临时固定的简易棚,里面没有被褥,只有两块看起来像是门板的潮湿木板,就算是床了。

雨势渐弱,但是风大了起来,气温很低,米果就着临时水管洗漱的时候,冻得直打哆嗦。

洗漱完,回到宿舍,却看到王秀娜和李晶淋着小雨站在外面。

"怎么了?"米果赶紧跑了过去。

王秀娜苦着脸,指着被大风吹得猎猎作响的宿舍屋顶,说:"油布刮起来了!"

宿舍成了露天式"建筑"可不成,米果让李晶师姐拿着手电,她和王秀娜搬了几块砖,垒成砖垛,站上去够到飘飞的油布,好不容易把它拉了回来。

还是李晶师姐有头脑,她用砖把油布的角先压住,又找了一根结实的木棍用砖砸进去,才算是保住了她们的窝。

最后三个人累得瘫倒在木板上面,只剩下喘气的劲儿。

"阿嚏!"

"阿嚏!"

"阿嚏——"

连打了三个大喷嚏,米果才停下来,她揉了揉变得不通气的鼻子,小声嘟哝了一句:"倒霉,中招了!"

李晶直起身子,去拉她的包:"我带了药。"

李晶习惯了照顾儿子,所以包里总是装着常用药,可惜的是,旅行包被雨水浸透,药袋也没能幸免。不过,幸好感冒药都是胶囊,还可以正常服用。

李晶按照说明从薄膜下抠出两粒,递给米果:"我帮你找点热水去。"

王秀娜直起身子:"我去,李姐。"

李晶点点头,等王秀娜走了,她又坐过去,摸了摸米果的额头,然后从药袋里拿出一支体温计:"量量体温,我觉得你的头有点热。"

米果甩甩晕乎乎的脑袋:"没事,睡一觉就好了。"

李晶还是强迫她量了体温,37.8℃,结果比预想中好一点,但必须要吃药。

王秀娜找了一圈儿也没找到热水,倒是赶上馆里分配晚餐。

每人一包方便粉丝、一瓶矿泉水和一块没有包装的面包。

王秀娜领了三份,抱在怀里回到宿舍。

米果就着李晶打开的矿泉水喝了药,王秀娜又从她的包里拿出一件户外登山服盖到米果身上,顺便捏了捏米果的脸蛋,啧啧有声地调侃道:"小胖妞一天就瘦了,这让你爹妈看见,还不心疼死啊。"

米果眨眨眼底的潮气,嘴还是硬的:"谁是小胖妞啊!人家哪里胖了!只是脸有点圆而已。"

王秀娜扑哧一下笑喷:"是有点圆,特别是撒娇的时候,就更圆了。"

"不过啊,可惜啊,你的英俊男朋友不在这里,要不然,哪里有我和李姐献殷勤的份儿,是不是啊,小米果?"

"秀娜姐!"米果的脸热腾腾地发烫。

李晶转过头,笑着问王秀娜:"米果有男朋友了?"

"是啊!老帅了,文质彬彬的,还长着一双桃花眼。噢,对了,上次米果的婆婆还找到馆里。"王秀娜的老毛病,一激动就爱忘形,话说了一半察觉不对,赶紧收口已然来不及了。

上次的风波,王秀娜多少了解一点,她知道米果未来的婆婆不太喜欢米果,所以亲自到馆里来逼米果,想让她主动退出,后来遇上丧属闹事,那件事也就不了了之了。

提起杜宝璋,米果的神色变了变。

还有,王秀娜错认李成勋是她男友的失误,她也懒得提醒,因为此人非彼人,说多了,反而更添乱。

于是,她装作听不懂的样子傻笑了两声,弯着眉眼指着王秀娜身旁的盒子,问道:"秀娜姐你带什么好吃的回来了?"

对于她转移话题的拙劣手段,王秀娜投以鄙视的眼神,她拿起盒子,弹了弹:"方便粉丝,还有面包。"

米果一天没好好吃饭了,看到食品包装,饥饿的本能一下子释放出来。

几分钟后,李晶掀开凉水泡着的粉丝,用塑料叉子挑起一根粉丝试了试硬度。

她蹙着眉,摇了摇头:"不能吃,太硬了,还很辣!"

米果双目炯炯地盯着那个简易包装盒,不顾病体虚弱,竟直起身子,一把抢到手里边:"只要是吃的,生一点没关系!"

不等李晶和王秀娜阻止,米果已经呼噜噜地吞了大半碗下去。

结果,自然是噎得不要不要的。

王秀娜后悔死了,她要是知道晚餐是这个嚼不动的粉丝,说什么也要从送给灾区的食品包里抢一点口粮出来。

哪怕只是一袋小浣熊干脆面，也是极好的。

心疼死干吃粉丝的米果了。

王秀娜伸手想摸摸米果的头，表示安慰，谁知米果竟神情戒备地迅速扭身狂吃："我再吃一口，就一口。"

王秀娜带的老式 mp3 里有收音机的功能，她调到 FM91.1，A 市人民广播电台交通频率，居然收得到。

夜里，没有灯，她们就挤在铺了塑料纸的潮湿木板上听着广播里的地震新闻，手机依旧没有信号，为了省电，大家都关了机。

她们只能通过收音机听一下有没有关于 A 市的情况，知道 A 市震级较低，只有零星的房屋倒塌，无人死亡之后，他们都松了一口气。

到了夜里十二点左右，她们实在熬不住困意，一个接一个都睡了。

睡到三点多钟，花江市又出现余震，她们在咯吱咯吱的木板床上摇晃，但是没有一个人起来跑路。大家似乎早就习惯了这种造不成任何威胁的余震。

没过多久，雨势渐大，远处传来隐隐的雷声，还有一道道的闪电划破天际。雨点泼水一样哗哗地打在油布棚顶上，听起来就和雷声没什么区别。

实在是困，即使大风不时掀起篷布带来彻骨的凉意，可她们还是蜷缩在一起，再次入睡。

米果睡梦中觉得焦渴，可身体却冷得打战，她艰难地睁开眼，手指想试试额头的温度，可是却先摸到了脸上的水滴。

她怔了一下，猛地清醒，漏雨了！

油布终究是布，这样大的雨，怎么可能不漏呢？

黑暗中，她四下里摸了摸，似乎只有她这边是湿的。

米果不想叫醒熟睡中的李晶和王秀娜，虽然她还在发烧，没有一丝力气，可她还是硬撑着坐了起来，举起手臂，用身体撑起了油布。这样，雨水就不会滴到床板上，也不会惊扰到李晶她们。

没过一会儿，她就撑不住了。可她没有松手，而是一边咬牙撑着，一边期盼着快点天亮，雨快点停。最难的时候，她就在心里默念爸爸和妈妈，默念着岳淳川的名字，后来，也不知道过了多久，大雨渐渐小了，风似乎也变轻了，从透明的油布外面，透进来朦胧的光线。

她咽了咽干涸得快要冒烟的喉咙，正准备撤回完全失去知觉的手臂，身边的李晶忽然一动，朝她望了过来。

李晶揉揉眼睛，似是不敢相信她所看到的一幕，愣了几秒钟，她意识到了什么，手指快速地摸向米果躺卧的地方。

触手一片冰冷的湿凉。

李晶默默地看着米果,眼眶慢慢地红了,她起来蹲下,小心翼翼地扶着因为手臂酸麻而显得表情狰狞的米果,把她扶到自己这边躺下。

她一边用力搓揉着米果的手臂,为她舒筋活血,一边吸了吸鼻子,问道:"你这样子坚持多久了?"

米果的眉毛一抽一抽的,缩着脖子说:"没多久。就一会儿,一小会儿。"

"你这孩子,撒谎也不会!"感觉到米果的手凉得怕人,李晶连忙伸手按住米果的额头,没想到,一触之下,她啊的一声惊叫起来。

王秀娜被叫声惊醒,一骨碌坐了起来:"地震了!地震了!"

王秀娜还没缓过神来,就听到李晶打了战的声音叫她:"秀娜,快!快去找找馆里有没有医生!"

王秀娜一个激灵,彻底清醒过来。

看到米果惨兮兮的样子,她一边急忙慌地套衣服,一边问道:"怎么一回事?怎么忽然烧起来了,晚上不是退烧了吗?"

李晶指了指那块被米果硬撑出一个鼓包的油布,无奈地说:"她啊,这个傻丫头,怕雨淋到我们,居然用手撑了大半夜!"

王秀娜愣在那里,她看看油布,又看看烧得满面通红的米果,鼻子一酸,落下泪来。

米果赶紧拉住王秀娜:"秀娜姐,没多长时间,就一会儿,一小会儿。"

王秀娜偏过头,用手背胡乱抹了一下眼睛,然后,恶狠狠地训斥米果:"狗屁!要是一会儿工夫,你的胳膊会失去知觉?你又怎么会发烧?我算是服了你了,简直是……简直是……"

该打!

米果嘿嘿傻笑,还想再说什么,被王秀娜一巴掌盖在嘴上:"别说话了,听到你的公鸭嗓就倒胃口!"

王秀娜穿上鞋,跑出去找医生了。

李晶找到矿泉水瓶和感冒药,喂米果吃了药。

王秀娜很快回来,但是只她一个人回来,没有医生。

"花江的医生都去宝灵县了,馆里没有会看病的,我就拿了点药。"王秀娜从兜里掏出几板胶囊和一个药袋。

李晶把药接过来仔细看了看,面色一喜:"有退烧的,还有消炎的,行了,米果这下有救了。"

米果也松了口气,她不是因为找到救命的药而感到欣喜,而是为她这个不争气的货,没有麻烦到花江殡仪馆的同行,而感到庆幸。

花花绿绿的药吃进肚子里,心理感觉上便轻了许多。

换班的时间到了,李晶和王秀娜出去洗漱,米果却被她们强留在临时帐篷里休息。

米果特别内疚,因为少她一人的小组就不完整了,那么大的工作量落在李晶姐和秀娜姐的肩上,她们该有多累啊。

她的身体状况确实不允许她再去逞能,所以,米果思虑再三,还是决定留在帐篷里好好休息,等烧退了,再去上岗。

昏昏沉沉中睡了过去,不知道是不是思念成狂,她竟在梦里见到了岳浔川。

穿着橙黄色救援服的他从一块块巨大的瓦砾废墟中找到了被深埋其中的她,两人对视的那一刹那,她的脸上多了几滴晶莹的泪水。

她知道,那不是她娇弱的眼泪。

被他像公主一样抱起来,她晕眩欢喜地想要大叫,可是嗓子忽然发不出声音了,手臂也沉得抬不起来,她急疯了,她多想给他一个热烈拥抱啊,她还想不顾一切地告诉他,她是多么爱他。

可她什么也做不了,连话都说不出来了。

眼看着他就要走了。

"岳浔川——"米果猛地一颤,从梦境里醒来。

脑子昏沉沉的,意识还没有完全恢复,她怔了许久,才扁了扁嘴,接受了那只是个梦境的现实。

到底是吃了药,身子轻快多了,摸了摸额头,也没那么烫了。

她挣扎着坐起来,摸到手机,开机。

看到时间,她啊地叫了一声。

这一觉睡得好香。

居然已经十一点半了。

她竟然在震区靠着病痛享受了六个小时无人打扰的健康睡眠。

想想就觉得脸皮发烫,丢死人了。

她整理了一下衣装,准备起身的时候,看到身旁多了一个保温水壶和两个鸡蛋。

她愣了一下,打开保温壶,凑过去闻了闻,发现里面装的竟是热水。

这一定是李晶姐和秀娜姐送来的。

想起她们,她更加不能耽搁了。

她吃了一个鸡蛋,又就着热水吞下药片,然后拿着洗漱用品去水管那边洗漱。

去了,才知道水在震区是多么宝贵了。

为了清洗遗体使用,所以他们这些工作人员的水源只有一只黑色的皮管,水流很小,每个人都在小心翼翼地接着水,生怕浪费掉。

米果简单洗漱干净,又对着水池的水,重新束好马尾辫。

她拎着洗漱包朝宿舍那边走,走到半路,发现鞋带开了,便停下来,蹲下绑着那两根细细的带子。

这时,身侧一个帐篷里忽然传出一道熟悉的声音。

"王主任,我们研究决定,让李晶同志前往宝灵县。"说话的人,正是 A 市支援队的领队闫其昌。

米果的手蓦地一颤,她停下动作,竖起耳朵倾听。

对方应该是花江市殡仪馆的王小春主任,他似是在考虑,过了一会儿,他问道:"李晶同志知道这件事吗?"

"知道,我已经找她谈过话了。"闫副主任说。

"宝灵县是震中,情况复杂危险,去了就得做好一切准备,就连遗书……"王主任语气慎重。

闫其昌苦笑:"我知道。遗书是肯定要写的,毕竟,宝灵县不比别处。唉,我但凡有点整形的本事,也不会让李晶去冒这个险。你不知道,她家里还有个重病的儿子,这些年,过得特别辛苦。"

王主任跟着叹了口气:"那你跟她说的时候,她就没说不同意吗?"

"没有。我刚开了头,她就说可以。队里没有其他合适的人了,我起初是想让我们馆里整形技术最好的米果去宝灵县,没想到,这丫头昨天到了花江就开始发烧,病得挺严重的。"

"哦。那行吧,既然李晶同志没有意见,那就让她准备准备,午饭之后,就出发。"王主任说道。

闫其昌答了声"好",正准备送王小春主任出来,却看到门帘一动,一道熟悉的身影弯腰走了进来。

闫其昌和王小春齐齐愣住了。

这不是米果吗?

她不是应该在宿舍休息吗,怎么跑这里来了。

米果除了脸色有点白之外,看不出来是个病号,她进来之后,乌黑澄澈的眼睛望着闫其昌和王小春,语气淡然,坚定地说道:"我去宝灵县!别让李晶姐去冒险了,她有孩子,孩子需要妈妈!"

Chapter 30

意外的相逢

　　宝灵县位于花江市的东北部，靠近云岭雪山，初秋的天气，温度已接近零摄氏度。

　　米果乘坐的是一辆越野吉普车，五座的车里挤了六个人，除了王小春主任和司机之外，还有几个看上去就很有些阅历和经验的中年人。他们都是此次援助花江市殡仪馆的遗体整容师，来自不同的地方，但是有一个共同点，那就是都是男的。

　　只有米果年龄最小，而且是个姑娘。

　　通往宝灵县的公路在地震中损毁殆尽，现在他们走的这一条路，是武警工程兵加班加点修通的一条临时车道。由于连日阴雨，道路泥泞湿滑，加上时不时发生的余震，平常两个小时的车程，硬是走了四五个小时才看到宝灵县的县界。

　　"还有三分之一的车程。"王小春回头向大家说道。

　　车流量很大，吉普车到了这里几乎寸步难行，基本上停五分钟向前挪半分钟的样子。

　　过了一会儿，车流干脆凝住不动了。司机下车到前面问了问情况，回来后说前面出现山体塌方，所有进入灾区的车辆都被限制通行了。

　　王小春看看表，又望了望外边的天色，果断下令："不能等了，再等下去天就要黑了。全体下车，我带你们步行过去！"

　　一行六人，冒着小雨，向着重灾区宝灵县城进发。

　　崎岖不平的山路满是泥泞，脚踩进去，就像是被磁盘吸住，需要用力拔才能拔出来。为了防止被山上的碎石块砸中，他们便一声接一声地大声呼喝，在看不见摸不着的危险中艰难前行。

大家都很照顾米果,在一段没有路的山道上,几个前辈硬是轮流背着她,蹚过了辨不清颜色的泥水。

天还是渐渐黑了下来。

气温很低,大家交谈的时候,甚至能够看得到对方嘴里呵出的白气。

打头的王小春突然直起腰,大声叫道:"看!那就是宝灵县!"

他们当时正站在半山腰上,俯瞰下去,整个县城尽收眼底,尽管视线不佳,可他们还是被眼前的末日之象震撼到了。

震中的宝灵县几乎已被夷为平地,大片房屋倒塌损毁,街道不复存在,一片狼藉,远远望去,只能看到几处废墟还在冒着浓浓的黑烟。

宝灵县曾以山清水秀闻名遐迩,可是如今却沉浸在一片死寂当中,感觉不到丝毫的生机。

不知谁问了一句:"王主任,这里是你的家乡吧?"

所有的人都愣住了,朝默然伫立在山坡上的背影望了过去。

没有人再说话,因为灾难已经让人忘记了哭泣和悲伤。

最后,王小春背对着众人抹了把脸,率先迈步:"出发!"

傍晚六时许,他们徒步一个多小时,终于见到了灾后的宝灵县城。

即使刚才在半山腰上已经看到了灾区的惨状,可他们依旧不敢相信眼前的现实。

灾区的建筑物几乎无一完整,街道基本没了,救援者只能在坍塌的废墟、山坡、水沟、河床里摸索着前行,撤离的民众像是经过浩劫的伤兵残将,无一完好,他们搀扶着前行,有的头破血流,有的昏厥在担架上。

更令人恐惧的是,这里每一处堆积如山的废墟下,都可能埋压着鲜活的生命。

因为王小春入城前告诉他们,拥有一万多人口的宝灵县城,目前确切证实成功逃生的只有两千二百余人。

王小春把他们安置在一处坍塌的废墟旁边等候,他徒步去指挥部寻找安排下一步救援工作的部队军官。

米果从下车之后就感到身体不适,体温升高得很快,她坚持了一路,到这里时体力已经完全透支。

怕同行的人看出异样,她拉高外套的拉锁,遮住干涸龟裂的嘴唇,只露出鼻子以上的部分。

但怎样用心遮掩都抑制不住嗓子的痒痛折磨,而她时不时的低咳声还是引起了同行的注意。

"小米,你是不是感冒了?"有人关心地问道。

她那在夜色中显得尤其黑亮的眼睛,心虚地眨了眨:"有一点儿。不过,不要紧。"

有人拿出身上的常用药,掏出几粒递了过来:"先吃点药吧,在这儿病了,可要遭大罪!"

"谢谢前辈。"米果接过药,就着包里冰冷的矿泉水吞下药片。

她脸红红地解释说:"我平常身体可结实呢,吃点药就好。"

"你一个小姑娘,待在花江也就罢了,怎么还跟着我们来震中呢?"同行百思不得其解。

这个小姑娘,难道不怕死吗,旁人避还避不及的差事,她却硬要往最危险的地方来。

米果扯低领口,努力挤出一抹微笑:"总要有人来,我可能最合适吧。"

同行摇摇头,还是不能理解。

这时,有人插言说道:"如今像小米一样勇敢的姑娘,哪里找去呢?我就挺敬佩小米的,这一路上,她身体不适,却没有拖累我们一分一秒,甚至,往往走在我们前面。还有她的整形技术,我昨晚在雨棚下面见识过了,非常了不起,我当时就想,这样的姑娘,这样的年轻人要是多一点,我们的行业是不是就能看到春天了!"

"是啊,小米很棒的,跟着我们走了这么远的路,连一声苦也没叫!"

"小米,不错啊!"

米果捂着发烫的脸,头都快抬不起来了:"前辈,师傅们,你们快别笑话我了,我就是个新人,要学的东西还多着呢。"

同行们看她谦虚,对她的印象越发好了起来。

几个人正聊着,王小春带着一名陆军少校回到废墟前。

"这是王毅同志,负责大家今后在宝灵县的救援工作,希望大家予以配合和支持!"王小春说道。

支援队的同行们都立起身来,鼓掌表示欢迎。

王毅也向米果他们回敬了一个军礼:"感谢同志们的无私援助,我将对同志们的安全负责,大家请跟我来!"

王小春的任务完成,要连夜返回花江市。

他就在废墟前和支援小队的成员们作了简短的告别。

虽然和这几位来自五湖四海的同行还不是很熟悉,但是大难之前同气连心的历史使命感,把他们的心紧紧地连在了一起。

王小春临走的时候,特意在米果面前停下脚步。

"小米,你的情况比较特殊,我和王毅同志讲过了,他会照顾你的。你要是感觉撑不下去了,随时可以告诉王毅,他随时可以送你回城!"

米果看着王小春,黑眸像是浸了水的葡萄,湿漉漉的,却透着前所未有的坚定:"王主任,你放心,我米果这辈子都不会当逃兵,更不会给咱们殡仪工丢脸。"

王小春渐渐亮起来的眸光,在米果身上停留了许久,才点点头,走了。

送走王小春,米果转头,急速地咳了几声,她眨了眨泛红的眼睛,小跑过去,跟上已经出发的小分队。

初来乍到,加上又是黑夜,所以王毅并没有立刻安排他们去救援现场,而是为他们安排了条件较好的军用帐篷,让他们就餐休息。

帐篷有两顶,因为米果是女性,所以她被强制性地分到了一顶结实又抗寒的帐篷里。

晚餐是方便面和面包,可能王毅特意关照了,分队队员们每人还拿到了一根火腿肠。

尽管发烧导致胃口欠佳,可米果还是把分得的食物强咽了下去,她知道,在灾区想要救人,首先就要拥有充沛的体力。

睡前她又吃了一次药,整个晚上虽然还是难受,可是比起在花江市那凄风苦雨的一夜,强了很多。

翌日清晨。

王毅把来到宝灵县支援的殡仪整容师们分成五个小组,分别跟随不同的救援部队,挖掘、整理遇难者遗体。

因为附近有挖掘机不断在轰鸣,所以米果没听清她被分到了哪个部队救援的区域。

几位前辈都被小战士带走了,只有她还等在原地。

不多会儿,一抹橙黄色进入了她的视线。

米果心神一震,因为这个颜色,她再熟悉不过了,那是她心心念念的消防部队的救援服。

来领她的,是一个很年轻的消防战士,他身上的救援服浸透了泥浆,除了扎眼的橙黄,已经辨不出是哪个支队的了。挖掘机声音轰鸣,米果就看到对方比画了一个跟着走的手势,便赶紧背起装有整形工具的背包跟着他走了。

县城的街道像被人扯住两头生生折断了一样,完全扭曲变形成了麻花,与原来水平位置高低错位四五米还不止。

米果跟着消防小战士在巨石间穿行，一会儿爬上，一会儿跳下，有的地方，干脆只能从缝隙里爬着过去。

"到了！"小战士叫道。

米果擦了一把额头上的冷汗，朝右前方有着熟悉的橙黄色闪烁的那片区域望了过去。

这里像是一个农贸市场，因为米果看到遍地的菜蔬，但是市场被地震中平移过来的楼房彻底压在了断壁残垣之下，再也找不到之前的影子。

走了一小段路。

"小心！"小战士提醒她注意脚下一级很高的台阶。

还是出了错。

她跳下的时候背包带不小心被凸起的石头挂了一下，重心瞬间失控，朝前扑了过去。

米果万念俱灰，脑子里拉响"完了完了"的警报。

就在这时，一抹熟悉的橙黄色身影突然冲了过来，神兵天降一般牢牢地托举住她倾出石阶外的身体。

没有意外的。

她和救命恩人，来了个脸对脸。

对视了足足有十几秒的光景。

米果突然嘴角一撇，放声大哭。

"岳渟川——"

从A市到花江，又从花江到宝灵县城，一路上磕磕碰碰，冒着生命危险辗转几百公里，其间经历过的危险不计其数，甚至，她还在承受着病痛的巨大折磨，即使在这样糟得不能再糟的情形之下，她也没有掉过一滴眼泪。

可是，当她紧紧抱住这个满脸泥浆的消防军人时，却是泪如雨下。

"岳渟川！岳渟川！"她知道是他，一定是他。

因为这个世界上，只有他才有这样一双能够容纳百川的深邃湛然的黑眸。

闪亮如星，却又温柔似水。

岳渟川亦是心潮澎湃，他做梦也想不到他的果果会来宝灵，而且，会以这么惊心动魄的方式和他见面。

他的视线牢牢地锁定面前眼圈通红，双肩微微耸动的姑娘，过了片刻，才拉回不知飘在何处的强大理智。

"果果？"

即使明知道挂在他脖子上的人就是他心心念念的爱人，可是他还是觉得太不真实，太过戏剧化，所以只能用一声带有疑问的轻呼，掩饰胸腔里如地覆天翻一般的震颤。

他的声音完全变了，哑得几乎找不到之前沉稳锐利的感觉。

比她感冒之后的声线更加嘶哑，却莫名地戳中了她内心最柔软的部分。

她重重地吸了一下鼻子，哽咽着点头："是我！是我啊，我是果果。"

他忽然仰头朝天空望了一眼，然后低头，微微掀唇，露出他自进入震区之后的第一抹微笑。

"傻瓜！"他充满感情地嘟哝了一声，把她从高高的石阶上面抱了下来。

他粗糙的手指轻轻地摩挲着她的脸颊，贪婪地想把她的影像刻印在脑子里。半晌，他长长地喟叹出声，手掌扣住她的后脑，向前一拉，就把她的小脑袋按在他的怀里，紧紧地抱住。

小战士早就在一边看傻了。

这个参与救援的小姑娘，咋和他们的队长看对眼了哇。

不过，队长是不是喜欢人家了啊，抱得那么紧，生怕别人不知道他们是认识的。

"队长，我先走了。"小战士一溜烟儿跑了。

再然后，整个救援现场因为米果的出现停滞了十几秒的光景。战士们太惊讶了，就跟看大片一样，看着他们高高在上的神人队长抱着一个脸红得跟苹果似的小姑娘，走了过来。

"放我下来！放我……"话还没说完，岳淳川已经把她轻轻地放在了一块平整的地方。

岳淳川摸摸她的头，哑着嗓子说道："这里太危险，你要听我的。"

他已经知道米果是以殡仪系统支援队的身份进入震区，并且来到震中宝灵县的。

米果看看他，忽然扭过头，猛烈地咳了起来。

岳淳川抬手顺着她的脊背："感冒了？"

"没！咳咳，没有感冒，咳咳咳……我呛住了。"米果不敢回头，生怕岳淳川看出她病了。

岳淳川蹙了下眉头，没有戳穿她的谎话。

此刻，距离地震发生过去了两天一夜，在这个断壁残垣的县城，大片大片黑暗的废墟下，抢救生命，和死神赛跑，是每一个救援人员肩负的神圣使命。

没有工夫花前月下，更没有时间消磨在你侬我侬的氛围当中，岳淳川把米果交给王福祥，便带着生命探测仪进入一处未被探测过的废墟中搜寻幸存者。

米果的任务就是把消防官兵挖掘出来的遇难者遗体就地简单整形，以减轻后方同行的工作量。

王福祥看到米果的时候，那表情叫一个精彩绝伦。

"米……米米……"

米果赏给他一记白眼："米什么米啊，干活啦！"

王福祥摸摸头盔，跟了上去："你说你一个小姑娘来震区干啥啊，不知道这里危险啊，你这不是让队长分心吗，我说你还是回去吧，这里不需要女人，待会儿看到那些尸体，你……"

王福祥忽然顿住，嘴角抽搐了两下，喃喃道："我忘了，你是干这个的。"

米果鄙视地瞪了他一眼："你有你的神圣使命，我也有我的工作任务，我们之间是平等的！还有，王福祥同志，请你以后不要看不起女人，女人和你一样能救命！"

废墟之上，几十名橙黄色的消防特勤官兵正拼尽全力搜索废墟里可能存在的生命。

他们用铁锤破开坚硬的水泥外墙，用工具切割钢筋，只要稍有进展，战士们就会趴在地上，朝刚刚打通的楼板缝隙里大声呼喊："里面有人吗？"

回应他们的，是永恒的沉寂。

偶尔会发现遇难者的遗体，机器进不去，他们就冒着生命危险钻进坍塌的楼板，在阴暗的角落里，用手刨，用肩顶，把遇难者抬出来。

米果接收到遗体，就会把他们按顺序摆放在不会受到二次伤害的空地上，就地整形。

她戴着口罩手套，全神贯注的模样常常引来消防战士们的注意，他们从最初看到她时的意外和惊讶，到慢慢改变印象，到最后连眼神都变得敬佩和震撼。

王福祥便也骄傲得不行，逢人便翘起尾巴，介绍说："那是队长的女朋友，怎么样，够女神吧！我认识！"

于是，那群单纯的小伙子们就用崇拜和羡慕的目光望着他，恨不能变作他的样子，和新晋女神亲密接触一下。

侯伟业带着借来的生命探测仪回到救援点，先是看到忽然冒出来的米果被吓出了一身冷汗，紧接着，就听到岳淳川带着喜悦的呼喊："这里有人！有人活着！"

就在几分钟前，岳淳川通过生命探测仪发现，在他脚下这座坍塌的废墟里，有生命存活的迹象。

哇！这一爆炸性的消息瞬间激励起所有救援官兵的斗志。这可是A市消防铁军在这块废墟中发现的第一个幸存者。

侯伟业松开握在米果胳膊上的手掌，深深地看了她一眼："你……真是胆大包天！"

说完，他就扭身走了。

没工夫做任何和救援无关的事情，岳淳川和侯伟业迅速研究制定出救援方案。

发现生命迹象的废墟位于集贸市场的中部，可它被平移过来的坍塌楼房一层层地压在下面，救援难度极大。

特勤大队被分成三组，轮流作业，和死神赛跑。

这支地震当天就到达宝灵震区的消防铁军，已经几天几夜不眠不休了，他们的体力到了极限，可得知废墟之下有生命存活，他们瞬间就把困倦和疲累抛在了脑后，从队长、指导员，到年仅十八岁的年轻战士，他们重新给身体注入了无穷的能量，向牢不可破的钢筋水泥发起挑战。

抡锤、破拆、切割、探测……

这时候，王福祥顾不得保护米果了，他用瘦弱的肩膀扛起铁锤就冲了上去。

不时有战士被飞溅起的石块砸中，发出一声又一声的哗哗低叫，甚至，有个战士居然把锤把都给抡断了，手掌被刺破，鲜血直流。米果看不下去，硬是把那个战士从上面拉下来，为他简单包扎了一下，他便又冲到了救援一线。

包括米果在内，现场所有的人，只有一个信念，那就是以最快的速度找到存活的群众。

消防员轮番上阵，用了三个多小时，终于打通了一条通向探测仪指示方向的狭窄通道。

岳淳川迅速侧身钻进去，拿出仪器再次搜寻，生命迹象依然存在，但似乎比先前弱了许多。

岳淳川心急如焚，顾不得叫战士们下来，便顶着不时砸下来的石块，开始用破拆工具拆掉那些挡路的砖块瓦砾。

通道狭窄，侯伟业只能带着两名战士跳下来。

他们被眼前的一幕惊呆了。

只见岳淳川如同疯子一样用一秒钟一根的速度剪断密密麻麻的钢筋，飞快地清出一块空地，看他们杵着不动，他剑眉一蹙，大声怒吼道："还不快挖！"

侯伟业他们这才回过神来，他们用凿岩机不停地砸向冰冷的水泥地。

"咚咚咚！"

一百、两百、三百、五百……

整整四五个小时，岳淳川没有走出那个狭窄的坑洞。送进去的水被他丢了出来，战士抹着眼泪要替换他，却被他一嗓子吼了回去。

就这样，几个压不垮的铁人滴水未进，连续奋战，终于撬开了那道厚重的水泥楼板。

就在吱呀呀的响声回荡在现场的那一刻，无论是坑洞，还是废墟之上，几乎所有的人，注意力都被集中到了这一处阴暗潮湿的地方。

他们的内心紧张而又激动，这是对生命的敬畏，对顽强的仰视。

岳淳川的手指正在向下滴血，可他浑然不觉得痛，漆黑的洞口里，仿佛已经被光明点亮。

"那一刻，我多么希望能听到一个孩子呼救的声音啊。"王义说。

他趴在洞口，用尽全身力气，朝里面呼喊。

"有人吗？里面有人吗？"

"听到请敲击发出声响。"

"有人吗？"

时间一分一秒地过去，窄小的洞口里没有丝毫动静。

岳淳川咬咬牙，拿起一旁的生命探测仪就准备下去。

"太危险了，你不能去！"侯伟业用力拉住他的胳膊，死死不肯撒手。

岳淳川回头看了侯伟业一眼，语声嘶哑地低声喝道："撒手！"

侯伟业顶着强大压力，摇头："不！"

下面情况未明，余震随时都有可能发生，他们是来救援的，不是来送命的。

岳淳川扭过头："这是命令！"

侯伟业的眼睛瞪到了极限，最后，他还是一点一点，不甘心地松开了手指。

军人以服从命令为天职，岳淳川是这次地震救援的指挥官，他只能服从命令。

十几分钟的死寂。

现场除了消防战士们沉重急促的呼吸声，再也听不到其他。

突然，一只血肉模糊的手搭上废墟的边缘，紧接着，里面传来岳淳川嘶哑沉闷的声音："拉我上来！"

被战士们拉上来的岳淳川已经完全虚脱了。

可他的手里还紧紧攥着生命探测仪，在坑洞里的每一分每一秒，他都在幻想着生命的指针开始跳动，幻想着听到生者呼救的声音。

可是没有。

他几乎测遍了里面的每一处角落,再也没有发现任何生命存活的迹象。

从不相信到沮丧,再到心灰意冷,短短的十几分钟里,他的内心经受了巨大的冲击。

最后,连爬上洞口的力气都溃散一空,他只能靠着战士们的帮助,才离开那个令他百感交集的地方。

逝去的每一分每一秒,都可能关乎一个宝贵的生命。然而,在残酷严重的自然灾害面前,仅仅依靠人力在废墟中与死神争夺生命,显得是那么渺小,那么力不从心。

岳淳川命令队伍原地休整,吃今天迟到了近十个小时的第一餐饭。

只能干吃的方便面和表皮皲裂的面包,每两名战士一瓶水,这就是他们辛苦了一天的饭菜。

岳淳川只拿了一份食物,他朝一旁还在认真工作的米果望了望,然后拿着方便面走了过去。

这一天共挖掘到六具遇难者,除了一具遗体的头部被砸得变形之外,其余的,都还算好。

没有水源,她只能简单地为遇难者整理好衣装,为他们擦去脸上的血污,并且缝合伤口。虽是简单到不能再简单的工作程序,可经过她的巧手整形过的遇难者遗体,却和刚从废墟中被挖出来的惨状,迥然不同。

她正在专心致志地缝合,听到身侧有人叫她:"果果,吃饭了。"

米果抬起戴着口罩的脸,朝浑身上下都覆着一层泥浆的岳淳川望了过去。

他也在望着她。

目光深邃,沉静,带着一丝她看不懂的情绪,深深地凝望着她。

眼眶一下子就潮了。

鼻子酸胀得厉害,她垂下睫毛,掩饰了几秒,然后重新抬起头:"等等我,马上就好了。"

岳淳川嗯了一声,拿着吃的就在放置遇难者遗体的空旷平台上坐了下来。

他不觉得有什么不妥的地方,甚至,在坐下来的时候,还用一块纱布盖住了身侧一具遗体的面部。

米果把工作都完成之后,用酒精消毒双手,又用宝贵的矿泉水冲洗了两遍,才走到平台边缘的男人身边,坐下。

两人很长时间没有说话。

时间接近傍晚,废墟之上亮起了灯光。

由于地势较高,所以他们坐的位置,可以看得很远。抛去满目疮痍的灾区不说,其实,这里的风景真的很美。哪怕刚刚经历过一场浩劫,但是四面环抱的山峰依旧是云杉挺拔,苍翠欲滴。远处更高的峰顶,则是一片白雪皑皑的胜景。

但是身边过分沉默的男人却让米果感到一阵阵的难过。

不是因为他忽视她的存在而觉得委屈,而是刚才救援失败之后,她在人缝里面看到他交织着遗憾、伤心、失望的复杂面孔,那锥心的一幕,她看到了,所以对他此刻的沉默,才会感同身受。

她懂他心里的悲凉,一个救民于水火的英雄,最恐惧的永远不是灾难,而是眼睁睁地看着鲜活的生命从他的手中流逝,他却无能为力,什么也挽救不了的悲凉和无奈。

她正在犹豫着要不要主动打破沉默,那边,一个战士急匆匆地跑了过来:"队长,仔仔不吃东西了!"

岳湻川霍然抬眸:"严重吗?"

战士点头,一脸难过地说:"水也不喝了,从昨天晚上就开始了。"

岳湻川正要跳下平台,忽然想起了什么,把手里的方便面塞进米果的手里:"我过去看看。"

米果一把拉住他:"我也去!"

仔仔是特勤中队出发之前从支队搜救犬基地借来的一条纯种德国黑背犬,它和主人消防官兵小吴曾在历年来的灾难救援中立下赫赫战功。这次,它和主人跟随特勤中队来到重灾区宝灵县进行搜救工作,它和这些英雄的消防官兵一样,不眠不休地战斗在救援一线。仔仔目前已经发现了五名生还者,还找到了十六名遇难者的遗体。

功勋犬此刻趴在废墟的角落里,见到主人回来了,也只是低低地呜咽了一声。

小吴的眼圈一下子就红了,他抓起一把精心保管的狗粮,试着喂爱犬。

仔仔看看主人,嗅了嗅平常一闻到就会兴奋雀跃的狗粮,又缩回头,神情恹恹地趴在地上。

"一天一夜了,仔仔一直不吃不喝,再这样下去怎么办啊?"小吴眼睛始终没有离开仔仔。

"仔仔到了宝灵县当天就开始展开搜救,凌晨四点接到命令赶往另一个重灾区。仔仔每天搜索距离都在五十公里以上,超负荷的工作量把它累垮了,从昨晚开始它就不吃东西了,水也不喝,体力衰减得非常厉害。今天,仔仔又在废墟里面搜了一天,刚才一回到这里它就趴在地上一动不动,怎么喂都不肯吃。"小吴抱起仔仔,让它的头靠在臂弯,想让它更舒服一些。

小吴低头,举起被他包扎过的仔仔的脚:"仔仔踩着废墟里的钢筋、碎玻璃搜寻,脚都被扎破了。我是看到它走路的时候踩下的脚印全是红色的,都是血,才知道它受伤了,我把它领出来,想用碘酒给它消毒包扎,可它却像不知道疼一样,挣开我,又冲进了废墟里面。"

"队长,我看着它这样,心里难受。仔仔不会离开我吧!"小吴再也抑制不住,抱着仔仔,低下头去。

看到这一幕,米果的眼泪再也忍不住,夺眶而出。

"仔仔!仔仔!"她蹲下来,轻声叫着功勋犬的名字,摸着它的身子,想让它感受到众人的关爱。

岳浔川拍拍小吴的肩膀:"仔仔会没事的,你放心吧,它也舍不得离开你!"

岳浔川命令小吴带着仔仔先回去治疗休息,救援的事情先放在一边。

送走一人一犬,岳浔川低头看了看表,然后,又转头看着米果说:"我通知了当地的救援机构前来接收遗体,你等会儿就配合他们做好交接工作。"

米果点头。

岳浔川逆光立着,深邃的黑眸在她的脸上停留了一会儿,忽然抬起手臂,抹掉她脸上不小心沾到的泥浆。

他的眼神深情而又温柔,看着她,轻轻地说:"好好的,答应我,一定要好好的。"

米果的鼻子酸酸的,视线里只有他模糊的轮廓,怕他看到自己的泪水会分神担忧,她猛地吸了吸鼻子,冲他露出标志性的微笑:"我答应你,一定保护好自己。"

他扯起唇角,似是笑了笑,然后一下子揉乱了她的马尾辫,顺势重重地按了一下她的肩膀:"走了。继续战斗!"

她咬了咬嘴唇,忽地,绽放笑容,举起拳头,在脸颊边晃了晃:"Fighting!岳浔川,Fighting!"

他背对她摆摆手,之后,废墟之上便响起了清脆的集合哨音。

晚上八点左右,当地有关部门派人来接收遇难者遗体,侯伟业作为救援部队的领导也出现在现场。

当那些本地人看到一具具已被米果精心维护清理过的遇难者之后,面对着这名看起来只有十七八岁的小姑娘,他们集体变得沉默了。而后,这些饱经磨难的不幸的人们不约而同地向米果深深地鞠躬,表达他们最深的敬意和谢意。

"谢谢你,小同志,是你让我们的亲人们走得安详平静,我们终于肯相信了,在那个世界里,是没有灾难和死亡的。"

"谢谢！"他们丝毫不顾忌米果是一名遗体整容师，纷纷上前握住了她的手，有几个人，还把象征着美好祝愿的吉祥物戴在了她的脖子上。

米果羞涩地微笑，但是，内心却有一种说不出的骄傲和满足。

目送那些民众离开，她长长地舒了口气。

没等气顺下来呢，侯伟业却啪的一下打中了她的后脑勺，紧接着就是一句揶揄："功劳都被你一个人抢走了，你这个坏丫头！"

"咳咳！咳咳咳！！"米果不防，被一口水呛得咳嗽起来，她感冒未愈，这开了头，更是咳得天翻地覆，侯伟业起初吓得不轻，一边帮她顺气，一边逃避着责任。可过了一会儿，他察觉到咳声异样，便伸手摸了摸米果的额头，触手的高温令他紧蹙起浓眉："你发烧了，丫头。"

米果捂着心口，喘着气，说："我知道。你别告诉岳淳川。"

侯伟业摇头："这可不行，你要是病傻了，还得我兄弟受罪。"

米果赶紧抓住他的胳膊："你千万别告诉他，我答应他了，要好好的。"她看看远处在废墟上奋战的橙黄色身影，向侯伟业哀求："拜托！拜托，千万别去打扰他！你们今天没能把人救出来，他已经很难过了。"

侯伟业目光深深地看着她，许久，他才长长地喟叹出声："原来，你真的是岳淳川的那盘菜！"

这世界上，总有一个人，也仅仅只有一个人能够走进另一个人的心里，明白他的所思所想，并且去感受分享他的喜怒哀乐！

不知为什么，侯伟业的脑海中忽然闪现出一抹纤细窈窕的身影。

那个被岳淳川强制留在Ａ市的孔易真，只要一想起她的倔强和固执，他就不由得苦笑。

易真，你又何苦执着自伤呢！

侯伟业又想起了他的妻子，叶梅。

不知道为什么，自从上次相亲大会之后，叶梅对他的态度就变得有些冷冰冰的。后来，无意中得知叶梅在公司遭人排挤，他觉得叶梅肯定是因为这件事烦恼生气，就没太往心里去。他甚至，拍着胸脯向叶梅发出即使叶梅丢了工作，他也会养她一辈子的豪言壮语。记得叶梅当时沉默无语地看着他，就在他以为她会像过去一样扑进他的怀里撒娇亲吻的时候，谁知，叶梅竟转身，一声不吭地走掉了。

发现叶梅不对劲是在她高烧病倒的那一次。那天，他从中队请假回家，进门却看到客厅的窗帘拉得很实，光线很暗，他叫了声小梅，没人回答，他就去拉窗帘透光，谁知刚走到窗边，却听到沙发那边传出沙哑的阻止声。他绕过去一看，竟是烧得满脸通红的妻子,正蜷缩在沙发里,双目无神地看着他。看见那样虚弱可怜的叶梅,他心疼死了,拉起叶梅就想背她去医院,可谁知叶梅却猛地甩开他的胳膊,朝身后仰倒。他诧异不已,想着她是不是烧糊涂了,谁知刚准备继续拽她,却听到叶梅饱含了嫌恶的声音,对他说,别碰她。他当时就蒙了,他叫了声叶梅,问她是不是不清醒,可是叶梅却用那样疏离冷漠的目光看着他,再一次对他说,别碰她。

他就有点生气了,心想我不跟病人一般见识,于是转身想去卧室找药箱,可是刚转过身,腰际却是一紧,他愣住,没动,叶梅从后面抱紧他,无声地落泪。

听到她的哭声,他的心里疼得刀绞一样,他忽然意识到,他是那样地爱她,哪怕她有一点点的不开心,哪怕是轻蹙一下眉头,他都会没来由地感到紧张,不自觉地想要为她赶走烦恼。这种感觉和孔易真抱着他痛哭时的滋味是完全不同的,对孔易真,他早就没了风花雪月的心思,所以,那天之所以没有立刻推开她是因为他的心中还存着一丝怜悯,作为朋友,一个曾经喜欢过她的朋友,所能给她的最后一次照顾。

叶梅哭够了,他转身想抱她,却又被她推开。这次,她没再说伤人的话,而是闭上布满血丝的眼睛,轻轻地对他说:"对不起,伟业,我累了。"

也就是从那天开始,侯伟业觉得叶梅不对劲了。他因此常常会思想抛锚,总在想,叶梅是不是嫌他总不在家,生气了。可他真的脱不开身,原想着趁着休假带着叶梅回老家玩几天,谁知一场大地震打乱了他的全部计划。

每个人都有适合自己的那盘菜,哪怕并不名贵丰盛,却始终独爱这一口。正如米果之于岳淳川,曹娜之于冯小海,正如叶梅之于他。

Chapter 31

我是懂你的

那片废墟，再也没有发现幸存者。

晚上十点多钟，特勤中队接到救援指挥部指令，要求全体官兵回宿舍休整，等待上级下达新的任务。

全员撤出奋战了近二十个小时的废墟。

特勤官兵终于在连续奋战了三个昼夜之后，享受到了一次宝贵的休息机会。

宿舍就是军用大帐篷，纸板通铺，一个帐篷里能睂十个人。上面按人头分下来五顶帐篷，原本正常分配下去就好了，可中队忽然多了一个人，还是个无法和他们这些糙老爷们同寝而眠的小姑娘，于是，麻烦就来了。

谁也不敢发表意见，就瞅着站在一起的岳淳川和米果，撩着眼皮瞄啊瞄的，瞄了许久，也没人敢放个屁出来。

其实啊，他们的想法基本上差不多，就是，都想给这两个在震区重逢的小情侣腾地方。

岳淳川倒是平静，他环视队伍，直接噼啪点了几个人的名字："你们和我一个帐篷！"

侯伟业也不能幸免。

米果倒觉得没什么，震区条件艰苦，能有睡觉的地方已经是万幸了。

战士们也是这样想的，他们太累了，分到了帐篷，一个个不是去洗漱，而是直接冲进帐篷里倒头大睡。

基本上是秒睡。

那速度，那睡相，简直KO全世界失眠症患者。

米果回来之后，咳嗽加重，体温依旧是居高不下。

走进空无一人的帐篷，她靠着支撑杆，难受地合上了眼睛。

连她自己都不敢相信，她小小的身躯里面竟隐藏着如此大的能量。

坚持到现在，是不是也算创造了她生命里最大的奇迹呢？

想到远方的亲人，她的嘴角不由得难过地一撇："爸爸，妈妈。"

她好想他们。

静静地待了一会儿，看还没人进来休息，她就撑着软绵绵的身子，蹲下来，收拾床铺。

床铺就是硬纸板粘连起来的大通铺，上面有一些杂物，想必是昨晚在这里休息的官兵们留下的。

米果捂着嘴，控制着咳嗽的音量，一点一点地收拾着。

她想，等战士们来了，就可以直接睡了。

收拾到边角的时候，她捡到一张缩印得很小的彩色照片。

借着窗户透进来的光线，米果看到照片里笑得嫣然可爱的小女孩儿。

她翻过照片，看到后面写着一行字。

字迹有些模糊了，可是还能看出当初落笔之人青涩的笔触。

欢欢宝贝，爱爸爸！

米果眸光一闪，手指瞬间便变得小心谨慎起来。

那张薄薄的纸片，像是无比珍贵的宝物，被她小心翼翼地捧着，生怕不小心弄折了它。

这应该是某位当了爸爸的救援官兵无意中留下的。

看得出来，他一定很爱很爱他的女儿，不然，不会把女儿的照片随身装着，甚至到震区来，也不愿和她分开。

照片四角被磨得卷起了毛边，想必，是这位父亲经常摩挲所致。

宝贝的照片不见了，他一定急坏了，想到这儿，米果猛地站起，朝外边走去。

不想，到门口的时候她和弯腰进来的侯伟业撞了个头碰头。

各自捂着脑袋，倒吸着气后退，侯伟业表情扭曲，他指着米果："你这个丫头，病倒了劲儿还这么大！"

米果揉着额头，更是冤枉："谁让你走路没声音！"

侯伟业跺了跺脚，军靴发出砰砰巨响："都快赶上放炮了，还不够响啊，看来，你连耳朵也坏掉了！"

米果瞪着侯伟业，然后把手里的照片递过去："能找到失主不？"

侯伟业本没当回事,可他接过去一看,不由得愣住了。

他看着米果:"从哪儿捡的?"

米果背过身咳了两声,指指角落:"那边。"

侯伟业哦了一声,把照片小心地收在口袋里:"行了,交给我吧。你赶紧躺下睡觉,这才是岳淳川交代我的必办大事之一。"

米果问他岳淳川去哪儿了,好像他刚才去指挥部那边了,好久也没回来。

侯伟业瞅着她神神秘秘地一笑:"想知道啊,想知道就先贿赂贿赂我!"

"怎么贿赂啊?"米果仰起头问。

侯伟业卸下头盔,眼神复杂地看看她,忽然叹了口气:"还不是因为你叶梅姐,她不理我。"

"梅姐怎么了?梅姐夫,你欺负梅姐了是不是,我最近一次见到她,她好像很不开心。"米果一脸正义地看着侯伟业。

侯伟业举起双手:"没有啊!我对天发誓,没有欺负过她。你知道的,我和岳淳川忙还忙不过来,哪里有时间和你们闹脾气呢。所以她不理我了,我才想不通。"

"什么时候开始的啊?"米果也觉得纳闷。

如果不是梅姐夫的问题,那叶梅的神情怎么会那般落寞呢。

侯伟业蹙眉想了想,说大概就是岳淳川公开表白之后的事。

他请米果帮忙,从侧面问问叶梅,她是怎么了。

"你当回事就行,问出什么来,记得第一时间告诉我!"

"嗯,行!"米果答应下来。

侯伟业出去了一会儿,又拎着一件全新的军用棉大衣回来,他的手里还有厚厚一沓报纸,他把报纸展开,一层层铺在通铺正中央干燥的地方,然后又把军大衣盖在上面。"来,米果,躺上去吧!"

米果有些不好意思,蹭着脚尖,不肯上去:"不大好吧,战士们也挺辛苦的,让他们睡。"

侯伟业一挥手:"没别人,也没战士们,他们都自动滚到别处睡去了!"

米果澄澈如水的漆黑眸子里掠过一丝惊讶:"不是分到这边。"

侯伟业哈哈一笑:"你这个笨丫头啊,岳队长的话有时候也是不灵光的!今晚啊,这里就属于你和岳淳川了,你们想怎么折腾都可以,就是别把帐篷给我拆了就行!"

"那你……"米果特别不好意思。

"我也去别处睡啊,要不然,电灯泡的瓦数太大,怕引火烧身啊!"侯伟业揶揄了几句,就准备走了。

米果脸红得一塌糊涂,她躲避着侯伟业的视线,问他:"那岳淳川呢,他怎么还不回来啊?"

"他啊,他去医疗队给你找药去了。你就安心在这里等着,喏,这里是矿泉水,你记得要多喝水,快点好起来,不然的话,明天你就要被遣送回去了!"侯伟业成功吓唬到米果,得意扬扬地走了。

米果喝了半瓶水,坐在铺好的纸板上面等了一会儿,果真没有一个人再进来。

她怕不好起来,岳淳川真的会把她给"退"回去,所以脱了鞋,和衣钻进军大衣里,强迫自己入睡。

等真正躺下了,才知道身上是多么累,浑身上下如同散了架一般,动一动都是件困难事。

她也没有力气再折腾了,合上眼睛,很快便睡着了。

不知睡了多久,她被脸上的一阵凉意惊醒,睁开眼,就看到一张熟悉的俊脸,停在她脸部上方很近的地方,正在看她。

"岳淳川!"她压抑地叫了一声,却又引来一阵要命的咳嗽。

他蹙紧黧黑的眉峰,手掌盖在她的额头,试了试体温,然后,坐下来,连着军大衣抱她入怀。

"吃药了,你还在发烧。"

米果蜷缩在他充斥着各种味道的怀抱里,突然间就想流泪。

其实,这样看起来,他才是比较像病人的那个人。

也不知几顿饭没吃了,短短几天,他的眼窝竟深凹了下去。

乖乖地就着他的手,吃掉各种颜色的药片,他满意地摸摸她的头,想把她放在原处,却被她紧紧勾住颈项。

"岳淳川,我害怕,你陪我睡好不好?"她把脸埋在他的肩窝处,故意不让他看到自己心虚后就会发红的脸颊。

"我……"岳淳川还没来得及拒绝,就看到她霍然抬头,然后,他的嘴唇就尝到了一抹湿润香甜的味道。

他的身子震了一下,微微错开一点空隙:"脏!果果,我几天没洗漱了。"

她倒是豁出去了,立刻就扭正他的脸,嘴唇连同舌尖一起向他发起了强有力的攻击。

岳淳川盖世英雄,还是难过美人关。

一小时后,他低头吻了一下怀里开始发汗退烧的米果,小心翼翼地抽出被熟睡的她压得酸麻的胳膊,起身,走出了帐篷。

离开之前,他又向漆黑宁静的帐篷里望了一眼。

聪明若他,岂能看不出她的小心思呢。

他的果果啊,为了能让他睡上一会儿,真是什么招儿都使上了。

他完全没有困意,尽管体能已到了临界,可他依旧没有丝毫的睡意。

他知道,他的失眠症进入灾区之后变得越发严重了,就连刚才去医疗队拿感冒药时,宋清远也在警告他,命令他必须睡觉、休息,不然的话,他也会像地震中遇难的人一样,死在这里。

今天的救援经历使他无法入眠,只要一想起那条鲜活的生命因为等不到希望一步步走向死亡,他就有一种快要被死神窒息的感觉。

当他被战友们从废墟里拉出来时,当时的感觉真是难以形容,百感交集,但更多的是救援失利后的遗憾和失望,他和全体官兵奋战整天,争分夺秒,就是希望能挽救一条生命,可是……

他不相信那片废墟底下就没有一条活着的生命,救了这么久,奇迹难道再也不会出现了吗?

岳淳川带着生命探测仪再一次回到白天的废墟前,他不甘心就这么放弃,所以,他又回来了。

他把那片地方里里外外探了个遍。

可是仪器始终沉默如水。

没有,还是没有。

这是他最后一次在这里搜寻了,结果依旧是这样,令人心情沉重。

他似乎出现了幻觉,似乎听到了废墟之下的呼唤,一声声,直击人心灵深处的呼唤。

他知道是他偏执了,现实总是残酷的,没有那么多的可能和如果,时光更不会倒流,回到充满了机会的最初。

造成他失去冷静、失去判断力的原因,就是终生都无法释怀的深深的愧疚感。

岳淳川面向废墟,伫立了许久,最后,缓缓抬起右手,向不幸罹难的人们,敬了个标准的军礼。

"对不起,请安息!"他说。

再回头的时候,他却愣住了。

几米开外的地方,立着一道熟悉的影子,竟是他哄睡了的米果。

这时,远处的山峦之上升起了圆盘似的月亮,明亮耀眼,四周黑黢黢的断壁残垣被抹上了一层淡淡的银色。

　　米果就沐浴在这一片月光下,朝他踽踽行来。

　　他默然静立,待她快走近时,哑声问道:"你怎么找到这里了?"

　　她没有说话,只是用那双比月光更加清澈明亮的眼睛深深地凝望着他。

　　目光对视的那一刹那,他的身子霍然一颤。

　　就感觉到有一道流水样的东西缓缓地淌入他的心里,迅速地升温,热热的,在四肢百骸之间奔涌不止。

　　他的黑眸一暗,伸手,一把拉她入怀,手掌同时盖住她的额头。

　　幸好。他神色一松,低头,在她的发间轻轻地吻了一下。

　　米果仰起脸,把手塞进他的手里,反手紧紧地握住:"我都好了,一点都不难受了,你别担心。"

　　他的目光黏在她的脸上,一刻也不想放开。

　　她被看得不好意思起来,垂下眼睫,小声嘟哝道:"我们回去吧。"

　　她牵着他,朝回走。

　　没有路的小路,因为有了彼此,少了荒芜和恐惧。

　　手心处的暖意,一点一点驱散了他眼底眉梢的清寒和落寞,眼神渐渐变得宠溺。

　　岳渟川裹紧米果身上的军大衣,看了看四周,指着一片未被损毁的田地,低声问她:"饿不饿?"

　　"啊?"米果惊讶地望着他。

　　他笑了笑,揉乱了米果脑后的马尾辫:"你坐这儿等我,我给你找吃的。"

　　不等米果拒绝,他就放下生命探测仪,大步走开了。

　　米果坐在土埂边,看他顶着月光,弯腰刨着田地。

　　过了一会儿,他的怀里抱着七八个黑乎乎的东西走了回来。

　　"你挖的什么?"她好奇地问。

　　他稍稍侧身,把怀里的东西暴露在皎洁的月光下:"红薯。"

　　米果呆住了,红薯?

　　灾区居然有红薯!

　　岳渟川用杂木树枝生起一堆火,又削了几根树枝做架子,然后把红薯放在火上烤。

　　火苗就像是生命的火种,在夜色中熊熊燃烧。

　　米果静静地依偎着岳渟川,趴在他的膝头,眼睛却一眨不眨地盯着表皮已经开始打皱的红薯。

"果果,快看!星空!"岳淳川忽然翻过她的身子,手指向上,指着头顶那一片璀璨的星河。

黑丝绒一般的夜空,缀满了闪闪发亮的星星,猎户座、麒麟座相依相伴,迢迢银河,划开了南北,北斗七星像一个巨大的问号悬在星空之上,引人无尽遐想。

生在城市里的米果从未见到过如此震撼灿烂的星空,她愣了半晌,喃喃叹息道:"好美啊!"

随即,她似是想到了什么,黑眸一亮,指着璀璨的星空说:"我们老家有个说法,人去世之后就会变成星星挂在天上,成为永恒。所以,岳淳川,你看,那些今夜才点亮的星星,是不是就是那些在地震中失去生命的人呢?他们或许就是想通过这种方式永远地留下,让亲人们,让我们记住他们,曾经来过这里。"

她用手扣着岳淳川的手,目光澄澈地说:"我相信,今天那个不幸遇难的人此刻也已经化成了星星,在看着我们。他不会怪你的,因为他知道你已经竭尽全力,做了你应该做的,甚至是不能做的一切努力。真的,岳淳川,你已经创造了奇迹,但就是离幸运稍稍远了一点而已。"

"我刚才在废墟里,遇见了一个深夜穿过警戒线来这里祭奠亡者的家属。他告诉我,他身边所有的人,包括整个震区的人,都无比感激你们。他告诉我,你们子弟兵太辛苦了,震区人民理解你们,更支持你们,那些遇难者更加不会责怪你们,因为他们才是最能感知你们努力的人!"

"所以,岳淳川,你千万不要气馁,我相信,还有幸存者等着你去营救。"

岳淳川定定地看着米果,漆黑深邃的眼睛里似有无数个光点被一一点亮,最后,竟璀璨得如同天上的星辰一般,令人不敢直视。

那目光太亮,太强烈,米果根本抵受不住,她耳根通红,正想避开,喘口气,却被岳淳川紧紧扣住脊背,就连后脑也被他温热的手指扣住。

他的鼻息灼热好闻,带着一种蓬勃的力量,朝她压了下来。

冗长悱恻,充满了感情的一个亲吻,到最后,米果觉得舌尖都被他吸吮得麻木了,他才喘着气,慢慢松开她。

他还是用那种令人心跳的目光凝望着她,哑着嗓子说:"这次回去了,我就去你家,好不好?"

米果听了这话有点发愣,还处于昏眩状态下的脑袋不太灵光,不是刚啵啵了吗,怎么又跳到去老米家这茬儿上了。

她无辜的表情,在火光的映衬下,显得特别可爱,对岳淳川来讲,更是一种难以抵抗的诱惑。

他的眼神蓦地一暗,再次俯身下来,吻住了她鲜红欲滴的香甜唇瓣。

　　这一次和刚才的温柔绵长不同,这一次的亲吻夹带了无法控制的雄性荷尔蒙的压迫感,让她重温了大学时期学习的男女身体构造不同的知识。

　　岳浔川重重喘息着离开她的嘴唇,他的身体紧绷而又坚硬,他艰难地侧了一下腿,隐藏了一下被她无心触碰到的私密部位的变化。

　　他轻轻地咬了咬她的唇:"傻瓜,我想让你早点到我的世界里来。"

　　"我爱你,果果。"

　　"我爱你!"他说。

　　他眼底的深情和另外一种无法言喻的隐秘情意使米果臊得满脸通红,她不自然地转了转眼珠,忽然,指着火堆,惊喜地喊道:"红薯熟了!"

　　空气里散发着烤红薯清甜醉人的香气。

　　感觉到怀里的人儿忽然蹭了两下,变得沉默乖巧起来,岳浔川不由得眉目一展,低声笑了起来。

　　他听到了米果肚子里发出的咕噜噜的回声。

　　米果捂着眼睛:"不要看我,不要看我!"

　　他的笑容越发灿烂。

　　摸了摸她的头发:"坐好了,等着,小心烫!"

　　她咬着食指,眼巴巴地看着岳浔川动作熟练地查看着红薯的成熟度,他挑了一个熟得最好的,剥去外皮,但留下了手指能够握住的那一部分,递给米果:"吃吧。"

　　米果冲他感激地粲然一笑,赶紧接过来,谁知红薯烫手,她低叫了一声,眉头紧紧地蹙了起来。

　　"傻瓜,烫了你就扔了啊!"他懊恼自己的失误,但是拉过她的手,想看看她被烫过的地方时,她却死死攥着红薯,不肯松手。

　　看到她纠结的模样,不禁啼笑皆非地弹了弹她的脑门:"没人跟你抢!"

　　米果伸伸舌尖,做了个鬼脸:"人家这是本能,好不好!"

　　岳浔川看了她一眼,笑道:"吃货的本能?"

　　"喂!你敢嘲笑吃货!"米果叉腰,原本想要一逞吃货的威风,谁知,手里的红薯不堪被轻视,竟从中间断掉,跌落到了尘埃中。

　　米果一下子就呆住了。

　　就连岳浔川也被吓了一跳,因为米果的表情看起来实在太糟糕了,瞬间变脸的节奏,目光呆滞地盯着手里的半截红薯,看了好久,最后,竟扁了扁嘴,呜哇一声大哭起来。

"呜呜呜……掉了!"

岳淳川的心就像是被她的泪水拧着,纠结成了一团,他心疼坏了,赶紧又从架子上取下一个熟透的红薯,一边剥皮,一边凑过去,亲她脸上的泪珠:"这里的红薯都是你的,全都是你的,掉一百次都没问题,我继续烤就是了!"

手忙脚乱地递过红薯,想起什么,他又赶紧拿回来,对着嘴边吹啊吹的,吹了半天,才在她渴望至极的目光里把一小块软糯的金色红薯送进她的嘴里。

她满足地笑了:"真甜! 真好吃!"

岳淳川心有感触地看着面前的米果。

这个眼角挂着泪珠的姑娘,还是白天那个随便一块面包、一包方便面就能轻易打发掉的人吗?

米果一边享受着岳淳川的专属服务,一边在心里对他说:她吃再多的苦也不怕,但是,在他面前,她只会做最真实的自己。

因为,她懂他。

懂一个人,其实,就是爱一个人最好的方式。

Chapter 32
消防大检查

A 市。

经过地震最初的动荡期之后，市长终于发表了电视讲话，明确告知市民除危房外，都可以回家正常休息了。

这是流离失所的市民最想听到的一句话，也是起到安定民心作用的最关键、最有效的一句话。

米爸爸和米妈妈回到了久违的家，家中除了倒了一些花盆和厨具之外，其他的东西都还是好好的，庆幸之余，又不免唏嘘感慨，经过这一场浩劫的洗礼，似乎每个人的心态都改变了不少。

新闻是必看的，米家的电视机更是彻夜开着，随着一个个生存的奇迹被发现，善良坚强的国民们再次燃起了热情。

那几天，A 市的街头巷尾，谈论最多的就是今天救出来了几个人。

就连米丛珊，也按捺不住激动盼望的心情，整天带着儿子泡在米家，围着电视和米妈妈眼泪哗哗地交流思想。

"嫂子，你快来看！采访我们市的救援部队呢！"米丛珊大声叫着在厨房忙碌的米妈妈。

米妈妈一手拿着土豆，一手拿着削皮刀就跑了出来。

她看到电视屏幕，惊讶地叫了一声："又是他！"

电视新闻里出现的消防警官，米妈妈并不算陌生了。震后他的出镜率很高，记忆中已经有三次了，印象最深的是他从废墟里举起一名被困了一百五十个小时的幸存者时震撼人心的画面。

记得深,记得牢,不仅仅是他的英雄壮举感动了所有的人,还有一个原因,就是这个年轻的军人,长得实在是,太帅了!

米妈妈虽然早过了追星的年龄,可是和两个宝贝女儿一样,她也是个标标准准的外貌协会的会员。

米妈酷爱韩剧,迷恋韩流明星,尤其是苏志燮、车胜元、李振郁、朱元等等长得帅的老欧巴,更是一出场,就要把她迷昏的节奏。

电视里这个小伙子就是她的菜。

无论是从长相、身材,还是气质上看,这个男人不去当演员赚大钱就亏大发了。

米丛珊看米妈妈杵在电视机前半天不动,不由得撇撇嘴,低声嘟哝道:"好像你认识一样。"

米妈妈探手,虚抚了一下电视里的英俊小伙子,表情纠结着,心疼地说:"可怜见的,上次看见他的时候脸上还有点肉,可是现在,下巴颏儿都尖了!啧啧啧,瞧瞧这眼窝子青的,不用化妆就能去演吸血鬼了!"

米丛珊咦了一声,搓搓胳膊上的鸡皮疙瘩:"花痴!"

不过,米丛珊也不得不承认,电视里正接受采访的年轻人确实长得挺帅的。

以她专注男女情感几十年的专家角度来看,这样的人才,放到任何一家婚介公司,都是当之无愧的头牌。

声音也好听,尽管有些沙哑和低沉,却平添了一股子沧桑厚重的男人味。

他目光炯炯地看着镜头说:"奇迹不会经常发生,但哪怕只有一个,也足以让我们感到欣慰,就算最终,一个奇迹都没有,而我们为埋压在地下的同胞尽了力,也终将会救赎自己的良心。"

画面外出现记者赞叹的声音:"讲得太好了!那岳队长,你能谈一谈,对你影响最大的人是谁吗?"

画面里的男子似是被记者的问题难住了,他凝神思索了两秒,忽然抬眸面向镜头,说道:"对我影响最大的人,现在应该是我的女朋友。"

记者哇地叫了一声:"是你的女朋友!为什么呢,你为什么会受到她的影响呢,她又是怎样一个出色的人呢?"

镜头里的英俊男人淡淡一笑,目光因为提及了那个立在光环背后的女孩而变得温和深情起来。

"她就是个普普通通的女孩子,善良可爱,乐观坚强,在我的心目中,她是最美丽的人。"

或许是灾区的气氛太过沉重,记者难得抓住这么有爆点的题材,于是,追问道:

"岳队长,能多谈谈你的另一半吗?我想,观众朋友们肯定对她非常感兴趣,因为,能够塑造出一个英雄的女性,本身也已经是个英雄!"

"英雄?"他似是想到了什么,目光从柔和变得钦敬,"没错,她确实是个英雄!"

记者抓住了重点,赶紧问道:"那她是做什么工作的?你为什么这么肯定呢?"

男子目光深邃地望着镜头,语速放慢,字句清晰地说道:"她,就在我的身后,和那些英勇无畏的救援官兵一起奋战在震区一线。你问我为什么说她是英雄,我的回答是,我们在震区做了多少的事,她也就做了多少,而且,只会更多!难道,这样的女孩儿不该被人尊敬,不该被称为英雄吗?"

记者哑口无言,画面停顿了几秒,传来记者微微发颤,迫不及待的询问声:"那我能采访她吗?"

年轻英俊的军人撇唇淡淡一笑:"我看就不需要了,她不喜欢面对镜头,因为,她说过,她的嘴主要是用来吃的,不是用来说话的。"

军人似乎受到女友很大的影响,接下来,他也以救援为由拒绝了采访,转身走了。无奈之下,记者只好匆忙拽了一个当地的群众,填补节目时间上的空缺。

米家的客厅有点安静。

除了电视机的音量,米妈妈和米丛珊均是一脸不可思议的表情望着对方。

过了一会儿,米丛珊指了指米果的房间:"怎么那么像果果说话的调调?"

米妈妈点头附和,她家那个没心没肺的吃货,经常会说一些诸如此类无厘头的话语。

米丛珊忽然想到了什么,惊声喝道:"曹秀云,果果不会去灾区了吧!"

米妈妈被米丛珊的大嗓门吓得一哆嗦,她紧蹙眉头,摇摇头:"不可能。娜娜上午还打电话过来,说果果封闭学习还有一周就结束了,叫我们放心!"

米丛珊半信半疑地嘟囔:"那也该让人打个电话啊,全国上下都为震区揪心扯肺的,你说,一个小姑娘地震以后就失联了,能不让家人操心吗?"

米妈妈也没办法,她何尝不惦念米果呢,米爸爸虽然嘴上不说什么,可是每天看完震区新闻睡觉的时候,他都要捧着手机,看上老半天才能入睡。

啥封闭培训啊,闹得跟监狱似的,连电话都不能打吗?

米妈妈担忧地望了望电视屏幕,过了一会儿,她举起土豆笑了,米丛珊莫名其妙地看着她:"你笑什么!"

"我啊,笑我们果果呢。她啊,要是能给我带回个这样帅气的女婿,我做梦也能笑醒喽!"

米丛珊鄙视地瞪了一眼白日做梦的嫂子,嗤声说道:"你家果果啊,不给你领回个膘肥体壮的厨师,那就是奇迹!"

"……"

米妈妈差点没被小姑子一句话给噎死,她挥了挥手里的刮皮刀,恶狠狠地叱道:"滚蛋!滚回你家去!"

米丛珊灰溜溜地走了。

A市通往市郊的公路,一辆黑色轿车里坐着神色郁悒的孔易真。

作为此次"清剿火患"行动的检查组成员,她被派往凌河化工厂检查。

出发之前,她看到了电视里淡定温和的岳渟川。

记忆中,他鲜少对陌生人流露出这样平易近人的神色,听了内容,她才知道,这个唇角微扬的震区铁胆英雄,也会有侠骨柔情的一面。

只是,令她感到惆怅愤怒的是,那个被他保护得很好,藏在他背后,让他微笑,让他变得面目一新的女人,不是她,而是另外一个,和他们过往岁月没有丝毫关系的女人。

孔易真坐在后排,脸色很差。

她放下车窗,秋日的凉风吹进封闭的车厢,冻得她打了个寒噤。

她又把车窗关上,过了一会儿,觉得闷,又打开。

如此反复了数次,引来司机窥探的注视,她才心烦意乱地倒向后座,合上眼睛,假寐。

她想起了冯小海。

原本他应该坐在这里,去凌河化工厂检查的。可冯小海昨天刚刚接到指令,起程去了宝灵县,去了那个她怎么争取都没争取到的地方。

她原本还想找父亲理论,凭什么冯小海能去,她就去不得,甚至,她还想通过内部专线联络到那个令她爱恨交加的男人,痛斥他的无情绝义。

她真那么差劲吗?

为什么全天下的人都在替那个傻兮兮的丫头说话,却没有一个人看到她的好。

难道,真如宝林小姨劝她那样,放弃吗?

地震后德高望重的导师打来问候电话,导师很关心她,问起了她的工作情况。当初她凭着一腔孤勇回到A市,导师不是不失望。他对自己寄予厚望,一直想培养她成为学术性的尖端人才,可她却执意入伍参军,成了一名消防参谋。

虽然干的还是主业,可是和过去那些成就感满满的日子比起来,她现在,简直就是在虚度光阴。

导师许是听出了她言语间的惆怅，犹豫了一下问她想不想回北京，她的位子还留着，随时欢迎她回归。

她愣了一下，回答导师说，她要好好考虑一下。

她迟疑，她犹豫，是因为不甘心。

她不想承认她的失败，尤其是这样灰头土脸地回去，她是怎么都不肯的。

但是。今天看了新闻之后，看到他面对镜头毫不掩饰的爱意，她突然间变得心灰意冷了。

这样无谓的坚持，还有意义吗？

到底还是迟了，车子刚在凌河化工厂门前停稳，孔易真就拉开车门，跳下车来。

和她一起检查的还有支队的一名技术参谋，姓林，他已经到了，正站在厂门口和几个穿着深色西装的男人说话。

她整理了一下军装，加快脚步，走了过去。

孔易真先和林工打了声招呼，然后向陌生人表达歉意："抱歉啊，我来晚了。"

对面站着的几个人，年纪普遍偏大，只有其中一个站在偏角位置的男人，看起来和她岁数相仿。

为什么会注意到他，是因为在场几乎所有人的目光都在围着她打转的时候，只有他，在她视线掠过去的时候，只是轻轻点了点头，就移开了目光。

一个大腹便便的中年男人，更是眯着一双吊梢三角眼，一脸谄媚阿谀的表情，上前要和她握手。

"哎哟！原来是美女工程师大驾光临啊，欢迎欢迎！热烈欢迎！我是化工厂厂长冯利，不知美女如何称呼啊。"他探出油腻腻的手想和孔易真握手，可是孔易真轻蹙了一下眉头，避开了。

她巧妙地敬了个军礼："你好，我是特勤中队防火参谋孔易真！"

冯利扑了个空，不禁有些讪讪的，他搓了搓手指，勾回来，又摸了摸油光发亮的鼻子，说："久闻大名啊，孔支队长的千金，A市宝贵的技术型高端人才，今天能来敝厂检查参观，实乃冯某人的人生幸事。"

孔易真朝冯利瞥了一眼，眼神里的温度已经凉了下来。

这个冯利，冯厂长，看来不简单，他竟然把她的背景了解得这么清楚，他的目的何在？

刚刚有了一丝警惕意识，却被接下来的检查程序打散了。

她和林工被分开，而她的身后始终跟着一群厂里的所谓领导，带着她在厂区里转悠。

其中，就有那个自我介绍说是安平集团安监部经理的男人。

他好像姓李。

因为之前那一幕，孔易真便多看了他两眼，这个男人长得还不错，就是话少，闷在浩浩荡荡的队伍后面，几乎从不出声。

说是陪同检查，这些人一路上谈论的，多是刚刚过去的大地震，她听够了地震的话题，所以显得神情怏怏，毫无生气。

她按照检查标准，一项一项看过了厂里的消防设施之后，停在一处岔路口，问身边陪同的人："那边通向哪里？有厂区地图吗，给我看一下。"

那人愣了愣，语气不太自然地解释说："那边就是一些破房子，原来让工人们休息用，后来我们自查整改时发现不符合消防安全规定，就空出来了。"

孔易真哦了一声，向前继续走，可走了几步，她又停下："还是过去看一看吧。"

见一群人又要跟来，她不由得顿步，转身阻止道："又不是慰问工人，不用来这么多人吧。李经理，你能和我过去看看吗？"

孔易真朝队伍末尾那个表情漠然的年轻男人发出邀请。

他似乎没想到孔易真会主动叫他，所以眼神很是惊诧，不过，也只是一瞬，便又恢复了之前的样子，走出队伍，回了声："好！"

孔易真和他拐入岔路口，默默地朝前走。

他的步子沉稳、有力，可是给人的感觉，却不容易亲近。

"我们之前是不是见过面？"孔易真主动开口问道。

他又是那副诧异的表情，看着她，浓黑的眉毛，微微蹙起，似是在记忆里努力搜寻着什么。

最后，他摇摇头，说："应该没有。"

孔易真淡淡一笑："我觉得也是。"

是啊，世上哪有那么巧的事呢。

很快，他们便走到了已经荒废的职工宿舍区，从窗口朝房子里望去，果然，除了一地凌乱之外，再也看不到一丝人影。

孔易真在职业病的驱使之下，还是认真检查了这片区域。

不看不知道，一看吓一跳。

她被那些触目惊心的消防死角和胡乱搭扯的电线和火源隐患吓出了一身冷汗。

想到这里就是防火工作重中之重的大型化工厂，她更是被那可能出现的可怕后果乱了心神。

不过，万幸的是，这里已经不住人了。

看来，化工厂的领导们还是非常重视厂区的消防工作的。

她慢慢地吐了口气，平定了一下心情，谁知转头的瞬间，却撞到一双黑黝黝的、藏有无数复杂情绪的眼睛。

他似是来不及躲闪，就这样和她的目光撞上了，然后，略一停顿，他转开视线，低声说了句"走吧"，便率先迈开步子，离开了这片荒芜的地方。

孔易真看着他的背影，心里忽然升起一种异样的感觉，她小跑几步，跟上他："你……你是不是有什么话要对我说？"

他蓦地顿住脚步，紧随其后的孔易真差点就撞上他的脊背，她本能地闪避，可是脚却被一块凸出的石头绊住了，眼看着身体重心偏移，就要跌倒，这时，一双结实有力的手臂忽然捞住她纤细的腰肢，硬生生地把她拽了回来。

"小心！"他的黑眸沉沉地望着她，低声提醒。

因为肢体碰触带来的尴尬和紧张感，在他礼貌地扶正她之后，便慢慢地消散了。

察觉到他的视线还停在她的脸上，她不由得面色一红："看什么呢，我脸上又没有花！"

他挪开视线，语气很淡地说："抱歉。"

这一插曲使她忘记了之前想要问什么，待走出去和等候在那里的一群领导们会合后，他便又自动走到了队伍末尾，不再和她同行。

检查厂区没有预想中那么烦琐和艰难，冯利在后半程几乎黏在她的身边，寸步不离，他主动担当起向导和解说员的工作，向她详尽地介绍厂区新配的消防器材，以及正在建设中的防火一期工程，并且在她质问冯利为什么把那么危险的宿舍放在厂里中心区时，冯利干脆痛心疾首地认起错来，他拍着胸脯保证，他马上就联系施工队把那片宿舍区给拆了。以后，也绝不会在厂区里建什么员工宿舍了。

孔易真暂时没抓到冯利的错处，但不代表，她就没有发现一点问题。

空气中散发的刺鼻臭味，使她提高了警觉。她问冯利怎么回事，冯利回答说是前两天大地震时排污管道破裂所致。

孔易真就想去看一看现场的情况，不想被冯利拦住了。

"管道在山上呢，路也断了，污水横流的，别弄脏了孔参谋的衣服！"冯利精明的目光扫过孔易真身上簇新的军装。

孔易真只好作罢。

毕竟，污染物什么的，只要不触及消防，她可以不用管。

冯利的过分热情令她十分厌烦，以致快结束的时候，她的头部又开始隐隐作痛。

最后，她坚决拒绝了冯厂长请他们吃饭的美意，而是选择和林工立刻返回市区。

在送行的人群里,她再次看见了姓李的安监部经理。

他叫李成勋,冯利厂长特意把他拽到她的面前,向她介绍这位年轻有为的安监部经理。她抬起头,撞上了李成勋的目光。

这个男人总是给人一种说不出的神秘感,他的眼神复杂深奥,神色古怪,像是有很多的话藏在心里却无法说出口的感觉。

车子还是走远了。

人群慢慢散去,厂区门口,只有李成勋和冯利还并肩站着,望着渐渐远去的车子,变成一个黑点,最终消失无踪。

"怎么,李经理还不甘心,想要去揭发我吗?"冯利一扫之前猥琐谄媚的模样,精明的小眼睛里,泛起一丝凌厉。

李成勋抿着嘴唇,懒得看冯利一眼。

冯利习惯性地摸了摸平塌的鼻梁,讪讪笑道:"我知道李经理不会的,今天你的表现就很好嘛,我看那个美女参谋,对咱们厂倒是挺满意的。"

"满意!"李成勋冷淡一笑,叱责道,"这不都是冯厂长你的功劳吗,这下,你可以安逸了。"

冯利笑容转沉,他上下打量着李成勋,又伸手,掸掉李成勋西装上的一丝灰尘:"安不安逸我不知道,倒是李经理,可以安逸地送你父亲去动手术了!"

李成勋面色一寒,瞪着冯利,咬牙切齿地骂道:"卑鄙!"

他的父亲在手术当天,被通知延迟手术,他知道是冯利背后那股子势力在操纵的时候,恨不能冲过去和他们同归于尽。

可是,在残酷的现实面前,他只能选择退让,父亲再也经不起折腾了,作为人子,他不能不孝。

冯利摸着鼻子阴笑:"这就是你不听人劝的后果,现在你知道金书记的厉害了吧!他若是想要捏死你,哪里需要亲自动手呢!李经理,我是真把你当朋友,才提醒你,莫要自视太高,毁人伤己!"

"还有今天来厂里检查的人,你也看到了。除了孔家千金有点脾气之外,那个林工,根本就是我们早就打点好的。"冯利捅出了惊天秘密。

李成勋慢慢转过视线,不可思议地盯着冯利:"你是说……检查组,你们也掺了一脚?"

冯利嘿嘿冷笑:"那是自然。本来今天来化工厂检查的应该是那个最迂腐、最不识时务的冯小海,冯中尉,可是,就在昨天,他被一道指令,直接发配到震区去了!"

"难道,消防支队的领导,你们也……"李成勋不敢深想下去。

"那倒还没有。孔参谋的爹,可不像他闺女这么好糊弄!"冯利嘿嘿冷笑说。

· Chapter 33 ·

竟然被埋了

漆黑的废墟之下，只有很小一个空间能够供人挪动身体。

米果费力地朝前蹭了蹭，声音抑制不住地颤抖："你还在吗？宋医生！"

叫了两声，她终于听到左前方的位置传来一声虚弱的回应："在！我还活着！"

米果悬着的心扑通一下落到实处，可是鼻子里却蹿起一股子酸胀的滋味，她的声音不由得变得哽咽："太好了！太好了，我们都活着！"

就在几分钟前，她正在一幢旧楼里就地整理遇难者遗体，医疗队的宋清远医生过来找她，为她复诊，两人正在说话，突然间地动山摇起来。余震来得太过猛烈，太过突然，他们只感觉房顶和脚下一晃一晃的，之后，就被坍塌的楼板压在下面了。

幸好，宋医生还活着。

"米果，你有没有受伤？出血呢？摸摸身上，有没有疼痛区！"宋清远在黑暗中摸索着向前，想找到和他一起被埋的姑娘。

米果摸了摸身上各个部位，确认未受伤，她向声源靠了过去："我没事，宋医生，你呢，有没有受伤？"

宋清远含混地应了一声："还好。"

其实，在刚才的余震里，他的右脚踝被楼板猛地砸了一下，剧痛钻心，他刚刚摸了一下，应该是骨折了。

不想让米果担心，他一边强忍着痛楚，一边朝前方匍匐爬行，终于，他在黑暗中，触摸到了米果的手指。

两人同时松了口气，米果让出身边的位置，让宋清远靠坐下来。

陪伴，给了他们生存的信心和勇气。但是，米果觉得愧疚不已，毕竟，宋清远是来看她才深陷危险之地。

"对不起啊,宋医生,连累你了。"

宋清远喘了几口粗气:"这会儿了,还说什么连累不连累的。"

但他心里也有疑问:"米果,那你这些天就是在这样复杂多变的危险环境中工作的吗?"

米果嗯了一声,说道:"挖出来的遇难者需要尽快处理后移交出去,有些遗体损毁严重,见不得风雨,所以,只能就近选择较为完整的旧楼作为处理地点。"

"哦,那你不害怕吗?几乎每天都有余震,你就不怕把你砸在里面!"宋清远问道。

米果在黑暗中无奈地笑了笑:"后来想想也挺害怕的。可工作起来就忘了,我就想着死也不能丢下遇难同胞的遗体,只要我还活着,就要把他们带回到亲人的面前。"

宋清远望着根本看不清面容的漆黑的方向,凝视了很久,才喟叹出声:"你和岳渟川还真是绝配!"

他万万没想到,和米果的第一次见面,就给了他一个大大的惊吓,不仅仅是她的特殊工作,还有这次突如其来的余震。

米果在黑暗中傻笑:"宋医生,你和岳渟川是怎么认识的啊?"

宋清远想了想,说:"病患?朋友?"

他自己也拿不准了。

起初确实是单纯的病患关系,可当他发现岳渟川就是当年救自己出火场的恩人之后,再加上那场突如其来的大地震,他们之间便自然而然地生出了一种惺惺相惜的珍贵友情。

令宋清远更没想到的是,他和岳渟川竟然会在震区重逢,而他,这位冷峻酷帅的铁血英雄,竟会为了心爱的小女友,深夜找到地点偏僻的医疗队,找他拿药。

他今天的任务原本不在此,可是为了能让岳渟川安心,他还是绕路过来为米果复诊。

他也有一丝好奇,因为他实在想看一看这个能让铁血队长动了七情六欲的女孩子,到底是何许人也!

现在,他不仅见到了米果本人,还意外地发现了一颗隐藏在平凡外表之下纯净善良的心。

这样的女孩子,才配得上他的恩人。

米果闻听一愣:"病患?岳渟川病了吗?"

宋清远嗯了一声，犹豫着要不要告诉米果。

他最后还是说了。

"岳淳川患有神经衰弱型重度失眠症，简单地说，就是睡不着觉！"宋清远解释。

米果讶然半晌，情绪失落地说道："怪不得他的眼睛总是红的。我还以为他是因为工作熬夜。我可真笨，连他病了都没发现。"

"这怎么能怪你呢？他那样硬如钢铁的一个男人，打死也不会把他的弱点暴露给你们看的。"宋清远嗟叹道。

感觉到身边的米果突然间沉默下来，半天都不发一声，宋清远不禁有些后悔自己的冲动了，他是不是吓到这个心思单纯的小姑娘了，还有，她不会因为岳淳川得了病就不要他吧。

刚想说话，就听到米果的声音，带了一丝歉疚，但却依旧坚定地说道："不管他有没有病，他都是我最爱的那个人，我要帮他快快好起来。宋医生，你能帮我吗？"

宋清远愣了愣，随即，眼眶里有股子热热的感觉浮了上来。

他在黑暗中准确无误地找到米果那条黑亮的马尾辫，用力地揉了揉："我肯定帮你！"

"谢谢你，宋医生！"

"那我们说好了，这可是我们之间的秘密，谁都不能告诉岳淳川，好吗？"

米果郑重地答应下来，甚至，摸到宋清远的手指，和他约定盖章生效。

宋清远被她的孩子气逗笑了，就连脚上的病痛都似乎轻了几分。

想到目前的处境，他又不免开起了玩笑："我们能出去吗？竟然想得那么久远。"

"一定能出去的。岳淳川最近总跟我说，如果遇到余震被埋后一定不要惊慌，要沉着、坚定生存的信心，相信会有人来救你，要千方百计保护自己。"米果努力搜寻着记忆，继续说，"他还说要时刻保护呼吸畅通，挪开头部、胸部的杂物，闻到煤气、毒气时，用湿衣服等物捂住口鼻。还有，还有要避开身体上方不结实的倒塌物和其他容易掉落的石块，扩大和稳定生存空间。如果实在找不到脱离险境的通道，就要尽量保存体力，用石块敲击能发出声响的物体，向外发出呼救信号，不要哭喊、急躁和盲目行动，那样会大量消耗精力和体力，被埋的人员要尽可能控制自己的情绪或闭目休息，等待救援人员到来。如果……如果……"

正说着，大地一阵晃动，他们所处的空间再次震颤起来。

这一次，不等米果发出惊呼声，宋清远就扑了过去，撑在米果上方，用身体为她竖起了一道墙。

废墟之上，那具岿然如山岳一般的巍峨身躯也随着大地的颤动，晃动了几下。

可他没有撤走,而是疯了似的,扑上去,一把抢夺过战士手里的铁锤,朝着坚硬的楼板砸了下去。

侯伟业用力捂住脸,强迫自己冷静下来,然后,冲上前去,一把抱住了岳淳川:"你先别急!生命探测仪已经探测到他们还活着,救援机械也马上要到了,你这样盲目消耗体力,根本无济于事。"

岳淳川赤红的眼睛,犹如灌了血一般可怖,他冷冷地瞥过侯伟业焦灼关切的脸,猛地一推他,重新抡起了铁锤。

侯伟业蓦地转开脸,朝着一旁的石柱,猛地挥起拳头,等再抬起来时,石柱上面已经沾满了鲜血。

王福祥一手擦着眼睛,一手操纵着切割机,他默默地祈祷,无数次地祈祷,米果、宋医生,求求你们都要活着,一定要活着!

岳淳川的整个意识都是麻木僵硬的,手臂的机械运动完全是自发的本能反应,如果他不这样做,下一秒,他就有可能会疯掉!

果果,他的果果,就深埋在这片刚刚坍塌的废墟之下。

和她一起被埋的,还有特意来为果果复诊的宋清远。

旁人永远也体会不到当时看到楼房坍塌时,他那一刻的绝望和恐惧,就像是坠入没有底的冰洞,整个人飘飘忽忽的,意识也完全丧失了。

他不敢去想那个可能,哪怕战士们告诉他,下面的人还活着,搜救犬仔仔也兴奋地冲他大叫,可他却恐惧得不敢上前,去看一眼那个冰冷的仪器。

他怕,会像之前救援失利消失的生命一样,失去他最爱的人。

一想到那个可能,他觉得心就像是被撕破了一道口子,汩汩地向外冒血。

痛彻心扉的极限,就是他,失去自我,失去理智,变得如同一个疯子一样,在战士们悲痛同情的目光里,做着平常根本不可能去做的傻事。

从兄弟部队借来的破拆机械一到,岳淳川就扑了上去,几十公斤重的机器,他一把就拎了起来,兄弟部队的战士不知道怎么回事,面面相觑之余,不由得赞叹赫赫有名的震区英雄果然名不虚传。

侯伟业实在看不下去了,他命令四五个战士把岳淳川强绑下废墟,岳淳川在底下怒吼,骂人,甚至几次挣脱四五个小伙子的禁锢,冲上废墟,可他再一次被侯伟业绑了下去。

侯伟业用膝盖压着被战士们捆住手脚的"野兽",他眼眶潮热,声线发紧,可还是冷静地说:"淳川,你这样蛮干下去,只会伤到米果和宋医生。如果你想救他们,救你最心爱的果果,就听我的,好好待在这儿,不要给我添乱!"

侯伟业说完就走了,可是走了两步,却听到身后传来一道沙哑哀求的叫声:"伟业……"

侯伟业停下脚步,却没有回头。

"求你,一定要救出他们。"

"果果还小,她会害怕……"

大约过了四十分钟,废墟中传来了振奋人心的好消息,救援战士听到了由内向外的敲击声和隐约的呼救声。

岳淳川再也按捺不住激动的心情,不顾一切地冲破阻碍,登上废墟。

他们根据敲击声很快便确定了米果和宋清远被埋的位置,由于楼体是二层以下坍塌,楼上两层还立在地面上,一味向下挖掘可能会造成楼梯新的坍塌和掩埋。在没有其他办法的情况下,岳淳川果断下令,要求战士们从顶层参照大致确定的掩埋方位向下挖出一个洞,并小心翼翼地将这个洞向下延伸。

借来的钻孔机械派上了用场,救援进度明显加快。

又过了一个多小时,敲击声越来越清晰,后来,随着咚的一声闷响,救援人员终于在废墟七八米深的地方,看到了被灰尘掩埋的一个人头,接着,又看到了一双迎风挥舞的双手:"我们在这儿!在这儿!"

熟悉的呼唤,犹如震人心魄的天籁之音,瞬间便染红了岳淳川的眼眶。

他顾不得脚下磕磕绊绊的砖头瓦砾,几个箭步,就到了坑洞边缘。

他紧紧攥住那双渴望求生的双手,语不成声地叫道:"果果!果果!"

宝灵县救灾医疗点。

几个挂有红十字的帐篷里早就爆满,多为外伤和骨外伤的灾民。那些伤势较重的灾民也要在这里经过抢救保命之后,才被转运到相邻地市的正规医院继续接受系统治疗。

宋清远就是这里的医生,不过他此刻却瘸着腿坐在手术帐篷外面,等候手术排号。

他的右脚跖骨骨折,其他部位未发现异常。

米果则全身无碍,洗脸梳头之后,又是一个活蹦乱跳的小丫头片子。

岳淳川在百忙中抽出时间送他们过来,但岳队长很明显就是假公济私,借公家便利行个人的方便。

自从他们被救之后,岳队长就没离开过米果,哪怕是一路背着她赶往医疗点,岳队长也一直关注着身边聒噪如小喜鹊一般的姑娘。

而对他这位劳苦功高的宋医生,为了报恩差点把生命交待在灾区的宋医生,岳队长却连正眼都不曾瞧过,这让宋清远感到一阵心塞。

差别咋就这么大呢!

小喜鹊靠在岳淳川的肩上,一脸感慨地说道:"岳淳川,我做梦梦到过刚才的场景,是真的!我梦到我被压在废墟下面,是你救我出来的。很神奇,对不对!我从来没想到梦也会变成现实!"

看到岳淳川朝身边聒噪的女孩投去温和宠溺的一瞥,宋清远的嘴角跟着抽抽了两下:"喂!小米同志,那你有没有梦到我啊!"

米果呆了呆:"好像没有。"

梦里只有她和岳淳川。

宋清远哼了一鼻子,不屑地说:"连男主角都没梦到,还谈什么准不准的!"

"拉倒吧,你还男主角呢,男猪脚吧!哈哈,哈哈哈!"米果咯咯笑了,她笑起来的时候眼睛弯弯的,月牙一样,照亮了这一方温馨的小天地。

在这样纯净明亮的笑容面前,谁也绷不住严肃的脸庞,宋清远握起拳头,在嘴唇上面压了压,然后,揉了揉肚子,苦着脸说:"不管是猪脚还是牛脚,我现在都能吞下去。小米米,能去帮哥哥们找点吃的吗?"

米果笑着说"好",正想起身,却被岳淳川拉住手:"我去吧,你坐这儿歇着!"

宋清远咳了两声,冲着岳淳川使了个眼色:"让她去活动活动,有利于肢体的恢复。"

岳淳川默默坐下,看着米果的背影消失不见,他才转过视线,看着宋清远:"宋医……"

"叫我宋清远!"

岳淳川看着表情渐渐变得严肃起来的男子,他正了正神色,说道:"宋清远,谢谢你救了米果。"

宋清远摆摆手:"谈不上救不救的,真要论起来,她似乎给予我的能量更多。你知道吧,你家果果可不是一般人,她的抗打击能力绝对甩我几条大街!"

岳淳川撇唇一笑,他怎能不知道呢,自从和米果相识相恋之后,他无数次受到她的影响,做了一件又一件以往连想也不敢想的"英雄壮举"。

譬如陪她逛夜市,譬如陪她在家门口的树丛里装花猫,譬如站在千人会场的舞台上,大声向她表白……

"我知道。但还是要谢谢你,真诚地感谢你,宋清远。"岳淳川深邃的目光里透露的全是诚恳。

宋清远摸摸鼻子,洒脱地笑笑:"行!你要真想谢,我就收下,不过,你以前救过我,一比一,咱们扯平,以后再见面,就不要客气来客气去的了,我不习惯。"

岳渟川点头,说"好"。

宋清远敛起笑意,目光重又变得严肃而又正式:"你应该看出来了,我是故意支开米果的。我就是想问问你,还准备把她留在这种危险的地方吗?"

今天经历的一切,如今想来却是天大的幸运。如果不是那么巧,倒塌的楼板恰好在他们周围设起了一道屏障,他和米果只怕已经……

仅仅是想象一下就令人不寒而栗的可怕后果,他不相信同样经历了生死考验的岳渟川会没有一丝顾虑,没有一丝恐惧。

岳渟川垂下眼睛,沉思良久,说道:"她应该很快就要回花江了。"

宋清远一愣:"真的?"

岳渟川点头:"指挥部已经知道了,相信上级首长们会做出正确的决定。"

宋清远颔首附和:"宝灵不比花江,这里不能出事,一出事就是严重的次生灾害。米果他们的工作环境太恶劣了,与其这样消耗时间和精力,还不如回到安全的地方。"

岳渟川默默无语,两人沉默了一会儿,忽然听到米果欢快的叫声:"让一让!麻烦让一让!多谢!请让让!"

远远地,只见穿着灰绿色户外登山服的米果端着两个大海碗,颤颤巍巍地朝这边龟速行进。

怕路人撞到她手里的碗,她就一路提醒着走了过来。

岳渟川赶忙起身,冲上前几步,接过她手里的海碗。

"这是一位热心的大姐特意为你做的病号饭。热汤面哦,还有葱花和鸡蛋丝呢,快吃吧,宋医生,这一碗归你!"米果指着冒着热气的海碗,对宋清远说。

宋清远看到热汤面,眼睛都直了,要知道,在灾区连方便面都是奢侈品,别说热乎乎滋润润的汤面了。

他没客气,接过碗筷来就津津有味地吃了起来。

米果把筷子擦干净递给岳渟川:"这是你的,快吃吧。"

岳渟川看看她,推回筷子:"你吃,我不饿。"

米果噘起嘴,不满地抗议:"怎么可能不饿啊,这几天你除了喝水,连一口饭也没吃过好不好。不行,今天我非要监督着你吃下去不可!"

岳渟川还想推辞,宋清远却撩起眼皮,劝道:"岳渟川,你就听米果的吧,瞧你那模样,过不了多久,不等你救别人,别人就该来抢救你了。"

米果呸呸两声，跺脚，怒视着宋清远："不许咒他！他答应过我会好好的，是不是，岳淳川？"

她转眸望着他，一脸期盼之色。

岳淳川无奈，只好拿起筷子，垂下眼睛，轻轻地嗯了一声。

岳淳川吃了一半，把海碗递给米果："我饱了。"

米果看看他，眼神里有疑问："你吃得太少了。"

宋清远那一碗料足味香的汤面早就进肚消化去了，他却只吃了这么一点点。

岳淳川摇摇头："足够了，胃还不适应。"

其实，这点面条也只够他塞个牙缝什么的，只是，在他吃面的时候，某人腹腔内发出的干扰音太频繁、太剧烈，以至于他和宋清远交换了无数次眼神之后，他才装作吃饱的样子，把半碗汤面留给了饥肠辘辘的米果。

米果将信将疑地看看他："真的？"

"真的。"他的表情无比认真。

米果无奈，只好接过碗来，呼噜噜地吃了起来。

岳淳川目光温柔地望着她，时不时地伸手过去，捻去她嘴角的面条。这个时候，米果就冲他露出月牙般的笑容，圆圆的脸上写满了爱意。

宋清远只觉得眼前的一幕温馨得要命，也扎眼得要命。

他忽然有些可怜起自己来了，孤家寡人了这么久，他是不是也该找个女朋友了呢？

岳淳川和米果在帐篷外面等着宋清远做完手术，才离开了医疗点。

刚走出帐篷区，就看到前方一道熟悉的身影，匆匆而来。

岳淳川的夜视能力很强，他看到来人，不禁顿步惊呼道："小海！"

来人，正是远在 A 市的特勤中队防火参谋冯小海。

冯小海见到岳淳川和米果，只是怔了怔，便露出笑容："可找到你们了。"

岳淳川诧异问道："你怎么到灾区来了？不是要下去检查吗？"

冯小海挠挠头："不知道，反正我接到命令就过来了。队长，我先声明啊，我可没有违反军纪条令啊，不信，你可以打电话回去问问。"

岳淳川神色不解地摇头。

冯小海冲着米果招招手："你好啊，小米果，听说你今天闹翻天了？"

米果嘿嘿一笑："往事休要再提，过去的事情就让它过去吧！"

冯小海和岳淳川对视一眼，嘴角都浮现出隐隐的笑意。

"啊！差点忘了，我和祥子一起过来的，他去那边找你们了，说是要向你报告好消息!"冯小海拍了一下头,说道。

"什么好消息啊?"米果好奇地问。

冯小海笑眯眯地看着米果,不紧不慢地说:"你啊,要回家了!"

没想到分别来得如此之快,甚至,她还来不及真正为心爱的人做些什么,她就要离开这个被苦难和悲伤洗劫过的地方了。

指挥部调派了专车送米果去另外一个通火车的城市,从那边直接返回 A 市。

李晶和王秀娜她们还奋斗在花江市抗灾一线,只有她,因为白天的惊险经历,被闫其昌副主任强制命令回家休养。

她不想走,最起码,不想以这种方式提前结束她在灾区的任务。

但是没用,尽管她央求岳渟川通过指挥部的电话联系到远在花江市的领队闫其昌,可闫副主任的语气照旧是斩钉截铁,不容置喙。

"米果,早点回家,我们很快也会回去的。"

米果只能接受现实,服从上级领导的安排。

岳渟川陪她回宿舍收拾东西,几十分钟后,去往附近城市的车辆会到宿舍区这边接她。

帐篷里很安静,岳渟川蹲在地上帮她收拾行李,她就坐在一边看着。

其实,她的东西少得可怜,三两下就收拾好了,他拉上拉锁,把行李包放在一边,坐下来,揽住了她的肩膀。

"傻瓜,回家不高兴吗?"他抬起她的下巴,目光灼灼地望着她。

米果心里难受,舍不得离开他,所以,他一靠过来,她的鼻子就开始发酸,眼眶也热热的。

她垂下睫毛,不想让他看到自己的眼泪,可他却偏不如她的愿,竟俯身过来,啄了一下她的嘴唇。

她的睫毛唰唰地开始抖动,过了片刻,她揪住他的衣摆,声音压抑而又酸楚地叮咛:"你一定要好好地回来。"

他的眸光直直地望着她,眼底的情绪流转,最终,叹了口气,抱她入怀:"好。"

她的肩膀在他的怀里轻轻地耸动着,呼吸也变得急促起来,他的心蓦然一痛,握着她的肩膀,想抬起她的头,谁知,她挣了一下,脸紧紧地贴着他的胸膛,声音也带着一丝无法遮掩的忧伤:"我等你回来,早点回来。"

他用轻柔细致的抚触,使怀里的女孩渐渐平静了下来。

他抬起她泪水涟涟的脸庞,小心地,无比珍贵地,亲吻着那一颗颗晶莹的泪珠宝石。

最后,他的唇滑向她微微开启的红色唇瓣,烫热的呼吸带着无穷的力量一股脑儿地灌入了她的心扉。

两人正忘情亲吻,忽然听到门帘一响,紧接着,就传来侯伟业的超大嗓门:"哎呀妈呀!来得不是时候!"

人刚退出去,就听到帐篷里响起一阵窸窸窣窣的衣料摩擦的声音,之后,是岳浔川沙哑无波的低喝:"滚进来吧!"

侯伟业摸了摸鼻子,拉着一脸莫名其妙的冯小海走了进来。

进门就指着表情无辜的冯小海:"是他要来找米果啊,可不是我!"

冯小海蹙起眉头,朝心虚地躲避着他视线的指导员瞪了一眼,心想,不是你着急忙慌地来找米果给嫂子带话的吗,怎么赖我头上了?

懒得跟侯姓指导员一般见识,冯小海点头,大大方方地承认:"米果,我找你有点事。"

他确实有事找米果。

岳浔川摸了摸还在害羞的小女友:"我去看看战士们,你和小海聊聊。"

说罢,他就走了出去,路过冯小海身边的时候,他低声叮嘱了一句:"悠着点,刚哭了一场。"

冯小海愣了愣,赶紧点了点头。

侯伟业看岳浔川出去了,亲亲热热地叫了声"果果",冯小海想说什么,却被指导员一记锋利的眼刀瞪了回去。

冯小海无奈地只能伸伸手,让出位置:"那你先说。"

侯伟业推了他一把:"还不出去!"

冯小海跺脚,含恨而出。

米果捂着嘴呵呵笑着,她看着神神道道的侯伟业,调皮地眨眨眼:"梅姐夫是不是要我给叶梅姐带什么好东西啊?"

侯伟业两手一摊,龇牙苦笑:"臭丫头,就别笑话你姐夫了,我这儿啊,除了空气,屁都没有!"

米果蹙了蹙鼻尖,嫌弃地说:"那你要和我说什么啊?"

侯伟业看着她,眼神间有些犹豫,似乎又有点不好意思,最后,他还是狠下心来,说:"你回去见到叶梅,告诉她……就说,我挺想她的,让她保重身体,等我回去!"

米果眨眨眼,表情精灵古怪:"就这些?"

侯伟业纳闷:"那我该说什么?"

米果哼了一鼻子,鄙视地瞪着不懂浪漫的侯伟业,训斥道:"怎么着,也得说声

'我爱你'吧。虽然这三个字老土了点,但用在婚姻和爱情里那可是百试不爽的金字箴言。梅姐夫,我是真的想帮你,才这么劝你的,你再考虑一下,真的不改了?"

侯伟业原本还挺不好意思的,可听了米果这丫头蛮有诚意的一番劝说,他动心了:"那就把挺想她,改成那三个字!"

"哪三个字啊?"米果假装听不懂的样子。

侯伟业老脸一红,嘴里含混不清地嘟囔了一句"我爱你",便掀开帘子,冲着外面,吼道:"冯小海,该你了!"

冯小海进来的时候,米果正揉着肚子哈哈大笑。

他隐约听到外面的侯伟业向岳淳川抱怨着什么,然后,外面也响起了浑厚低沉的笑声。

米果笑不可抑地冲他招手:"你也要我带话吗?"

她知道冯小海找她必定和曹娜有关,因为临行之前,曹娜向她坦白了自己和冯小海的恋情。

想不到,那个看起来沉闷邋遢的中尉参谋竟然把美貌如花的娜娜顺利拿下了!

他们在一起了,而且,很认真地在处对象。

冯小海这个人不会拐弯抹角,直接大方地承认:"我想让你带样东西给曹娜!"

米果想起刚才侯伟业两手一摊的无赖样子,不由得笑意更深:"带什么啊?"

冯小海从兜里掏出两张卡片,递了过去:"就是这个!"

米果呆了呆,借着外面的应急灯光看了看,发现面前摆着的竟是两张颜色相同的银行卡。

"你……你做什么!"她蒙圈了,让她给曹娜银行卡是几个意思啊?

冯小海朝前一递,径自把卡塞进米果手里:"拿着啊。"

米果跟捧着两块烫手山芋似的,丢也不成,还回去也不成:"冯小海,你干什么啊!"

冯小海摸着鼻子笑了笑,神色淡然地说:"没什么,就是想把我的财产全部上交给她。"

米果不可思议地瞪着他:"你疯了吗?娜娜怎么可能要你的钱?"

别人不了解曹娜,她还不了解一起长大的发小闺蜜吗?为了渣男友倾其所有,甚至不惜借钱买房的曹娜,怎么可能去要冯小海的钱。

"为什么不能要?我是奔着结婚的目的和她交往的,我的钱不交给她交给谁?再说了,我是个孤儿,在这个世界上没有亲人,现在到了震区,危险系数增大,万一,我是说万一我要是出了事,总还能帮到她一点儿。"

米果没想到外表看起来大大咧咧的冯小海，竟是个心细如发的大暖男。

他和岳淳川其实是一类人，他们都不会把那些虚头巴脑的东西挂在嘴边，而是始终如一地选择用实际行动告诉对方，他爱她。

米果爽快收好银行卡，吸了吸突然间变得发酸膨胀的鼻子，保证道："你放心，卡在我在，卡亡我亡，只要我平安回去，肯定把你的心意带给娜娜！"

冯小海忍不住笑了："说得那么吓人，你是回家，又不是增援震区。再说了，有句俗话不是说得好吗？大难不死，必有后福。今天你死里逃生，最起码，也要给你带来后半生的福气才行啊。"

米果眯着眼睛笑了："真的吗？那我就放心了！"

"当然是真的了！"

两人正说笑，岳淳川掀开帘子叫道："果果，车来了！"

米果的脸色倏然一变，她和岳淳川交换了一个眼神，然后，她就耷拉着脑袋拎起旅行包，一步一挪地走出了帐篷。

令她没想到的是，来接她的越野车旁，竟齐刷刷地站着两排消防特勤官兵。

他们静静地站在夜色中，一张张熟悉的面孔，带给她的除了震撼，就是数不清的感动。

尤其，岳淳川低声解释道："这是战士们的心意，我不好拒绝。"

当她听到这句话的时候，她捂住嘴唇，再也抑制不住激动的泪水。

她走到队伍前方，向奋战在抗震一线的最可爱的人，深深地鞠了一躬："谢谢大家！谢谢你们，大家一定平安回来，我会在A市为你们祝福的！"

完全就像是影视剧里的镜头，穿着橙黄战衣的勇士们，向她齐刷刷地敬礼："一路平安！"

米果到最后哭成了一个泪人，她被岳淳川牵着手送到车上，隔着车窗玻璃，擦拭着她脸上的泪水："只能送你到这儿了，果果，你也要好好的。"

"嗯，我会的！"米果擦了擦眼睛，努力挤出一抹笑容，"你还得答应我一件事。"

"什么事？"他望着她。

米果揪着他的袖口，漆黑澄澈的眼睛牢牢地锁住他的视线："你要答应我，一定要好好地睡觉。如果睡不着，就闭上眼睛想我，想我的好，想我的坏，那样的话，肯定就能熬过去了。"

岳淳川心中一颤，他的眸光转深，朝米果投去探究的眼神："你……"

米果笑着冲他摆手："我们不说再见！我在A市等你凯旋，加油，岳淳川！"

岳淳川点头，冲她挥手："好！"

越野车的车窗升上来，汽车轰鸣发动，很快驶离了夜色中的震区。

Chapter 34

隐秘的内情

二十四天后,米果在电视上看到了特勤中队从震区凯旋的新闻。

当时,米家正在吃晚饭,餐桌恰好对着电视屏幕,所以当主播声情并茂地述说着这支消防铁军在震区创下的一项项丰功伟绩的时候,米果强按住扑通狂跳的心脏,装作感兴趣的样子,端起碗,屁股在凳子上蹭了蹭,准备转移阵地。

"果果,女孩子吃饭要有吃相。"米妈妈扫了米果一眼,眼神凉凉的。

米果眨了眨乌溜溜的眼睛,低声哦了一句,可是视线还是被勾着一样,朝电视那边,瞥啊瞥的。

米爸爸也在看电视新闻,这时,他举起手,指了一下,说:"曹秀云,那不是咱们市的消防部队吗?回来了啊!"

米妈妈一听顿时来了精神,她忘了自己刚刚训斥过女儿吃饭不守规矩,竟也端起碗,小步趿拉着拖鞋,跑客厅关注去了。

米果自然是比她妈要心急得多得多,她紧跟着过去,连带着,米爸爸也把饭桌转移到了客厅的茶几上。

三个人围着电视看新闻。

边看边讨论。

"咦,那个帅哥怎么不出来?不是省市领导都过来慰问了吗,他是领头的,不出来接待不合适吧!"米妈妈一边啃着排骨,一边八卦着。

米爸爸看着妻子的眼神有点幽怨,语气中带了浓浓的醋味:"曹秀云,你够了!人家是小鲜肉,你是老腊肉,就算强摆在一处,也没有可比性!"

米妈妈的眼睛抽搐了两下,可是筷子头却落到了无辜的米果的额头上:"老腊肉怎么了,谁不知道老腊肉有嚼头,吃着香!倒是你,连老腊肉都算不上的干巴老头儿,没事干就吃饭,少插嘴,莫要打岔!"

"你——"米爸爸的腰杆刚一直起,米妈妈的筷子又一次准确无误地落到米果头上。

"我什么我!你还想翻天了,是不是!"米妈妈看不到帅哥,心气不顺,只是无辜的米果,成了夫妻俩的出气筒。

米果挨了几筷子却不觉得疼,她紧紧盯着电视屏幕,生怕自己错漏了重要的画面。

可一直到A市新闻结束,她也没等到要等的人。

可是,侯伟业和冯小海他们都在电视里露脸了啊,就连王福祥都被照了个大特写,冲着镜头笑得不要不要的,怎么,他,却没有出来呢?

正在发愣,额头又挨了一记:"你傻愣着干吗呢?到底是帮我还是帮你爸爸!"

米果揉着额头,蹙眉道:"中立可不可以?"

话音未落,就听到米爸爸和米妈妈的同声怒吼:"不可以!"

最终,米果选了米妈妈。

可就在米妈妈得意忘形之际,米果却冲着米爸爸挤挤眼睛,表示我和你还是一国的,别气馁哦。

米爸爸这才心满意足地继续开吃。

话题也得以继续。

不过重心却转到了米果身上。

"提起地震我这颗心还是慌得厉害,你说你这个死丫头,怎么能那么狠心,抛下我和你爸就走了呢!"米妈妈的每日一念开始了。

米爸爸弱弱提醒:"注意措辞,注意措辞,老婆!"

米妈妈瞪了他一眼,筷子又顺势戳到米果额前,米果吓得闭上了眼睛,可等了几秒,预想中的疼痛却没有发生。

撩开眼皮偷偷一看,她愣住了。

米妈妈早就收了筷子,看着饭碗里的米粒,神色怆然地说:"你个死丫头,宝灵是你去的地方吗?你有想过吗,你若是……若是遇到点三长两短,让我和你爸可怎么活!"

"妈妈。"

提起之前她从震区回到A市的那一幕,米果的心里还是充满了愧疚和感动。

下了火车,她顺着人潮走到出站口。

没等她明白怎么回事呢,身边一个和她一样提前回来的同事,便激动地扯住她的胳膊:"米果!你快看!横幅!"

她茫然抬眸,然后就被前方那红芒闪耀的横幅给镇住了:

绵薄之力　积沙成塔　携手同心　抗震救灾
向抗灾救灾的英雄们学习!
传递平安　传递希望!

一条条火红的横幅在火车站的出站口挥舞,闪耀。

米果揉了揉眼睛,几乎不敢相信眼前的一切是真的,紧接着,她在前方迎接的人群里,看到了一张张熟悉的面孔。

殡仪馆的领导,朝夕相处的同事,她的师傅,还有曹娜……

再望向旁边,她霎时就被钉到了地上,一步也挪不动了。

她看到了爸爸和妈妈,看到了米拉。

他们在她越过出站口栏杆的那一瞬间,就朝她狂奔了过来!

再然后,她就被……就被泪水潸然的米妈妈当着众人的面,"暴打"了一顿。

是真的打。

记忆里,妈妈从来没有像这次这样不顾形象,不顾及她的感受,毫不留情地把拳头巴掌都招呼到她的身上。

"死丫头!你这个死丫头,你吓死妈妈了啊……吓死我们了!"米妈妈一边打一边哭,到了最后,她一把搂住木桩似的女儿,大声痛哭起来。

米拉和曹娜也抱着她们,哭作一团。

米爸爸那天表现得很冷静,他没有训斥米果,更没有像以往那样把最疼爱的女儿抱在怀里,痛痛快快地哭一场,他始终是沉默的,望着那一群把泪水当成最大的褒奖和欢迎方式的人们,一直静静地站在远处。直到欢迎的人群陆续散开,现场只留下米家人和曹娜的时候,他也只是目光极深地盯了米果一眼,便转身大步离开了。

米果心慌忐忑,因为她知道,这才是米爸爸最可怕的地方。

每个人都有心理承受的底线,她知道,她这一次的任性,深深地伤害到了父母亲人。

米妈妈此后的表现还算正常。除了每日一念之外,米妈妈总会在起夜的时候,到米果的床边坐上一会儿,她也不说话,就是摸摸女儿熟睡中的脸庞,摸摸她的小手,才能踏实睡觉。

而米爸爸呢,就变得不那么正常了。

从回到A市的那一天起,米爸爸就开始接送米果上下班了。

可不是把她送到车站,看着她上车就完事的送,而是陪着女儿一起坐车,把她送进殡仪馆的大门才会挥手离开,而晚上,无论刮风下雨,无论她加班到多晚,米爸爸都会在殡仪馆大门外面等她。

要不是三天前,她用绝食的努力换回了人身自由,恐怕她就成了全馆的笑柄了。

不是不知道父母的心酸和担忧,正是因为在乎他们的感受,所以每次看到父母难过的样子,她都会更加难受。

眼看着好好一顿晚饭就要变成"批斗会",米爸爸敲敲桌子:"够了啊!都吃饭,吃饭,吃完饭不是还要看车吗?"

提到车,一家人来了精神。

米家买车主要源于米爸爸最近接送米果的辛苦,另外,并不算富裕的米家在相继供出两个大学生之后,经济压力减轻不少,年初两夫妻已经有了买车的打算。

吃完晚饭,米果打开iPad,找出米爸爸综合各方面数据和车友评价后选中的雪铁龙世嘉三厢轿车。

"这款车开起来厚实稳重,外观大气时尚,价位亲民,曹秀云,你觉得怎么样?"米爸爸说。

米妈妈不懂车,但是看到图片里色彩丰富拉风的轿车,她就觉得好:"我没意见,果果,你呢?喜欢什么牌子的车?"

米果比米妈妈还不懂车,她摇摇头:"随你们喜欢啊,反正我是坐车的。"

米爸爸瞥了她一眼,语气凉凉地说:"别想美事了。我已经给你和拉拉在吉祥驾校报了名,明年之内必须考到本本,知道吗!"

米妈妈也赞同:"现在还有几个人不会开车啊,就连找工作,驾照也是必填项了。我啊,是天生害怕捯饬那玩意,不然的话,我就跟你们一起去学了。"

米果戳着平板电脑的屏幕,小声嘀咕:"家里有一个会开的,不就行了吗?"

米妈妈耳朵尖,听到后顿时火大,她拧住米果的脸蛋,怒目相向:"死丫头,你想累死你爸啊!"

米果捂住脸,蹙眉吸气:"疼!"

"你不想学也可以,那你就领个会开车的男朋友回家来,这样,你就不用学了!"米妈妈说道。

米果眼睛一亮:"真的?"

好像他开车技术还不错吧。

米妈妈鄙视地瞟了自家闺女一眼："关键是，你能做到吗？"

"……"

米果目前还不能做到，因为，早该出现在米家的那个人，至今还没消息。

趁爹妈在客厅里热烈讨论车子的空隙，她穿上外套，偷偷地溜出了家门。

坐上公交车，她才意识到自己的行为有多唐突。

她根本不知道他回来了没有，就去锦湖路找他，万一扑个空，被战士们笑话，那她多没面子啊。

可因为之前的新闻里没有出现他的身影，她才一直心神不宁，与其这样在家里胡思乱想，还不如自己过去看一看。

到了特勤中队，看到熟悉的岗哨，她的心再次紧张起来。

迟疑了一下，她还是走了过去。

"同志，请问岳淳川队长从震区回来了吗？"

没想到和哨兵视线对上，两个人却同时愣住了。

"是你！"

"是你！"

正是米果送药遇到的那个哨兵。

他似乎知道了眼前这个姑娘和队长的关系非同一般，于是，短暂的惊讶过后，他正色答道："我们队长受伤住院了，你不知道吗？"

米果一下蒙了。

心怦怦狂跳，她颤抖着问："在哪家医院？他伤得重不重？"

哨兵还没回答，她的身后忽然响起一道熟悉的男声："米果？"

米果倏然回头，看到侯伟业的那一刹那，她的眼眶一下子就被鼻间腾起的热潮烫得发红。

几步跑了过去，抓住侯伟业的胳膊："梅姐夫，岳淳川受伤了是不是？他住在哪里？！"

侯伟业就是从岳淳川那边回来的，没想到刚到中队，就看到正和哨兵说话的米果。

看样子，这丫头是知道了。

侯伟业看了看神情焦灼的米果，说："你先别着急，岳淳川只是皮外伤，没有大碍。"

米果摇头："我不信，我不信！都住院了，还说没事。梅姐夫，快告诉我，他住在哪家医院，我现在就要去看他！"

侯伟业抿着唇,静默了一会儿,说:"住在第一人民医院外科一病区,不过,米果,在去医院之前,你……你能不能先和我谈谈?"

谈什么啊?

这个时候,不是应该快快放她走吗?

米果蹙起眉头,看着神色不太自然的侯伟业,心里感到很纳闷。

侯伟业抬手指着路边一家饮品店:"去那边吧。"

他先走了两步,看米果没有跟上来,于是回头等她:"就一会儿,不会占用你太多时间。"

几分钟后,米果捧着一杯鲜榨橙汁,心不在焉地喝着,对面的侯伟业不知道怎么了,居然把苦涩的咖啡当凉白开一样咕咚咕咚喝下去,也不嫌苦。

侯伟业的目光也是躲躲闪闪的,不敢和米果对视,他似是有很重的心事,几次张嘴想说什么,又表情痛苦地咽了回去。

米果猜测,侯伟业是不是闹家变需要她再次出手帮忙啊,毕竟,她之前捎话给叶梅姐的时候,叶梅的反应太过平淡了,不仅连个笑容都欠奉,甚至连正常地过问一下丈夫安危的话都没有一句。这实在是太不正常了。

谁知,侯伟业在一口闷了一杯咖啡之后,会向她主动提及一个人。这个人,就像是橙汁里漂着的一根迷迭香,霎时便坏了她的胃口。

"米果,我知道在我讲出下面的话之后,你肯定会恨我。因为,我是来劝你和淳川分手的。你先别惊讶,也别急着询问,听我把话说完。"

他顿了顿,手指摩挲着军帽上的帽徽,继续说:"我原本不该对你们的恋情指手画脚,毕竟,你的为人,你的性格,都是我和你叶梅姐非常看重和喜欢的。但是,米果,作为朋友,我却不得不站出来,为孔易真,讲上一句公道话。

"易真从小就喜欢淳川,淳川也从来都护着易真,他们两人青梅竹马,心意相通,早就被两家内定为心仪的儿媳和女婿人选。他们长大了就会结婚,这在整个消防大院几乎是个公开的秘密。易真对淳川情根深种,为了能够和他事业爱情齐头并进,她放弃了留京工作的机会,回到了A市,并且申请到风险系数最高的特勤中队工作。你知道吗,在回A市之前,她刚刚收到国家安全生产专家组的邀请。据我所知,她是迄今为止,这个国内最权威的专家机构里最年轻的受邀成员,收到邀请,这对一个年轻学者来讲,简直就是莫大的荣耀,比获得诺贝尔奖的概率还要小,可想而知,她是多么优秀了。你见过她,也和她谈过话,知道她是一个把骄傲看得比生命还要重要的女子。她那么骄矜自傲的一个人,却独独为了淳川,为了他放下身段,放弃一切成就,心甘情愿地回到A市和他长相厮守,你说,这样的女子,不该得到幸福吗?"

侯伟业看着面色煞白的米果,语气放轻了些:"当然,作为淳川现在的女友,你会质问我,淳川对易真的不是爱情,只是青梅竹马的兄妹情谊。可是米果,你虽然心思单纯,但是也应该有独立的思想,你和淳川交往的这段时间,难道,你就一点儿感受不到他在提起易真时,那种自然流露的亲密和默契吗?那不是你凭着几天的交往就能改变和打破的,他们之间早就形成了一种密不可分的关系,或许,淳川会为了你暂时动心,但是,到了最后,他还是会主动回到易真身边的。这就像是放风筝,淳川就是看得高、望得远的风筝,而易真就是那根细细的风筝线,虽然线细无力,有时会让风筝跑偏,但是她永远不会让风筝飞出她的视线,必要的时候,她就会收线,宁可捆住他的翅膀,也不会再让他离开身边了。米果,我今天劝你,是不想你到时被他伤得太重,毕竟,你还是小梅和我最喜欢的妹妹。"

米果抬头看着侯伟业,漆黑的眸子里像是藏了无数个受伤的黑色旋涡,令人不忍直视。

她咬了咬嘴唇,说:"我没想到你会跟我说这么多。梅姐夫,你能回答我一个问题吗?"

"你说。"侯伟业看着她。

"岳淳川……岳淳川他有没有和孔易真……和孔易真那个过?"这种事,她实在讲不出口。

侯伟业的眼皮颤了颤,幸好他是过来人,一听就知道这丫头问的,不是啵啵、抱抱之类无关痛痒的问题,而是男女之间最实质最亲密的碰撞。

他低头,沉思了几秒,然后,抬头望着佯装镇定的米果,说:"有过。"

米果的脸唰一下变得惨白,她闭着眼睛,身子晃了晃。

侯伟业的心也是怦怦直跳,他为了帮孔易真,竟然撒谎了。

谎言既出,已无挽回的余地,他只能含糊不清地开口劝慰道:"米果,这件事你知道就好,别去找淳川求证了,他那个人,脸皮薄,你真问了,或许,你们之间就再也没机会了。"

米果放下杯子,神情恍惚地站了起来。

"梅姐夫,我走了。"

"你去哪儿?这么晚了,我找车送你回家吧。"侯伟业也站了起来。

米果摇头,走了出去。

侯伟业赶紧跟了上去。

米果在街头拦车,上车的时候,侯伟业扶了她一把:"小心!"

米果对司机说了地址,侯伟业心中一惊,赶紧拉住车门:"这么晚了,你还去医院做什么!"

"我想过去看看他。"米果说。

侯伟业欲言又止,挣扎了几秒,说道:"她在那里呢。你去——"

米果回眸冲他笑了笑,很让人精神崩溃的那种微笑,她说:"没关系,我能受得了。"

侯伟业看着出租车消失的方向,巨大的负罪感让他忍不住猛薅起自己的头发。

"对不起,米果,对不起。"

侯伟业知道,这是他最后一次帮孔易真了,真的是,最后一次。

第一人民医院。

外科一病区七号病房,是一个安静的双人间。

最近,震区的病号陆续转来,医院病房紧张,孔易真托了妈妈的朋友,才包下了这间病房。

病床上的男子还在熟睡,她放轻手脚,小心翼翼地走到盥洗室清洗晚上带来的水果。

尽管水声放得很小了,可等她出来的时候,还是看到了岳渟川深邃漆黑的眼睛,正默默地望着她。

孔易真被吓了一大跳,抚着胸口小跳了一步:"吓死我了!你醒了怎么不说话?"

她把一串葡萄和两个新疆香水梨放进果盘,然后俯下身子,手掌贴上他的额头。

岳渟川浓眉紧紧蹙着,脖子下意识地一转,避开了一些角度:"我不发烧。"

孔易真丝毫不介意他恶劣的态度,强按住他的额头,试了试体温,才满意地拿开手:"真的不烧了。"

她看看表:"该换药了,我去叫护士。"

岳渟川说不用,便伸手去按头顶上方的呼叫器,可是孔易真却抢先一步按住他的手:"还是我亲自去,我买了些水果,正好带给护士站的护士。"

"需要这么麻烦吗?"又是送水果,又是送化妆品的,好像他住的不是医院,而是监狱。

孔易真撩了他一眼,说:"现在的社会讲究的是人情,我这么做,还不是想让她们对你好点儿。"

岳渟川拧着眉心:"医风都是被你们这些人惯坏的。"

"我也可以不用惯着她们,甚至可以不用过来操这份心,可是,岳大队长,你确定,要我通知杜阿姨过来伺候你吗?"孔易真说。

岳淳川紧抿着嘴唇,脸色不太好地转过头去。

孔易真笑了笑,拍了拍他的手背:"我去了啊,你乖乖地给我躺着,等换了药,我就给你切水果吃。"

很快,一脸灿烂笑容的值班护士就和孔易真有说有笑地进来了。

护士的态度好得不得了,就是让岳淳川脱裤子上药的时候,出了点麻烦。

岳淳川是钢筋贯穿伤,在右腿靠近腹股沟的位置,当时他手术的时候,受了很大的罪才拔出来,从震区转回A市,他以静养为由谢绝各类采访,甚至没有通知母亲和小姨,就连他最爱的米果,也被他列在拒绝联系的名单里面。

原本他只是想平静隐秘地度过这段时光,谁也不想麻烦,可孔易真却硬是从孔舒明口中打听到了他的住院号,第一时间便赶了过来。

最近几天,他的饮食和生活基本上都是孔易真在打理。

护士已经在准备消毒程序,却被匆忙赶过来的同事叫走了,说是九号病房的病人出现了紧急情况,住院医师要求全体值班护士过去处理。

岳淳川的右手臂也受了伤,虽然不算太严重,可活动起来多有不便。

脱裤子也成了力气活,这让岳淳川深感挫败和懊恼。

可他好不容易脱下裤子了,护士却跑了,这是个什么鬼!

到底还是遂了孔易真的心愿。

由她这个编外护理人员亲自为岳淳川换药。

"喂!你是上刑场吗?怎么那副表情!噢,我知道了,你是不好意思吧。这有什么呢,你忘了,小时候你骑车带我摔了,屁股被树枝刮破,就是我给你上的药。你身上哪个部件是我没看过的呢,还扭扭捏捏装纯情。拜托,这要让人看见,还不毁了你英雄的名声!"孔易真似笑非笑地瞪了岳淳川一眼。

岳淳川似是想起了幼年时的记忆,脸上紧绷的表情缓了缓。他揭过被单盖住重要部位,然后,松弛了肌肉,低声说:"我没忘。我还记得你偷了刘阿姨的急救箱,手忙脚乱地给我上药,着急之下,竟还打翻了一瓶红汞。"

孔易真扑哧一声笑了,她嗔怪地抬眸,看了岳淳川一眼,说:"是啊,是啊。一瓶红药水都洒你屁股上了,吓得我们当时都傻了!你还哭了,记得不,你说你妈妈肯定会揍死你的!"

忆起有趣的童年往事,岳淳川的目光里便透出一丝难得的柔和,他看着低头专心致志为他消毒清创的孔易真,语声感慨地说:"一转眼,我们都已经成人了。易真,你是一个很好的女孩,从小到大,你无论是对我,还是对岳家,都付出了很多。我一直都很想对你说声谢谢,谢谢你,易真,我为有你这样出色优秀的妹妹感到庆幸和自豪。"

孔易真的手蓦地一抖,蘸了碘酒的棉签落下去的时候,便失了力道。

岳淳川的眉头一蹙,但还是忍住了,他知道,有些话到了必须挑明的时候,如果他再任由这种暧昧不明的状况持续下去,最终,受伤最重的,只会是他不想去伤害的人。

"易真——"

孔易真唰一下抬起头,脸色苍白地打断他:"你要是想劝我放弃就免了!淳川,你了解我的心思,我根本不想做你的劳什子妹妹,我要的是什么,你应该比我更加清楚!"

岳淳川蹙眉看着她:"可我只把你当成妹妹看,无论是从前,还是以后,你都会是我的妹妹,这点永远也不会变!"

孔易真眼神极其复杂地望着他,只看了一秒,就低下头去,继续之前的动作,仿佛没有听到他说的那些话。

岳淳川叹息一声,想说什么,终是咽了回去。

护士进来的时候,孔易真已经给岳淳川换好药了,护士连声道歉,看了包扎整齐的绷带之后,又惊赞了孔易真一番,没想到她的护理技术这么好,绑扎的结扣比专业人员都要漂亮。

孔易真心思暗沉,笑了笑,也没接话。

收好药具,护士环顾四周,忽然问病床上的岳淳川:"你不是有客人吗?这么快就走了?"

"没有啊!"岳淳川讶然回道。

护士一愣,拧眉想了想,说:"就是一个年纪不大的小姑娘,到了护士站就问岳淳川住在哪间病房。我正好在那儿取医生要的报告,就告诉她了。她没来吗?奇怪。"

"是不是二十三四岁,脸圆圆的,扎着一条马尾辫,笑起来模样甜甜的?"岳淳川支起身子,焦急问道。

护士连连点头:"就是,就是。我看她挺着急的,以为是你家亲戚,就告诉她房号了。"

岳淳川的心咯噔一沉,他再也顾不得其他,扶着床沿,就要跳下床。

"你做什么,你还不能下地!"孔易真吓了一跳,按住他想要阻止。

岳淳川扶着床头,视线冷峻地瞥向她:"手机还给我!"

孔易真面色一白,咬着唇,摇头:"我不给。"

岳淳川一把挥开她的手,不顾护士和孔易真的惊呼,竟摇摇晃晃地站了起来。

伤口处传来撕裂般的剧痛,可他像是没有知觉一般,甩开两人,朝外面踉踉跄跄地走了出去。

刚走到门口,身后突然传来一道悲愤绝望的嘶吼声:"给你!给你!全都给你!岳淳川,我不要了,连你,我也不要了!"

岳淳川就觉得后背一疼,紧接着,是物体坠地发出的闷响,再然后,是他被一道身影用力撞开,门被拉开,人冲出去,又是一声巨响。

病房瞬间便陷入一片死寂。

护士被吓傻了,她直觉自己干了件蠢事,不可饶恕的蠢事。

米果到家的时候,父母已经睡了。

她的房间开着一盏小灯,是米妈妈怕她看不清路,特意为她留的。床也已经铺好了,就连她的小熊也摆在了枕头一侧,等着它的主人回来。

米果关掉小灯,脱鞋,双手抱膝坐在床上,望着一屋子的黑暗发呆。

她的脑子很乱,眼睛发涩,但是始终流不出泪来。从病房的小窗户里看到那刺目锥心的画面之后,她就是这样的状态了。心乱,脑子更乱,再加上侯伟业的那番话,她觉得自己快要不能活了。

怎么可以这样呢?

岳淳川,你怎么可以这样对我!

到底谁才是你的女朋友?你受伤了,为什么不第一时间告诉我,而是让我最介意的孔易真去照顾你呢?

还是,你觉得她才是最适合你的人,毕竟,你们有过那么美好的、美好的初恋时光。

可你不喜欢我了,不是应该告诉我吗?还是你觉得愧疚,说不出口,就连打个电话也不肯了,是吗?

一阵阵的委屈和愤怒朝脆弱的米果狠狠袭来。

她撇撇嘴,僵硬的手指动了动,松开,摸出口袋里的手机。

屏幕已经黑掉了,想必是她在医院强忍委屈的时候不小心关掉的,她按下开机键,牙齿习惯性地去咬下嘴唇。

"哒——"

好痛!

她眨了眨眼,压住鼻腔里酸涩上涨的潮气。

开机铃声过后,屏幕亮了起来。

还没等她反应过来,嘀嘀嗒嗒的短信提示音和微信消息提示音便响彻了整间小屋。

她吓了一大跳,下意识地把手机塞进被子里,低声急切地警告:"别叫!不许叫!"

可是手机依然在叫,她手忙脚乱地摸黑把音量关小,出了一身冷汗,世界才重新安静下来。

她低低地喘息着,小心翼翼地掏出被窝里的手机,点亮屏幕。

然后,她就傻掉了。

一整屏的信息内容都被一个人霸占了。

"果果,你来医院了?"

"我找遍了整个住院部大楼,都没有找到你,你在哪里?"

"果果,不要逃,我在找你!"

"孔易真的确在照顾我,但不是你想象的那种关系,我只是把她当妹妹看,如果还是让你感到不舒服,那我和她以后就是单纯的同志关系。"

"我爱你,果果,快接电话!"

"……"

最后一条信息是几分钟前发来的。

"我在你家楼下。"

米果愣怔了几秒,突然,扔掉手机,赤脚跑向窗台。

深夜的窗外,枝繁叶茂的大树遮挡住视线,她擦了擦窗玻璃,试图看清下面的人,可是黑乎乎的,她什么都瞧不见。

她转身跑出房间,赤着脚,一路跑到门厅,胡乱穿了一双拖鞋就拉开大门跑了下去。

楼道里漆黑安静,随着她嗒嗒嗒的脚步声,感应灯亮起,一楼邻居家守门的老猫也发出喵喵的叫声。

她一路狂奔出来,午夜的小区幽静宽广,她茫然四顾,在原地转了几个圈,突然,她看到了几米开外,正朝她蹒跚移动的高大身影。

她愣了愣,随即,眼圈就红透了。

"岳渟川——"她低低地叫了一声,就朝熟悉的人影扑了过去。

是他!

真的是他!

全世界,就只有他一个人,也仅仅只有他一个人的怀抱,才会带给她如此安定的感觉。

"岳淳川！"

"岳淳川！"

"岳淳川！"

你怎么来了！你怎么来了啊！

好想哭，怎么办！

她的双臂勾着他的颈项，面颊深深地埋在他的胸前，眼睛里一波一波的水汽，浸透了他的衣服。

"为什么不接我的电话？"他的大手牢牢按住她的后脑勺，低哑的嗓音里有着按捺不住的心慌和颤抖。

他吓坏了。

这一路上，他做了最坏的打算，甚至，做好了去敲米果家门的准备。

一想到他的果果在为他伤心，对他感到失望，他便一刻也等不了了。

终于，米果抬起头来。

她漆黑漂亮的眼睛里还满是伤心和难过，但是她却第一时间扶着他的腰，关切地询问："疯了吗，你？你的腿怎么能走路呢！让我看看，伤口有没有事！"

他的身上竟还穿着医院的病号服。

米果心中一紧，正要蹲下去查看他的伤势，却被他一把捞起，固定在怀里，紧紧地，不让她动。

他低下头，深邃的黑眸锁住她宝石般的眼睛："我爱你，果果。这辈子，只爱你一个人。"

她愣住，目光直直地望着他。

"我不告诉你，是因为我不想让你担心，这和爱不爱你没有任何关系。孔易真会在医院，是她用了点小手段故意留在那里的。让你产生误会，全都是我的错，对不起，果果，是我没能给你信心，让你受委屈了。我保证，今后这样的事不会再发生了。相信我一次，最后一次，好不好！"岳淳川目光炯炯地说道。

米果的嘴唇哆嗦了一下，眼眶里涌出大颗大颗的泪水。

她抬起手臂，打了岳淳川胸口一下，又一下："你保证——"

"我保证！用军人的身份向你保证！"岳淳川抬手去卸军帽，却摸了个空。

他低头，苦笑道："果果，用我后半生的幸福作保，你愿意，再相信我一次吗！"

米果的心里早就相信他了，可没等她表态呢，身后突然传来一道她熟悉到骨子里，几乎每天都要聆听无数遍的吼声："米果——你在干什么！"

Chapter 35

下一次机会

深夜的医院。

空气中散发着食物的香气，从门诊楼投射过来的灯光映在孔易真的脸上，影影绰绰的，显得这一处角落格外僻静。

李成勋用手推了一下一次性餐盒，语声淡淡地提醒："就要凉了。"

孔易真神色怔忡地转过头，瞥了一眼夜色中眉目淡淡的男子："你拿走吧，我不会吃的。"

李成勋看看她，没有说话，也没有动。

她转过头沉默片刻，忽然开口道："你姓李，是吗？"

"李成勋。成功的成，勋章的勋。"

李成勋。她想起来了，就是这个名字。

"今天的事，对不起。我撞坏了你的饭盒，还麻烦你陪我这么久。"她这个人，素来不愿意欠人情，刚才的事，是个意外。

李成勋看她，湛然目光里透出一丝关切："你觉得好点儿了吗？"

孔易真点点头："好些了。"

刚才从楼上猛冲下来，气怒攻心，再加上低血压犯了，不小心就撞到了在一楼等电梯的李成勋。而她自己，也很没出息地晕了，若不是他及时相扶，她只怕就坐在饭菜上了。

原本可以等缓过来之后道歉离开，可不知为什么，在被他打横抱起来的那一瞬间，她突然间捂着眼睛，无声地哭了出来。

他很诧异，以为她难受，于是脚步更加急促地朝一楼住院部那边走。

她拉住他的胳膊,声音呜咽:"别去……我不想让人看到。"

不想让任何一个人看到她脆弱绝望的模样,就连他,也不可以。

最后,他就抱着她,一路抱着她,把她安置在这处僻静的角落。

他一直默默地陪着她,不管她是在捂脸哭泣,还是在怔忡发愣,他都一直陪在她的身边,没有走开。

他们的关系连朋友都算不上,可是,她却让一个陌生的男人看到了她最狼狈脆弱的一面。

发泄过后,总归是清醒了。

"你不是要送饭吗?为什么还不走?"孔易真鼻音浓重地问道。

李成勋摇摇头:"不碍事。"

孔易真用冰凉的手掌压了一下鼻子,站起身来:"快去吧,我没事了。"

李成勋看看她,动作缓慢地站了起来,他拿起水泥台上的食品袋,递过去:"血压低要吃东西才行。"

她抿了一下嘴唇,接过袋子,低声说:"谢谢。"

他单手插进裤袋,看了看她红肿的眼睛,迟疑了一下,说道:"我知道,你一定是受到了感情上的伤害,才会哭得那么伤心,那么绝望。我不太会安慰人,但我想给你一个建议,如果,我是说如果你和对方不合适,或者说你不能带给所爱的人快乐和幸福的感觉。"

他看着她,停顿了两秒:"那,还不如就此放弃。"

孔易真神色一变,看着李成勋的目光带了一丝疑惑和懊恼的意味:"你凭什么替我做决定!你又怎么知道我为何会伤心?"

李成勋淡然一笑,再次抬眸望向她的时候,眼里却闪动着了然和理解的光芒:"因为,我也曾像你一样,受过伤。"

孔易真蓦地愣住,她盯着他五官分明的清俊面容,反问道:"你也被人甩过?"

说罢,她的脸就涨得通红,心里懊恼得不行。

她在说些什么啊,这不等于承认她被人甩了吗?

李成勋没有嘲笑她,甚至在她脸红躲闪的时候,还笑了笑,转移话题,主动谈起了他的恋爱经历。

"算是,也不是。我曾经喜欢过一个姑娘,她是个非常好、非常善良的女孩。我曾无数次地想过我和她的未来,可由于种种原因,我最终还是放弃了她。那段时间,我的内心也是非常痛苦和彷徨,可就在我鼓起勇气,打算向她表白的时候,一个比我晚到,可是却先进驻她心灵的男人得到了她的爱情。我失败了,失去了她,也失去了向往幸福生活的能力。我曾一度特别痛恨我自己,痛恨我的迟疑,痛恨我的懦弱和自私,当我看到她和那个男人在一起的时候,强烈的嫉妒心使我发疯发狂。可是,渐渐地,我想开了。我在想,如果我从那个男人怀里抢回她,又会怎样呢?我能给她衣食无忧的生活吗?能给她那般单纯快乐的笑容吗?答案就摆在明处,那就是No。我给不了,我什么都给不了她,就连一个家,都是我目前的能力无法做到的。可这些都不是最重要的,最重要的,是她已经不爱我了。或者说,她从未爱过我,只是对我有着超乎朋友界限的朦胧的喜欢而已。她现在爱着的,只是那个比我优秀出色的男人,她的眼里,只有他,也只有他,能够带给她想要的快乐和幸福。"

李成勋目光炯炯地看着孔易真:"爱情里,从来没有先来后到,更不存在论资排辈这一说。爱了就是爱了,不需要遮掩和躲藏,我当初若是能够早早明白这一点,说不定……"

他低头,感伤地撇起唇角,笑了笑,说:"但凡一个人伤心彷徨,都逃不过名、利、情三个字,你这样年纪的女孩子,想必最后一种情况多一些。我冒昧猜中你的心事,你别介意,我不过就是倚老卖老,想用自身的经历和错误劝你一句,不如放弃。"

"放弃了,或许结果也不一定糟糕到了极点。说不定,放开心胸和眼界,你会遇到更适合自己的人呢?"李成勋说道。

这些话搁在以前,孔易真根本不屑于接受,就连听下去的耐性估计都没有。可不知为什么,今天,她却把李成勋讲的每一句话、每一个字都牢牢地收进了心底。

她低头沉思了片刻,抬起头,勉强勾了勾唇角,说:"你不是我,不会明白我的。不过,还是要谢谢你的分享。我要走了,你也回去吧。"

李成勋点点头:"一起吧,我还得再出去一趟。"

孔易真充满歉意地望过去:"对不起啊,弄坏了你的保温桶。"

"没事。旧的不去,新的不来。"他瞅着她的目光有些深奥。

李成勋非常绅士地拦了一辆出租车,护着她上车之后,才双手插兜,仪态欣然地目送她离开。

车子转弯的时候,孔易真不由自主地回头瞥了一眼,她看到路边那抹高大的身影,正转身向前方璀璨的灯火走去。

深夜。米家。

客厅里灯火通明,照得墙上那块买了十几年的石英钟锃光瓦亮。

时钟指向十二点零七分。

断了一半的秒针嘀嘀嗒嗒勤勉工作,生怕一不小心就打破了客厅里诡谲紧张的气氛。

耷拉着脑袋,一脸末日之象的米果居中坐着。

她的左手边,端坐着他们家说一不二,极具领袖气质的老佛爷——米妈妈。

她的右手边,端坐着他们家和稀泥功夫一流,偏袒闺女功夫一流的弥勒佛——米爸爸。

米果不敢吭声,连偷瞄一眼岳渟川的勇气都没有。

因为,米妈妈和米爸爸的手就掐在她的后腰眼子上,只要她敢给岳渟川甩一个暗号,那她这条小命,估计就要交待在沙发之上了。

"咳!咳咳!"一阵令人崩溃的沉寂之后,米妈妈终于发声了。

米果刚要抬头,就觉得左边腰眼上一麻,她身子一颤,头越发低了。

米妈妈面若寒霜,恨不能把对面那个胆大包天的男人给吞进嘴里,咬上几百遍才解恨。

这小子,以为这里是哪儿,居然敢搂着老米家的宝贝闺女在楼头表演十八禁。

不过,那小子也忒镇定了点吧。

从楼下被抓个现行,到强被押到楼上受审,他似乎就没抖过一下。

这怎么行呢!

就算他长得确实、确实帅得吓人了一点,也不能目无尊长吧!

米妈妈重重咳了一声,端起桌上的烟灰缸,重重地在茶几上磕了一下。

"咣——"

惊堂木的效果杠杠的,可惜的是,对面的那只没被吓到,反而身边一大一小两只同时抖了一下。

米妈妈狠狠剜了一眼自家没出息的两只,清了清嗓子,冲着对面穿着条纹病号服的镇定男人,问道:"你叫什么名字?"

"阿姨,我叫岳渟川。岳飞的岳,川渟岳峙的渟川。"

米妈妈愣了愣,小声嘀咕:"啥船艇岳池?"

米果赶紧狗腿似的提醒:"是川渟岳峙,是成语!唉哟——疼!"

她的后腰眼不无意外挨了一下。

米爸爸趁米妈妈收回手,赶紧帮闺女揉了揉。

米妈妈嗯了一声,继续问:"做什么工作的?怎么受伤的?还有……为什么半夜找我们家果果啊?啧!米祖春,你干吗,别打岔!"

米爸爸低声提醒道:"哎,我看他有点熟悉啊,老婆……"

"熟悉你个头啊!岳!岳船艇,你倒是说说!"米妈妈伸手,朝对面一指。

"岳淳川！妈妈，他叫岳淳川，不叫岳船艇！嗯——疼！"米果又挨了一下，眼眶都红了。

岳淳川见势不对，赶紧抢过话头，回答道："阿姨，您别罚果果了，都是我的错。我在消防支队特勤中队工作，前段时间去宝灵县抗震救灾受的伤，至于为什么半夜来找果果，是因为我做错了事，想求得她的原谅。对不起，打扰到你们了，真的，非常对不起。"

米妈妈眨眨眼，愣了愣，突然转头，和同她几乎一个表情模子里刻出来的米爸爸对视了一眼，又同时伸手，指着岳淳川，叫道："英雄！"

英雄的待遇果然非同一般。

不仅有水喝，有肉吃，还有新鲜红润的荔枝，被米妈妈剥了壳，一粒一粒送到英雄的，呃，英雄的手里。

米爸爸更是夸张，他发现岳淳川的裤子上有血渗出之后，立刻，马上，腾出客厅里最长的沙发，把岳淳川安置在上面，躺下。

"果果，快去拿药箱！"

米果搬来药箱，就看到岳淳川撑起半个身子，涨红了脸，躲避着米爸爸手下的动作，口中低声求道："叔叔，我自己换药就可以了。真的，不用麻烦您！"

米爸爸一摆手，强硬拒绝道："那怎么行，你是英雄，又是米家的客人，怎么能让你自己换药呢！"

米果冲过去，一把按住她老爹的肩膀："爸爸，还是我来吧！"

结果，是米果被米妈妈揪着耳朵关进了厨房帮着热鸡汤，而米爸爸，则充当起白衣天使的角色，为岳淳川脱裤换药。

米妈妈进了厨房之后，脸色就变得淡淡的了。她瞄了一眼心不在焉的亲闺女，语气凉凉地问："果果，你在和他谈恋爱？"

米果咬着嘴唇，迟疑了两秒，小声回答说："嗯，谈着呢。"

"他知道你是干啥工作的？"米妈妈搅了搅砂锅里的鸡汤，问道。

"知道啊。我和他第一次见面，就是在殡仪馆。"米果老实回答。

米妈妈愣了愣，随即，翻了个白眼，嘟哝道："还真是一对儿奇葩！"

米果没听清，皱着眉头问："妈妈你说什么？"

"哦，我说你们真是天生一对儿！"

米果羞涩低头，抠着光滑的橱柜，撒娇叫道："妈妈。"

米妈妈撇嘴，偷偷笑了笑，然后绷起脸，指着碗架，颐指气使地命令道："拿个碗过来。"

米果赶紧双手奉上。

米妈妈一边盛汤,一边用眼角的余光打量着跟她生活了二十几年的亲闺女,看到她眼角眉梢按捺不住的激动和喜悦,完全就是一个陷入爱情的小姑娘,她心中一酸,差点没把汤碗扔了。

虽说外面的小伙子凭着帅气的长相和无可挑剔的职业背景一下就征服了她和老伴的心,可她始终也想不通啊,岳船艇怎么会看上他们家小苹果呢!无论从哪个方面比较起来,果果都比他差上一大截儿,你说,这小伙子是不是逗他们家的傻闺女玩啊。

可是看他的表现和神态举止又不像。因为没有哪个男人会不要命地撑着病弱之躯半夜三更去女方楼下等一个结果。如果说起初她还有点怀疑他的动机的话,可等她看到他望着果果的眼神之后,一切弄不清楚的疑问都有了合理的解释。

岳船艇似乎爱惨了他们家的果果,从他被抓包之后的反应就能看出来。

可为人母总难免会为了子女的事情小心翼翼,如履薄冰,加上两人的条件比较起来太过悬殊,也由不得她多长了一个心眼。

"果果,妈妈问你个事。"

"您说啊。"

"岳船艇——"

"岳淳川,岳淳川,妈妈,我都跟您说几遍了,他叫岳淳川!"米果挠头,一脸崩溃地抗议。

米妈妈哼了一声,不满地嘟哝:"我愿意叫什么就叫什么,你管得倒宽!"

米果瞪着米妈妈,敢怒不敢言。

"死丫头,还没嫁出去呢,胳膊肘就朝外拐了,让我和你爸寒不寒心哪!"米妈妈白了米果一眼,数落道。

"那你要问我什么啊,是他的事情吗?"米果问。

"我听岳船——噢,是岳淳川,岳淳川,麻烦死了!我听他说,他家里就一个妈,是吧?还是个大学教授?"米妈妈问道。

米果点点头:"嗯,他爸爸是消防烈士,在他很小的时候救火牺牲了,他是他妈妈带大的,他妈妈是 A 大的著名教授,很厉害的!"

看自家丫头夸起未来的婆婆眉飞色舞的模样,米妈妈的心里泛起浓浓的酸意,她放下汤碗,用眼皮瞄了瞄闺女,从鼻子里哼了一声:"恐怕,人也挺厉害的吧!"

米果神色一呆,眼神闪躲地辩解说:"没。没有啊,挺好的。"

"没有?蒙谁呢,以为我傻啊!你看哪部电视剧里面的婆婆是好相处的?更何况,他是他妈亲自抚养成人的,她在家要是不霸道不强势,我这个'曹'字就倒着写!还有,果果,你跟我说实话,他为什么半夜三更站咱们家楼下?他说是做错了事,想求得你的原谅,到底是什么错事呢?是不是和他妈有关系?"米妈妈越说越来劲,越说越觉得就是这么回事。

米果一脸黑线地看着自家老佛爷:"行了,您猜的那些都不靠谱。我的事,我会看着办的,妈妈,您就别管了。"

米妈妈哼了一声:"懒得管你!"

米果拉开一道门缝,朝外望了望:"他们好了。"

看得正专心,屁股却是一痛,她回头,看到米妈妈横眉怒目地瞪着她:"还不滚出去!"

滚是滚出去了,可是客厅里的气氛却让人有些想打寒噤。

也不知道换药这会儿工夫岳淳川是怎么收服未来的老丈人的。总之,米妈妈一手端碗,一手拎着米果走出厨房的时候,就听到米爸爸声若洪钟一般说道:"今天晚上,你就睡这儿了!"

米妈妈的笑容僵在脸上,就连耷拉着脑袋的米果也猛地抬起头来,惊诧无比地盯着自家老爹。

岳淳川愕然半晌,赶紧婉拒:"这不合适,叔叔,我马上就回医院了。"

米爸爸难得强势一回,他按住岳淳川的肩膀,朝下压了压:"就这么定了!你的腿经不起折腾,今晚就在这儿睡,明天一早,我骑车送你回医院。"

"老米——"米妈妈叫了一声,没等说下文呢,米爸爸就回头指着卧室说:"拿床被子过来,夜里冷,别冻坏了小岳。"

小岳?

米果眨眨眼,和米妈妈对视一眼,同时搓了搓胳膊。

米爸爸硬拉着米妈妈回房间睡觉了,客厅里就剩下岳淳川和米果。

簇新的被子,是米妈妈压箱底的好货色,舍不得让她们姐妹俩糟蹋,却偏偏给了他,可见刀子嘴豆腐心的米妈妈对岳淳川是多么维护了。

岳淳川的神色还是怔怔的,看到卧室的门关上了,他才转过头来,眼神里带着一丝不可思议,轻声问米果:"我这算是过关了吧?"

米果瞅瞅他,伸手拍了拍被子:"你说呢,岳大队长!"

岳淳川笑了笑,拿过她的手,攥紧:"现在看你坐在我身边,触摸到你,我才觉得这一切像是真的。"

米果的心一热,翘起脸看着他:"我也是啊。刚才在楼下那会儿,可把我吓死了!

你不怕吗？我看你一直挺淡定的，见了我爸妈还知道叫叔叔阿姨。"

岳淳川低头看她，漆黑深邃的眼睛里，多了一种米果从未见过的情绪。

他抬起她的手，贴放在他的心口："果果，你摸摸我的心跳，就知道我那是装的。"

果然，手指下蓬勃跃动的心脏比平常快了好几倍，米果红着脸，感觉了片刻，忽然，抬起头，微嘟着嘴唇，朝他线条好看的唇角蹭了过去。

他的呼吸顿时变得急促，浓黑的睫毛垂下来，遮住眼底的汹涌。

"咳！！咳咳！"突然，前方卧室门传来响声，紧接着一道带着严重警告意味的咳嗽声惊醒了沉迷在情潮之中的鸳鸯。

米果像是被针扎到脚，噌地一下弹跳起来，低着头就朝自己房间走。

边走边打哈哈："好困哪，我要睡觉了，谁都别来打扰我！"

米爸爸瞪了自家没出息的闺女一眼，转头，看着沙发上强自镇定的男人，虎着脸走到电灯开关处，一把拍上去："睡觉！"

翌日清晨。

米妈妈像往常一样拉开卧室的门，打着哈欠伸着懒腰就出来了。

走了两步，突然意识到了什么，猛地收敛表情，朝客厅沙发望了过去。

眼前的一幕令她惊呆了。

她看到了什么？

印着小碎花的棉被叠成了教科书式的豆腐块，安安静静地待在沙发一角。客厅里没有人，但是厨房里却传来了隐约的响声。

她蹑手蹑脚地走到厨房门口，停下，朝里面张望。

她看到一抹高大的背影正熟练地挥舞着锅铲，在平底煎锅上做着匀速运动。随着嗞嗞啦啦的响声，煎鸡蛋独有的香味便弥漫在了清晨的米家厨房里。

米妈妈揉揉眼睛，再望过去，依旧是她做梦也梦不到的一幕。

她在门口站了一会儿，敲敲门，主动招呼道："小岳，你还会做饭啊。"

岳淳川听到声音回转身来，看到米妈妈，他笑了笑，说："上高中时跟我小姨学的，她是个厨师。"

米妈妈看到白色的瓷盘里金黄交错的蛋皮和炉灶上咕嘟冒着香气的大米粥，不禁露出满意的微笑。但她时刻谨记自己不能泄露太多的情绪，助长他的骄傲自满，所以，她象征性地用勺子舀了一勺米粥，试了试口感，然后下结论："米有点夹生。下次，记得先用温水泡过了再煮，知道吗？"

岳淳川听到"下次"眼睛一亮，他知道，最难过的这一关，他是过去了。

早饭后米果要找出租车送岳淳川,可是米爸爸却把女儿撵去上班了,他说,他要用人类目前最环保的交通工具——自行车送岳淳川回医院。

于是,岳淳川就在两位老人的搀扶之下,面红耳赤地下楼,然后坐上了米爸爸那辆和米果差不多岁数的自行车后座。

他块头大,怕米爸爸保持不了平衡,于是,就两腿叉开坐。

米爸爸从前面跨上车梁,坐上车座,冲着米妈妈吆喝了一声:"走了!"便像以往载着米果和米拉那样,晃晃悠悠地就骑出去了。

米妈妈就在后面喊:"小心点!"

"知道了!啰唆!"米爸爸摆摆手,也不回头,带着岳淳川离开了小区。

一路上时不时会碰见邻居熟人,他们看到米爸爸的专座换了人,不由得好奇,纷纷问道:"这小伙子是谁啊,老米?"

米爸爸就特骄傲地回答:"果果的男朋友!震区英雄哦,电视里经常和我们见面的那一位!"

邻居们的表情一个赛一个的精彩,原本果果找男朋友的新闻就够劲爆了,再加上这个男朋友还是个家喻户晓的大英雄,于是,米家不无意外地成了平安小区的明星家庭。而素来好面子的米妈妈更是在一众老姐妹面前大大地露了回脸,扬眉吐气了好一阵子。

米爸爸平常抄近路很快就能到小区大门,可那天早上却偏偏转悠了快半个小时才看到门卫室老刘的身影。

远远地,就招呼上了:"老刘——"

老刘瞅过来,就乐了:"老米头,你这破车还能载人呢!赶快扔了吧!小心骑出去被交警罚钱!"

米爸爸刹住车,右脚跨上道沿儿,气势很足地说:"谁敢罚我,我跟谁急!也不瞧瞧,我车后座载的谁!"

老刘定睛一看,更乐了:"哟!这小伙子咋还穿着病号服呢?"

米爸爸从鼻子哼了声:"你懂个屁!他受伤为了谁?还不都是为了我们!"

"啥意思啊?他到底是谁啊!"

看老刘一副迷迷糊糊的模样,米爸爸不由得侧身,让开空间,鄙视地瞪着老刘:"你这个老眼昏花的家伙,仔细瞧瞧吧,他和电视里的震区英雄像不像!"

老刘和米爸爸是一对儿老伙计,经常凑在门卫室的小彩电前看电视侃大山,他们最近议论最多的,就是大地震的事,尤其是A市参与救援的消防部队官兵,成了他们心目中真正的英雄。

老刘定睛一看,不由得倒吸一口冷气:"他是——"

米爸爸嘿嘿一乐:"就是他!那个敢到废墟底下救人的孤胆英雄!"

老刘顿时激动得两眼放光,赶紧把手放裤子上蹭了蹭,朝穿着条纹病号服的帅气小伙子伸过去:"英雄!真是,这真是想不到啊,没想到会看到真人!"

岳淳川从最初被动游街时的不适应到适应,到了这会儿,感觉基本上已经麻木了。

他的腿不方便下车,但他还是礼貌地用脚撑住地,身子微向前倾,握住老刘保安的手:"您好,我是岳淳川。我不是什么英雄,就是做了我该做的事情。"

米爸爸一巴掌拍在他的肩上:"小岳客气个啥!他是我老伙计,对你的事迹再清楚不过了!"

"就是,就是!我们小区的住户们可崇拜你了,上次八区一楼的老孙头,还说集中集中老家伙们去消防部队慰问偶像呢。你是真英雄,可不是电影电视里咋咋呼呼没做啥实事的花花架子!你是这个!"老刘竖起大拇指,笑得露出了牙花子。

米爸爸拽开老刘的手:"行了,握一下就行了!又不是你家的,还黏住不放了!"

老刘嘿嘿笑道:"咋了,坐了你的破车就是你家的啊!"

米爸爸嗯哪一声,骄傲无比地说:"那当然。他可是我们家果果的男朋友,你说,他是不是我们家的!"

老刘傻眼了,他猜到了开头,却没猜到结果。

米爸爸哈哈大笑,得意地叫了声"小岳注意",便狠劲儿蹬了下道沿儿,载着岳淳川晃晃悠悠地出了小区大门。

去第一人民医院路程不近,但幸好都是平路,岳淳川不好让未来的岳父大人太累,于是,在感觉到车子发沉的时候,就会用他没有受伤的腿帮着车子前行。

米爸爸起初还哼着红歌,后来,歌声渐弱,沉默了一会儿,他叫了一声"小岳",却没有回头。

岳淳川看着米爸爸发福的背影,应道:"在呢,叔叔,我在听。"

米爸爸憨厚地笑了几声:"小岳,你觉得我这样骑车送你,是不是挺丢人的。"

岳淳川一愣,赶紧否认:"没有,叔叔,我没那样想。我就是觉得挺内疚的,太麻烦您了。"

"什么麻烦不麻烦的,都快成一家人了。"米爸爸晃了晃车把,绕开一片水潭,"你知道吗,这辆车虽然破旧,可却是我们老米家的镇宅之宝。它啊,年轻的时候载过你米阿姨,载过果果、拉拉,如今,它又载上了你。哈哈,这也算是一种圆满了。"

"若说交情好,它啊,和果果的交情最好。小时候,果果身体不好,我就载着她无数次地往返于家里和医院之间,她特别喜欢坐自行车,还给这辆车起了个名字,叫小小马,人还没车子高呢,她就帮我擦车,打气。有一次啊,车子不小心被风刮倒了,车铃摔掉了,挡板掉了一块漆,果果心疼得直哭,蹲在地上,摸着摔掉漆的车子,一个劲儿地叫'小小马,别哭,小小马,别哭,我给你揉揉,你就不疼了'。"米爸爸感慨地叹了口气,"果果是个心地善良、单纯的孩子,虽然工作,工作说出去有点让人接受不了,可我敢以人格担保,她是个好孩子,是个可以给你幸福的孩子。小岳,你对果果是真心的吧?我这个闺女,看似迷迷糊糊的不走心,其实,她比任何人都要心思细腻、敏感得多。"

米爸爸绕了一大圈,终于说到了重点。

在家的时候,因为妻子和果果都在场,所以很多话,他没办法讲。虽说昨天晚上替他换药的时候,曾问过他知不知道米果的工作,他回答说知道,并且用坚定的眼神和语气给了米爸爸一丝信心,但那终归还是浅显,触不到问题的实质。

没办法,他只能想出这个不入流的法子,想探探岳淳川的真心。

等了许久,没听到回音,米爸爸沉不住气,便把车子停靠在路边,他自己也跳下车来。

岳淳川扶着车座,徐徐站起,他面容严肃,深邃的眼睛里透着前所未有的专注和认真,看着米爸爸说:"叔叔,我是真心爱果果的。您担心的那些事,不可能发生在我们身上。我今天,也向您做个保证,我保证会爱她护她一世周全,您若是相信我的为人,就请放心地把果果交给我。"

米爸爸深深地凝望着岳淳川,许久,他才抿了抿嘴唇,苦笑道:"我怎么觉得,我像是在卖女儿。"

岳淳川看着伤感惆怅的米爸爸,沉默了一下,说道:"因为,我们都太爱她了。"

米爸爸愣了愣,随即露出了招牌式的和蔼慈祥的笑容,他伸手,重重地拍了拍岳淳川的肩膀:"上车!"

岳淳川刚走到外科病区,就听到一阵熟悉的声音从护士站那边传了过来。

"我儿子呢?我就问你我儿子呢,他没办出院手续就是你们医院的病号,作为病人,你们这些医护人员要对他起到照顾和医治的责任,可你们呢?我来看我儿子,却被你们告知我儿子不见了,天下有这样的道理吗?有这样不负责任的医院吗?"一袭羊毛裙装,端庄典雅的杜宝璋此刻已经失了风度,满脸通红地和护士长理论。

护士长自然是理亏,可遇到岳淳川这样不配合的病人,她也是没办法。

"对不起,是我们的责任,但是……"护士长还想解释却被杜宝璋打断:"别'但是'

了,叫你们院长来,我倒要问问他,对待抗震英雄,你们医院的态度和做法,就是这样?"

杜宝璋不愧是大学教授,讲起话来,有理有据,振振有词,直把护士长逼得满脸通红:"这位女士,我们医院对英雄一直是精心治疗和护理,不信,您可以问问这个病区的病号,他们都知道,我们对小岳同志是什么态度。"

杜宝林也在一边劝说脾气暴躁的杜宝璋:"姐,你先别急啊,我给淳川部队打个电话问问,看他是不是回去了。"

杜宝林正要去包里翻找手机,一扭头,却看到了一张熟悉的面孔。

"淳川!"

岳淳川叫了声"小姨",蹙起眉头,看向表情骤变的杜宝璋:"妈,你们怎么过来了!"

杜宝璋看到儿子,一颗高悬的心才扑通一下落到实处,她咬着下唇,按捺着喷薄而出的怒气,指着病房,冷声喝道:"过去说话!"

护士长看到岳淳川,更是激动得不行,她从护士站出来,拦住岳淳川和杜宝璋他们:"小岳同志,你和你妈妈讲讲清楚,是我们没有照顾好你,还是你私自外出违反了医院的住院制度!"

"对不起,护士长,是我的错,我向您道歉,也请您原谅我母亲的态度,她太着急了。"岳淳川向护士长道歉。

刚踏进病房门,走在最后的杜宝璋便咚的一声把门甩上。

杜宝林扶着岳淳川坐下,小声提醒外甥:"你妈生气了,说话注意点。"

岳淳川抬眸扫了一眼面色如霜的杜宝璋,又递给杜宝林一抹安抚的微笑,才气息沉稳地叫道:"妈,您坐。"

"小姨,您也坐。"

杜宝林走过去,扯了一把杜宝璋的衣袖:"孩子让你坐呢!"

杜宝璋看来是气极了,鼻子里冷哼一声,甩开杜宝林的手,问病床上的岳淳川:"我问你,是不是欺负易真了?还有,你昨天晚上不在医院去哪儿了?"

岳淳川拧着眉头看着与他相依为命了二十几年的母亲,语气带了一丝怅然,一丝嘲讽,回答道:"这个时候,当母亲的不是更应该关心儿子的身体吗?可您在乎的,是什么呢?"

杜宝璋愕然愣住,她看着儿子,像是不认识他一样,看了很久,才呛声辩解道:"我自然是关心你的,不然的话,我大清早跑医院做什么!"

"您说呢?"岳淳川说完这一句,便转过头像是困了一般闭上眼睛。

杜宝璋被晾在一边,满腹的牢骚和怨怼发泄不出来,脸憋得通红。杜宝林见势不妙,赶紧上前握住外甥的手:"淳川,你妈妈怎么可能不担心你呢,她早上见到你刘阿姨,听说你住院的消息,饭都没吃就拉着我跑来了。一路上,她的手都在抖,谁知找到这里却被告知你昨晚,你昨晚……"

"你让他说,昨天晚上把易真气跑之后,他去哪儿了?"杜宝璋紧追不放。

杜宝林给杜宝璋使了个眼色,让她先别说话,然后轻声问岳淳川:"淳川啊,告诉小姨,你是有事回消防队了,是吧?"

岳淳川浓黑的睫毛颤了颤,慢慢睁开,他看着杜宝璋,语气平静地说道:"你们别猜了,我昨天晚上去找果果了,是在他们家睡的。"

话音一落,就看到杜宝璋面色一变,整个人虚晃了一下。

就连他最亲最信任的小姨,也不可置信地瞪着他:"什么?你说什么?"

在米果家睡的?

到底啥情况啊?

杜宝璋抚着胸口,急促地喘了几下:"你还是那个我引以为傲的儿子吗!你知道自己都在做什么傻事吗!"

"当然。我非常清楚自己在做什么。我去找果果,是因为她误会了我和易真的关系,我需要澄清事实,挽回我的爱情。至于在他们家住了一晚,那只是个意外,您别担心,任何事都没有发生。昨夜我睡得很好,被果果的父母照顾得很好。而且,一大早,是果果的父亲亲自骑车送我回来的。妈,我告诉你这些就是不想你再把我和易真捆绑在一起了。我爱的人不是她,是果果,我想易真都能接受的现实,您也应该可以接受!果果是个好……"

岳淳川的话刚说到一半,就被杜宝璋打断了:"什么叫易真能接受的现实,易真要是能接受,你刘阿姨会陪她哭了半宿?我不管你爱谁,你只能和易真结婚,如果我的儿媳不是易真,那你这辈子就别结婚了!"

杜宝璋叫了声"宝林我们走",便径自转身朝门口走去。

"妈——"岳淳川支起身子,皱眉大声叫道。

杜宝璋停下脚步,却没有回头,她僵直的背影似是在等着岳淳川像小时候一样服软认错。

可是没想到,等来的却是儿子的反抗:"若是我执意要和果果在一起呢?"

杜宝璋闭了下眼睛,沉默片刻,回道:"那就当我没生过你这个儿子!"说罢,她就拉门出去了。

岳淳川颓然躺下,杜宝林担忧地拍拍他的脸颊:"淳川,这事急不得,慢慢来,慢慢来啊。我先去看看你妈,她最近血压特别高,总是头晕得厉害。"

岳淳川点点头:"小姨,麻烦你了。"

杜宝林摆手:"我就你们两个亲人,谈什么麻烦不麻烦的。"

杜宝林走到门口,又转回头来,叮嘱:"你好好养着,别再乱跑了!等我安抚了你妈妈就回去给你做饭去,想吃什么发短信给我,我走了啊!"

"您别急,小心街上的车!"小姨家的交通一直是他的一块心病。

杜宝林挥挥手,也拉开门走了。

病房里恢复了寂静。

岳淳川心烦意乱地躺了一会儿,护士敲门,推着输液车走了进来。

他配合护士输上液,护士临走时提醒他,换瓶的时候可以按呼叫器。

等一瓶液输完之后,没等他按呼叫器,一道熟悉的身影没敲门就直通通地走了进来。

看到来人,岳淳川拧眉问道:"你怎么来了?"

而且,还一副半死不活的颓废模样,进来就倒在另一张空床上,像一头死猪似的,仰天躺着,好久没动一下。

过了一会儿,见他还不动,岳淳川就用好腿踹了他一脚:"叫护士去,我该换液了!"

侯指导员重重地叹了口气,抬起胳膊,按住头顶的呼叫器按钮,过了几秒钟,对方答话,他就报了岳淳川的病房号和名字,说要换液了。

岳淳川瞥了他一眼:"怎么,中队出事了?"

侯伟业啐了一口:"你这人有病吧,不出事你不舒服是不是!"

岳淳川摸着鼻子笑了笑:"那要不是中队的事,就是你和小梅之间出什么问题了,对吗?"

侯伟业终于转过头,看着沉稳笃定的岳淳川:"被你猜着了。"

"说吧,什么事惹着我们的女强人了?"岳淳川抬起眼皮撩了撩侯伟业,"不会是你这小子在外头乱来,被小梅抓了个现行吧。我可告诉你,原则性的错误咱可不能犯,这种错误,你就是来找我我也帮不了你,也不敢帮!"

"啊呸!我有那么不是人吗。"侯伟业撅过来一句。

"那最好了。不过,我还是要提醒你,千万别跟小梅玩花花肠子,小梅的性格你比谁都清楚,你若是对她不忠,那……"岳淳川把手横放在脖子中央,向右一滑,"直接玩完!"

侯伟业仰天长叹:"我哪儿有时间去犯错误啊,掰着指头算算,咱俩待在一起的时间要比和小梅在一起的时间多得多。所以,你应该最了解我啊,我平常就连和女同志说句话,都要掂量掂量说出去合适不合适,天底下还有我这么清白的男人吗?

可是小梅最近不知道是怎么了,见到我冷淡得没一句话,每天下班回家,就是把自己关在书房里面,让我一个人独守空房。你说,小梅这样子对我,她是不是有外遇了?"

岳淳川笑出声:"外遇?谁,小梅搞外遇?你拉倒吧你,小梅是什么样的人你我不清楚啊,就算全天下的人都会出轨,她也不屑于和那种人同流合污,你忘了,她最痛恨的,就是那种出轨不顾家的人。"

侯伟业的脸色瞬间好了许多,他拍拍额头:"是啊,我怎么忘了呢。她爸当年搞外遇差点把家捣散了,成了她童年时的阴影,她最恨的,就是出轨的人了。就是啊,淳川,你不提醒我我还在这儿钻牛角尖呢,我还以为,以为小梅她外头有人了呢!"

"小梅知道了你这么想她,保准会打死你的。"岳淳川说出大实话。

"那我就让她打呗,最好打到她心疼,然后我们继续恩恩爱爱……"侯伟业幻想道。

岳淳川笑了笑,不等说话,护士敲门来换液,侯伟业坐起来,看着护士忙完,问人家泌尿外科在门诊部几楼。

护士说在六楼。

侯伟业等护士出去了,也跟着站了起来:"我走了。"

岳淳川点头,视线扫过侯伟业的下身:"还没好吗?"

侯伟业半年前患上前列腺炎,那个时候,他和妻子叶梅正计划着要孩子,因为患病,计划不得不搁置下来。侯伟业这个人大男子主义,怕叶梅知道他患上男科疾病嫌弃他没能力,所以,一直瞒着妻子口服昂贵的进口男性避孕药,避免妻子受孕。

侯伟业苦笑道:"我这每天忙得脚不沾地的,哪有时间好好看病啊。"

岳淳川思忖了一下,说道:"我看这样,我过两天出院你就住进来,赶紧治好了让小梅怀上宝宝,说不定你们的关系自然而然就转好了。"

"可我怎么跟小梅说啊,这个病,偏偏是见不了人的病。小梅知道了,肯定会瞎想。"这正是侯伟业苦恼的事。

"你不说,不解释清楚才是错误。你想过没有,如果小梅有一天知道了你瞒着她偷偷吃避孕药,误会你的动机,你怎么办?"这不是不可能,而是很有可能。

侯伟业闻言也是神情一愣,避孕药他藏在家里很隐蔽的地方,每次吃的时候,他都很小心地避开了叶梅的视线,他保证没被妻子发现过。

"应该不会吧。我抓紧治疗不就好了,到时候,病愈停药,神不知鬼不觉地,小梅怎么可能知道呢!行了,我过去挂个号先看看,这边治得好的话,我就转过来算了。"侯伟业摆摆手,走到门口,他拉着门把手,迟疑了一下,回头看着岳淳川,脸上的表情显得不大自然,"淳川,忘了问你,你……你和果果见面了吗?"

Chapter 36

我选择信你

米果趁着午饭时间给岳淳川打电话,可是岳淳川的手机却关机了,米果心慌得不行,想了想,又拨了米爸爸的手机。

米爸爸接到闺女的电话很开心,可是听到岳淳川的名字语气就变得不那么开心了。

"原来你不是想爸爸,是惦记那小子啊,怎么,怕我欺负他?我还告诉你,我真就虐待他了!我让那小子出苦力载着我,骑了一路,累得他啊,呼哧呼哧喘不过气来。"

米果在那边倒吸气:"他腿伤还没好,你怎么能让他骑车呢!爸爸,你怎么这样啊,不行,我得去医院看看他。"

"你个傻闺女!我说什么你都信啊,你以为你爸是那样的人吗?"米爸爸笑着阻止道。

米果松了口气:"吓死我了。"

"哼,那小子不吭不哈地就把我养了二十几年的宝贝闺女骗到手了,我虐他一下,欺负他一下,不应该吗,我就应该让他受受罪,这样啊,以后他才知道心疼你。"米爸爸语气酸酸地说。

米果嘿嘿笑着:"什么骗不骗的啊,说得那么难听。"

米爸爸哼了一声,鄙夷道:"是啊,我都忘了,我家傻闺女还主动倒贴呢。"

"爸爸——"米果撒娇,对着手机亲了一口,挂了电话。

对面的曹娜眼神凉凉地撩了她一眼:"你够了!欺负我没爹疼、没娘爱,是不是!"

米果吐了下舌尖,亮晶晶的眼睛眨了眨,笑着道歉:"对不起啊,是我疏忽了。"

曹娜拨拉了两口饭，没什么胃口，便把餐盘推到一边，拿起餐桌上的手机，拨了两下，又扔回桌上。

米果看看她，关切地问道："你怎么了，最近总是吃得很少，是不是病了？"

曹娜摇头："没有，你别瞎操心了。"

"我这是关心你。哎，对了，这次冯小海回来有没有找你啊，电视新闻里都看到他了，黑瘦黑瘦的，胡子邋遢的，样子可憔悴了。"米果说。

曹娜垂下眼帘沉默了一会儿，说："果果，我把那两张卡还给他了。"

米果啊了一声，咬着筷子头看向曹娜："怎么……还了？"

"我又不是保险箱，不负责替人保管财物。再说了，我和他还没到谈婚论嫁那一步，我拿着他的卡算怎么回事啊。"曹娜说道。

米果拧着眉头，直盯盯地瞅着曹娜，说："你是不是老毛病又犯了？"

曹娜心虚，偏过脸："你瞎说什么，我又没病。"

米果放下筷子："你清楚我在说什么。"

"在震区的时候，冯小海把卡交给我，你知道我有多感动吗？他说，他孑然一身，就算是牺牲了，也想为你做点什么。我替你开心，我想，终于有一个男人真心实意地对你好了，这样子，你就可以和我一样幸福了。娜娜，你被胡海滨那个人渣害得不敢恋爱，也不敢轻易相信男人。你害怕付出之后，得到的又是伤害。你的心情我能够理解，可是冯小海不一样啊，他和岳淳川是一类人，一旦认准了一个人，就绝不会轻易改变的。你要是还不信，可以给他一个考验期，等考验合格了你再做决定也不迟，你说呢？"米果给出中肯建议。

曹娜低头沉默了许久，才幽幽地叹了口气，道："我害怕再遇到一个胡海滨，更怕他嫌弃我感情经历复杂，他连正儿八经的恋爱都没谈过，而我……却……"

"你是最好的，娜娜，你值得冯小海去爱！他了解你的过去，还把全部身家交给你，说明他很爱你，很信任你，你应该有足够的自信，让他更爱你、更信任你才对，而不是像这样，一次又一次伤人家的心。"米果拿起曹娜的手机，直接翻到通话记录里最近的一条信息，翻过来，对着曹娜说："你还不承认你爱他吗？不爱他，你打这么多未接通的电话做什么！"

曹娜脸红起："给我！不许看！"

米果躲着她，手指快速拨通冯小海的手机，然后在对方"喂"了一声之后，直接把手机扔给曹娜："冯中尉，娜娜要和你谈谈心！"

然后，刻意忽略掉曹娜刀子般凛冽的目光，捧起餐盘跑到王秀娜那一桌去了。

结果自然是好的，曹娜缺的，正是那一点点冲破心理藩篱的勇气。

下班前,米果却接到了叶梅的邀约,约她在春熙路的海鲜大排档见面。

从震区回来后,米果和叶梅只见了一面,还是米果主动约的叶梅。那一次的见面,感觉怪怪的,叶梅的气色不好,和她聊天时总是跑神,她把侯伟业的话带给叶梅,叶梅也只是点点头,一点儿都没感动,只说了声"知道了"。

不过,叶梅说过,她在"喜福来"工作得极不顺利,薇薇如今已升至副经理,和她平起平坐,工作中总是没事找事,挑叶梅的刺,然后在张总和邹副总背后说些闲话,挑拨他们的关系。

那次,米果也劝过叶梅,让她辞职算了,哪怕去小的婚介公司当个普通职员,也比过待在"喜福来"受罪强。

叶梅当时沉默不语,到分开的时候,米果也没看到她露出一丝笑容。

米果早早便到了海鲜大排档,她刚点完菜,就接到了岳浔川的电话。

想起他昨晚就睡在米家,她的唇角就不受控制地翘了起来:"哈喽,岳浔川!"

对方沉默了一下,嗓音低哑地回应道:"又调皮。"

"嘿嘿。你是想我了吗?"她的心跳加快。

等了几秒钟,他回道:"嗯。"

一下子心花怒放,她的唇角扬得更高:"我本来下了班就要去医院看你的,可是叶梅姐约我见面,我就过来了,等下好不好,等我见了叶梅姐,我再给你带好吃的。岳浔川,你想吃什么,我在春熙路夜市呢。"

岳浔川还没回答,就听到耳边传来一阵闹哄哄的声音,接着,就听到米果焦急的叫声:"这边!老板,这边!爆炒花蛤!"

他怔了怔,合上眼睛,笑了。

这就是他的姑娘。

这才是属于他的烟火世界。

"你好好吃饭吧,我不着急。"挂断之前,他语声温柔地叮咛。

叶梅卡着时间走进海鲜大排档。

看到食客当中最灿烂的一抹笑靥,她的心头一暖,脚步不由得快了些许。

"米果——"

"梅姐——"

两人在半空中接到对方的手,紧紧攥了一下。

"快坐,梅姐!"

叶梅坐在米果对面。

四个菜都已经上桌,冒着浓郁的香气,诱人口腹,叶梅闻了闻,笑道:"每次都让你等我,不好意思啊。"

"没关系啊,你上班比较忙嘛!"米果把一次性餐具摆好,递给叶梅。

提起越来越不顺利的工作,叶梅的神色越发黯淡,她强撑出一丝笑意,接过餐盘:"谢谢。"

米果笑了笑:"先吃吧,凉了就不好吃了。"

叶梅嗯了一声,夹了一个最大的海螺放进米果的盘子里:"你爱吃的。"

米果嘿嘿笑纳,她一边分离螺肉,一边看了看叶梅:"梅姐,你的脸色怎么还这么差啊,梅姐夫回家没好好伺候你吗?"

叶梅筷子一顿,头依旧垂着,说:"他挺忙的。"

"也是。岳淳川住院了,中队的事情肯定都压在他一个人的身上,不忙才怪呢。"米果说。

叶梅抬眸,目光惊讶地问:"你知道岳淳川住院的事?"

"哦,知道了。昨天我去特勤中队找岳淳川,遇到梅姐夫,是他告诉我的。"米果似是想到什么,脸色一变,"梅姐,我能不能问你个事呢?"

"问呗,我又不是外人。"叶梅说道。

米果咬着嘴唇,想了几秒,才低声问道:"梅姐夫……梅姐夫,他是不是以前和孔参谋挺熟的?"

叶梅的手指一滑,筷子没拿稳,噼里啪啦落到了地上。

她弯腰去捡,却被米果拉住:"再要一双就好了。老板,拿双筷子!"

筷子很快送来了,叶梅接过去,握在手里停了一会儿,才放到桌上。

她的目光少有的严肃,还夹带着些许沉重,看着米果,说道:"是不是侯伟业跟你说什么了?"

米果愣了愣,想否认,却因为撒谎的对象是叶梅,而迟迟说不出口。

最后,米果用力挤了下眉头,豁出去一般,闭了闭眼睛,又瞪圆,看着叶梅说:"昨天我和梅姐夫说了会儿话。"

叶梅面色苍白地盯着米果:"你把他说的话,原封不动地告诉我,不要隐瞒。"

米果犹豫,毕竟,她答应过侯伟业不乱说的。

"是他让你保守秘密,是吗?没关系的,你告诉我,我不是外人。"叶梅看她还在迟疑,于是又加了一句更有分量的,"或许,也能帮到我和他。"

米果知道叶梅和侯伟业之间出了点问题,她不好问,只能干着急,如果能帮到叶梅,那她就不会有顾虑了。

米果看着叶梅,咬咬牙,难过地说道:"梅姐夫说他和岳淳川、孔易真是多年好友,他说,他说岳淳川和孔易真才是合适的一对儿,他们之间早就有了……有了亲密的关系,他劝我和岳淳川分手。"

侯伟业接到叶梅的电话欣喜若狂,这是他回来之后叶梅第一次主动找他,他找到冯小海替班,便开车一路狂奔回到了消防大院。

开门,进家,他充满期待地喊道:"小梅,我回来了!"

屋里安静得出奇。

他换好拖鞋,放下车钥匙,诧异地朝亮着灯光的客厅张望:"小梅——梅梅!"

屋里空荡荡的,没一丝人气。

不在家?

当侯伟业看到鞋柜上叶梅的黑色皮包时,稍稍松了口气。他心想,妻子是不是出去慢跑了,妻子工作压力大,经常会夜跑锻炼身体,放松身心。

他没当回事,一边解着制服扣子,一边走向客厅。

这时,书房那边突然传来声响,不大,但却引起了他的注意。

侯伟业走过去,推开黑洞洞的房门,客厅的光线一下子钻了进去,书房里的摆设和家具轮廓显露出来。

书房里弥漫着他熟悉的淡淡馨香,他的心猛地一跳,之后,他就看到了窗口处那抹浸在黑暗中的影子。

他愣怔了一下,不可思议地叫道:"小梅?"

随着叫声,书房的灯也亮了。

侯伟业放下手臂,眯起眼睛看着背对着他、始终不发一言的叶梅,目光一滑,就看到了叶梅腿边,那个黑色的硕大行李箱。

这个行李箱有些年头了,还是他们蜜月旅行时叶梅去超市挑选的,当时叶梅为了试验行李箱的盛装容积,还把他塞进箱子里试了试。

这么大的行李箱,也就蜜月时用过一次,后来,不管是叶梅出差还是他出去学习开会,拎一个小型的行李箱就足够了。

气氛有些沉肃,有些古怪,侯伟业的心跳从看到叶梅开始就没有正常过,他放轻脚步,走过去,小心翼翼地问道:"你怎么站在这儿?是准备出差吗,去哪儿,还要带这么多行李?"

叶梅孤寂地站在窗口,脖子上的丝巾随着风速微微摆动,越发给人一种高处不胜寒的孤冷感觉。

侯伟业忽然觉得心口很难受。

"侯伟业,我们离婚吧。"

叶梅说这句话的时候,语气非常平静,她连身子都没有回,就像是和陌生人讲话的语气一样,淡然地、疏离地、坚决地告诉对方,她想要做什么。

侯伟业的表情诡异,似是被震到了,又似没有听清一般紧蹙着浓眉,目光直直地、迷惑地盯着妻子的背影。

半晌,他才哑着嗓子,说:"你……什么意思?"

叶梅慢慢转过身来,看着对面那个熟悉而又陌生的男人,语气清晰地说道:"我们离婚吧。"

她又重复了一遍。

这次,侯伟业算是回过神来了,他瞪圆眼睛,像被针刺到一样倏地向前两步,张开手臂,想要抱住叶梅。

"开什么玩笑!小梅,别玩了啊,你知道我的,最经不起吓了!"

叶梅及时后退避开侯伟业,她伸臂隔开两人的距离,别开视线,说道:"我不是跟你开玩笑。我的行李已经收拾好了,马上就搬出去。书桌第一个抽屉里放有家里的存款,我的卡我带走了。另外,下周一上午九点,我们民政局见。哦,当然,你若是那天有事我们也可以另约。"

"打住打住!你在说什么鬼话呢,叶梅,我们怎么就到了离婚的份上了,我做错了什么?啊,你说,我究竟做了什么天大的错事,让你大半夜地叫我回来,又要堵心伤肝地离开这个家!"侯伟业双目赤红,双手攥拳,竭力隐忍着心底的委屈和愤怒。

叶梅冷冷地瞅了他一眼,也不说话,而是绕过书桌,径自走到书柜处,踮起脚尖,取下最上面的一个古旧木匣子。

侯伟业看到木匣的那一瞬,脸色倏然一变,他的声音抖了抖,眼神复杂地看着叶梅:"你——"

叶梅根本不看他,啪的一声打开盒盖,她拿起木匣,翻过来,像倒豆子一样倒出里面零零碎碎的东西。

有些年头的书籍、日记本、发黄的照片,还有一个小小的长形药盒在桌面上弹跳了几下,最终落在侯伟业的脚下。

叶梅冷然笑道:"还用我解释吗?"

侯伟业脸色惨白地静默了一会儿,艰难地开口:"你,你是什么时候发现的。"

"现在说这些还有什么意义呢?"叶梅咬着嘴唇,转过脸去。

侯伟业眼神痛楚:"小梅,你误会了。我,我和易真,她从来都没有开始过。我是曾经喜欢过她,但是易真的心,你也知道,全都在淳川的身上,所以,我很早就放弃了。"

叶梅挑眉看他，目光里尽是冷意："放弃？是不得已不得不放弃，还是心甘情愿的放弃？侯伟业，你的心里难道不清楚吗？"

"小梅，不是那样的！我对你是真心的，我对天发誓，我爱的，只有你一个人！小梅——"侯伟业急急解释道。

叶梅神情冷漠地朝地上的药盒扫了一眼："我给过你机会，不止一次。可你又是怎样对待我的！是一次次对着你初恋女友的照片怀旧感伤，还是背着我偷偷吃避孕药？还是你为了讨得她的欢心，竟借着爱的名义，去欺骗伤害米果呢？侯伟业，你敢摸着你的良心说吗，你的所作所为只是单纯的男女友谊，不掺一点私心杂念？我也想不到，我叶梅居然会找了个伟大的情圣做我一辈子的倚靠。可惜的是，情圣爱的，从来都不是他的妻子，而是一个与他们的婚姻无关的女人。侯伟业，谁都不是傻瓜，谁也不会无限制地容忍你的背叛，所以，你不要费力解释了，那样的话，只会让你变得更加龌龊和不堪！"

叶梅说完拉起行李箱，绕开木桩一样绕过杵在原地一动不动的侯伟业，朝门外走去。

侯伟业呆了几秒，才蓦地反应过来，他转身，大步追上已经走到门厅处换鞋的叶梅，从身后一把抱住她，力道紧得令人窒息。

"小梅，我错了，我错了。可事实并非你看到的那样，吃避孕药，我有苦衷，我不是不想让你怀孕，而是……还有易真，易真她这些年过得挺难的，于是我就，我就糊涂了，想帮帮她。小梅，我错了，都是我的错，你别走，好不好，你想怎么惩罚我都没关系，只求别离开这个家。"侯伟业呼吸急促地哀求道。

叶梅挣扎了两下，便不再动，她凝视着触手可及的大门，语声冰冷坚决地喝道："放开！"

这一刻，侯伟业恐惧到了极点，他有一种可怕的预感，一旦他撒开手，他和叶梅就真的完了。

"我不放！你打我吧，或者骂我，狠狠惩罚我都没关系，只要你肯留下，小梅，别离开我！我不能没有你，这个家也不能没有你！"

叶梅忍着心头一阵一阵撕裂般的痛楚，强忍下眼底的潮气，用力掰开侯伟业的手臂："别再让我瞧不起你。"

侯伟业的身子猛地一颤，趁这个空当，叶梅拉着行李箱夺门而出。

深夜。孔家。

孔舒明接到妻子刘春的紧急召唤，从支队赶回家来。

一进门，刘春就目露焦急地拉住他，低声说道："老孔，刚才真真跟我说，她想回北京继续搞科研，不想留在Ａ市了。"

孔舒明扶在军帽边缘的手指一顿，朝妻子望过去："她是这么说的?"

刘春接过丈夫的帽子挂在衣架上面，忧心忡忡又有些心酸地说："嗯。她精神特别差，想必这次是真的伤到了，心灰意冷了，所以才想离开我们。老孔，我舍不得女儿啊，她才回来多久啊，我都没看够她呢。"

孔舒明揽住眼眶红红的妻子，走向客厅："你先别急，我找真真谈谈。"

刘春点点头，拉住丈夫的胳膊，叮咛道："你说话时注意点，别像对待下属一样冷冰冰的。"

"知道了。"孔舒明安抚了一下妻子，便过去敲了敲女儿孔易真的房门："真真，是爸爸，能进去吗?"

里面静默了一会儿，传来孔易真低哑的回声："进来吧。"

孔舒明推门进去，看到他的女儿正倚在床头，静静地看着他。

屋里就亮了一盏台灯，昏黄的光线里，原本娇容如花的孔易真看起来憔悴了不少。

孔舒明的心里涌上一股子愧疚和酸涩的滋味，他慢慢踱步，走到床边，坐下，然后拉起女儿的手，安抚地握住："真真，我听你妈妈说，你想回北京继续搞科研，是吗?"

孔易真的眼睛里闪过一道痛楚，她缓缓点头："是的，爸爸。"

孔舒明沉默了一会儿，问道："是因为淳川吗?他明确拒绝了你的心意，是吗?"

孔易真紧抿着嘴唇，垂下睫毛，看着被子上的花纹，语气失落地说："您是不是也觉得我很失败，看不起我!"

喜欢他喜欢了那么久，却还是没能抓住他的心。

作为父亲，孔舒明自然是心疼女儿的，可他已经提前了解过岳淳川的想法，所以对于今天的结果，倒是并没感到意外。

他斟酌了一下，说道："真真，爸爸妈妈除了爱你，支持你，再不会有其他想法。你是我们的骄傲，永远是爸爸妈妈最疼惜的宝贝。"

刘春等了好久，才看到丈夫孔舒明轻巧地关上女儿的房门，走了出来。

她赶紧迎上前去，焦急地叫道："老孔——"

孔舒明竖起食指压着嘴唇嘘了一声："小声点，真真刚睡着。"

刘春拉着丈夫走进卧室，关上房门，就迫不及待地问道："谈得怎么样，她的情绪有没有稳定一点,还是执意要回北京吗?"

孔舒明叹了口气,摸着下巴说道:"她是现役军人,岂是说走就能走的。"

刘春重重地坐在床边,表情复杂地说:"这事说到底都是淳川的不对。他不喜欢真真早干吗去了,害得我们女儿耽搁了青春耽搁了事业,到头来,却落得竹篮打水一场空的境地。不行,我咽不下这口气,明天,我就去找他!"

面对气昏了头的妻子,孔舒明只能蹙眉呵责道:"胡闹!你凭什么去,淳川喜欢谁是他的自由,他又没有卖给我们孔家。再说了,我欠岳家一辈子的恩情,无论他们怎么对我们,都是应该的。"

刘春不服气,据理力争道:"这些年,我们孔家对得起岳家了,除了不能还他们一条命,其他的,我们做了多少,整个消防大院的人都是有目共睹的。我们早就不欠他们的了。"

孔舒明蹙紧浓眉:"你怎么能这么想?"

"我怎么不能想?就她杜宝璋有儿子,我刘春就没女儿了?不行,我得和小杜评评理。"

"你敢!你敢去找小杜,我就敢把女儿送回北京去!"孔舒明怒了。

刘春愣了愣,噌一下站起身来。女儿就是她的软肋,谁也不能碰。她冲过去,推搡着孔舒明出门:"你送!你送!你敢送真真走,我就敢把你撵出家门!"

孔舒明也是个火暴脾气,眼里揉不得沙子,他拂开妻子的手臂,低声喝道:"这是你说的!我走了,你别叫我回来!"

刘春在气头上,咚一声关上房门,再不肯理会外面的丈夫。

过了一会儿,大门传来响声,刘春拉开门出去一看,发现孔舒明真的走了。

刘春在空荡荡的客厅里枯坐了很久,越坐越觉得心凉。她拿起电话,想找杜宝璋发泄一通,可是想起丈夫的话,她又颓然放弃了。

她看了看身后紧闭的房门,捂着脸,低声啜泣起来。

深夜。医院。

岳淳川看着进进出出,一会儿洗水果,一会儿倒垃圾,一会儿又去隔壁屋给他下载影视剧的米果,终于,忍不住皱起眉头。

"果果,你过来。"他放下手里的书,冲着低头研究 iPad 储存容量的米果,命令道。

米果嗯了一声,却还是头也不抬地继续忙碌着。

"果果——"

这次的声音力度明显强于上一次,米果只好抬起头来,表情无辜地望着病床上的男人:"我马上就好了。"

岳渟川黑沉沉的视线扫过她手里的平板电脑,然后,拍了拍身边的空位:"过来,坐下。"

米果小小地挣扎了一下,还是乖乖地过去,坐在他划定的区域内。

屁股刚一落到实处,她就被一股力量拉扯着,撞上他肌肉结实的胸膛。

他伸臂一揽,她便被他环住,牢牢地抱在怀里。

她挣扎了一下,红着脸抗议:"护士一会儿该来了。"

头顶响起他的揶揄回声:"来了就来了。"

她闷声闷气地说:"你讨厌。"

他笑了笑,抽走她手里的平板电脑,然后抬起她的下巴。

"告诉我,发生了什么事?"他那双深邃的眼睛,似乎能够窥探到她的内心,米果微微颤了一下,说:"没什么啊。"

他抿着唇,没有说话。

在她心虚的瞬间,他突然俯身下来,亲了一下她的嘴唇。

很轻的一个吻,浅尝辄止,她愣了愣,嘴唇微启,呈现出一个被压扁的"O"形。

"告诉我,果果。"

米果眨了眨纤长柔软的睫毛,正要习惯性地去咬下唇的时候,却又被他抢先,亲了一口。

这次的力道有点大,她的嘴唇被嘬得有点疼。

"不许咬。"他警告她。

她委屈地撇了撇嘴,小声嘟哝说:"占人家便宜,欺负人。"

他哑然失笑:"我这是关心你。果果,今天的你太不正常了。"

平常,她也会在见面后忙忙碌碌地不知在干些什么,可今天像只没头苍蝇似的乱撞,还是第一次。

她单纯得像一张白纸,心事和秘密都写在脸上,根本藏不住。

米果吐了吐舌尖:"有那么明显吗?"

看他郑重其事地点头,她挫败地叹了一口气,目光复杂地在岳渟川立体深邃的脸上转了转:"我今天见到梅姐了。"

"嗯。我知道,你说过了。"

她攥紧他的衣服,看着他,说:"我昨天还见过梅姐夫。"

岳渟川蹙起眉头:"嗯,这我也知道。"

"啊？你知道了！你怎么知道的啊，我没告诉你啊！"米果疑惑不解地叫了起来。

岳淳川腾出一只手敲了敲她的脑门："傻瓜，当然是侯伟业告诉我的。"

"是他？他怎么说了啊，不是不让我说的吗？"米果嘟哝了一句，忽地，面色一变，急急地拽住岳淳川的袖子，问道："他连那件事也说了？！"

岳淳川的眼睛里精光一闪，果然，和他猜想的一样，侯伟业和米果之间一定发生了什么。

"说了。"

米果神情一呆，显得黑眸格外幽深，似乎，还有点怨怼委屈的意味掺杂其中。

她推了推岳淳川，隔开一点距离，抬头，看着他，语气愤懑地质问道："那你怎么还表现得这么无所谓。你难道不知道女孩子最在意的，就是这种事吗？虽然梅姐替你解释了，说你根本不是那种随随便便的男人，可你不应该亲自向我，向你的女朋友解释一下吗？"

这种事是哪种事？

岳淳川听得一头雾水，但谎言开了头，他已经转圜不过来了，所以，只能硬着头皮圆下去："我觉得既然事情已经过去了，就不用再提了。"

米果果然炸毛了："什么不要再提了！你根本没提过好不好！要不是昨天梅姐夫告诉我，你和孔易真……和孔易真曾经有过亲密关系，我也不会傻乎乎地跑医院来自取其辱！"她咬着嘴唇，眼眶红红地瞪着呼吸相闻的岳淳川："对！就是自取其辱！"

岳淳川的眉心拧成"川"字，他真是聪明反被聪明误，搬起石头却砸了自己的脚。

他万万想不到那个该杀千刀的侯伟业竟会罔顾兄弟情义，对他心爱的女友胡说八道。

亲密关系？

他和孔易真！

简直是笑话！

从出生到现在，他和孔易真虽说两小无猜，甚至在一个盆子里洗过澡，可那也只是五岁之前的童年记忆了，从他懂事起，他就把孔易真当成他最亲的妹妹看待，他们之间纯洁得不能再纯洁了，就连仅有的几个拥抱，也是他被动接受的。

可笑！简直是可笑又可恨！

这个侯伟业，如此诋毁他，究竟想干什么！

岳淳川拧眉思索的当口，米果却盯着岳淳川每一处细微的表情变化，心情也跟着起起伏伏。

尽管叶梅用她的人格担保，岳渟川和孔易真之间是清白的，可只要这个男人不澄清，不解释，那就证明，他和孔易真没那么单纯。

一想到他和孔易真早就已经滚床单了，米果的心就跟丢在滚油里煎炸一样，煎熬酸楚得要命。

等了半晌，等的耐心尽失，就要爆发的时候，岳渟川淡淡地吁了口气，摸着她脑后的马尾辫，问了句模棱两可的话。

他问："侯伟业说什么你都信？"

米果啊了一声，疑惑不解地看着他。

他的手指从马尾辫滑到她敏感的耳郭，揉了揉，说："那我说什么你信吗？"

米果迟疑了一下，点点头："我信你，岳渟川。因为你说过，你用后半生的幸福作保，让我选择相信你。"

岳渟川愣了愣，沉默凝视了她许久，忽然动容一笑，他的笑容很真，棱角分明的五官瞬间光华闪耀，照的怀里的女孩不由得表情更加呆萌可爱。

他低头，鼻子压在她的上面，两人的呼吸几乎没有距离地纠缠了半晌，他才稳稳地道出一个秘密。

"易真曾是侯伟业的初恋，他告诉你了吗？"

米果的心怦怦狂跳，他说什么？

梅姐夫的初恋，是……是孔易真？

岳渟川低沉地笑了一声，摸摸她的头："别太惊讶，这才是真的。我不否认易真对我存有某些想法，她也做了很多伤害我俩感情的错事，但我和她之间始终是清白的，我把她当作妹妹看待，从未有过非分之想，而且，我相信侯伟业也已经把曾经的初恋翻篇了，不然的话，依照他的个性，他很有可能至今还在单着。他帮易真，很可能就是他的正义感在作祟，再加上易真在他心里特殊的地位，所以，果果，你现在应该明白你的男朋友，我，是如何被人陷害了吧。"

米果眨眨眼睛，噘起嘴哼了一声："算你老实！"

岳渟川翘了翘嘴角："是啊，我是很乖，但是你呢，作为我名正言顺的女朋友，你却对我做了什么？"

"我做什么了？"米果纳闷。

岳渟川俯身下来，嘴唇在距离她寸许的位置停住："恋人之间不应该有秘密。果果，你不会这么快就忘了我们恋爱时的约定吧！"

米果呆了呆，结结巴巴地说不出话来。

米果宁愿相信一个外人，宁可自己纠结难受，也不愿第一时间去找岳渟川求证。

这就是她做错的地方。

平白浪费了大好的时光,造成了不必要的误会,她也同样负有不可推卸的责任。做错了,就要挨罚。

惩罚就是一个冗长到喘不过气来的深吻,岳淳川像是渴望了很久的猎人,而她就是自投罗网的猎物,他火烫的唇压着她,狠狠地凌虐了一番,才恋恋不舍地从她微微开启的嘴唇上面移开。

她的脸蛋嫣红如血,垂着睫毛,不好意思看他。

接吻是一项技术活儿,尽管她经过数次磨炼掌握了不少接吻的动作要领,可每次和他亲密之后,都还是像初次和他接吻一样,有种触电般的甜蜜和无力感。

整个人暖洋洋的,泡在蜂蜜水里的那种轻飘飘的感觉,使她不敢直视他那双深邃成熟的眼睛。

在他面前,她就像是个什么都不懂的学龄前儿童,一举一动,都透着一股子稚嫩和生涩。

米果不知岳淳川最喜欢的就是她现在的样子,单纯可爱的绯红面庞,渴望又不敢望的娇羞神情,对他来讲,简直就是无法抵抗的诱惑。

他的喉结不受控制地滚动了几个来回,趁她不注意的时候,他强迫自己移开视线,看着窗外朦胧的夜色,静默了许久,才控制住体内的躁动因子。

怕吓到她,他侧过身子,摸摸她的头发,提醒说:"时间不早了,回去吧,果果。"

米果嗯了一声,依偎在他的身上就是不肯下来。

他抚着额头,眸光转暗,威胁道:"你要是不走,今晚就别想走了。"

米果赶紧坐直,举起手来:"我走,我走,还不行吗!"

"就没见过你这样无情的人,别人谈恋爱,恨不能二十四小时黏在一起,可你呢,总是在关键的时候煞风景!"米果噘嘴,动了动屁股,想从床上下来。

谁知人还没离开床呢,就觉得胳膊被人扯住,一个使力,顿时天旋地转,她还没顾上叫呢,就被他严丝合缝地压在了身子下面。

温度陡然升高到了极值,米果的眼前出现一个个幸福的气泡,她微微喘息着,低声叫他:"岳淳川,你要干吗?"

"我在学着黏你。"他低头啄了一下她柔软的嘴唇,漆黑的眼底泛起一丝笑意。

"……"

"你好重,压死我了。"米果想扳回一城。

"以后你就习惯了。"他居然这样回答她。

"……"

还想再挣扎着说些什么,却看到他晕染了情意的黑眸朝她俯了过来。

她的心神一荡,不由自主地伸臂勾住他的脖子,微微下拉,而她自己,也撑起上半身,主动迎了上去。

就在这时,房门处一阵响动,紧接着,就传来护士长独有的大嗓门:"明早测血糖,记得空腹到八点,到——"

声音戛然而止,没过两秒,房门处又是咚的一声,再然后,病房就炸窝了。

米果拼命推开压在身上的岳淳川,像一只兔子一样急急地跳下床:"都怪你!都怪你!让护士长看见了!"

岳淳川还觉得自己委屈呢,偷腥没偷到,反而两头不落好。

"我们是恋人,这样很正常。"他耐心解释。

米果虽然是八零后,新新人类,可骨子里的观念还是很传统守旧的。

她瞪着岳淳川,哼了一声,说道:"我走了!再不走,就真走不了了。"

岳淳川虽然不舍,可还是撑着床头柜,坐了起来:"我送送你。"

米果赶紧过去把他放倒:"千万别送,我还指望着你快点好了,多陪陪我呢。"

岳淳川笑:"现在陪你也没问题,你就说,想去哪儿吧。"

米果瞪了他一眼:"讨厌——"

拿起包,走了两步,米果忽然惊叫一声,转身看着岳淳川:"不好了!"

岳淳川支起身子:"怎么了?"

米果咬了一下嘴唇:"梅姐!叶梅姐……"

"你说清楚一点,叶梅怎么了?"岳淳川坐起身来。

米果蹙着眉头,回忆了半晌,说:"叶梅姐只怕已经知道梅姐夫的秘密了。她这阵子情绪异常低落,朋友关心她,她就说是工作压力大,其实我知道,她不是。我了解叶梅姐,她是个工作狂,再大的工作量也压不垮她,造成她目前状况的原因,我猜可能和梅姐夫有关。梅姐夫在震区的时候也拜托我回来之后找叶梅姐探探口风,问问她为什么不开心,不愿搭理他,这说明他们的关系出现了问题。而且,梅姐一听我和梅姐夫谈话的内容,她就认定梅姐夫在骗我,虽然她解释说了解你的为人,你绝对不会做出那种不负责任的事,可是我现在想想,她的解释根本站不住脚,她肯定早就知道梅姐夫的秘密了,所以,最近她才像是变了个人一般,无论做什么事情,都提不起精神。"

岳淳川朝米果投去赞许的目光:"有时候,你也不笨嘛。"

"谁笨了!你才笨呢。"米果瞪了他一眼,折回来坐在床尾,忧心忡忡地说:"也不知道梅姐现在怎么样了,就算我的猜测都是错的,她知道梅姐夫骗我的事,估计也要和梅姐夫闹别扭。不行,我得给她打个电话。"

岳淳川把他的手机递过来:"用我的打吧。"

米果拨了叶梅的电话,可对方却提示已关机。米果的预感很不好,她向岳淳川求救:"那你打给梅姐夫吧,问问他们有没有吵架。"

岳淳川接过手机,按下快捷键,很快,侯伟业的电话就通了。

"伟业,我,淳川。"

米果紧张地依偎过去,靠在岳淳川的肩膀上,耳朵竖起,朝手机那边凑。

侯伟业的声音喑哑:"哦,有事?"

"你在哪儿呢?"岳淳川问。

侯伟业沉默片刻,哑声说:"在家。"

岳淳川眉头一紧:"你今晚不是值班吗?"

"有点事,回家了。"

米果用口形提醒岳淳川:"问他,梅姐在不在家!"

岳淳川按下她的头,语速很慢地问道:"出什么事了,是小梅找你吗?"

那边没有回答,耳边只听到对方粗重的喘息,像拉风箱一样,拉了许久,侯伟业才对着电话,缓缓开口:"对不起,兄弟,我做了一件无法饶恕的错事。害了你,害了米果,也深深地伤害了小梅。我现在后悔了,悔不当初,可是小梅已经走了,我该怎么办,我该怎样挽回她的心,怎样求得你们的原谅!"

岳淳川沉默不语。

侯伟业突然间笑了笑,笑声里尽是苦涩了然的意味:"你已经知道了是不是?果果告诉你的?"

"嗯。"

"你们有没有吵架,需不需要我过去帮你澄清误会?"侯伟业实在是没脸面对十几年朝夕相处的战友和兄弟。

"不用了。倒是你,需要我帮忙吗?"岳淳川说。

那边默然半晌,声音哑哑地叫他:"淳川,我是真的错了。我知道错了。"

"所以呢?"岳淳川抚着额头,接上话。

侯伟业闷声苦笑:"帮帮我吧,兄弟,我不能没有小梅。"

Chapter 37
小小调解员

第二天。

米果特意请了半天假去"喜福来"找叶梅。

她现在是婚姻危机调解员,身负重任,一点儿马虎不得。

为了能够起到调解员的作用,米果还特意穿了一条平常不怎么穿的"高大上"的裙子,以显示她成熟知性的风范。

"喜福来"如今鸟枪换炮,早就不是当初的临街的小二层,而是一幢三层高的独立写字楼了。

走进大厅,对着熟悉的Logo和广告语,米果怔忡了一会儿,才走向前台。

"您好,女士,请问您需要什么服务呢?"前台的两位女员工穿着簇新的统一工装,微笑迎接她的到来。

米果笑了笑,问道:"你好,我是来找人的。"

"您要找哪位?"

"我找你们公司的副总经理,叶梅,叶经理。"米果说。

前台的两个员工神色一紧,她们互相望了一眼,含糊地回答说:"叶……叶经理她不在。"

不在吗?

米果不由得一阵失望,她从上午就开始联系叶梅,可是叶梅的手机始终处于关机状态。

难道,叶梅姐伤心得连班都上不了了吗?

她朝前台点点头:"不好意思,打扰你们了。我再和叶经理联系吧。"

转身,正要离开,却听到右侧通道传来一道熟悉的呼唤:"米果——"

她停步,转头一看,不由得惊喜地叫道:"小颖!"

来人正是她在"喜福来"工作时的好朋友,也是叶梅最得力的下属,小颖。

小颖也和前台一样穿着浅绿色的工装,看到米果,她疾走了两步,过来,拉住米果的胳膊:"你怎么来了啊,要不是看到你的小熊包,光是看背影,我都不敢认了!"

米果笑嘻嘻地说:"是变漂亮了吗?"

小颖眯着眼睛上下打量了米果一番,给出中肯评价:"嗯,是漂亮了,尤其是气色,特别好。"

米果摸了摸圆圆的脸蛋,心里美滋滋的。

小颖拉她去办公区域:"走,到我那儿坐会儿去,我们好好聊聊。"

米果心里有事,就婉拒道:"我是来找梅姐的,她不在,我就回去了。"

小颖面色一变,她看了看四周的环境,拉着米果走到大厅一角,神情愤慨地说:"你可能还不知道吧,叶经理刚刚辞职了!"

米果从小颖口中知道了叶梅辞职的真相。

到底还是因为薇薇。

可能叶梅心情不好,以往能够容忍的事情到了这一天就集中爆发了。

薇薇在公司的例会上,用从叶梅那里剽窃来的创意赢得了一片掌声,以前薇薇也这么干过,可这次谁也没想到一直隐忍不发的叶梅会毫不客气地质问起台上的薇薇来,她指责薇薇剽窃,并且举出了大量的证据,她把反击的矛头指向薇薇的同时,也把冲突升级到了为虎作伥的张总身上。

结果不言而喻。

枕边风吹多了的张总竟当众偏袒薇薇,斥责叶梅借题发挥,没事找事。

叶梅面色转冷,踢开椅子就朝张总走了过去。

会议室静得出奇,偏生又让人神经紧绷,手心攥汗。

张总看叶梅的架势大有动手之意,于是没等叶梅靠近,他就心虚地开始嚷嚷:"你想干什么!这还开着会呢!"

叶梅像是没听到他的警告,继续朝他走去。

看到叶梅右手伸进口袋不知在掏什么东西,他下意识就想躲,他生怕被叶梅泼到什么脏东西,谁知,最后砸到他脸上的,竟是一封打印好的辞职信。

叶梅甩下信和一句"我不干了",就转身离开了会场。

等小颖她们反应过来追出去的时候,哪里还能找到叶梅的影子。

不过,小颖之后清理叶梅的办公室时,却发现那里的摆设异常整齐干净,就像是没人用过一样,根本找不到一丝叶梅的痕迹。

就连那些叶梅喜欢吃的零食袋,还有窗台上那盆养了很久的多肉盆栽都一起消失不见了。

小颖神色黯然地说:"叶经理只怕是早就想走了,不然的话,她忍了这么久,怎么今天就忍不了了呢。"

米果咬着嘴唇,沉默了半晌,问道:"你知道叶梅姐去哪儿了吗?她有和你说过什么吗?"

小颖摇头:"没有。"

米果从"喜福来"出来,就给岳淳川打电话报告。

岳淳川正在做治疗,接电话的时候,因为身体长时间固定不动,所以嗓音显得有些沙哑。

听在米果的耳朵里,便有些别样的性感,特别得很。

听了米果的讲述,岳淳川蹙着眉心思虑片刻,说道:"果果,你先在原地等一会儿,我等一下给你回话。"

"好。"米果等岳淳川的工夫,看到附近有卖甘蔗汁的,她就去买了一杯。

清甜可口的甘蔗汁一入腹,瞬间便解去不少窒闷和烦扰。她在想,其实叶梅借机离开积垢秽恶的"喜福来",倒不是一件坏事。毕竟,现在的"喜福来"和以前不一样了,与其待在这种暮气沉沉的地方空耗时光,还不如破釜沉舟,摆脱桎梏,找到人生新的起点。

岳淳川的电话很快就回过来了,他说:"我问过侯伟业了,他说叶梅最可能去的地方就是他们之前的租住屋,因为侯伟业老家的亲戚时常来A市做生意,所以租住屋一直没有退。等一下我把地址发微信给你,你先过去找一找。"

米果咬着吸管,气呼呼地问:"梅姐夫,哦,不,是侯伟业为什么不赶紧去找梅姐啊,他不会这个时候还想要弄他的大男子主义吧!"

"侯伟业在救援现场呢,他是指挥员,走不开。"岳淳川解释。

米果哼了一声,却也懂事地不再追究这个问题。消防员的工作职责,她比任何人都要了解,换作是她和岳淳川闹别扭时遇到119警情,岳淳川肯定也会先去救援一线,之后才会来安抚她的。

可到底意难平,她在电话里小声嘟哝道:"是不是找了你们都得这样啊,连吵架的资格都不许有。"

岳淳川居然听到了,他沉默了一下,在电话里回答她:"我们不吵架,就算真吵了,我也会让着你的。"

"咻！说得好听，到时候你也像梅姐夫一样把我一个人扔家里，我找谁哭去！"米果说道。

"我不会的，果果。首先，我不是侯伟业；再次，我就不会给你和我吵架的机会！"岳淳川特别自信地说。

米果翘起唇角，心里迅速涌上了甜甜的暖流，可还没等表扬岳淳川呢，他就揶揄说道："不过，你得先给我一个家，我们的家，我才能保证兑现以上的承诺。"

米果的脸一下子就红了，站在人潮熙攘的街头，她啜了一口又一口清甜的甘蔗汁，快喝完了，才低低地应了一声："嗯。"

这次不等岳淳川再说什么分量极重的话过来，她立刻就挂了手机。

过了一会儿，她收到岳淳川发来的微信。

一条是地址。

一条是一句话，简简单单的五个字，却让米果捂着脸偷笑起来。

他说："我是认真的。"

米果按照微信上面的地址找到一片老旧的民房，这里是 A 市的城乡接合部，鳞次栉比的违章建筑遮蔽了阳光和新鲜的空气，狭窄无序的街道上堆满了住户们清理出来的生活垃圾。这里环境嘈杂，各地方言交汇贯通，隐藏在小巷深处的店铺昼夜不停地放着口水音乐，住户们穿着随意，三五成群地聚集一处，不是在打牌就是抱着孩子聊着闲话。

米果问了不下三个人，才顺着门牌号的指引，来到一处地势低洼的三层楼房前。

本地居民独有的门楼，红瓦高墙，居中还贴有象征着吉祥富贵的牌匾瓷砖。

院门大开，从门楼上吊下一块牌子，上面歪歪扭扭地写着"内有空房"四个大字，下面是一串电话号码。

味道特别难闻，米果发现那气味是从院门背后的公共厕所散发出来的臭味。

她进去的时候，恰好有个男的提着裤子从厕所里走出来，他一手系着皮带，一边神情诧异地看着米果，用当地方言问道："你找谁？"

米果看看他，说："我找这里二楼东边房住的叶……我找这一家！"

她觉得凡事还是小心一点儿为好，尤其是这种地方，万一叶梅单身住在这里，遇上别有用心的坏人就麻烦了。

"二楼东边？那房一直空着啊。"他总算是把毛衣放下来，遮住了下身。

"空着？"米果的心一沉，叶梅没来这里住吗。

她哦了一声，想起什么，又问道："那这家是房子空着一直没人住，还是已经租出去了没人住呢？"

那形容猥琐的男的,朝楼上瞄了一眼:"租出去了。早些年是租给一对部队上的小夫妻,听说男的是消防队的,女的是个什么公司的经理。不过,男的经常不在家,女的也回来很晚,基本上和院子里的住户都不联系。后来,住了一年多的样子,就搬走了。奇怪的是,他们搬走了可是房子还留着,偶尔会有个外地男的过来住两天,不过这几个月,一直没人来,就空着了。"

"请问你是这里的……"米果奇怪这个人怎么知道得这么清楚。

"我是房东。你认识这家人吗,认识的话,就捎个话给她,说明年的房租要涨了,一个月涨二百,必须要交半年的才能续约。"男房东用拗口的方言向米果诉说着他们这些靠房子吃饭的人生活是如何艰辛和不易。

米果听了几句,装作听不懂的样子,及时打断他:"那谢谢你了,我还有事,就先走了。"

"那你要不要看房子,我这里可是附近百里挑一的好房子,全部南北向,双窗户,还带家具,保准你拎着小挎包就能住进来,主要是租金便宜,还安全。你看,我每家都安了防盗门,像你们这样单身的小姑娘,住我这里,就放心睡觉吧。你进来看一看呀,要是不放心,你也可以住一晚,体验一下。"那男的看米果想走,黏黏糊糊的就想贴上来。

米果吓了一跳,甩开大步就冲出了黑洞洞的院门。

不想,门外正好有个人进来,她这一下冲猛了,两人正好撞在一起。

"米果——"

"梅姐——"

门外立着的两人,你看我,我看你,最后,却同时叫出声来。

男房东追了出来:"别急着走啊,睡了才知道好不好,你……你是——"

房东看到门外忽然多出来的似曾相识的高挑女子,表情不由得一僵。

叶梅警惕性极高地扯过米果,自己挡在米果前面,言语间极不客气地说道:"老蒋,你的老毛病又犯了?"

男房东拧着眉毛瞪着叶梅,上下瞅了瞅,悻悻然说道:"原来是你啊。"

"是我,怎么了。你还嫌上次的事闹得不够大,还想把你老婆喊出来你才会怕,是不是?"叶梅冷声讥讽道。

男房东的脸色变了变,看着叶梅的眼神,带了一丝怨毒的恨意说:"你喊她吧,这次你就是喊破天,她也回不来了。"

叶梅拧眉:"什么意思?"

"就是因为上次那件事,我老婆跟我离了,我还想着怎么找你索赔呢,你却自投罗网来了。"男房东恨声说道。

叶梅不屑地盯了他一眼,根本懒得搭理这种人渣。

她拉起行李箱,另一只手牵住米果:"走,跟我上楼。"

楼梯隐蔽在楼房一角,若不是叶梅轻车熟路,米果真还发现不了。

总觉得屁股后面有人跟着,米果警惕地回了几次头,却只看到黑乎乎的一片院子。

叶梅拉着行李箱走到二楼东头一间黑红色的房门前停下,她从兜里掏出钥匙包,低头找了一会儿,抽出一把银色的钥匙插进钥匙孔里。

钥匙转了几转,"咔嚓——"一下,门锁开了。

叶梅吁了口气,推门的同时,对身后的米果说:"进来吧。"

米果跟着叶梅进屋。

屋子里光线昏暗,空气里散发着一股潮湿的霉味,不用想也知道很久没人住过了。

一大一小两间套房,外面一间是客厅兼厨房,里面是一间七八平方米的卧室,门中央用一块印花布帘挡着。

屋里没什么像样的家具,外面的客厅基本上闲置着,只放着一个方凳,卧室里倒是还行,除了一张一米五的大床之外,居然还有一个衣柜和梳妆台。

不过,卧室里根本没有之前蒋姓房东吹嘘的南北通透的大窗户,只有一扇小窗,像是监狱牢房里的天窗大小,有些讽刺地杵在墙边。

叶梅放下行李箱,走过去,想推开窗户换气,可是随即她就咒骂了一声,啪的一声,又把窗户关上了。

"怎么了?外面有什么?"米果走前几步想过去看。

叶梅挡了挡,面露疲色地说:"隔壁邻居家里起了两层楼,把窗户堵实了。"

米果看看光线昏暗的屋子,觉得自己不能忍了。

"梅姐,你跟我回去吧。这里哪儿是人住的地方啊。"米果说。

叶梅摇头,环顾四周,目光里竟露出一丝复杂的情绪,她说:"你知道我为什么会来这里吗?"

米果也纳闷呢,按理说叶梅不是经济拮据的人,她就算是负气出来住,也不该住到这种居住环境险恶的地方来啊。

叶梅走到梳妆台前,弯下腰,拉开抽屉,从里面拿出一个东西,放在桌上。

米果好奇,凑过去一看,竟叫了起来:"是你的结婚照!"

叶梅苦笑了一下,把相框倒扣在桌上,伤感地说:"没错,这里曾经是我和侯伟业的婚房。那个时候，我们刚结婚，也没什么积蓄，他看似平易近人，其实骨子里清高傲慢得紧，他拒绝我父母的帮助，硬是把我娶进这间房。当时我也挺傻的，一根筋迷住他，就想着哪怕吃糠咽菜、破瓦寒窑，只要能和他在一起，那就是天底下最大的幸福。那一年多的时光，虽然贫苦，虽然寂寞，但却是我和他最甜蜜的日子，这间小屋，见证了我的爱情，考验了我的婚姻，以至于后来我用父亲留下的遗产买了现在的房子，搬到消防大院时，我们不约而同地留下了这间房子。只是我太天真了，我万万没有想到，他竟是个有秘密的男人，他爱的人，从来都不是我！"

"你错了，梅姐，梅姐夫爱你，他爱的人一直就是你！"米果插言替侯伟业辩解。

"爱的是我？果果，你糊涂了吗，你忘了他是怎么欺骗你的了，你还帮着他说话。"叶梅不懂米果心里是怎么想的。

米果沉默了一会儿，说："说实话，当我知道梅……哦，是侯指导员骗我的时候，我简直要气疯了。我想当面质问他，问他为什么要这样对我，甚至想揍他一顿出口恶气。可是，同样也是受害人的岳淳川却劝我不要冲动，他主动向我讲起他和孔易真、侯指导员的往事。听了他们的故事，我才知道，原来，他们之间就是三角形的三个点，谁也无法追上谁。虽然侯指导员曾经喜欢过孔易真，但是在他还没遇到你之前，他就从铁三角里退出了，因为侯指导员有一次醉酒之后曾经对岳淳川说过，他希望得到一份完完整整的爱情，更想全心全意地去爱一个姑娘，好好地生活。后来，他就遇到了你。叶梅姐，侯指导员到底爱不爱你，其实，我和岳淳川都是外人，没有发言权，而你，才是最有资格评价你的婚姻、你的丈夫的人。我从你的眼睛里，看到了你对他的感情，还有你选择了这间小屋作为你的落脚点，而不是什么奢华酒店、高档公寓。我想，你对婚姻和家庭也是留恋的吧。岳淳川对我说过这样的话，他说恋人间不应该有秘密，出了问题就去解决问题，而不是一味地逃避和抗拒，分离不能减轻心理负担，只会让对方越走越远。梅姐，难道你真的想和侯指导员分开吗？你有考虑过吗，为什么侯指导员一下就猜到你的去处，他如果不爱你，不了解你，不对你用心，是绝对做不到这么细致的。"

叶梅的表情忽明忽暗，过了许久，看着米果问道："他有告诉你其他的事吗？除了孔易真，还有我和他婚姻生活中出现的问题。"

米果摇头："电话里他没有时间和我细谈，因为他从昨夜到现在，一直在郊区塌方现场指挥救援。"

"噢，我想起来了，岳淳川让我找到你，就给他打电话，他有话要跟你讲。"米果不顾叶梅抗议的眼神，径自掏出手机拨号，然后在接通后，把手机递给叶梅。

米果是真的不知道岳淳川要和叶梅说些什么，但是直觉应该是比较私密的事情,所以她把手机转给叶梅之后,便走到房间外面,从走廊的栏杆上向下看着院子。

　　黑心房东为了多收房租,竟在对面单薄的地基上盖起了三层楼房,两座楼房呈"U"形结构从拐角处相连,中间只余巴掌大的空地,供租户们行走活动。

　　无意中,她的视线撞上一双窥伺阴暗的眼睛,她的心陡然一紧,怦怦狂跳着呀了一声。

　　仔细向下一看,却是之前那个蒋姓房东。

　　他趿拉着拖鞋,站在天井院子一角,手里拿着半支烟,朝楼上的米果投来暧昧猥琐的目光。

　　看到米果发现了他,他朝前走了两步,咧开嘴,露出黄牙调笑道:"腿长得不错嘛。"

　　米果后知后觉,赶紧扯住裙摆,向后退了几步,骂道:"流氓!"

　　楼下传来令人作呕的猥琐笑声,米果拧着眉头逃进屋子,恰好看到叶梅掀开帘子走了出来。

　　叶梅脸上的表情淡淡的,但是眼角微红,看起来竟像是哭过了。

　　她把手机递还米果,嗓音沙哑地提醒:"别理那房东,他整个一色狼。"

　　米果接过手机,却拉住叶梅的手不放:"梅姐,你别住这儿了,你一个人,我怎么能放心啊。"

　　"没事,他不敢对我怎么样的。前几年大闹一场,我想,他应该长记性了。"叶梅说。

　　"到底什么事啊,刚才就听你和他说起了。"米果好奇。

　　叶梅回忆片刻,说道:"他就一好色之徒,但凡女房客住进来,他就想方设法占人家便宜。那一次,他因为对我耍流氓,被他老婆发现,被赶出家门在顶层天台住了近一个月,成了这一片的笑话。后来,他见了我,就老实多了。"

　　"可我听他说,他老婆和他离婚了。"

　　"活该,他那样的货色,迟早的事。"叶梅说。

　　"可是……"

　　叶梅摆摆手:"你别劝我了,你们都别劝我,容我再仔细想想,毕竟我和侯伟业不是什么鸡毛蒜皮的小事,我就算是原谅他,也要有个过程,是不是?"

　　米果愣了一下,眼里露出一丝惊喜:"你打算原谅梅姐夫了吗?"

　　岳淳川好神奇啊,他到底跟叶梅说了些什么啊,怎么转眼间,叶梅的态度就松动了。

　　叶梅没有回答这个问题,而是轻轻推了米果一把:"快回去吧,家里人还等你回家吃饭呢。"

"没关系的,我回去晚点没事。"米果看看脏乱差的房间,挽起袖子,"我帮你扫扫吧,不然,今晚你怎么睡啊。"

叶梅苦笑着推她出门:"我不需要,我现在最想做的事,就是静静。"

米果只好离开,不过离开之前,她侦查了一下环境,提醒叶梅:"这里只有一个公共厕所和洗浴间,你晚上用的时候千万小心一点,如果那色狼敢骚扰你,你记得大声求救啊!"

叶梅扶额点头:"你就放心吧,我这个人什么都怕,就是不怕色狼。"

米果犹豫了一下,还是说了:"叶梅姐,失业不可怕,可怕的是失去信念。我支持你辞职,更有信心等你东山再起!"

叶梅怔了怔,随即笑了。

她点了点头,说:"好。"

米果笑笑,一步三回头地离开了出租屋。

第一次当调解员,任务完成的情况不甚理想,她坐在回家的公交车上,向岳淳川汇报了战果。

岳淳川听后好久没有发声,过了一会儿,他忽然笑了笑说:"你放心吧,没事了。"

米果一头雾水,找不到北:"没事了?为什么啊,我还什么都没做呢。"

岳淳川笑道:"你只需要给侯指导员发个短消息,告诉他叶梅身边有色狼出没,他就知道该怎么办了。"

米果越听越糊涂:"听不懂你在讲什么。"

"你只需要照我说的办就行了,结果啊,就等好吧。"岳淳川语气笃定。

米果懒得动脑,于是照着岳淳川传授的办法,给侯伟业的手机上发了一条短信。

内容简单,意义非凡。两句话:"租住屋有色狼。姓蒋。"

米家。

米妈妈一边看电视,一边择菜。她打算晚饭烙几个韭菜鸡蛋盒子,再熬上一锅八宝粥,好好地喂喂她家那只"馋猫"。

另外,米妈妈也想趁此机会探探闺女的口风,看她和那个叫船艇的消防英雄到底是不是有戏。

"你这个人怎么回事啊,我跟你说几百遍了不要把脚跷茶几上看电视,你耳朵聋了,听不到,是不是!"米妈妈对米爸爸的坏习惯深恶痛绝。

米爸爸缩了缩脚,可是眼睛却盯着电视里的美食节目挪不开视线。

米妈妈停下手里的动作,瞪着米爸爸,大声吼道:"米祖春!你听到没有——"

米爸爸敷衍地再次缩了缩脚:"别嚷嚷,正演到关键时候,啊!哎哟——"

米爸爸揉着头,一脸痛色地号了几声,然后在米妈妈的瞪视下收回了脚。

他小声嘟哝道:"母老虎!泼妇!"

"你骂我什么呢!"米妈妈竖起耳朵。

米爸爸讪讪地笑了两声:"我哪敢骂你啊。我是在夸你呢,夸你是个贤妻,是我们老米家的大功臣。"

米妈妈瞅了米爸爸两眼,脸色终于缓了过来,她拿起没有择完的韭菜,扔给米爸爸:"赶紧帮忙,你的宝贝果果待会儿就回来了。"

米爸爸一听果果的名字,表情顿时生动了不少,他乐颠颠地从袋子里抽了一小把韭菜,一边择,一边笑着说:"咱们果果可给老米家长脸了。曹秀云,你不知道,她找的这个男朋友,如今可是咱们小区的名人了。我碰见的那些老伙计和老邻居,一个个对我羡慕得要死。他们都说我们家得了块宝。"

米妈妈翘起唇角,掩饰不住得意,说道:"你那些狐朋狗友能说什么好话。告诉你,我们老年舞蹈队的老姐妹们,一个劲儿地缠着我办喜酒呢。"

米爸爸抬手指了指妻子,哈哈笑了两声:"净想美事!人家可还没正式上门呢。"

米妈妈按住韭菜,抬头看着对面的丈夫,说:"老米,晚上我跟果果提提,让小岳出院后来家吃顿饭,你看行不行。"

"行啊!我也正有此意呢。上次匆匆忙忙见了一面,还让人家孩子带伤给咱们做早饭,我这心里,着实过意不去。就这么定了,待会儿果果回来,你就跟她提。"米爸爸说。

米妈妈点点头,她拿起一根韭菜,择去碎叶、枯黄的部分,之后动作越来越慢,最后干脆停了下来。

她低低地叹了口气,面露忧色:"不知是不是小岳太优秀了,长得又好,我总觉得他对咱们果果不是真心的。还有他的家庭环境,一定严苛得不得了。果果那孩子从小就怕老师,可小岳的妈妈偏偏是老师,还是个教大学生的老师。"

米爸爸哎了一声:"这你就不懂了吧,现在的老师都很开通,和学生私下里关系也很好,这叫什么素质教育、亲情教育,你肯定不懂。还有啊,小岳那孩子正直刚毅,想必他妈妈一定也错不了。"

米妈妈撇撇嘴,不怎么认同:"希望如此吧。"

夫妻俩择完菜,米妈妈端进厨房洗涮准备晚饭,米爸爸则钻到阳台上,摆弄他引以为傲的几盆花木。

客厅里电视开着,不时有广告的音乐声飘进屋内。

"当当——当当当!"

米妈妈从厨房探出头来,大声叫道:"老米——快去开门,你那宝贝闺女肯定忘带钥匙了!"

米爸爸乐颠颠地小跑出来:"这丫头,今天下班倒早!"

一路跑到门厅,拉开门,米爸爸像往常一样张开手臂,热情欢迎他们老米家的小公主下班归来。

"果——"刚喊了一个字,米爸爸就倾了倾身子,姿势有点难看地顿住了。

门外站着的哪里是他熟悉的果果啊,得亏他刹车及时,不然这会儿就抱错人了。

米爸爸眼神疑惑地看着门口和他们年纪相仿的中年女人,问道:"你找哪位?"

"请问,这里是米果的家吗?"那人问道。

米爸爸点点头:"是啊,你是来找果果的?"米爸爸看了看表:"可她还没下班,估计还要一小时左右才能到家。"

"你是她的父亲?"中年女人问。

"对啊,米果是我大女儿。"米爸爸心里纳闷不已,这个女人怎么问得这么细。

"那正好,我找的就是你们。"中年女人语速缓了缓,自我介绍道:"我是岳淳川的母亲,有件事想要跟你和你的爱人谈一谈。"

岳淳川的妈妈?

米爸爸愕然愣住。

"是谁啊,老米?不是果果回来了吗?"米妈妈半晌听不到自家女儿娇俏的笑声,也跟着到了门口。

米爸爸这时才回过神来,赶紧让出位置,伸手招呼道:"失礼了,失礼了。快进来,快进来,曹秀云,小岳妈妈来了!哦,对了,这位是我爱人,曹秀云。"

米爸爸为两个女人做介绍。

米妈妈也是惊愕半晌,才把湿淋淋的手在围裙上抹了抹,朝门口那位穿着不俗、气质甚佳的中年女人主动伸过去:"欢迎,欢迎啊,小岳妈妈,快进来,我是曹秀云,果果的妈妈。"

杜宝璋看了看米妈妈身上臃肿的睡衣和滑稽的围裙,她勉强伸手,碰了一下米妈妈的指尖,就算是招呼过了。

"我是杜宝璋,岳淳川的母亲。"

杜宝璋刻意强调了"母亲"这个文雅用词,想提醒对方注意分寸,他们之间是有差别的,而且,他们根本就不熟。

米爸爸傻呵呵地笑着,一点没看出杜宝璋的异常,但是米妈妈就不同了,可能是身为女人的敏感,她从握手的态度上,就看出这位姓杜的教授,来者不善。

把杜宝璋让进客厅,米爸爸去厨房泡茶,米妈妈则陪着杜宝璋在客厅看电视。

电视里正播着一档百姓调解节目,讲的是男的出轨,女的抛弃孩子,双方老人对着镜头表情麻木地说"管不了",调解员苦口婆心规劝无效,最终,一纸离婚协议书,成了结尾的画面。

"他们的性格、家庭背景、社会地位各方面都不般配,走到这一步是迟早的事。"杜宝璋忽然开口评价节目。

米妈妈看看她,说:"也不尽然吧,他们签字的时候,不是落泪了吗,两个人在一起过了那么多年,想必,还是有感情的。"

杜宝璋跷起腿,姿态优雅地压在另一条腿上,表情很淡地笑了一下:"所以,早知如此,何必当初呢。如果明知道结局是伤人伤己的悲剧,他们还非要在一起受罪,那就是愚蠢蒙昧了。"

米妈妈的心蓦地一紧,她蹙起的眉头,此刻更是纠结成一道黑线。

她明白了。这个杜教授果然是来找碴儿的,虽然她并未像个泼妇似的当众骂街,可从她弯弯绕绕的言语间透露出的信息,无一不在暗示她和丈夫,他们家岳淳川和果果根本不相配,他们在一起,也是一场悲剧。

节目恰好播完,到了广告时间。

喧嚣热闹的声浪并不能赶走客厅里怪异沉寂的气氛,米妈妈的脊背挺得越来越直。

"茶水来喽——"米爸爸端着杯子走了出来,他在杜宝璋面前放了一杯汤色碧绿的毛尖,然后,又在妻子面前,放了一杯无色无味的温开水。

米妈妈一向爱这口,说是纯天然。

可米爸爸没等坐下来呢,身边一直挺安静的妻子忽然炸毛似的吼了一声:"米祖春,我的茶水呢!你给我一杯白水是什么意思啊!"

米爸爸瞪着眼睛愕然几秒,低声嘟哝道:"你不是只喝……"

米妈妈咣一下把水杯磕到丈夫眼前:"给我换一杯去!我要喝龙井,记住了是龙井,不是毛尖!"

米爸爸的心里那个炸啊,他瞥了一眼优雅捻指喝茶的杜宝璋,再看看怒发冲冠的妻子,最后,只得无奈地叹了口气:"行,我给你换,给你换!曹秀云,你最好都给我喝掉,一滴也不许剩!"

米爸爸欠身起来,还不忘向杜宝璋道歉:"不好意思啊,她就这个破毛病。就喜欢和人对着干!"

"米祖春——"米妈妈快要咬牙切齿了。

反观杜宝璋,却像是这个家的正主儿一般,轻轻放下茶杯,冲着米爸爸和颜悦色地说道:"没关系。不过,我想给你一个建议,冲泡龙井比毛尖更要讲究水温,千万不要用开水,那样的话,会破坏茶叶原本的香气,而且,用玻璃杯冲泡茶叶,比瓷杯更合适,那样,可直观细微地观察到茶叶在水中缓缓舒展、游动、变幻时的样子。这杯毛尖,味道就欠了一点儿。"

米爸爸愣了愣,挠挠头,不好意思地说:"小岳妈妈真是行家,光听你说,我就想喝茶了。"

米妈妈哧了一声:"还不快去!啰唆起来没完没了!"

米爸爸拧眉瞪了妻子一眼,端起杯子回厨房研究泡茶去了。

米妈妈拿起遥控器把电视机声音调小,然后,目光寒凛凛地直视着对面仪态讲究的杜宝璋,冷笑说道:"杜女士,你今天来不是单纯和我喝茶结亲这么简单的吧!有什么事不妨直说,我曹秀云洗耳恭听!"

杜宝璋抿了抿和岳淳川一样削薄的唇线,眼底浮起一丝惊讶的怒意,她没想到,米果的母亲竟是个厉害角色。

她轻轻放下茶杯,手指扫过腿上布料精致高档的羊毛裙子,垂目淡淡一笑,说道:"你果真是个聪明人。"

米妈妈冷声回道:"杜女士谬赞了,我等乡野村妇言语粗鄙,哪里能和杜女士、杜教授您相提并论呢。你有话就直说,不用拐弯抹角卖弄你的高雅文采。"

"好。"杜宝璋放下跷高的腿,嘴角露出一抹冷漠的笑意,说:"我就明人不说暗话。今天我来,目的只有一个,就是想告诉你们,我绝对不会接纳米果进岳家门。"

米家的客厅陷入死一般的寂静,米妈妈和杜宝璋对视抗衡,谁也不肯在这一场看不到硝烟的战役里失了先机。

果然不出她所料,她担忧的事情都变成了现实。

米妈妈的心渐渐沉下来,可她依旧端坐在沙发里,脊背挺得笔直。

"茶好了——"米爸爸刚端着茶杯从厨房迈出一只脚,就听到他家的老佛爷一声吼:"你给我滚回去!"

于是。米爸爸愕然了几秒,又缩回脚,回去了。

他的反应是挺迟钝的,可再笨也能察觉到一场风暴即将来临的压抑气息,正在客厅里酝酿发酵升腾。外面就是风暴中心,而他仅仅就是碰到了一个边儿,就被毫不留情地甩出十万八千里了。

米妈妈到了这个时候反而变得冷静了,她先是笑了笑,然后放松身体,跷起二郎腿,靠在沙发里,朝杜宝璋说道:"杜女士嫌弃我们家果果,是吗?是因为她在殡仪馆工作,让你这个大知识分子出门抬不起头,说不起嘴,还是你压根儿就没瞧上我们果果,今天就是存心来找碴儿的?"

杜宝璋看着米妈妈不拘小节的粗鄙动作,不由得拧起眉头,心想,果然,家庭教育至关重要,什么样的家庭培养什么样的孩子,米果和她妈妈无论是行为动作甚至是说话的语气都如出一辙,粗俗得很,和孔家优渥高雅的环境下培养成才的孔易真简直不可同日而语,不是她挑剔,更不是她偏袒易真,而是每一个明眼人,每一个思维能力正常的母亲都会做出和她一样的选择吧。

"我不是来找碴儿的,就是想明白告诉你们,不要再宠惯女儿肆无忌惮地缠着我的儿子了。他有青梅竹马的女朋友,他们从小一起长大,感情深厚,将来也肯定是要结婚的。"杜宝璋说道。

米妈妈愣了一瞬:"女朋友?小岳来家时可没提这个青梅竹马啊。"

杜宝璋抿唇道:"确实有。她叫孔易真,和我的儿子在一个中队工作。这件事,你女儿事先也是知道的,不信,你可以问问她。"

米妈妈的脸色顿时暗沉下来,她扫了一眼对面理直气壮的杜宝璋,声带发紧地说:"如果你说的是真的,我的女儿,我自然会管,不劳你费一点心。但若你讲的这一切并非事实,而是你想拆散他们的理由,那就对不起了,杜女士,我曹秀云,必会一管到底!"

"你——"杜宝璋再好的风度此刻也绷不住了,她指着米妈妈,急速地喘了喘,蓦地站了起来:"怪不得你女儿夺人所爱还振振有词,原来,她从小受到的教育就是这样的。"

米妈妈霍然起身,脸色黑黑的回敬道:"你这个女人,在别人家说话还不注意点分寸,你的儿子难道你就教得好了?教得好,他怎么宁肯孤零零地住在医院里,半夜跑我们家睡客厅,也不愿意见你,不愿回家,你这个做母亲的是不是也该反思反思了!"

"你——"杜宝璋的脸一下就白了,米妈妈这一下着实戳中了她的心窝子,痛得她五脏六腑一抽一抽的,差点闭过气去。

"我好得很。告诉你,你不就是瞧不上我们家果果吗。没关系啊,我们的女儿就算是再差劲,再及不上你相中的什么青梅竹马,她也是我们老米家最珍贵的宝贝。我们可以打她骂她,可以说她一辈子的不是,但是轮到你,就不行,包括你们家优秀到天上去的儿子也是一样,他若不是真心对果果,我曹秀云就算是豁出命去,也不会让他再有机会靠近我们果果的!"

"就是,就是!我也是这个想法。不过,小岳妈妈,你有问过小岳吗,他怎么跟我说,他从头至尾喜欢的,只有我们家果果啊!"米爸爸实在听不下去了,冒着生命危险,钻进了风暴中心。

杜宝璋的脸色一阵白,一阵红,她摇摇头:"和你们无法沟通!"

"哟,无法沟通就请您快走吧,万一再气出个好歹来,我们家可要倒大霉了!"米妈妈冷笑道。

杜宝璋气得浑身乱颤,她似是无法承受,合上眼睛重重地吸了口气,之后,猛地睁开眼,叱道:"不可理喻!"

她拂袖而去,不想,在门厅那里顿住脚步。

"是你——"

狭窄的门厅过道上,立着面色苍白的米果,她也不知回来多久了,又不知把她和米家妈妈说的话听进去了多少。

总之,是不能再回头了。

杜宝璋神情复杂地看了米果一眼,侧身穿过空隙,准备离开。

"阿姨,您能不能和我谈谈。"忽然,米果转身看着她的背影,叫她。

杜宝璋停住脚步,她回头看了看米果,没等说话,米妈妈和米爸爸已经闻声冲了过来。

"果果,你给我回来!"

"和她有什么好谈的,还嫌她羞辱你羞辱得不够吗!"

米妈妈作势拉住女儿的胳膊,想把她往回拉,杜宝璋见状冷笑一声,打开房门,大步走了出去。

她从楼梯一路向下,直走到院子里,才抚着胸口停下脚步。

她的头晕得厉害,不用想,也知道血压又高了。

她原本想扶着墙休息一会儿再走,可是怕遇到米家人,所以,硬撑着酸软晕眩的身子,向前蹒跚挪步。

刚走到楼房拐角,就听到身后响起一阵急促的脚步声。

"阿姨——您等等!"

杜宝璋回头,看到米果一脸焦急之色地从楼洞口冲出,朝她疾跑过来。

她收回扶在墙壁上的手,用力抿了抿失去血色的嘴唇,使自己看起来没那么赢弱。

米果跑到近前,猛地顿步,她的脸不知是跑动还是激动所致,比平常要红很多。

她把一瓶矿泉水,递给杜宝璋:"阿姨,您先把药吃了吧。"

她另外一只手里攥着两颗形状熟悉的药片,也同时送到她的眼前。

杜宝璋怔然,眼底带着一丝疑惑看着米果:"你什么意思?"

"我看您脸色不大好,走路也强撑着。这是降压药,我妈妈平常吃的,您先吃了,以防万一。"米果还没把话说完,就看到杜宝璋面色一变,转身就朝小区大门的方向走去。

米果情急之下追了上去:"阿姨——"

"我病了,不是正合了你妈妈的心意!"杜宝璋冷哼道。

"不是的,我妈妈人很好的,她的嘴是厉害了点,可她的心,真的很善良。她不是针对你才么说的。"米果解释道。

"算了吧。我今天可是领教了你们米家的家风了!你别跟着我了,我要回去了。"杜宝璋不耐烦地推了一把紧跟着她的米果,可一阵突如其来的晕眩感却朝她猛地袭来,她的身子晃了几晃,眼看着就要朝旁边倒去。

幸亏米果及时扶住她摇摇欲坠的身体,米果紧张地叫道:"阿姨——杜阿姨,您还好吧,您别急,我叫我爸妈下来。"

"别叫——"脸色刷白的杜宝璋紧紧拽住米果的胳膊,不让她去。

米果看看四周的环境,搀扶着杜宝璋走到附近的健身区找到一张椅子坐了下来。

"阿姨,您还是把药吃了吧,刚才太吓人了。"米果再一次把水和药送到杜宝璋的眼前。

看杜宝璋脸色依旧难看,她径自拧开矿泉水瓶盖子,又把药放在杜宝璋的嘴边:"啊——,您张一下嘴。"

不知怎么的,打定主意不吃嗟来之药的杜宝璋竟乖乖地张开嘴,吞下药片,又就着米果手里的水瓶一口气喝了半瓶水,才稍稍缓过点劲儿来。

人清醒了,就觉得气氛尴尬,杜宝璋别开脸,看着健身区玩耍的几个小孩,说:"你回去吧,我休息一会儿就可以了。"

米果摇头:"那怎么行啊,您状态不好,我还是陪陪您吧。"

杜宝璋蓦地转头,蹙眉瞪着米果,说:"你这姑娘,听不懂话是怎么的,我不想让你陪,你可以走了。"

米果清澈黑亮的眼睛在杜宝璋的脸上凝视了几秒,忽地,她笑了笑,就靠着杜宝璋坐了下来。

杜宝璋身子一震,不可思议地看着她。

米果跷起两只脚尖,在半空中对着碰了碰,长吁了口气,说:"阿姨,您不用那么排斥我。我们就当是普通朋友,聊会儿天,说会儿话,您看行不行?"

杜宝璋瞪她:"我和你,无话可说。"

"没关系。您不说,听我说,就行了。"米果的笑容真诚而又温暖。

室外的气温有点低,天色渐渐暗了下来。

米果静了一会儿,依旧望着远处的风景,开口说:"阿姨,在这个世界上,没有人比您更爱岳淳川了。您所做的一切,也都是为了他。出于一个母亲的立场,您的行为无可厚非,毕竟孔易真漂亮优秀,比我一个普普通通的殡仪工好了不知多少倍。这世上,但凡是做母亲的,包括我妈妈在内,肯定也会选择孔易真而不是我。所以,我能理解您不告而来的初衷。但是,就像我也曾在这个问题上迷惘困惑了很久一样,我想不通岳淳川为什么会选择了我。我问过他,他给我的回答,非常简单。他说,你很好,所以,不要在意旁人说什么。他甚至用他视若生命的军人身份向我保证,此生只爱我一个人。阿姨,您最了解岳淳川,他那样性情的人,讲出的话总是很有分量的。从他的身上,我不仅找到了久违的自信,而且还学到了很多人生经验。岳淳川,他真的是一个很好、很好的男人,他不仅仅是一个身先士卒的英雄,他还是一个大写的人,一个顶天立地、堂堂正正的人。阿姨,如果您在我们交往之初找我,劝我和他分开,我可能还会犹豫彷徨一下,可是现在,不行了。"

米果转过头,望着面沉如水的杜宝璋,漆黑的眼睛里,闪烁着异常坚定的光芒:"阿姨,我们是真心相爱的,而我,虽然达不到您和旁人眼里的优秀标准,但我在他的眼中,却是独一无二的,同样,他在我的心目中,也是不能割舍的一部分。阿姨,我不奢求您一下子就能接受我,只求您能从您竭力维护的儿子的立场出发,去真正关心他需要的,究竟是什么!"

杜宝璋的身子一僵,蹙眉:"淳川是我的儿子,我和他的事轮不到你这个外人来指手画脚!"

米果淡淡一笑,黑眸沉静地看着杜宝璋,不避不让地叫了声"阿姨"。

杜宝璋被那道目光瞧得一怔,心里忽然生出一丝异样的感觉。

米果抿了抿嘴唇,望向杜宝璋:"那您知道岳淳川生病了吗?"

杜宝璋讶然回道:"我当然知道。"

虽然她是"被通知"的,可最让她牵肠挂肚的,也只有儿子了。

"您指的是岳淳川的腿伤吗?那您就错了,他还得了一种病,一种比鲜血淋漓的外伤更加严重的病。"米果眼神定定地说道。

杜宝璋面色一沉:"你胡说八道什么!我已经问过医生了,淳川的腿是被钢筋戳透,伤到了动脉血管,如今只需静养恢复即可,他的身体并无其他病痛!"

"是吗?"

米果踢了一下脚边蓬松的落叶,垂下睫毛,语气清晰地说:"神经衰弱型重度失眠症。"

米果抬头,看着神色怔然的杜宝璋,又重复了一遍:"神经衰弱型重度失眠症。岳淳川,他得了这种病。"

"您别问我是怎么知道的,也请您不要去问岳淳川。他是一个特别要强的人,也是一个最不喜欢给别人添麻烦的人,尤其是您。"米果说。

"你胡说——怎么可能,淳川,怎么可能……"杜宝璋一脸震惊地想驳斥米果,可是力道却小得可怜。

神经衰弱型重度失眠症。

这个讲起来异常拗口的医学术语,曾折磨了她近二十年的光阴。彻夜不寐,紧张心悸、精神疲乏的病状,令她饱受其害。一度,她竟发展到了抑郁症的边缘,做什么事都是恍恍惚惚的,时常会想到死亡。直到前些年淳川回到 A 市工作之后,她的病情才有所好转,但仅仅也只是好转而已。

失眠的滋味,很难对别人形容的。那是一种残酷的精神惩罚,整夜整夜睡不着觉的痛苦,经历过的人,会觉得生不如死。

杜宝璋想不到,她做梦也想不到,她引以为傲的儿子,居然患上了这种顽症。

她本能地想否定事实,可不知为什么,当她看到米果清澈冷静的黑眸时,她连辩驳的力气都没有了。

两人之间沉默了一会儿,米果主动开口说道:"阿姨,我说出这个秘密的目的并不是为了打击您。恰恰相反,我是想帮您。"

杜宝璋神色惊讶地截断米果:"帮我?你这叫帮我?"

米果点头:"我知道你们的母子关系一直不太顺畅。我想帮您,更想帮岳淳川,因为他是我最爱的人,而您,却是他最爱的人。您先别惊讶,我这么说,是因为他主动和我谈起过你们母子相依为命的那段岁月。对岳淳川来讲,您对他无私的爱和付出,是他这一生都无法偿还的恩情。他对您的感情极深,说您为了他,为了这个家,牺牲了大好的时光。阿姨,您没有发现吗?其实您和岳淳川骨子里是一样的人,你们个性相似,都是骄傲倔强得很,你们从不肯把弱点亮出来给对方看,又从不肯说软话,让对方察觉到自己的心思,所以尽管你们是母子,尽管你们深爱对方,可相处下来,却不如我们这样的普通家庭来得温馨和睦。岳淳川曾说羡慕我,说我生长在米家,是多么大的幸运和福气。阿姨,他那样地爱您,敬重您,却不得不去羡慕一个最普通的家庭,您听了,一定会和我一样感到心酸吧。我不知道您是否记得岳淳川最后一次回家的日子,您又是否记得,他最后一次跟您谈心是多久之前的事呢?我问过医生了,这种病其实就是心病,最佳的治疗方法就是对症下药,消除令他感到紧张心悸的因素。所以,我想劝您在和他相处的时候,能够用平和慈爱的心态,真正地,发自内心地去关心他、了解他。那样的话,他才会慢慢打开心结,说到底,您才是他的母亲,是他这一生最爱最亲近的人,谁也无法替代,包括我在内。"

不知不觉,天色竟已全黑,小区的路灯亮起,健身区饭后锻炼的老人们也多了起来。

杜宝璋一反常态地沉默,夜风渐起,撩起她鬓角的发丝,一片银白闪烁。

米果正犹豫着要不要开口,主动送杜宝璋回家。

那边杜宝璋却扶着椅子缓缓地站了起来。

米果也赶紧站起:"阿姨,您要回去了?"

杜宝璋看看她,没说话也没点头,而是径自迈开步子朝出口走了过去。

米果不放心,跟在杜宝璋身后:"我送送您吧,这边不好打车。"

"不用了。"杜宝璋语气生硬地说。

"没关系,我就送您到小区门口,看您上车了,我就走,绝对不打扰您。"米果举手保证。

杜宝璋不知是不是累了,竟没再拒绝米果的好意。

米果怕她看不到路况,小跑了几步,壮起胆子搀住杜宝璋的手臂,而杜宝璋亦是满腹心事,低着头,步子走得有点快。

到了小区外面,幸运地拦到一辆出租车,米果拉开车门,扶着杜宝璋坐进后座。

砰的一声,车门关上,米果退后一步,冲着车窗里的人影挥手。

"阿姨,再见。"

杜宝璋神情复杂地看了看车门外面的米果,示意司机开车。

米果抹了抹额头上的汗,摇摇头,苦涩地笑了笑,才转身离开。

那一夜。

对许多人来讲,都是一个不眠之夜。

无论是刚刚经历过上门挑衅风波的米家,还是暗流汹涌的岳家,甚至,连旋涡外的孔家人,也是彻夜未眠。

而搬到城中村居住的叶梅,更是在睡前洗漱的时候,遭遇到猥琐房东的侵害,叶梅势单力薄,被房东压在身下眼看就要得逞,可谁也想不到,关键时刻出现的英雄却是叶梅这辈子都不想再见到的男人,她还未曾签字离婚的丈夫——侯伟业。

侯伟业是真急眼了。

他的拳头又重又狠,照着房东黧黑臃肿的身子砸了几下,房东就倒在地上装死了。

叶梅缩在角落里瑟瑟发抖,还没从恐惧中恢复过来。

侯伟业赤红着眼眶走到叶梅身边,他弯下腰,把外套罩在叶梅的身上,然后,就像是时光倒流,过往的甜蜜重现,他把他最爱的妻子拦腰抱了起来。

感觉到叶梅的身子重重地颤了一下,他停住脚步,低头,怜惜愧疚地亲了亲叶梅的发顶。

"小梅,咱们回家。"

叶梅的眼泪终于忍不住落了下来,紧跟着落到侯伟业身上的,还有叶梅的拳头。

"你……为什么才来……"

翌日。

侯指导员一副神清气爽的模样出现在消防特勤中队。

尽管他熬了一夜,可是眼角眉梢藏不住的笑意,泄露了太多的秘密。

哼着歌来到二楼办公区,却意外撞见一身板正军装的岳渟川抱臂倚靠在门边等他。

侯伟业一个愣神,随即大叫:"你出院了!"

"嗯,出了。"岳渟川早就想回中队了,只有待在这里,他才觉得踏实,人也有精神。

岳渟川上下打量了侯伟业一番,笑道:"春风满面,看来昨夜你定是抱得美人归了。"

侯伟业翘起唇角:"那当然了!要不是我接到果果的短信及时赶到,那畜生就不是蹲拘留所那么简单了!妈的,居然敢碰我侯伟业的女人,真是活够了,呸!渣滓!"

岳渟川发出一声哧笑,他勾勾手指,示意侯伟业过来。

侯伟业不明所以,走近几步,谁知刚走到岳渟川面前,就被一只突袭而来的铁拳击中腹部。

"啊——"侯伟业惨号一声,捂着肚子弯腰后退。

"你疯了!"他抻着脖子,怒瞪着那个揉着拳头,朝他示威的男人。

楼道里的同事纷纷出来看热闹。

侯伟业一挥手:"都给我进去!"

岳渟川朝前走了一步,侯伟业倏地蹦开,神情戒备地指着岳渟川:"你别过来,再过来我可不客气了!"

岳淳川看看他，停下脚步。

侯伟业跟炸了毛的刺猬似的，火气冲天而起："你打我做什么，我招你惹你了！"

岳淳川英俊分明的脸上漾起一股清淡的冷意，他淡淡地瞥了侯伟业一眼，沉声说道："你欺负我家果果了。"

侯伟业被那道寒意十足的目光盯得后心发凉，他张张嘴，想说什么，最终愧疚地别开脸："是我的错，你应该打。"

"哧——"岳淳川鄙夷一笑，冲着侯伟业举起拳头挥了挥，"这次我可以原谅你，但若再有下次……"

"不会！绝对不会了！我之前是猪油蒙心才做了那样的傻事，害了果果，害了你，更伤害了小梅，我知道错了，淳川！我知道错了，我今后都改！保证改！"侯伟业经过这场风波算是彻底摆脱了过去，对待家庭，对待爱人，更是大彻大悟，有了全新的认识。他昨晚已经取得了叶梅的谅解，但是叶梅也给了他三个月的考验期，如果这段时间他表现不够好的话，那他们还是没有继续下去的可能。

岳淳川瞥他一眼："记住你今天说的话。"

侯伟业苦着脸，说道："我敢不记住吗！差点就妻离家散了。"

岳淳川嗯了一声，视线转到对面防火技术科，扫了一眼，问道："易真呢，她怎么没来上班？"

"哦，易真她请假休息了，昨天下班前，孔支队长亲自打过来电话帮请的假。"侯伟业说。

岳淳川抿了一下嘴唇，点头，回了办公室。

· Chapter 38 ·

了不起的人

时间就这样一天天地滑过去了。

刚刚送走喧闹热闹的圣诞节,新的一年又悄无声息地到了。

锦湖路 19 号消防特勤中队,最近成了电视新闻台的宠儿,每天都有成批的记者在岗哨处蹲点,只要听到出警的铃声,他们就像是打了鸡血一样,扛起摄像机就尾随消防车而去。

冬季是火灾高发期,频繁高强度的工作量使特勤中队的官兵们体力严重透支,他们常常连续加班数十个小时才能休息几个小时补充睡眠。

岳浔川和侯伟业更是连轴转,圣诞节、元旦几个重要假期,他们身先士卒,率领特勤英雄们始终坚守在防火一线,确保一方平安。

米果也没闲着,她除了殡仪馆的工作之外,业余时间还跟着叶梅走街串巷,为新公司选址。

叶梅经过一段时间的酝酿之后,终于决定重整旗鼓,从头再来了。

这次,她要自己开婚介公司,自己当老板,就像米果说的,做她最向往的事。

年轻不奋斗,老大徒伤悲。

叶梅不相信以她的能力不能成就一番事业。

公司地址最后定在 A 市新区,临街的铺面,因为之前是售楼部,所以节省了一大笔装修的费用。

公司的名字是叶梅起的——"心心向荣"。

欣欣向荣,昭示着事业蓬勃发展,兴旺昌盛。而心心,则讨个心心相印、百年好合的好彩头。

除了友情赞助的米果,忠心耿耿的小颖竟带着几名"喜福来"的员工跳槽到了"心心向荣",她们都是叶梅一手培养出来的行业精英,同时又特别敬重崇拜叶梅的为人和工作能力,"喜福来"自叶梅辞职之后管理松懈,制度混乱,她们憋着一口气,早就想走了,恰好叶梅打算东山再起,小颖跟她们一说,她们立刻就跟着过来了。

米果总算抽出空了,于是去特勤中队看望岳淳川,他们也有一周多的时间没见面了,她忙他更忙,常常是发了一条微信隔天才能收到回复,而米果,则是眼巴巴地瞅着电视新闻,期待着她的英雄偶尔出现在电视画面里。

她在锦湖路的大型药店里买了宁神安眠的中药汤包,然后又在里面的超市买了一堆战士们爱吃的零食,之后,便拎着两大袋子东西朝锦湖路19号走了过去。

来的次数不少,执勤的卫兵早就和她熟悉了。

"嫂子好!"哨兵敬礼。

米果虽然早就习惯了军人式的称谓,可每次听到,还是会脸热心跳,觉得不好意思。

她哈哈傻笑两声,然后空出一只手从袋子里掏出两袋肉脯放在岗哨里面的桌子上。

哨兵小刘的眼睛笑得弯弯的,声如洪钟:"谢谢嫂子!"

米果赶紧跑进去了。

一路来到二楼,米果站定在队长办公室前,微微喘了口气,才伸手敲门。

"当当——"

清脆的敲门声持续了两下,里面便传出一道好听到令她膝盖酸软的低沉男声:"进来——"

她抿了抿嘴唇,冲着紧闭的门扉龇了龇牙,转手,拧开门锁,走了进去。

正是下午时分,阳光从老式的玻璃窗户外面透进来,延伸照亮了她脚下的这片地方。

米果微微眯起眼睛,有些看不清逆光里朝她徐徐站起的那道熟悉的身影。

"果果——"

低沉冷峻的男声顿时拔高了几度,她就觉得眼前一花,接着,她就被一双结实健美的手臂从腋下穿过,整个人身子一轻,开始顺时针旋转起来。

眼前的景物都成了虚幻的梦境,而她咯咯娇笑着,晕眩幸福到了极致。

"啊——放我下来,下来——"

人是下来了,可是随着身后一声砰然门响,她就被他熟悉的气息锁住了全部的思维和呼吸。

她紧合着双眼,感觉他热切的渴望透过滚烫的身体传递到了她的身上。

唇齿交融,舌尖被吮到酥麻,肺也快被憋炸的时候,他才喘着粗气放开她。

额头依旧顶着。

他的瞳仁近看竟是琥珀色的,透着深邃的光芒。

他接过她手里拎着的袋子丢在地上,嘴唇压低,再次含住她粉粉的唇瓣,吻了又吻,才满足地叹了口气,把她紧拥在怀里。

"果果,我不是在做梦吧。"

米果翘起唇角,仰起头,咬了一口他胡子拉碴的性感的下巴颏:"疼吗?"

他就笑。

大手按住她的后脑勺,亲密地揉了几下,嘴唇滑到她的耳郭边缘,低声轻喃:"疼。"

他们就这样静静地依偎环抱了许久,才被突如其来的电话铃声打断。

铃声响了三下,他都没动。

米果推推他:"电话!"

他嗯了一声,还是在她的身上流连了几秒,才转身,走向办公桌。

可能是通知开会之类的普通电话,他接通后讲了几句便挂断了。

回头一看,米果已经掏出袋子里的中药包,放在他的会客茶几上面了。

岳淳川摸摸下巴,走过去,习惯性地揉了揉她的马尾辫,说道:"我已经好很多了,最近睡眠还可以。"

米果惊喜转头,拉住他的胳膊:"真的吗?你没骗我!"

他笑着敲她的脑门:"当然是真的。我说过,不会再对你有任何秘密。"

米果笑得眼睛弯弯,踮起脚尖,奖赏他一个吻,然后就拎着中药包的袋子走到他睡觉的私人地方去了。

岳淳川走向饮水机,想给她倒杯热水,忽然想起什么,他又折回来,在办公桌的抽屉里拿出一盒从侯伟业那边顺来的果汁饮料,放在接了热水的茶杯里热着。

里面传来窸窸窣窣整理的声响,间或还有一两句模模糊糊的歌声,岳淳川从看到她的那一刻起,嘴角就止不住地上扬,他转了转水杯里的饮料,扬起声音问:"果果,你的工作最近怎么样了?"

"挺好的啊,师傅推荐我参加全国殡葬技工大赛,名字已经报上去了。"米果说。

"不错啊!那叶梅呢,她的公司怎么样了?"岳淳川有一个多月的时间没离开过特勤中队了,外面的消息基本上都是米果传递给他的。

"公司正在做最后装修,梅姐说还要置办办公家具、绿色植物什么的,她想年前就开业,不过,我看有点儿悬。"米果从隔断后探出脑袋,挥舞了一下从岳淳川床上拿来的新枕头,问:"你什么时候换枕头了,我上个星期来,你还用的是旧的。"

岳淳川朝她手里的洁白枕头看了一眼,低下头,抽出被烫热的果汁饮料,淡淡地说:"我妈拿过来的。"

米果怔了怔,视线一转,向枕头侧边标有安眠药枕的知名 Logo 上看着。

杜阿姨!

深夜。孔家书房。

孔易真放下毛笔,低头,细细地审视着她耗时颇久完成的一篇工笔小楷作品。

纷纷坠叶飘香砌,
夜寂静,寒声碎。
真珠帘卷玉楼空,天淡银河垂地。
年年今夜,月华如练,长是人千里。

愁肠已断无由醉,
酒未到,先成泪。
残灯明灭枕头欹,谙尽孤眠滋味。
都来此事,眉间心上,无计相回避。

宋代文学家范仲淹的《御街行·秋日怀旧》。

这是一首秋夜怀思情人的词,虽写似水柔情,却骨力遒劲,绝不流于软媚,是性格爽直的孔易真素来推崇并喜爱的诗词风格。她偏好书法艺术,尤其是楷书。曾有人说楷书才是真正的书法,会写楷书才是真正的书法家。

她学小楷却是因为岳淳川。

那年上小学三年级,他们在市博物馆参观时,岳淳川对一个写有小楷字体的镶金描花瓷盘起了浓浓的兴趣后,她便从那一天开始起,习练书法了。

学的是小楷,且还是最费工夫的工笔小楷。

一晃眼,二十年过去,她的书法技艺突飞猛进,字形已隐隐透出大家风骨,可是当初怀揣着小女儿情思练字抒情的心境却变成了如今诗词里应景般的凄凉。

静能养神,静能养身。

她把自己关在书房一整天,写了一整天,却再也找不到一丝宁静淡泊的感觉。

她双目放空，看了许久，才失落地别开脸，合上眼睛。

回忆像黑白电影里的画面一样，在眼前浮现转回，清晰如昨。他峻然的眉眼，冷松般的身姿，占据了她散漫忧郁的心绪，揪起愁肠无数。

她曾在这里写下他的名字，一遍又一遍，幻想着如花般绚丽明媚的未来，可是，这一切都随着梦幻般的情生情灭，残酷地清醒。

她的身子晃了晃，手指撑在光滑的木桌边缘才保持住平衡。

门外响起父母刻意压低的交谈声，隐隐约约地，她听到她的小名，频繁被提起。

她拢了拢身上的黑色毛衣开衫，走过去，轻轻地拉开门。

"爸，妈，你们还没睡呢？"

孔舒明和刘春表情愕然地看着忽然出现的女儿，沉默了几秒，孔舒明点点头："真真，爸爸在等你。"

孔易真眉目清淡地笑了一下，指着客厅，主动邀请道："那我们一家人就好好谈谈吧。以后，这样的机会恐怕也不多了。"

孔易真率先朝客厅走过去，刘春拽了一下丈夫的胳膊，失望地低声嘟哝道："你看，她还是要走。"

孔舒明安抚地拍了下妻子的手："先听听孩子怎么说。"

三九严冬。

孔易真正式接受导师的邀请，准备回北京继续学术研究工作。她的工作关系保留在A市消防支队，等日后需要时再转移。

刘春对女儿不在A市过年耿耿于怀，她迁怒于"教子无方"的杜宝璋，就连电话也不和岳家打了。杜宝璋几次登门赔罪，刘春都以身体不适为由推托不见，杜宝璋理亏，只能忍气吞声，适应两家关系上的变化。

赴京的机票订在腊月二十三，孔易真在那之前回了一趟特勤中队。

她虽说在中队待的时间不长，可是很多专业书籍和一些私人物品需要打包带走。

她特意选在傍晚时分人员都下班的时段到中队，谁知，刚下车就碰到了中队战士王福祥。

王福祥外号祥子，个头不高，瘦瘦的，长着一双月牙眼，不笑的时候也像是在笑。他性格活泼，不怯生人，见谁都是自来熟，人缘极好。他还是个热心肠，经常帮着加班写报告的孔易真去食堂打饭，他记性好，打过一次饭，就能记住她的饮食喜好，时间隔得再长也不会忘。

王福祥说他就佩服孔易真这样有学问的人，他们挺聊得来，王福祥算是孔易真在中队为数不多的朋友。

王福祥见到孔易真，惊讶叫道："孔参谋——"

孔易真冲他笑了笑，右手一推，关上车门。

"祥子。"

王福祥手里捧着饭盒，不知又是替谁打的饭菜，他快走几步，跟上踱步慢行的孔易真，问道："孔参谋，你是回来上班吗？"

孔易真摇摇头："我过来取点东西。"

王福祥腾出只手狠狠敲了一下他没戴军帽的脑袋："瞅我笨的！这个点儿你怎么可能回来上班呢！"

孔易真笑了笑，指指他手里的饭盒："又做活雷锋？这次，又是哪个懒蛋欺负你！"

王福祥摸着鼻子眼睛笑成一条细缝，他朝走近的办公楼努努嘴："是果果嫂子！她过来看队长，还没顾上吃饭呢。"

孔易真的脚步缓了一缓，她低下头，盯着地上光线拉出的细长身影，凝视了一会儿，她轻声问道："岳队长今天不是休息吗？"

她看过中队的排班表，所以才挑选了这个时间过来，没想到，还是避不开。

"休息？怎么可能休息啊，从你请假开始，特勤中队就没节假日了！"王福祥叹了口气，"今年冬天少雪干燥，火灾事故频发，光我今天一天就出警八次，这还不算晚上的。"

"辛苦了。"特勤中队是消防支队的一把尖刀，危难险重的任务，一般都会压在他们身上。

孔易真上楼梯的时候重心踏空，身子一歪，就要跌掉，幸亏王福祥及时扶住了她。

"谢谢。"她的心跳剧烈，可她清楚这不全是踏空楼梯造成的心悸。

王福祥陪着她站在一楼和二楼的拐角处，他们之间安静了几秒，王福祥忽然开口问她："孔参谋，你要离开咱们中队吗？"

孔易真面色复杂地抬眸，看着神情犹豫的王福祥，缓缓说道："你也听说了？"

"嗯。孔参谋，你一定要走吗？你觉得咱们中队不好吗？"王福祥问道。

孔易真咬了一下干燥的嘴唇，咬出一丝痛意，这才垂眸回答道："不是中队不好，是我个人的问题。"

"那……那是因为果果嫂子吗？岳队长有了她，所以，才对你……"王福祥没讲下去，他知道他一直敬重佩服的孔参谋是为了岳队长才申请来特勤中队的。

孔易真看着他，忽然笑了笑："祥子，我离开 A 市，并不全是为了他，也有我个人的原因。我想，我并不适合这里。"

王福祥的脸上露出难过的表情，他别开脸，瞅着墙壁上的宣传标语发了会儿愣，然后说："不管你去哪里，我都希望你能快快乐乐的，再也不要烦恼和生气。"

孔易真心头一热，她感动地看了看王福祥，伸手拍了拍他的肩膀："谢谢你，祥子。我也祝你平平安安的，早日回家和老父亲团聚。"

王福祥是从邻省农村参军服役的，家中母亲早丧，年迈的父亲守着几亩薄田过活，他还有个考过县里状元的姐姐，当年为了他能念书，姐姐早早便辍学嫁了人，如今姐姐膝下已是一儿一女，和丈夫在镇上卖菜为生。

当年如果不是为了他，姐姐应该会有个完全不一样的人生，可惜的是，这辈子都无法再改变命运了。

王福祥对姐姐亏欠良多，所以他才如此崇拜学识广博的孔易真，在他看来，孔易真就像是当年无私博爱的大姐，他敬重她，想让她过得好。

提起老父亲，王福祥憨厚笑道："队长准我假啦！腊月二十八就走，我跟我姐都通过电话了！"

"是吗，那太好了。"孔易真由衷地替王福祥感到高兴。

"呵呵……呵呵。"王福祥眯起眼睛笑得灿烂，笑了几声觉得忘形，他又不好意思地挠挠头，指指楼梯："孔参谋，我们上去吧。"

经过岳渟川办公室的时候，先听到的是一阵爽朗愉悦的笑声。银铃般的女声夹杂着浑厚低沉的男声，在二楼不大的空间里回旋震荡。

孔易真抿了抿嘴唇，垂下眼帘，快步走了过去。

而王福祥愣了一会儿，才收回半空中的手，改为敲向面前深色的房门。

"报告——"

里面的笑声瞬间消失。

王福祥眨眨眼，以为他是不是出现了幻听，房门忽然打开，从里面探出一张笑意吟吟的圆脸。

"祥子同志，麻烦你了！"米果转动明眸，从王福祥手里接过饭盒，并且打开盖子闻了闻饭菜的味道。

她满足地叹了口气，回头冲着王福祥看不到的角落，说道："岳渟川，你们食堂的饭菜也太香了吧，尤其是这道糖醋小排，味道极其正宗，简直完胜我们殡仪馆的李师傅！"

里面传来岳渟川带着笑意的声音:"哦?是吗?"

"当然是了,我们就这么愉快地决定了啊,以后啊,我就跟着你混了!"米果调皮地眨眨眼。

岳渟川又是一阵爽朗的笑声飘过来:"求之不得!"

米果拉着王福祥进屋:"祥子,你进来陪我们一起吃,我还带了你们爱吃的零食呢。"

王福祥扒着门框拒绝:"我吃饱了,就你说的糖醋小排,我吃了三份,这会儿吃不下了。"

打死他也不敢在这个时候当电灯泡啊。

米果看他为难,于是走进屋把零食袋子拿出来,硬塞进王福祥怀里:"够意思吧,都是你爱吃的。"

王福祥嘿嘿憨笑,说了声"谢谢果果嫂子",就跑远了。

一个大大的纸箱,盛满了专业书籍和她的零碎杂物。

孔易真想起什么,返回办公桌,弯下腰,拉开右边最下面的抽屉,从里面取出一个七英寸大小的相框。

十几岁的花样豆蔻,少男少女并排站在支队的花圃前,冲着镜头笑得格外灿烂。

她低头,凝望了许久,嘴角渐渐泛出淡淡的苦涩。

她把镜框拆开,抽出已经泛黄的老旧照片准备扔进垃圾篓,可是手已经伸到半空,却像是遇到强大的阻力,一点一点地减速,最终停住。

她的鼻腔里涌上一阵辛辣的滋味,连带着视线也跟着模糊了起来。

她身子一歪,无力地靠在办公桌的边缘,低下头,垂眸凝立了很久,才把相框恢复原样,放进纸箱的底部。

回忆不是靠着丢弃回避就能忘记的,感情更是这样,付出亦无悔。她从来都不是一个在感情上畏首畏尾、胆小懦弱的女人,爱了就是爱了,她要让全世界都知道。即使失败了,她也会强迫自己接受,哪怕会难过会失望,会本能地远离伤害,但是,她还是她,不会被失败打倒的孔易真。

父亲孔舒明对她说,我的女儿,值得更好地对待。

她也坚信如此。

从此后,没有他的世界里,是不是可以过得轻松快乐许多呢。

抱起箱子,她的手臂不堪重负,差点就要掉了下去。

一双结实的手臂扶住她的同时也托住了纸箱底,熟悉的气息扑面而来,孔易真愣了愣,惊讶地望向与她几无距离可言的男人。

岳淳川抢过她的纸箱,退后两步,低头朝里面的东西看了看,嘴角不由得泛起一丝苦笑。

"真要走?"

孔易真抿了一下嘴唇,纤长的睫毛微微一动,她望着他,很快又别开脸:"嗯。"

"什么时候?"

"后天。"

岳淳川看看她,把纸箱放在桌上,起身走到窗口,他习惯性地去兜里摸烟盒,可是口袋瘪瘪的,之前放在那里的一盒烟已经被某人顺走了。

他无奈地一笑,收回目光望向窗外。

这时,一只白皙柔软的手递过一盒云烟和打火机。

岳淳川一愣,转眸盯着面前明显消瘦憔悴了不少的孔易真,语气熟稔却又透着责备,问道:"你学会抽烟了?"

孔易真把烟盒塞进他的手里,转开视线,低声说:"是别人落在这里的。"

岳淳川心情稍松,他抽出一支烟,用火机点燃,本来想把烟盒还给孔易真,可想了想,还是收进他自己的口袋里。

细微的呵护的小动作分毫不差地落入孔易真的眼底。

她的心里涌上一股说不清道不明的滋味,仿佛他们的关系还亲密如初,她还是眼前这个英武俊朗的男人悉心呵护的乖妹妹。

那个时候,他是绝对不会允许她受一丁点的伤害和委屈的。当然,她做错事也不可以,他就会像刚才一样,把靠近她的污秽和邪恶统统赶走。

淡淡的白色烟雾在窗口升腾,消散。

两人静了一会儿,岳淳川主动开口:"易真,对……"

仿佛知道他接下来要说的话,孔易真抢先一步,截住他:"不用再提以前的事了,都过去了。"

对不起,是对一个女人,尤其是曾深深爱过他的女人最大的伤害。

他不懂,她却有权利阻止。

岳淳川扭头看着她白皙漂亮的侧脸,有一瞬间的恍惚,仿佛眼前站着的,还是年少时那个骄傲优秀的邻家妹妹。

他酝酿了一下措辞,正准备开口,却听到孔易真的一声叹息:"你看,我永远也做不到米果那样,心无旁骛的快乐。"

楼下的院子里早早亮起了灯,中队有两个班正在楼前集合夜训。

米果下楼之后就和休息的战士们玩作一团,他们似乎在做某种幼稚的游戏,米果和王福祥是一伙的,他们正极有默契地坑着其他倒霉的战友。

笑声吵闹声不时传到楼上,一向板正清冷的军营,顿时变得热闹有人情味了。

看得出来,每个人的脸上都挂着真心的笑容。他们围成一个圆圈,又笑又唱,仿佛一个个被禁锢束缚的灵魂,终于找到了热情和活力的源泉,尽情地宣泄着内心的快乐。

岳淳川看着他心爱的姑娘,嘴角不禁微微上扬,他笑了笑,说:"她挺好的。"

"不管她这个人如何,最起码,她适合你。"孔易真说完抬起头,看着岳淳川。

岳淳川目光很深地回望过去,他点点头,承认:"是的,果果是我的幸运星,原本我的世界是灰暗无色的,因为有了她,因为有了她的光亮,我才尝到了快乐和幸福的滋味,看到了绚丽的七彩颜色。"

是吗?她真的就那么好,那么完美吗?

孔易真内心酸楚,但是表情依旧淡淡的,她轻咬了一下嘴唇,转开视线继续望着楼下喧闹的那群人。

她不愿意接受也好,主观上抵制也罢,看到那张张笑脸里透露出来的信息,她不得不承认,米果的确是与众不同的。

单凭她不靠容貌和家世便轻易俘获岳淳川的心,就充分证明了,她是一个有本事的女人。

虽然孔易真一直刻意回避这个事实,但她还是清楚的。

"能用快乐治愈他人的人,就是了不起的人。"孔易真沉默了一会儿,忽然说道。

岳淳川的神思晃了一下,在心里默念了她的这句话。

于是,他扬起眉梢,淡淡笑开:"你说得真好,易真。"

"率真,开朗,热情,果果就是这样一个女孩,她的笑容就像是灵丹妙药,具有治愈的力量。我感激命运的安排,让我遇见了她。同时,"岳淳川捻灭香烟,扭转头,目光定定地凝视着孔易真,语速极慢地说,"我也感激命运,让我遇见了你。"

孔易真的表情有短暂的停顿,她的眼睛里透出一丝诧异,无声地问他,为什么这么说。

岳淳川眼神真诚地说道:"易真,你永远是我的朋友,最好的朋友,无人能够取代。我很感谢你,陪我度过那段最艰难的岁月,那些弥足珍贵的经历,是我一生也无法忘记的。易真,不管今后我们距离远近,我都希望你能明白,在这个世界上,除了你的父母,还有一个哥哥在遥望祝福你。我希望你能找到属于自己的幸福,快快乐乐地生活。"

孔易真的心绪复杂难言,她攥紧手心,低垂的头始终没能抬起来。

过了好久,她扬起明显带有潮气的眼睛,看着岳淳川,说:"你知道的,我从来都不希望我有一个哥哥。尤其不希望那个哥哥的人选,会是你。淳川,你还是那么绝情,临到分别还是不肯讲一句我爱听的话。"她的嘴角泛起苦涩的笑意,叹息道:"算了,有什么关系呢。我已经失败了,失去了在你面前计较的资格。淳川,你想听实话吗?实话就是我不可能原谅你,至少不会这么快就原谅你,让我们的关系恢复如初。不过,我答应你,我一定会好好地生活,不仅仅是为了你,更为了我的父母,还有我自己。你了解我的,平生最受不了的就是挫折,我一定会好起来的,你信吗?"

岳淳川看着面前熟悉的面孔和表情,他的眼神渐渐变得温暖起来:"当然信,因为你是孔家丫头,你要是想做的事,八匹马也拉不回来。"

孔易真眼神微怔,随即,笑了。

她重重地呼出一口浊气,指着办公桌上的纸箱:"那就麻烦岳队长把箱子搬下去吧。"

岳淳川欣然搬起纸箱。

孔易真像小时候催他一样,重重地拍了一下他宽阔的肩膀:"快点!你要是再不出现,米果估计就要冲上来了。"

岳淳川笑着摇头,说:"不会的。"

· Chapter 39 ·
隐患终成灾

腊月二十二。

安平集团的工作会议进行到一半,忽然被人为打断。

原因是凌河化工厂上午十时许发生了一起火灾事故,负责集团安全生产的安监部经理李成勋带着两名下属迅速赶到化工厂处理。

冯利已经提前到了,正指挥着厂里的工人灭火。

火灾不算大,很快就被扑灭了。

李成勋了解到此次事故是由于石脑油罐装作业时工人操作不慎引起的,而他面见值班工人的要求却被冯利找借口百般阻拦。

"冯厂长,火灾不是儿戏,我需要了解当时的情况!你再这样阻挠,休怪我不客气!"李成勋再也按捺不住内心的怒火,指着冯利吼道。

冯利打着哈哈,敷衍他:"小事故,火灭了不就行了。你啊,过来意思意思就算了,凡事别太较真,不然的话,我们的面子都不好看。"

李成勋拧眉痛斥道:"面子重要还是人命重要!你看看厂子成什么样子了,滥用雇工,有章不循,违规操作,完全就是一个空架子,不,说是空架子都抬举你了,这里就是一盘散沙,一盘充满了危险的流沙。"

冯利皮笑肉不笑地回道:"你说得再难听也没用,厂子以前是这样,今后还会是这个样子,改变不了了。"

"你就不怕出事!比今天还大的事故一旦发生,你又控制不了,那成百上千的工人,就活该倒霉!"李成勋只觉齿寒心凉。

冯利举起手,朝上面指了指:"天塌下来有人顶着,用不着你在这儿咸吃萝卜淡操心!"

腊月二十三。

祭灶神。

凛冽的寒风呜呜扫荡过这座历史悠久的文化名城,一夜之间,气温骤降了七八摄氏度,走在街上的人们无心采买年货,只是遮头盖脸地匆忙奔向目的地。

一辆黑色轿车在宽阔的马路上疾驰而过。

温暖如春的车内,孔易真缩了缩脖子,指着外面被风摧折的树枝对母亲刘春说:"妈,你一会儿别下车了,怪冷的。"

刘春强打起精神,偏头看着即将远行的女儿,心疼地说:"再冷我也得送送你,你爸临时有事来不了,我这个当妈的要是再不关心你,我女儿岂不是太可怜了。"

孔易真撒娇地搂住刘春的胳膊,脸颊凑过去,贴在刘春的肩上,幽幽地发表感慨:"有妈的孩子是块宝,没妈的孩子像根草。"

刘春瞪了她一眼:"你还知道啊。你妈妈,我现在,就是城墙上面无人管的一棵野草。"

孔易真扑哧一笑,把刘春抱得更紧:"才不是呢,我妈啊,最漂亮了,是人见人爱的一朵花。"

"哧——"刘春切了一声,心情没有因为女儿的调侃转好,反而更加郁闷起来。

"妈。"

"嗯,什么事?"刘春摸了摸女儿的脸。

孔易真犹豫了一下,还是劝说道:"我走了以后,你别再跟杜阿姨闹别扭了,事情已经过去了,你们这把年纪,应该比我看得开才对。"

刘春抿着嘴半天没说话。

她转过头,看着疾驰而过的街景,想到令她寝食难安的岳家人,不由得面露愤然之色:"我算是看清楚岳家人的本质了,他们知道你今天要走,却连照面都不打,更别提一句送行的话了。真真,你别劝我,我这次说什么也不会原谅他们的。"

孔易真笑了笑,她牵住刘春的手,晃了晃:"妈妈——你错怪杜阿姨了。"

"我错怪她?"刘春伸手指着自己的鼻子,诧异地问道。

孔易真点点头,她拿出口袋里的手机,翻到短信一栏,把最近的一条短信念给刘春听。

"易真,阿姨怕去家里惹你妈妈不开心,所以提前去机场了,到了就给我个消息,我想送送你。杜宝璋。"

短信是午饭后出发前收到的,那个时候,杜宝璋已经登上了开往机场的巴士。

刘春愣了愣,随即偏头哼了一声:"谁也没求她去。"

"妈——"孔易真晃晃刘春的胳膊,"你别再耍小孩子脾气了好不好,就算不看在杜阿姨从小把我当女儿疼养的分上,也想想你们这些年的姊妹情谊,不是比亲姐妹还亲吗?更何况,岳伯伯是为了救爸爸才……"

"我何尝不知道呢,可是真真,妈妈只有你一个女儿,见不得你受委屈。"

孔易真抱着刘春:"您就想开点儿吧,我都没那么难过了。"

"哼,那你还不是要走!"刘春推开孔易真,扭头生闷气去了。

孔易真无奈地笑了笑,低头摆弄起手机。

过了一会儿,车子停了,司机小胡扭头报告,说前头堵车了。

刘春放下车窗探望了一下:"堵得挺长的,不知道出什么事了。"

"估计是交通事故吧。"孔易真继续玩着手机里的小游戏。

又等了一会儿,道路依旧没有通畅的迹象,刘春看了看表:"再晚一会儿就要迟到了。"

孔易真倒没那么焦急,她看着一层层的俄罗斯方块墙在面前崩塌,快意地抬头,看着刘春:"这不正合你意吗,我走不了。"

刘春作势要打她,孔易真伸伸舌尖,缩到角落里,冲着刘春扮鬼脸。

刘春被她逗笑,正要呵斥两句,却见到女儿举起手机,做了个接电话的手势。

屏幕上闪烁的是一个陌生的号码,搁往常不熟悉的号码她是不会接听的,可今天鬼使神差地,她竟接了起来。

"喂,请问哪位?"她礼貌地问道。

对方悄无声息的,半天没有一丝回声。后来便是呜呜而过的风声,对方似乎立在某处空旷的地方。

就在她蹙眉纳闷,准备挂断手机的时候,那边忽然传来一道似曾相识的男声,并且出人意料地叫道:"孔易真。"

她的心赫然一跳:"我是孔易真,你是谁?"

对方顿了一秒,接着说:"你不要问我是谁,只需要听清楚我接下来讲述的内容。我保证它是真实的。它关乎我的事业前途,更关系着你的职业生涯……"

孔易真起初只是静静聆听,可这种状况大约持续了半分钟的光景,她的身子猛地一颤,瞳孔缩小,呼吸也变得急促而又紊乱:"你……你说的是凌河化工厂。你是谁?你究竟是谁?"

耳边只听到一声声比她还要沉重紧张的呼吸,在她的脑子里回旋放大。

之后,手机便断掉了。

刘春察觉到异样,倾身过来,关切地问道:"真真,怎么了?谁打来的电话?"

孔易真神情呆滞,宛如木偶,车子这时突然动了起来,她晃了一下,蓦地,从混沌的情绪中回过神来。

她没有理会刘春的关心,而是急速拍打着小胡的座椅,大声惶急地叫道:"回去!回去,小胡!去特勤中队!哦,不,去凌河化工厂。快!凌河化工厂!"

孔易真此刻才意识到问题的可怕程度超出了她无法承受的极限。

A市特勤中队。

"嘀嘀——"岳淳川按了两下喇叭,催促磨磨蹭蹭的中队防火参谋冯小海。

他们要去支队参加"清除火患"专项治理行动的总结会议。

本来中队是要派冯小海和孔易真参加的,可是孔易真选择了新的事业起点,所以只能他陪着冯小海去了。

冯小海一边整理军装,一边腿脚利索地跳上车。

他扶正军帽,朝岳淳川敬了个军礼:"怎么样,够帅不?"

岳淳川扬起嘴角,骂了一句:"臭美!"

不就是待会儿要上台发个言嘛,这又是洗澡,又是整理着装的,还真把开会当回事了。

岳淳川发动汽车,朝冯小海刮得光溜溜的下巴瞥了一眼,说道:"最近不错嘛,心爱的胡子都舍得刮了。"

冯小海摸着光滑的下巴,笑得特别自恋:"娜娜喜欢,说我这样很性感。"

"噗——"岳淳川没忍住,笑出声来。

就连车子也跟着打了个摆。

冯小海瞪他:"你能不能好好开车,不能开,我来。我可是对我们家娜娜许下诺言了,一定要好好地陪她一辈子。"

岳淳川的牙都快被冯参谋的情话酸掉了,他把车停在门岗,等着哨兵升杆。

这时,他从后视镜里看到一抹熟悉的身影,朝他的车狂追而来。

他放下车窗。

王福祥飞奔到车前,一把扒住车门:"队……队长。"

岳淳川直起身子,看着神色惶急,目露惊恐的王福祥:"出什么事了,慌慌张张的。"

"是……是孔参谋……孔参谋打来电话找你。她说,她说凌河化工厂存在重大消防问题,让你立刻赶过去。迟了恐怕要出事。"王福祥照搬孔易真的原话。

岳淳川的眉头一下子蹙成"川"字,他和冯小海迅速交换了一个眼神,问道:"孔参谋人呢,不是回北京了吗?"

王福祥摇头,说道:"我不清楚啊,不过听声音她像是去化工厂了,因为电话里有人问她去化工厂的路怎么走。"

岳淳川拉开车门,跳下车,想就近找部电话打给孔易真,可刚下车,还没走两步,大地突然剧烈震颤了一下,紧接着,一声沉闷如春雷一般的响声,一下子把他的脚钉在了原地。

不好!凭着丰富的救援经验,他知道,这不是什么突发地震,而是A市的某个地方发生了可怕的爆炸。刚才那声闷响,就是爆炸声。

冯小海也从车上跳了下来。

他们都是久经沙场的老战士了,互相对视一眼,便知道一场无法预知结果的恶战即将来临。

就在岳淳川命令王福祥拉响警铃,全员进入备战状态的几分钟后,特勤中队接到支队的紧急出警命令。

凌河化工厂发生特大爆炸火灾事故,支队命令特勤中队全体出动,八辆消防车和两辆备用车辆全部开赴事故地点,展开救援。

岳淳川用车载电话联系孔易真,可是打了很久,她的手机都处于无法接通的状态。

十几分钟后,凌河化工厂方向又一团火球升入天空,火焰高达数百米,火舌向外翻卷达五六十米。浓烟像原子弹爆炸后形成的蘑菇云,不断向上翻滚着。烈火的啸叫声、沉闷的爆炸声接连不断,大火映红了A市的天空。

岳淳川第一次在灾难面前沉不住气,他除了催促司机开足马力,快一点,再快一点,他不知道还有什么别的办法可以宣泄内心的恐惧和担忧。

照王福祥的说法,孔易真很可能到化工厂去了,如今的情势有多危险,稍有智商的人就可以想象出来,他不敢想,不敢想电话联系不上背后意味着什么。

接连不断的爆炸声吓得市民从家中、从商场、从单位里逃了出来,惶恐的人们不知道发生了什么,他们向安全地带逃离,就像是数月之前的大地震一样,求生的本能使他们抱团取暖,寻求安全的庇护之所。

巨大的爆炸声传到宁静肃穆的殡仪馆时,米果和师傅郭台庄正在为一具损毁严重的车祸遗体做修复整容。

大地震颤了几秒,紧接着又是几声沉闷的巨响。

正是缝合的关键时刻，容不得一丝差池。

米果毕竟年轻，缝合的间隙，神情不安地看了看对面的师傅。

"别分心。应该不是地震。"专注低头工作的郭台庄冷静地说道。

米果轻轻地吸了口气，口罩下的脸庞，迅速恢复到了冷静严肃的状态。

她很快便摒弃杂念，全身心地投入到工作当中了。

修复整容接近尾声，郭台庄慢慢挺起酸困的腰身，看着依旧埋头认真做着收尾工作的爱徒，眼里露出一丝赞许。

下个月，米果就要代表 A 市民政系统到北京参加由民政部举办的殡葬行业遗体整容师职业技能大赛了。

米果在专业素质方面无可挑剔，他非常有信心。他担心的是她年轻无大赛经验，如果遇到刚才的突发状况，或是心理方面出现什么问题，那就会影响成绩了。

不过，郭台庄并不是特别看重比赛的结果，他只是希望年轻的米果能够在强手如林的全国大赛中历练成长，有更多学习和走出去交流的机会，从而对今后的事业起到促进和鞭策的作用。

看来，今天考验的结果还是令他感到满意的。

米果后半程发挥得极其出色，他基本上成了花架子，只能配合她做一些简单的辅助工作。

正要卸下口罩出去透透气，一阵急促的脚步声从外间传了进来，紧接着，房门被咚咚敲响："果果——出事了！不好了，出大事了！"

郭台庄示意米果继续，他走过去，把门拉开，看到外面神色仓皇的曹娜，不禁暗自一惊，问道："小曹，怎么了？"

曹娜的眼睛红红的，像是来之前就哭过了，她看到神情关切的郭台庄，眼眶又是一热，哽咽地说："就是，就是安平集团下面的一个化工厂爆炸了，全市的消防队去灭火，我听人说，听人说救火的时候，又爆炸，消防兵死了很多，其中，最先赶到的特勤中队伤亡最重……"

曹娜的话还没说完，米果就丢下工具冲了出来，口罩下的脸庞刷白一片，口齿也变得不大清晰："你说什么？娜娜，你说什么……"

曹娜的眼泪一下子涌了出来，她胡乱地抹了一把，上前卸下米果的手套和口罩，拉起她就走："快走，果果，晚了就来不及了。"

米果跌跌撞撞地走了几步，好像想起了什么，回头去看郭台庄。

郭台庄冲她摆摆手，示意她快走。

凌河化工厂。

此刻已是人间炼狱。

二次爆炸后,整个厂区只见浓烟和烈火。

火车卸油站台的油罐车被烧损,铁轨移位变形,多处管线管架倒塌烧毁。操作室天花板、门窗和仪表盘炸塌炸损。罐区周边的房屋及建筑物部分被摧毁,强烈的辐射热将罐区四五平方公里内的树木全部烤焦。乙烯罐爆炸解体成数块残片飞出,其中最重的一块飞出几百米,正好砸中附近工地的围墙,露出了其神秘内景。另一块大的残片,飞到厂外近千米外的麦田里,可见爆炸的威力是多么巨大。残破的乙烯罐被炸倒在地,仍在熊熊燃烧。最可怕的,是临近十多个大型储油罐和球形罐,已有被火势蔓延波及的趋势,一旦爆炸冲击波、燃烧明火或辐射热引发其余罐体爆裂起火、爆炸等连锁反应,摧毁的不仅是整个厂区,甚至可能是半个A市。

碎玻璃厚厚的铺满道路,救援车辆根本无法驶入核心区,之前赶来救援的消防车在爆炸后燃起大火,烧得只剩框架,而有的车辆则被爆炸产生的巨大冲击波卷起,掀翻,砸在很远距离外的建筑物上。

幸存的工人们在火雨中狂奔逃命,不时传来尖叫声、哭喊声,估计是谁摔跤了。可那种时候,已经没了活雷锋,所有的人都本能求生,除了逃离,他们再也做不到其他。

事故发生后,支队长孔舒明迅速赶赴事故现场,和省市领导一起指挥扑救。A市公安消防部门紧急出动,临市临省消防队亦紧急赶赴现场扑救大火。

火场核心区。

由于爆燃罐区及周边罐体密布、油品种类多、火场面积大、火势汹涌,风力还很大,尤其是罐内物质一直在高温环境下继续裂变、重组,产生新的易燃物质。

灭火总指挥孔舒明知道,工人和居民可以疏散,但消防力量必须坚守至最后一刻。而扑救这样的化工爆炸火灾,根本没有可靠的、现成的经验用来借鉴。

时间就是生命,没有办法也要想出办法。

孔舒明果断决定在特勤中队的基础上成立突击先锋队,这支久经考验的消防铁军,将担负起阻断乙烯罐和油罐间火势蔓延的重任。

这是一场搏命的硬仗,可以说这二十几名勇士接过战旗的同时,也把宝贵的生命交给了神圣的军旗。

临危受命的岳淳川深知此次救援行动责任重大,因为这是A市消防史乃至中国消防史上,也是他入伍以来遇到的处置难度和危险性最高的一次化工爆燃事故。

他的兵全都是好样的,有几个没被选入突击队,居然跑到支队长那里要求多给几个名额，孔舒明红着眼眶告诉他们，英雄不分先后，只要坚守，就是好样的。

出发前，岳淳川有想过母亲、小姨和果果。

但那只是一个闪念，还来不及抓住记忆中点点滴滴的温柔，他就带着突击队冲入了火场。

战士王福祥进入核心区只有一个任务，不是扑火救援，而是寻找在这里失踪的中队防火参谋孔易真。

这是岳淳川交给他的任务，唯一的一项任务。

生要救人，死要见尸。

这是队长对他的信任，更是他对像姐姐一样照顾他、开导他的孔参谋的回报。

而岳淳川为什么会下达如此命令，是因为他在进入火场之前见到了被碎玻璃扎得浑身是血的李成勋，他告诉岳淳川，孔易真之前确定到了爆炸乙烯罐附近。

跟随突击队一起深入核心爆炸区的，还有安平集团内部的消防专业人员。

他们最清楚爆炸罐体以及周边的情况。

到了现场，才知道情况比预想的更加危急。

罐区直径三十米的201号、202号、203号罐体已猛烈燃烧，东侧生产区域不时发生小规模的余爆，没过一会儿，火势借着风力，便引发了附近304号罐体的大火。如不及时处置，火势蔓延扩大，将引起油罐区两个罐全面燃烧，情况异常危险。

岳淳川果断下令，由侯伟业率领冯小海等专业消防突击队员跟随熟悉罐顶情况的企业专职队员冒险爬上罐体，实施直接灭火。

虽然部署了冷却、保护措施，可罐顶的情况难以预测，罐内可燃物会不会发生爆炸谁也不敢猜想。队员们的生命每一秒都处于巨大的危险之中。岳淳川从未感觉过时间过得如此漫长，如此惊心的局面持续了四十多分钟后，他的通信耳麦里传来了侯伟业疲惫却又欣慰的喊声："OK——"

万幸。罐顶火势被消灭掉了。

没有休整的时间，他们立刻投入到了另外一场鏖战中。

经过长时间的拉锯战，数小时后，202号罐和203号罐的火势终于也被扑灭了。

没等突击队员们欢呼雀跃，凌晨时许，202号罐突然破裂，出现流淌火，并迅速漫过防护堤向周边灭火阵地蔓延。

情势危急。

岳淳川立刻向指挥部汇报。

孔舒明和领导们碰头后立即利用警报、电台下达命令，要求前线官兵迅速后撤至安全地带。

岳渟川向指挥部请愿,他要单枪匹马留在罐体核心区域,继续灭火。

孔舒明不同意,要求他率领突击队即刻退出核心区,岳渟川沉默了几秒,对着通话器说:"支队长,发现真真了。"

孔舒明魁伟的身躯猛地一晃,在一晃一晃的灯光下,他渐渐佝偻起身子,脸上露出一丝不易被人察觉的痛苦:"真真她……"

"她还活着。支队长,我不能走。"说罢,岳渟川就关掉了电台。

"你给我回来!"孔舒明狠狠一拳砸下去,原本杂乱吵嚷的指挥部里顿时鸦雀无声。

202号罐破裂后,大量易燃液体喷出,随液面向堤内外蔓延,形成了大面积流淌火,靠近防护堤的一台高喷破拆车和二十米开外的一台泡沫水罐车以及数台移动消防炮被烧毁。

在燃烧的罐体之间,一处不起眼的控制室里,身材瘦弱的王福祥正拼尽全力把失去意识的孔易真从着了火的房子里面向外拉。

"孔参谋——"

"孔参谋——你醒醒!"

地狱流火,群魔狂舞,透着死亡的悲惨气息。

孔易真被一阵阵难耐的热浪炙烤着醒转,她勉强睁开眼睛,视线一片模糊,呛鼻的烟气使她呼吸困难,她动了动手指,谁知,却摸到了一具僵硬的躯体。

她从混乱的记忆中寻找到一丝清明,她想起来了,这里是凌河化工厂。她刚刚赶到控制机房和这里的工人搭上话,爆炸就发生了。

这个人是谁?是那个讲话吞吞吐吐的工人吗?

嗓子火烧火燎地疼,她拧眉,用尽力气推了推身边的人:"你是谁——"

眼前的脸被火光映亮,电光火石的一瞬,孔易真的心一下子沉入到了冰凉的谷底。

王福祥!!

这个被烟气熏得黧黑丑陋的人,竟然是王福祥!

他瘦弱的身体以一种诡异的姿势护在她的上方,一双手臂,像是护着雏鸟的母鸟,把她护在他瘦弱的胸怀里。

"王福祥——祥子!"孔易真大声叫道。

可王福祥一动不动。

也不知道从哪里来的力量,她硬生生地抽出身子,把王福祥扶正。

"祥子！醒醒——醒醒！"她摸不到王福祥的脉搏，情急之下扯着王福祥向前移动。

地狱熙熙，火宅炎炎。

她第一次尝到了孤立无援的绝望滋味，第一次如此近距离地接触到死亡。她在想，她是不是就要死了。可下一秒，她意识到她并非一个人，陪在她身边的，是王福祥，为了救她而身陷险境的王福祥。这个笑起来特别灿烂，对她始终关心的年轻战士，前几天遇见的时候，他还在笑着祝福她，一定要幸福快乐。

她知道他就要回家和老父亲团聚了，入伍之后第一次回家过年，那是他期盼已久的假期，所以，他不能有事，绝对不能！

孔易真从来不知道人的潜能被激发出来之后竟有这么大的威力，她竟半背半拖着王福祥挪移了很长一段路。

流淌火犹如失控的火龙四处蔓延，她只能凭着感觉在火阵中逃生。

体力和意志力到了崩溃的边缘，她咬着牙，硬拉着王福祥向前。

这时，"砰——"一声轰响，距离他们极近的一个球形罐体突然爆炸。

孔易真和王福祥被巨大的冲击波掀翻在地，孔易真翻滚了几圈，落在远处，而王福祥却被无情地卷入了火海。

"不——"孔易真惊声尖叫。

不！不要！

她向前无力地伸着双手，试图抓住那抹被火舌吞噬的身影，她的眼睛里涌满了泪水，嘴里咸咸的，蔓延着浓重的铁锈味道……

经过一千五百多名消防指战员四十余小时的奋力扑救，凌河化工厂特大爆炸火灾事故中的大火终于被控制住了，保住了余下的球罐与油罐，防止了再次爆炸。大火于第三日，也就是腊月二十五的晚上基本被扑灭，腊月二十六全部扫清残火。

这次事故损失巨大，后果惨重。事故中消防官兵九人牺牲，三十九人受伤，直接经济损失达数亿元。

腊月二十六，也就是火灾全部被扑灭的当天，受A市政府的聘请，以国内著名学者曾昌荣为组长的一行九人专家组赶赴A市凌河化工厂展开事故调查工作。

孔易真在火灾中受伤，被送到第一人民医院救治，她在医院抢救室清醒后的第一句话，就是问祥子怎么样了。

在场的人除了刘春不明所以之外，其他的人，如孔舒明和岳湻川、侯伟业等人，同时露出了悲痛之色，默默转头。

孔易真愣了愣，紧接着，她拔掉手背上的针头，猛地起身，坐了起来。

"真真——"刘春吓得心神俱散，上前便按住女儿。

孔易真甩掉刘春的手，一脸痛苦地叫道："我要去看他！让我去看看他！祥子他没有死，对不对，他就是受伤了，和我一样，对不对！"

刘春惶然无措，向丈夫求救。

孔舒明稳了稳情绪，走上前，抱住歇斯底里的女儿："真真啊，祥子他牺牲了。他死得其所，死的光荣，他是一个顶天立地的英雄，值得我们所有人铭记他、怀念他！"

"不——你骗我！你骗我！祥子他不能死，他就要回家了啊，前几天，他还兴高采烈地告诉我，他要回家了。他才多大啊，二十一岁，二十一岁啊，他为了救我才被困火场，他是为了救我啊。还有，还有我还没答应做他姐姐呢，他怎么可能就这样走了呢。祥子，你回来……你回来！"孔易真失声痛哭，在场的人无不动容落泪。

岳淳川和侯伟业脚步沉重地走出抢救室，他们没有立刻回队里，而是找了一处僻静的角落，为彼此点了一支烟。

身体上的累他们可以咬牙承受，但是失去战友的痛苦，恐怕这一辈子都要背负心灵中的十字架了。

尤其是岳淳川，他重重地吸了几口烟，表情痛苦地说道："都怪我。我应该亲自过去的，那样，祥子他也不会……"

侯伟业了然地拍拍岳淳川的肩膀："别自责了，祥子是心甘情愿的，你不知道吗，他一直把易真当亲姐姐看，你要是不让他去，只怕他现在会找你拼命。"

岳淳川心里难受，他沉默了一会儿，问侯伟业要电话。

侯伟业把手机递给他，岳淳川拨通了殡仪馆整容室的电话。

电话是米果接的，因为师傅被她逼着去研究如何为烧得惨不忍睹的王福祥烈士做修复整容了。

火灾发生后，她和曹娜第一时间就赶到了化工厂。

可是厂区五公里之外都被部队戒严了，她和曹娜根本进不去。回去更是不甘心，所以她们就一边在周边做志愿者帮助伤者和受困群众，一边打探火灾的消息。

没想到，这志愿者一做就是一天一夜。

消息一个比一个可怕，消防官兵的伤亡人数也在急剧上升。

就在腊月二十五，米果没见到岳淳川却等来了师傅郭台庄的电话，电话里师傅告诉她，第一批牺牲的消防员的遗体已经被送进殡仪馆了。师傅告诉她，牺牲的消防员里，没有姓岳的，也没有姓冯的，让她们放心。师傅还说，护送烈士遗体的军人说化工厂的火势已经得到有效控制，不会再有人员伤亡的危险了。

米果和曹娜这才放下心来，赶回殡仪馆投入到了紧张忙碌的工作当中。

令米果万万没想到的是，火灾事故中损毁最严重，被烈火烧得只剩下一具黢黑焦炭样的遗体，竟是王福祥。

看到名字牌的那一刹那，米果整个人傻了一样，盯着那具残破不全的尸体，看了很久，才哇的一声，痛哭出声。

郭台庄和王秀娜被吓得不轻，赶紧把她扶出停尸房。

米果泣不成声地哭道："怎么是祥子啊，怎么是他啊。师傅，他们是不是搞错了啊，都烧成这样了，能看出是谁吗？"

郭台庄摸了摸米果的头，安慰地劝道："米果，不要这样。你这样哭，会让逝者灵魂不安的。"

米果抓住郭台庄的袖子，哭诉道："我就要哭，就要哭，把他哭醒了，然后来找我算账！师傅，他真的是个好人，他喜欢笑，特别喜欢笑。我们前几天还在做游戏，他特别聪明，我眨眨眼，他就知道怎么做了。呜呜呜，祥子……你不要死！"

郭台庄也非常难过，不只是这个叫王福祥的年轻烈士，这次送来的另外八名消防烈士无一不是国之栋梁，家中爱子，可是一场灾难，却夺去了他们年轻宝贵的生命。

"好了，米果，别哭了，师傅答应你，一定为祥子做最完美的整容，让他恢复原貌，好不好！"郭台庄没别的能力安抚爱徒，但是，整容修复，却是他最拿手的。

给逝者和家属以安慰，恐怕就是他们目前所能做的最实际的事情了。

米果接到岳淳川的电话，激动得半天说不出话来，她攥紧听筒，快速地吸了几口气，问道："岳淳川，你还好吗？"

"好。我很好。"岳淳川的声音听起来有些嘶哑低沉，但只要还能感觉到他有力的呼吸，她就觉得之前所经受的一切磨难都不算什么了。

"果果，你也辛苦了。"岳淳川从侯伟业那里知道了米果和曹娜在化工厂外围守了一天一夜的事。

米果鼻子一酸，又想落泪，她忍了忍，撑出一丝笑意说："你们才受苦了。"

她想起牺牲的王福祥，不禁又是一阵难过："祥子，祥子他现在在我这边。"

岳淳川就是为了这件事找她的。

"就算我走个后门吧，果果，拜托你了，让祥子走得体面帅气一些。拜托了。"

米果吸了吸鼻子，保证道："你放心，只要有我在，祥子就还是那个祥子，会笑的祥子！"

王福祥和其他八位烈士的追悼会定在正月初六。

而中间这近十天的时间里，孔易真却做了两件大事。

她恢复意识后便执意出院,并且出人意料地出现在支队领导的会议现场。她请求上级首长严肃处理她在"清剿火患"行动中的渎职行为,如果不是她玩忽职守,此次特大爆炸事故就不会发生了。

孔舒明没有护犊子,他接受了孔易真的请求,暂停了她在特勤中队的工作,等候上级处理。

对这样一个结果,孔易真坦然接受,她望向神色复杂的父亲孔舒明时,眼神中竟透出一丝感激。

回去后,孔易真没有在家休息或是回医院静养,她第一时间找到恩师曾昌荣,也就是火灾事故调查专家组的组长,请求老师允许她加入专家组,参与凌河化工厂特大爆炸火灾事故的责任认定工作。

恩师答应了她的请求,但是,强调说只是协助辅助的工作,最后的事故认定书中不会出现她的名字。

搁在以往,心高气傲的孔易真必不肯纡尊降贵自贬身份,可是这次不同,她没有提出任何附加条件,不假思索地就同意了。

孔易真知道自己变了。

她身上的变化,来自经历。

没有这场洗筋炼骨的烈火洗礼,她就永远还是那个骄矜自私的女学究,永远都不知道什么才是人生中最重要的东西。

她要为祥子的牺牲找回公道,也要为自己的坚持,找到继续下去的理由。

凌河化工厂的爆炸火灾事故震惊全国,这个春节,对A市所有的市民来讲,都是一段不同寻常的日子。

尤其是政府和消防部门,从火灾发生的那一刻起,全员在岗值班,处理火灾造成的恶劣影响。

大年初五。

孔易真被父亲孔舒明的一通电话从火灾现场叫到了支队大院。

敲门,报告,进屋。

一室呛鼻的烟味令孔易真拧起了眉毛。

她不赞同地看着捻灭烟头的父亲,轻声呵责道:"爸,您不能抽烟。"

孔舒明一夜未眠,此刻撑着满是血丝的眼睛,凝视了女儿许久,缓缓说道:"爸爸不抽了。不抽了。"

孔易真把积满烟灰的烟灰缸拿起倒掉,然后又去拉开窗,通风换气。她熟门熟路地从父亲的书柜里取出一包茶叶，捻了一撮放进茶杯，到饮水机前接满水，放在孔舒明的面前。

"爸，您喝水。"

孔舒明眼神复杂地看着心爱的女儿，端起水杯，低头喝了一口，头却很久没能抬起来。

孔易真看到父亲头顶生出一片霜白华发，心里一阵酸楚，她咬了咬嘴唇，说道："对不起，爸。我给您抹黑了。"

孔舒明侄傥半生，戎马意气。最看重的，就是党旗、国徽以及一生的清誉。他砥砺前行，对家人要求严格，所以孔易真从小就养成了谨言慎行的好习惯，长大了，她更能理解父亲经常挂在口边的，做事先做人，做人先立德，做事靠人，做人靠德，这番话的深刻教育意义。

孔舒明放下茶杯，起身的时候身子不小心晃了一下，孔易真赶忙扶住，孔舒明叫了一声"真真"，便偏过头去，呼吸变得急促而又沉重。

孔易真的心里很难受，等了半晌，说道："爸，是不是我的处分结果下来了？"

孔舒明表情痛苦地拧紧眉头，他反手，按住女儿的肩膀，尽量把语气放得和缓："真真，你要做好思想准备。这一次不同以往，不是爸爸能够做得了主的。"

孔易真冲着父亲淡淡一笑："没关系。我早就做好了一切思想准备，您放心，您的女儿能赢得起，更能输得起，只是对不起您，让您爱惜半生的清誉受损，是女儿不孝。"

孔舒明眼神微动，他摆摆手，说："我的女儿都能挺过去，我这个做父亲的，自然也能和你一起吃苦。只是，真真，你背上处分之后，今后的路……"

"我会走得更好！爸，您放心吧，经过这次的事，我再也不是以前那个只知道撒娇不懂珍惜的女孩了，我比以往任何时候都要坚强，因为，我要让祥子，让特勤中队的每个官兵都为了我而感到骄傲。我要踏踏实实地活着，快乐幸福地活着，这样，祥子他才会开心，不是吗？"孔易真动容地说道。

孔舒明欣慰地点点头，他上前抱住女儿："你能这样想最好了。谢谢你，真真，爸爸谢谢你。"

"爸——"孔易真眼眶一热，泪水奔涌而出。

这时，窗外忽然传来整齐的脚步声。

"哐哐——"那是支队练兵时集合队伍的声响，整齐划一，紧凑迅速。

随着洪亮有力的"向右看齐，向前看"的口令声传到楼上，孔易真猛地从孔舒明的怀里仰起脸，她不可思议地看着同样震惊愕然的孔舒明："是淳川？"

父女二人到窗口一看,不禁惊呆了。

支队办公楼下的旗杆下面,特勤中队全体官兵身着正装整齐列队,他们举着特勤中队的鲜红队旗,以及为孔易真参谋免除处罚的请愿标语,像一个个庄严的界碑一样,挺立在风口,不可撼动。

几乎所有经过的人都会停下来驻足观看这前所未有的一幕。

过了一会儿,孔舒明的房门被人敲响,孔易真站在一旁,低着头,不知在想些什么。

孔舒明稳了稳心神,说道:"进来!"

进门的是支队的副手刘松,他看到办公室里的孔易真,不由得一愣,但他还是谨慎地开口汇报:"支队长,岳淳川带着特勤中队为真……为孔参谋请愿,请求支队撤销对孔参谋的处分。喏,这是他们送上来的请愿书。"

刘松把信递给孔舒明。

孔易真忽然抬起头,看着孔舒明说:"首长,我先走了。"

孔舒明点头,这种场合太敏感,孔易真留在这里不合适。

孔易真下楼后,径直来到特勤中队的队伍前。

她直视着排头的岳淳川和侯伟业,声音颤抖地吼道:"你们疯了吗?以为这是哪里,还玩请愿静坐这一套!"

岳淳川的目光淡淡地扫过她:"我为我们中队的一分子鸣不平,错在哪里?"

孔易真咬紧嘴唇,她不敢直视岳淳川那双深邃峻然的黑眸,只好偏过头,眼睛潮热地说:"我知道,你们大家是为了我好。可我确实做错了,是我的失误间接导致了这次的重大事故,还害得祥子他们……岳淳川,不要为我做这些傻事了,好吗?求你了,就让我接受惩罚吧。那样的话,我才能心安一点。"

"不行。就算我能答应,我身后这几十号的战友兄弟也不会答应。大家说,是不是!"岳淳川朗声问道。

"是——"响彻云霄的回答使孔易真的情绪在瞬间崩溃,她捂着脸,慢慢地背过身去。

岳淳川也被这一幕刺激得嗓子发紧,眼眶发热。

他稳了稳情绪,说道:"不管你认不认同,你都是特勤中队的一分子,是四十七个兵里面的一员。不论你犯了多大的错误,都有我们替你分担,这次的事故原因复杂多样,在没有调查清楚之前,支队不能这样草率地处分你。即便一定要处分,那就先冲着我来。"

"不!冲我来!我是指导员,是我没能尽到监督责任!"侯伟业抢道。

299

冯小海更是冲动，跨前一步，说道："我是防火科负责人，我要负全责。"

就在一群铁血硬汉为了处分争得不可开交之时，孔易真忽然大叫一声："你们都别吵了！"

现场安静下来。

孔易真用力抹去脸上蜿蜒流淌的泪水，感动地说："易真在这里谢谢大家了。谢谢你们，没把我当外人看。既然大家认同我是中队的一分子，那我也决定，你们做什么，我都会无条件地支持。队长！"

孔易真面向岳渟川，抬手，敬了个军礼。

"中队防火参谋孔易真申请归队！"

岳渟川和侯伟业交换了一个欣慰激动的眼神，举起手，回敬了一个军礼："欢迎——"

于是，在又一阵响彻云霄的"欢迎孔参谋归队"的吼声中，孔易真迈出了一个意义重大的跨步，回到了她即将为之奉献全部身心的特勤中队。

请愿共持续了三个小时。

接近午饭时，孔舒明亲自带着支队领导班子成员走下办公楼，向特勤中队全体官兵做出回复："关于对孔易真参谋的处分，支队决定暂时收回，等待此次特大爆炸火灾事故调查结果公布后再做处理。"

在特勤中队官兵们欣喜雀跃的时候，孔易真收到了来自岳渟川的短信，随着他，走到一旁安静的角落。

孔易真的情绪还没完全恢复平静，她用手压了压酸胀的鼻子，抬头看着英姿飒爽的岳渟川，神情复杂地说："为了我，你这样做不值得。"

岳渟川淡淡一笑，抬手敲了敲孔易真的帽檐："我什么都不做，才会后悔。易真，不管你承不承认，我都是最关心你的兄长。"

孔易真抑制住鼻酸，甩甩头，说："我可不想被你这样的哥哥照顾。"

"是吗？那我走了。"岳渟川作势要走，却被孔易真一把拉住："喂！你不是那么小气的人吧。"

岳渟川停步，转身，默默地看着她，笑了笑。

孔易真轻叹口气："你想知道什么，尽管问吧。"

岳渟川知道她在专家组做辅助调查工作，他想了想，问道："调查进行得怎么样了？"

孔易真看着他："你也在关心结果吗？"

岳渟川的眼睛里露出一丝痛楚和悲愤的情绪，他说："祥子他们的血不能白流。我们有责任让他们得知事件的真相，还他们一个公道。"

孔易真黯然片刻,说道:"现在专家组正在现场进行详尽的调查。我们对火灾现场进行了细致的勘查,对爆炸物及乙烯罐的残片、断口进行了测定、拍照、取样,我们还在搜集生产运行中的各种参数和操作记录,察看和搜集现场有关人员的谈话笔录,并且进行现场专题讨论会。"

孔易真垂下眼帘,控制了一下情绪,说道:"虽然目前还没一个确切的结果,但我在大量调查分析的基础上,大致找到了事故发生的原因。爆炸是腊月二十三日下午铁路油罐车向原料罐区卸轻柴油时,由于操作工开错了阀门,把该送到轻柴油罐中的轻柴油送到了已装满石脑油的罐中去了,因为石脑油罐已装满,所以,导致大量的石脑油冒顶外溢,冒顶溢出的大量石脑油挥发成可燃气体。很快,整个罐区就弥漫着高浓度的石脑油油气,遇到明火发生爆炸,随后又引起乙烯的爆炸及整个罐区大火。"

她神情严肃地看着岳淳川,说:"这是一起人为重大责任事故。"

人祸!居然是人祸!

一股难以言喻的愤慨情绪在胸腔里迅速积聚成团,隐隐有爆发之势。岳淳川紧攥了一下拳头,没有继续追问下去。

孔易真身份微妙,能够透露这么多已达极限。

她欲言又止,还是咽下到了嘴边的一句话。

她想说的是,凌河化工厂的爆炸事故远非面上那么简单。

没有切实的证据之前,她什么都不能说,不能做。

两人静默了一会儿,岳淳川提醒孔易真:"明天是祥子他们的追悼会,你能来吗?"

孔易真黯然应道:"我一定到。"

岳淳川朝远处等着他的队伍望了望,说道:"那我先回去了,中队还有一堆事。"

"好,那我们明天见。"

"明天见。"

岳淳川离开之后,孔易真沿着支队的操场走了一圈又一圈,直到脚步僵硬,后心起汗,她才抓住路边的树干,无力地倒在上面。

"祥子。祥子。"她喃喃悲叫,泪水顺着面颊滴落在屹立强壮的树干上面。

王福祥牺牲之后,她始终无法面对这个残酷的事实。内心巨大的负疚感每一分每一秒都在折磨着她,明知道祥子的老父亲和姐姐已经到了A市,可她却鼓不起勇气面对他们。

迈着沉重的脚步走到停车场,孔易真的手机响了。

看到来电显示的那一刹那,她的眼皮猛地跳了下,几乎是迫不及待地按下通话键,声音急促地问道:"你是谁!我们能面谈一次吗?我可以为你保密!我保证!"

正是化工厂爆炸前匿名举报者的手机号码,她后来无数次拨打这个号码,想获取一些更有价值的线索,可是对方却总是处于关机状态,一直联系不上。

没想到他竟会主动打过来。

对方静默了一会儿,用刻意压低变换过的嗓音说:"我们不需要见面。你想要的东西,我已经通过快递寄送到特勤中队。另外,不要相信专家组的任何人,任何人都不要轻易相信。"

不要相信专家组的人,里面也包括她的恩师吗?

孔易真感到一丝真实的恐惧,正要追问,却听到耳边传来"嘟嘟嘟"的忙音。

她赶紧回拨过去,却又成了已关机的答录音。

她在原地呆立了一会儿,犹豫着要不要把匿名者的号码告诉父亲孔舒明,请他帮忙查证。可她紧跟着否定了这个想法。说不清楚具体的原因,或者从一开始,她对匿名举报者的感觉就非常复杂而又微妙。不知是不是他之前举报的事实,基本上都得到了后期的印证,总之,她最终选择了信任。

想到他寄来的东西,孔易真不禁加快脚步,朝她的白色汽车跑了过去。

大年初六。A市殡仪馆。

挽幛轻垂,青松含悲。

吊唁大厅内庄严肃穆,哀乐低回。

告别厅外上方悬挂着沉痛悼念王福祥、宋青山等九名烈士的横幅,厅内中心位置摆放着九位烈士的遗像,王福祥等九位烈士的遗体安卧在鲜花翠柏丛中,身上覆盖着鲜红的党旗。

追悼会简朴而又隆重,全程不过三十分钟。

大量的时间都留给了和烈士告别的亲属和前来吊唁的消防战士或是普通民众。

王福祥的家人提出要求,他们想见一见为儿子修复遗容的遗体整容师,另外,他们还想见一见儿子电话里总在提起的像姐姐一样关心他的中队防火参谋孔易真。

殡仪馆的一间休息室里,米果被岳淳川亲自带到王福祥的家人面前,没过一会儿,一身戎装的孔易真也走了进来。

米果和孔易真交换了一个眼神,孔易真把一束黄白菊花摆放在王福祥烈士遗像前。

王福祥的父亲一看就是个憨厚淳朴的农民,他看到米果和米果身上的白色工作服,一时间激动难言,他颤抖着嗓子,叫身边的女儿,赶紧给恩人磕头道谢。

米果吓得躲到岳淳川背后,一个劲儿地摆手,说:"不要,不要这样。"

岳淳川及时扶起王福祥的姐姐,他对老人家说:"现在不兴这个了,叔。"

老人握住岳淳川的手,一行浊泪淌下来,语气中透出无尽的心酸和悲痛:"祥子能走得如此体面,多亏了你啊,姑娘。还有岳队长,你平常照顾祥子,关心祥子,他每次打电话都要提起你,他说,他能在咱们中队,说出去,都是老王家的骄傲!如今,他走了,走得英勇啊。我这娃子,没啥大本事,就是关键时刻能豁出命去。"

岳淳川内疚地说道:"是我没能保护好祥子,我对不起您,叔!"

老人家猛地摇头:"这不怪你,不怪你。娃子有出息了,他去享福去了,我是留不住他的。叔不怪你,谁都不怪。"

岳淳川心情沉重地低下了头。

之后,老人要和孔易真单独聊一会儿,岳淳川就带着米果出去了。

"我们等一等吧。"岳淳川怕老人家见到孔易真后情绪失控,决定在外边等一等。

可能是失去战友的缘故,岳淳川的情绪很是低沉,他半晌没有言语。后来,他的袖子被身边的米果悄悄拉了一下,他扭过头,看着嘴角漾着笑意的姑娘,用眼神问她怎么了。

米果看他严肃,便收起笑容,用手指戳了戳他的胸膛,说:"祥子是个乐观开朗的小伙子,被烧成那样了他的嘴角还上扬,保持着一丝笑意,你说,你们这么悲痛,不是让他走得不安心吗?你们一定没有仔细看过,他今天的遗容其实是一张笑脸,他想让大家记住的,还是他生前的模样,而不是让亲人和战友们为了他的离去而过度悲痛。岳淳川,你说我说得有道理吗?"

岳淳川动容地凝视着面前的米果,是啊,他不该在祥子的面前露出悲痛之色的,祥子那么爱笑,那么开朗,就算是离去,他希望看到的,也是大家的笑容而不是眼泪。

他抬起手,摸了摸米果红润的脸颊:"你说得很对,果果。是我错了。"

米果眼睛亮亮地抿唇一笑:"错了就得惩罚。"

"怎么惩罚?"他问。

米果吭了一声,转了转黑葡萄似的眼珠,说:"罚你,罚你……后天晚上跟我回家吃饭!"

自从杜宝璋上门挑衅之后,米家爸妈对岳淳川的印象也跟着打了折扣。米果为了修补他们之间的关系,特别恳求米爸爸,允许岳淳川到家吃饭赔罪。

岳淳川正愁着从哪方面突破米家父母的防线呢,米果这一友情惩罚,直接解决了他的大问题。

他揉了揉米果的马尾辫:"好。到时我过来接你下班。"

"说话算话!"米果举起手掌。

"说话算话。"他对上她的手掌,最终,十指相连。

这时,休息室里突然传出一阵熟悉的哭声。

不是王福祥的父亲和姐姐,而是来自整个追悼会上都表现得异常冷静而又平淡的孔易真。

米果脸色变了变,就要进去,却被岳淳川一把拉住:"别去。"

米果诧异地看他。

岳淳川摇摇头,把米果拉回自己身边,手掌扣紧她的小手。

"让她哭吧,尽情地哭一场,或许才能卸下心头的包袱。"岳淳川说。

他听出孔易真的哭声不同于以往,这一次,她更多的是在宣泄,是真正意义上的痛哭。

祥子出事以后,除了在抢救室里她闹过一回,他见到的孔易真总是坚强得如同一个铁人,她投入忘我地工作,几乎忘了时间,她瘦下去的速度令人心惊,可是意志却比任何时候都要坚定。

他清楚,她那样性格的人,遇到这么大的心理创伤,身体里一定积聚了数量可怕的负面情绪。他一直心存忧虑,怕她这根绷紧的弦终有断裂的一天,他还在尝试着打通她的心结,没想到,王福祥家人竟是打开这扇心门的钥匙。

等了十几分钟的样子,孔易真的哭声渐渐小了,又过了一会儿,休息室的门被人拉开,孔易真和王福祥的姐姐搀扶着老人家从里面走了出来。

孔易真明显哭过了,眼睛已经肿起来,红得像个桃子。

她抚摸了一下王福祥姐姐怀里抱着的王福祥的遗像,语气喃喃地,亲切地叫了声:"弟弟,你安息吧。"

岳淳川抿了一下刚毅的唇线,走上前,接过老人家:"叔,我带您过去等祥子。"

王福祥第一个被火化,算算时间,应该接骨灰了。

岳淳川临走之前朝米果挥了挥手,米果冲他微笑,举手,示意他坚强。

走廊里安静而又昏暗。

米果看了看低头沉思的孔易真,张了张嘴,又不知该说些什么话来安慰她。

正准备悄无声息地离开这里,却听到孔易真叫她:"米果,我们能谈谈吗?"

米果愣了愣,随即,点头:"好啊。我们去外边吧,这里,实在有点……"

孔易真点头,跟着米果走出吊唁大厅,来到外面的景观区,在一处古色古香的凉亭前面,米果停下脚步。

"就在这儿吧,我和岳淳川第一次谈话,就是在这里。"米果大大方方地说。

孔易真微微一怔,她没有想到,这不起眼的幽静凉亭竟然还藏着故事。

米果笑了笑,说:"我其实早就认识他了,他是我的救命恩人,还连着救了我两次。当时情况特殊,他并不曾看清我的脸,后来,他来参加吴磊烈士的追悼会,我们就在这里正式见面认识了。"

"哦。"孔易真恍然,原来是这样。

米果指了指凉亭说:"当时他的心情很沉重,一个人躲在这边抽烟,我送给他一个苹果,告诉他,他的战士们需要他。孔参谋,你也要快点好起来,祥子,祥子他最喜欢你了,还有岳淳川他们,特勤中队的每一个战友都在关心你,为你加油。当然,还有我!"

孔易真抬眸望着目光真诚的米果,心绪一时间复杂到了极点。

她不是应该痛恨自己的吗?

她曾经那样伤害过米果,差点就拆散了他们,甚至在绝望愤怒的时刻,恨不能把她推至无间地狱里受苦。

她看着米果,沉默半晌,开口说道:"我今天找你,是想亲口向你道歉。对不起,米果,我为我之前幼稚自私的行为向你道歉,你能原谅我吗?"

米果也是一愣,她没想到心高气傲的孔易真会主动低头认错,她咬着嘴唇想了想,点头,说道:"好吧,我原谅你。"

听到这一声透着理谅意味的接纳之词,孔易真郁结沉闷的心情豁然一轻,她看着米果笑了笑:"谢谢。"

米果也微笑:"不客气。"

两人之间紧绷的气氛不知何时已经消散殆尽,取而代之的,是没有负担的轻松自然的氛围。

不知谁先起的头,两人竟聊起了岳淳川的糗事。在这个环节上,孔易真自然是完胜米果,因为岳淳川自八岁之后,就不允许自己再犯错了。

米果被孔易真描述的种种童年趣事逗得笑不可抑,岳淳川的英雄形象也随着什么光屁股男童被强塞进邻家妹妹的洗澡盆,什么爬树爬到一半恐高症犯了号啕大哭等等糗事而崩塌终结。

最后,孔易真的眼睛里带着亮闪闪的笑意,对米果说:"我们会成为朋友的,我相信。"

米果重重点头:"必须的啊,孔参谋!"

孔易真被米果一口一个孔参谋叫得心塞,她拧眉瞪着米果,不满地纠正道:"叫我易真,或是真真。我可不想被你的朋友划在拒绝往来户里。"

米果挠挠头:"那好吧。孔……哦不,真真!"

孔易真笑了笑,说:"我们走吧。"

Chapter 40
不算是求婚

过了年关,又是新的一年开始。

不论是米果,还是岳淠川牵头的特勤中队,还是继续奔波在事故认定工作中的孔易真,甚至,包括李成勋、宋清远等等这些风华正茂的年轻人,都在各自平凡的岗位上兢兢业业地践行着人生的理想。

三月。

米果不负众望,在省民政系统的选拔赛中脱颖而出,代表省里进京参加民政部举办的殡葬行业遗体整容师职业技能大赛。

出发之前,她到特勤中队看望岳淠川,顺便和他告别。

没想到,给她开门的,竟是神色讶然的杜宝璋。

一个门里,一个门外。

互相望了望,米果一下子变得紧张起来。

她后退了一步,低声叫道:"阿姨——"

杜宝璋上下打量了一下穿着休闲的米果,当她看到米果肩上的幼稚的小熊背包以及手里抱着的同样印有小熊图案的提兜时,不由得蹙起眉头,轻哼了一声:"嗯。"

杜宝璋拉开门,侧了侧身子:"进来吧。"

米果呆了一下,有些受宠若惊地跟着杜宝璋进了屋子。

岳淠川的办公室看起来有些凌乱,办公桌上摊着一堆纸质文件来不及收拾,人就出去了。

她正要习惯性地过去帮他收拾一下,却听到杜宝璋的声音:"你不要动淠川的东西,那是他的工作,有很多是保密的。"

米果赶紧缩回手:"哦。"

杜宝璋扫了一眼她怀里的玩意:"你拿的什么?"

米果愣了一下,回道:"是保温饭盒,我妈妈炖的莲藕排骨汤,补身体的。"

杜宝璋挑眉,不大相信似的问道:"你妈妈做的?给……淳川?"

米果点点头:"是啊,阿姨,您要不要喝,还热着呢。"

杜宝璋赶紧摆手,拒绝:"我不喝。"

她指了指岳淳川休息的隔间:"你放里面去吧,别掀盖子,小心味道。"

米果答应着,把饭盒拿了进去。

杜宝璋也跟进去,她刚准备为儿子换掉被罩和床单,谁知刚掏出被子,米果就敲门了。

米果放好饭盒,走过去帮忙。

杜宝璋看她要做,自己便停了手,在一边看着米果笨手笨脚地把被子从被套里剥离出来。

米果被杜宝璋审视的目光看得心慌,手一抖,被子便乱作一团,杜宝璋闭了闭眼睛,不客气地上前拨开她:"你到底会不会做啊!"

米果惭愧地低头:"我不太会做家务。不过,阿姨,我已经在学了,我现在没事就跟着妈妈学做饭。"

"你要学的只是做饭吗?除了吃,你还能想着点别的吗?"杜宝璋三两下就掏出被子,她指着带来的干净被套,"把新的拿给我!"

米果心慌,一时没看,拎着床单递了过去,杜宝璋气得身子乱颤,指着她,半晌说不出话来。

总算是换好了,杜宝璋无心待在这里和米果相看两相厌,于是拿起包就准备走。

"阿姨,您不等岳淳川了?"米果追出去问。

"不等了。淳川回来你告诉他,就说他妈妈来看过他了。"杜宝璋拉开门,忽然想到什么,转头,看着米果,意有所指,"哦,对了,我忘了告诉你,淳川最近都和易真待在一起调查化工厂的事故,他今天出去,也是为了这件事。"

米果眨眨眼,神态自然平静地回道:"我知道啊,他还告诉我最近他都和真真在忙事故认定的事情,真真昨晚还给我发微信了。您要看看吗?"

她作势去衣兜里掏手机,却看到杜宝璋保养得宜的脸上露出震惊的表情,她不可思议地重复米果刚才的称谓:"真真?你叫她真真,你们什么时候如此亲近了?"

米果笑了笑:"快一个月了吧,也没多久。"

杜宝璋张了张嘴,后来什么也没说摆摆手走了。

杜宝璋离开后,米果身上的压力骤减,她在房间里等了快一个小时,看岳淳川还没回来的迹象,就给他发了一条微信。

"你什么时候回来,我在你办公室。"

微信发出去好半天没有回音,米果百无聊赖地玩了会儿手机游戏,就趴在刚刚整理过的床上打起了瞌睡。

后来,就真睡着了。

再醒来,她是被排骨汤的香气给逗弄醒的。

睁开眼睛,最先映入眼帘的,是头顶上方一张轮廓分明的俊脸。

长长漆黑的睫毛下面藏着一双深邃的眼睛,漆黑的眼神在看到她纯洁娇憨的模样之后,变得深情而又诱人。

米果的心怦怦狂跳,有一股触电般的感觉迅速地在她的身体里面流淌蔓延。

"你什么时候回来的?"她的嗓音带着一丝惺忪沙哑,慵懒的口吻让岳淳川的眸色变得更加深暗。

他的身子沉下来。整个儿压在她的身上。手臂从她的腰肢下方穿过,顿时,两人之间的缝隙荡然无存。

她轻喘着气,没有力道地推他:"别……门没有锁。"

"我锁了。"他笑着低头。

她的小手揪着他的领口,象征性地晃了晃,紧接着吁了口气,主动抬起颈项,亲了亲他的嘴唇:"这样,行了吧?"

"你说呢?"他掐了一把她柔软的腰肢,她低呼一声,脸红得像是番石榴一样,垂下眼帘,不敢看他。

岳淳川轻轻咬了一口她红红的唇瓣,然后,便用舌尖挑开她的防线,加深了这个亲吻。

最后,两人都有些难以自控,尤其是岳淳川,手指在她轮廓极好的胸前流连了许久,才不情不愿地放开。

米果羞得钻到他的怀里:"以后不许再摸了。"

"哦。"他一边平息着身体的汹涌情潮,一边敷衍地答应。

她不满意,抬头咬他的下巴:"你专心一点。"

"哦。"他承认,此刻他想做的,和她竭力维护的,是一回事。

米果看到他眼底的疲惫,不禁心疼地问道:"你们做的事是不是很难啊?岳淳川,你看你都瘦了。"

岳淳川笑了笑,躺倒,手掌摩挲着她柔软的颈背,很轻地拍着:"累点苦点没关系,只要能问心无愧,对得起那些牺牲的战友。"

凌河化工厂的事故远比他们想象的更加复杂和黑暗。就如他和孔易真事先担忧的那样，孔易真将她分析得出的事故原因报告提交给专家组之后，突然就接到电话通知，她被专家组辞退了。组长，也就是她的恩师告诉她，她的事故原因分析报告不符合实际，已经被弃用。同时，专家组向A市政府及省政府提交了一份新的事故原因分析报告。

新的报告和孔易真的报告大相径庭，他们的报告指出石脑油罐未发生冒顶事故，说事故是由乙烯泄漏引起的，而且乙烯泄漏的部位是乙烯罐的液线管线。言外之意，这是一起因设备原因引发的事故，而不是一起责任事故。专家组硬是颠倒乾坤，把人祸变成了一场天灾。

孔易真到这个时候才赫然明白匿名举报者之前提醒她的用意。她终于明白了，隐藏在专家组背后的神秘势力才是操纵整个事故的真正元凶。

经过慎重考虑，孔易真决定向她的父亲孔舒明和岳渟川求助。这段时间，他们一直在搜集更多的证据，还正义于朗朗乾坤。

米果知道他在做大事，可她还是禁不住去心疼他。她牵起他的手，放在脸颊边，小小地吸了口气，说："我想让你好好的，岳渟川。"

岳渟川从米果的眼睛里看到了浓浓的关切，那是发自内心的担忧，可见这段时间他有多疏忽她，疏忽了她的感受。

但是他又从中觉得满意和享受，毕竟，这种被心爱的女孩关心的滋味，任谁尝到都会想要得到更多。

他挑起她的下巴，低头，在她柔软的嘴唇上印下一个轻吻："我答应你，一定会照顾好自己。你也要答应我，果果。"

"嗯？"她的眼神沉醉。

他看着她微笑，样子迷人："要多吃一点，最近，感觉你瘦了。"

她惊喜雀跃："真的吗？你看出来了？"

最近，她在尝试减肥。

他的长睫毛很轻地落下来，视线在她胸前稍做停顿，之后，他的手指在她的腰际暧昧地挠了挠，低声说："摸出来的。"

"……"她呆了呆，旋即，脸就红了。

这算是变相调戏吗？

不过，她还是蛮受用的。

两人聊了一会儿，谈起工作，米果这才想起正题。

"我下周就要去北京参加比赛了。"她不舍地揪住岳渟川的衣袖。

"这么快!"岳淳川知道她即将代表省里参加民政部举办的殡葬行业遗体整容师职业技能大赛,可没想到居然这么快就要出发了。

"嗯。下周一,我和市里民政局的人坐高铁过去。"米果说。

岳淳川摸了摸她的脸,神情有些失落:"这还是你第一次离开我远行。"

以往,都是他接到任务后奔赴南北各地,如今,却换作他品咂分别思念的滋味。

米果偎着他温暖的手掌心蹭了蹭,笑着学他一贯的语气:"你放心,我一定会照顾好自己的。"

他被逗笑,捏了一把她的脸蛋:"最好是这样。"

之后,他问了她出发的车次和时间,便拉她起来一起吃饭。

吃饭中间,小姨杜宝林打来电话,岳淳川和小姨聊了几句近况便把手机递给了米果:"小姨找你。"

米果指指鼻子,无声询问:"找我?"

岳淳川点头。

米果接过来,随着岳淳川叫了声:"小姨——"

杜宝林和杜宝璋的声音极像,但是杜宝林讲起话来就和善慈祥多了:"果果,我也没别的事,就是想给你和淳川鼓鼓劲儿。你杜阿姨的态度,你别放在心上,时间长了,我相信她一定会看到你的优点,会接纳你的。小姨啊,永远站在你们这边。"

"谢谢小姨,我不会放弃的。"米果低头望着她和岳淳川交握在一起的手,攥得更紧了些。

挂电话前,米果想起件事,叮咛道:"小姨,你们那边开始施工了吧,你进出要小心啊,我爸前几天骑车过去,差点被渣土车撞倒。"

市里的老街改造工程进行到了杜宝林住的小区,前几天米爸爸过去办事,和呼啸而过的渣土车差点来了一次亲密接触。

杜宝林笑着答应下来。

周一。

A 市高铁南站。

送行的队伍阵势浩大,上至民政局的主管领导,下至殡仪馆的普通职工,一行二十几人,就为了送米果和民政局的一名工作人员。

为此,米果受到鼓舞的同时又倍感压力,尤其是当她见到同行的民政局的干部时,愕然之余,不禁下意识地瞅向送行的队伍。

西装革履的胡海滨态度倒还镇定,他朝米果伸出手:"果果,希望我们接下来的日子合作愉快!"

米果咬了一下嘴唇,握了握胡海滨的手,又很快松开:"希望如此。"

她不想和这种人谈话,更不想同行,于是,她便在人群中搜寻着曹娜的身影。

见状,胡海滨拧着眉头说:"果果,我和娜娜的事,全都是我的错,你们有权利指责我,痛恨我,但我已经受到了惩罚,你们还不肯原谅我吗?"

胡海滨和曹娜分手之后就和那个女教师谈上恋爱了,可两人准备买房结婚的时候女方却因为琐事和胡海滨的妈妈谈崩了,两人不但婚事黄了,那个女教师的家人还到胡海滨的家里和单位大闹一通,要了一笔数目可观的分手费这才罢休。

胡海滨赔了夫人又折兵,在单位的名声也臭到了极点,就连这次出公差,也是没人愿意去的苦差事。倒不是说条件不好,而是本省向来在系统内的大赛里积分垫底,而A市,更是数年不出成绩,让同行们耻笑。他被派去担任随行人员已是自取其辱,再加上队员竟是和他有过节的米果,就更令他感到不爽了。

米果目光冷淡地看着自以为是的胡海滨,语气很轻但是坚决地说:"我想你忘了,需要原谅你的人从来都不是我,而是娜娜。"

胡海滨面色一僵,还想说点什么,米果的眼睛忽然一亮,紧接着,她便无视胡海滨的存在,越过他,朝远处走过来的人影跑了过去。

"你怎么来了!"她跑得有点急,冲到岳淳川面前的时候,气息有些不稳。

岳淳川扶住她,嘴角轻扬:"送送你。"

戎装俊挺的岳淳川忽然出现在站台,不仅给了她一个大大的惊喜,而且还吸引到了周围的关注。

毕竟,不是每个军人都长得像他那样。

米果察觉到他们成了众人目光的焦点,不由得脸发烫,头也直往下低。

"阿姨叔叔也来了。"岳淳川看到米爸爸、米妈妈和米拉向他们走过来,牵住米果的手,主动迎上前去。

米拉步子快,先一步到达,大声叫道:"岳姐夫——"

"你这孩子,瞎叫什么!"米妈妈虽是这么说,可是嘴角遮不住的笑意,还是泄露了她丈母娘看女婿的别样心情。

米拉朝她扮了个鬼脸,笑嘻嘻地说:"行了啊,妈妈,你早巴着我岳姐夫把我姐娶过门呢,就别装了啊。"

米妈妈被戳中心事,老脸一红,扬手就要拍下去:"死妮子!看我今天不敲你!"

"好了,好了,让孩子们笑话。"米爸爸拦住妻子,冲着岳淳川招呼道:"小岳,你也来了。"

岳淳川笑笑:"我来送送果果。"

米果试图抽走被他攥住的手,可是他牵得很牢,挣了几次也没能如愿,也就随他去了。

自从岳淳川背着她和她的父母深谈过一次后,米爸爸和米妈妈就把他吸收入组织了,他们在一起聊天,根本不用米果去充当什么调和油、润滑剂,她只需要安安静静地站着,然后适当地表现一下女性的羞涩就完事了。

可今天他们谈话的内容和她即将踏上的征程没半点关系,她听了大约三分钟的光景,就胡乱编了个借口,把岳淳川拖到一边相对安静的角落。

"对不起啊,我妈妈又问你……"米果是真觉得不好意思,米妈妈最近不知道怎么了,每次见到岳淳川都要问他关于结婚方面的事。

岳淳川摇头,摸了摸她的头发:"该说对不起的人,是我。是我,没能给你和你的家人带来安全感,是我的失误。"

"和你没关系,我妈妈她性子急,我都跟她说了几百遍了,我们的事,我们会看着办的。可她还是……"米果只是觉得,哪怕岳淳川再爱她,也不想被人逼婚吧。

"那你准备怎么办?"他的眼底似是带了揶揄的笑意,望着她。

她愣了愣,慢了几秒反应过来,他指的是她对他们婚事的态度和打算。

她嗫嚅了几声,低声说:"我……我没想好呢。"

让她怎么说嘛,说她也和米妈妈一样,很期待未来的婚礼吗?

岳淳川笑了笑,提议说:"你可以趁着这次出行的机会好好地想一想,想要一个什么样的婚礼。"

米果蓦地抬眸,迎上他漆黑的眼睛,从闪烁着璀璨光华的深潭里看到她娇羞诧异的模样。

他,他是在向她求婚吗?

仿佛一眼便能看穿她的思想波动,岳淳川的手从她的头发上滑下来,手指落在她的嘴唇,轻轻地摩挲了几下,眼神醉人地解释:"你的男朋友还没差劲到这种程度,糊弄一下就过去了。"

"这不算是真正的求婚,顶多,是征询一下你的喜好,明白了吗?"

米果眨眨眼,心想,其实,已经很好了。

答应他会认真考虑婚礼的事之后,米果心便甜得如蜜一样。岳淳川趁着附近的人都在关注对面呼啸而来的高铁列车时,俯身,重重地吻了一下她的嘴唇:"真不想放你走。"

她踮起脚尖,回吻了他一下,小声说:"我也是。"

他眼底漾起一片柔情的暖光,习惯性地摸了摸她的头:"加油,果果。"

米果充满斗志的握拳:"Fighting!"

十天后。

从北京传来好消息。经过殡葬专业知识的测试,正常遗体整容化妆的实践操作,非正常遗体的缝合、塑形等项目的角逐,代表省里参赛的米果一路过关斩将,荣获"民政部优秀遗体整容师"称号,并且获得了大赛第一名的好成绩。

而凌河化工厂特大爆炸火灾事故的认定工作也出现了重大转机。

在权威机构举行的分析论证会上,由匿名人士提供的U盘影像及视频资料推翻了专家组之前的分析报告。A市凌河化工厂特别重大的安全责任事故是由于没有资质的操作人员开错阀门引起石脑油罐外溢,石脑油及其油气遇火源发生爆炸和燃烧,进而引起了乙烯罐突然爆炸及整个罐区的燃烧和爆炸。这是一起重大安全生产责任事故,而不是之前认定的天灾。

而由无人机拍摄的整个化工厂区域内的远景以及周边群众的采访视频,更是把事故的定性朝更深层次挖掘延伸下去。

四月。一个阳光明媚的早晨。

米家人像往常一样,聚在餐桌前一边看电视一边吃早餐。

七点的早间新闻,长相甜美的新闻女主播一反常态,而是用一种端凝严肃的表情和语气面向全国电视观众播报道:"震惊全国的A市凌河化工厂特大爆炸火灾事故,昨晚终于向媒体公布了事故调查报告。经调查组调查认定,爆炸事故是一起特别重大的生产安全责任事故。

"调查组认定,凌河化工厂严重违法违规经营,其总公司安平化工集团是造成事故发生的主体责任单位。凌河化工厂长期无视安全生产,滥用无资质临时工,超负荷运转,致使大量安全隐患长期存在,是造成此次特别重大的安全责任事故的直接原因。A市市委副书记、市长金烁阳因涉及案情及其他严重违法违纪问题被省纪委'双规'。其子女在凌河化工厂周边开发的在建小区也已停工拆除。公安、检察机关对安平化工集团和凌河化工厂与事故有关的三十五名人员和管理人员依法立案侦查并采取刑事强制措施……"

正在吃饭的一家人停下筷子,一脸震惊地朝电视屏幕望了过去。

和爆炸带来的巨大威力一样,市委副书记的落马也成了今天乃至今后很长一段时期内A市市民街头巷尾的谈资。

米爸爸指着电视屏幕怒骂道:"一群蛀虫!杀了都不解恨!"

米果艰难地咽下嘴里的粥，静了几秒，忽然惊叫道："不好了。"

她扔下碗筷就急匆匆地走向房间，抓起床头的手机，手忙脚乱地翻找着存在通讯录里却久未联系过的号码。

终于找到了。

她按下通话键，咬着大拇指，不安地等待着。

米妈妈追进来，担忧地问："果果，怎么了？"

米果摇摇头："没什么。我联系一个朋友。"

对方的电话一直处于无法接通的状态，米果的心高悬起来，她紧张地在房间里踱步，反复拨打着这个号码。

时间来不及了，她不得不出门上班，可是路上，她仍旧不停地联系对方，但是电话始终无法接通。

到了殡仪馆，进入工作间之前，她犹豫再三，还是给对方发了一条短信。

"李成勋，你还好吗？"

没错，让她担忧不安的朋友，正是在安平化工集团担任安监部经理职务的李成勋。集团下属企业出了那么大的事，想必，他也难以独善其身。

她听叶梅姐说过，李成勋在A市没有亲人，就连朋友也很少，要是，要是他真被关进去了，谁来帮他呢。

猛地想起叶梅，她赶紧把电话拨过去，可是叶梅的电话竟提示关机，她颓然放下电话，心神不宁地走进工作间。

这边，军容整齐的岳淳川和孔易真踏着阳光走进消防支队大院。

孔易真忽然停下脚步，指着竖立在办公楼前的几根旗杆，说道："淳川，你还记得那里吗？我们小时候常常溜进来比谁爬得快，你总是输给我！"

岳淳川笑了，他指了指孔易真："比起攀爬的功夫，我确实不如你。"

孔易真虽说是个女孩子，可小时候比男孩子还皮，酷爱爬树、爬旗杆，因为她总能得第一名。

孔易真翘起鼻子，仰天骄傲地一笑："那当然了，我这是强大的遗传基因在起作用，我爸小时候就是个攀爬高手，你不是领教过吗？"

确实，是那样。不得不承认，注重锻炼的孔支队长在某些体能训练方面的素质比一些老兵还要优秀得多。上周，也就是凌河化工厂爆炸事故尘埃落定的那一天，就在支队的训练场上，兴奋喜悦的孔舒明竟然在爬杆那一训练科目上赢了他。

尽管他到最后有意无意地放了些水，可是孔舒明的真功夫，还是震撼到了在场的官兵。

"我甘拜下风!"岳淳川拱手示弱。

孔易真得意地耸耸肩,上楼的时候拍了拍岳淳川的肩膀:"告诉你一个好消息,我们家刘女士正式邀请你和你的果果周末到我家吃晚饭。"

岳淳川顿步,有些诧异地看着孔易真:"刘阿姨?"

"嗯,是啊,就是我妈,她早上亲口对我说,要我务必通知到你。到时候啊,还会做你最爱吃的排骨!噢,对了,你家果果爱吃什么啊,刘女士问的。"孔易真问道。

岳淳川很认真地想了想,一会儿,他才翘了翘唇角,说道:"她是个小吃货,不挑食。"

"咻——"孔易真喷笑出声,一脸嫌弃地瞪着岳淳川,"喂!有你这么夸女朋友的吗?"

岳淳川就笑,眼底漾起温柔的波光:"我有说错吗?"

孔易真摇头,无奈地笑道:"不可救药了,你们这一对儿!"

喊了"报告",两人一先一后走进孔舒明的办公室,却看到房间里多了一个人。

岳淳川和孔易真惊讶对望,旋即立正,向那人齐声问候道:"首长好!"

邱金明黧黑的脸上露出一丝笑容,他举手,向他们回礼:"你们好!"

孔舒明笑着起身,示意大家到会客区那边坐下。

"真真,去倒茶,你邱伯伯最喜欢毛尖,别拿错了。"孔舒明说道。

孔易真俏皮地答了句"保证完成任务",便像一只飘飞的蝴蝶一样,身姿轻盈地跑去泡茶了。

邱金明指着身侧的沙发说:"小岳,过来坐。"

岳淳川敬了个礼,挨着邱金明坐下。

"此次爆炸事故认定工作一波三折,正义最终得以昭雪,多亏了你们这些年纪小小的大功臣!"邱金明冲着岳淳川竖起大拇指,赞道。

岳淳川谦虚回道:"不,邱书记,我并没做什么,是易真,是她付出了很多心血,还有您和支队长,在最后的艰难时刻挺身而出,才使真相得以公布于众。"

邱金明摆手,说:"你们年轻人有此胸怀和态度,才是国之幸事。真真,你,都是好样的!老孔,你有福气啊,养了一个好女儿。"

孔舒明望了望专心泡茶的女儿,笑容满足地客气道:"哪里哪里。"

邱金明看了看帅气英朗的岳淳川,笑得别有深意:"那你不考虑着,给闺女尽快找个好女婿?现成的人选啊,可别错过了,是不是?"

孔舒明笑得很无奈,他挠挠头,没等回答呢,孔易真就接起话来:"首长,您就别乱点鸳鸯谱了。小岳同志呢,早就有女朋友了,而且啊,也是一位奇女子呢。"

邱金明一愣,惊讶地问道:"是吗?那说说看,是何方奇女子啊?"

孔易真把冒着香气的茶杯端给邱金明，笑了笑，说："说出来，保准吓您一跳！"

"哦？那我更要听听了。"邱金明感兴趣地直起腰。

孔易真正要细说，一道低沉的声音插了进来："首长，不要听真真瞎说。我确实有女朋友，不过，不是什么奇女子，而且，您还见过。"

邱金明的表情更是惊讶："我见过？是谁啊？"

岳淳川微微一笑，回答道："她就是殡仪馆的遗体整容师米果，为吴磊烈士整容的那个小姑娘，您不是还夸她技术高超吗。"

邱金明搜寻着记忆，很快，他叫了起来："是她！我想起来了，那个脸圆圆的小姑娘，我一夸她就脸红低头的小姑娘。你们谈恋爱了？"

岳淳川点头微笑："是的，首长，我们恋爱了。"

邱金明起初还觉得有点不可思议，可是看到岳淳川眼睛里毫不掩饰的幸福和喜悦，他的笑声慢慢转大："小岳，好样的，那样可爱又真诚的姑娘，确实值得你去爱。还有，我认同真真的观点，米果，确实是一位奇女子，而且，还是个令人敬佩的奇女子！"

岳淳川展颜一笑："多谢首长夸奖，不过，这话您可不能让她听到了，不然的话，她很可能会骄傲。"

"哈哈哈……"

"你啊你……"

"岳淳川，你够了！"

一室欢声笑语。

下班前，正准备和王秀娜去澡房洗澡的米果接到了李成勋的电话。

他那边很吵，还有城市里极少听到的乐器声。

米果示意王秀娜先去，她走到一处僻静的角落，提高声音问道："李成勋，是你吗？"

乐器声和唱咏声渐渐小了，她听到李成勋沙哑的声线，透着浓浓的疲惫从耳机里传了出来："是我。"

米果的心再次提起，她担忧地问："你在哪儿呢？环境那么不好。"

李成勋顿了一下，语速极慢地说："在我老家。我父亲，三天前去世了。"

米果愣住。

旋即，眼眶里有热热的东西涌了出来。

她不知道自己的反应会这么大，一时间，两人各自沉默，谁也没有先开口说话。

还是李成勋听出了异样，急切地问道："米果，你在难过吗？别这样，已经过去了，我父亲，他走得很安详，没受罪。"

米果擦了擦眼睛,极小声地吸了吸鼻子,说道:"你还好吗?李成勋,我今天在电视里看到了你们集团的新闻。你……"

李成勋默然半晌,说:"我也在调查之列,不过,别担心,我不会有事的。"

"真的吗?你真的不会有事吗?"米果关切地问道。

李成勋的心头一暖,语气肯定地说:"是的,我保证,我不会有事。"

放下手机,米果越来越深刻地体会到"生命无常"这四个字的人生意义。

生命不可能永恒,身边的人随时都会离去,她能做的,就是活在当下,珍惜所有,竭尽所能地去爱每一个亲人、朋友和善良的人。

没想到岳淳川会来接她下班,而且还是在员工下班的高峰时段。夕阳西下,落日的余晖将他高大的身姿映衬得格外俊挺威武,过往的同事纷纷朝他投去感兴趣的目光,有知情的人,更是冲着后面的米果笑得善意而又暧昧。

米果一句话也说不出来,凝望着那抹挺拔的身影,朝她一步步靠近。

她的脚步不由得停了下来。

等他走近了,她才蓦地回神,有些局促地迎上去:"岳淳川,你怎么来了?"

他不顾旁人的目光,径自牵了她的手,冲她微笑:"嗯,今天我休息。"

她的黑眸里闪过一道惊喜的光芒:"真的吗?你不用着急赶回去了?"

他深邃的眼睛落在她被夕阳映红的脸上,定了一会儿,像是承诺一样,对她说:"不用。今天我属于你,由你支配。"

她的心里生出一种复杂异样的感觉,有窃喜,有满足,更多的是能完整地拥有他大段时间的甜蜜和期待。

"那我可要好好想想了。"她掰着手指,一个个细数,"我想吃夜市,想看电影,想去时代广场看喷泉,还想去游乐园坐摩天轮,还有,还有……"

在他宠溺的眼神里,她紧紧地扣着他的手掌,满足地吁了一口气,轻声说:"我最想做的,还是和你这样牵着手,一直走下去,走到我们都老了,走不动了,你再背着我。"

岳淳川表情一顿,浓黑的睫毛轻颤了一下,眼眸里涌动着一波一波的暗潮。随即,他温柔地笑了:"假如换个地方,我会很乐意奉陪。"

米果看了看四周的环境,不由得扑哧一声笑喷:"瞧我,真笨!哪有在殡仪馆谈恋爱的,哈哈。"她抬手习惯性地去敲脑壳,却被他伸手握住,他们恰好走到一处无人的角落,于是,她还没来得及做出反应,他已经俯下身来,吻住了她的嘴唇。

耳边回旋着田野间的自然风声,鼻息间满满的都是他清甜惑人的气息,而她整个人,像是泡在蜜水里面,情不自禁地就醉了……

许久,她气息不稳地埋在他的胸前,手指无意识地揪着他军装上的金属扣,喃喃叹息:"岳淳川,下次,下次你再吻我,能不能提前告诉我一声啊?"

最近,他总是突然地、一声不说地就亲她,虽然她很快就会进入状态,配合他的突然袭击,但是每次都这样,会不会显得她很木讷,很没有情调呢。

岳淳川挑起她的下巴,戏谑地问:"为什么呢?"

她怔怔地看着他被红色霞光映衬得宛如宝石般闪烁的瞳仁,口吃了一般,结结巴巴地说:"我,我不想被动!"

岳淳川的表情凝固了半秒,之后,便忍俊不禁地哦了一声,低下身子,英俊的脸庞凑近她,诱哄的嗓音听起来格外性感:"那我让你讨回来,怎么样?"

她愕然,圆圆的大眼睛睁大到极限盯着他。

原本只是一句玩笑,他没想她会怎么样。

可当她忽地踮起脚尖,双手笨拙地捧着他的脸,甜美如果冻似的嘴唇压上来的时候,他却像是个欲火焚身的登徒子一样,瞬间就被这毫无章法、更没浪漫可言的亲吻带出了激情澎湃的感觉。

直到附近的树丛后传来当地农民交谈的声音,他才恍如梦醒,艰难地从她轮廓美好的腰际线那里抽出手来。

怕她尴尬,也怕他的尴尬被她发现,他扣住她的马尾辫连同她的脑袋压在胸前,叹息道:"小东西,你还挺厉害!"

不明就里的米果听后自然是心花怒放,她环着他的手臂重重地勒了一下他的腰,得意地说:"那当然!怕了吧!"

他俯身在她耳边,轻声说道:"怕了。不过,这胜利只是暂时的。"

她讶然:"为什么?"

为什么是暂时的啊。

他摸了摸她的头:"等我们结婚了,你就知道了。"

她更迷糊了,试图仰头问个究竟,却被他压住,动弹不得:"傻瓜,你想好了没有,究竟想要一个什么样的婚礼呢?"他认真问道。

提起婚礼,她就卡壳了。

沉默了一会儿,她语声闷闷地说:"还是等杜阿姨同意了再说吧,我妈妈告诉我,没有父母祝福的婚礼是不完整的。"

杜宝璋对于儿子和米果的事,一直硬撑着不肯点头。

岳淳川抿了抿嘴唇,凝视着米果,语气坚定地承诺:"我肯定会说服她的。果果,相信我。"

米果点点头:"我相信你,岳淳川。"

· Chapter 41 ·
要好好生活

周末。

岳淳川带着米果去孔家赴约。

米果为了这一次的饭局,可以说是煞费苦心。

在 A 市的春天百货,米妈妈和米拉做主为她选了一条价格不菲的米色连衣裙,淑女款,样式简洁大方,裙摆处几只手工刺绣的蝴蝶,为裙子的主人平添了几分雅致的味道。

头发依旧梳的马尾辫,因为米果实在无法接受发髻的老气和波浪卷的刻意。米拉嫌素,于是,米果圆润的耳垂上就多了一副和裙子同色的珍珠耳钉,加上曹娜的淡妆手艺,一番打扮下来,当米果站在岳淳川面前的时候,明显觉得周遭的气氛都被他明亮的目光烘热了不少。

到了孔家,没想到杜宝璋也来了。

脸红局促的米果向杜宝璋主动问候,杜宝璋微微拧了一下眉毛,也没作答便径自去了厨房帮忙。

反而是孔易真态度大方地招呼米果和岳淳川,带他们参观孔家,并且和米果主动聊天,打消了她的顾虑,使她渐渐放松了下来。

孔舒明难得下厨,最后却被妻子刘春以帮倒忙为由赶了出去。

三个年轻人回到客厅,看到孔舒明神情郁闷地坐在沙发里看电视,孔易真不由得抿唇一笑,上前坐在老爹身边,劝道:"您看您,怎么跟小孩似的。我妈这也是为了您好啊,怕您累着不是吗?"

孔舒明哼了一声:"她啊,是怕我给她丢人。"

孔易真搂着孔舒明的肩膀,姿势亲密地说:"您确实好多年没做过菜了,我妈担心一下不是没道理啊。这样吧,改天,改天我们家没客人了,您单独下厨给我和我妈做一顿饭,怎么样?"

孔舒明犹豫了一下:"真的?"

"当然,您是我老爸,我是您闺女,咱俩同意,我妈还不得少数服从多数啊!"孔易真笑着说。

孔舒明这才展颜笑了:"这还差不多。"

笑了阵子,他想起什么,直起腰,问道:"不是,闺女,你爸我做菜有那么难吃吗?"

孔易真转了转眼珠,和岳浔川交换了一个天知地知你知我知的眼神,嘿嘿笑道:"不难吃,不难吃。我老爸做菜怎么能难吃呢?"

孔舒明摇头,翻动手掌,回味以前炒菜的动作姿势:"看来得好好练练了,到时候女婿上门,想吃我做的菜,我做不出来那才是真的丢人。"

"爸——您扯哪儿去了!"孔易真抗议。

孔舒明不以为然,他笑着看向安静的米果,忽然问她:"小米,你爸爸是不是做的一手好菜?"

米果愣了一下,下意识点头:"是啊,我们家我爸是大厨,负责招待客人,我妈就是做一般家常饭菜。"

"你看!你看!人家米果的父亲就是什么都会。浔川,你说说,你第一次去小米家吃饭的时候,有没有被重视的感觉!"孔舒明可算找到支持的理由了。

岳浔川想了想,认真回答道:"当时很紧张,不记得味道了。"

第一次在米果家吃饭,应该是他自己做的早餐。

"不过,现在想想,米叔叔做菜的水平还是很高的。"不然的话,也养不出米家的三个吃货,不是吗?

"所以说嘛,以后我也要向小米爸爸看齐,争取给我未来女婿留下一个好印象。闺女,你说,是不是这个理儿啊!"孔舒明说。

"我才不找呢!我啊,就是要在家蹭一辈子的饭!爸,您不是想轰我走吧?"孔易真撒娇。

孔舒明嫌弃地说了句什么,孔易真不依不饶地闹了起来,一时间客厅里吵闹声、欢笑声响成一片。

刘春探头望了望外面,笑着骂道:"孔舒明这个老顽童,和孩子们玩起来了!"

杜宝璋低头择着青翠欲滴的上海青,仿佛没听到刘春的话。

"宝璋,宝璋——"看杜宝璋完全不在状态,刘春不禁抬臂撞了一下身边拿着菜叶发呆的女人。

"哦,你说什么?"杜宝璋回过神来。

刘春嗔怪地睨了她一眼,数落道:"你啊,是不是还想不开呢?"

杜宝璋拢了拢耳边的碎头发,神色歉然地说:"我们滓川对不起易真,本来多好的一对儿,却……"

刘春也叹了口气:"我们能怎么样呢?孩子们大了,有自己的想法和追求,我们做父母的,想拦也拦不了,不是吗?宝璋,经过这次的事,我倒是看开了。只要孩子们平安,我们也就别无所求了。不瞒你说,这次邀请滓川和米果来家做客,是真真出的主意。你别惊讶,真的是她提议的。真真啊,是真的长大成熟了。你不知道,刚才我看到她和滓川又像小时候一样心无芥蒂地相处,我心里的疙瘩,算是彻底解开了。宝璋,你也想开一点,米果那姑娘我虽是第一次接触,但一看就知道是个好孩子。儿孙自有儿孙福,我们过多干涉,只会适得其反。你说,是吗?"

杜宝璋没有回答,她低下头,手指揪起一根菜叶,却久久没有落下。

晚餐进行中,杜宝璋接到妹妹杜宝林打来的电话,说要过来给她送排骨山药汤。杜宝璋最近查出血糖值偏高,饮食上需要多加注意。

杜宝璋朝饭桌上的岳滓川瞥去一眼,侧身,压低声音对着电话说:"是不是滓川又求你了?他怕我欺负那个丫头?"

排骨汤明天送也无妨,不必赶得这么急。想必是她这个傻儿子,怕她今晚和米果见面后闹出什么不愉快来,特意让妹妹宝林来充当说客。

杜宝林笑呵呵地解释:"没有啊,你别冤枉滓川。是刘姐,有道菜的做法拿不准,打电话的时候提起的。"

原来是刘春。

杜宝璋嗯了一声,当是知道了。

"我不着急喝汤,明天你再拿过来吧。"杜宝璋听到手机响,低头看了看屏幕,发现手机快没电了。

杜宝林说她已经出门了,一会儿就到,杜宝璋问她带钥匙了吗,杜宝林说带了,让她不用操心,好好顾着孔家的宴席。另外,挂电话前,杜宝林还用哀求的语气,求她对米果好一点儿。

"果果是个好孩子。姐,你多接触接触就知道了。"杜宝林说。

杜宝璋回到餐桌前,发现自己的盘子里堆满了食物,其中,就有她最爱吃的清炒笋尖。

以为是岳滓川孝敬她这个做妈妈的辛苦,刚夹了一筷子,就听到刘春笑吟吟地夸道:"还是小米有心啊,连你喜欢吃笋尖都记得清清楚楚的。宝璋,这些菜啊,都是小米为你夹的。"

杜宝璋微微惊讶,她看了看对面那个一被夸就脸红慌乱的女孩子,不动声色地咽下清甜可口的笋尖,点了点头,算是做出回应。

对于母亲的冷漠,岳浔川蹙眉难忍,正想说话,却看到刘春向他轻轻摇头,提醒他不要和母亲争吵。

岳浔川低头吃菜,趁着旁人不注意,他悄悄探手过去,握住了米果放在桌布下的手指。

米果愣了愣,很迅速地抬眸朝他望了望,接收到他安抚和鼓励的眼神,她一直揪紧的心才慢慢放松下来。

这时,孔舒明主动问起米果工作上的事。

"小米,你们平常除了为遗体化妆,还做别的工作吗?"

米果眨眨眼睛,正要回话,却被杜宝璋蹙眉拦住:"在饭桌上别讲这么晦气的事。"

孔舒明大手一挥:"无妨,无妨,饭菜吃得差不多了,就当是聊聊家常嘛。宝璋啊,你也别太严肃了。"

杜宝璋只好尴尬地笑笑。

孔易真也来凑热闹:"米果,你就说说嘛,我们都挺好奇的。"

米果想了想,说:"我们平常除了做遗体的修复、整形和美容外,还做遗体防腐,以及运尸的工作。"

"运尸?"孔易真惊讶地叫道。

谈起工作,米果的神色从容镇定了不少,她点点头,说:"很多人都以为我们遗体整容师就是每天待在屋子里为逝者化化妆,穿穿衣服,其实很多时候,我们常常需要赶到遗体的第一现场,这样才方便对遗体进行第一时间的保护。"

她回忆说:"我们只要赶到现场,不管遗体受到什么样的破坏,我们都会尽力把遗体搜集完整,哪怕是一堆血肉、骨头渣,只要看得见,就必须拿回来。因为这是逝者留在世间最后的东西。记得第一次运尸,是在一处四下无人的荒郊野地,我和另外一个同事去接一位因为谋杀去世的死者。死者体形庞大,足足有两百斤,我和同事就用担架抬着沉重的遗体在黑暗中摸索前行,我那个时候刚刚做整容师,又是第一次做这种工作,除了恐惧,还有我战胜不了的身体上的疲累。我是边抬边哭,边哭边抬,几乎用光了所有的力气,当时那种辛酸的无力感,我真的是毕生难忘。"

"真不简单,那你是怎么坚持下来的呢?"孔舒明问。

米果笑了笑，说："每次我坚持不住想放弃的时候，我就会想起师傅说过的话。他经常对我说，逝者也是人，尤其是那些遭遇横祸的逝者，他们的遭遇已经够悲惨了，如果还被生者甚至是亲人嫌弃，那他们一定会非常难过。"

孔舒明和妻子交换了一个赞赏的眼神："小米，你了不起啊，还有你的师傅，你们都是好样的。"

米果的脸蓦地发烫，赶紧摆手："没有，没有。我就是普通人，我的师傅，他才真正了不起。"

"你的师傅叫什么？"

"郭台庄。"

孔舒明微微愣怔了一下，问道："是不是台儿庄的，那个台庄？"

米果眨眨眼："是啊，孔叔叔，您怎么知道的？"

孔舒明的脸上浮现出一抹凝重之色，他看着杜宝璋，说："原来是他。宝璋，你忘了吗？当年为春霆做整容修复的遗体整容师就是这位郭台庄，郭师傅啊。"

杜宝璋身子一颤，表情凝固了几秒，不可置信地说："是他？"

岳淳川也激动握拳："是郭师傅！是他让我爸爸恢复了生前面貌。"

当年岳春霆牺牲后遗体被大火损毁严重，可是在追悼会上，战友和亲属看到的却是面容安详的岳春霆。当时杜宝璋悲痛欲绝，根本无暇顾及其他，是孔舒明留了心，找到为老友修复遗容的整容师郭台庄，当面致谢，表达内心的感激之情。

郭台庄当时对他说的一段话，令他印象深刻。

郭师傅说："烈士精忠报国，浩气长存。虽然生前无法当面表达敬佩之意，但我在心里告诉自己，要尽量，不，是竭尽全力为烈士保留最后的尊严，让家属有所安慰，让烈士之魂安宁。"

记忆中郭师傅个头不高，肤色黧黑，长相憨厚朴实，是个说到做到的人。

没想到，当年的恩人竟是米果的授业恩师！

米果呆了呆，才欣慰地笑道："应该是师傅，我们馆里的整容师，只有他一个人姓郭。"

也只有师傅这样善良磊落的人，才能有如此的胸怀和高超的技艺。

杜宝璋了解到这段不为人知的往事之后，默默思考了很久，刘春借机劝说："宝璋，你想想，郭师傅言传身教带出来的高徒，品行还能有差吗？米果这孩子，虽说达不到你理想中的标准，可她胜在真诚可爱，最重要的，是她和淳川两情相悦，而且，还是个非常重感情而且孝顺的孩子。宝璋，有了这样的儿媳妇，你还愁今后的日子过不好吗？"

323

杜宝璋朝客厅里欢笑盈盈的米果看了一眼,面色复杂地说:"我得再想想。"

刘春不满地捏了捏她的胳膊:"你啊,就是嘴硬。"

一家人聊得正起劲儿,米果却忽然接到殡仪馆打来的电话,要她和馆里的同事加班去市区接遗体。

米果只好提前离开,岳淳川要送她过去,却被她婉言谢绝了。毕竟,这不是什么好事情。再说了,杜宝璋有意留儿子在家住一晚,她这样强拉着人走,就太不懂事了。

岳淳川还是执意送她上了出租车。

"岳淳川,我今天做得还可以吗?"米果一直很紧张。

隔着窗玻璃,岳淳川摸了摸米果圆润的脸颊,安抚道:"别担心,你今天做得很好。我妈嘴上没说,可她刚才不是主动出来送你了吗?"

米果眨眨眼睛,回忆了一会儿,笑了笑,说:"好像是这样的。"

"别紧张了,安心工作。待会儿忙完了,记得发微信给我。"岳淳川摸摸她的头。

"好。"米果冲他挥手再见。

因为殡仪馆的同事已经出发,所以米果顾不得换工作服就直接打车到了目的地。

四马路。

曾是这座古城最古老繁华的街道,由于城市化建设的需要,如今的古街,却被一处处建筑工地和轰鸣作响的挖掘机占领了。

米果在路口见到了馆里接送遗体的面包车。

同事孙大同看到她,在副驾驶位置朝她挥手:"米果,这里!"

米果走过去,拉开车门坐在后排。

孙大同和司机小吴朝她瞥了一眼,孙大同开玩笑说:"约会去啦,穿这么漂亮!"

米果不好意思地笑了笑,转移话题,问道:"是什么人,车祸吗?"

孙大同还没回答,车子突然一震,米果的手肘撞到门框上,疼得蹙眉。孙大同也被狠狠地撞了一下,他脾气火暴,径自指着小吴的脑袋骂了一句:"你这货,咋开车的!"

小吴委屈辩解道:"还不是这些渣土车、挖掘车闹的,你们看看,外面的路尽是大坑。"

正说着,后面一辆渣土车按着喇叭疯狂地越过了他们的面包车,路面颠簸,可大车全然不顾车身摇摆,会危及附近车辆的危险,只管疯狂前行。尽管小吴竭尽全力稳住了方向盘,可渣土车上掉落的石块还是砸中了车身,发出叮叮咚咚的响声,甚是恐怖。

"我下去骂他!"待车子平稳一点,孙大同气得撸起袖子,就要下车去追前面的车。

小吴赶紧拉住他:"孙哥,别去了,这里的施工车辆有多疯狂你忘了!我们马上去接的这个人,就是被渣土车撞死的。"

面目全非的四马路,仅余一条五六米的车道供车辆和附近小区的居民通行,路灯因为施工的缘故早就不亮了,只有远处建筑工地的射灯偶尔扫过来的时候,才能够模模糊糊地看到前方的轮廓。

发生事故的地方是位于四马路上的一处工地进出口,一辆渣土车打横停在道路中央,车灯闪烁,驾驶室空无一人。

车祸现场人员很多,孙大同肩扛担架拉住一名处理事故的交警,问人在哪儿。

交警指着肇事车的尾部,语气惋惜地说:"后车轮下方,人已经死亡了。"

孙大同嘀咕了一声肯定死了啊,不然要他们来这儿干啥。

"米果,我们过去吧,可以干活了。"孙大同冲着米果做了个手势。

米果跟着孙大同过去,趁着孙大同和有关人员办理正常的交接手续时,她走到肇事现场,看能不能先做点什么。

死者横躺在车底,看不清脸,一只手里握着一只打翻了的保温饭盒,米果闻到了肉汤的味道。

因为车轮的碾轧,死者头部严重变形,淌出的血迹染红了地面。凭着穿着和鞋子,她确定死者是一名年纪稍大的妇女。

隔离带之外,有群众在围观议论。

"倒霉啊,出了这档子事。"

"这女的听说是附近小区的住户,退休了,一个人住。"

"人据说挺不错的,厨艺特别高,退休前是国营饭店的厨师。我小孙子就特别喜欢吃那里的小笼包。"

"真是太惨了,头被碾爆了!"

"吓死我了,出事的时候我就在对面,听说人的头轧爆了,我的腿当下就软了。"

米果的膝盖也跟着软了一下,地上平平的,没有坑洼,可她就是没来由地,突然之间,身子一晃,倒在了地上。

恰好看到这一幕的孙大同骇然叫道:"米果——"

翌日。

一场淅淅沥沥的冷雨拉开了A市雨季的序幕。

殡仪馆遗体整容室。

气氛格外凝重。

"情况就是这样,你们看看,有谁能为死者做修复整容。"郭台庄看了看馆里有资质证书的整容师们,目光里充满了期盼。

若不是他的手受伤不能接触整容器具,而米果直到现在还无法接受岳淳川的小姨已经去世的残酷现实,他怎么也不会求到同行的身上。

房间里沉闷寂静,和郭台庄眼神接触的人,都纷纷垂下了头。

王秀娜暗暗吸了口气,鼓足勇气说:"郭师傅,不是我们不帮忙,而是我们实在没那个本事啊。"

整个殡仪馆,放眼望去,除了郭台庄和米果之外,谁也没能耐接这么高难度的遗体修复任务。

王秀娜有心无力,难过地说:"要是一般断腿断脚之类的,我也能做好,可,可那是头颅复原啊,郭师傅,你最清楚我的能力,我做不来的。"

"是啊,郭师傅,我们做不来啊。"

同事们纷纷讲出实话。

郭台庄闭着眼睛叹了口气,他抚着额头,思虑片刻,说道:"还是我上吧。没别的法子了。"

"那怎么行!郭师傅,您的手才缝了针!"王秀娜惊呼道。

郭台庄低头看了看包裹着纱布的右手:"慢点来,应该可以。"

王秀娜正想出言劝阻,却看到对面的郭台庄表情一僵,紧接着,有人低喊道:"米果——"

真是米果。

立在门口的米果依旧穿着昨天赴宴时的连衣裙,不过已经不复平整。过度悲痛和熬夜使她看起来格外憔悴,眼袋看起来十分明显,嘴唇上有被牙齿咬破的痕迹,就连鼻子,也是红彤彤的。

她看到郭台庄,干涸无神的眼睛里又迅速涌起泪光。

她扶着门框,语声嘶哑但是坚决地说:"师傅,我来为小姨整容。"

此话一出,满场皆惊。

要知道,他们做遗体整容师的,也有个不成文的规矩,说是规矩有点夸大,其实就是人之常情,那就是不为自家亲人整容。

因为亲手为亲朋好友收殓整容,那种心情是别人永远无法理解的。再说了,面对熟悉的亲人,悲痛已经要把他们击倒了,哪里还有勇气继续工作呢。

更何况,米果面对的,还是一具残损严重的遗体,她能扛得住吗？

郭台庄冲米果招招手,示意她先进来。

米果低着头走进整容室,郭台庄拉开椅子:"坐下歇歇。"

他转过头:"散了吧,今天的事,给大家添麻烦了。"

"您别客气啊,抱歉的是我们。"没帮到忙的同事们过来安抚了一下米果,就都各自散了。

王秀娜倒了两杯热水放在桌上:"我先进去干活了,你们聊着。"

郭台庄把热水杯塞进米果的手里:"喝点水,熬了一夜,你看你憔悴的。"

米果低头喝了口热水,可是久久没能抬起头来。

最后,郭台庄叹了口气,手放在她的头顶,压了压:"孩子,想哭就哭出来吧。"

看得出来,米果和岳淳川的小姨关系匪浅,不然的话,也不会半夜三更哭着把他从家中叫到殡仪馆来。

见到遗体的那一刻,他的心情也不能做到像往常一样的平静,因为那是米果看重的亲人,看到痛不欲生的米果,他的心里特别难受。

米果一直在哭,哪怕岳淳川赶过来后抱着她,把她脑袋扣在怀里,不让她再看那团血肉模糊的尸体,可她还是不能镇定下来。

郭台庄知道,米果是被刺激到了,她无法接受这个残酷的现实,所以表现出来的就是令人心疼怜惜的一连串的反应。

"师傅。"米果抬起头,漆黑的眼睛里闪烁着晶莹的泪光,"我能行,您就放心吧。"

郭台庄想说什么,可他看到米果眼中的坚决和勇气之后,又把劝说的话咽了回去:"好吧,师傅陪你。"

因为杜宝林的遗体修复难度很大,所以米果在完成了当天的整容化妆任务之后,才和师傅郭台庄再次走进工作间。

这算是她经历过的最艰难的一次整容修复任务。

由于杜宝林的头部被车碾爆,骨头碎裂、脑内物质几乎都没有了,只剩下了一层破裂的皮还连着身体。面对这样一张支离破碎的脸,米果努力平静自己的情绪,拿起了整容工具。

对缺损的头部进行填充。

进行伤口缝合。

完成脸部整形,做面部化妆。

服装和整体形象的整理……

没等最后一道程序结束,郭台庄就被米果从工作间"赶"出去了。

她熬了多久,师傅就跟着熬了多久,她自己都快累瘫了,那年迈的师傅还不得更累。

郭台庄摇摇头,拉开工作间的门。

没想到门外居然站着一个人。

郭台庄吓了一跳,仔细一看,才发现面前这位仓皇后退,一脸哀戚悲痛之色的女人竟是岳淳川的母亲,杜宝璋。

郭台庄卸下口罩和手套,指着米果的椅子,说:"你坐那儿等吧,很快就好了。"

杜宝璋说了声"谢谢",在椅子上坐下。

郭台庄去洗漱台洗手,消毒,然后拿了一个一次性纸杯接了热水,放在杜宝璋面前。

"你是小岳的妈妈吧?"

杜宝璋点头:"是的,里面……里面的是我妹妹。"

"我知道,米果昨天晚上告诉我了。"郭台庄看看强忍泪水的杜宝璋,安慰说:"请节哀,你妹妹的后事还得你来操心张罗。"

或许是这番话勾起了杜宝璋的悲思,她呜咽一声,泪水就如同断了线的珠子落了下来。

"她是来为我送汤才被车撞了,是我,是我害了她,是我害了宝林啊。我,我就这一个妹妹,以后,我上哪儿去找她说话呢。"

杜宝璋啜泣道:"我知道,是我固执不肯同意淳川和米果的事,才让她也跟着一起操心劳神。我要是早答应了多好,这样,宝林也不会死,我儿子,我儿子也不会这样恨我了。"

岳淳川和杜宝林感情深厚,她这个做母亲的一直都只有羡慕嫉妒的分儿。宝林出事之后,儿子几乎没跟她说过一句话,刚才也是把她送进来,就躲出去了。

郭台庄劝慰道:"孩子难过也是正常的,等过阵子,就会好了。你不必过度自责。"

"不!是我错了!郭师傅,是我糊涂啊。我要是早早醒悟,就不会发生今天的悲剧了。还有米果,她真的是一位好姑娘,不但对我心无芥蒂,还对宝林,对宝林如此用心。是我老眼昏花,错勘贤愚,被执念蒙了心智,才做了那么多的错事。我对不起宝林,对不起米果,更对不起我的儿子。"杜宝璋一时情绪激动,痛哭失声。

郭台庄叹了口气，正不知如何劝说的时候，岳淳川推开门，走了进来。

他的神色还算镇定，不过，眼底未曾褪去的哀痛混合了讶然之色更显深邃幽静。

杜宝璋看到他，哭声压抑了几分："淳川。"

岳淳川抿了抿嘴唇，脚步缓慢地走过去，手盖在了母亲柔弱的肩上："妈。"

杜宝璋愣了愣，眼里闪烁着复杂的光芒。

岳淳川单膝跪地，抱住杜宝璋的腰，脸贴在她的怀里："妈，以后我们好好过。"

· Chapter 42 ·

你好消防员

杜宝林的葬礼在一个小雨靡靡的上午举行。

没有令人心情沉重的低回哀乐,没有撕心裂肺的痛哭悲号,有的,只是鲜花环绕和充满了人情味的送别仪式。

一身素服的杜宝璋在岳淳川和米果的搀扶之下来到水晶棺前,放下手中新鲜的黄白菊花。

经过修复整容后的杜宝林面目慈祥,看起来就像是睡着了一样,她的嘴角微微上翘,隐隐藏着一抹淡淡的笑意。

杜宝璋默默流泪,静静凝望了许久,忽然,她攥紧孩子们的手,喃喃说道:"宝林,我们来送你了。看到淳川和果果,你是不是就可以安心地走了。宝林,你能原谅姐姐吗,如果有下辈子的话,你,你还愿意做我的妹妹吗?"

回应她的,是压抑的啜泣和长长的叹息之声。

遗体告别仪式结束。

"宝林——你别走——"看到妹妹的遗体被推走,杜宝璋情绪崩溃,痛叫出声。

岳淳川紧紧搂着悲痛欲绝的母亲:"妈,您还有我,有果果。"

"阿姨,我们都在。"

我们都在你的身边。

永远不会离开。

A市的风俗习惯,葬礼后还要为前来吊唁和帮忙的亲友安排宴席。尽管杜宝林生前没有子女爱人,可生前好友和街坊邻居还是不少。

宴席定在市区一家四星酒店,一共十五桌。

杜宝璋因为健康原因由刘春陪着先回去休息了,岳渟川就肩负起了招待的重任。

米果负责礼金桌,可她连续熬了几天,脑袋早就发晕糊涂了,起初她还在坚持,可等到客人们大批到来的时候,她就手忙脚乱,叫苦不迭了。

"这边也可以收,大家分流一下。"孔易真抽走米果手里的一本记账簿,示意后面挤作一团的宾客们到她那边去。

米果压力骤减,感激地冲着孔易真笑了笑:"幸亏有你!"

孔易真冲她眨眨眼:"我这是还小姨的情,应该的。"

礼金收得差不多了,孔易真数了数手里的钞票,用皮筋捆扎了,写了一串数字递给米果:"我这边收了一万一千五百元。"

米果捧着头,晃了晃:"我数不清我的了。"

孔易真扑哧一声笑了,她捏了捏米果皱成一团的苹果脸,揶揄道:"唉,这点钱都数不清楚,以后你和岳渟川还不得发生家庭危机啊。"

米果挠挠头,忽然意识到问题的严重性,她瞪着通红发亮的眼睛,沮丧地说道:"听你这么一说,我好像真的挺没用的。"

就像这次杜宝林的葬礼,她除了在遗体整容入殓上面帮了一点小忙之外,之后的葬礼细节,下葬,直到宴席,她都像个外人一样,傻傻地杵在一边。

看米果难过,孔易真才察觉自己的玩笑开过了头。其实,这些天来米果的辛苦付出,他们这些亲友都看在眼里,感动在心里。如果米果这般努力还得不到认可的话,那米果肯定会丧失信心的。

"你挺好的。"孔易真摸了摸米果的头,米果惊讶地抬眸,看着她。

孔易真笑了笑,说:"这可不是我说的,是岳渟川对你的经典评价。"

"他说的?"米果的脸变得红彤彤的。

"是啊。当初他拒绝我的时候,亲口对我爸说的。为了这件事,我爸差点没削他一顿。"孔易真做了个卡脖子的手势。

米果神情一呆,朝不远处正拿着酒杯答谢宾客的岳渟川望了过去。

她一直以为,岳渟川只对她一个人讲过这句比情话更加动人的话,毕竟,他是个沉默内敛的男人,一般情况下,旁人想窥探到他心里的真实想法比登天还难,更别说是让他主动向人吐露心声了。

富丽堂皇的宴会厅里,俱是身着不凡的宾客,只有他,浓绿军装笔挺飒然,独显刚毅英朗的气质。

没有人可以忽略他,因为他本身就是一个发光体。

心里蓦地升腾起一阵骄傲和满足的感觉,米果转回视线,看着孔易真,说:"他在我心里,也是很好的一个人。"

想了想,紧接着补充:"不,他在我心里,是最好的人。"

孔易真看人的时候目光是很犀利的,她或许还不自知,所以当她看着米果的时候,让米果感到一丝莫名的紧张。

米果捏住账簿,喃喃地说:"我有说错什么吗?"

孔易真眯着眼睛看了她半晌,忽然,弯起唇角笑了。

她毫不掩饰内心的嫉妒和羡慕,朝岳淳川瞥了一眼,又转回来瞪着米果,说:"你们真是够了,在我这个落魄的单身狗面前秀恩爱,不怕遭报应吗!"

"谁遭报应啊——"正说着,一道熟悉的促狭女声插了进来。

米果惊喜地叫道:"梅姐!"

视线再挪一些,她不禁愣住了。

那个站在叶梅身边,穿着深灰色西装的高大男子,不正是久未见面的李成勋。

"李成勋——"米果神色诧异地站了起来。

许久未见,李成勋看起来清减了不少,不过,眉目之间却多了一丝沉凝稳重的气度。

李成勋冲着米果笑了笑,他从口袋里掏出钱夹,抽出一沓钱递给管着礼桌的米果:"来晚了,不好意思。"

米果赶紧摆手拒绝:"不用,不用这么客气。"

李成勋执意把钱塞到她的手里:"就算是还礼,我父亲去世,你和叶梅也随了礼的。"

米果还想说什么。"别让来让去了,瞧着闹心。"孔易真却一把抢过钱,数了数,并入她之前收的礼金里面,她弯腰,趴在桌上,在账簿上边写边念:"李成勋,一千元整。"

叶梅也递了一千元钱过来:"还有我的。"

"梅姐夫上过礼了。"特勤中队有专门的礼单,侯伟业已经随了礼,米果不肯收。

叶梅把钱放在桌上:"他是他,我是我。"

"小梅,伟业找你呢。"岳淳川走了过来,他的右手拿着一个敬酒的空酒杯,走到米果身边,便把酒杯换到左手,右手自然无比地环住了米果的肩膀。

叶梅哧了一声,显然不把那个伟业同志放在眼里。

倒是李成勋很有眼力地主动和孔易真搭话:"孔参谋,能不能带我入座,我这边人不太熟悉。"

孔易真愣怔一下,点点头:"哦,好。我们过去吧。"

"招待不周,请多包涵。"岳浔川撤回搭在米果肩上的手,和李成勋握了握,之后,就又把手搭了回去。

米果朝李成勋比画了一个抱歉的手势,就看着孔易真和李成勋走了。

落单的叶梅不禁恼怒埋怨道:"这个李成勋,见到美女就忘了老同学了。"

岳浔川朝渐行渐远的那一对身影瞥了一眼,微笑道:"你们不觉得,他们在一起也挺合适的。"

米果和叶梅神色一怔,两人对视,眼里慢慢溢出惊喜。

"是啊,挺合适的。"

"外形特别相配。"

岳浔川心想,何止外形相配呢。这两个人,连命运都出奇的相似。

孔易真因为凌河化工厂的事故才被处分过,而李成勋,据说也被安平集团撤掉了安监部经理的职务,两人事业遭遇滑铁卢,爱情更是同病相怜,他们在一起,应该有许多的共同话题可以谈了。

而叶梅的新公司遇到了一些问题,可能要延迟开业。最近,叶梅着急上火,脾气很差,侯指导员即使百般包容照顾,可还是不小心触到了雷区,被叶梅踢进了小黑屋。

"梅姐,你别着急,我忙过这两天,就可以过去帮忙了。"米果说。

叶梅摇头:"你和岳浔川先忙杜阿姨的事吧,小姨刚走,杜阿姨的身边离不了人。"

"那你的公司怎么办?"米果说。

"公司不过是晚开业几天,没关系,我会处理好的。"叶梅说。

"梅姐,我看你最近瘦了,是吃得不好吗,还是休息不好?"米果关切地问道。

叶梅咬了咬嘴唇,正想说话,垂在一边的手却被一股熟悉的温暖握住,接着,耳边传来侯伟业中气十足的回答:"你叶梅姐啊,是……"

"侯伟业——"叶梅恼了,要去堵侯伟业的嘴。

侯伟业踮起脚尖躲开叶梅的手,一口气抖搂出来:"这是喜事,有什么好保密的。果果,我告诉你,你叶梅姐怀宝宝了,一个多月,刚查出来!"

岳浔川和米果交换了一个喜悦的眼神,米果更是激动地跳了起来:"真的!我有小外甥了!"

叶梅伸手扶着额头,一脸无奈地埋怨道:"早不来,晚不来,偏偏这个时候来捣乱。"

侯伟业一把扣住叶梅的腰,神色严肃地指正:"不许不喜欢我们家仔仔,你要是再有抛弃他的念头,我……我!"

叶梅瞪他:"你怎么了!"

"我就不活了——"

"……"

趁两夫妻还在为即将到来的宝贝争吵不休的时候,岳淳川拉了一把米果的手:"果果,跟我来一下。"

米果乖乖地跟着他走到宴会厅外一处僻静的角落。

米果以为岳淳川是要和她对对账簿,于是,刚一停步,她就打开背包,摸出里面捆扎结实的纸钞,说:"岳淳川,钱我都数好了,加上易真姐帮我收的,一共收了两……"

她刚想把钱拿出来,面前一暗,岳淳川突然俯下身子,紧紧地搂住了她。

她愣了愣,下意识地抬眸望着他,他的眼睛里布满了熬夜之后的血丝,但是眼睛依旧漆黑深邃,他定定地凝望了她几秒,好看的嘴唇便朝她压了下来。

往常,岳淳川也会这么猝不及防地吻她,但那基本上是在夜晚或是有遮蔽物的僻静角落,可是像现在一样,几米远的地方就是酒店的通道,时不时就会有人声杂声传来的地方,他却吻得如此动情、深沉,甚至带了些疯狂的意味,这就让脸皮薄薄的米果觉得不自在了。

在送菜的服务员脚步匆匆走过来之前,她推了推他,喃喃提醒:"呃——"

岳淳川的舌尖扫过她的上颚,敏感刺激的感觉令她身子一晃,他扣紧她柔软的身子,在她的嘴唇上重重地压了一下,缓缓松开。

她压抑地喘息着,想抽回环在他腰际的手臂,可是却被他的手按住。

为了避免尴尬的场面发生,她只好像个木偶似的一动不动地贴着他的胸膛,面颊朝里,耳畔传来他强而有力的心跳声。

渐渐地,就觉得安心。

似乎外界一切的声响和非议的目光都和她绝缘了,她的世界里,只有眼前这个愿意把他从不轻易示人的伤口,亮给她看的男人。

在外人眼中,他是一马当先一身正气的孤胆英雄,但是在她的面前,他就是他,一个长得有点帅的普通的男人,是她此生最爱的人。

感觉到他紧拥着自己,指间有着霸道的力度,他的呼吸很沉,透着一种历经沧桑后疲倦的味道。

米果不禁黯然心酸,他这是在向她示弱,是想从她的身上汲取温暖的力量。

她合上眼睛,手指摩挲着他军装上的扣子,轻轻地说:"我知道小姨不在了,你才是受打击最重的、最难过的那个人。虽然你没有像杜阿姨一样痛哭流涕,没有流露出不舍,可我知道,送走小姨的那一刻,你的心是最痛,最痛的。"

她伸出手臂,环住他的腰,也替他挡住那隐藏在暗处的波涛汹涌的哀伤:"我不会说话,不会安慰人,而且做什么事也都是笨笨的,但我想对你说,岳淳川。"她顿了顿,把涌到眼眶边缘的泪水蹭到他的军装上面:"我爱你。我会一直陪着你,不管你是开心还是难过,我都会陪在你的身边,永远都不会离开。"

一口气说完憋在胸口好久都未能说出的话,米果痛快之余又觉得忐忑,毕竟,岳淳川是军人,经历过的大风大浪比她吃过的盐巴还要多,她这么说,会不会把他看得过于软弱了。

没想到,这个如同钢铁般坚硬的男人,会当着她的面示弱。

四周一片寂静,她的视线里,只有他眼底摆荡的波光。

到底没能落下来,毕竟,他是男人,是为她挡风遮雨的倚靠,不是软弱的累赘。

察觉到眼里的潮意,岳淳川自己都觉得诧异,他竟有了落泪的冲动。

多久没有这样感动过了呢?

记忆中如此失态,还是他青春叛逆期的时候,他和欺负同学的混混打架被叫家长,小姨和彪悍跋扈的混混家人据理力争,甚至不惜为了保护他挨了对方的拳头。当时,他也是这样紧紧地抱着小姨,流下滚烫感动的泪水,保证今后不会再犯同样的错误。

如今,疼他爱他,视他如生命一般的小姨走了,他却幸运地拥有了米果。

可能过度外露的情绪把她吓到了,她瞪着漆黑的眼睛怔了半晌,抬手摸了摸他的脸:"岳淳川,你哭了?"

他没有否认,只是低下头,把脸庞埋进她柔软的肩窝,汲取着她身上独有的甘甜温暖的气息,过了许久,他才哑着嗓子说:"谢谢你,果果。"

谢谢你。谢谢你能爱我,做我的爱人。

是谁说的,每个女人的心里都住着自己的第二位母亲。不论是八九十岁的耄耋老人,还是三四岁的黄口小儿,但凡是个女的,只要遇到合适的人和特定的环境,她的母爱天性就会自动地发散闪光。

米果一边感动于岳淳川对她难得的依赖,一边无意识地抚摸着靠在自己肩上的那个发茬坚硬的后脑勺。

"不客气啊,岳淳川。咱们谁跟谁啊,你就别跟我客气啦。"

虽然明知道她会错了意,可岳淳川听到这样一句令人啼笑皆非的安慰话,还是忍不住挑眉笑了两声。

真不愧是他的傻姑娘,治愈系的小霸王。

"果果。"他忽然叫了她一声。

"哦?"米果看着岳湻川忽然变得幽邃深沉的眼睛,不知道他想说什么。

"我……"岳湻川的手指攥了攥军裤兜里的硬盒,犹豫着要不要在今天这个特殊的日子里把她套牢。

虽然这是他最期待的时刻,而且也是小姨临终前的遗愿,可毕竟这样的日子,总有些……

没等话说出口,手机却先一步响了。

岳湻川接起电话,说了两句,原本搭在米果腰际的手臂蓦地一紧,紧接着,就松开了。

"中队有紧急外援任务,我必须得离开了。"岳湻川简单交代了两句之后,就准备拨打侯伟业的手机,可手指刚触到屏幕,就看到侯伟业一边扣着军装的领扣,一边急匆匆地跑了过来。

孔易真跟在后面,也在边跑边整理军装。

岳湻川把手放在米果的肩上,眼神里充满歉意:"果果,要麻烦你留下来招呼宾客了,钱不够,就刷我的卡。哦,还有,晚上闲了的时候,麻烦你去看看我妈,小姨刚走,我怕她适应不了。"

米果点点头:"你放心,阿姨有我呢。岳湻川,你们要小心一点,一定要安全回来啊。"

岳湻川笑着捏了一把她圆圆的脸蛋,姿势特别帅地朝她敬了个军礼:"遵命!"

三人成列。

岳湻川排头,孔易真押后,他们就在众人注视之下,迈着整齐的步伐走出了酒店。

制服诱惑,这样的一幕,放在任何时候,看起来都特别养眼、震撼。

可是米果却满心依恋,她下意识地朝前追跑了两步,想多看看岳湻川,可是刚一迈步,就被人拉住了。

是早就习惯了这种分别场面和气氛的军嫂,叶梅。

"别追了,他们已经上车了。"

米果黯然低下头,手指拨弄着背包的带子,叫了声:"梅姐。"

叶梅揽过她,叹了口气,安慰道:"嫁给军人,尤其是消防军人,首先要学会的,就是坦然面对每一次的离别。米果,你是个乐观坚强的姑娘,梅姐相信,你一定能做个合格的军嫂。"

米果愣了愣："军嫂？"

这个字眼，感觉上离她还有点遥远。

叶梅的眼里闪过一丝诧异，她拿起米果的手，看了又看，最后，还是在米果同样惊讶的目光下尴尬掩饰道："哦，那个，岳淳川没和你说点什么？刚才，你们不是聊了挺久的。"

米果表情惘然，摇摇头："没说什么啊，他就是想谢谢我。"

叶梅表情一呆，心想你个岳淳川真够窝囊的，求个婚至于上升到精神层面吗，米果现在最需要的，就是那个金属圈啊，这个笨蛋！

怕米果知道了瞎想，叶梅找个话题支吾过去，就拉着米果招待客人去了。

五月末，一个诸事皆宜，阳光灿烂的日子。

米果被米妈妈的巨灵掌从美梦中拍醒，接着就是魔音灌脑："小祖宗，我叫你三遍了，你怎么还睡得跟猪似的！"

米果揉了揉眼睛，迷迷糊糊地问道："几点了？"

"七点半！七点半！七点半了，我的小祖宗！"米妈妈干脆把闹钟放在米果的鼻子下面。

米果的眼睛盯着不断跃动的秒针，瞳仁呆呆地转了几圈，突然，她掀开被子，狂叫着冲出房间："妈呀！我迟到了！"

"心心向荣"婚庆公司开幕盛典及万人相亲大会，在美丽的A市新区广场盛大举行。

今天的活动，是"心心向荣"和A市婚恋协会共同策划主办的。"心心向荣"此次主打温馨浪漫牌，从广场入口处就开始用浪漫粉色系来装扮，使每一位前来参与的嘉宾和会员都能感受到浓浓的浪漫气息。

米果刚跳下出租车，就被拿着手机翘首以盼的小颖拉住手臂："小姑奶奶，你可算来了。"

米果哈哈两声："不好意思，我睡过头了。"

小颖抛给她一个就知道你会这样的嫌弃的眼神，然后，指着彩色气球门下面站着的一群人，说："快点去接待你们殡仪系统的大龄会员吧，他们都等着你呢。"

米果举起手："OK！"

刚想走，又被小颖叫住。

"哎，果果，你妈妈那边的人，确定一会儿能到，是吧？"小颖一边在纸上飞速地写着字,一边问米果。

"能到。我出门的时候,我爸妈和小姑姑他们已经在集合队伍了。"现在,老米家成了平安小区的明星家庭,而米果和岳渟川的恋爱经历更是成了"心心向荣"的活广告,小区里大龄未婚青年几乎全部加入了公司会员。

小颖想起了什么,忽然笑了笑,勾住米果的肩膀:"告诉你一个好消息。"

"什么?"米果问。

"'喜福来'倒闭了。"小颖说完,俯身过去,低声说:"听说倒闭的前一天,薇薇被张福义的老婆当众扒光衣服暴打了一顿,之后再也没敢露面了。你说,是不是特别痛快。"

米果怔了怔。

确实,有点痛快。

小颖拍拍她的肩:"这就叫恶人有恶报。这种贱人,根本不值得我们同情。行了,我得忙去了,叶梅姐孕期反应剧烈,活儿都落在我身上了。"

米果举起手,用力握了握拳:"Fighting!"

小颖冲她挤挤眼睛:"Fighting!"

米果急匆匆地跑到民政系统的大龄会员队伍那边。

"米果,我穿这个裙子怎么样?有没有显得瘦一点?"王秀娜对于此次相亲会极为重视,她把压箱底的大牌裙装都穿来了。

"小米,我呢?我这件衣服会不会太素了?"火化班的吴大姐揪着上衣问米果。

"我的妆,我自己化的,是不是特别丑!"

"小米。"

"小米。"

米果拉过同样过来帮忙的曹娜:"秀娜姐她们就交给你了,务必把她们都变成今天的女王。"

曹娜比了个OK的手势,然后瞥了一眼米果身上的牛仔裤、球鞋,嫌弃地说:"那你呢,打杂小妹,要不要我把你也变成女王啊。"

米果拨了一下翘翘的马尾辫:"我就算了,都有欧巴的人了,还是本分一些的好。"

曹娜顿时酸掉了一口好牙,她弹了弹胳膊上根本不存在的鸡皮疙瘩,毫不客气地骂道:"滚!"

米果做了个鬼脸,走了两步,又回头叮咛曹娜:"曹女士,我也得提醒你啊,你也是有欧巴的人了,待会儿还是做个安静的花蝴蝶,比较好。"

曹娜哼了一鼻子："胆小鬼！岳淳川和小海他们还在南县抗洪救人呢，哪里能回得来！"

听不到米果的回音，曹娜掏化妆袋的手顿住，抬眸朝米果望了过去。

这一看不打紧，小心肝噌地一抽。

她啪的一下合上粉饼盖子，走上前，揽住了米果的肩膀："干吗，干吗，干吗！多说了你男人两句，你至于掉金豆嘛，丢不丢人啊。"

米果垂下头，手指迅速抹去眼里的泪花，努力挤出一抹笑容，抬头，说："哪有……我没哭。"

曹娜闭上眼睛，又睁开，叹了口气，说："行了，在我面前还装什么装。跟我说实话，你是不是想他了？"

米果没说话。

曹娜摸了摸米果的脸："也难怪。我们小海是这次南县抗洪才去的外援点，可你们家岳淳川，已经走了一个多月了。"

是啊。从小姨葬礼的宴席上离开，到今天，整整一个月零八天了。

"好了，好了，我们果果不难过了啊。最差，也有我陪着你，不是吗？"曹娜的话音刚落，就听到身后传来一道熟悉的调侃声："还有我呢。"

"还有我！"

是叶梅和孔易真。

孔易真因为接受处罚的缘故，留守中队，没能去外援前线。

不过，今天这个大喜的日子，接到请柬的她还是过来捧场了。

米果过去和叶梅她们打招呼，她把手放在叶梅看不出起伏的腹部，笑吟吟地说："你好啊，小宝贝！有没有想果果阿姨啊，我可是很想念你呢。"

叶梅和孔易真被米果逗得哈哈大笑。

正聊着，孔易真的手机响了。

她接起说了两句，便对众人说："我过去接个朋友，你们都认识的。"

米果问她是谁。

孔易真笑了笑，说："一会儿你就知道了。"

等孔易真把人带过来一看，大家伙儿惊诧之余，不禁笑了。

这个英俊高大的男人正是李成勋！

他这样隽秀端然地站在孔易真身边，就像是护花使者一样，看起来特别自然。

"你们，你们……"米果满心惊讶。

叶梅抢过话来，解开谜底："我也是刚刚才知道他们恋爱了。这不，白白浪费了我的两个金牌会员名额。李成勋,你说,你要拿什么来弥补我的损失?"

李成勋淡然一笑:"随你处置。"

孔易真红着脸啧了一句:"你倒是老实。"

一句话逗得一群人又开始哈哈大笑起来。

这时,有人叫米果过去,说她妈妈带的平安小区的队伍到了。

米果正准备走,孔易真叫道:"米果——"

米果回头看着孔易真,孔易真却像是临时改了主意,笑了笑,指指米果的脚下:"你鞋带开了。"

米果哦了一声,系好鞋带就去迎接老佛爷大人了。

没想到平安小区的队伍如此声势浩大。不仅有统一的服装,有整理队伍的喇叭口号,居然,还有一条米爸爸和一位伯伯举起的红色条幅。

上书:千里姻缘一线牵,心心向荣架鹊桥。

米果捂着眼睛和化了妆的米爸爸对了下手掌,然后走到米妈妈跟前,乖乖地叫:"妈妈——"

米妈妈捏了捏闺女水嫩嫩的苹果脸,不无骄傲地对小姑子米丛珊说:"果果,现在可出息了。"

米丛珊笑呵呵地赞道:"可不是咋的!提起我这两个亲侄女啊,我岂止是面子,就连里子都是光芒万丈。果果现在是民政系统的明星,拉拉呢,又为中国拿下了金牌,她们都成了名人。嫂子,我活到这个岁数,也就是最近,才觉得自己真真正正活明白了。"

米妈妈拉住米果的手:"我如今也没别的念头了,只想看着果果赶快结婚,还有拉拉,早点找到良人,我们就真正踏实了。"

"妈妈——"米果不好意思地叫了一声。

米丛珊笑着说:"哟,我们果果还不好意思了呢。这有什么啊,小岳婆你那是铁板钉钉的事,就看早晚了。哎,对了,他有没有跟你求婚啊,你们的婚房,他有没有打算呢?"

"你可拉倒吧,可别再推销你家邻居的什么学区房了。告诉你,我们家果果以后就住消防大院,和她未来的婆婆一起住。"米妈妈说。

米丛珊和米果齐齐一愣,都盯着米妈妈看。

米妈妈摆摆手:"看我做什么!我有那么不通人情吗?我是看在亲家母一个人孤单,身体又不好的分上,才作此打算的。果果,我还没跟你商量过,你愿意吗?"

米果眨了眨眼睛里不知何时泛起的潮气,喃喃地说:"您怎么知道我是怎么想的啊?"

米妈妈瞪了她一眼:"你是我肚子里掉下来的肉,你的心思,我能猜不出来?"

米妈妈隐瞒了她和杜宝璋私下见面的事情。

是杜宝璋主动邀请她的,在平安小区外的一家咖啡馆,她去的时候,杜宝璋已经到了。两人曾经剑拔弩张地对峙过,所以,再次见面时多多少少还有些尴尬。没想到杜宝璋会先开口,而且上来就向米妈妈道歉。她说,以前的事都是她糊涂,都是她一个人的错,她请米妈妈原谅她。米妈妈是个吃软不吃硬的人,她见杜宝璋言辞恳切,并不像在作秀,态度就和善了许多,她接受杜宝璋的道歉,但是却担心杜宝璋还有心结,不肯接纳米果。杜宝璋看出她的顾虑,就说:"米家妈妈你放心,这次我是真的把米果当儿媳妇看了。"

米妈妈就问她为什么转变心意了,杜宝璋惭愧地笑了笑说,米果是个贴心善良的女孩,对她尤其关心,怕她因为杜宝林离世想不开,每天下班后都会到家里来陪她,给她带好吃的零食,给她讲发生在自己身上的趣事,逗她开心。有一天晚上,米果刚走,她的高血压犯了,当时心悸头晕,一下就倒在了地上,幸好当时手机就在手边,就向米果求救。米果回来之后,进不去门,急得在门外直哭。后来,米果一边打120,一边从楼道平台翻进了阳台,看到她倒在地上,哭得稀里哗啦的,哭归哭,却没忘找药给她喂下去。之后,她感觉好了很多,气也顺了,就说不用去医院了,可米果说什么也不愿意,背起她就往楼下走。

米果个子娇小,力气有限,每走一步都很艰难,她几次挣扎着要下来,却都被米果阻止了,说高血压最怕劳累,就这样,她被米果背到楼下,又背到街边,等到了120急救车。到医院后医生要她留院观察,她看时间不早了就让米果回家,她自己可以照顾自己,可是米果说什么也不肯走,米果当时就给米妈妈打了电话,然后就留在医院陪她。一晚上都在输液,米果基本上没怎么睡过,不是摸摸她的额头,就是问她要不要喝水,最后,甚至连她如厕也要跟着。记得那晚,天快亮的时候,米果才睡着了。趴在她的床头,轻蹙眉头,睡得很不安稳。她就那样瞅着米果,瞅了一会儿,眼泪就下来了。这也是别人家的心肝宝贝啊,她凭什么瞧不起米果。以前是她愚昧驽钝,没有发现米果的好,如今醒悟了,只求能够获得米果和米家人的谅解。

米妈妈听后很是动容,她拉起杜宝璋的手说,以后咱们就是一家人了,她让杜宝璋不要见外,说以后米果除了是她的儿媳妇,也是她的亲闺女,她随便用她,米妈妈绝不会有半点意见。

杜宝璋看了看米妈妈,欲言又止,最后还是鼓起勇气说,想让岳淳川和米果结婚后住在家里。

米妈妈愣住了,有点接受不了。可说出去的话,又不好收回来。

正觉得尴尬,杜宝璋解释说,她并非是顾虑自己的身体才要和儿子儿媳住在一起,她是因为之前亏欠儿子太多,想今后用心弥补。而且儿子工作繁忙,一个月也回不了几次家,她就想,她和米果能不能做个伴,互相有个依靠。杜宝璋有些不好意思地强调说,她发现这段日子和米果相处甚好,米果不在,她觉得生活都变得没滋没味了。

这么好的婆媳感情,米妈妈虽然有些吃味,可还是深明大义,拍桌答应,她说,就按杜宝璋的想法来,她没有意见。

于是,就有了她今天的"惊人之举"。

米果咬着嘴唇呜咽了一声,抱住米妈妈:"妈妈,你真好。"

米妈妈笑着推她:"烦你啊,动不动就抱,到时候嫁过门去,看你抱谁!"

话音刚落,就有人接起:"抱我!"

居然是杜宝璋。

她穿着低调合体的裙装,笑吟吟地冲着米果张开怀抱:"过来,孩子。"

米果身子一震,犹豫中被米妈妈推了一把:"傻孩子,快过去啊。"

米果就这样被杜宝璋揽在了怀里:"阿姨。"

杜宝璋和米妈妈交换了一个你懂我懂的眼神,然后,抚摸着米果的头发,语气温柔地说:"该改口了。以后,也叫我妈妈吧。"

米果嗯了一声,低声动情地叫道:"妈妈——"

简单而又隆重的开业庆典仪式过去之后,就到了万人相亲大会的精彩时段。

游戏、表演、聊天、兴趣角等等形式多样丰富多彩的活动受到了众多单身男女的青睐。

而"心心向荣"设立的咨询台和会员办理区域更是成了受人追捧的香饽饽。

会员数字不停地刷新纪录,叶梅代表婚恋行业的新标杆在一边接受 A 市报业集团的专访,而米果则穿梭在广场各个活动区域,帮助那些迈不出脚步的相亲男女。

相亲会井然有序,如火如荼地进行着。

就在这时。

广场外忽然传来阵阵"呜哇呜哇——"的警报声。

人群起了一阵骚乱,米果她们纷纷停下手中的工作或是谈话,朝外面张望。

他们都以为哪里着火了,需要救援。

四辆外形硬朗的火红消防车在驶入广场后,戛然停住。

"哇!!"

"好帅！"

"哇！好整齐！"

"消防特勤，是咱们市消防特勤中队的英雄！"

"早间新闻不是说他们在抗洪吗？怎么回来了！"

"呜呜。要不要这么帅啊，简直就是红果果的制服诱惑！"

三列身着橙黄色救援服的消防军人迈着整齐划一的步伐走进了广场中央的空地。

这时，相亲大会的喇叭里响起了孔易真熟悉而又坚定的呼唤："米果，米果，请米果听到广播后速速到广场中央来！"

米果还在发愣，就被曹娜猛地推了把："快去啊！你看谁回来了！"

排头的那个气场强大、英俊酷帅的消防警官，正是米果心心念念的爱人，岳淳川。

米果捂着嘴，几乎不敢相信自己的眼睛。

他。他竟然回来了！

意识到那不是海市蜃楼的幻境，米果便顶着巨大的压力，在众人关注之下，一路朝那片橙黄色的海洋飞奔过去。

可刚跑到近前。

三列橙黄色的队伍突然变换了队形，她停下脚步，看到岳淳川被特勤中队的战友们簇拥在了中心。

她还在发愣，搞不清楚状况，有观众已经惊喜地狂叫起来。

"哇！LOVE！他们摆出了一个LOVE的造型！"

"有创意！"

"美疯了！"

好像还没完。

就在米果的耳畔轰隆作响，眼睛里也只有岳淳川深情专注的眼神时，随着一阵清脆的狗吠声，五六只纯种德国黑贝犬朝米果跑了过去。

排头一只，口里咬着鲜花，跑到米果面前，居然像绅士一样，俯下前肢，黑油油的眼睛看着面前惊呆了的米果。

米果捂着嘴，慢慢地蹲下来。

她接过狗狗们"递"来的花束。

抚摸黑背犬的额头，不可置信地叫："仔仔？是你吗？仔仔！"

"汪汪——"

确实是仔仔。

是那个在地震和多次泥石流灾害抢险中战功赫赫的功勋犬。

仔仔功成身退,带着几只伙伴飞奔而去。

这时,岳淳川从队伍中大步而出,随之,队形变换成了一个大大的橙黄色的心。

岳淳川迈着矫健的步伐走到米果面前,膝盖微弯,单膝落地。

"果果,我们携手至今,风雨同舟,这一路上,感谢有你的陪伴,才使我的人生变得不再孤单冷清。果果,我爱你,请你嫁给我,好吗?"他深情地凝望着她,眼睛里光芒闪烁,犹如夜空里最亮的星星。

米果好久没有出声,人也像是被定住了一样,捂着嘴呆呆地立在原地,一动也不会动了。

边上的曹娜、叶梅一看那个急啊。

"米果——答应啊!"

"果果,抢戒指!小心你男人反悔!"

起初只是小范围的提醒,到了后来,竟演变成了声势浩大的后援团的呐喊助威。

"在一起!在一起!"

"答应他!答应他!"

就在岳淳川紧张得手心出汗,心跳也开始变得不正常的时候,他看到他家可爱的小果子眨了眨纤长的睫毛,哭丧着脸,呜咽道:"能不能改天啊,我现在丑死了,连裙子都没穿。"

"……"

岳淳川松了口气的同时,不禁哑然失笑。

这种事能改吗?就算你真想改,我也不能同意啊。

于是,趁着她分神惆怅的时刻,他忽然执起她的手,把早就准备好的钻戒套上她雪白的手指。

人群里顿时爆发出一阵欢呼。

米果还来不及反应,就觉得身子一轻,然后,她就被岳淳川轻轻松松地抱了起来。

旋转的世界,飞舞的世界。

"我爱你!果果!"

米果晕眩中牢牢扣紧岳淳川的颈项。

"我爱你!我的消防员!"

·番外·

2018年10月。

深夜,A市殡仪馆。

米果拉开门,神情疲惫地从整容室里出来。

王秀娜赶紧丢下手里的扫帚,跑上前搀住她,神情紧张地问:"你觉得怎么样?肚子疼不疼?"

"不疼。"米果低下头,用手抚摸着皮球一样硕大滚圆的肚子,目露慈祥地说:"我家宝宝又乖又懂事,知道妈妈在工作,所以一点都不闹腾。是不是啊,宝贝!"

王秀娜拉过一张椅子,把米果按在上面,规劝说:"这预产期眼看着就到了,你还在这儿加班,万一……万一你生在殡仪馆,不得把宝宝给吓着了!小米啊,求求你赶紧休假吧,求你了啊。"

王秀娜说完,弓腰给米果作了个揖。

"我才不要休假呢!你又不是不知道我那两个妈,一个赛一个的爱唠叨,还有喂食啊,别看我爱吃,可那寡淡少盐的孕妇餐吃多了,我也会腻啊。尤其是猪蹄汤,我现在看见它就想跑……秀娜姐,你忍心让我回家受罪吗?"米果扑扇着长长的睫毛,亮晶晶的眼睛里透着可怜。

王秀娜被她的模样气笑了,她伸手戳了戳米果的脑门,说:"你啊,就是身在福中不知福,我若有你一半幸运,早就乐颠儿了。"

米果笑嘻嘻地吐吐舌尖。

王秀娜看着她因为怀孕显得格外笨拙的身子,心里还是觉得不踏实,她扶着米果的肩膀,交代说:"这样吧,你愿意上班你就来,但是不许再加班了!遗体整容看似不累,其实是个极耗费精神和体力的工作,就像今天这8号,你就一连站了两个多小时,你看看你的脚,都成什么样了!"

王秀娜把米果肥硕的裤脚拉起来,低头一看,自己却先惊呆了。

这还是人的脚吗?

肿得和她家乡的发糕有得一拼,脚后跟根本塞不进鞋里去,整个露在外面。

米果……

这丫头……

王秀娜的眼睛里涌上一阵潮热,她刚想说话,米果却缩回脚,放下裤子盖住脚面,笑嘻嘻地说:"和我妈炖的猪蹄子似的,丑死了,别看了。"

王秀娜低头擦了擦眼睛:"的确就是两只大蹄髈,没啥好看的。"

连郭师傅都劝不动的人,她又如何能劝得动呢。就是心疼米果,马上要做妈妈的人了,干起工作来,还是和以前一样不要命。

王秀娜思忖着,要不要给米果的爱人,市里赫赫有名的消防英雄岳渟川报告一下米果的情况。

她有岳渟川的手机号,而且是岳渟川主动留给她的,拜托她在单位照顾一下怀孕的米果。

其实,岳渟川根本不用求她,她也会主动照顾米果的,这个像自家妹妹一样可爱善良的姑娘,她打心眼里疼爱喜欢。以前,总是米果小大人似的处处维护她,如今米果怀孕辛苦,她自然要照顾好米果。

正想得出神,门咣一下被人推开。

"果果!快!快去特勤中队……"曹娜扶着腰,气喘吁吁地冲米果猛摆手。

米果脸色一白,扶着王秀娜站起来,颤声问:"出什么事了?"

曹娜扬起手机:"新闻……你看新闻,消防……消防今晚要集体退出现役,转制了。"

消防转制?

米果愣了愣,自言自语地说:"你是说,岳渟川和你家小海今后不再是军人了?"

曹娜喘了口气,说:"是啊,最近他们中队不都在摸底调查吗?你家岳队长没跟你说?"

米果点点头:"说了。"

岳渟川说他不会离开消防,这一辈子,他都要做一个消防员。

只是没想到改制这只靴子这么快就落了地。

按照中央相关的改革方案,公安消防部队转制后,与安全生产等应急救援队伍一并作为综合性常备应急骨干力量,由应急管理部管理。

岳淳川跟她说过这件事,可她并未在意。

曹娜目光深深地看着她,说:"我听小海说,你家岳队长这几天都没睡过觉,除了出警,就是看着新发下来的消防制服发呆,我们家小海也是这样,他说,全队的人都舍不得脱下身上的军装。"

米果抿着嘴唇,眼睛慢慢红了。

岳淳川入伍多年,骨子里刻着军魂,血液里流淌着军人的热血,让他脱下军装,卸下军衔,无异于要经历一次心灵与信仰的洗礼。

他一定非常失落,非常难过,可在她面前,他从未流露出丝毫畏难困惑的情绪,他待她如初,甚至比过去更加温柔体贴,让她沉浸在幸福里。她对此反应迟钝,根本没有尽到一个妻子的责任。

米果咬了下嘴唇,脱下身上的工作服,拿了外套和背包,对王秀娜她们说:"我去看看他。"

王秀娜说:"你快去,这里有我呢。"

曹娜朝她摆手:"快去吧,我听小海说,他们中队今天晚上有个改制仪式。"

"你呢?一起去吗?"米果问。

曹娜苦着脸:"我今天值班啊,走不开。哦,待会儿你见了小海,跟他说,无论他今后怎么样,我都会陪在他身边。"

米果感动地点头:"一定带到。"

深夜。

A市消防特勤中队。

几辆红色的消防车缓缓驶入大院。

岳淳川推开车门,从车上跳下来。

"祖宗啊,你可算是回来了!快快,换衣服去,都等你主持转制仪式呢。"侯伟业脚步匆忙地跑过来,一把拽住刚从火场回来的岳淳川。

岳淳川卸下头盔,捋了把被汗水浸透的短发,蹙起眉头:"人命重要还是仪式重要?就算我们脱下这身军装,肩上还扛着使命和责任。"

侯伟业快速点头,像老母亲一样擦拭着岳淳川脸上的炭灰:"对,你都对!知道你去救火了,大家没说什么,都等着你们呢。"

岳淳川推开侯伟业,强打起精神:"我去洗把脸。"

灯光下,侯伟业看着岳淳川浸满血丝的眼睛和干裂的嘴唇,不由得鼻子一酸。

消防部队面临改制，这些天，作为中队长的岳渟川承受着方方面面的压力。

他要稳定军心，搞好本职工作，同时也要按照上级安排摸底排查中队干部战士的思想情况，了解他们的去留问题。

为了留住中队技术骨干，他几乎不眠不休地熬了几个通宵，针对每一名业务骨干都做了详细的劝导方案。

可是令他们感到意外和震撼的是，在昨天提交上来的调查意见书中，特勤中队包括炊事班在内，无一人要求转业。

岳渟川得知这个消息时，正在火场指挥战斗，听当时在场的战士说，他们队长扔下电话就跑向火场，抢过战斗员手里的水枪，一边狂喊一边灭火，把他们都给吓坏了。

侯伟业知道，那是岳渟川表达欣喜的一种方式。对于他这个铁骨铮铮的军人来说，这个世界上最幸福的时刻，除了与妻子米果结婚，应该就是他紧握水枪，与志同道合的战友们出生入死的瞬间了。

"若是让果果看见你这样子，恐怕她得哭上三天三夜。"侯伟业心酸地调侃说。

听到妻子的名字，他轻轻嗯了一声，疲倦的眼神变得柔软起来："你说……果果啊……"

他故意拖长声音。

侯伟业用力揩了一下岳渟川的脸颊，笑道："几天没见果果了？瞅你那贱样！"

岳渟川嘿嘿笑了几声："四五天了吧，记不准了。"

"行了，别叫苦了，明天你回家，我值班。"侯伟业说完，又紧跟着强调说："这是我心疼你啊，可不是小梅的命令。"

岳渟川感激地拍拍侯伟业的肩膀："好兄弟。"

侯伟业笑道："那你家闺女，回头给我家闹闹做媳妇儿呗。"

"免谈！"岳渟川一摆手，转身就走。

想得美。

侯伟业那个混世魔王一样霸道淘气的儿子闹闹，是全队的克星，但凡有闹闹出现过的地方，那就是灾难片的现场。

他傻了才要闹闹做女婿呢。

再说了，果果还没生，谁知道是儿子还是闺女。

虽然他很想要个女儿。

侯伟业碰了一鼻子灰，也不恼，追上几步，搭住岳渟川的肩膀，笑着说："你看你这人，玩笑还开不得了！"

岳浔川瞥了他一眼,侯伟业悻悻然缩回手:"得了,我错了,我不该拿您闺女说事。不过提起果果,她预产期快到了吧?"

"10月20号。"岳浔川不假思索地说。

侯伟业惊讶地看看岳浔川:"行啊,记得挺清楚。"

岳浔川脚步放慢,神色间显出一丝犹豫,可他看到灯光通明的消防大院,以及一排排赶往操场参加凌晨改制仪式的消防员,他心底的迟疑渐渐被沉静覆盖,目光重又变得明亮。

侯伟业和他几十年的交情,自然把他面部的微妙变化都看在眼里,他知道岳浔川想说什么,于是,主动开口:"这些年,你亏欠果果的实在是太多太多了,这次要是连她生宝宝你都不在,那你还配做人家丈夫,配让孩子叫你爸爸吗?浔川,听我的,休假吧,好好陪陪她,和她一起迎接新生命的诞生。"

岳浔川看着神色诚恳的好友,内心涌起一阵温暖,他笑了笑,用力拍拍侯伟业的肩膀:"到时候再说。"

他继续朝前走,侯伟业拧着眉头追上去劝他,两人渐行渐远……

子时。

当千家万户都陷入沉睡之际,消防特勤中队的院子里依旧灯火通明。

岳浔川穿着改制后没有肩章领徽的消防员制服,昂然立于队伍前列,带领队员们庄严宣誓。

"换装不换色,改制不改心!"

"换装不换色,改制不改心!"

"对党忠诚,矢志为民!"

"对党忠诚,矢志为民!"

"服从命令,逆火前行!"

"服从命令,逆火前行!"

整齐有力的口号声响彻云霄。

零点过后,改制仪式顺利结束,大家脚步迟缓地离开操场,不时有人回头看着徐徐降下的八一军旗,眼里流露出深深的不舍。

万籁俱寂的深夜,岳浔川像个谢幕的演员一样孤独地立在操场上。他凝视着怀中的军旗,看着上面金光灿灿的五角星和"八一"字样,身体不受控制地晃了晃。

就这一晃,军旗却不小心从手里滑脱出去,散落在地上。

他愣了愣,慢慢弓下腰,单膝跪地,将鲜红的军旗展开,铺平,而后,倾身去够对折的那个角。

这时,一只胖胖的小手从旁边越过他,先够到军旗的一角,折回来,递给他:"给你。"

岳湻川深邃如墨的眼睛里骤然爆出一粒火花。

他抬起头,看着面前大腹便便却眼神晶亮的女子,惊喜叫道:"果果!"

米果凑近他,摸了摸他的脸,轻声叫他:"岳湻川……"

他的心骤然空了一拍,眼睛着了魔似的盯着她:"嗯。"

她的脸一红:"我听娜娜说,你们今天要改制……可路上堵车,来晚了,对不起……"

"和妈妈说了吗?"他问。

她赶紧点头:"说了,说我在特勤中队。"

他深深地看她一眼,把军旗叠好,拉着她站起来。

可能身上少了肩章领徽,头顶少了八一军徽,他总觉得有些不自在,有意无意地躲避着米果的视线。

米果发现后皱着眉,将他的脸扳正,与他平视:"不许不开心。"

看着与他心灵相通的妻子,他的眼里溢出融融暖意,低声说:"好。"

说完,他按住米果的后脑勺,把她揽在怀里,柔声说:"谢谢。"

"不客气。"米果说。

岳湻川莞尔一笑,低头亲了亲她的额头:"我爱你,果果。"

米果把脸颊埋在他的胸前,遮住已经湿润的眼睛。

我也要谢谢你啊,岳湻川。

谢谢你爱我。

无论你穿不穿军装,是不是军人,你都是我心目独一无二的英雄。

大英雄。

"宝宝乖吗?"他忽然问道。

"乖!特别乖!我工作的时候,她连动都不动的。"米果说。

不动?

岳湻川一个激灵,退开一步,紧张地看着米果和她挺起的腹部:"为什么不动?现在也不动吗?"

"咻!"米果笑了,她捏住岳湻川的脸颊,用力拧了拧:"没事啦,刚还踢我呢。哎哟——"

她的脸忽然抽搐了一下,表情僵硬地拽住岳湻川的胳膊。

"怎么了？"

米果眨眨眼，嘴角一撇，就快哭出来了："羊水破了。哎哟——"

她又叫了一声。

岳淳川急了，他弯腰，一把抱起米果就向值班室那边跑。

有值班队员上厕所，看到这一幕，惊得话都说不出来了。

岳淳川多大的场面没见过，多大的灾难没遇到过，可米果这一声哎哟却让他完全乱了阵脚。

可就在这个时候，警报声尖锐地响了起来。

很快，训练有素的消防员跑出来。

"队长，南区出现重特大火情，调度要求我们十分钟内赶到！"队员报告。

岳淳川急得抱着米果在原地转了一个圈儿。

刚想让人去通知回家的侯伟业紧急赶往火情发生地，他怀里的米果却拉了拉他的袖子，喘着粗气说："你……快去……快去救火……让他们送我……去医院……"

岳淳川思虑了几秒："行吗？果果！"

米果忍耐着巨大的痛苦，用力点头："行……我可以……"

岳淳川回头大声叫道："宋明辉！"

"到！"宋明辉疾步跑了过来。

岳淳川把米果交给他："带两个人，立刻把你嫂子送到最近的医院，守在那里，随时给我消息。"

"是！"宋明辉抱起米果，点了两个队员名字，上了队里出勤的车辆。

"果果！"岳淳川扒着车门，愧疚地看着自己的妻子。

米果努力挤出一抹微笑："我等你，岳淳川。"

"呜哇——呜哇——"

消防车呼啸着在岳淳川身边停住，岳淳川一边打电话通知自己的母亲和米果的父母，一边拉开车门，身姿轻捷地跃了上去……

10月10日清晨。

一辆红色的消防车驶入A市人民医院，车子还未停稳，就见一道魁梧的身影从车里一跃而下，直奔医院大楼而去。

产房门口。

聚集了几位焦急等待消息的家属。

"果果……果果不会有事的，不会有事的。"披头散发的米妈妈神情焦灼地一遍遍念叨,身旁的米爸爸也跟热锅上的蚂蚁似的,围着米妈妈来回转圈。

"果果吉人天相,不会有事的,别着急啊,米家妈妈。"杜宝璋上前握住米妈妈冰冷的手,用力搓揉着。

米妈妈眼里含着泪花:"辛苦你了,亲家妈妈。"

"我愧对你啊,按理说这个时候,淳川应该陪在果果身边,和她一起渡过难关,可他……这孩子……"提起她那个只知道工作的儿子,杜宝璋惭愧地低下头。

"算了,他在这儿又进不去,也是陪着我们干着急,还不如多救几个人,也好给宝宝祈福。"米妈妈说。

杜宝璋点点头,刚想说话,却听到米爸爸激动地叫道:"出来了!出来了!"

几个人同时奔向徐徐开启的手术室大门。

一个年轻的护士抱着一个蓝色的包被从里面快速走出来:"米果家属,米果家属!"

"在,在!"米爸爸举起手。

"母女平安,顺产,体重七斤二两!"护士大声说道。

岳淳川立在几米远的通道外,听到这中气十足、透满喜气的报告声,顿时悲喜交加,愣在那里……

· 后记 ·

2018年10月9日上午10时,"公安消防部队移交应急管理部交接仪式"举行,意味着有着53年的消防部队成为历史,消防官兵正式退出现役。

2018年10月26日,十三届全国人大常委会第六次会议通过了《中华人民共和国消防救援衔条例》,并且规定于次日,也就是10月27日施行。

2018年11月9日,中共中央总书记、国家主席、中央军委主席习近平向国家综合性消防救援队伍授旗并致训词。代表党中央向全体消防救援人员致以热烈的祝贺。

消防救援员誓词:

我宣誓,我志愿加入国家消防救援队伍,对党忠诚,纪律严明,赴汤蹈火,竭诚为民,坚决做到服从命令、听从指挥,恪尽职守、苦练本领,不畏艰险、不怕牺牲,为维护人民生命财产安全、维护社会稳定贡献自己的一切。

图书在版编目(CIP)数据

你好消防员：上、下册 / 舞清影521 著.—杭州：浙江文艺出版社，2019.3

ISBN 978-7-5339-5550-2

Ⅰ.①你… Ⅱ.①舞… Ⅲ.①言情小说—中国—当代 Ⅳ.①I247.5

中国版本图书馆CIP数据核字(2019)第001799号

责任编辑　关俊红
装帧设计　荆棘设计
责任印制　张丽敏

你好消防员(上、下册)
舞清影521　著

出版　浙江文艺出版社
网址　www.zjwycbs.cn
经销　浙江省新华书店集团有限公司
印刷　杭州佳园彩色印刷有限公司
制版　浙江新华图文制作有限公司
开本　710毫米×1000毫米　1/16
字数　784千字
印张　43.75
插页　2
版次　2019年3月第1版　2019年3月第1次印刷
书号　ISBN 978-7-5339-5550-2
定价　118.00元

版权所有　违者必究
(如有印、装质量问题，请寄承印单位调换)